Harry Cauley
Bridie and Finn

Harry Cauley

Bridie und Finn

Die Geschichte einer Freundschaft

Roman

Aus dem Amerikanischen von Christa Seibicke

Droemer Knaur

Titel der Originalausgabe: Bridie and Finn
Originalverlag: Harcourt Brace & Company, New York

Die Deutsche Bibliothek – CIP-Einheitsaufnahme

Cauley, Harry: Bridie und Finn: die Geschichte einer Freundschaft; Roman / Harry Cauley. Aus dem Amerikan. von Christa Seibicke. – München: Droemer Knaur, 1994
Einheitssacht.: Bridie and Finn <dt.>

Die Folie des Schutzumschlags sowie die Einschweißfolie sind PE-Folien und biologisch abbaubar.
Dieses Buch wurde auf chlor- und säurefreiem Papier gedruckt.

Umschlaggestaltung: Agentur ZERO, München
Umbruch: Ventura Publisher im Verlag
Druck und Bindearbeiten: Mohndruck, Gütersloh
Printed in Germany
ISBN 3-426-19344-2

2 4 5 3 1

Ich glaube, es vergeht kein Tag, an dem ich nicht an Bridie denke. Neuerdings sogar noch öfter als sonst, was wohl daran liegt, daß ich älter werde und mich, statt der ebenso leidigen wie unabwendbaren Zukunft ins Auge zu sehen, lieber in den tröstlichen Schutz der Vergangenheit flüchte. Jedenfalls fühle ich mich ausgesprochen wohl inmitten alter Freunde, alter Kleider, alter Bücher und in alten Zeiten. Herausforderungen reizen mich nicht mehr, und Überraschungen langweilen mich überraschenderweise. Nicht, daß ich das Staunen verlernt hätte, eine Gabe, für die ich stets dankbar gewesen bin, nur staune ich heute anscheinend mit Vorliebe über das Gewohnte.
Fünfzehn Jahre ist es her, seit ich Bridie zum letztenmal gesehen habe, und damals haben wir nicht mal miteinander geredet. Was freilich auch nicht nötig war. Wir begegneten uns zufällig im Joe Allen's. Ich saß dort mit Dorothy Monkhouse an der Bar. Dorothy und ich hatten einmal eine Affäre gehabt, aber das lag schon so lange zurück, daß wir uns beide kaum noch daran erinnern konnten. Wir hatten jedenfalls bald gemerkt, daß wir uns als Freunde viel besser vertrugen denn als Liebespaar, und damit war die Romanze nach wenigen Wochen aus. Wir waren damals ausgezogen, New York im Sturm zu erobern, und kannten in unserer Unerfahrenheit und Naivität keine Furcht. Sie wollte die größte Schauspielerin seit der Duse werden, ich die Kunstwelt mit gefühlvollen, unergründlichen Porträts à la Modigliani stürmen. Glücklicherweise konnte ich mich später als Jagdmaler durchschlagen, und Dorothy gab nach jahrelangem Tingeln an Provinz- und Off-Broadway-Theatern oder kleinen

Auftritten in TV-Seifenopern endlich ihr Debüt am Broadway. Sie spielte die Großmutter in *The Shadow Garden*, einem britischen Stück, das dank guter Kritiken ein Kassenschlager war. Und da saß ich also mit Dorothy im Joe Allen's, um auf ihren längst fälligen Erfolg anzustoßen, als ich plötzlich Bridie sah. Sie stand mit einem Herrn und noch einem Paar in dem überwölbten Durchgang zwischen Bar und Restaurant und wartete auf einen freien Tisch. Ein Irrtum war selbst nach all den Jahren ausgeschlossen. Sie hatte immer noch das gleiche offene, trotzige Gesicht, in dem sich noch immer die gleiche selbstbewußte Entschlossenheit spiegelte. Ihr Begleiter brachte sie mit einer Bemerkung zum Lachen, und sie warf den Kopf in den Nacken und prustete schallend los. Es war jenes kehlige, hemmungslose, mitreißende Lachen, das ich tausendmal gehört, in das ich eingestimmt und das mich zur Weißglut gebracht hatte, wann immer es auf meine Kosten ging. Dorothy zog gerade über einen ihrer Partner aus dem Stück her, aber ich hörte kein Wort von dem, was sie sagte. Ich hörte überhaupt nichts mehr. Sogar die Kakophonie der Theaterleute, die sich mit Verve gegenseitig auszustechen suchten, brach ab, als ob ich plötzlich taub geworden wäre. Das Tempo im Lokal war mit einemmal auf Slow motion gedrosselt, und die Kellner schwebten von Tisch zu Tisch wie Akteure in einer surrealen Ballettsequenz im Kino. Ich wollte mir Bridies Begleiter ansehen, aber ich konnte den Blick nicht von ihr wenden. Da stand Bridie, keine zwanzig Meter von mir entfernt, und jeden Augenblick würde sie sich im Lokal umschauen und mich entdecken. Wie sollten wir uns begrüßen? Ich hätte mich gern entschuldigt, ihr gesagt, daß ich ihr längst verziehen hätte, alles verstünde und sie noch immer liebte, doch was hatte das jetzt noch für einen Sinn, nach so langer Zeit? Vielleicht, dachte ich, wäre es das beste, ihr auszuweichen und mich diskret zu verdrücken, während man sie an ihren Tisch führte. Aber da hatte sie mich auch schon gesehen. Unsere Blicke trafen sich, und ohne jedes Erschrecken, ja nicht einmal überrascht, lächelte sie, fast als hätte sie erwartet, mich hier zu treffen. Sie wandte sich mit ein paar Worten an ihre Begleiter und kam dann auf mich zu. Dorothy, die spürte, daß etwas Ungewöhnliches vor sich ging, war verstummt. Ich strich ihr flüchtig über den Handrücken, ehe ich aufstand und Bridie entgegenging. Wir trafen uns in der Mitte des Lokals, wo wir einen Augenblick reglos verharrten und einer des andern Gesicht studierte. Winzige Fältchen umkränzten die immer noch unwahrscheinlich grünen Augen, und in dem dichten, gewellten schwarzen Haar machten sich die ersten grauen Strähnen bemerkbar, was mich richtig erschreckte, denn in meiner Erinnerung war sie nicht gealtert. Doch die Art, wie sie mein weißes Haar und meine Falten musterte, verriet mir, daß sie das gleiche dachte wie ich. Ich wollte mich entschuldigen dafür, daß die Zeit uns das hatte antun dürfen, uns, die sie doch hätte verschonen sollen. Ich spürte, wie mir die Tränen in die Augen stiegen, und sie sah mich so zärtlich an, daß es mir schier das Herz abdrückte. Wir hielten uns in den Armen, und ich wußte, daß diese Zufallsbegegnung, dieses unverhoffte Zusammentreffen unser letzter gemeinsamer Augenblick war. Aber für den einen Moment wenigstens waren wir wieder beisammen, Bridie und Finn. Und plötzlich waren sie alle da, die Menschen, die einmal unsere Welt bedeutet hatten. Mom hatte sich bei Pop untergehakt, und beide waren jung und schön und lächelten. Neben ihnen Fritz mit Mina und dem Baby; und Fritz hielt den Kopf schräg zur Seite geneigt, wie um das schiefe Lächeln auszubalancieren, das sein einziger Schwachpunkt war. Simon hielt sich etwas abseits, ängstlich darauf bedacht, sich nur ja nicht aufzudrängen. Mrs. Ganis mit ihrem flammendroten Haar und dem grellen Lippenstift wackelte mit dem Zeigefinger, wie immer, wenn sie eine ihrer nachsichtigen Rügen unterstreichen wollte, indes Mr. Ganis lächelnd die Lider gesenkt hielt, damit ihm nur ja keiner in die schielenden Augen zu sehen brauchte. Laurie O'Connor hatte den Arm um Kitty Neal in ihrer frischgestärkten, blütenweißen Schwesterntracht gelegt, und neben ihnen stand Honey, der Mr. Howes große, knorrige Hand hielt. Ein wenig verschattet Big Tum und Little Tum, Mattie Horn und Schwester Rosetta, herrisch wie eh und je, und Turk und Sparrow und Tessie und Charles und die Mädchen. Und dann Duke. Ja, auch Duke war wieder da; er wedelte mit dem Schwanz, und seine hellen Augen glänzten übermütig wie die eines Welpen. Und im Hintergrund entdeckte ich die Gesichter all der anderen, die damals zu unserer Welt gehört hatten. Und als ich Bridie losließ, wußte ich, daß ich diese Gesichter so, in dieser Deutlichkeit, nie mehr sehen würde. Nicht so klar wie jetzt mit ihr, wo wir wieder zusammen waren und die anderen sahen, wie sie gewesen waren, als wir uns selbst erfanden. Hatten wir vielleicht auch alle übrigen erfunden? Die Welt, erschaffen von Bridie und Finn. Ob sie die anderen wohl auch sehen konnte? Und wenn ja, waren sie jung und lebendig für sie? Bridie schob mich sanft von sich, und prompt löste die ganze Gesellschaft sich auf. Ich konnte sie unmöglich festhalten, weder Bridie noch all die andern. An die Stelle der vertrauten Gesichter traten Fremde, die lachend und plaudernd an ihren Tischen saßen, ohne uns zu beachten. Der Lärm im Lokal schwoll an, als ob plötzlich jemand den Ton aufgedreht hätte. Einen schier endlosen Augenblick lang sahen wir einander an, Bridie und ich, und dann küßte sie mich sanft, machte auf dem Absatz kehrt und verließ mit ihrer Begleitung das Restaurant. Als ich an unseren Tisch zurückkam, hatte Dorothy mir noch einen Drink bestellt.

Teil I

»Nonnen hasse ich noch mehr als die Japse.« Das war das erste, was Bridget Mary O'Connor je zu mir sagte. Es war Montag, der 6. Januar 1942, knapp einen Monat nach dem Angriff der Japaner auf Pearl Harbor, und es gab auf der ganzen Welt keine ärgeren Schurken als sie, mit Ausnahme (nach Bridget Marys Urteil) der Nonnen. Sie kam nach den Weihnachtsferien zu uns in die Vierte. Als Schwester Rosetta, unsere gefürchtete, despotische Direktorin, die lautlos und mit dem Killerinstinkt eines Haifischs durch die Gänge schlich, sie in die Klasse brachte, sprangen wir alle auf und intonierten in monotonem Singsang: »Morgen, ›Ster‹«, gewissermaßen die Stenoversion von »Schwester« in einer katholischen Grundschule. Schwester Rosetta präsentierte uns diese Neue, die ohne Schuluniform vor der Klasse stand, in einem zu engen und obendrein ungebügelten Kleid, und die uns mit flammend arroganter Feindseligkeit anstarrte, als willkommenen Zuwachs zur Vierten. Wollte sie uns auf den Arm nehmen? Mir genügte ein Blick auf dieses Gör, und ich wußte, mit der würde es Ärger geben. Schwester Matthew, unsere Klassenlehrerin, die eigentlich schon vor zehn Jahren hätte pensioniert werden sollen, bedankte sich bei Schwester Rosetta, die uns im Hinausgehen mit einem verächtlichen Blick über die Schulter kundtat, daß sie hier das Sagen hatte. Schwester Matthew war klein, dick, schwerhörig und kurzsichtig, und sie hatte die Nase voll von Kindern, Schule und dem Leben überhaupt. Immer roch sie ein bißchen nach frischem Schweiß. Jeden Morgen, wenn sie uns aufgerufen und wir Fahneneid und Morgengebet hinter uns gebracht hatten, gab sie der Klasse eine Leseübung auf, während der sie sich ein Nickerchen gönnte. Der Neuzugang namens Bridget Mary O'Connor änderte kein Jota an der Routine: Nachdem sie sich ihren Platz ausgesucht hatte, den direkt neben mir, schlugen wir unsere Lesebücher auf, und Schwester Matthew nickte ein. Das war der Moment, da Bridget Mary die Nonnen mit den infamen Japanern verglich. Mir war vom ersten Augenblick an klar, daß sie nicht zu uns paßte. Sie hatte etwas Ungezähmtes, ja war irgendwie ganz anders als alle Kinder, die ich bisher kannte. Ganz abgesehen von ihrem zu engen, ungebügelten Kleid war alles an ihr ein bißchen schlampig und ein bißchen schräg. Ihr schwarzes Haar war eher gehäckselt als geschnitten, auf einer Seite länger als auf der anderen und mit einem zu kurzen Pony, der starr wie eine Bürste von der Stirn abstand. Sie war nicht direkt schmutzig, aber besonders sauber war sie auch nicht. Doch diese Bridget Mary hatte ganz erstaunliche Augen. Grün wie die einer Katze waren sie, stechend, fragend und fordernd, ja sie hatten etwas Altes und Furchtloses, etwas, das sie deplaziert wirken ließ in diesem hübschen, herzförmigen Gesicht. Mir schien sie ein bißchen furchterregend, als sie sich neben mich setzte, aber ich war so fasziniert, daß ich den Blick nicht von ihr wenden konnte.

»Was glotzt du denn so?« fauchte sie.

»Ich weiß nicht ... deine Haare.«

»Gefallen sie dir? Hab' ich selber geschnitten.« Das erklärte einiges. Ich brummte etwas Nichtssagendes, aber sie hörte heraus, was sie hören wollte.

»Prima. Wie heißt du?«

»Timothy Finnegan. Aber alle nennen mich Finn.«

»Ich bin Bridie. Sag ja nie Bridget zu mir, oder ich kotz' dich von oben bis unten voll.« Und fast im selben Atemzug wollte sie wissen: »Also, wen haßt du mehr, die Nonnen oder die Japaner?« Bis auf Henry Watson, der immer zusammen mit Schwester Matthew ein Nickerchen machte, hörte uns mittlerweile die ganze Klasse zu. So was Aufregendes wie Bridie hatten wir nicht mehr erlebt, seit wir am ersten Kindergartentag bangend und feindselig aufeinandergetroffen waren.

»Das is 'ne blöde Frage«, sagte ich. »Nonnen sind eben Nonnen, und Japse sind Japse.«

»Und beide sind der Feind. Daran ist doch nichts blöd.« Sie wandte sich an den Rest der Klasse. »Findet ihr das etwa auch blöd?« Sie trauten sich nichts zu sagen. Sogar Anthony Bragiolli, der etliche Jahre älter war als wir, weil er die erste, zweite und dritte Klasse hatte wiederholen müssen, Anthony, der schon Schamhaare hatte und sie mit Wonne bei runtergelassener Hose vorzeigte, Anthony, dem die Hormone so zusetzten, daß er in der letzten Reihe saß und ständig an sich herumspielte, während er zu allem und jedem seinen Senf abgab, sogar der war sprachlos angesichts dieser Neuen, die den Nerv hatte, die Nonnen mit den Japsen gleichzusetzen. Bridie hatte uns alle genau da, wo sie uns haben wollte, nämlich leicht geschockt und verunsichert. Bevor sie ihren nächsten Zug machte, taxierte sie bedächtig ihr Publikum. Ich dachte: Sie versucht, die Vierte zu übernehmen, den Ton anzugeben bei uns, und dabei ist sie doch erst seit fünf Minuten in der Klasse.

Sie stand ganz langsam auf, und dann, den Blick fest auf die schnarchende Schwester Matthew gerichtet, sagte sie, als ob ihr das eben so eingefallen und bloß ein praktischer und intelligenter Vorschlag wäre: »Wir könnten diese alte Nonne abmurksen, ihre Leiche aus dem Fenster werfen und hinterher sagen, daß es ein Unfall war.«

Man spürte einen scharfen Luftzug, hörte es zischen und gurgeln, dazwischen ein »O mein Gott«, ein paar »Jesus, Maria und Joseph«, und Frances Peart bekam einen heftigen, unkontrollierbaren Schluckauf und fing an zu heulen. Bridie strahlte.

»Bist du verrückt?« fragte ich verdattert.

»Glaubst du nicht, daß wir damit durchkommen würden?« Sie sagte das, als ob ihr Plan wirklich im Bereich des Möglichen läge.

Frances Peart heulte lauter, begleitet von ungläubigem Protestgemurmel. Nicht gegen den Nonnenmord an sich. Der Gedanke, Schwester Matthew um die Ecke zu bringen, war uns vermutlich allen schon mal gekommen. Aber die Vorstellung, daß tatsächlich eine Zunge die Worte gebildet, ein Mund sie ausgesprochen hatte und daß das große Bild, auf dem Jesus, das flammende, blutende, heilige Herz entblößt, uns von der Stirnseite des Zimmers her beobachtete und belauschte, jeden Moment mit einem Donnerschlag von der Wand fallen und wir alle in Rauch aufgehen würden, die Vorstellung entsetzte einen jeden von uns. Von den drei Kategorien der Sünde, die uns tagtäglich eingebleut wurden: Gedanke, Wort und Tat, nahm den »Gedanken« wohl keiner sonderlich ernst. Aber Bridie schlug vor – und sprach es aus –, daß wir eine Nonne töten sollten, und sie sagte das fast genauso beiläufig, wie sie hätte sagen können: »Kommt, wir spielen Schiffchenversenken.« Was immer Bridie sich zum Ziel setzte, sei es bewußt oder unbewußt, das setzte sie auch durch.
Das allgemeine Stimmengewirr im Klassenzimmer weckte die arme alte Schwester Matthew, aber da sie beim besten Willen nicht verstehen konnte, um was es bei dem Krach ging, nahm sie an, es sei Zeit, antreten zu lassen und uns geschlossen zur Toilette zu führen, auch wenn keiner mußte. In Zweierreihen marschierten wir aus dem Zimmer und faßten dabei unseren »Nachbarn« bei der Hand. Es war das allererstemal, daß Bridie und ich uns berührten, und ich glaubte fest, daß ich davon Warzen kriegen würde.
»Ich will nicht aufs Klo. Ich muß nicht mal Pipi machen.« Sie sah mich an. »Und du?«
»Geht dich nichts an.« Wir gingen ein Stückchen weiter den Flur entlang, und sie bemerkte mein Bein.
»Was hast du denn mit deinem Bein gemacht?«
»Nichts.«
»Warum hinkst du dann?«

»Geht dich nichts an.«
»Ist das alles, was du sagen kannst? Ich versuch' doch bloß, nett zu sein, damit wir Freunde werden.«
»Ich mag aber nicht dein Freund sein. Ich glaube, du spinnst.«
Ich versuchte ihre Hand abzuschütteln, aber sie krallte sich dermaßen fest, daß wir beide schwitzige Handflächen bekamen. Im Gehen schielte sie dauernd nach meinem Bein. Auf den Gängen kam ich ganz gut zurecht, aber die Treppe runter fiel ich doch ziemlich zurück und ließ deshalb normalerweise den Rest der Klasse vorgehen. Als ich jetzt stehenblieb, um die anderen vorbeizulassen, versuchte ich noch mal, mich Bridies Hand zu entledigen, aber sie ließ einfach nicht los. Während ich, mit der freien Hand aufs Geländer gestützt, die Stufen hinunterzuhinken begann, kam ihr plötzlich die Erleuchtung.
»Du bist 'n Krüppel, stimmt's?«
»Na und? Was dabei?«
»Ich find' das toll.« Ihr Gesicht strahlte auf, und sie freute sich ehrlich. »Ich hab' noch nie einen Krüppel als Freund gehabt.«
»Haste auch jetzt nicht.« Mit einem Ruck riß ich meine Hand los. Aber sie versuchte gar nicht mehr, mich festzuhalten. Sie gebärdete sich wie eine Klette, bis ihre Neugier gestillt war, doch dann verlor sie prompt das Interesse. Jetzt nahm sie zwei Stufen auf einmal, und als sie unten angekommen war, drehte sie sich um und sah zu, wie ich mich die Treppe runtermühte.
»Wieso bist du eigentlich ein Krüppel?«
»Du fragst zuviel.«
»Ich weiß. Bist du schon so auf die Welt gekommen?«
»Ja.«
»Ist dein Bein ganz krumm und häßlich? Ist es eingeschrumpft?«
»Du spinnst.«
»Vielleicht zeigst du's mir ja irgendwann mal.« Der Gedanke entzückte sie. Sie machte kehrt und sprang hinüber zu den anderen, die sich schon vor den Toilettentüren aufgestellt hatten. Keine Frage, ich haßte Bridie O'Connor.

»Diese verfluchten Hurensöhne!« Mein Vater tigerte im Eßzimmer auf und ab, während Mom, Fritz und ich am Tisch saßen und zusahen, wie das Essen auf unseren Tellern kalt wurde. »Zu alt! Denen hat's doch ins Hirn geschissen! Ich bin meiner Lebtag noch nie so topfit gewesen. Tagtäglich stemme ich Koffer und sonstwas für schweres Zeug, das selbst einer, der nur halb so alt ist wie ich, nicht mal vom Boden hochbekäme. Ich bin zweiundvierzig, Herrgott noch mal. Erst zweiundvierzig. Da bin ich doch nicht zu alt, verflucht!«

An dem Tag hatte mein Vater in die Armee eintreten wollen, doch man hatte ihn belehrt, daß der Krieg ein Geschäft für jüngere Männer sei. Ihm selbst war der Gedanke, er könne zu alt sein, einfach nie gekommen. Die Nacht zuvor, oder vielmehr schon in den frühen Morgenstunden, hatte ich mit angehört, wie er Mom von den Soldaten vorschwärmte, und dabei hatte seine Stimme so begeistert geklungen, daß ich zuerst dachte, er spräche wieder davon, auf eine Farm zu ziehen. Ein Heim auf dem Land, das war sein Traum. Es war ein Kindertraum – idyllisch und hoffnungslos romantisch, aber er konnte stundenlang darüber reden, wenn er mit meiner Mutter im Bett lag. Er glaubte, es sei ihr gemeinsamer Traum, aber sie wäre eher auf den Mond gezogen als raus aufs Land. Allein, sie ließ ihn reden, ja bestätigte ihn sogar in seinen Phantasien, weil sie wußte, daß doch nie etwas draus werden würde. Genaugenommen hörte sie seine Geschichten sogar gern. Wie wir alle. Das Vieh, die Scheune und das Haus wurden uns mit der Zeit so vertraut wie die Krippenfiguren, die wir Jahr für Jahr unter den Christbaum stellten. Auf Mom müssen seine Erzählungen gewirkt haben wie eine sehr beruhigende Gutenachtgeschichte. Wenn er von der Farm sprach, war sein Kopf frei von neuen oder bedrohlichen Gedanken, und alles war so, wie es sein sollte, und sie konnte still in seinen Armen liegen und, mit halbem Ohr lauschend, in Ruhe ihren Rosenkranz beten und langsam darüber einschlafen. Manchmal, wenn mein Bein mir so zu schaffen machte, daß es mich wach hielt, hörte ich ihnen zu. War es, wenn die Schmerzen einsetzten, noch nicht zu spät, dann rief ich nach meiner Mutter, und sie brachte mir Tee mit einem Schluck Whiskey drin, der mir half, endlich einzuschlafen. In anderen Nächten, wenn Fritz noch wach war, kroch ich zu ihm ins Bett, und er erzählte mir etwas, bis ich einnickte. Aber wenn die Schmerzen sehr spät anfingen und ich wußte, daß schon alle schliefen, dann lag ich still an den Hund gekuschelt und horchte auf die Geräusche der Nacht.

»Dieser Krieg ist im Handumdrehn vorbei. Verlaß dich drauf, ehe du dich's versiehst, bin ich wieder daheim.« Die Schlafzimmertür stand offen für den Fall, daß ich Mom mitten in der Nacht brauchte, und deshalb sprachen sie immer nur im Flüsterton miteinander. Wenn ihre Tür aber doch einmal geschlossen blieb, meist Sonntag morgens, wenn Mom von der Messe zurück war, dann wußte ich, daß ich sie nicht stören durfte. Fritz hatte mir gesagt, warum.

»Um Himmels willen, du warst doch schon im letzten Krieg dabei. Man sollte meinen, das wär' dir für ein Leben genug.«

»Mein Gott, Mae, nun gebrauch doch mal deinen Kopf. Was würden die Leute sagen, wenn jeder einrückt, bloß Tom Finnegan bleibt schön gemütlich hinterm Ofen hocken.« Ich habe nie begriffen, warum mein Vater sich so sehr um die Anerkennung der Leute sorgte, die ihm doch ganz von selbst zuteil wurde. Groß und stattlich, wie er war, mit einem von der jahrelangen Schlepperei beim Bahnexpreß gestählten Körper, gab er sich eitel wie eine schöne Frau. Sein Gesicht, das nicht die Spur einer Falte aufwies, glänzte immer wie frisch gewaschen. Wenn sich an ihm überhaupt ein Zeichen des Alterns bemerkbar machte, dann in den leicht ergrauten Schläfen, die so gut zu den grüblerischen blauen Augen paßten. Man hatte immer den Eindruck, mein Vater hielte mit etwas hinterm Berg, das er gern jederzeit preisgeben würde, sobald sich nur jemand fände, auf den er sich verlassen könnte und der seines Vertrauens würdig wäre. Aber ich glaube, er hat nie jemandem wirklich vertraut, außer meiner Mutter. Sie war sein bester Freund, und in dieser Eigenschaft, als beste Freunde, redeten und stritten sie nächtelang.

»Was andere Leute denken, juckt mich nicht«, sagte meine Mutter mit der inneren Überzeugung eines Menschen, der auf den Tratsch der andern tatsächlich nichts gibt. »Aber was ist mit mir?«

»Als ich im letzten Krieg Soldat wurde, da war ich noch nicht ganz sechzehn, jünger als Fritz. Aber es gab mir das Gefühl, ein Mann zu sein ... ein erwachsener Mann. Du lieber Himmel ...«

»Ja, fühlst du dich jetzt etwa nicht als Mann? Was willst du eigentlich, zum Militär gehen, damit du dich männlich fühlen oder damit du wieder sechzehn sein kannst?«

»Du hast keine Ahnung, wovon ich rede. Wie solltest du auch? Bist eben eine Frau.«

»Wenn du mir so kommst, ist die Debatte gleich zu Ende. Hörst du? Daß ich eine Frau bin, tut gar nichts zur Sache.«

»Mist!«

»Pscht! Du weckst noch die Kinder auf.«

»Ach, die schlafen fest. Mach dir um die mal keine Sorgen. Hör mir lieber zu und versuch mich zu verstehen. Du weißt doch, daß mir die Arbeit beim Gepäckdienst nie gefallen hat ...«

»Wenn die Eisenbahn nicht wäre, dann wärst du heute arbeitslos wie alle andern im Land. Du solltest Gott dankbar sein ...«

»Ich weiß, ich weiß. Bin ich ja auch. Aber deswegen arbeite ich trotzdem nicht gern dort. Allmächtiger, denkst du etwa, als junger Mensch wär's mein Traum gewesen, Gepäckträger zu spielen? Farmer auf meinem eigenen Grund wollte ich werden ...«

»Du willst den Krieg als Entschuldigung vorschieben, um deinen Job hinzuwerfen? Ist es das, was dahintersteckt?« Sie war der Wahrheit ziemlich nahe gekommen, doch gerade die konnte er nicht ertragen.

»Mit dir ist ja nicht zu reden. Aber ob dir's nun paßt oder nicht, morgen geh' ich hin und melde mich freiwillig.«

»Na schön. Mach das nur.« Sie wußte, daß sie ihn besonders treffen konnte, wenn sie ihm in diesem geringschätzigen Ton zustimmte.

»Tu' ich auch.«

»Gut, gut. Und jetzt mach das Licht aus. Ich möchte endlich schlafen.« Das Licht ging aus, und ein paar Minuten blieb es still. Ich lag im Dunkeln und lauschte, wußte ich doch, daß noch was nachkommen mußte.

»Du bringst mich dermaßen auf die Palme.« Er sagte es ganz leise, und ein entschuldigender Unterton schwang mit.

»Tom, ich will nicht, daß du gehst.«

»Ich muß aber, Mae. Das weißt du so gut wie ich. Mehr gibt's dazu nicht zu sagen.« Der Streit war vorbei. Kein Zweifel, er würde am nächsten Tag zur Musterung gehen. Sie konnte ihm ihre Einwilligung nicht länger vorenthalten.

»Mach die Tür zu.«

Als ich die Klinke einrasten hörte, rief ich leise nach Fritz.

»Bist du wach?«

»Ja, ich hab' sie auch gehört.« Seine Stimme war ganz schlaftrunken. »Tut dir dein Bein weh?«

»Schon, ja.«

»Schlimm?«

»Mir reicht's.«

»Na, dann komm.« Er rutschte zur Seite und machte mir Platz, als ich unter die Decke in die warme Kuhle in seinem Bett schlüpfte. Das war eine Zuflucht, auf die ich mich von klein auf verlassen konnte, und mit ein Grund dafür, daß ich meinen Bruder genauso liebhatte wie Mutter und Vater. »Ich hab' auch schon dran gedacht, Soldat zu werden. Ich bin ja fast alt genug.«

Es war mir nie in den Sinn gekommen, daß Fritz jemals fortgehen könnte, egal aus welchem Grund. Nein, wir würden alle weiter in dem Haus an der Livery Street wohnen bleiben, mitsamt seinen Gespenstern und Gerüchen und denselben alten Möbeln, bis die Uhr unserer kleinen Welt abgelaufen war. Daß mein Vater Soldat wurde, lag noch im Bereich des Möglichen. Er erzählte immerfort Geschichten über die herrliche Zeit, die er und seine Kumpels im Ersten Weltkrieg in Brownsville, Texas erlebt hatten, und es war ein alter Witz, einer, den ich jahrelang nicht kapierte, daß Fritz und ich irgendwo in Texas oder Mexiko Halbgeschwister mit Namen wie Chico, Maria, Pedro und Carmen hätten. Oben in der Dachkammer stand ein Schuhkarton mit Fotos von meinem Vater in Uniform, auf denen er jung und spindeldürr und ein bißchen töricht aussah. Daran, daß er in den Krieg zog, schien nichts Gefährliches oder Unnatürliches, denn Kriege auszufechten gehörte schließlich zu den Aufgaben der Väter. Aber Fritz konnte nicht fortgehen, weder in den Krieg noch sonstwohin. Er paßte in keine Umgebung, die nicht auch Platz für mich bot.

»Du kannst nicht weg, du gehst doch noch zur Schule.«

»Aber bloß bis Juni. Wenn der Krieg lange genug dauert, muß ich sogar einrücken.«

»Pop sagt aber, daß der Krieg bald wieder aus ist. Hast du's nicht gehört?«

»Kann schon sein. Aber wenn nicht, dann muß ich auch Soldat werden.« Er gähnte. »Die andern Jungs reden schon über nichts anderes mehr.«

»Ich bin müde.« Die andern Jungs konnten mir gestohlen bleiben, für mich zählte nur Fritz, und ich konnte den Gedanken an eine mögliche Trennung nicht ertragen.

»Magst du einen Schluck Whiskey? Ich hol' dir welchen.«

»Nein.«

»Worüber möchtest du denn reden?«

»Nichts. Schlaf endlich.« Wir sprachen nicht weiter, und wenig später hörte ich seine ruhigen, gleichmäßigen Atemzüge. Für ihn war das Soldatwerden überhaupt kein Problem.

Mein Vater tobte und rannte so lange im Zimmer auf und ab,

bis uns allen der Appetit vergangen war. Mom redete ihm die ganze Zeit gut zu, er solle sich doch hinsetzen und essen, aber die schiere Ohnmacht seiner Lage entmutigte ihn immer mehr, und schließlich stürzte er, die »gottverdammte Regierung« verfluchend, aus dem Haus und knallte die Tür so heftig hinter sich zu, daß im Eßzimmer die Fensterscheiben klirrten. Wir wußten, daß er jetzt ins Alley ging, eine Kneipe, deren Stammgäste eine sonderbare Mischung waren aus Alteingesessenen und Collegestudenten. Einmal, an einem drückendheißen Tag, hatte mein Vater mich dorthin mitgenommen, und ich bekam das beste eisgekühlte Birch-Bier, das ich je getrunken habe, auch wenn das Lokal mir angst machte mit seinen großen Glaskrügen voll Soleiern und Schweinsfüßen, die in Salzlake schwammen wie die toten Babys, die ich einmal im Museum gesehen hatte. Ganz nackt waren die und sahen aus, als ob sie sich genierten, so eingeschlossen in ihren Glasgefängnissen wie verschämte Seepferdchen. Pop war kein wirklicher Trinker. Sicher, die Veranlagung war da, aber meine Mutter steuerte so vehement dagegen, daß der Teufel los gewesen wäre, hätte er sich regelmäßig einen angetrunken. Auf dem obersten Bord im Küchenschrank stand immer eine Flasche Rock and Rye, aus der er ab und zu einen Schluck nahm, und im Sommer schätzte er sein Bier, aber er war kein Trinker. Wenn er indes einen berechtigten Vorwand hatte, sich einen anzududeln, dann nutzte er den selbstverständlich, wußte er doch, daß meine Mutter klug genug sein würde, am nächsten Morgen kein Wort darüber zu verlieren. Ein paar Minuten stocherten wir im kalten Essen herum.

»Tja, den sehen wir heute abend nicht wieder.« Sie sagte es mehr zu sich selbst als zu uns. Fritz erbot sich, das Abendessen aufzuwärmen, aber sie hörte ihn gar nicht.

»Wir haben heute eine Neue in die Klasse gekriegt.« Ich hielt es für angebracht, das Thema zu wechseln.

»Wenn er denkt, wir sitzen hier rum und blasen Trübsal, während er sich die Hucke vollsäuft, na, dann ist er aber schief gewickelt.«

»Sie spinnt. Sie wollte Schwester Matthew umbringen und sie aus dem Fenster werfen.« Meine Mutter hörte mich überhaupt nicht, dafür hatte ich aber Fritzens Aufmerksamkeit um so sicherer gewonnen.

»Wovon redest du? Wer wollte Schwester Matthew umbringen?«

»Sie heißt Bridie, und sie spinnt. Sie findet's toll, daß ich ein Krüppel bin.« Mom erhob sich mit einem Ruck.

»Laßt alles so stehen. Wir gehn ins Kino. Fritz, hol mir meine Handtasche aus der Anrichte.«

»Was für 'n Film läuft denn?« fragte ich, aber es interessierte mich nicht wirklich.

»Mir piepegal.« Fritz brachte ihr die Handtasche. »Ich will mir nur rasch die Nase pudern. Essen können wir unterwegs im Diner.« Sie wandte sich zum Badezimmer, doch als sie Fritz und mich mit dem Geschirr klappern hörte, machte sie kehrt. »Ich hab' euch doch gesagt, ihr sollt alles so stehenlassen. Euer Vater kann das morgen früh wegräumen.« Wir setzten uns hin und warteten, während sie im Bad verschwand.

»Wie heißt dieses spinnerte Mädchen gleich wieder?«

»Bridie! Bridie O'Connor«, sagte ich und stocherte mit der Gabel im kalten Kartoffelpüree.

Bevor sie in unsere Stadt und in die vierte Klasse der katholischen Schule Our Lady of Perpetual Help kam, hatte Bridie mit ihrem Vater Laurie ein paar Monate bei dessen Schwester in Boston gewohnt. Laurie O'Connor, von Beruf Barmixer, hatte den vorigen Sommer in einem Kurhotel auf Cape Cod gearbeitet. Bridies Mutter lebte nicht mehr, und je nach Bridies Laune war sie an allem möglichen zwischen Kindbettfieber und der Überquerung der Niagarafälle in einem Faß gestorben. An einem Punkt im kurzen, aber hochdramatischen Leben ihrer

Mutter hielt sie indes unbeirrbar fest. Die verstorbene Mrs. O'Connor war eine bildschöne spanische Tänzerin gewesen und, wie Bridie sich ausdrückte, »die Freundin von irgend'nem König oder so in irgend'nem Land in Europa oder Frankreich oder so wo.« Es dauerte Jahre, bevor mir aufging, daß da eine erstaunliche Ähnlichkeit zwischen Bridies exotischer Mutter und der ebenso legendären wie berüchtigten Lola Montez bestand. Wie die meisten Menschen erschuf sich auch Bridie ihre eigene Wirklichkeit, nur daß die ihre willkürlich und trügerisch, ja sogar aberwitzig war und daß Bridie sie mit der Hingabe eines Fanatikers auslebte. Und da sie die Gabe hatte, anderen den Kopf zu verdrehen, brachte sie es fertig, den Leuten weiszumachen, daß Bridies Wirklichkeit auch die ihre sei. In all den Jahren, die ich Bridie kannte, war ich mir über den Wahrheitsgehalt dessen, was sie einem auftischte, nie ganz im klaren. Gewiß, auch ich hatte meine kleinen Fluchten, meine ureigenen, spleenigen Phantasmagorien, die ich still und heimlich in Reserve hielt, als schützendes Bollwerk gegen einen eventuellen Weltuntergang, die grausame Gewißheit, daß meine Eltern eines Tages nicht mehr leben würden, und gegen den Schmerz der Vereinsamung. Aber Bridies skurriles, rebellisches Ausscheren aus der realen Welt, das sich in aller Öffentlichkeit vollzog, hatte etwas Verführerisches, besonders für jemanden wie mich, den schon die bloße Unverfrorenheit dieses Mädchens blendete.

Als es Schwester Matthew endlich gelang, Bridie den Platz in der Klasse anzuweisen, auf den sie, zumindest dem Alphabet nach, gehörte, wurde ich von der unwillkommenen Banknachbarin erlöst. Aber selbst auf drei Reihen Entfernung hörte ich noch, wie sie pausenlos und zwanghaft drauflosplapperte, als ob sie etwas Wichtiges zu sagen hätte. Dabei schien sie niemanden direkt anzusprechen, sondern verkündete ihre Meinung einfach der Welt an sich. Die Klasse nahm nur notgedrungen Notiz von ihr, und die meiste Zeit war sie wie eine tote Katze auf einem ausgetretenen Fußweg: Alle machten einen Bogen um sie. Die Tatsache, daß sie keine Freunde fand, schien ihr nicht das geringste auszumachen. Sie hatte natürlich ihre eingebildete Freundschaft mit mir, und sosehr ich mich auch anstrengte, sie ließ sich einfach nicht abschütteln. Ständig lauerte sie mir auf, beim Lunch, auf dem Schulhof, ja sogar in der Kirche, und dann tat sie, als ob wir ein unterbrochenes Gespräch weiterführen würden. Ich erinnere mich an lauter Unterhaltungen, die mittendrin anfingen, so daß ich nie eine Ahnung hatte, wovon sie eigentlich sprach. »... und da hab' ich zu ihr gesagt, na, was hältst du davon?« – »Also, wenn Gott uns nach Seinem Bilde erschaffen hat, wem sieht er dann ähnlicher, dir oder mir?« – »Und seitdem würde ich um keinen Preis mehr Hühnerleber essen.« Ich konnte ihr nie richtig Antwort geben, fand aber bald heraus, daß es ihr genügte, wenn ich einfach bloß zuhörte. Kontakt war alles, was sie brauchte, und solange sie den bekam – egal wie –, war sie zufrieden. Sogar wenn sie jemanden verprellte, bekümmerte sie das nicht, weil sie den Rückzug schließlich selbst herbeigeführt hatte. Und wenn tatsächlich mal einer auf sie einging und so dumm war, sich mit ihr zu unterhalten, dann geriet sie vor lauter Begeisterung völlig aus dem Häuschen. In jenen ersten Wochen, als ich mich noch dazu verleiten ließ, ihr zu antworten, kam sie mir zweimal auf die Jungentoilette nach. Der einzige Zeitpunkt, zu dem ich mir absolut sicher war, daß sie nicht hinter einer Ecke darauf lauerte, mich abzufangen, war nach Schulschluß, wenn um drei Uhr die Freiheitsglocke ertönte. Dann ging sie ihrer Wege, und ich verschwand um den Block in den Schutz meines heimischen Viertels. Ich wußte nicht, wie lange es dauern würde, bis sie herausfand, wo ich wohnte, aber einstweilen fühlte ich mich relativ sicher. Es gab Tage, an denen ich trotz meines schlimmen Beins nach Hause rannte, als ob der Teufel zu Pferde hinter mir her wäre. Sobald ich die Livery Street erreichte, bildete ich mir ein, daß ich durch eine unüberwindliche Mauer vor Bridie geschützt sei. Aber ehe ich mich's versah, stürzte diese Mauer ein. Etwa einen Monat nach ihrer Ankunft in unserer Stadt bezogen die O'Connors das Haus direkt gegenüber von uns.

Wir wohnten im »Zentrum«, wo die Mittel- und die untere Mittelklasse sich die Miete und manchmal auch den Kaufpreis für ihr bescheidenes Heim leisten konnten. Wir hatten ein paar Ladeninhaber und kleine Geschäftsleute in der Nachbarschaft, aber die meisten arbeiteten in irgendeiner Funktion für die Universität. Die Männer waren dort Gärtner, Hausmeister, Wartungsmonteure oder Wachpersonal, und die paar berufstätigen Frauen kochten oder bedienten in der Mensa. Meine Eltern waren die Ausnahme; Pop war bei der Eisenbahn, Mom Lehrerin an einer der beiden staatlichen Schulen. Ein paar jüngere, ledige Frauen arbeiteten als Sekretärinnen oder in der Telefonvermittlung, aber in der Hauptsache war es die Universität, die die Bewohner unseres Viertels ernährte, und sie revanchierten sich dafür mit demütiger, ja fast sklavischer Unterwürfigkeit. Schließlich hatte die Uni den meisten von ihnen durch die Wirtschaftskrise geholfen, wofür sie ihr den Rest ihres Lebens, bis hin zu Kindern und Kindeskindern, Dank schuldeten. So verlangte es die gängige Gesellschaftsordnung, und an der hätte sich auch nie etwas geändert, wenn der Zweite Weltkrieg nicht gekommen wäre. Die Universität markierte im übrigen auch die Grenzlinie zwischen dem »Zentrum«, wo Neueinwanderer sowie Iren und Italiener der ersten und zweiten Immigrantengeneration gemütlich, wenn auch auf engem Raum hausten, und der »Oberstadt«, wo die alteingesessenen reichen Familien in kalter Pracht residierten. Bis auf ein paar »Zentrale«, die als Dienstboten in den feinen Häusern arbeiteten, holten die sich ihr Personal unter den Schwarzen aus der Allen Street, die nun wieder zu einem ganz anderen Viertel gehörte.

Die Livery Street, das waren zwei Blocks schmalbrüstiger, architektonisch einfallsloser Häuser aus der Mitte des neunzehnten Jahrhunderts. Die Bürgersteige, rissig vom Wurzelwerk schöner alter Ahornbäume und Ulmen, reichten bis an die Vordertreppen der Häuser, so daß für Rasen oder Blumenbeete kein Platz blieb. Alles an der Straße und ihren Bewohnern war rundum praktisch. Benannt war sie nach einem Mietstall, der vor dem Ersten Weltkrieg über hundert Jahre lang elegante Kutschen für die feine Gesellschaft bereitgehalten hatte. Die beiden Blocks wurden von der Wilbridge Street getrennt, die ihrerseits drei Blocks weiter am Campus der Universität endete. Dieser kleine Innenstadtbezirk war fast ausschließlich irisch und katholisch, bis auf eine deutsche Familie, die Shultzes, eine griechische, die Katsotases, zwei Familien gemischter Abstammung, die Wards und die Benlights, sowie ein älteres ungarisch-jüdisches Ehepaar, Mr. und Mrs. Ganis. Die Katsotases waren Mitglieder einer griechisch-orthodoxen Kirche, der St. Sophia, in einem Ort elf Meilen von uns entfernt, die Wards gingen in die Erste Methodistenkirche, und die Benlights waren Atheisten und steuerten folglich geradewegs auf die Hölle zu. Manche Leute glaubten felsenfest, es sei Gottes Strafe, daß Celeste, ihre einzige Tochter, schwerbehindert war. Die Benlights lebten die meiste Zeit hinter verschlossenen Türen, außer im Sommer, wenn sie Celeste mitunter in einem Sessel auf die Veranda schoben, damit sie die kühle Abendbrise genießen konnte. An einem solchen Abend verschwanden die Nachbarskinder auf mysteriöse Weise von der Straße, weil sie nämlich wußten, daß Celeste Benlight eine Hexe war und jeden, der ihr in die Augen sah, mit einem Fluch belegen konnte. Aber das war ein vor den Erwachsenen sorgsam gehütetes Geheimnis. Nicht genug damit, daß Celeste, als Opfer einer Gehirnlähmung, in einem falsch gepolten Körper gefangen war, nein, wir machten es noch schlimmer, indem wir sie zu einer Bedrohung stilisierten und behaupteten, sie könne uns mit körperlichen Gebrechen oder mit Wahnsinn schlagen. Ich weiß nicht mehr, wie die Hexentheorie aufkam, aber die köstliche Furcht davor, aus Versehen in Augenkontakt mit Celeste zu geraten, war jedenfalls so groß, daß die meisten Kinder lieber auf

die andere Straßenseite wechselten, als am Haus der Benlights vorbeizugehen.
Mr. und Mrs. Ganis wären, als die einzigen Juden unter uns, bestimmt exotischer gewesen, hätte Mrs. Ganis nicht so einen ausgeprägten Drang nach Geselligkeit gehabt. An der Universität gab es einen kleinen Kreis intellektueller Juden, aber Mrs. Ganis, die in der alten Heimat im Showgeschäft gewesen war, hielt sie für langweilige Snobs und wollte nichts mit ihnen zu tun haben. Sie war eine kleine, rundliche Frau Ende Sechzig mit feuerrotem Haar und immer so stark geschminkt, als warte sie gerade auf ihren Auftritt. Daheim in Ungarn war sie beim Ballett gewesen und wäre, so behauptete sie jedenfalls, zu einer gefeierten Primaballerina herangereift, wenn nur der fesche Mr. Ganis nicht so hartnäckig den Bühneneingang belagert und ihr Herz im Sturm erobert hätte.
Im Alter trug Mr. Ganis stets einen sehr korrekten dunklen Anzug mit Krawatte, sogar an den Hundstagen im Sommer, und am liebsten saß er mit einem guten Buch zu Hause, geborgen vor den neugierigen Blicken auf seine schielenden Augen, die hinter sehr dicken Brillengläsern erst recht auffielen. Mrs. Ganis aber brauchte Menschen um sich und hatte Sehnsucht nach der Gesellschaft anderer Frauen, mit denen sie über Ehemänner, Kochen, Kleider und die Nachbarn reden konnte. Da es keine Synagoge am Ort gab, in die sie hätte gehen können, wich sie auf das Nächstbeste aus und trat den Katholischen Töchtern von Amerika bei. An den Gottesdiensten nahm sie zwar nicht teil, aber sie war trotzdem aktives Mitglied und versäumte nie einen Kartenabend, einen Wohltätigkeitsbasar oder eine Versammlung, und wenn die katholischen Töchter sich in Mr. McConnells Bestattungsinstitut oder einem Trauerhaus versammelten, um einen Rosenkranz für ein verstorbenes Gemeindemitglied zu beten, dann saß Mrs. Ganis still in der Ecke und weinte.

Während die Nation sich darauf einstellte, daß wir tatsächlich Krieg hatten, daß Hitler, Mussolini und Hirohito die Welt zu versklaven drohten und dem, was wir unter Freiheit verstanden, ein Ende setzen wollten, hatte ich ein echtes Problem. Bridie O'Connor wohnte mir genau gegenüber. An jenem Samstag, als sie und ihr Vater in seinem alten Nash vor dem Haus hielten und ihre wenigen Habseligkeiten im Schnee abluden, sah ich ihnen vom Eßzimmerfenster aus zu. Da standen zwei, drei Koffer, ein paar Pappkartons und zwei zusammenklappbare Feldbetten. Möbel hatten sie überhaupt keine. Ich ging in die Küche, wo meine Mutter einen Reispudding rührte, und erzählte ihr, die Spinnerte aus meiner Klasse ziehe gegenüber ein, und wie es aussehe, hätten sie nicht mal 'nen Pißpott.

»Das weißt du doch gar nicht. Vielleicht bringt die Möbelspedition ihre Sachen ja später nach. Und außerdem geht dich das gar nichts an.« Sie nahm ein leeres Vanilleglas aus dem Schrank. »Jetzt sieh dir das an! Also das bringt mich so in Rage! Wie kann man nur ein leeres Glas in den Schrank zurückstellen?«

»Aber außer dir nimmt das doch keiner.«

»Na, ich hab' das leere Glas bestimmt nicht da reingestellt. Tut mir leid, aber du mußt mir rasch was nachkaufen. Der Pudding muß nämlich gleich ins Rohr.«

Ich war kaum die Verandatreppe runter, als Bridie mich auch schon gesehen hatte und ohne Mantel über die Straße gerannt kam, um mir zu sagen, wie toll es sei, gleich gegenüber von ihrem besten Freund zu wohnen. Sie bestand darauf, daß ich ihren Vater kennenlernen müsse, und als ich einwandte, ich sei auf dem Weg zum Kaufladen, überhörte sie es einfach und zerrte mich durch den Schneematsch und die Treppe hoch in das kalte, öde Haus, das seit September, als die alte Mrs. Kenny gestorben war, leer gestanden hatte.

»Laurie, das ist mein Freund Finn. Der Junge, von dem ich dir erzählt hab', der mit dem kaputten Bein.« Ich hatte noch nie

gehört, daß jemand den eigenen Vater beim Vornamen nannte, aber aus ihrem Mund schien es mir ganz natürlich.
»Also, Finn, freut mich, dich kennenzulernen.« Seine Stimme war herzlich, melodisch und voll Elan, und er hatte nur einen ganz leichten irischen Akzent. Lächelnd gab er mir die Hand. »Wir würden dir gern einen Platz anbieten, wenn wir nur was zum Draufsitzen hätten. Aber laß uns ein paar Wochen Zeit, und das Haus wird so vornehm sein wie das von Mrs. Astor.« Er hatte Bridies Lächeln, aber damit war die Ähnlichkeit auch schon zu Ende. Im Gegensatz zu ihren dunklen Haaren und roten Wangen war Laurie blond und blaß, wie eine Fotografie, die schon ein bißchen vergilbt ist. Sein Haar war fast rot, das Gesicht fast sommersprossig, und seine Augen waren fast blau. Die feinen, klassischen Gesichtszüge hatten die Blässe einer Nachteule, und ich nahm an, daß er in der Sonne blinzeln müsse. Er war etwa zehn Jahre jünger als Pop, was ihn irgendwie zugänglicher machte, und er gefiel mir gleich, obwohl er Bridies Vater war.
Dies war das erste Haus, das die O'Connors, Vater und Tochter, gemeinsam einrichteten. Bis zu ihrem fünften Lebensjahr hatte Bridie bei ihrer Tante in Boston gewohnt, aber dann, auf der Party zu ihrem fünften Geburtstag, entschied Laurie, er wolle seine Tochter bei sich haben, und von da an wohnten sie in Hotels und Pensionen die Ostküste rauf und runter, wo immer er eine Stelle als Barkeeper fand. In den nächsten Jahren sollte ich endlose Geschichten über diese Stationen zu hören bekommen, Geschichten, die so verrucht und schaurig waren und so offensichtlich frei erfunden, daß ich nicht ein Wort davon glauben mochte. Und doch lauschte ich ihnen wie hypnotisiert und wartete atemlos auf die nächste phantastische Ausschmückung. Der Job, den Laurie bei uns in der Stadt angenommen hatte, im Prussian Inn, einem erstklassigen Hotel, das die Universität und die »Oberstadt« mit Speisen und Getränken belieferte, war ganzjährig und langfristig, und die Vorstellung,

ein eigenes Haus einzurichten, machte ihn und Bridie so glücklich wie ein frischvermähltes Paar.
»Ich muß runter und die Heizung in Gang bringen, bevor wir hier alle erfrieren. Und du, Finn, fühl dich wie zu Hause.« Als Laurie in den Flur rausging, rief er Bridie noch zu, sie solle ihren Mantel anziehen, bis es im Haus warm geworden sei.
»Meine Mutter wartet auf Vanillepulver.« Sie kam mir nach, als ich zur Tür ging.
»Laurie und ich kaufen heut nachmittag 'nen Tisch und 'n paar Stühle. Wir haben uns gedacht, das erste, was wir brauchen, ist was zum dran essen. Ich bin eine gute Köchin, du kannst also ruhig mal zu uns zum Essen kommen. Am besten Sonntag oder Montag, denn wenn er arbeiten muß, kommt Laurie erst frühmorgens heim.«
»Mal sehen.« Ich mußte verschwinden, bevor sie mich noch weiter in ihr Leben einbezog. Ich war schon halb die Treppe runter, als sie mir nachrief: »Ich komm' heut nachmittag mal rüber und stell mich deiner Mom und deinem Dad vor. Und du gib acht auf dem Eis, sonst fällst du noch hin und hast am Ende zwei Hinkebeine.«
Als ich zum Kaufladen ging, fing es an zu schneien, in großen, nassen Flocken.
Mom, Fritz und ich waren in der Küche, als es einmal laut an der Haustür klopfte. Aber bevor einer von uns aufmachen konnte, kam Bridie schon von selbst herein. Pop hatte Sitzung bei den Kolumbusrittern, einem römisch-katholischen Männerbund, dem er seit seiner Soldatenzeit angehörte. Sie planten das Karnevalsfest, das jedes Frühjahr auf dem Brachfeld, dem inoffiziellen Freizeitpark unseres Viertels, gefeiert wurde, als Benefizveranstaltung für die Gemeinde. Und bevor er ging, hatte er noch gesagt: »Ich lass' mich hängen, eh ich zusehe, wie dieser Hitler und das ganze Gesocks den Kolumbusrittern in die Quere kommen. Mein Gott, das Leben muß schließlich weitergehen, oder?«

»Hallo, ich bin Bridie O'Connor, Finns beste Freundin.«
»Ist sie nicht!« widersprach ich.
Mom stellte sich und Fritz vor, dann bot sie Bridie Reispudding an und ein Glas Milch.
»Ich war schon in fünf verschiedenen Schulen, obwohl ich erst in die vierte Klasse gehe. Ich bin auf katholischen Schulen gewesen und auf staatlichen, und ehrlich gesagt sind mir, glaub' ich, die staatlichen lieber. Die Nonnen können einen aufarbeiten, wenn Sie wissen, was ich meine. Und sie riechen so komisch. Wer einmal eine Nonne gerochen hat, vergißt's nicht mehr. Ein bißchen wie Benzin oder 'n Stinktier. Kriegt man nicht mehr aus der Nase, den Geruch.« Sie nahm einen Löffel Pudding, holte tief Luft und fuhr fort: »Früher hab' ich bei meiner Tante Theresa in Boston gewohnt. Sie war sehr nett, außer, wenn sie sich einen angedudelt hatte, was jedes Wochenende vorkam. Dann fing sie an zu jammern, weil sie keinen Mann hat. Aber Laurie und ich meinen, sie hat schon zu viele Eigenheiten, als daß sie noch mal einen abkriegen würde.«
»Laurie ist ihr Vater«, warf ich ein.
»Oh, jaja.« Sie aß noch einen Löffelvoll. »Einmal, als Tante Theresa noch jung war und auf die Sekretärinnenschule ging, verknallte sie sich in einen gewissen Joe Kerrigan, von dem sie noch heute schwärmt, wenn sie ein paar Glas zuviel hat. Sie war überzeugt, daß der sie geheiratet hätte, wenn er nicht für seine kranke Mutter hätte sorgen müssen, aber Laurie kannte ihn, und er sagt, dieser Kerrigan war auch bloß einer von diesen irischen Habenichtsen, die ewig ihrer Mutter am Schürzenbändel hängen. So, wie Laurie und ich die Sache sehen, wird Tante Theresa eine alte Jungfer werden, und sie täte gut dran, sich bald an den Gedanken zu gewöhnen. Sie könnte sich ja immer noch nach ein paar Typen umsehen, die ihr gefällig sind, wenn sie's mal juckt.« Sie machte wieder eine Pause und aß weiter, und wir holten alle drei tief Luft. Ich konnte Mom und Fritz nicht begreifen. Nach allem, was ich ihnen über Bridie erzählt hatte,

was für eine verrückte Nudel sie war, hingen sie gleichwohl buchstäblich an ihren Lippen. »Ihr Haus gefällt mir, es ist hübsch.«

»Danke schön.« Meine Mutter behandelte sie wie einen ganz normalen Menschen.

»Als Laurie und ich noch auf Cape Cod waren, da hab' ich mal einen Angelhaken ins Bein gekriegt, den sie mit einem Messer rausschneiden mußten. Da konnte man bis auf den Knochen sehen. Soll ich euch die Narbe zeigen?«

»Nein!« rief ich hastig. Mom und Fritz wären auf jeden Vorschlag von ihr eingegangen. Sie war erst seit ein paar Minuten im Haus und hatte sie doch schon auf ihrer Seite. Fritz versicherte mir später, er halte sie für das ulkigste Geschöpf seit Laurel und Hardy, und es sei ihm schleierhaft, wieso ich sie nicht leiden könne. Ich war's nicht gewohnt, Fritz mit irgend jemandem zu teilen, außer mit Mom, Pop und Mina Pascali, seiner Freundin. Und mit einer wie Bridie wollte ich ihn ganz bestimmt nicht teilen. Als Pop sie schließlich auch kennenlernte, da war es Liebe auf den ersten Blick. Er hielt sie für den zähesten Fratz, der ihm je untergekommen sei, und Pop bewunderte Zähigkeit. Also gab er ihr den Spitznamen Joe Louis. Mir hatte er nie einen Spitznamen gegeben. Den Finn hatte ich einfach von ihm geerbt. Für die meisten Erwachsenen war ich Finn junior oder der kleine Finn. Mein Leben lang wünschte ich mir einen Namen ganz für mich, einen Spitznamen, auf den niemand sonst Anspruch hatte, einen, der für etwas ganz Besonderes an mir stand. Mein Vater kannte Bridie nur ein paar Minuten, und schon gab er ihr etwas, das ich mir immer vergebens gewünscht hatte. Ich fühlte mich betrogen durch diese Vertraulichkeit und durch seine Herzlichkeit und Zuneigung zu ihr. Sie setzte sich auf seinen Schoß, und er umarmte sie und drückte sie an sich, und ich konnte mich nicht erinnern, daß er das jemals mit mir gemacht hätte. Er versuchte es ein paarmal, fand es aber unnatürlich, und es war uns beiden peinlich. Mit Fritz war das ganz anders. Die beiden hatten ein lockeres, unbefangenes, ja liebevolles Verhältnis zueinander, das weit über eine Vater-Sohn-Beziehung hinausging. Sie waren Freunde. Sie redeten und stritten und lachten miteinander wie Freunde, und sie unternahmen vieles gemeinsam. Auf die Jagd gingen sie, zum Fischen und zum Camping, aber ich blieb wegen meines Beins meistens ausgeschlossen. Die wenigen Male, die ich mitdurfte, kam ich mir vor wie ein Störenfried, obwohl Fritz sich alle erdenkliche Mühe gab, mich einzubeziehen. Manchmal nahmen Fritz und ich meinen Hund Duke und fuhren über Nacht ins Kiefernwäldchen, wo ich meinen Bruder damit verblüffte, daß ich alles, was lief, krabbelte oder schwamm, beim Namen kannte. Jeden Vogel, jeden Baum und alle wilden Blumen konnte ich benennen, und im Umgang mit Tieren kannte ich keine Furcht, nicht einmal vor Schlangen. Wo immer ich hinging, trug ich ein Skizzenbuch nebst Stift bei mir, und auf diesen Campingausflügen zeichnete ich alles, was mir ins Auge sprang, während Fritz und ich die Weltprobleme diskutierten. Fritz sagte, der liebe Gott habe mir da eine besondere Gabe verliehen, weil es ihm peinlich gewesen sei, wie er mein Bein vermurkst habe. Ich bezweifelte ernsthaft, daß es überhaupt einen Gott gab.

Zu Anfang ließ meine Mutter sich nicht so ohne weiteres von Bridie einwickeln. Sie machte sich Sorgen um sie, weil sie an den Abenden, wenn Laurie arbeitete, ganz allein im Haus war, und sie fand sie amüsant, aber sie wahrte Distanz. Wie die meisten Menschen, die sich für stark halten, bewunderte meine Mutter Selbständigkeit sehr, und wenn ihr etwas an Bridie anziehend erschien, dann das. Mom war mit acht Jahren Vollwaise geworden, als ihre Mutter im Kindbett starb und ihr Vater sich vor lauter Verzweiflung darüber erschoß. Man hatte sie von einem Verwandten zum nächsten weitergereicht, bis sie mit sechzehn aufs Grundschullehrerseminar ging; so hatte sie schon in ganz jungen Jahren gelernt, daß sie sich auf keinen verlassen konnte außer auf sich selbst. Um das College bezahlen zu können, arbeitete sie in einer Süßwarenfabrik, wo sie Bonbons in Schokoladenglasur tauchte, während sie Pläne für ein perfektes Leben schmiedete, wozu die Heirat mit Tom Finnegan, Kinder, ihr Beruf als Lehrerin und ein eigenes Haus gehörten. Und sie schaffte es, das alles zu kriegen. Sie hielt sich für eine sehr erfolgreiche Frau, gesegnet von einem Gott, an den sie aus tiefstem Herzen glaubte, obwohl Er sie zweimal im Stich gelassen hatte. Das erstemal, als ich geboren wurde, und dann als Er, fast ohne Vorwarnung, meine kleine Schwester Deirdre zu sich nahm. Sie kam zwei Jahre nach mir zur Welt, und sie war so makellos wie Fritz. Als ich älter wurde, hörte ich Geschichten über die Ängste, die meine Mutter ausgestanden hatte, als sie erfuhr, daß sie wieder schwanger war. Sie zitterte davor, daß sie wieder ein mißgestaltetes Baby zur Welt bringen könnte. Aber Deirdre kam mit geraden Gliedern auf die Welt, hatte eine rosige Haut und Haare so schwarz, wie die meiner Mutter gewesen waren. Auf dem Radio im Wohnzimmer stand in einem Silberrahmen ein Foto von ihr, aufgenommen, als sie neun Monate alt war, genau zwei Monate vor ihrem Tod. Sie trug ein weißes Sonnenhütchen, und sie lächelte so angestrengt, daß ihr Kinn und ihre Augen fast in den Babyspeckfalten verschwanden, und trotzdem spiegelte sich das Beste beider Elternteile in diesem glückstrahlenden kleinen Gesicht. Sie starb, als sie die Masern hatte und Krämpfe bekam, starb in den Armen meiner Mutter, die mit ihr am Küchentisch saß und ihre Schmerzen zu lindern versuchte. Keiner kannte den genauen Zeitpunkt des Todes, aber als mein Vater von der Arbeit heimkam, saß meine Mutter noch immer am Tisch und hielt das kalte Baby im Arm. Der Arzt sagte, sie habe vermutlich fast den ganzen Tag so dagesessen. Sie hatte einen so schweren Schock erlitten, daß sie ins Krankenhaus mußte und nicht mit zur Beerdigung konnte. Ich war damals erst drei Jahre alt, und doch erinnere ich mich mit verblüffender Klarheit an Gerüche, Bilder und Farben,

Details, die mich mein Leben lang begleiten werden. Fritz und ich wurden nebenan bei den Shultzes einquartiert, damit unser Zimmer frei wurde für Verwandte von außerhalb. Mrs. Shultz betete sehr viel auf deutsch, und ich glaube, es war auch an dem Tag, daß die Söhne der Shultzes, Frank und Will, Fritz seinen Namen verpaßten. Jedenfalls hieß er seit dem Begräbnis aus irgendeinem Grund Fritz und nie mehr Tom junior. Fritz war neun und durfte sich allein baden, aber ich war erst drei, und so badete mich Mrs. Shultz, und ich schämte mich entsetzlich, daß jemand, der nicht zu meiner Familie gehörte, mich nackt sah. Als man uns schließlich wieder heimbrachte, lag Deirdre aufgebahrt in einem winzig kleinen weißen Sarg im Erkerfenster vom Wohnzimmer, und überall standen weiße und rosa Blumen, deren unangenehm süßlicher Duft so schwer in der Luft hing, daß ich kaum atmen konnte. Mein Vater führte uns an den offenen Sarg, damit wir sie noch einmal sehen könnten; adrett und albern sah sie aus, in dem schneeweißen Kleid, und ich wollte sie anfassen, um zu prüfen, ob sie wirklich echt war. Mit den kunstvoll gedrehten Löckchen, den bemalten Lippen und Wangen sah sie aus wie eine neue Puppe, noch im Geschenkkarton. Sie hatte eine kleine Decke über den Füßen, und ich weiß noch, daß ich mich fragte, ob sie wohl Schuhe trüge. Das Haus wimmelte von Menschen, Männern, die in der Küche tranken, Frauen, die im Eßzimmer den Tisch deckten, und alten Frauen, die ich nicht kannte, die jammernd und schluchzend in unserem Wohnzimmer knieten, ohne daß man ein Wort von ihrem Gegreine verstanden hätte. Kinder in ihrem besten Sonntagsstaat spielten im Garten, aber Fritz und ich durften nicht mit hinaus. In der Kirche saßen, unter den wachsamen Augen der Nonnen, unsere Mitschüler steif wie die Zinnsoldaten, und sechs von Fritzens Klassenkameraden trugen steif und verlegen den Sarg. Ich begriff nicht, wieso Fremde meine Schwester tragen durften, wo Fritz das doch ganz allein geschafft hätte. Es war ja so ein kleines, federleichtes Ding. Auf dem Friedhof, als

sie den Sarg in die Erde senkten, rief mein Vater auf einmal ganz laut den Namen meiner Mutter; seine Knie gaben nach, und im Fallen riß er mich mit zu Boden. Von allen Seiten stürzten Leute herbei, um ihm zu helfen, und Fritz zog mich gerade noch rechtzeitig aus dem Gewühl. Am Nachmittag gingen wir wieder heim, und als alle Gäste fort waren und es Nacht wurde, schliefen Fritz und ich in dem großen Bett bei meinem Vater, der fast die ganze Nacht weinte. Fritz weinte auch, aber ich verstand nicht, warum, denn ich war sicher, wenn meine Mutter nach Hause käme, würde sie Deirdre mitbringen, genau wie beim letztenmal, als sie im Krankenhaus gewesen war.
Irgendwer hatte uns neue Anzüge gekauft, die wir aber nur ein einziges Mal trugen, eben zur Beerdigung. Meine Mutter verbrannte sie, als sie aus dem Krankenhaus zurückkam, in einer Zeremonie nur für sich allein hinter dem Haus, ganz früh an einem Samstagmorgen. Für den Rest des Tages saß sie dann zurückgezogen im Schlafzimmer und murmelte vor sich hin, fast so, als unterhalte sie sich mit jemandem. Pop sagte immer, daß Moms Probleme mit Deirdres Tod begonnen hätten. Ein paar Monate nach ihrem Krankenhausaufenthalt begannen jene Phasen, in denen sie wie geistesabwesend war und wir sie ab und an mit Leuten reden hörten, die gar nicht da waren.

Während Bridie und Laurie sich in ihrer neuen Umgebung einrichteten, stellte die Nation sich auf den Kriegszustand ein. Wie mein Vater wollte auch Laurie, kaum, daß der Krieg erklärt war, Soldat werden. Bridie sollte nach Boston zu ihrer Tante Theresa und dort bleiben, bis der Krieg vorbei wäre. Laurie versuchte es bei jeder Waffengattung, aber er war 4-F, dienstuntauglich, aufgrund eines Herzgeräuschs. Jeder, der nicht in den Krieg wollte, hätte über eine 4-F-Einstufung gejubelt, doch für einen Mann wie Laurie O'Connor bedeutete es eine Schande, mit der er kaum leben konnte. Aber da er und Bridie in dem Haus an der Livery Street nun mal ein neues Leben

anfangen wollten, bemühte er sich nach Kräften, seine Enttäuschung zu verbergen. Damals begann er zu trinken.
Der erste aus unserer Straße, der tatsächlich eingezogen wurde, war Mr. Ward, und obwohl er zu den Methodisten gehörte, forderte Pater Boyle die ganze Gemeinde auf, Mr. Ward in ihre Gebete einzuschließen. Er kam zur Marine, und Mrs. Ward zog zu ihrer Schwester nach Wilmington, und als sie das Haus verließen, sagte meine Mutter, die Wards würden wir in diesem Leben nicht wiedersehen, und sie sollte recht behalten. Der Krieg verwandelte alles, selbst etwas so Zeitloses wie die Livery Street. Michael Foley, der am Ende der Straße wohnte und eine Klasse über Fritz war, meldete sich freiwillig zusammen mit seinem besten Freund Jim Halley. Eigentlich hatten die beiden nach der High-School gemeinsam aufs Priesterseminar gehen wollen, aber nun mußten Gott und die Franziskaner eben warten. Frank und Will Shultz waren die nächsten. Sie gingen zur Marine, und an dem Tag, an dem sie einrückten, schickte mein Vater mich zu Mrs. Shultz; sofern ich nicht im Weg sei, solle ich ihr den Nachmittag über Gesellschaft leisten. Bridie kam ungebeten mit und redete wie ein Wasserfall, von dem Moment an, als wir zur Tür reinkamen, bis wir zum Abendbrot heimgingen. Mrs. Shultz saß in der Küche und blickte mit tränenverschleierten Augen in ihren Garten, den schönsten in der ganzen Nachbarschaft, indes Bridie über Gott und die Welt plapperte, einschließlich Lauries Kampf gegen die Hämorrhoiden, die, wie Bridie uns belehrte, der Fluch des Barkeepers und überhaupt all der Menschen waren, die ihre Arbeit im Stehen verrichten mußten. Ich hatte noch nie von »Hämorrhoiden« gehört und stellte mir darunter so was wie entzündete Fußballen oder Hühneraugen vor, weshalb ich sehr überrascht war, als Mrs. Shultz über Lauries vermeintliches Fußleiden zu lachen anfing.

Mochte der Krieg die Erwachsenen auch noch so bedrücken, auf uns Kinder hatte er eine regelrecht beschwingende Wirkung.

Hollywood produzierte wie am Fließband Filme, deren uniformierte Helden den Cowboy mit dem weißen Hut ein für allemal verdrängten, Helden, die mit Freuden ihr Leben opferten, um die Japse und die Deutschen von unseren Küsten fernzuhalten. Stolz und lautstark sangen wir alle miteinander, die Hand aufs Herz gepreßt, im Kino die Nationalhymne, während uns hehre Schauder über den Rücken liefen. Schwester Matthew verhängte einen Teil der Tafel mit einer riesengroßen Weltkarte und spießte kleine Fähnchen an jeden fernen, fremdartig klingenden Ort, der in den Nachrichten erwähnt wurde. Als im Juni das Schuljahr zu Ende ging, waren Namen wie Corregidor, Rangun, Manila, Java und Tobruk uns allen geläufig. In der zweiten Aprilwoche, als Bataan fiel und die Nachricht vom berüchtigten Todesmarsch der Kriegsgefangenen die Heimatfront erreichte, sank der Nation der Mut. Aber als am 18. April ein US-Geschwader unter dem Kommando von Colonel Jimmy Doolittle Tokio bombardierte, stiegen die Hoffnungen auf ein glimpfliches und rasches Ende des Krieges erneut. Im Mai dann versenkten die Japaner den Flugzeugträger USS Lexington, und Mario Pascali, der neunzehnjährige Bruder von Mina, der Freundin meines Bruders, war der erste aus unserer Stadt, der in diesem Krieg fiel.

»Ist das nicht wieder typisch!« sagte Mrs. Cavanaugh und wiegte sich ärgerlich in ihrem Schaukelstuhl auf der Veranda, »der erste Held der Stadt ist ausgerechnet ein verdammter Spaghettifresser.« Sie saß da in ihrem schmuddeligen Hauskleid, dick und ungewaschen, die wasserziehenden Strümpfe bis unter die schwabbeligen Knie gerollt. »Diese Itaker haben doch immer Glück. Wieso konnte es nicht ein netter irischer Bursche sein?« Vom Frühling bis zum Herbst saß Mrs. Cavanaugh den lieben langen Tag auf der Veranda, belauerte die Leute, tratschte und tadelte. Jetzt hörte sie auf zu schaukeln und fixierte mich über das Verandageländer hinweg. »Dein Bruder treibt sich mit dieser Itakerin rum, stimmt's? Der Schwester von dem, den's erwischt hat. Ich hab' sie ja auf der Veranda sitzen sehen, wie sie knutschen und turteln, daß einem ganz schlecht davon wird. Deiner armen Mutter, der lieben Seele, muß es ja das Herz brechen. Als ob sie nicht schon genug geschlagen wäre mit dir kleinem Krüppel und wo ihr das einzige Töchterchen aus den Armen weggestorben ist. Ich kann's mir nur so erklären, daß diese Itakerin ihm was gibt, was er von einem anständigen irischen Mädchen nicht kriegen kann. Er sollte seinen Hosenstall lieber schön zulassen, dein Herr Bruder. Das hätte deiner Mutter grade noch gefehlt, daß ihr so 'n Itakerbalg durchs Haus purzelt.« Meinen Vater erwähnte Mrs. Cavanaugh niemals. Soweit es sie anging, war meine Mutter Witwe. Ich erfuhr nie genau, was zwischen ihnen vorgefallen war, aber ein paar Jahre zuvor hatte mein Vater Mrs. Cavanaugh eine Schlampe genannt, ein Hundsvieh, das man lieber gleich mit dem Rest des Wurfs hätte ersäufen sollen. Mr. Cavanaugh war damals in Hörweite und spendete Pop laut Beifall, worauf Mrs. Cavanaugh ihm einen Vorderzahn ausschlug. Das war lange her, Mr. Cavanaugh war inzwischen gestorben, und als mein Vater von seinem Tod erfuhr, rief er spontan: »Da hat er aber Schwein gehabt!« Es ging das Gerücht, und die ganze Nachbarschaft hielt es offenbar für wohlbegründet, daß Mrs. Cavanaugh ihren Mann ermordet hätte, als der wegen einer Gallensteinoperation im Krankenhaus lag. Wie es hieß, sei er schon auf dem Wege der Besserung gewesen, als das Ehepaar wieder einen seiner legendären Kräche hatte, während dessen sie sich sein Kissen schnappte und es ihm aufs Gesicht drückte, bis der arme Mann erstickt war. Ich glaubte natürlich jedes Wort von der Geschichte und hatte eine Wahnsinnsangst vor der Frau. Ich tat mein möglichstes, um ihr aus dem Weg zu gehen, aber wenn sie mich doch mal erwischte und es kein Entrinnen gab, dann pflichtete ich ihr in allem bei, als ob ihr Wort unfehlbar gewesen wäre wie die Heilige Schrift. Und so stimmte ich ihr auch darin zu, daß Fritz gut daran täte, seinen Hosenstall zuzulassen.

»Diese verdammten Ausländer haben bald überall im Land das Sagen, das wird noch unser Untergang.« Ihr irischer Akzent war noch genauso stark wie an dem Tag, als sie die alte Heimat verlassen hatte. »Und die Juden sind die Allerschlimmsten. Das war hier 'n anständiges Viertel, bis die zwei da eingezogen sind. Sie mit den feuerrot gefärbten Haaren und ihr verrückter Mann mit den Augen, die in alle Himmelsrichtungen schielen. Und dann diese Benlights, die ihre sabbernde, schwachsinnige Tochter unbedingt daheimbehalten! Könnte man nicht erwarten, daß sie sie fortgeben, damit anständigen Leuten der Anblick erspart bleibt?« Ich nickte zustimmend zu allem, was sie sagte.

Als der Frühling kam, war Bridie Dauergast an unserem Frühstückstisch geworden. Laurie schlief morgens lange, und da Mom annahm, daß Bridie allein nicht ordentlich frühstücken würde, lud sie sie zu uns ein, und so hatte ich sie jeden Morgen schon vor der Schule auf dem Hals. Mom und Pop warteten immer begierig auf die neuesten Kriegsmeldungen, weshalb bei uns dauernd das Radio lief, aber Bridie redete soviel dazwischen, daß der Krieg hätte aussein können, ohne daß wir es mitgekriegt hätten. Ständig plapperte sie von Laurie: was sie ihm tags zuvor zum Abendessen gekocht hatte, oder über die neuesten Möbelkäufe, Tante Theresa, die anderen Kinder in der Klasse und, ihr liebstes Angriffsziel, die Nonnen. Wenn sie irgendwas wissen wollte, egal wie persönlich es war, dann fragte sie. Würde Fritz Mina heiraten? Würden Mom und Pop noch mehr Kinder kriegen? Bestand die Hoffnung, daß mein Bein eines Tages einmal in Ordnung kommen würde? Diese Fragen, die sie meiner Meinung nach allesamt nichts angingen, wurden gleichwohl getreulich beantwortet. Ja, eines Tages würden Fritz und Mina heiraten. Ja, falls es Gottes Wille war, würden Pop und Mom noch Kinder bekommen, obwohl Mom für derlei langsam zu alt werde. Und ja, in ein paar Monaten würde man mir eine Schiene anpassen, mit deren Hilfe sich mein Bein vielleicht strecken ließe. Wenn Bridie sich mit der Zeit bei der Familie immer beliebter machte, dann erreichte sie bei mir genau das Gegenteil. Sie war der Feind, und daran würde sich nie etwas ändern. Es war schon schlimm genug, daß Mom, Pop und Fritz sich von ihr einwickeln ließen, aber als Duke, der getreue Freund, der jede Nacht bei mir im Bett schlief und dem ich Geheimnisse anvertraute, die nicht einmal Fritz wissen durfte, als also mein Duke sich von ihr küssen und streicheln und sogar die Holzböcke aus dem Fell ziehen ließ, da war mir, als ob meine Welt in sich zusammenstürzte. Als ich in dem Jahr ein paar Tage krank war und im Bett bleiben mußte, holte Duke sie doch tatsächlich von der Schule ab. Allmählich fühlte ich mich von allen verraten und verlassen. Und obwohl ich Laurie inzwischen sehr gut leiden mochte, hoffte ich doch von ganzem Herzen, daß sein Chef ihn rausschmeißen und er eine Stelle tausend Meilen weit fort würde antreten müssen, damit ich weder ihn noch sie je wiederzusehen brauchte. Knapp einen Monat später änderte sich das alles mit einem Schlag.

Mom gewöhnte sich an, ihre Abende bei den Pascalis zu verbringen. Das kleine Sternenbanner mit dem Gold Star, Symbol für einen Gefallenen in der Familie, hing in ihrem Wohnzimmerfenster, und unsere Stadt lernte die Realität des Krieges kennen. An dem Samstagmorgen, als Pater Boyle eine Messe zu Marios Gedenken hielt, war die Kirche so überfüllt, daß die Leute bis auf die Straße standen. Laurie saß mit Mom, Pop und mir zusammen, während Fritz vorn, bei der Familie Pascali, Minas Hand hielt. Bridie wollte uns in der Kirche treffen, weil sie noch nicht fertig angezogen war, als wir losgingen. Da Mario auf See gefallen war, gab es keine Leiche, sondern nur einen leeren Sarg, drapiert mit der amerikanischen Flagge. Obenauf stand ein Foto von der Abschlußfeier der High-School, aus dessen Rahmen der dunkelhaarige, gutaussehende Mario die Gemeinde glücklich anlächelte. Mina hatte das gleiche Lächeln. Sie war klein und zierlich, wie Mrs. Pascali, und sie war die Freundlichkeit in Person. Mich erinnerte sie immer an eine Darstellung der Jungfrau Maria auf einem Heiligenbildchen, das ich bei einem Rechtschreibwettbewerb gewonnen hatte. Ich konnte mich auf keine Zeit besinnen, da Fritz und Mina nicht zusammengewesen waren; sie ergänzten einander wie Sonnenschein und Schatten, wie Morgengrauen und Abenddämmerung. Sie kannten sich seit der ersten Klasse, und seitdem hatten weder er noch sie mehr Augen für jemand anderen gehabt.

Ich sah mich immer wieder nach Bridie um, und Mom zupfte mich dann jedesmal am Arm und befahl mir, mit der Zappelei aufzuhören. In Pater Boyles Predigt war die Rede von unseren tapferen Jungs, dem ewigen Leben und der Demokratie, verbunden mit dem Appell, daß wir alle so oft wie möglich für Franklin D. Roosevelt beten sollten, den größten Sohn des zwanzigsten Jahrhunderts. Da die Mehrzahl der Gemeindemitglieder Demokraten waren, nickte man allenthalben. Pater Boyle verglich den Präsidenten mit Moses, der die Juden ins Gelobte Land geführt hatte, und ich drehte mich suchend nach Mr. und Mrs. Ganis um. Sie standen im Seitenschiff, ungefähr auf halber Höhe, und Mr. Ganis sah scheu zu Boden, während Mrs. Ganis, die ein schwarzes Tuch bühnengerecht über ihr rotes Haar drapiert hatte, sich die Augen wischte und immerfort den Kopf schüttelte, wie um der ganzen Tragödie eine Absage zu erteilen. Der Priester wandte sich nun der Familie Pascali zu und dem Opfer, das man ihnen abverlangt habe, er sprach von dem unerforschlichen Ratschluß Gottes, Dem es gefallen hatte, einen so blutjungen Menschen heimzurufen in Sein himmlisches Reich, und richtete an uns alle die dringende Mahnung, uns in die wundersamen Wege des Herrn zu fügen. Als er dazu überging, Anekdoten aus Marios Kindheit zu erzählen, und sich dabei an Dinge erinnerte, die nur dem Seelsorger einer kleinen Gemeinde, die sich noch den Luxus der Intimität leisten kann, im Gedächtnis bleiben, da sank Mrs. Pascalis Kopf auf die Schulter ihres Mannes. In der ganzen Kirche erklang gedämpftes Schluchzen. Mario, das schüchterne Kind mit den wundersam dunklen Augen am ersten Schultag, Mario, der Ministrant, der aus Versehen den Meßwein verschüttete, Mario, der Basketballspieler, der wie ein Blitz übers Feld stürmte und in letzter Sekunde für seine Mannschaft den Sieg errang, Mario mit seiner weißen Schürze, wie er im Acme-Markt die Lagerregale auffüllte. Ich saß da und überlegte, ob Pater Boyle über mich wohl auch soviel zu sagen hätte, falls ich plötzlich sterben sollte. Während er seine Erinnerungen vor uns ausbreitete, wurde das Schluchzen immer lauter, und endlich zog er selbst sein Taschentuch heraus, schob die Brille hoch und wischte sich die Augen. Als er die Gläser wieder zurechtrückte, schien Pater Boyle für einen Augenblick den Faden zu verlieren, und in dem kurzen Schweigen, das daraus entstand, hörte man ganz deutlich unterdrücktes Gelächter. Über die Brüstung der Kanzel gebeugt, hielt er nach den Frevlern Ausschau, indes unten das Kichern anschwoll. Mom, die normalerweise den Blick nicht vom Altar gewandt hätte, selbst wenn in der Vorhalle ein Feuer ausgebrochen wäre, reckte schließlich genau wie Pop, Laurie und ich den Hals, um über die Köpfe der anderen hinweg die Ursache dieser Störung auszumachen. Laurie sah sie als erster.

»Heilige Mutter Gottes, ich trau' meinen eigenen Augen nicht.« Er fuhr sich mit der Hand an den Kopf und sank auf die Bank zurück. Ich war zu klein, als daß ich etwas hätte sehen können.

»Was ist denn los?« fragte ich und renkte mir schier den Hals aus, während ich mich an Pops Rücken hochhangelte.

»Die wird noch mal der Nagel zu meinem Sarg«, seufzte Laurie und begann zu lachen.

»Jesus, Maria und Joseph!« Mom plumpste auf ihren Sitz zurück.

»Na, so was, Joe Louis!« Pop stand einfach da und lächelte.

Ich zwängte mich an allen vorbei bis zum Ende der Bank, von

wo ich in den Gang hinaussehen konnte. Und da kam Bridie, auf der Suche nach uns, in ihrem schlampigen Sonntagsstaat und auf dem Kopf den breitkrempigsten, schwärzesten Damenhut, den man sich denken kann, mit einem Schleier, so dicht, daß nur ihre Kinnspitze zu sehen war. Ich linste hinauf zu Pater Boyle, dem es vor Staunen die Sprache verschlagen hatte, als er Bridie auf unsere Bank zusteuern sah. Wir rückten zur Seite, sie rutschte in die Bank und drückte sich an Laurie.

»Wo um Himmels willen hast du bloß diesen Hut her?«

»Von Tante Theresa. Gefällt er dir?« Sie hatte keine Ahnung, wie komisch sie aussah.

»Man könnte sagen, er ist 'ne Idee zu groß.« Laurie tätschelte ihr das Knie.

»Also gut, nun beruhigt euch mal alle wieder«, mahnte Pater Boyle von der Kanzel herunter.

»Worüber lachen die bloß alle?« wisperte Bridie mir zu.

»Über dich und deinen blöden Hut.« Es war mir eine Wonne, ihr die Augen zu öffnen.

»Was stimmt denn nicht damit? Das ist ein Hut extra für Beerdigungen.«

»Miß O'Connor.« Pater Boyle! Mit einem Schlag wurde es still in der Kirche, und aller Aufmerksamkeit richtete sich auf Bridie. Es war das erstemal, daß ich sie wenigstens ein bißchen verlegen sah. Sie schlug den schweren Schleier zurück und schmiegte sich fester an Laurie.

»Na los, gib Antwort.« Laurie stupste sie an.

»Ja, Pater«, hauchte sie kaum hörbar.

»Dein Hut gefällt mir.« Pater Boyle lächelte ihr zu. »Und ich bin sicher, Mario hätte er auch gefallen.« Er stieg von der Kanzel und trat wieder zum Altar. Bridie wandte sich triumphierend zu mir.

»Siehste!« Sie zog den Schleier vors Gesicht und setzte sich aufrecht hin, damit auch ja alle sie gut sehen konnten. Und nachdem die Messe zu Ende war, verließ sie als letzte die Kirche, nur für den Fall, daß irgend jemand ihren Hut noch nicht bewundert hätte.

Der Herr ist meine Stärke und mein Lobgesang und mein
Heil.
Das ist mein Gott, ich will Ihn preisen;
Er ist meines Vaters Gott, ich will Ihn erheben.
Mit Freuden sollst du trinken von der Quelle des Heils;
Der Herr wird uns erretten; Er wird erlösen Sein Volk.

Mrs. Ganis' Hände tanzten im Kerzenschein, während sie das Sabbatgebet sprach. Mr. Ganis, Bridie und ich standen andächtig dabei und lauschten dem einschläfernd melodischen hebräischen Singsang.

Der Herr Zebaoth ist mit uns; der Gott Jakobs ist unser
Schutz.
O Herr der Heerscharen, gepriesen sei der Mensch, der auf
Dich bauet.
O Herr und König, erhöre uns, wenn wir Dich anrufen,
und errette uns, o Herr.

Sie trug ein weißes Tuch auf dem Kopf und Mr. Ganis seine Jarmulke. Bridie bestand darauf, daß wir ebenfalls eine Kopfbedeckung haben müßten. Also trug sie ein Zierdeckchen und ich einen von Mr. Ganis' Filzhüten, der so groß war, daß ich darunter kaum etwas sehen konnte. Selbst hier bei Mr. und Mrs. Ganis, die doch meine Freunde waren, gelang es Bridie, sich einzuschmeicheln. Ohne es direkt zu sagen, machte sie doch allen weis, daß wir die besten Freunde seien. Ich hatte schon oft das Sabbatmahl mit den Ganis gefeiert, und manchmal wurden auch Fritz, Mom und Pop dazu eingeladen. Die Ganis gehörten für uns eben fast zur Familie, aber Bridie hatte kein Recht, sich hier einzudrängen.

»Bei uns wird vor dem Essen längst nicht soviel gebetet wie bei euch.« Bridie setzte sich an den Tisch und stopfte sich die Serviette in den Kragen.
»Darum essen die Juden ja auch soviel. Die Warterei, bis all die Gebete vorbei sind, macht uns eben hungrig.« Mrs. Ganis reichte die fremden, köstlich duftenden Speisen herum.
»Ich kenne nicht mal die Hälfte von diesen Sachen, aber ich werd's wohl essen können«, sagte Bridie, während sie sich den Teller vollhäufte. »Schließlich kann ich sogar rohe Austern vertragen.«
»Hört, hört«, sagte Mrs. Ganis. »Aber nun iß einfach mal.« Der Tisch war immer wunderschön gedeckt, mit feinem Porzellan, Silber und zierlichen Gläsern, lauter Erinnerungsstücken aus der alten Heimat, und wir aßen bei Kerzenlicht, das einen jeden von uns in einen milden Sepiaschimmer tauchte. Für mich ging es beim Sabbatmahl der Ganis genauso festlich zu wie im Kino, wenn man reiche Leute an der Tafel sah. Mr. Ganis goß auch in unsere Gläser einen kleinen Schluck Wein.
»Aber daß ihr mir keinen Schwips kriegt«, sagte er, ohne uns anzuschauen. Wir erhoben die Gläser, und Mrs. Ganis sah mich auffordernd an.
»Na, Finn?«
»*Lecháim*«, sagte ich stolz, in dem Bewußtsein, daß Bridie mir absolut nicht folgen konnte.
Wir widmeten uns dem Essen, und wie gewöhnlich führte Bridie das große Wort, ohne daß sie etwas zu sagen gehabt hätte. Mrs. Ganis nickte hin und wieder, als ob sie aufmerksam zuhörte, und Mr. Ganis fixierte, während er aß, seinen Tellerrand.
»Bald ist es wohl wieder Zeit für die Taubenjagd?« fragte er mich, als Bridie unverhofft einmal verstummte.
»Ja«, antwortete ich, »und ich hab' auch schon ein paar Scheunen im Auge.« Mr. Ganis hatte Freude an meinen Tauben. Sein einziger Ausflug in die Welt, sofern das Wetter mitspielte, führte ihn in die Oberstadt, wo er sich an der Bushaltestelle am Square,

dem großen Platz, auf eine Bank setzte und die Passanten beobachtete. Auf dem Heimweg kaufte er sich dann immer eine Zeitung, und wenn ich gerade im Garten war, kam er auf einen Sprung herein und besuchte mich und meine Tauben. Die meisten Erwachsenen schenkten meinen Vögeln kaum Beachtung, aber Mr. Ganis wußte genau, welche aus dem Schlag sich gepaart hatten, kannte deren Junge und die Neuzugänge, ja wußte überhaupt fast genausogut über meine Tauben Bescheid wie ich selbst. Im übrigen war er ohne Mrs. Ganis gesprächiger, und wenn er mit mir und den Vögeln allein war, verlor er seine Befangenheit sogar so weit, daß er mir direkt in die Augen sehen konnte.

»Vögel übertragen Ungeziefer. Schmutzige Viecher sind das.« Mrs. Ganis hatte nichts übrig für meine Tauben. »Schaff dir doch lieber Goldfische an. So ein Goldfisch kann wenigstens keinen Schaden anrichten.« Sie wandte sich an Bridie. »Na, kleines Fräulein? Wann wirst du dir denn eine neue Mama suchen?«

»Eine was?« Bridie hatte keine Ahnung, wovon Mrs. Ganis sprach.

»Dein Daddy ist doch noch jung. Er sollte wieder heiraten. Es ist an der Zeit, daß er sich eine nette Frau sucht, eine, die für ihn sorgt ... und für dich natürlich auch.«

»Ich sorge für uns beide. Ich brauche keine neue Mutter und Laurie auch nicht.«

»Sicher, du kümmerst dich brav ums Haus, aber da gibt es noch allerlei Dinge, bei denen eine Frau unersetzlich ist.«

»Wir brauchen niemand«, beharrte Bridie. Aber Mrs. Ganis wollte das nicht gelten lassen.

»Das kannst du doch nicht allein entscheiden, oder?« Bridie antwortete nicht, aber in ihrem Kopf arbeitete es fieberhaft. Die Möglichkeit, daß Laurie wieder heiraten könnte, hatte sie nie erwähnt, und falls ihr der Gedanke mal gekommen war, dann hatte sie ihn bestimmt gleich wieder in den hintersten Winkel ihres Hirns verbannt. Aus ihrer Sicht war sie Ehefrau, Mutter und Tochter in einem, und Laurie brauchte nicht nur niemand sonst, nein, in seinem Leben war einfach kein Platz für eine andere Frau.

Als wir mit dem Nachtisch fertig waren, hatte Bridie das heikle Thema scheinbar wieder vergessen.

»Darf ich Sie mal was fragen?« Vertraulich beugte sie sich zu Mrs. Ganis hinüber.

»Als ob ich dich daran hindern könnte!«

»Sind Sie beschnitten?« Am liebsten wäre ich aufgestanden und heimgegangen. Wie konnte sie nur so dumm sein.

»Das Mädel hat's in sich«, sagte Mrs. Ganis zu ihrem Mann.

»Sind denn nicht alle Juden beschnitten?« hakte Bridie nach.

Mrs. Ganis schaute sie sinnend an, während Mr. Ganis und ich stumm und mit gesenktem Kopf dabeisaßen. »Das gilt nur für Jungs, aber nicht für die Mädchen.«

»Wie unfair!« Bridie war wütend.

»Weißt du eigentlich, was Beschneidung heißt?« fragte Mrs. Ganis.

»Das ist speziell was für Juden.«

»Paß auf, wir tragen das Geschirr raus und fangen schon mal mit dem Abwasch an, ja? Dabei können wir uns in Ruhe unterhalten, von Frau zu Frau, hm?« Sie räumten die Teller ab und wandten sich zur Küche. Mr. Ganis lehnte sich zurück und atmete sichtlich erleichtert auf, als er Bridie das Feld räumen sah.

»An deiner Stelle würde ich mich nicht zu früh freuen, Sam«, sagte Mrs. Ganis im Hinausgehen zu ihm. »Dieses Mädel ist imstande und will sehen, wenn ich sie aufgeklärt habe.«

Gegen Ende April, als es wärmer wurde, ging ich mit meinen Freunden Sparrow Foley und Turk Meegan auf Taubenjagd. Wir nannten es Jagen, aber unsere einzigen Waffen waren unsere bloßen Hände und ein Jutesack. Die Taubenjagd war jedes Jahr ein großes Ereignis, aber diesmal waren wir besonders aufgeregt, weil wir zum erstenmal ohne unsere großen Brüder gingen, was uns gleich unheimlich erwachsen machte. Sparrows Bruder Michael war vor kurzem Soldat geworden, und Fritz verbrachte seine Freizeit fast ausschließlich mit Mina und den Pascalis. Turk, Sparrow und ich hatten jeder einen eigenen Taubenschlag, und jedes Jahr stockten wir unseren Schwarm auf, indem wir junge, noch nicht flügge Täubchen aus den Nestern der umliegenden Scheunen holten. Für die Farmer waren die Vögel nur eine Plage, weil sie das Stroh verschmutzten, aber es wollte auch keiner die Verantwortung tragen, wenn ein Kind sich in seiner Scheune verletzte, und so mußten wir uns heimlich hineinschleichen. Es war nicht ungefährlich, im Halbdunkel die staubigen Balken hochzuklettern, und über die Jahre hatte es, bei der Jagd nach den besten Vögeln, schon etliche Arm- und Beinbrüche gegeben. Ich schwärmte für schokoladenbraune Tauben und hatte mir vorgenommen, mich auf einen rein braunen Schwarm zu spezialisieren. Turk und Sparrow, die nicht zurückstehen mochten, wollten sich ebenfalls spezialisieren, Turk auf Silbergestreifte und Sparrow auf Gescheckte. Die Taubenjagd war der einzige Sport, in dem ich glänzte, denn während mein Bein mich am Boden behinderte, war ich beim Klettern im Gebälk unschlagbar, ja so behende wie ein Äffchen, das sich unterm grünen Baldachin des Regenwaldes von Ast zu Ast schwingt.

Etwa drei Meilen westlich der Stadt stand, seit hundert Jahren unverändert, Mr. Howes riesige, verwitterte alte Scheune am Rand eines verwilderten Apfelhains. In seiner Blütezeit hatte dieser Obstgarten mit die schönsten Äpfel des Staates hervorgebracht, aber jetzt dienten die kleinen, fleckigen Früchte nur noch dem Wild als Herbstnahrung. Einmal, als Fritz gerade erst den Führerschein hatte, nahm er mich mit auf eine Spritztour vorbei an Howes Scheune, und da sahen wir im Obstgarten ein Kranichpaar, vornehme, grazile Vögel, die völlig deplaziert wirkten, wie sie da mit ihren langen, scharfen Schnäbeln im Unkraut herumstocherten. Zuweilen packte ich einen Picknickkorb, setzte mich aufs Rad und fuhr mit Duke zum Obstgarten hinaus, wo wir uns still niederließen, guckten und lauschten, während ich Bäume und Blumen und Singvögel zeichnete. Manchmal unterhielten wir uns auch, und in meiner Erinnerung sind diese Gespräche richtige Dialoge, in denen Duke all das sagte, was ich hören wollte. Der einzige Nachteil, der Wermutstropfen in dieser balsamischen Idylle, war die Angst davor, vom alten Howe entdeckt zu werden. Ich hatte ihn nur ein einziges Mal aus der Ferne gesehen, aber ich wußte, daß er der älteste Mensch der Welt war. Pop sagte, Mr. Howe hätte beim Letzten Abendmahl den Kellner gemacht. Er verließ sein baufälliges Haus nur selten, aber wenn er rauskam, dann trug er eine mit Steinsalz geladene Schrotflinte bei sich. Fritz hatte mir erzählt, der alte Howe hätte tatsächlich mal auf ihn geschossen. Ein Brocken Steinsalz wäre ihm in den Hintern gefahren, und er hätte zum See laufen und sich ins Wasser setzen müssen, weil es so furchtbar gebrannt hätte. Fritz zeigte mir, wo es ihn angeblich erwischt hatte, doch da war kein Kratzer zu sehen, und ich glaubte ihm kein Wort. Aber er behauptete, Steinsalz hinterlasse keine verräterischen Spuren, das sei ja das tolle an dem verdammten Zeug, daß es den Opfern glatt das Allerheiligste ausbrannte, ohne daß man was davon sah. Und wie der Zufall es wollte, nisteten die schönsten braunen Tauben auf Gottes weitem Erdenrund in der Scheune vom alten Howe.

»Wie hast du dich denn von deiner Freundin losgeeist?« Turk hatte die Angewohnheit, nach jedem Satz pfeifend die Luft durch seine schiefen Zähne zu ziehen. Ich radelte schweigend weiter, denn ich hatte keine Lust auf eine Unterhaltung über Bridie. Aber der dicke, schweißglänzende Sparrow gab keine Ruhe.

»Ja, Finn, wir dachten, du gingst überhaupt nirgends mehr hin ohne sie.«

Statt zu antworten, erstrampelte ich mir einen Vorsprung, bog in den Riker's Lane ein und sauste im Freilauf den Hügel hinunter. Erst als die Schotterdecke aufhörte und wir abbremsen mußten, um in dem zerfurchten Feldweg nicht das Gleichgewicht zu verlieren, merkte ich, daß der Himmel sich eingetrübt hatte und die Gewitterwolken schon fast über der Scheune standen.

»Los, beeilt euch! Es regnet gleich.«

»Laßt uns doch lieber umkehren.« Turk sog die Luft durch die Zähne. »Die olle Scheune ist schon gruselig genug, auch ohne daß es blitzt und donnert.«

»Angsthase!« rief ich, wohl wissend, daß er angesichts einer solchen Herausforderung bestimmt nicht kneifen würde.

»Wer ist hier 'n Angsthase?« Duke, der offenbar etwas gewittert hatte, jagte querfeldein, als wir eben den Obstgarten erreichten. Wir versteckten die Räder in einem Brombeergestrüpp und pirschten uns, immer auf der Hut vor dem alten Howe, vorsichtig an die Scheune heran. Ein Taubenschwarm von gut über hundert Stück, darunter auch etliche braune, zog scheinbar planlos seine Kreise. Aber kaum daß ein Habicht aufgetaucht wäre, hätten sie garantiert das Weite gesucht. In die Scheune hineinzukommen war nicht weiter schwer, denn sie war schon so baufällig, daß kein Tor mehr richtig in den Angeln hing. Drinnen blitzten Flügelpaare im einfallenden Licht: Vögel flatterten in dem weiten, leeren Raum hin und her und wirbelten die Staubkörnchen durcheinander, die auf dem warmen Luftstrom ihre Bahnen tanzten.

»Los, macht fix, bevor das alte Arschloch mit seiner Flinte aufkreuzt.« Sparrow war ein großer Taubennarr, wenn er die Vögel erst mal hatte, doch sie fangen zu müssen machte ihn nervös.

Ich stopfte mir einen Rupfensack unters Hemd und hangelte

mich übers Gebälk auf ein Nest zu, das ich in etwa neun Meter Höhe erspäht hatte. Turk kletterte auf der gegenüberliegenden Seite hoch, und Sparrow und Duke sahen uns von unten zu. Schlagartig, als ob jemand das Licht ausgeknipst hätte, war es stockdunkel in der Scheune, und draußen krachte der erste Donnerschlag.

»Scheiße!« fluchte Sparrow. »Es geht schon los. Jetzt beeilt euch aber gefälligst.«

»Verdammt, ich hab' mir 'nen Splitter reingezogen.« Turk klammerte sich mit beiden Beinen am Balken fest und untersuchte seine verletzte Hand.

»Willst du wohl leise sein! Sonst hört uns womöglich noch der Alte«, flüsterte Sparrow ziemlich laut.

»Himmel, das ist ja 'n Mordsbrummer. Scheiße, ich komm' lieber wieder runter.« Und Turk trat tatsächlich den Rückzug an.

Nur wenige Meter über mir schimmerte auf einem Balken das Brustgefieder eines Vogels, und wie magisch angezogen kletterte ich weiter, indes draußen die ersten schweren Tropfen aufs Dach pladderten.

»Ach du lieber Gott!« Sparrows Stimme überschlug sich fast vor Angst. »Da draußen ist einer. Ich seh' deutlich, wie sich was bewegt.« Turk, der schon fast unten war, sprang mit einem Satz auf den Boden.

»Scheiße, ich glaub', jetzt hab' ich mir auch noch den Knöchel verknackst.«

»Wenn du nicht endlich die Klappe hältst, wird der Alte uns noch erwischen.« Und zu mir hinauf rief Sparrow: »Nichts wie weg hier, Finn, aber Tempo.«

»Ich hab's doch gleich.« Donner grollte, und Blitze zuckten.

»Ob der Knöchel am Ende gebrochen ist?« fragte Turk.

»Scheißegal jetzt, ich will bloß raus hier.« Sparrow lief zum Tor, während Duke im Kreis herumrannte und den Donner verbellte.

»Kusch, Duke! Ich glaub', der alte Howe ist draußen. Mach zu,

Finn!« Er spähte durch die Ritzen in der Scheunenwand und versuchte zu erkennen, wer draußen herumstrich.
Ich robbte mich zentimeterweit auf dem Balken vorwärts, und beim nächsten Blitz sah ich sie wieder vor mir, die gefiederte Brust. Ganz langsam und vorsichtig, um das Tier nicht zu erschrecken, tastete ich mit der Hand ins Dunkel. Aber kaum daß ich den weichen Flaum berührte, war mir klar, daß ich in der Tinte saß: Das war kein Taubenjunges. Diese breite, gefiederte Brust war fast groß genug für ein Huhn, und ich begriff, daß ich eine Eule angefaßt hatte.
»Ach du Schande!« Das war alles, was ich herausbekam, ehe ich den scharfen Schnabel im Handrücken spürte. Rasch zog ich die Hand weg, aber die Eule flatterte vom Balken herunter auf meine Brust, und als sie mir die Krallen ins Fleisch schlug, fiel ich rücklings ins Dunkel. Ein Blitz erhellte die mächtigen hölzernen Dachsparren, und mir war, als sähe ich Tauben über den Rand des Gebälks lugen und befriedigt zusehen, wie ich durch die Luft segelte und abstürzte; dabei lächelten sie schadenfroh, weil jetzt all die Jungvögel, die ich geraubt hatte, gerächt waren.
»Mein Gott, er stürzt ab!« hörte ich Sparrow schreien, ehe ich auf dem Boden aufschlug. Ich war nicht sicher, ob ich Sterne sah oder Blitze, als mein Kopf auf die Bohlen prallte. Ich konnte Duke bellen hören und sah Turk und Sparrow auf mich niederstarren, aber ich konnte mich auf keine Weise verständlich machen. Dabei wollte ich sie dringend um Hilfe bitten, doch mein Mund ließ sich nicht bewegen. Sparrow heulte, und Turk, der immerzu weglief und wiederkam, sah mich so zweifelnd an, als traue er seinen Augen nicht.
»Er ist tot! O Schande! Er ist tot.«
»Er ist tot«, wiederholte Sparrow und heulte lauter und heftiger.
»Wir müssen hier schnellstens raus«, wimmerte er.
Ich muß wohl das Bewußtsein verloren haben, denn auf einmal wurde alles ganz wirr. Menschen, Zeit und Ort purzelten kraus durcheinander. Mom und Pop waren im Garten, und obwohl

ich wußte, daß Weihnachten war, trugen sie trotz der Kälte keinen Mantel. Und dann ging ich über den Flur in unserer Schule und sah in alle Klassenräume, aber es war niemand da außer Bridie. Sie war dafür in jedem Zimmer und lächelte mir zu, wenn ich zur Tür reinschaute. Dann trieben Fritz und ich auf einem Floß einen reißenden Strom hinunter, geradewegs auf einen mächtigen Wasserfall zu, und Fritz fand das einfach komisch. Irgendwo im Hintergrund bellte Duke in einem fort, und der Lärm machte mir Kopfweh, und ich bat den lieben Gott, Er solle machen, daß Duke still sei. Gott blickte mir direkt ins Gesicht, und Er sah alt und müde aus mit Seinem weißen Haar und dem langen weißen Schnurrbart. Er drückte mir ein kühles Tuch auf die Stirn, und ich dachte, wie seltsam es doch sei, daß der liebe Gott nach Pfeifentabak und Schweiß roch. Ich wußte, daß ich tot war.

»Sind Sie wirklich der liebe Gott?« fragte ich.

»Sachte, sachte ...«, war alles, was er sagte. Und dabei tätschelte er mir den Arm.

»Ich bin doch tot, nicht wahr?«

»Diesmal bist du noch davongekommen. Aber es war verdammt brenzlig.«

»Dann sind Sie nicht der liebe Gott?« Ich versuchte mich aufzurichten.

»Manche Leute halten mich eher für den Teufel. Ich bin der alte Howe. Und du bist einer von Finnegans Jungs, nicht wahr?«

»Mr. Howe!« Mir wurde schwarz vor Augen.

Als ich erwachte, war alles ringsum blendend weiß. Mom und Pop unterhielten sich im Flüsterton, und Fritz saß bei mir auf der Bettkante und hielt meine Hand. Bridie und Mina, die am Fußende des Bettes standen, konnte ich gerade noch erkennen. Mein Kopf tat scheußlich weh, und meine Brust glühte. Ich sah mich um, und als ich begriff, daß ich im Krankenhaus war, fing ich an zu weinen.

»Hallo, wen haben wir denn da.« Fritz beugte sich lächelnd über mich. »Anscheinend will unser Knirps doch weiterleben.«
»Na, nun weine mal nicht«, sagte Mom. »Du wirst schon wieder gesund.« Sie küßte mich auf die Wange.
»Das war ein ganz schöner Sturz, Sportsfreund«, sagte Pop und blickte so liebevoll auf mich herab wie nie zuvor.
»Seid mir nicht böse«, bat ich. »Können wir jetzt heimgehen?«
»Noch nicht gleich.« Das war Miß Neal. Lauter Sommersprossen, rotes Haar und weiß gestärkte Schwesterntracht, so stand sie am Fenster. »Wir möchten dich noch ein Weilchen beobachten, um sicherzugehen, daß auch wirklich alle Knochen heil geblieben sind.« Jetzt kam sie zu mir ans Bett, hob meine Lider an und sah mir tief in die Augen. Ich kannte Miß Neal von der Schule her. Sie war als Schwester für Our Lady of Perpetual Help eingeteilt, wenn wir auf Tbc untersucht wurden, und jeden Mittwochnachmittag hatte sie in der Schule Bereitschaftsdienst.
»Ich muß doch nicht über Nacht hierbleiben, oder?«
»Und dabei dachte ich immer, du magst mich gern leiden, Timothy Finnegan«, sagte Miß Neal, während sie mir den Puls fühlte.
»O ja, gewiß, aber ...« Plötzlich fiel mir das Aufregendste an dem ganzen Abenteuer wieder ein. Ich drückte Fritzens Hand.
»Rat mal, wen ich gesehen hab'.«
»Den alten Howe.«
»Genau. Aber woher weißt du das?«
»Wir haben ihn alle gesehen. Er ist eben erst gegangen.«
»Ich denke, Finn braucht jetzt vor allem Ruhe und viel Schlaf. Darum schlage ich vor, Sie sagen ihm gute Nacht und verabschieden sich«, meinte Miß Neal.
»Halt! Wie bin ich eigentlich hierhergekommen?« fragte ich.
»Tja, wenn Joe Louis nicht gewesen wäre«, sagte Pop, und ich sah Bridie an.

Als ich ohnmächtig wurde, gleich nachdem Turk und Sparrow mich für tot erklärt hatten und getürmt waren, um nur ja nicht mit hineingezogen zu werden in diese brenzlige Geschichte, gleich danach also kam Bridie, die uns auf ihrem jämmerlichen Kinderrad nachgefahren und uns übrigens schon oft heimlich gefolgt war, aus ihrem Versteck und eilte mir zu Hilfe. Sie fand mich bewußtlos am Boden liegen, und da sie nicht wußte, wie gemeingefährlich Mr. Howe angeblich war, wandte sie sich hilfesuchend an ihn. Er trug mich durch den strömenden Regen ins Haus hinüber, bettete mich aufs Sofa, trocknete mich ab und deckte mich warm zu. Da er kein Telefon hatte, mußte Bridie gut eine Meile weit zum nächsten Nachbarn radeln. Aber Mom und Pop waren beide bei der Arbeit, und da auch Fritz nicht zu Hause war, rief die Nachbarsfrau die Polizei an. In der Zwischenzeit verarztete Mr. Howe die Wunden in meiner Brust, so gut es ging. Mein Hemd war ganz zerfetzt, und darunter hatte die Eule mir vom Schlüsselbein bis zur Taille tiefe Schrammen beigebracht.

Bridie fuhr zurück zu Mr. Howe und wartete mit ihm, bis die Polizei kam und uns alle miteinander auf die Unfallstation schaffte.

Zwei Nächte mußte ich zur Beobachtung im Krankenhaus bleiben, denn ich hatte eine leichte Gehirnerschütterung. Am Tag besuchte mich Bridie und trieb alle Leute zur Verzweiflung. Sie sah sich die Neugeborenen an, besuchte sämtliche Patienten und erzählte mir, wenn sie zurückkam, mit schauerlichen Einzelheiten, was ihnen fehlte. Mein Zimmer stand voller Blumen, die sie bei den Patienten einsammelte, die entlassen wurden. Als Minderjährige hätte sie eigentlich gar nicht allein hereingedurft, aber das Krankenhaus machte eine Ausnahme, weil Bridie jetzt so eine Art Heldin war. Im übrigen erzählte sie mir alles von Mr. Howe, woran sie sich nur erinnern konnte. Von außen mochte sein Haus vielleicht alt und baufällig wirken, drinnen aber war alles tadellos. Bridie hatte Bilder von Mr. und Mrs.

Howe aus ihrer Jugend gesehen und auch Fotos von ihren Kindern. Die Howes hatten elf gehabt, aber nur vier davon waren noch am Leben. Mrs. Howe war seit über vierzig Jahren tot, und Mr. Howe trauerte noch ebensosehr um sie wie am ersten Tag. Die Möbel waren alt, aber sehr gepflegt und sahen aus, als hätten sie noch gestern im Schaufenster gestanden. Mr. Howe rauchte Pfeife und trank Tee statt Kaffee. Während ich bewußtlos auf dem Sofa lag, hatten er und Bridie jeder eine Tasse Tee getrunken, und nie hatte sie hübscheres Porzellan gesehen als das von Mr. Howe. Da war auch nicht eine Ecke angeschlagen. Und Toast hatte er auch für sie gemacht und sie gefragt, ob sie ihn lieber ohne Kruste wolle, worauf sie natürlich ja gesagt hatte, weil sie das für vornehmer hielt. Mit vollem Namen hieß er Elias Howe, genauso wie der Mann, der die Nähmaschine erfunden hat, aber verwandt war Mr. Howe nicht mit ihm, außer um neunundvierzig Ecken, doch das, hatte Mr. Howe gesagt, seien alle Menschen auf der Welt. Der Name Elias gefiel ihr gut, und sie hoffte darauf, ihn, wenn sie sich erst einmal besser kannten, so nennen zu dürfen. Die Kleider von Mrs. Howe waren immer noch im Schrank und in der Kommode im Schlafzimmer, so frisch und sauber, als ob sie erst kürzlich jemand gewaschen und gebügelt hätte. So ging das in einem fort, bis selbst an einem Mr. Howe nichts Interessantes, geschweige denn Geheimnisvolles mehr war. Als sie bei der Farbe seiner Badezimmertapeten angelangt war, nickte ich ein.

Als ich wieder zu Hause und so weit auf dem Wege der Besserung war, daß ich endlich aufstehen durfte, backte Mom einen Kuchen, und Pop fuhr uns hinaus zu Mr. Howe, damit ich ihn kennenlernen konnte, ohne mir einzubilden, er sei der liebe Gott. Bridie wollte natürlich unbedingt mit. Was sie mir über Mr. Howes Heim erzählt hatte, stimmte aufs Wort. Dieses eine Mal war die Phantasie offenbar nicht mit ihr durchgegangen. Mr. Howe, der noch genauso alt und müde aussah, wie ich ihn in Erinnerung hatte, gab uns die Hand und lud uns ein, Platz zu nehmen. Ich sähe schon viel besser aus, sagte er, als neulich im Krankenhaus, und dann erkundigte er sich, ob meine Kratzer auch gut heilten. Bridie wollte, daß ich den Verband abnähme und ihm die Wunden zeigte, aber Mr. Howe sagte, er glaube mir auch so, daß sie besser würden. Wir tranken Tee aus seinen schönen Porzellantassen, aßen Moms Kuchen dazu, und als wir uns verabschiedeten, fragte er, ob ich die Tauben aus seiner Scheune immer noch haben wolle.

»Da geh' ich nicht mehr rein, Ehrenwort.« Ich sah Mom und Pop an. »Diesmal mein' ich's ehrlich.«

»Na ja«, sagte Mr. Howe, »eigentlich ist nicht viel dabei, wenn man's nur richtig anpackt. Wenn zum Beispiel einer die Leiter hält, während der andere zu den Nestern raufklettert, also dann ist die Taubenjagd wohl ziemlich ungefährlich.«

»Darf ich?« Ich blickte zu Pop auf.

»Mal sehen«, sagte er und ging voraus zum Wagen.

»Ach, und Finn«, Mr. Howes Hand lag auf Bridies Schulter, »deine beste Freundin bringst du mit, ja.« Ich guckte Bridie an, als sähe ich sie zum erstenmal. Sie lächelte mich an, und ich dachte: Vielleicht haben die anderen alle recht, und ich hab' mich die ganze Zeit geirrt. Sie hat einen Knall, sicher, aber vielleicht ist sie ansonsten doch nicht so übel.

»In Ordnung«, sagte ich, und wir stiegen ein.

Im Sommer 1942 sang Amerika: *I Left My Heart at the Stagedoor Canteen*, *The White Cliffs of Dover* und *Paper Doll*, während in Europa die Nazis die systematische Ausrottung von Millionen von Juden in Angriff nahmen. Rommel, Hitlers ruhmreicher Generalfeldmarschall, blendete die Welt mit den Siegen seines Afrika-Korps, und die deutschen U-Boote versenkten britische und amerikanische Schiffe schneller, als man sie ersetzen konnte. Die Japaner mußten bei Midway ihre erste Niederlage einstecken, und dem FBI gingen in Florida und New York insgesamt acht deutsche Saboteure ins Netz. Die amerikanischen Frauen, die alles daransetzten, so auszusehen wie Greer Garson in *Mrs. Miniver*, verließen in patriotischem Überschwung Heim und Herd und stellten sich in den Dienst des Krieges. Mom hörte an der Schule auf und arbeitete statt dessen im Militärdepot in einer Kleinstadt, die zwölf Meilen von uns entfernt lag. Um halb sechs mußte sie aufstehen, damit sie um sechs an der Ecke war, wo sie abgeholt wurde. Sie verdiente jetzt mehr als Pop. Beim Frühstück übernahm Bridie die Rolle der Hausfrau und bediente Pop, Fritz und mich so zügig und gewandt wie eine Fließbandarbeiterin. Die Sommerferien hatten begonnen, Mom arbeitete den ganzen Tag, und so machte Bridie sich anheischig, zwei Haushalte zu führen, obwohl wir auch ganz gut ohne sie zurechtkamen. Fritz und Pop kochten beide gut, und im Staubwischen oder Fußbodenschrubben machte mir keiner was vor. Laurie gewöhnte sich an, bei uns zu Mittag zu essen, was für ihn erst das Frühstück war, und wenn er kam, war er meist verkatert. Bridie nahm ihn in Schutz und sagte, das Trinken sei nun mal der Fluch des Barmixers, und Laurie spielte sein Problem herunter: ein paar Drinks mit den Gästen, weiter nichts.

Im Juni, als bei uns im Garten Fritz' und Minas Schulabschluß gefeiert wurde, gaben die beiden ihre Verlobung bekannt. Mir hatte Fritz es schon die Nacht zuvor erzählt, als alle Lichter im Haus gelöscht waren und wir aus Moms und Pops Zimmer leises Schnarchen hörten. Da stand er auf und schloß leise die Tür zu unserem Schlafzimmer.

»Ich muß dir was erzählen«, sagte er, als er wieder ins Bett kam.

»Ja?«

»Es geht um Mina und mich. Wir werden heiraten.«

»Ich weiß.« Alle wußten das.

»Aber ich meine, bald. Wir werden schon sehr bald heiraten.«

Darauf war ich nicht gefaßt. Eines schönes Tages, ja, aber nicht bald. Würden sie bei uns wohnen oder bei den Pascalis? Oder würden sie sich womöglich eine eigene Wohnung suchen? Nein,

Fritz hatte nicht mal eine Anstellung, da konnten sie sich keine eigene Wohnung leisten. Fritz und verheiratet. Aus Mina Pascali würde Mina Finnegan werden.

»Das ist ein gräßlicher Name«, sagte ich.

»Welcher?«

Ich hatte immer das Gefühl gehabt, Fritz könne auch meine Gedanken hören.

»Mina Finnegan. Klingt gräßlich.«

Fritz lachte leise. »Das findet Mina auch.«

»Aber wie kannst du jetzt heiraten? Du bist noch zu jung dafür. Und du hast nicht mal 'ne Arbeit.«

»Doch, hab' ich schon, gewissermaßen. Ich bin jetzt Soldat. Pop hat für mich unterschrieben.«

»Jesus, Maria und Joseph!« Ich fuhr so jäh hoch, daß Duke sich fast zu Tode erschreckte. »Weiß Mom das schon?«

»Nein, noch nicht. Sie wird wütend sein auf Pop.«

»Umbringen wird sie ihn!«

»Aber nun sag mal, was hältst du davon?«

Ich wußte nicht, was ich davon halten sollte. Alle anderen gingen fort, und ich wußte, daß eines Tages auch Fritz gehen würde. Noch vor ein paar Monaten hätte ich mir nicht vorstellen können, daß meine Welt je anders werden würde, aber nun veränderte sie sich beinahe täglich, und man war machtlos dagegen. Nichts würde je wieder so sein wie früher. Und alle Vorstellungen mischten sich mit Kinobildern und Propaganda, mit Helden und flaggengeschmückten Särgen. Es ging einfach alles zu schnell. Wie konnte Fritz Soldat geworden sein, ohne mir vorher Bescheid zu sagen?

»Was hältst du davon?« fragte er noch einmal.

»Wo werden sie dich hinschicken?«

»Wahrscheinlich nach Fort Dix. Aber ich weiß es noch nicht.«

»Wann?«

»Bald.«

Fritz sagte es Mom, kurz bevor die Partygäste eintrafen. Wir waren alle in der Küche. Pop, Fritz, Mina und ich saßen am Tisch, als Mom mit strahlendem Lächeln hereinkam und zwei kleine Päckchen in Geschenkpapier schwenkte.
»Mom, ich muß dir noch was sagen ...«
»Macht eure Geschenke auf«, unterbrach sie. »Ich hoffe, sie gefallen euch.«
»Ganz bestimmt«, sagte Pop. Und an Fritz gewandt, fuhr er fort: »Na los, mach's auf. Vorher gibt sie ja doch keine Ruhe.«
»Also gut. Aber du auch, Mina.« Sie wickelten die Päckchen aus.
»Das wäre aber doch nicht nötig gewesen, Mrs. Finnegan.«
Fritz hatte eine goldene Bulova-Uhr bekommen und Mina ein kleines goldenes Medaillon, und auf beiden Geschenken war das Datum eingraviert, 5. Juni 1942.
Sie bedankten sich reihum und küßten alle, auch mich, und nachdem Mom sie ein dutzendmal gefragt hatte, ob ihre Geschenke ihnen denn auch wirklich gefielen, drängte Fritz sie auf einen Stuhl und platzte mit der Neuigkeit heraus.
»Ich hab' mich freiwillig gemeldet.« Mom starrte ihn bloß an.
»Also, bevor du auch nur ein Wort sagst, hörst du mir erst mal zu, ja.« Pop hatte seinen »Ich-bin-das-Oberhaupt-der-Familie«-Ton angeschlagen. »Früher oder später hätten sie den Jungen ja doch eingezogen, warum also nicht gleich. Ich hab' für ihn unterschrieben, basta – mehr ist dazu nicht zu sagen.« Es blieb lange still. Dann stand Mom auf, ging an den Kühlschrank und holte die Platten mit den Sandwiches und gefüllten Eiern heraus.
»Was ist, hast du denn gar nichts dazu zu sagen?« Pops Stimme hatte einiges von ihrer Autorität eingebüßt.
»Was kann ich jetzt noch sagen? Es ist ja nicht mehr zu ändern, nicht wahr?« Vor lauter Zorn konnte sie kaum sprechen. Sie wandte sich zur Tür.
»Mae ...« Pop stand auf, und sie drehte sich nach ihm um.

»Nun kannst du doch noch Soldat spielen, nicht wahr, Tom? Nur daß du's diesmal durch deinen Sohn tun wirst. Ich hoffe bloß, daß du das nicht noch mal bereust.« Sie trug die Platten ins Wohnzimmer hinüber, und Pop ging ihr nach.
»Es wird sich schon alles finden, mach dir nur keine Gedanken«, sagte er noch zu Fritz und dann: »Verdammt noch mal, Mae, jetzt hör mir gefälligst zu ...«
»Sprich mich ja nicht an, ich rede nämlich nicht mit dir.« Wir saßen zu dritt am Tisch, gespannt, wie es weitergehen würde, aber sie verdrückten sich nach oben.
»Wann wollt ihr ihnen denn sagen, daß ihr heiraten werdet?« fragte ich, um das peinliche Schweigen zu beenden.
»Ich weiß nicht. Später, denke ich.« Mina nahm seine Hand.
»Vielleicht sollten wir noch warten«, sagte sie. Fritz zuckte die Achseln.
»Gefällt dir die Uhr?« fragte ich.
»O ja, sehr.«
»Hat neunundvierzig Dollar und fünfundneunzig Cents gekostet.«

Abgesehen von Fritz' und Minas Schulfreunden, war praktisch die ganze Nachbarschaft zu der Party eingeladen. Pater Boyle war da und die Ganis, Turk und Sparrow kamen, obwohl man sie nicht eingeladen hatte, Big Tum und Little Tum, Mrs. Shultz, Mr. und Mrs. Pascali und sogar Mrs. Cavanaugh. Sie trug das gewohnte schmuddelige Hauskleid und ihre wasserziehenden Strümpfe, aber zur Feier des Tages hatte sie ihre dünnen Lippen mit grellrotem Lippenstift überschmiert und sich kreisrunde Rougetupfer auf die Wangen gemalt, und nun sah sie aus wie die lachende, zahnlose Spielzeughexe vor dem Scherzartikelladen auf der Strandpromenade in Seaside Heights. Bridie war natürlich dem festlichen Anlaß gemäß herausgeputzt. Als Mom sie kommen sah, sagte sie, daß Bridie aussähe wie ein russisches Flüchtlingskind aus der Wochenschau. Kein Mensch wußte, wo sie ihr Kleid herhatte, aber es reichte ihr fast bis zu den Knöcheln und war über und über mit dunklen Blumen und Blättern bedruckt, wie das Gewand einer alten Frau. Ihr Haar, das sie für die Party frisch und eigenwillig geschnitten hatte, wurde von einer übriggebliebenen Weihnachtsschleife zusammengehalten, und an den dünnen, schmalen Handgelenken trug sie billige bunte Glasreifen, die ihr dauernd über die Hände rutschten. Ich weiß nicht, woran es lag, vielleicht an meiner neuen Wertschätzung für Bridie, jedenfalls fand ich, daß sie hübsch aussah.

Die Gäste brachten alle etwas zu essen mit, obwohl die Lebensmittel seit neustem rationiert und dementsprechend knapp waren. Mr. und Mrs. McManus, die in der ganzen Livery Street nur Big Tum und Little Tum hießen, kamen mit köstlichen Kuchen und Plätzchen. Für die Dauer des Krieges sollte es uns ein Rätsel bleiben, wo sie ihre gute Zuckerquelle her hatten. Big Tum, der sein Leben lang bei den Wasserwerken gearbeitet hatte und nun seit ein paar Jahren Rentner war, verbrachte die meiste Zeit mit Little Tum, und gemeinsam frönten die beiden ihrer Lieblingsbeschäftigung, dem Kochen. Er wog an die hundertachtzig Kilo, und sie war noch ein bißchen schwerer. Sie waren beide in ganz jungen Jahren aus Irland eingewandert, aber obwohl ihre Heimatdörfer keine zwanzig Meilen auseinanderlagen, lernten sie sich erst in Amerika kennen, als sie in New York im Plaza Hotel arbeiteten, sie als Zimmermädchen und er als Liftboy. Nachdem sie geheiratet hatten und in unsere kleine Stadt gezogen waren, kauften sie das große Haus Ecke Livery und Wilbridge Street, weil sie sich eine große Familie erhofften. Aber Little Tum wurde nur einmal schwanger, als sie schon Anfang Vierzig war, und dann war das Kind eine Totgeburt. Fortan liebte sie jedes Kind in der Nachbarschaft wie ihr eigenes, und wir konnten uns keinen besseren Platz wünschen, um gesund zu werden, egal, ob man zu viele grüne Äpfel gegessen oder die Grippe hatte, als den üppigen Schoß von Little Tum, an deren kissenweichen Busen

man den Kopf bettete und dabei den heilenden Duft ihres obligaten Körperpuders einatmete.
Bridie und ich stopften uns mit Sandwiches, Kuchen und Orangensaft voll. Sie machte einen Teller für Laurie zurecht, den wir nach gegenüber brachten und in ihrem Kühlschrank bereitstellten, damit Laurie auch eine Freude hätte, wenn er von der Arbeit heimkam. Das Haus war inzwischen mit dem Notwendigsten ausgestattet und wirkte, trotz Bridies zigeunerhaftem Farbgeschmack, sehr wohnlich. Laurie war entweder zu nachgiebig oder hatte keinen eigenen Geschmack, jedenfalls ging die Einrichtung ganz allein auf Bridies Konto.
»Ich finde, ich bin eine wirklich gute Hausfrau.« Sie saß am Küchentisch und strich das leuchtendorangerote Tischtuch glatt. »Meinst du nicht auch?«
»Doch. Wieso?«
»Und eine gute Köchin bin ich auch.«
»Sicher«, log ich.
Bridie dachte angestrengt über etwas nach, wieder einmal im Kampf mit einem ihrer vielen Dämonen. Schließlich wechselte sie der Einfachheit halber das Thema. »Magst du Mina gut leiden?«
»Aber klar doch, was denkst du denn.«
»Warum will Fritz unbedingt heiraten? Deine Mom und ich, wir sorgen doch für ihn.«
»Man verheiratet sich eben, weil ...«, und dann fiel mir kein guter Grund ein. Schließlich sagte ich: »... damit man Kinder kriegt.«
»Und wegen dem Sex.«
»Genau.«
Bridie schüttelte den Kopf. »Ich versteh' das nicht.«
»Denkst du etwa an Laurie?« fragte ich, obwohl ich es doch schon wußte.
»Glaubst du, er braucht das ... Sex?«
»Weiß ich nicht.« Ich hatte wirklich keine Ahnung.

»Ich glaub' das nicht.« Sie schwieg einen Augenblick.
»Laß und wieder rübergehen. Fritz will bestimmt, daß wir dabei sind, wenn er's den anderen sagt, daß er und Mina heiraten werden.«
»Manchmal denke ich, das ganze Leben ergibt keinen Sinn. Geht dir das auch schon mal so?«

Als Fritz endlich die Verlobung bekanntgab, kurz vor Einbruch der Dunkelheit und ehe die Gesellschaft vor den Moskitos ins Haus flüchtete, hatten alle bereits einen Schwips und waren entsprechend gut gelaunt. Der Krieg war weit weg, und das richtige Leben spielte sich hier in unserem Garten ab. Die Welt war auf ihr angestammtes Maß zurückgeschrumpft, nämlich auf die beiden Blocks der Livery Street. Fritz und Mina standen Hand in Hand und mit vor Aufregung geröteten Wangen auf der hinteren Veranda.
»Ich möchte mich bei allen, besonders aber bei Mom und Pop, für dieses schöne Fest bedanken.« Fritz sah sich nach den Eltern um, aber die standen in entgegengesetzten Ecken des Gartens und redeten immer noch nicht miteinander. Pop lächelte mit Rücksicht auf die Gäste und sah zu Mom hinüber, aber sie ging nicht darauf ein. Stocksteif stand sie da, mit zusammengepreßten Lippen und zornfunkelnden Augen, und sah nur Mina und Fritz an.
»Mina und ich haben euch etwas mitzuteilen.« Fritz legte seinen Arm um sie und zog sie fest an sich, worauf ein paar von ihren Klassenkameraden zu johlen anfingen. »Wir beide werden heiraten ...« Weiter kam er nicht. Alles stürmte die Veranda, man umarmte und küßte die beiden, und ich wünschte vergebens, daß die Gäste sich wenigstens so lange zusammenreißen würden, bis Fritz ihnen sagen konnte, daß er außerdem jetzt Soldat war. Meiner Ansicht nach war das nämlich die eigentliche Neuigkeit. Aber man ließ ihn überhaupt nicht mehr zu Wort kommen. Mom stand regungslos bei den Fliederbüschen, und nachdem er

sich kurz besonnen hatte, ging Pop zu ihr. Ich konnte nicht hören, was er sagte, aber sie sah ihn nicht ein einziges Mal an, sondern lief schnurstracks auf die Veranda und ging wortlos an Fritz und Mina vorbei ins Haus. Pop stand da, die Hände in den Hosentaschen, und starrte zu Boden. Dann gab er sich einen Ruck und stapfte zornig durchs Gartentor auf die Straße. Ich wußte, daß er jetzt ins Alley gehen und sich betrinken würde. Mrs. Ganis schwärmte Mina und Fritz von den bildhübschen Kinderchen vor, die sie kriegen würden, indes Bridie, die neben mir stand, das Geschehen so distanziert verfolgte, als ob sie Zeugin bei der Landung einer Gruppe von Marsmenschen wäre.
»Ich kapier' das einfach nicht«, sagte sie und schüttelte verwundert den Kopf.

Duke und ich lagen schon im Bett und hörten Radio, als Mom endlich mit der Küche fertig war und nach oben kam. Fritz war noch mit seinen Freunden aus, und auch Pop war noch nicht heimgekommen.
»Ich dachte, vielleicht brauchst du das, nachdem du heute den ganzen Tag auf den Beinen warst.« Damit reichte sie mir eine Tasse Tee mit einem Schuß von dem wundersamen irischen Whiskey. Es war eine heiße, herbe Mischung, großzügig mit einem Löffel Honig gesüßt. Ich setzte mich auf und begann in kleinen Schlucken zu trinken.
»Mach heute nacht lieber deine Tür zu. Seine Hoheit werden erst spät heimkommen, und bestimmt ist er dann sturzbetrunken.« Sie meinte natürlich Pop. »Und wer weiß, wann dein Bruder nach Hause findet.« Sie setzte sich zu mir auf die Bettkante und tätschelte Duke, aber in Gedanken war sie weit, weit fort.
»Das war ein tolles Fest«, sagte ich.
»Doch, ja.«
»Fritz hat sich sehr über seine Uhr gefreut.«
»Hat er? Na, das ist schön.«
»Bist du noch immer wütend auf Pop?«

»Das geht dich nichts an.« Sie stand auf und drehte das Radio ab. »Aber wenn du's unbedingt wissen willst: ja. Und nun trink deinen Tee und dann schlaf. Ich will keinen Muckser mehr von dir hören.« Sie ging zur Tür.
»Bist du böse, weil Fritz heiratet, oder weil er Soldat wird?« fragte ich.
»Ich glaube, du steckst zuviel mit Bridie zusammen. Du fragst einem ja direkt Löcher in den Bauch, was?«
»Bitte, warum bist du böse?«
»Ich bin böse …« Sie brach ab und schaute mich so durchdringend an, als könne sie mir die Antwort vom Gesicht ablesen. »Ich bin wütend, weil Fritz mein Sohn ist und zu jung zum Kriegspielen und zum Heiraten auch, ach, und weil das Leben so hinterhältig ist und die Männer allesamt Narren sind. Reicht dir das als Antwort?« Sie knipste das Licht aus und machte die Tür hinter sich zu. Im milden Licht des Mondes, der durchs Fenster hereinschien, spähte ich hinüber zu Fritz' leerem Bett. Wenn er erst einmal Soldat war, würde es immer so sein. Kein Flüstern mehr in den Nächten, wenn ich Schmerzen im Bein hatte, keine warme Zuflucht im Winter und keine vertraulichen Geständnisse. Kein Fritz mehr, mit dem ich im Dunkeln zuhören konnte, wie Mom und Pop nächtens miteinander lachten und zankten. Duke und ich würden ganz allein sein. Ich schaute auf ihn hinab. Er schlief fest, ohne eine Ahnung von den Veränderungen, die im Gange waren, glücklich in seiner beschränkten Hundewahrnehmung, die nichts kannte außer der Gegenwart. Um seinen Mund zuckte es, und seine Beine bewegten sich ruckartig, während er im Traum einen Nachtvogel jagte.
Es war ein gedämpftes Geräusch, irgendwo unten im Haus, das mich weckte. Fritz war heimgekommen, während ich schlief, und lag ausgestreckt auf seinem Bett. Ich schlich zur Tür und öffnete sie so leise wie möglich.
»Pscht.« Fritz hatte sich auf dem Ellbogen aufgerichtet und lauschte.

»Wer ist das?« flüsterte ich.
»Pop und Laurie. Sie sind betrunken.«
Von dem, was unten gesprochen wurde, verstand ich nichts, aber ich hörte die beiden derb lachen.
»Wie lange sind sie schon da?« fragte ich.
»Keine Ahnung. Na komm, vielleicht schaffen wir's, daß sie Ruhe geben.« Als wir am Fuß der Treppe anlangten, scholl uns ein besonders kräftiges Gelächter entgegen, worauf Mom aus ihrem Zimmer gestürzt kam und uns von oben her wütend anfunkelte. Ich drückte mich platt gegen die Wand und wünschte mir, ich wäre unsichtbar.
»Ruhe da unten!« brüllte sie. »Ihr weckt ja noch die ganze Nachbarschaft auf.«
»Geh wieder ins Bett und laß uns in Frieden.« Pop hatte uns gesehen. »Und ihr zwei auch. Macht, daß ihr nach oben kommt.« Wir saßen in der Falle.
»Laurie O'Connor, Sie sollten sich was schämen. Da betrinken Sie sich Nacht für Nacht und lassen Bridie ganz allein im Haus. Das Kind wäre ja in St. Stephen's besser aufgehoben.« St. Stephen's war das Waisenhaus der Stadt, und die bloße Erwähnung des düsteren, abweisenden Backsteinmonstrums ließ jedem Kind am Ort das Blut in den Adern gefrieren. »Scheren Sie sich nach Hause, wo Sie hingehören.«
»Scher du dich ins Bett und laß uns zufrieden.« Pop schwankte zurück in Richtung Küche, und statt seiner erschien Laurie, der sich kaum noch auf den Beinen halten konnte.
»Ich geh' schon, Mrs. Finnegan. Ich wollte nicht stören. Bestimmt nicht. Und Sie sind der letzte Mensch auf Gottes schöner Erde, mit dem ich's mir verderben will. Das wissen Sie doch, oder?« Dann lächelte er Fritz und mir zu und flüsterte: »Ihr Jungs solltet längst schlafen.«
»Wegen ihr brauchst du nicht zu gehen«, sagte Pop. Laurie machte die Haustür auf. »Schließlich ist das auch mein Haus, Herrgott noch mal!«

»Nicht doch, Tom, du machst alles nur noch schlimmer. Sei vernünftig und geh schlafen. Bis morgen dann.« Laurie schlich auf Zehenspitzen hinaus, schloß leise die Tür hinter sich und krachte dann laut polternd die drei Eingangsstufen hinunter.

»Hoffentlich hat er sich das Genick gebrochen!« rief Mom von oben.

Pop sah uns an und schüttelte mißbilligend den Kopf. »Eure Mutter ist eine Furie.« Herausfordernd schaute er ihr ins Gesicht. »Hoffentlich bist du jetzt zufrieden, Mae.« Er schickte sich an, die Treppe hochzugehen. »Nachdem du's geschafft hast, einen Gast unter unserem Dach zu beleidigen.«

»Wenn du auch nur einen Schritt näher kommst, hol' ich die Flinte und schieß' dir den Fuß weg.« So, wie sie das sagte, klang es wirklich ernst gemeint. Fritz unterdrückte ein Lachen. »Du wirst heute nacht nicht hier oben schlafen.«

»Wo denn sonst?«

»Mir ganz egal. Leg dich doch in die Gosse, wo du hingehörst.«

»Na wennschon, vermutlich wäre es da angenehmer als neben dir.« Er war schwer gekränkt. Vor sich hin brabbelnd, ging er in die Küche zurück.

»Und euch beiden brennen hoffentlich die Ohren«, sagte Mom streng. »Jetzt aber marsch zurück ins Bett, bevor ihr meine Handschrift spürt. Das gilt auch für dich, du ach so erwachsener Fritz Finnegan.« Damit verschwand sie in ihrem Zimmer.

Während der nächsten Woche waren alle ungemein beschäftigt, und einer ging dem andern geflissentlich aus dem Weg. Mom und Pop hatten jeden Abend etwas vor, um nur ja nicht daheim zusammenzutreffen. Sie ging in den Katholischen Frauenklub, das Komitee für Kriegsanleihen oder zur Demokratischen Partei, er zu den Kolumbusrittern, den Luftschutzwarten oder in den Jagd- und Fischereiklub. Alle Mahlzeiten verliefen in so eisernem Schweigen, daß selbst die Trappisten hätten neidisch werden können. Laurie machte einen Bogen um unser Haus, Fritz war ständig mit Mina und ihren gemeinsamen Freunden zusammen, und Bridie und ich aßen fast jeden Mittag bei Mr. Howe, der getreulich Wort hielt und mir half, die braunen Tauben einzufangen.

Am Ende dieser Woche kam es mir, dank Bridie und ihrer unermüdlichen Fragerei, so vor, als hätte ich Mr. Howe schon mein Leben lang gekannt, und umgekehrt wußte er haargenau Bescheid über die Bewohner der Livery Street, einschließlich Lauries Hämorrhoiden. Mr. Howe war in einem Flachboot auf dem Missouri River zur Welt gekommen, vier Jahre nach dem Ende des Bürgerkrieges. Sein Vater war Pfarrer gewesen, und die Familie war unterwegs zu einem neuen Posten im Indianerterritorium, als er sich, um es mit seinen Worten zu sagen, »zu seinem Auftritt« entschloß. Er wuchs in einer Grenzstation auf, wo er mit mehr Indianern als Weißen in Berührung kam, und Bridie wollte gleich alles übers Skalpieren erfahren, aber Mr. Howe sagte, so etwas habe er Gott sei Dank nie gesehen. Seine spätere Frau Miriam, Tochter eines Captain der US-Armee, lernte er kennen, als beide achtzehn waren, und getraut wurde das junge Paar schließlich von Mr. Howes Vater. Die Neuvermählten zogen an die Ostküste, als Mr. Howes Großvater starb und ihm seine Farm vermachte. Dort bauten sie Mais an, der ihnen, zusammen mit der Apfelernte, ein gutes Auskommen sicherte. So glücklich wie Adam und Eva im Paradies seien sie gewesen, sagte Mr. Howe. Bridie fragte, ob es auch eine Schlange gegeben habe, und Mr. Howe antwortete, mitunter sei das Leben selbst die Schlange. Mrs. Howe starb, die Kinder gingen aus dem Haus, und nachdem er sich jahrelang immer erfolgloser gemüht hatte, die Wirtschaft allein weiterzuführen, gab er schließlich auf und ließ das Land brachliegen. Von seinen vier noch lebenden Kindern traf er hin und wieder einen Sohn, der in New York lebte, hörte gelegentlich von einer Tochter in Denver und hatte keine Ahnung, was aus den beiden anderen geworden war. Bridie und ich wollten ihn in die Livery Street einladen, damit er die Tauben sehen und mit uns zu Abend essen könnte, aber er sagte, seine Zeit auf Erden sei eigentlich schon um, der Himmlische Vater könne ihn jeden Tag abberufen, und wenn es soweit sei, dann wolle er zu Hause sein.

Manche Menschen bestimmen das Jahr nach dem Kalender, andere nach den Tierkreiszeichen, und ein paar primitive Völker richten sich nach Sonne, Mond, Gezeiten oder was auch immer. Meinen Jahreslauf gliederten die Feiertage. Der Heldengedenktag markierte den Frühling, der Unabhängigkeitstag den Hochsommer, Labor Day war der Vorbote des Herbstes und damit unweigerlich auch der des Schulbeginns. Ähnlich hatten auch alle übrigen Feiertage ihre Bedeutung, einschließlich meines Geburtstages und der – für die Schüler einer katholischen Lehranstalt – wunderbaren heiligen Fastentage, an denen wir freibekamen, die Kinder der staatlichen Schulen aber nicht. Diesmal war der Unabhängigkeitstag, der vierte Juli, ein ganz besonderer Tag, denn Fritz mußte am Morgen darauf einrücken. Schon bald nach seiner Abschlußfeier war er zur Musterung bestellt worden, und da er als I-A eingestuft wurde, blieb ihm nur noch kurze Zeit, um seine Privatangelegenheiten zu regeln, bevor der Stellungsbefehl kam. Er und Mina beschlossen, mit der Hochzeit bis zu seinem ersten Urlaub zu warten.
Etwa eine Woche, bevor er wegmußte, hatte Tante Cassie, Pops älteste Schwester, einen Schlaganfall, und Mom und Pop mußten sie in Wilkes-Barre besuchen. Die beiden sprachen immer noch nicht miteinander, und Pop schlief immer noch auf dem Sofa, und Fritz meinte, es würde eine schrecklich lange Fahrt werden, wenn die beiden die ganze Zeit wie zwei Leichname starr geradeaus guckten. Tante Cassie war das weibliche Oberhaupt von Pops Familie, und alle, mich eingeschlossen, hatten Angst vor ihr. Nach dem Tod meiner Großeltern, lange bevor ich geboren wurde, hatte sie sich zum Familienoberhaupt aufgeschwungen und fortan die Macht über ihre acht Brüder und

Schwestern nicht mehr aus der Hand gegeben. Mom wollte mich unbedingt mitnehmen, wahrscheinlich, damit sie jemanden zum Reden hätte, aber ich mochte Wilkes-Barre nicht, das in einem anderen Staat lag und so weit weg von New Jersey, daß ich mir vorstellte, sie hätten dort andere Nachrichten als wir. In Wirklichkeit war Wilkes-Barre nur rund drei Autostunden entfernt, doch ich erwartete beinahe, daß meine Verwandten aus Pennsylvania eine andere Sprache sprächen. Außerdem mochte ich den Geruch in Tante Cassies Haus nicht. Ich bettelte darum, dableiben zu dürfen, weil ich doch bloß im Weg wäre und Krankenhäuser nicht ausstehen könne, aber in Wahrheit wollte ich nur zu Hause bei Fritz bleiben. Die Eltern waren schließlich einverstanden, aber erst, nachdem sie uns eine Liste mit Verhaltensmaßregeln in die Hand gedrückt hatten: abends Haustür abschließen, regelmäßig den Hund füttern, das Gas abstellen, nicht zu spät ins Bett gehen und auf vernünftige Ernährung achten. Als sie den Koffer ins Auto brachten, kam Bridie mit einer fettigen Papiertüte voller Sandwiches und Obst angelaufen. Die Sandwiches waren Bridies Spezialität: Sie bestrich sie mit Erdnußbutter und belegte sie mit allem, was der Kühlschrank hergab. Bestimmt hat Mom sie in sicherer Entfernung aus dem Fenster geworfen.

Kaum, daß Mom und Pop fort waren, übernahm Bridie, die Fritz und mich nun ein paar Tage ganz für sich allein hatte, mit Aplomb die Haushaltsführung. Es war ein Sonntagabend, Laurie hatte frei, und so plante sie ein großes Essen für uns alle, einschließlich Minas. Da wir wußten, was für Gerichte Bridie sich mitunter einfallen ließ, versuchten wir, ihr die Idee auszureden, aber ohne Erfolg. Mina löste das Problem, indem sie ihre Hilfe anbot, was Bridie begeistert annahm, weil sie sich erwachsener fühlte, wenn sie den Nachmittag mit einer High-School-Absolventin verbrachte. Uns wurde mitgeteilt, daß um sechs gegessen würde und daß wir »salonfähig« zu erscheinen hätten.

Für Bridie war es *das* gesellschaftliche Ereignis der Saison. Der

Blumenschmuck der Tafel hätte einem Derbysieger alle Ehre gemacht, und wir konnten bei Tisch vor lauter Gemüse kaum unser Gegenüber sehen. Kerzen und Servietten hatte sie sich von Mrs. Ganis geborgt, und alles zusammen machte sich eigentlich recht hübsch auf dem grellorangeroten Tischtuch. Vier der fünf Teller waren weiß und trugen auf dem Rand die blau-goldenen Initialen »P.I.«. Laurie stibitzte sich im Prussian Inn klammheimlich ein Service für acht Personen zusammen. Das Hauptgericht war italienisch und schmeckte, dank Mina, ausgezeichnet. Die Sahnetorte zum Nachtisch, Boston Cream Pie, verdankten wir Little Tum, die mit Freuden etwas zu unserem Fest beisteuerte, als sie von Bridie erfuhr, daß es sich um Fritz' Abschiedsessen handle. Aber die eigentliche Überraschung des Abends war Bridie selbst. Mina hatte ihr ein ausrangiertes Kleid geschenkt, und Bridie trug es wie eine Prinzessin. Ihre Haare waren zur Abwechslung ganz normal frisiert, und sie hatte sogar einen Hauch Lippenstift aufgetragen. Wieder einmal zeigte sich mir eine ganz andere Bridie. Seit ich mir vorgenommen hatte, nicht mehr gegen sie zu sein, entdeckte ich in einem fort neue liebenswerte Seiten an ihr. Sie war immer noch taktlos, frech, vorlaut und aufdringlich, aber sie steckte auch voller Überraschungen, war lustig und treu wie Gold. Mit ein bißchen Hilfe von Mina ließ sich offenbar obendrein ein zivilisierter Mensch aus ihr machen. Bei dieser komischen kleinen Dinnerparty war sie in ihrem Element, selbstsicher und bildhübsch, und natürlich wußte sie das auch.

»Ich finde, das ist das schönste Kleid, das ich je gesehen habe.«

»Also an mir hat es nie so hübsch ausgesehen.« Mina lächelte.

»Du siehst einfach umwerfend aus«, sagte Laurie. »Das Ebenbild deiner Mutter.« Auf seinem Gesicht lag ein trauriges kleines Lächeln.

Wir hatten Laurie seit dem Abend, an dem er und Pop so betrunken waren, nicht mehr gesehen, und anfangs war er ein bißchen nervös und kleinlaut, aber da aller Aufmerksamkeit sich auf Bridie richtete und man sich ungezwungen unterhielt, entspannte er sich im Nu. Bridie und ich erzählten Geschichten von Mr. Howe, dem so lange Geheimnisumwitterten, und wir sprachen über Tante Cassie und Wilkes-Barre, aber Thema Nummer eins war natürlich Fritz Einberufung. Die wiederum erinnerte Laurie an seine vermeintliche Schmach, und das geeignete Rezept dagegen schien ihm ein Drink zu sein. Er holte die Flasche raus und goß sich und Fritz ein Gläschen ein.

»Du kannst von Glück sagen, mein Junge«, meinte Laurie, als sie einander zuprosteten. »Ja, wenn meine Pumpe nicht im Eimer wäre ...«, und er kippte das Glas in einem Zug. Er wollte sich gleich ein zweites einschenken, aber Bridie hielt ihn zurück.

»Du hast doch gesagt, du wirst nicht trinken.«

»Ist doch bloß ein Abschiedsschluck, Fritz zu Ehren. Ich finde, einen sollten wir uns noch genehmigen: Glück auf den Weg. Was meinst du, Fritz?«

»Nein, nein, ich hab' genug, danke.« Laurie war enttäuscht.

»Na, dann nehm' ich rasch noch 'nen Kleinen, und dann ist Schluß.« Er sah Bridie an. »Versprochen.«

»Also gut«, sagte sie widerwillig.

Er trank noch ein Glas, schraubte die Flasche zu, und Bridie trug sie aus dem Zimmer. Der Whiskey tat fast unverzüglich seine Wirkung. Laurie wurde im Nu heiter und beschwingt, zugleich aber auch trauriger. Er fing an von der Zeit zu erzählen, als er noch in den großen Kurhotels gearbeitet hatte, und diese Geschichten erinnerten Bridie wieder an andere, und bald warfen die beiden sich die Bälle zu wie ein Varieté-Pärchen auf der Bühne, und wir lachten, bis uns die Tränen kamen. Für Bridie gab es nichts Schöneres, als das, was sie mit Laurie geteilt hatte, weiterzugeben. Die beiden kamen mir vor wie Mom und Pop, wenn sie von ihrer Kindheit in Pennsylvania erzählten. Fritz und ich kannten längst all ihre Geschichten auswendig, aber wir hörten sie trotzdem immer wieder gern, weil Pop und Mom beim Erzählen jedesmal so glücklich und ausgelassen wurden wie die

Kinder. Sie kannten sich schon ein Leben lang, hatten beide die gleiche Geschichte und die gleichen Erinnerungen und wurden nie müde, sich auch noch die kleinsten Einzelheiten ins Gedächtnis zu rufen. Bridie und Laurie waren ähnlich eng verbunden, auch wenn Bridie erst neun Jahre alt war. Ihre Augen blitzten, während sie abwechselnd erzählte und zuhörte und sich der wunderbaren Zeiten erinnerte, die sie miteinander verlebt hatten.

»Am schönsten«, sagte Laurie unvermittelt, »am schönsten war es natürlich, als ich meine Kath noch hatte.« Er lehnte sich zurück, und beim Gedanken an Bridies Mutter erschien auf seinem Gesicht ein Ausdruck, den wir noch nicht kannten. Von diesem Teil von Lauries Leben war Bridie ausgeschlossen. Ihr gefiel es zwar, Geschichten über eine unbekannte Tote zu erfinden, Geschichten, in denen Laurie nie vorkam, aber wenn konkret über diese Tote gesprochen wurde, dann ärgerte sie das.

»Ich hab' in letzter Zeit viel an Kath gedacht«, fuhr Laurie fort. »Wahrscheinlich, weil ihr beide jetzt heiratet. Das war die glücklichste Zeit meines Lebens. Ach, sagt selbst, ist es nicht wunderbar, verliebt zu sein?« Fritz beugte sich zu Mina hinüber und nahm ihre Hand. »In einer Straßenbahn auf der Commonwealth Avenue in Boston, da hab' ich sie zum erstenmal gesehen. Die Fenster standen offen, denn es war Sommer und eine Affenhitze, und ihr schönes schwarzes Haar, das so dick war wie ein Pferdeschweif, flatterte im Wind, und für mich sah sie aus wie die Kühlerfigur auf einem Rolls-Royce. Ich wechselte den Platz und setzte mich ihr gegenüber auf die andere Seite vom Gang, aber ich war so schüchtern, daß mir kein Wort über die Lippen kam. Also saß ich bloß da wie ein begossener Pudel und starrte sie an, bis sie mich endlich mit ihren goldgrünen Augen ansah und sagte: ›Kathleen Brennan. Und wer sind Sie?‹« Diese Kath hörte sich ganz nach Bridie an, und Lauries Geschichte erinnerte mich an unsere erste Begegnung in der Schule. Jetzt saß Bridie allerdings ziemlich bedrückt da, faltete immer aufs neue ihre Serviette und warf Laurie hin und wieder einen Blick zu. Das Blitzen in ihren Augen war erloschen, und sie blickten jetzt trüb und unergründlich.

»Na, da bin ich aber ganz schön ins Schwärmen gekommen, was«, sagte Laurie.

»Das macht der Whiskey«, befand Bridie kategorisch und fing an, den Tisch abzuräumen. Mina und ich gingen ihr zur Hand.

»Wie auch immer«, seufzte Laurie, »wir haben sie verloren, und das ist das Ende der Geschichte. Entschuldigt bitte, aber die Natur verlangt ihr Recht.« Wir wußten alle, daß er sich auf die Suche nach der Flasche machte. Bridie versank in einer ihrer düsteren Stimmungen, und sosehr wir uns auch bemühten, sie war nicht mehr aufzuheitern. Laurie kam nicht wieder herunter, und nachdem das Geschirr gespült und weggeräumt war, verabschiedeten wir uns. Mina und Fritz wollten noch einen Spaziergang in die Oberstadt machen, und ich sollte mitkommen, aber ich wußte, daß sie eigentlich lieber allein gewesen wären. Also ging ich heim und setzte mich mit Duke im Dunkeln draußen vor den Taubenschlag und dachte nach – über Laurie und Kath und Bridie. Ich konnte mir nicht vorstellen, wie es wäre, so oft umzuziehen, und ich fragte mich, was es wohl für ein Gefühl sein mochte, die eigene Mutter nie gekannt zu haben. Ob Fritz und Mina sich eines Tages auch so zurückerinnern würden, wie Laurie und Mom und Pop? Und ich? Würde ich je Geschichten wie ihre zu erzählen haben? Duke war mir bei der Suche nach einer Antwort auf diese Fragen überhaupt keine Hilfe. Wir saßen kaum fünf Minuten draußen, da hatte er sich schon von der warmen Sommernacht einschläfern lassen. Ein paar Minuten später folgte ich seinem Beispiel.

Ich weiß nicht, wie lange ich geschlafen habe, aber als ich aufwachte, stand die schmale Sichel des Mondes schon hoch am Himmel, und bis auf das Quaken der Laubfrösche und das Zirpen der Grillen war die Nacht ganz still. Duke schlief so fest, daß er sich nicht mal rührte, als ich ins Haus ging. Mein einziger

Gedanke war, wie böse Mom sein würde, wenn sie wüßte, daß ich im Garten eingeschlafen war. Sie war nämlich überzeugt, Feuchtigkeit wäre Gift für mein Bein. Da ich mich im Haus auch mit geschlossenen Augen zurechtfand, knipste ich auf dem Weg zur Treppe kein Licht an.

»Nein, nein, nicht, laß los. Ich bin fast da.« Es war Fritz, und seine Stimme war vor Erregung ganz entstellt.

»Pscht, leise, sonst weckst du Finn noch auf«, flüsterte Mina. Sie waren im Wohnzimmer auf dem Sofa.

»O Gott«, stöhnte Fritz und stieß laut den Atem aus. »Ich liebe dich so sehr.«

»Und ich liebe dich.« Ich wußte, daß ich nicht hätte lauschen dürfen, daß ich zurück in den Garten oder hinauf in mein Zimmer hätte gehen sollen, auf jeden Fall weg von hier, aber ich blieb mucksmäuschenstill auf der untersten Treppenstufe hokken. Doch mein Herz pochte so laut, daß ich sicher war, sie könnten es hören. Die nächsten paar Minuten redeten sie nicht, aber man hörte leise Seufzer des Entzückens und dazwischen Geräusche wie von säugenden Welpen, und Mina stöhnte.

»Ich will nicht mehr warten«, sagte er.

Nach einer kleinen Pause flüsterte Mina: »Ich auch nicht.«

»Hier, unten auf dem Fußboden.« Es raschelte, dann ein dumpfes Plumpsen, als die Sofakissen auf dem Boden landeten. »Nein, nein, laß mich das machen.« Ich hörte das Rascheln von Stoff auf nackter Haut. »Ich wünschte, ich könnte Licht machen ...«

»Du fühlst dich so wunderschön an.«

»Du dich auch.«

»Leg dich hin.« Im Dunkeln bewegte sich etwas, und ich wollte aufspringen und weglaufen, aber ich konnte mich nicht rühren, ich konnte nichts tun, als mir vorzustellen, wie sie da beieinanderlagen.

»Bist du dir auch sicher?« Fritz klang nervös.

»Ja.«

»Und du hast keine Angst?«

»Doch.«
»Ich auch.« Ich hörte, wie sie sich küßten, zuerst kaum wahrnehmbar, aber dann immer leidenschaftlicher, und dann hörte ich, wie sie im Finstern übereinanderglitten. Ein schwacher Laut drang tief aus Minas Kehle, dann war es einen Augenblick lang ganz still, und auf einmal hörte ich ein wehes Schluchzen, so unvermutet und halb erstickt, daß es mir angst machte.
»Dir fehlt doch nichts?« fragte Fritz.
»Nein.« Sie holte tief Luft. Dann hörte ich ziemlich lange nichts, keinen Laut und keine Bewegung.
»Oooh, das tut so gut.«
Ich konnte nichts sehen, aber für alle Fälle kniff ich trotzdem die Augen fest zu, und im Geist sah ich Mina nackt und dunkelhaarig und schön, und Fritz war so blaß und ebenmäßig gebaut, wie ich ihn schon tausendmal gesehen hatte. Und ich sah ihn auf ihr liegen und Pop auf Mom und Laurie auf der toten Kath, und es kam mir wild und unheimlich vor, und ich wußte jetzt, warum man darüber nur im Flüsterton sprach. Aber was für eine Bewandtnis hatte es mit dieser Mischung aus Lust und Schmerz, und warum war es allen so wichtig? Ich hörte Fritz und Mina unter Küssen stöhnen, keuchen und nach Luft schnappen, immer lauter wurden sie und rasender, bis Fritz einen wilden Schrei ausstieß. Dann hielten sie den Atem an und lagen eine Weile ganz still, bis Mina anfing, ihn zu beschwichtigen, wie eine Mutter ihr Kind. Ich konnte nicht erkennen, ob sie lachten oder weinten oder vielleicht auch beides, trotzdem wußte ich, daß es vorbei war. Ich schlich durch Eßzimmer und Küche zurück in den Garten, und als ich mich neben Duke setzte, da zitterte ich, war ganz verschwitzt und fühlte mich arg durcheinander und seltsam allein. Mein Leben lang hatte ich Fritz alles erzählt, was mir an Wichtigem begegnete, aber ausgerechnet das, dieses ungeheuere, überwältigende Erlebnis konnte ich niemandem erzählen, am allerwenigsten Fritz.

Als Mom und Pop von Wilkes-Barre heimkamen, sprachen sie wieder miteinander. Fritz meinte, das komme daher, daß sie in Tante Cassies Haus im selben Bett hätten schlafen müssen, und es sei sehr schwer, nicht miteinander zu reden, wenn man in einem Bett schläft. Das Schweigen war also gebrochen, und doch spürte man etwas Fremdes zwischen ihnen, eine Art höflicher Gereiztheit, wie zwischen zwei Menschen, die sich eigentlich fremd sind. Es war fast, als ob sie einander nicht mehr gut wären. Die Eltern waren nie sehr zärtlich miteinander umgegangen, schon gar nicht vor anderen Leuten, aber mitunter hatten Fritz und ich doch gewisse Blicke, kleine Gesten oder ein vertrauliches Lächeln beobachtet. Von alledem war nichts geblieben, sie hielten nur noch den notwendigsten Kontakt aufrecht und auch den nur, wenn es unumgänglich war. Tante Cassie würde wieder gesund werden, es war nur ein leichter Schlaganfall gewesen, der keine bleibenden Schäden hinterlassen würde. Mom sagte, sie habe sich um uns viel mehr gesorgt, aber allem Anschein nach seien wir ja ohne die Eltern ganz gut zurechtgekommen.

Nach jener Nacht auf der Treppe, als ich Zeuge geworden war, wie Fritz und Mina sich im Dunkeln liebten, war ich auf eine Veränderung an ihnen gefaßt. Eine genaue Vorstellung von dem, was ich erwartete, hatte ich zwar nicht, aber mir schien doch, wenn ein Mensch etwas so Kolossales erlebt hatte, dann müßte man ihm das auch ansehen.

»Was guckst du denn so?« fragte Fritz, als er meinen neugierigen Blick auffing.

»Ach, nichts.«

»Aber seit zwei Tagen guckst du mich dauernd so komisch an.«

»Gar nicht wahr.«

»O doch. Als ob ich aus dem Zoo entsprungen wär'. Was ist denn bloß los, zum Kuckuck?«

»Fühlst du dich in letzter Zeit irgendwie anders?«

»Was meinst du mir ›anders‹?« Fritz war völlig perplex.
»Weiß ich auch nicht.«
»Also ehrlich, Finn, manchmal bist du wirklich komisch.«
»Ach, vergiß es.«
»Jetz hab' ich's!« Mein Herz stand still. Wußte er, daß ich sie im Finstern belauscht hatte, wie sie Dinge taten, die sie doch erst tun durften, wenn sie verheiratet waren, und auch dann nur, um Babys zu kriegen? Ich hatte mir das bis jetzt noch nicht klargemacht, aber es stimmte schon, ich war Zeuge geworden, wie zwei Menschen eine Todsünde begingen. Womöglich war es meinerseits schon eine Todsünde gewesen, sie bloß zu belauschen.
»Was?« fragte ich.
»Du bist so komisch, weil ich in ein paar Tagen wegmuß.« Ich war unbeschreiblich erleichtert.
»Ja, das wird's wohl sein.«
»Aber, aber, bevor du dich's versiehst, bin ich wieder da. Mir passiert schon nichts. Also hör auf, dich zu sorgen, okay?«
»Ja, ja, schon gut.«
»Dich trifft's im Grunde schlimmer als mich, das ist wahr. Wenn ich weg bin, mußt du all die Mucken von Mom und Pop allein ausbaden.« Erst als er das sagte, begriff ich, daß Fritz wahr und wahrhaftig fortgehen würde. Bisher waren da nur die Partys mit seinen Freunden gewesen und eine Menge leeres Gerede, aber jetzt besprachen wir beide allein zum erstenmal die Zukunft und unsere Trennung. Er versuchte es lächelnd herunterzuspielen, hob erstaunt die Brauen über meine kindische Angst und tat so, als handele es sich nur um ein Wochenende am Strand. Aber tief drinnen in seinen Augen las ich noch etwas anderes, die Ahnung nämlich, daß ein Teil unseres Lebens uns entglitt, unweigerlich – wie eine Farbe verblaßt oder eine Kerze ausgeblasen wird. Sicher wußte er, daß ich genauso empfand.
»Hör mal, ich möchte, daß du mir den einen oder anderen Gefallen tust«, sagte er. »Mina wird es ziemlich schlecht gehen, wenn ich fort bin. Kümmerst du dich um sie? Ich glaube, du bist

außer mir der einzige Mensch auf der Welt, dem sie wirklich vertraut.« Es klang nach einer riesengroßen Verantwortung, aber ich war so geschmeichelt, daß ich zustimmend nickte. »Und paß auf meine Examensuhr auf, ja? Sie könnte kaputtgehen oder geklaut werden, und ich möchte nicht, daß ihr was passiert. Sie hat schließlich neunundvierzig Dollar und fünfundneunzig Cents gekostet.« Lächelnd versuchte er mir die Uhr umzubinden. »Das Armband ist zu weit. Na, wir werden den Pfriem holen und noch ein Loch reinmachen.« Ich stand da, sah Fritz an und die Uhr, bis beide in einem Tränenschleier verschwanden. »Also, Finn, nun komm schon, sei doch kein Baby.« Seine Stimme kippte, er nahm mich in den Arm und drückte mich fest an sich, bis ich hinausrannte und mich in den Schutz des Taubenschlags flüchtete, wo Duke und ich uns auf den Boden hockten und den teilnahmslosen Vögeln stolz die schöne Uhr zeigten.

Pop, Mom, Mina, Bridie, Duke und ich fuhren alle mit nach Trenton an dem Tag, als Fritz von dort den Bus nach Fort Dix nahm. Tags zuvor feierten wir daheim den Unabhängigkeitstag in aller Stille, nur wir die Familie, Mina und Bridie. Das Feuerwerk fiel aus, man sparte alles Pulver für die kämpfende Truppe, und eine Abschiedsparty für Fritz gab es auch nicht. Mom briet uns ein Hähnchen, das Pop von Mrs. Cleary bekommen hatte, die ihre Farm allein bewirtschaftete, solange ihr Mann bei der Marine war. Pater Boyle kam auf einen Drink vorbei, um sich von Fritz zu verabschieden, und irgendwann einmal, als er mich ansah, war ich überzeugt, er könne »Todsünde« auf meiner Stirn geschrieben lesen, weshalb ich mich auf die Toilette verzog, obwohl ich gar nicht mußte. Bridie band Duke rote, weiße und blaue Schleifen um den Hals, und er wälzte sich den ganzen Abend auf dem Boden herum, um sie wieder loszuwerden. Mr. und Mrs. Ganis kamen rüber, schenkten Fritz eine Schachtel Taschentücher und tranken auch ein Glas mit. Aber dann fing

Mrs. Ganis an zu weinen, und Mr. Ganis hielt es für das beste, sich zu verabschieden. Mom und Pop sprachen kaum miteinander, aber sie schienen beide guter Laune, und Pop erzählte von seiner Soldatenzeit, während Mom und Mina die Hochzeit für Fritz' ersten Urlaub planten. Bridie begeisterte sich für beide Themen, aber sie fand eben alles wunderbar, bei dem sie sich ein bißchen wie eine Erwachsene fühlen konnte. Es war mir bisher nie aufgefallen, aber sie konnte recht gut zuhören, selbst wenn sie, wie jetzt, versuchte, zwei Unterhaltungen auf einmal zu folgen. Gegen neun lieh Fritz sich von Pop den Wagen, und er und Mina machten eine Spazierfahrt. Pop ging zu Bett, und Mom, Bridie, Duke und ich setzten uns auf die Veranda, wo wir uns ein bißchen Kühlung erhofften und auf die vereinzelten Kanonenschüsse horchten, die in der Ferne zur Feier des Geburtstages der Nation abgefeuert wurden. An der Ecke sahen wir im gelben Schein der Straßenlaterne Big Tum und Little Tum gemächlich auf ihrer Veranda schaukeln, und nebenan schwebte Mrs. Shultz auf der Hollywoodschaukel durch die Nacht. Einen halben Block weiter saß auf der anderen Straßenseite Mrs. Cavanaugh auf der Türschwelle und fächelte sich so angestrengt, daß sie darüber ins Schwitzen geriet, und als Mr. Benlight seine Mülltonne rausstellte, nickte er ihr zu, und sie winkte doch tatsächlich mit dem Fächer zurück. Irgendwo spielte ein Radio Swing-Melodien, und Mom schlug mit dem Fuß lässig den Takt dazu. Am Ende der Straße tauchte hin und wieder ein Auto auf, das aber kein Ziel zu haben schien, sondern nur so durch die Gegend kreuzte, mit Rücklichtern, die glommen wie Glühwürmchen. Alles war genau so, wie es sich gehörte, und der Gedanke, daß Fritz fortging, schien ganz und gar lächerlich.

Als wir am nächsten Morgen um sechs in Trenton ankamen, hatte sich schon eine große Menschenmenge um den Bus versammelt. Mütter und Väter, Geschwister und Bräute waren zusammengekommen, um Abschied von jungen Männern zu nehmen, die größtenteils wohl noch nie von zu Hause fort gewesen waren. Armeeangehörige mit Klemmbord und Listen schoben sich durch den lachenden, weinenden, einander umarmenden Pulk und versuchten ein bißchen Ordnung hineinzubringen. In unserem Grüppchen wurde nicht viel gesprochen, abgesehen von Bridie, die etwas vom Perpetuum mobile und der Theorie der unaufhörlichen Bewegung aufgeschnappt hatte und nun unsere Gemeinde von Our Lady of Perpetual Help umtaufen wollte in Our Lady of Perpetual Motion. Mom hielt das für Gotteslästerung, doch uns übrigen erschien es recht witzig. Ein junger Bursche in Fritzens Alter lehnte an einem parkenden Wagen, rauchte eine Zigarette und guckte dauernd zu uns hinüber. Er war groß und schlank, hatte ein unauffälliges Gesicht und mattbraunes Haar, aber sein Lächeln war herzlich und so breit wie das einer Kürbislaterne an Halloween. Ab und zu, immer wenn er Dukes Blick auffing, klopfte er sich auf den Schenkel, und dann wedelte Duke mit dem Schwanz, bis er schließlich an der Leine zerrte und zu dem Fremden hinwollte.

»Kann ich ihn laufen lassen?« fragte ich Pop.

»Nein, aber geh du mit ihm rüber.« Duke war ganz aus dem Häuschen, als wir losliefen.

»Hallo, wie heißt er denn?« fragte der junge Mann, der in die Hocke gegangen war, um Duke zu streicheln.

»Duke.«

»Ah, bist ein Braver du, was Duke? Ich hatte mal 'nen Dalmatiner«, sagte er und kraulte Duke hinter den Ohren. Inzwischen war Bridie uns nachgekommen.

»Wir haben ihn umsonst gekriegt, weil seine Nase rosa ist statt schwarz, und außerdem war's ein kranker Wurf«, erklärte ich. »Pop hat ihn wieder gesund gepflegt, damals, und seitdem ist er sein Leben lang keinen Tag mehr krank gewesen.«

»Wieso stehn Sie hier so ganz allein?« fragte Bridie.

»Tja, jetzt bin ich doch nicht mehr allein. Jetzt seid ihr ja da.«

»Ich heiße Bridie, das ist Finn, und der Hund heißt Duke.«

»Duke und ich haben uns schon bekannt gemacht. Ich heiße Simon. Sehr erfreut, Bridie und Finn.«

»Aber warum sind Sie denn nun ganz allein hier? Wo ist Ihre Familie?« Ich wollte schon sagen, daß sie das doch nichts angehe, aber Simon antwortete ihr.

»Ach, weißt du, ich dachte, so zeitig sollte keiner den weiten Weg machen, bloß um ...«

»Kommen Sie mal mit.« Sie nahm ihn bei der Hand, schleppte ihn, ohne auf seinen Einspruch zu achten, zu meiner Familie und stellte ihn jedem einzeln vor. Simon gab Pop und Fritz die Hand, verbeugte sich vor Mina und Mom und wollte wieder gehen, aber Bridie hielt ihn fest. »He, wo wollen Sie denn hin? Sie und Fritz, ihr solltet euch kennenlernen. Ihr werdet doch jetzt beide Soldat.« Bevor einer der beiden etwas darauf hätte erwidern können, erklang eine lautdröhnende Stimme.

»Okay, alles mal herhören! Männer, ich rufe jetzt eure Namen auf, und ihr stellt euch der Reihe nach an den Bus. Aber ein bißchen plötzlich, wenn ich bitten darf. Wir haben schließlich einen Krieg zu gewinnen.« Er verlas die Namen in alphabetischer Reihenfolge, während ringsum Familien und Freunde einander um den Hals fielen und sich küßten und rasch noch nach einer letzten Berührung haschten. Der Mann war mit den As, Bs und Cs schon durch, und jetzt rief er: »Drubecki, Simon.«

»Das bin ich. Es hat mich sehr gefreut. Bis dann.« Und der Bursche, den Bridie angeschleppt hatte, stellte sich ans Ende der noch kurzen Schlange. Fritz schüttelte Pop die Hand, umarmte Mom und Bridie und mich und küßte seine Mina.

»Finnegan, Thomas J.« Ohne ein weiteres Wort drängte er sich durch die Menge und stellte sich hinter Simon in die Reihe, und als alle Namen aufgerufen waren, bestiegen sie langsam, einer hinter dem andern, den olivgrünen Bus. Fritz lächelte durchs Fenster, als wir ihn abfahren sahen. Alles johlte und winkte, als ob unsere Footballmannschaft zu einem Auswärtsspiel in eine andere Stadt führe. Mom und Mina fingen an zu weinen, und Pop erinnerte sie daran, daß Fritz schließlich »bloß nach Fort Dix geht, um Himmels willen, und nicht nach Deutschland an die Front«, und damit stapfte er zum Wagen. Auf der Heimfahrt waren alle ziemlich wortkarg, bis auf Bridie, die sich den Kopf darüber zerbrach, warum die Familie Drubecki nicht am Bus gewesen war.

Als ich in dieser Nacht im Bett lag und auf den Schlaf wartete, horchte ich sehnsüchtig auf das beruhigende Gemurmel von Mom und Pop, die den Tag miteinander durchsprachen, aber aus ihrem Zimmer drang kein Laut. Eigentlich hatten sie schon seit Fritz' und Minas Abschlußfeier keine langen nächtlichen Gespräche mehr geführt, aber ich dachte, jetzt, wo Fritz fort war, hätten sie sich doch bestimmt etwas zu sagen. Der leere Platz im Haus war bereits so deutlich spürbar, als ob jemand gestorben wäre, und darüber mußte man doch einfach reden. Ich war überzeugt, daß sie genauso hellwach im Bett lagen wie ich und daß sie eine Menge auf dem Herzen hatten, und ich konnte nicht begreifen, warum sie so stur damit hinterm Berg hielten. Nach einer Weile schlich ich hinüber in Fritz' Bett, wohl in der Hoffnung auf eine Art telepathischer Verbindung, auf irgendeinen Trost, aber Mom hatte sein Bett frisch bezogen, so daß selbst sein Geruch schon aus dem Haus verschwunden war.

Gegen Ende August bekam ich die erste Schiene verpaßt, und der Schmerz im Bein dämpfte ein ganz klein wenig den über die Trennung von Fritz. Pop mußte mich bis nach Philadelphia zum Spezialisten fahren, und obwohl das Benzin schon rationiert war, bekam er für diesen Arztbesuch eine Sonderzuteilung. Bridie, die mit von der Partie war, beteuerte mir, ich bräuchte keine Angst zu haben. Dabei war mir doch gar nicht bange. Wenn mir etwas Kopfzerbrechen machte, dann höchstens die Frage, warum ich überhaupt so eine Schiene tragen sollte. Was mich betraf, kam ich nämlich sehr gut ohne zurecht und brauchte weder jetzt noch in Zukunft so ein Ding. Mom und Pop hatten mir hundertmal erklärt, daß die Schiene den Zweck hätte, mein Bein zu strecken und den rechten Fuß allmählich nach vorn zu drehen, alles mit dem Ziel, daß mein Knie eines Tages normal beweglich und belastbar sein würde. Aber ich konnte radfahren und ins Gebälk einer Scheune hochklettern, und das reichte mir an Beweglichkeit. Der Arzt hieß Whiteshield, ein Name, der mich an Burgen und Ritter und strahlende Rüstungen denken ließ, doch an diesem Doktor war rein gar nichts, was ihn König Artus' Tafelrunde empfohlen hätte. Nein, Dr. Whiteshield war der unfreundlichste und herzloseste Mensch, den man sich denken kann, und für den Rest meines Lebens war mein Verhältnis zu Ärzten überschattet vom Bild dieses schmächtigen Mannes mit dem Spitzmausgesicht. Wie eine Maschine mit einem verbogenen Teil kam ich mir vor, während er mein Bein untersuchte und Pop über meinen Kopf hinweg erklärte, daß die, die er mir heute anpaßte, nur die erste von vielen Schienen sei. Solange ich im Wachstum war, würde sie immer wieder korrigiert werden müssen. Mitten in diesem Vortrag unterbrach er sich plötzlich und fragte nach Mom. Normalerweise waren es die Mütter, die ihre Kinder zum Arzt brachten. Pop sagte, es sei leichter für ihn freizukriegen als für Mom im Militärdepot, denn der Gepäcktransport unterliege keiner kriegsbedingten Dringlichkeitsstufe. Es klang ein bißchen kleinlaut, aber auch gereizt, und hinterher war er den ganzen Heimweg schlecht gelaunt. Als ich mich über Dr. Whiteshield beklagte, sagte Pop, er sei ein guter Arzt, und nur darauf komme es an. Was hätte ich denn erwartet, eine Party mit Ringelpiez vielleicht? Es dauerte über eine Woche, bis die Schiene fertig war, aber dann nahm Mom sich frei, Krieg hin oder her, und da sie keinen Führerschein hatte, fuhren wir mit dem Zug nach Philadelphia.

Mina bekam eine Stelle als Telefonistin bei der Bell Telephone

Company, und da sie nun arbeiten mußte und Fritz im Ausbildungslager war, sahen wir sie nicht mehr so oft wie früher. Aber wenn sie zu uns kam, dann lasen sie und Mom sich gegenseitig Passagen aus Fritz' Briefen vor, und ab und zu bekam auch ich Post von ihm. Er und Simon, die in derselben Infanterieeinheit waren, hatten sich angefreundet, und sobald sie Urlaub bekämen, würde Simon mit zu uns kommen, denn wie sich herausstellte, hatte er tatsächlich keine Familie. Bridie, die sich gleich bei der ersten kurzen Begegnung in Simon verknallt hatte, fing an, ihm zu schreiben, und für den Urlaub plante sie »die tollste Party, die Livery Street je gesehen hat«. Fritz klagte über das Essen und über seinen Feldwebel, jammerte, wie hart die Ausbildung und wie müde er sei, und beteuerte seine Sehnsucht nach uns allen, aber im Grunde klang es, als ob er sich pudelwohl fühle. Pop hörte zu, wenn seine Briefe vorgelesen wurden, und prophezeite, die Armee werde schon einen richtigen Mann aus dem Jungen machen; worauf Mom jedesmal aufstand und aus dem Zimmer ging.

Als ich die Schiene bekam, einen ungelenken Apparat aus Chrom und Leder, das reinste Überbleibsel der spanischen Inquisition, da war der ungewohnte Druck auf das Bein zunächst so schmerzhaft, daß ich die erste Woche des neuen Schuljahres zu Hause bleiben mußte. Dabei war mir die fünfte Klasse so wichtig: Endlich hatte ich den größten Teil der Grundschule hinter mir und war näher an der High-School als am Kindergarten. Und ausgerechnet jetzt mußte ich fehlen! Da Mom und Pop beide arbeiteten, verbrachte ich diese Woche zumeist auf dem Schoß von Little Tum, die mit mir in der warmen Septembersonne auf der Veranda schaukelte, und verträumte den Tag in einem trügerisch bunten Nirwana, erzeugt von den Schmerzmitteln des Satansdoktors Whiteshield. Jeden Nachmittag, wenn die Schule aus war, trug Laurie mich, bevor er zur Arbeit ging, in unser Haus hinüber, und Bridie, die für uns alle das Abendbrot machte, leistete mir Gesellschaft und hielt mich über alles, was in der Schule passierte, auf dem laufenden. Die schläfrige alte Schwester Matthew, die sich im letzten Jahr durch unsere Vormittage in der Vierten gedöst hatte, schlief in diesem Sommer für immer ein. Bridie sagte, man habe sie aufrecht in die Kissen gelehnt gefunden, in ihrem Nonnennachthemd, den Rosenkranz um die knochige Hand geschlungen und mit bloßem Kopf, ja und man munkelte, sie sei völlig kahl gewesen. Unsere neue Klassenlehrerin, Schwester Ellen Marie, unterrichtete schon seit Jahren an Our Lady of Perpetual Help und war allseits sehr beliebt. Sogar Bridie meinte, sie sei wohl ganz in Ordnung, jedenfalls für eine Nonne, aber irgendwas sei doch faul an ihr, weshalb sie, Bridie, lieber auf der Hut sein wolle. Vielleicht lag es daran, daß die Schwester ein blaues und ein braunes Auge hatte, was »einem nicht gleich auffällt, weswegen man sie aber doch dauernd ansehen muß, weil man spürt, da stimmt was nicht«. Die Klasse war vollzählig versetzt worden, sogar Anthony Bragiolli, der schon so oft hatte wiederholen müssen, schaffte diesmal mit uns den Übertritt in die Fünfte. Inzwischen hatte er, abgesehen vom Schamhaar, auch schon einen Bart und rasierte sich sogar. Frances Peart hatte in den Ferien mit ihrer Mutter Verwandte in Kanada besucht, und Bridie zufolge brüstete sie sich nun so sehr mit dieser Reise, daß man glauben konnte, sie sei mindestens in Timbuktu gewesen. Schwester Ellen Marie hängte eine Liste mit den Namen unserer Angehörigen, die eingezogen waren, an die Tafel, eine Liste, die doppelt so lang war wie im letzten Jahr, und Bridie schrieb Fritz' und Simons Namen dazu. Sie erzählte allen, Simon sei ihr Cousin aus New Orleans, weil sie fand, daß New Orleans so schön klang und sie sich immer schon einen Verwandten dort gewünscht hätte, und vielleicht hatte sie ja wirklich einen Vetter Simon in New Orleans, von dem bloß niemand wußte, und dann war es ja nicht einmal gelogen. Fast jeden Tag kam sie mit Genesungskarten, ungelenk aus grobem Zeichenblockpapier zurechtgeschnitten, und las mir die Wünsche darauf laut vor, als ob ich nicht verkrüppelt, sondern blind wäre. Die Sensation im neuen Schuljahr war ein Plakatwettbewerb zugunsten von S.P.C.A., einem Verein zum Schutz gegen Tierversuche. Als erster Preis winkte eine Zehn-Dollar-Kriegsanleihe, von der Bridie meinte, ich hätte sie schon so gut wie in der Tasche, weil ich besser zeichnen könne als jeder andere in der Klasse. Als ich einwandte, daß der Wettbewerb schließlich allen Jahrgangsstufen aller drei Schulen der Stadt offenstünde, da sagte sie, ich bräuchte mir trotzdem keine Sorgen zu machen, denn selbst wenn ich nicht der Beste sei, würden die Preisrichter Mitleid mit mir Hinkebein haben, besonders jetzt, wo ich die gräßliche Schiene tragen mußte. Sie habe übrigens beschlossen, auf die Teilnahme zu verzichten, weil sie es nicht recht finde, gegen ihren besten Freund anzutreten. In Wirklichkeit hätte sie, selbst wenn ihr Leben auf dem Spiel gestanden hätte, nicht mal einen simplen geraden Strich aufs Papier gebracht.

In einer der Nächte, als ich noch unter Medikamenten stand, war mir, als ob ich träumte, und in dem Traum klingelte ständig das Telefon. Erst als im Elternschlafzimmer das Licht anging und ich Pop die Treppe hinuntergehen hörte, begriff ich, daß es kein Traum war. Es war noch nicht hell, vielleicht zwei oder drei Uhr früh, eine Zeit jedenfalls, zu der kein Telefon klingeln sollte. Mom stand oben an der Treppe und versuchte mitzuhören, aber ich glaube, sie verstand nicht mehr als ich.

»Wer um alles in der Welt ruft denn da um diese Zeit an?« fragte sie scharf.

»Es war wegen Laurie«, sagte Pop, als er die Treppe hochgerannt kam. »Er ist bei Tessie umgekippt.« Tessie war die Besitzerin einer Bar in der Allen Street, im Schwarzenviertel der Stadt.

»Laß ihn da ruhig seinen Rausch ausschlafen. Vielleicht wird ihm das eine Lehre sein.« Mom hatte nichts übrig für Laurie.

»Und überhaupt, warum rufen sie dich an und nicht die Polizei?«

»Aber jetzt stell dich doch nicht dümmer als du bist, Weib! Die haben halt dort keine Sperrstunde, Herrgott noch mal!«
»Deswegen brauchst du mich nicht anzuschreien. Ich bin schließlich nicht besoffen.«
»Ich schrei' dich ja gar nicht an. Tu mir bloß den Gefallen und halt den Mund.«
»Ich begreife einfach nicht, warum du mitten in der Nacht losmußt, nur weil …«
»Ja, das glaub' ich, daß du das nicht begreifst.«
Ich hörte die Schranktür schlagen.
»Mach nicht solchen Lärm«, sagte Mom. »Sonst weckst du am Ende noch Finn auf.«
»Herrgott, wenn der Junge noch nicht wach ist, muß er ja stocktaub sein.« Er lief die Treppe hinunter und zur Haustür hinaus. Gleich darauf hörte ich den Motor anspringen und den Wagen aus der Einfahrt rollen. Mom stand immer noch oben an der Treppe und starrte hinunter ins Dunkel, als das Motorengeräusch längst in der Nacht verklungen war.
»Schlaf weiter«, sagte sie, ohne bei mir reinzuschauen, und dann ging sie wieder ins Bett.
So leise wie nur möglich stahl ich mich hinunter in den Flur und von da in den kleinen Vorraum, den wir als Abstellkammer benutzten und von wo aus man die Straße im Blick hatte. Das einzige, was sich draußen rührte, war eine Katze, die über den Damm wechselte und alle paar Schritte haltmachte, um sich zu vergewissern, ob sie ihren Weg ungefährdet fortsetzen könne. Der sternengesprenkelte Himmel spendete fahles, spätsommerliches Nachtlicht, und ich fragte mich, ob die Deutschen und die Japse wohl dieselben Sterne sähen wie ich. Wenn ja, wie konnten sie dann so gemein sein gegen uns? Und ich überlegte mir, ob irgendwo dort drüben, wo jetzt Krieg herrschte, ein Junge wie ich leben mochte, ein Junge mit einer Beinschiene, mit einem Hund wie Duke und vielleicht einem Vater, der spätnachts losfuhr, um einen betrunkenen Freund heimzuholen.

Und ich malte mir aus, wie Fritz nach Übersee ging, dort einen Jungen genau wie mich kennenlernte und ihm alles von mir erzählte, daß ich Tauben hielt und Schlangen mit der bloßen Hand anfassen konnte und daß ich auf seine Examensuhr aufpaßte, bis er wieder heimkam. Und vielleicht hatte dieser Junge dort drüben ja auch einen großen Bruder und würde Fritz von ihm erzählen. Derlei schien auf einmal durchaus möglich, und allein schon die Möglichkeit war überwältigend. Bislang hatte ich mir noch nie deutsche oder japanische Kinder vorgestellt, immer nur erwachsene Männer oder vielmehr waffenstarrende Soldaten, die höhnisch von Plakaten heruntergrinsten, aber wenn es deutsche und japanische Kinder gab, dann mußte es ja auch Mütter dazu geben. Ob auch eine deutsche Mutter nicht mehr mit ihrem Mann sprach, weil der unterschrieben hatte, damit ihr Sohn eingezogen werden konnte? Und lagen Deutsche und Japaner auf Sofakissen am Boden und taten miteinander, was Fritz und Mina getan hatten? Plötzlich schwebte ich Tausende von Meilen über der Erde und sah herab auf all die Menschen, die dort unten ihr Leben lebten, und dabei kam ich mir unwichtig, ja geradezu verschwindend klein vor, und doch war ich zugleich auch der Mittelpunkt des Universums, und ganze Galaxien umkreisten mich. Wie ich so am Boden hockte, in die Nacht hinaussah und darauf wartete, daß Pop Laurie heimbringen würde, da war mir mit einemmal, als hätte ich etwas verstanden, etwas, das sich freilich nicht greifen ließ, ja mir schon im Erkennen wieder durch die Finger schlüpfte und das ich nie würde erklären können, nicht einmal mir selber.
Scheinwerfer erhellten die Straße, als unser Wagen um die Ecke bog und vor dem Haus hielt. Pop stieg aus, ging zur Beifahrerseite, zerrte Laurie heraus und stellte ihn auf die Füße. Aber der klappte gleich wieder zusammen, und Pop mußte ihn schultern und wie einen Toten über die Straße tragen, dann drüben die Stufen hoch und ins Haus. Unten im Flur bei den O'Connors

ging das Licht an, und ein paar Minuten später wurde es auch oben im Schlafzimmer hell. Ich konnte sehen, wie Pop Laurie aufs Bett plumpsen ließ, und dann sah ich Bridie ins Zimmer kommen. Pop sagte irgendwas zu ihr, und sie trat ans Fenster und ließ die Jalousien runter. Das Licht blieb an, und ein paar Minuten später trat Pop aus der Haustür, lief über die Straße zum Wagen, schloß die Beifahrertür, kam ins Haus und ging gleich rauf ins Schlafzimmer. Er sagte kein Wort zu Mom, und sie fragte nichts. Ich wartete im Dunkeln, bis gleichmäßige, langsame Atemzüge zu hören waren; erst dann schlich ich leise in mein Zimmer zurück. Am nächsten Tag, als ich Bridie nach dem Vorfall fragte, tat sie, als hätte sie nichts mitbekommen, wechselte hastig das Thema und schimpfte über die Nonnen, die Schule und Frances Peart, die sie partout nicht leiden könne.

Bridie und ich hatten Mr. Howe schon ein paar Wochen nicht mehr gesehen, weil ich mit der Schiene am Bein nicht radfahren konnte, aber es dauerte nicht lange, bis ich herausfand, daß sie sich ganz leicht abnehmen und an die Lenkstange hängen ließ. Unterdessen hatte Bridie ein lebhaftes Interesse an meinen Tauben entwickelt, und wir faßten den Plan, ihr, sobald es wieder Frühling würde, einen eigenen Schlag einzurichten. Was sie daran vor allem reizte, war die Aussicht, als einziges Mädchen in der Stadt Tauben zu züchten. Sie beschloß, sich ganz auf Weiße zu spezialisieren, obwohl ich ihr erklärte, daß weiße Vögel in der Natur sehr selten seien, da die meisten mangels Tarnfarbe schon ganz früh ihren natürlichen Feinden zum Opfer fielen. Doch die Herausforderung spornte sie erst recht an. Der Unfall in Mr. Howes Scheune war inzwischen vergessen, und Turk, Sparrow und ich waren wieder gute Freunde. Aus unerfindlichen Gründen akzeptierten sie sogar Bridie. Vielleicht, weil sie den Mut gehabt hatte, direkt zum alten Howe zu gehen, vielleicht lag es aber auch bloß an ihrer klettenhaften Anhänglichkeit. Jedenfalls machten Turk und Sparrow ihr das größte

Kompliment von der Welt, als sie entschieden: »Sie hat rein gar nichts von einem Mädchen.«
Als wir endlich an einem kühlen Samstag Ende September doch zu Mr. Howe rausradelten, platzte Bridie schier vor Neuigkeiten. Sie erzählte ihm alles über Schwester Ellen Marie und ihre merkwürdigen Augen, über die fünfte Klasse, Fritz und Simon, ihren speziellen neuen Freund, den S.P.C.A.-Plakatwettbewerb, den ich gewinnen sollte, und vor allem über die bevorstehende Hochzeit. Das Aufgebot war schon in der Sonntagsmesse verlesen worden, und Mom und die Pascalis trafen eifrig Vorbereitungen für den großen Tag Ende Oktober, wenn Fritz auf Urlaub kommen würde. Es sollte eine eher schlichte Trauung werden, mit Mina im langen weißen Kleid und Fritz in seiner Uniform, und das Hochzeitsessen war im Fire Engine Co., Nr. 2 geplant. Obwohl das eigentlich niemand wissen sollte, verriet Bridie uns, daß das Brautpaar die Hochzeitsreise nach Atlantic City machen wolle. Bridie wußte über alles Bescheid, weil sie alle Besprechungen in unserem Haus verfolgte und, sooft es irgend ging, ihren Senf dazugab.
»Ich darf blöderweise bloß die Blumen streuen«, sagte Bridie, während Mr. Howe Tee kochte. »Dabei möchte ich doch so gern Brautjungfer sein, aber Mina hat ihre Schwester Angie gebeten, obwohl sie so dick ist, daß ihr das schöne Kleid überhaupt nicht stehen wird.«
»Na ja, die meisten Leute werden sowieso nur Augen für die Braut haben und gar nicht auf ihre Begleitung achten«, gab Mr. Howe zu bedenken.
»Ich weiß nicht.« Bridie schüttelte den Kopf. »Die Angie ist so breit wie Ihre Scheune, Menschenskind.«
Die große Frage, mit der ich mich trug, ohne daß ich sie bisher zu stellen gewagt hätte, hieß: Wer würde Trauzeuge sein? Angie Pascali war, abgesehen von ihrer enormen Körperfülle, schon richtig erwachsen, ja sogar zwei Jahre älter als Mina. Ich dagegen war erst zehn. Im Gegensatz zu Bridie wäre ich sehr froh gewesen,

ganz unbemerkt, ja womöglich unsichtbar durchs Leben gehen zu können, und wenn ich mir vorstellte, wie Angie und ich miteinander auf den Altar zuschritten, sie eine Riesendame und ich ein kleiner, schmächtiger Krüppel, dann wurde mir richtiggehend übel, und ich hoffte inständig, Fritz würde mich nicht bitten. Gleichzeitig aber war der bloße Gedanke, er könne jemand anderen fragen, unerträglich.

»Was diesen Plakatwettbewerb angeht«, sagte Mr. Howe, während er unseren Toast mit Butter bestrich, »hast du dir schon überlegt, was du zeichnen willst?«

»Ich dachte«, rief Bridie dazwischen, »es sollte etwas sein, das denen gleich auf Anhieb ins Auge sticht. Zum Beispiel ein überfahrenes Tier auf der Straße, ein Hund oder meinetwegen eine Katze, die ein brutaler Autofahrer einfach ihrem Schicksal überlassen hat.«

»Das scheint mir ein bißchen übertrieben.«

»Ich zeichne kein verendetes Tier«, erklärte ich. »Das hab' ich dir schon hundertmal gesagt.« Und an Mr. Howe gewandt, fuhr ich fort: »Ich weiß noch nicht, was ich malen werde. Ich hab' ein paar Ideen, aber entschieden habe ich mich noch nicht.«

»Tja, so was will schon gut überlegt sein, denke ich.« Mr. Howe wußte und verstand einfach alles.

»Ja, das finde ich auch.« Dabei sah ich Bridie an, in der Hoffnung, sie würde den Wink verstehen und sich fortan um ihren eigenen Kram kümmern.

»Ich hab' da 'n paar alte Illustrierte, einige davon sind bestimmt schon fünfzig Jahre alt, die solltest du dir mal anschauen. Vielleicht findest du darin ja 'ne Anregung. Wenn ich mich recht erinnere, sind da 'n paar hübsche Tierbilder drin.« Mr. Howe stand auf und ging nach nebenan.

»Ich wünschte, du würdest aufhören, von überfahrenen Tieren zu faseln«, zischte ich. »Wir sind schließlich beim Essen.«

»Dann mach, was du willst, und verlier den blöden Wettbewerb. Ist mir doch schnuppe. Du würdest 'nen guten Einfall ja nicht mal erkennen, wenn er dich in den Hintern kneift. So, jetzt weißt du's.«

Mr. Howe kam mit einem Stapel Illustrierte zurück, und wir blätterten sie miteinander durch. Das Papier war schon so alt, daß uns die Seiten beinahe unter den Händen zerbröselten. Ein paar getrocknete Blätter und Blumen, die schon gar keine Farbe mehr hatten, fielen aus einem Heft, und Mr. Howe hob sie so vorsichtig auf wie ein aus dem Nest gefallenes Vögelchen.

»Nun seht euch das einmal an! Da ist ja kein Jota Farbe mehr drin, ausgebleicht wie ein altes Fell.« Er reichte Bridie und mir je ein Blatt. »Habt ihr im Herbst auch schon mal Blätter gepreßt?« Ich nickte, aber Bridie mußte passen. »Wir haben das früher jedes Jahr mit unseren Kindern gemacht. Ich bin sozusagen Experte im Blätterpressen. Das habt ihr nicht gewußt, was? Wenn ihr ein leuchtendes Gelb haben wollt, dann nehmt ihr ein Apfelblatt oder eins von einem Silberahorn oder vom Ginkgo, ihr wißt schon, der mit den Blättern, die aussehen wie hübsche kleine Fächer. Möchtet ihr aber was Rotes, dann sucht nach Zuckerahorn oder Sumach oder vielleicht auch nach einer Eiche, falls die Farbe richtig satt und dunkel sein soll. Und wenn man erst mal mit Blumen anfängt, also da würde ich gar kein Ende finden.« Er nahm uns die Blätter wieder ab, betrachtete sie so lange, bis ihr Anblick ihn weit fortzutragen schien, an einen Ort, zu dem wir ihm nicht folgen konnten, und legte sie dann behutsam in das Heft zurück. Ich fing an, nach Tierbildern zu suchen.

Wir tranken Tee und aßen unseren Toast und unterhielten uns über alles, was uns gerade einfiel, und ich fand, daß man mit keinem Menschen so unbefangen reden könne wie mit Mr. Howe. Er benahm sich überhaupt nicht wie ein Erwachsener, sondern schien wirklich zuzuhören und sich vor allem auch zu interessieren für das, was wir zu sagen hatten, und ich kam mir ihm gegenüber nie dumm oder albern vor, und er spielte sich nie als Richter auf, kommandierte nicht und wiegelte kein Thema als unwichtig ab.

»Ich möchte Sie mal was Persönliches fragen«, sagte Bridie und wischte sich ein paar Toastkrümel vom Kinn.
»Na, vielleicht möchte ich nicht drauf antworten, aber nur zu, schieß los.«
»Hatten Sie je einen Hang zum Alkohol?«
»Nun ja.« Mr. Howe besann sich einen Augenblick. »Kommt drauf an, was du darunter verstehst.« Ich wußte, daß es ihr um Laurie ging und um die Nacht, als Pop ihn von Tessie heimgeholt hatte. Mit mir hatte sie immer noch nicht darüber gesprochen, und ich sagte ihr auch nicht, daß ich das Ganze beobachtet hatte. Jetzt versteckte ich mich hinter der Illustrierten und tat so, als ob ich gar nicht zuhörte. »Fragst du mich, ob ich mal einen über den Durst getrunken habe, oder ob ich dem Zeug verfallen war?«
»Ja, das meine ich wohl.«
»Dann heißt die Antwort nein. Ich finde nichts dabei, wenn man sich hin und wieder einen genehmigt, du weißt schon, was ich meine, zum Aufwärmen oder vielleicht, weil's was zu feiern gibt, aber bei manchen Menschen funktioniert das so nicht. Die kriegt der Alkohol am Kragen und läßt sie anscheinend nicht mehr los.« Bridie hörte gespannt zu und nickte zustimmend. »Also ich hab' immer gedacht«, fuhr Mr. Howe fort, »daß so einer sich einbildet, daß er trinken muß, und dabei flüchtet er sich in Wirklichkeit bloß in den Alkohol, weil er Probleme hat.«
»Probleme?«
»Ja, könnte doch sein. Vielleicht ist ihm das selber gar nicht mal bewußt. Und darum sollten die andern mit so einem Menschen vielleicht nicht zu streng ins Gericht gehen.« Er dachte über seine Worte nach, und ich versuchte mir unterdessen vorzustellen, was Laurie wohl für ein Problem haben könnte, aber mir fiel keins ein. »Denkst du dabei übrigens an jemanden, den wir kennen?«
»Nein.« Bridie schenkte sich beiläufig Tee nach. »Es interessiert mich bloß so.« Sie nahm zuviel Zucker und rührte so heftig um, daß der Tee überschwappte. »Ist das eigentlich bei allen Män-

nern so, daß sie soviel auf Sex geben?« Sie heftete ihre grünen Augen auf Mr. Howe, und er zuckte nicht mal mit der Wimper. Es gab absolut nichts, was auszusprechen Bridie sich gescheut hätte, wenn es ihr in den Sinn kam. Plötzlich hatte ich den Wunsch, Mr. Howe von meinem Erlebnis auf der Treppe zu erzählen, von meinem aufregenden, verwirrenden, heimlichen, flüchtigen Kontakt mit echtem Sex. Wenn es Bridie gewesen wäre, die Mina und Fritz in jener Nacht belauscht hätte, dann wäre sie aufgestanden und hätte es in der Kirche von der Kanzel herunter verkündet, aber sosehr es mich auch danach drängte, ich konnte es nicht mal Mr. Howe erzählen.

»Also«, begann Mr. Howe behutsam, »ich weiß nicht recht, ob ich der Richtige bin für diese Frage. Versteh mich nicht falsch, es ist eine gute Frage, daran gibt's gar keinen Zweifel. Aber ich glaube, du wärst besser beraten, wenn du damit zu jemandem wie Finns Mutter gingest.«

Als wir an diesem Nachmittag heimfuhren, ich mit den kostbaren alten Illustrierten im Fahrradkorb, war Bridie auffallend schweigsam. Erst als wir kurz vor der Livery Street anhielten, damit ich meine Schiene wieder anschnallen konnte, tauchte sie aus ihren Gedanken auf. Sie hielt mein Rad, während ich am Straßenrand kauerte und die Gurte festzog.

»Vielleicht ist es ein Problem bei Männern, wenn einer keinen Sex kriegt.« Es hörte sich an wie ein Selbstgespräch, und darum sagte ich nichts dazu. Damals wußte ich noch nicht, daß Laurie längst nicht der einzige mit diesem Problem war.

Der Krieg und die damit einhergehende Lebensmittelknappheit hatten Pop auf den Gedanken gebracht, Hühner zu halten, aber sicher wollte er sich damit auch ein Stückchen von seinem Farmertraum verwirklichen. Normalerweise hätte er wohl bis zum nächsten Frühjahr gewartet, wenn die Küken schlüpften. Aber zwischen ihm und Mom herrschte weiter Funkstille, von den Hochzeitsvorbereitungen blieb er entweder ausgeschlossen oder er interessierte sich nicht dafür, und so kam es, daß er inmitten all des Trubels damals, Anfang Oktober, anfing, einen Hühnerstall zu bauen. Er war sehr geschickt im Umgang mit Hammer und Säge, und da Mom gut verdiente, umgekehrt aber die Konsumgüter, für die man Geld hätte ausgeben können, rar geworden waren, scheute er keine Kosten, sondern baute einen Hühnerstall, um den ihn die ganze Nachbarschaft beneidete. Bridie und ich halfen ihm dabei. Zumindest versuchte ich es, aber jedesmal, wenn er etwas brauchte, bat er sie, es ihm zu holen, und nur, wenn sie keine Zeit hatte, besann er sich auf mich. Als Fritz fortging, hatte ich anfangs gedacht, nun würde sich das Verhältnis zwischen Pop und mir ändern, und er würde sich mehr mit mir unterhalten, einfach weil er sonst niemanden hatte. Vor allem, da er und Mom noch immer nicht miteinander redeten. Statt dessen wurde unsere Beziehung nur noch gespannter, und wir wechselten kaum mehr ein Wort miteinander. Mein schlimmster Alptraum war es, mit ihm allein zu bleiben, und sei es auch nur für ein paar Minuten.

»Wie alt sind denn die Küken?« fragte Bridie, als wir zu Clearys Farm rausfuhren, um die künftigen Insassen des Wunderwerks von einem Hühnerstall abzuholen. Pop hatte mit Mrs. Cleary verabredet, daß sie ihm ein paar Küken überlassen würde.

»Och, ich schätze so vier, fünf Monate. Letztes Frühjahr sind sie ausgeschlüpft.«

»Und legen sie schon Eier?«

»Noch nicht. Das dauert noch 'n paar Monate.«

Es war ein naßkalter, nebliger Tag, und die Herbstblätter klebten auf der Fahrbahn, als wir durch den Waldgürtel rings um die Stadt aufs Land hinausfuhren. Pop schien gut gelaunt und pfiff leise vor sich hin, während Bridie und ich uns Gedanken über unsere Halloweenkostüme machten.

»Als so 'n blödes Gespenst geh' ich jedenfalls nicht mehr«, sagte Bridie. »Das ist doch keine richtige Verkleidung, wenn man sich bloß 'n doofes altes Bettlaken übern Kopf zieht.«

»Ich weiß noch nicht, als was ich gehe.«

»Wie *du* dich verkleidest, ist doch ganz egal. Dich erkennt sowieso jeder am Hinken.« Daran hätte sie mich freilich nicht zu erinnern brauchen. »Du, ich weiß was! Du könntest als Mumie gehen. Weißt du, da wickelst du dir 'ne Menge Lumpen um die Beine und gehst ganz stocksteif. Da erkennt dich niemand.« Der Einfall war gut, auch wenn ich es nicht zugeben wollte.

Duke hielt die Nase aus dem Fenster, um all die köstlichen neuen Gerüche zu entschlüsseln und zu sortieren, die ihm von draußen entgegenwehten. Wir sahen zwei Fasane, die auf einem abgeernteten Kornfeld herumpickten, und kurz vor Clearys Farm sprang ein Damhirsch über den geborstenen Zaun am Straßenrand und wechselte dicht vor dem Wagen, ohne uns auch nur eines Blickes zu würdigen, über die Fahrbahn. Als wir in die unbefestigte Straße einbogen, die zum Haus der Clearys führte, liefen uns zwei struppige Hunde entgegen. Sie bellten und wedelten mit dem Schwanz, und Duke gebärdete sich wie toll, weil er unbedingt zu ihnen rauswollte. Ich war noch nie auf Clearys Farm gewesen, ja ich kannte Mrs. Cleary noch nicht einmal vom Sehen. Ihren Mann, Mr. Cleary, der bei der Marine war, kannte ich, weil er ein paarmal nach einer Versammlung der Kolumbusritter bei uns zu Hause gewesen war. Pop hupte, und Mrs. Cleary kam aus dem Haus. Sie trug einen Overall und hatte sich das dunkle Haar mit einem Tuch zurückgebunden. Sie war groß, sehr schlank und dem Aussehen nach ungefähr in Lauries Alter.

»Sie sieht aus wie ein Filmstar«, sagte ich, als sie auf das Auto zukam.

»Ich wette, meine Mutter hat genauso ausgesehen.« Bridie machte die Tür auf.

»Tag, Josie, dürfen wir den Hund rauslassen?«

»Aber klar. Diese beiden alten Damen sind harmlos. Sie schlecken ihn vielleicht zu Tode, aber das ist auch alles.« Sie lächelte mich an und ähnelte jetzt erst recht einer Filmdiva.

Duke sprang aus dem Wagen, die drei Hunde beschnupperten sich und tollten dann so einträchtig aufs Feld hinaus, als ob sie jeden Tag miteinander spielten. Pop stellte Bridie und mich vor, und Mrs. Cleary bat uns ins Haus, wo alles genauso adrett und einfach war wie draußen auf dem Hof. Sie bot Pop Kaffee an, und für Bridie und mich gab's Apfelsaft und Plätzchen. Von dem Moment an, als er aus dem Wagen stieg, war Pop wie verwandelt. Ich hätte nicht sagen können, worin genau die Veränderung bestand, aber er war jedenfalls ganz anders als zu Hause. Er lächelte oft, und ein paarmal lachte er sogar lauthals. Mrs. Cleary erbot sich, uns das Vieh zu zeigen, aber Pop sagte, wir sollten unseren Apfelsaft nehmen und uns auf eigene Faust umsehen, er habe verschiedenes mit ihr zu besprechen. Als wir hinausgingen, rief uns Mrs. Cleary noch nach, daß wir unter dem Maisspeicher einen Wurf junger Katzen finden würden.

»Ich glaube, wenn ich mal groß bin, werde ich genauso aussehen wie sie«, sagte Bridie, die mit einem flauschigen grauen Kätzchen spielte.

»Das kannst du doch nicht selber bestimmen, wie du später mal aussiehst.«

»Kann ich wohl. Wenn du eins von diesen Kätzchen haben dürftest, welches würdest du nehmen, sag?«

»Weiß ich nicht.« Die einzige Tierart, die ich nicht halten durfte, waren Katzen, weil Mom eine Todesangst vor ihnen hatte. Als sie noch klein war, hatte einmal eine Katze den Nachbarjungen gekratzt, und der bekam Blutvergiftung und starb daran. Fritz mochte Katzen sehr und wünschte sich immer einen großen rotbraunen Kater. »Ich glaube, ich nehme die rotbraune.«

»Das ist meine. Such dir 'ne andere.« Sie setzte das graue Kätzchen ab und nahm das rotbraune auf den Arm.

»Die gehören alle nicht dir, sondern Mrs. Cleary.«

»Dann frag' ich sie, ob ich eins haben kann. Sie mag mich nämlich, sehr sogar.«

»Mich mag sie auch.«
»Glaubst du, daß Laurie sie mögen würde?« Die kleinen grauen Zellen rotierten, während sie das Kätzchen von einer hohlen Hand in die andere gleiten ließ.
»Klar, warum nicht.«
»Wenn ich schon eine neue Mutter kriegen muß, dann soll sie es sein.«
»Quatsch, sie ist doch verheiratet.«
»Sie kann sich ja scheiden lassen.«
»Nein, kann sie nicht. Sie ist katholisch.«
»Na und!« Um weiteren Einwänden vorzubeugen, setzte sie das Kätzchen ab und rannte in den Stall. Ich folgte ihr. Drinnen empfing uns der satte, zeitlos erinnerungsträchtige Geruch nach Erde, Dung und Vieh, ja selbst Staub und Spinnweben hatten etwas Tröstliches, herb und wohltuend zugleich. Bridie war in eine Box geklettert und streichelte eine alte braune Stute, die sie, in der Hoffnung auf einen Leckerbissen, ihrerseits freundlich beschnupperte.
»Ich wünschte, ich könnte mich auf dieses Pferd draufsetzen«, sagte sie und rieb ihm die samtenen Nüstern.
»Dann tu's doch.«
»Nein, es ist zu groß.«
»Du hast ja bloß Angst.«
»Stimmt, aber trau du dich doch.«
Trotz der schweren Schiene kletterte ich Bridie nach und überlegte, wie ich die Stute so lange zum Stillstehen bewegen könnte, bis ich mich auf ihren Rücken gehangelt hätte.
»Halt sie an der Mähne fest, bis ich oben bin«, sagte ich.
»Ich will sie aber nicht ziepen.«
»Mensch, das tut ihr doch nicht weh.« Bridie griff folgsam mit beiden Händen in die dichte, große Mähne und packte fest zu, während ich das rechte Bein über den Pferderücken schwang und mich hinaufrobbte. Anfangs scheute die Stute ein bißchen wegen der kalten Schiene, aber sie beruhigte sich rasch wieder,

und dann saß ich mit gespreizten Beinen auf dem breiten, muskulösen Rücken und fühlte mich so mächtig und riesengroß, als ob das Pferd ein Teil von mir wäre.

»Ich will auch rauf.«

»Okay, dann gib mir die Hand und steig hinter mir auf.«

»Aber wenn sie sich bewegt und ich runterfalle in die ganze Pferdekacke da, dann bist du schuld.«

»Dann bleib doch unten, Angsthase!«

»Nein, warte, gib mir die Hand.« Sie nahm meine Hand und biß die Zähne zusammen, als ich sie aufs Pferd zerrte.

»Jetzt bin ich Sir Finn, und du bist mein schönes Edelfräulein.«

»Ich will aber kein Fräulein sein, sondern auch ein Ritter, wie du.«

»Mädchen als Ritter, das gibt's nicht. Du mußt schon das Edelfräulein sein.«

»Wenn ich aber doch so gern möchte … warum kann ich nicht der erste Ritter sein, der ein Mädchen ist?«

»Weil's eben nicht geht. Du hast aber auch von nichts eine Ahnung!«

»Okay, ist ja gut, dann bin ich eben das blöde Edelfräulein! Und wie geht's jetzt weiter?«

»Ja, also vielleicht sollte ich einen Drachen erschlagen.« Und so ritten wir, ich mit klirrender Rüstung, durch die öden, nebelverhangenen englischen Lande, Sir Finn und seine widerstrebende Lady Bridie, und hielten unter wehendem Banner nach einem Drachen Ausschau. Ich klappte mein Visier hoch, und furchtlos suchte mein stahlharter Blick den Horizont nach den schuppigen, stinkenden Ungeheuern ab; ich war entschlossen, meine Dame, wenn nötig, mit meinem Leben zu verteidigen.

»Ich muß mal!« sagte mein Edelfräulein. Meine Rüstung fiel polternd zu Boden.

»Na, dann steig ab und geh pieseln.«

»Ich kann aber nicht runter.« Während ich im leichten Galopp die englische Hügellandschaft durchmaß, war die Stute in die

Mitte der Box gewechselt, und nun konnten wir die Wand, an der wir uns zum Absteigen festhalten mußten, nicht mehr erreichen.

»Gib mir die Hand und rutsch ganz einfach runter.«

»Spinnst du! Ich will doch nicht in dem Haufen Pferdeäpfel da landen! Mach, daß sie sich wieder an die Wand stellt!« Ich rammte der Stute die Absätze in die Planken, probierte es auch mit aufmunterndem Hü und Hott, aber sie rührte sich nicht vom Fleck. »Wenn ich hier nicht schleunigst runterkomme, dann mach' ich mir in die Hose. Und du bist schuld.«

»Bin ich nicht. Du wolltest ja unbedingt mit rauf.«

»Big Finn!« Sie schrie aus vollem Hals nach meinem Vater, erschreckte aber bloß das Pferd, das aufgeregt zu wiehern begann.

»Hör auf nach Pop zu rufen! Der würde uns ganz schön zusammenstauchen, weil wir einfach ohne zu fragen auf ein Pferd geklettert sind.«

»Gut, dann bringst du uns runter. Auf der Stelle, du, sonst ...«

»Ich versuch's ja schon. Na los doch, braves Mädchen«, schmeichelte ich und bearbeitete die Stute mit meiner Beinschiene, aber sie blieb völlig ungerührt.

»Hilfe, Big Finn, Hilfe!«

»Willst du wohl die Klappe halten! Warte, ich rutsche runter, dann schieb' ich sie rüber an die Wand, damit du absteigen kannst.« An ihrer Mähne festgeklammert, zog ich ein Bein über den Rücken der Stute und ließ mich langsam an ihrem Bauch herunter. Ich hatte das Gefühl, knietief im Kot zu stehen. Gerade als ich das Pferd zur Seite schubsen wollte, kamen zwei Gestalten durch den Dunstschleier draußen im Hof auf den Stall zugerannt. Mrs. Cleary hatte kein Tuch mehr um, und das lange braune Haar fiel ihr jetzt offen auf die Schultern.

»Was zum Henker habt ihr wieder angestellt?« Pop war schrecklich böse.

»Hol mich da runter, schnell, ich muß mal.« Mrs. Cleary machte das Gatter vor der Box auf, Pop hob Bridie vom Pferd, und sie sauste wie der Blitz aufs Haus zu. Pop packte mich am Arm und zerrte mich aus der Box.

»Guck dir bloß mal deine Schiene an! Alles voller Pferdescheiße!«

»Oh, Tom, so schlimm ist es doch gar nicht.« Sie schenkte mir ihr Filmstarlächeln. »Wir kriegen dich im Nu wieder sauber, was?« Mrs. Cleary legte mir die Hand auf die Schulter und führte mich aus dem Stall. Pop machte die Stalltür zu und brummelte etwas von »kindischen Gören«, während er hinter uns hertrottete. Als wir zum Haus kamen, trat uns auf der Veranda eine sehr erleichterte Bridie entgegen.

»Gerade noch geschafft«, sagte sie lächelnd. Ich setzte mich auf die Treppe und schnallte die verdreckte Schiene ab.

»Ich muß euch mal was fragen«, wandte Bridie sich an Pop und Mrs. Cleary. »Wieso hat es eigentlich keine Mädchen-Ritter gegeben?«

Auf dem Heimweg, mit den zehn braunen Rhode Islandern in einer Lattenkiste im Kofferraum, sagte Pop vor lauter Wut keinen Ton. Nicht einmal darüber, daß Duke den ganzen Rücksitz naß machte, verlor er ein Wort. Es fing an zu regnen, und das gleich so heftig, daß die Scheibenwischer praktisch nutzlos waren. Bridie beklagte sich die ganze Zeit, daß sie nach Pferd röche. Sie habe, sagte sie, immer einen Cowboy kennenlernen wollen, aber jetzt sei sie sich da nicht mehr so sicher. Ich starrte aus dem regennassen Fenster und überlegte, was Pop wohl meiner Mutter sagen und ob er mir noch eine richtige Strafpredigt halten würde, wenn wir nach Hause kamen. Aber als wir die Küken in ihrem nagelneuen Stall hinten im Garten untergebracht hatten, als Bridie heimgegangen war und wir zum Trocknen in die Küche gingen, da war Pop plötzlich wie ausgewechselt. Als Mom sich erkundigte, ob es mir denn auf der Farm gefallen habe, bestand Pop darauf, daß ich sofort raufginge und ein heißes Bad nähme, damit ich mich nicht erkältete. Ich war schon auf der Treppe, da fragte Mom mich, was ich von Mrs. Cleary hielt. Ich wollte schon sagen, sie sei die schönste Frau, die ich je gesehen hätte, und daß sie aussähe wie ein Filmstar, aber eine innere Stimme riet mir, das besser für mich zu behalten.

»Sie ist ganz okay«, sagte ich und sah dabei an Pop vorbei.

Je näher die Hochzeit rückte, desto hektischer wurden die Vorbereitungen. Dauernd wurde über Kleider beratschlagt, über die Speisenfolge und darüber, wer die Orgel spielen und wer singen solle. Blumen waren rar im Oktober, aber Mrs. Shultz, deren Garten ein Meer von Chrysanthemen in flammenden Herbstfarben war, wurde auserkoren, den Altar zu schmücken. Mom brachte Pops blauen Kammgarnanzug, seine Trauerkluft, wie er ihn nannte, in die Reinigung, und ich bekam bei Ferris im Warenhaus mein erstes Paar langer Hosen und ein kastanienbraunes Jackett mit Goldknöpfen. Mrs. Ferris maß meine Schrittlänge vor aller Augen mitten im Laden nach, und vor lauter Scham wäre ich am liebsten auf und davon gerannt. Bridie wollte ihr Erstkommunionkleid anziehen, aus dem sie aber längst rausgewachsen war. Also ließ Mom alle Säume raus und stückelte so viel an, daß sie sich wieder damit sehen lassen konnte. Die ganze Nachbarschaft kochte für den Empfang, und Laurie, der sich in letzter Zeit gut gehalten hatte, borgte im Prussian Inn Eßgeschirr und Servietten. Mrs. Ganis kümmerte sich, unterstützt von Mrs. Shultz, um die Tischdekoration im Fire Engine Co., Nr. 2. Sie war die einzige in der Nachbarschaft, die echtsilberne Kerzenleuchter für die Tafel beisteuern konnte. Pop sagte, wenn die Truppen in Europa und im Pazifik so gut organisiert wären wie diese Hochzeit, dann wäre der Krieg schon aus. Mom verbrachte den Abend oft bei den Pascalis; von Pop wußte ich meist nicht, wo er steckte, und Bridie und ich saßen am Eßzimmertisch und machten unsere Hausaufgaben, entwarfen Kostüme für Halloween oder zankten uns wegen des S.P.C.A.-Plakats.

Am 13. Oktober 1917 war die Heilige Jungfrau den drei Hirtenkindern in Fatima, Portugal, zum letztenmal erschienen. In jenem Oktober 1942 geschah es zum ersten- und einzigen Mal, daß die Gottesmutter Bridie ein Zeichen gab – das jedenfalls behauptete sie. Tatsächlich war es keine richtige Erscheinung, mehr so ein Blinzeln und Flimmern. Schwester Ellen Marie hatte der gebannt lauschenden fünften Klasse wieder einmal die Geschichte von Unserer Lieben Frau von Fatima erzählt, von den Briefen mit jenen Prophezeiungen, die so unheilvoll waren, daß man sie in einem Gewölbe des Vatikans unter Verschluß hielt, von den Pilgern, die auf Händen und Knien zur heiligen Stätte krochen, und endlich von den wundersamen Heilungen, die der Jungfrau zugeschrieben wurden. Die dramatische Szene mit den drei Kindern in ihrer farbenfrohen Bauerntracht, die umringt von ihren Schafen unter dem Baum standen und mit Maria sprachen, war ein echter Knüller. Ich kam nie dahinter, warum sie ausgerechnet auf diesem Baum erschien, aber danach zu fragen wäre vermutlich Haarspalterei gewesen. Bridie hatte eine Schwäche für gute Geschichten, selbst wenn eine Nonne sie erzählte, und die Legende von Fatima hörte sie mit am liebsten. Als wir an jenem Nachmittag aus der Schule kamen, blieb sie vor der Kirche stehen und erklärte mir, schier triefend vor Frömmigkeit, ich solle nur ohne sie nach Hause gehen, sie wolle hinein und eine Kerze anzünden.

»Warum?« fragte ich entgeistert.

»Weil mir danach ist. Und außerdem hab' ich einiges auf dem Herzen.«

»Was denn?«

»Das geht dich verdammt noch mal nichts an.«

»Du solltest nicht fluchen, wenn du eine Kerze anzünden gehst.«

»Dann laß mich halt in Ruhe.« Sie wandte sich zum Eingang.

»Warte doch. Ich komme mit.« Im Vorraum netzten wir uns die Finger im Weihwasserbecken, machten das Kreuzzeichen und gingen durchs Kirchenschiff vor zum Altar, wo wir rasch das

Knie beugten, ehe wir in die Nische mit der Marienfigur traten. Der süßliche, jahrzehntealte Duft von Weihrauch gemischt mit Bohnerwachs stieg mir vertraut und tröstlich in die Nase. In den hinteren Bänken saßen wie üblich ein paar alte Frauen, Italienerinnen und Irinnen, die, einen schwarzen Schal über dem Kopf, ihren Rosenkranz beteten. Mrs. Cavanaugh, in ihrem immer gleichen schmuddeligen Hauskleid, murmelte ihre vorgeschriebene Anzahl »Gegrüßet seist du, Maria«, und ich fragte mich, ob sie wohl dafür bete, daß »ein netter irischer Junge« fallen möge, damit auch wir endlich unseren Märtyrer bekämen. Die alte Mrs. Farrell, die so viel Zeit in der Kirche verbrachte, daß die Leute schon argwöhnten, sie ginge niemals aufs Klo, war fest eingeschlafen und blau, rot und gelb gesprenkelt vom Sonnenlicht, das durch das farbige Kirchenfenster mit dem Bild Jesu fiel. Dieser hatte darauf eine große Ähnlichkeit mit Tyrone Power und war als Guter Hirte, umgeben von Kindern und Lämmern, dargestellt. Mrs. Del Fiore und Mrs. Flynn steckten die Köpfe zusammen und tratschten im Flüsterton, und die zwergenhafte Mrs. Donatelli, deren Kopf kaum über den Bankrand reichte, murmelte ihren Gebetssingsang auf italienisch.
»Gib mir fünf Cents«, sagte Bridie. Sie brauchte Geld für die Kerze.
»Ich hab' nichts dabei.«
»Okay.« Sie sah zu der Statue auf. »Ich zahl's später.« Sie zündete eine Kerze an, und wir gingen rüber zur ersten Bank, wo sie sich hinkniete, die Augen zukniff und mit Inbrunst zu beten anfing.
»Für was betest du denn so angestrengt?« flüsterte ich.
»Wenn du's unbedingt wissen mußt: um ein Wunder.«
»Du hast ja 'n Knall.«
»Wieso? Wenn die Heilige Jungfrau diesen Kindern in Portugal erschienen ist, warum dann nicht auch mir? Ich wette, heutzutage bittet kein Mensch mehr um ein Wunder. Oder wann hast du's zum letztenmal probiert?«

»Noch nie.«
»Na, da siehst du's.« Gespannt blickte sie an der Statue hoch. »Okay, und jetzt mach was.«
»Was soll sie denn tun?« flüsterte ich.
»Sie ist die Mutter Gottes, sie kann alles, was sie will.«
»Ich glaub', du hast echt 'nen Knall.«
»Ach! Na, wenn dein Bein plötzlich wieder in Ordnung ist, denkst du das bestimmt nicht mehr.«
»Ist das etwa das Wunder, um das du betest?«
»Unter anderem.«
»Also das kannst du dir sparen. Ich hab's längst aufgegeben, um dieses Wunder zu beten.«
»Vielleicht darf man ja nicht für sein eigenes Wunder beten. Hast du dir das schon mal überlegt, Klugscheißer?«
»Sag doch nicht solche Wörter, wir sind schließlich in der Kirche, Mensch.«
»Ach, halt doch endlich den Rand und laß mich beten.« Das war unmißverständlich das Ende der Debatte. Sie schob die ganze Welt beiseite, starrte nur noch die Heilige Jungfrau an und wartete auf ein Wunder. Maria in ihren blau-weißen Gewändern, die dringend einer Auffrischung bedurften, lächelte mit ihren kirschrot angemalten Lippen auf uns herab, indes sie beherzt den Teufel in Gestalt einer Schlange mit bloßem Fuß zermalmte und es dabei obendrein noch fertigbrachte, eine Rose zwischen den Zehen zu halten. Sie hatte bleistiftdünn gestrichelte Brauen, ausdruckslose, wasserblaue Augen und runde Rougeflecken auf den Wangen, die an einen Clown erinnerten. Wie ich sie so anschaute, kam mir die Muttergottes fast ein bißchen unheimlich vor. Dabei hätte doch irgendwer darauf achten können, daß sie bei all der Verantwortung, die auf ihr lastete, geziemend freundlich und gütig wirkte. Bridie kniete vor ihr und stierte wie in Trance hinauf, indes ich daran herumrätselte, wofür sie, abgesehen von der wundersamen Heilung meines Beins, wohl noch beten mochte.

»O mein Gott, sie hat sich bewegt!« Langsam, den Blick weiter unverwandt auf die Statue gerichtet, stand Bridie auf. »Hast du das gesehen? Hast du gesehen, was sie gemacht hat? Sie hat sich bewegt und hat mir zugezwinkert.«
»Setz dich hin, was sollen die Leute denken.« Ich zog sie heftig am Arm und versuchte sie wieder in die Bank zu drücken.
»Nein, ehrlich, sie hat sich bewegt.« Ihre Stimme wurde lauter, und als ich mich umblickte, sah ich, daß die Frauen hinten in der Kirche die Köpfe reckten. Sogar Mrs. Donatellis italienische Gebetsleier verstummte.
»Die Heilige Muttergottes zwinkert nicht«, flüsterte ich. »Setz dich hin.«
»Ach nein? Mir hat sie aber zugezwinkert.« Sie wandte sich den Damen zu. »Ein Wunder ist geschehen. Die Heilige Muttergottes hat sich bewegt.« Die kleine Mrs. Donatelli stand auf, ohne dadurch freilich größer zu wirken als im Knien, und sah sich, um Aufklärung bittend, nach den anderen Frauen um.
»*Che cosa fa?*« rief sie Bridie zu.
»Sie sagt, die Madonna hat sich bewegt. *Un Miracolo*.« Mrs. Del Fiori versuchte zu erklären, was passiert sei.
»Das ist ein verrücktes Heft, dieses Gör«, keifte Mrs. Cavanaugh. »Auf die dürfen Sie gar nichts geben.«
Mrs. Donatelli brauchte einen Augenblick, um zu begreifen, was vor sich ging, und um das angebliche Wunder zu verkraften, aber als sie es erfaßt hatte, stieß sie einen Schrei aus, bekreuzigte sich und sank in tiefer Ohnmacht in ihre Bank. Vermutlich hatte sie ihr Leben lang um ein Wunder gebetet und so sehr darauf gewartet, daß schon die bloße Möglichkeit, es könnte nun tatsächlich eingetreten sein, zuviel war für sie. Die anderen Frauen eilten Mrs. Donatelli so geräuschvoll zu Hilfe, daß sie die alte Mrs. Farrell aufweckten, die, da sie völlig ahnungslos war, entsetzt loszeterte und schrie, die Deutschen würden die Kirche bombardieren. Ich wäre am liebsten in dem bunten Fenster verschwunden, hätte bis in alle Ewigkeit dort bei den Lämmern

und Kindern gesessen und wie sie verzückt Tyrone Power angehimmelt. Bridie, unbehelligt von dem Chaos, das sie angerichtet hatte, schien in irgendeine himmlische Sphäre entrückt, zu der wir übrigen keinen Zugang hatten. Ich bin sicher, sie sah sich schon unauslöschlich im Buch der Heiligen verewigt.
»Man muß Pater Boyle holen!« rief Mrs. Flynn mit vor Aufregung zitternder Stimme.
»Nein!« schrie ich. »Bitte nur das nicht. Es ist ja alles bloß ein Irrtum.«
»Ist es nicht!« Bridie stand Aug in Auge mit mir. »Sie hat sich bewegt, und ich hab's gesehen, verdammt noch mal!«
Mrs. Flynn eilte zum Ausgang, und Mrs. Donatelli, die wieder zu sich gekommen war, kroch aus der Bank und betete sich, während sie auf winzigen Händen und Knien zum Altar vorrutschte, auf italienisch ihr kleines Herz aus dem Leib. Mrs. Farrell, die immer noch an einen Angriff der Deutschen glaubte, stimmte *San Francisco* an, genau wie weiland Jeanette MacDonald, als sie nach dem Erdbeben zwischen Schutt und Geröll ihr Überleben feierte. Mrs. Cavanaugh und Mrs. Del Fiori bemühten sich, Mrs. Donatelli vom Boden hochzukriegen, aber die setzte ihren demütigen Bittgang störrisch fort, und alles, was die beiden für ihre Mühe ernteten, waren ein paar Ohrfeigen, etliche Püffe und ein kräftiger Schwinger in Mrs. Cavanaughs zahnlosen Mund.
»Zum Teufel mit dir, alte Giftspritze. Von mir aus kriech, bis sich dir die Haut von deinen dürren Itakerknien pellt«, kreischte Mrs. Cavanaugh. Sie maß Bridie und mich mit mordlustigem Blick. »Na, und ihr Früchtchen seid jetzt hoffentlich zufrieden. Daß ein Krüppel und das Balg von einem hergelaufenen Barmixer ungestraft so einen gotteslästerlichen Unfug anrichten dürfen! Bis aufs Blut sollte man euch den Hintern versohlen, jawohl, und ich würd's mit Freuden übernehmen.«
Pater Boyle, gefolgt von Mrs. Flynn und Pater Christopher, dem Hilfsgeistlichen, betrat eilends die Kirche.

»Was in Gottes Namen geht hier vor?« donnerte er. Mrs. Farrell unterbrach ihren Gesang, Mrs. Donatelli kroch unbeirrt weiter, und Mrs. Cavanaugh zeigte auf Bridie und mich.
»An allem sind nur die zwei da schuld«, sagte sie.

Es dauerte den Rest dieses Schuljahres und noch ein gut Teil des kommenden Sommers, bis die Leute endlich aufhörten, von Bridies Wunder zu sprechen. Pater Boyle versuchte ihr zu erklären, daß Wunder etwas sehr Rares seien und daß sie sich vermutlich von ihrer Einbildungskraft habe hinreißen lassen, denn wenn man etwas nur lange genug anstarre, dann komme es einem leicht so vor, als bewege es sich, aber Bridie ließ sich nicht beirren. Die Jungfrau Maria hatte ihr zugezwinkert, und dabei blieb es. Wenn Pater Boyle und die übrige aufgeklärte Welt ihr keinen Glauben schenkten, dann war das halt jammerschade, verflucht noch eins. Nachdem er sich tagelang bemüht hatte, sie umzustimmen, räumte Pater Boyle endlich ein, daß sie ja möglicherweise wirklich ein Zeichen von der Heiligen Jungfrau empfangen habe. Gleichwohl sei es für alle Beteiligten das beste, die Sache vertraulich zu behandeln. Ich glaubte nach wie vor, daß sie sich die ganze Sache bloß ausgedacht hätte, um ihre Wirkung auf die Damen in der Kirche zu erproben. Mrs. Donatelli wünschte sich so sehnlich ein Wunder, daß sie ihren Glauben daran nie aufgab, und solange sie lebte, bekreuzigte sie sich jedesmal, wenn Bridie ihr begegnete. Mrs. Cavanaugh dagegen witterte in Bridie nachgerade so etwas wie ein Kind des Teufels und murmelte ihr leise Flüche nach, die Bridie zum ewigen Höllenfeuer verdammten. Am grausamsten waren freilich die Mitschüler. Bridie war eine Außenseiterin und würde es immer bleiben, und dies, im Verein mit dem Respekt vor ihrer dreisten Unabhängigkeit, trieb die anderen Kinder in die Offensive, ja man war stets darauf aus, sie lächerlich zu machen und zu verspotten, solange man es nur in der Gruppe tun konnte und sich nicht einzeln mit ihr zu messen brauchte. Mich als ihren

Freund verurteilte die Klasse gleich mit und beschuldigte mich als Komplizen. Den größten Spott trieben sie mit meinem Bein. Wenn Maria uns erschienen war, warum war ich dann immer noch ein Krüppel? Unsere einzigen Verbündeten waren Turk und Sparrow, die sich zu Bridies Fürsprechern aufschwangen und jedes ihrer Worte für bare Münze nahmen. Die beiden verteilten in diesem Sommer manch geschwollene Lippe und blutige Nase in meinem, Bridies und der Heiligen Jungfrau Namen.

Am seltsamsten reagierte Mom. Als ich am Abend jenes aufregenden Tages darauf wartete, daß sie und Pop von der Arbeit heimkämen, war ich der festen Überzeugung, daß ich von Glück sagen könne, wenn ich mit dem nackten Leben davonkäme. Kaum, daß ich gebeichtet hatte, fing Pop auch prompt an zu toben. Was würden die Leute sagen, das beunruhigte ihn am meisten. Mom dagegen war unaufmerksam und zerstreut, so als höre sie mir eigentlich gar nicht richtig zu.

»Was ist bloß los mit dir, Teufel noch mal?« fragte Pop.

»Ich esse heute abend im Diner. Hat jemand Lust, mitzukommen?«

»Bist du taub, oder was ist? Hast du nicht gehört, was er gesagt hat? Dein Herr Sohn, dieser Gernegroß und Joe Louis haben seit neuestem Visionen.«

»Ich hab' keine Vision gehabt, bloß Bridie.«

»Ich wasch' mir nur rasch die Hände, dann können wir gehen.« Sie wandte sich zur Treppe, doch Pop hielt sie am Arm fest.

»Ich glaube, du bist vollkommen übergeschnappt, Mae. Total verrückt.«

»Laß meinen Arm los.« Pop gehorchte. »Willst du wissen, was verrückt ist? Es ist verrückt, einen armen, unwissenden Jungen in den Krieg zu schicken, bloß weil man selbst zu alt dafür ist. Das ist verrückt.«

»Warum versuchst du's nicht mal mit 'ner andern Leier. Das ist nun schon Monate her, verdammt noch mal. Hör endlich auf damit!«

»Niemals. Ich werd' dir das nie verzeihen, und wenn ich hundert Jahre alt werde.«
»Finn, du gehst rüber zu den O'Connors«, sagte Pop. Ich zögerte.
»Wird's bald!«
»Geh nur«, sagte Mom, »es ist schon okay.«
»Er hätte ohnehin bald einrücken müssen«, hörte ich Pop sagen, während ich hinausging. Ich weiß nicht, was passierte, während ich bei den O'Connors war, jedenfalls schlief Pop ab diesem Abend wieder auf dem Sofa.

Fritz und Simon kamen am Tag vor der Hochzeit auf eine Woche Urlaub heim. Wie selbstverständlich richtete man unser Zimmer für sie her, während Pop mir, ohne zu fragen, vorn in der kleinen Kammer ein Feldbett aufschlug.
Alle waren sie zur Begrüßung gekommen: Mina und die Pascalis, die Ganis, Mrs. Shultz, Laurie, der sich ein paar Tage frei genommen hatte, um bei der Hochzeit den Barmann zu machen, ein paar Freundinnen von Mina und natürlich Bridie, die sich alle Mühe gab, um auf Simon erwachsen zu wirken. Duke, der normalerweise gern in Gesellschaft war, hatte sich diesmal oben in Sicherheit gebracht. Ich stellte mich immer wieder neben Angie Pascali, die mir größer und dicker erschien denn je, und versuchte mir im Geist auszumalen, was für ein Paar wir beide abgeben würden. Ich schrumpfte neben ihr auf ein Nichts zusammen, ja wie ein Floh kam ich mir vor, und der bloße Gedanke daran, daß wir Seite an Seite zum Altar schreiten würden, ließ mich rot anlaufen und ins Schwitzen geraten. Ich fragte Bridie, wie sie fände, daß wir zusammen wirkten.
»Echt blöd.« Es mußte etwas geschehen.
Fritz kam mir auf den ersten Blick verändert vor. Ich wußte nicht genau, woran es lag, nur daß eben der Fritz, der im Juli von zu Hause fortgegangen war, nicht derselbe zu sein schien, der jetzt mit seinem Freund Simon zur Tür hereinkam. Er sah gut aus in seiner Uniform, größer und stattlicher, und sein Knabengesicht

bekam langsam männliche Züge. Im Haus herrschte solch ein Gedränge, daß er mich erst nach einer ganzen Weile bemerkte. »Na, Kleiner, wie geht's?« Er stülpte mir seine Mütze auf den Kopf, beugte sich nieder und umarmte mich. Ich wollte etwas sagen, aber vor lauter Freude, ihn zu sehen, konnte ich kein Wort herausbringen.

»Nun fang um Gottes willen nicht an zu flennen.« Pop schenkte Laurie und sich etwas zu trinken ein.

»Hör gar nicht hin, was dein Vater sagt«, riet Laurie. »Wenn es mein Bruder wäre, und ich hätte ihn seit Monaten nicht gesehen, also dann würde ich auch 'n paar Tränen verdrücken, glaub mir.«

Ich wünschte sie alle fort, denn ich wollte so gern mit Fritz allein sein und mit ihm reden.

»Ich muß dir was sagen. Es darf aber sonst keiner hören.«

»Jetzt gleich?« Er hielt mich auf Armeslänge von sich. »Oder kann's noch ein bißchen warten? Okay?« Alle guckten uns an, denn jeder wollte Fritz ebenso sehr für sich haben wie ich.

»Okay«, brummte ich widerwillig. Fritz gab mir einen Kuß auf die Wange und ging zu Mina. Ich sah, wie Mom ihn aus einiger Entfernung beobachtete, und wieder hatte sie diesen seltsam entrückten Ausdruck im Gesicht. Mrs. Ganis konnte niemanden zum Tanzen bewegen, also legte sie ein Solo hin und amüsierte sich auch so ganz prächtig. Bridie, die Simons Hand gar nicht mehr losließ, stellte ihn allen vor, als wäre er ihr Eigentum. Ich hatte sie noch nie so absolut albern erlebt, und in meinen Augen machte sie sich komplett zum Narren. Was Simon angeht, so erinnere ich mich nur noch an das strahlende Lächeln, das buchstäblich auf seinem Gesicht festgewachsen schien; ansonsten war er ein Fremder, den Bridie durch unser Haus führte, was mir nicht unbedingt gefiel.

»Warum führt Bridie sich heute nur so blöd auf?« fragte ich Mr. Ganis, als ich mich zu ihm in die Ecke setzte, aus der er Mrs. Ganis beim Tanzen zusah.

»Weiber! Joi, Finn, die Liebe bringt sie um den Verstand, das ist nun mal so.«
»Liebe! Sie ist doch noch ein Kind.«
»O gewiß, auch eine Frau ist ein Weilchen Kind, aber sogar als Kind fängt sie schon an, Frau zu sein, wenn du verstehst, was ich meine. Und die Liebe ist das erste, was sie vom Frausein lernt.«
»Hallo, Finn, wo steckt denn mein Freund Duke?« Simon kam und schüttelte mir die Hand.
»Oben.«
»Und das ist Mr. Ganis, unser Freund und jüdischer Nachbar.« Bridie plusterte sich mächtig auf.
»Tag, Simon. Freut mich, Sie kennenzulernen, junger Mann.«
»Ganz meinerseits, Sir. Ich hab' übrigens auch ein Quentchen jüdisches Blut in mir. Von irgend'nem Ururahn. Väterlicherseits, wenn ich nicht irre.« Simon lächelte gewinnend.
»Freilich, das sieht man«, antwortete Mr. Ganis. »Wie wären Sie sonst auch so ein schmucker Kerl geworden?«
»Ja, er ist hübsch, nicht? Komm mit, ich möchte dich noch ein paar anderen Leuten vorstellen.« Bridie zog Simon mit sich fort, doch als sie an Mrs. Ganis vorbeikamen, hielt die ihn fest, und die beiden begannen zu tanzen.
»Er ist ein netter Junge.«
»Doch, ja«, sagte ich.
»Das dumme ist bloß, daß er älter ist. Wie alt schätzt du ihn? Siebzehn, achtzehn? Frauen haben ein Faible für ältere Männer. Ich bin fast zehn Jahre älter als Mrs. Ganis, und als sie mich zum erstenmal sah, da rief sie aus: ›Nein, was für ein Mann! Was ist Clark Gable gegen den?‹ Aber Mrs. Ganis war natürlich auch älter als Bridie, als wir uns kennenlernten, und darum denke ich, du brauchst dir keine allzu großen Sorgen zu machen, Finn.«
»Von mir aus soll sie doch machen, was sie will«, sagte ich, aber es klang nicht überzeugend.

Fritz und ich waren endlich ein paar Minuten allein auf der

Veranda hinterm Haus. Es war kalt, und er zog seine Uniformjacke aus und hängte sie mir um die Schultern.
»Was macht dein Bein? Taugt die Schiene was?«
»Ich weiß nicht. Auf jeden Fall find' ich sie scheußlich.«
»Wahrscheinlich mußt du dich erst dran gewöhnen.«
»Das sagen alle.«
»Jaja.« Er zündete sich eine Zigarette an. Ich hatte ihn noch nie rauchen sehen. »Na, und Mom und Pop? Machen sie dir das Leben recht sauer?«
Als ich erst einmal angefangen hatte, konnte ich mich einfach nicht mehr bremsen. Ich erzählte ihm haarklein alles, was sich, seit er fort war, daheim zugetragen hatte. Wie gemein Dr. Whiteshield zu mir war und daß Pop sich nach dem ersten Besuch bei ihm geweigert hatte, noch mal mit nach Philadelphia zu kommen. Wie Pop mitten in der Nacht zu Tessie mußte, um Laurie dort abzuholen, und daß Bridie in einem fort überlegte, ob Laurie Sex nötig hätte, ja daß sie sogar so weit ging, Mr. Howe danach zu fragen. Wie seltsam Mom sich in letzter Zeit benahm, und daß sie immer noch wütend auf Pop war, weil der für ihn, Fritz, unterschrieben hatte. Und ich schilderte ihm Mrs. Cleary und wie anders Pop in ihrer Gegenwart war, fast so ausgelassen wie ein Kind, aber daß er trotzdem so furchtbar getobt hatte, als ich von der Stute fiel und mit der Schiene im Pferdemist landete. Von Bridies angeblichem Zeichen seitens der Heiligen Jungfrau hatte Fritz schon gehört, und er meinte, es wäre ihm einen Monatssold wert gewesen, mit anzusehen, wie Mrs. Donatelli der Cavanaugh eine aufs Maul gab. Ich wußte, daß er bald wieder zu den Gästen zurückmußte, und noch immer hatte ich nichts von Angie Pascali gesagt, aber ich hatte einfach keine Ahnung, wie ich's ihm beibringen sollte.
»Mina bekommt ein Baby.« Er sagte das einfach so, ohne jede Vorwarnung. »Mina bekommt ein Baby.« Ich stand wie angewurzelt, zitternd und sprachlos. Mein erster Gedanke war, daß ich es womöglich mit angehört hatte. Ja, vielleicht hatte ich

tatsächlich gehört, wie Fritz und Mina ein Baby machten. Ob das die Todsünde, die ich seit Monaten mit mir herumtrug, wohl noch verschlimmerte?

»Ein Baby?« Auf einmal schienen Mom und Pop und all die andern Probleme nicht mehr wichtig. Fritz wurde Vater. Ganz allmählich verwandelte er sich von meinem Bruder in jemand anderen. Seine Persönlichkeit gewann eine neue Dimension, und ich konnte nichts dagegen tun.

»Bis jetzt weiß es noch keiner außer Mina, mir und dir. Sonst niemand. Natürlich wird's nicht mehr lange dauern, und die ganze Stadt weiß es, aber was soll's, bis dahin sind wir verheiratet, und dann macht es nichts mehr aus.«

»Ich werde Onkel.« Ich kannte nur einen Jungen meines Alters, der schon Onkel war: Charlie Collins, dessen Mutter einundzwanzig Kinder hatte. Charlie gehörte zu den jüngsten. Manchmal bekam seine Mutter mitten in der Nacht ein Baby, zu Hause im Bett, direkt neben Mr. Collins, und er wachte nicht mal auf davon. Am nächsten Morgen, wenn sie den andern Kindern das Frühstück machte, eröffnete sie ihnen nebenbei, daß sie ein neues Schwesterchen oder Brüderchen bekommen hätten. Pop pflegte zu sagen, man hätte Mr. Collins zum Tierarzt bringen sollen, damals, als es ihn zu jucken anfing, und als ich noch klein war, dachte ich, Mr. Collins hätte die Räude.

»Und Mom und Pop werden Großeltern. Himmel! Wann willst du's ihnen sagen?«

»Weiß ich noch nicht. Später. Ich will kein Geschiß. Aber ich wollte, daß du's weißt.«

»Da wär' noch was.« Ich mußte mich überwinden und es hinter mich bringen. »Ich kann dir nicht den Trauzeugen machen.« Er war so perplex, daß er nicht sofort eine Antwort fand. Und in diesem Sekundenbruchteil kam mir der Gedanke, daß er womöglich nie die Absicht gehabt hatte, mich als Trauzeugen zu nehmen.

»Was redest du denn da! Ich hab' auf dich gezählt.« Ich werde nie erfahren, ob das die Wahrheit war oder nicht, aber es ihn nur sagen zu hören machte es mir sehr viel leichter, auf die Ehre zu verzichten. Ich gestand ihm frei heraus, daß ich es nicht über mich brächte, vor allen Leuten mit Angie Pascali durch die Kirche zu gehen, weil uns bestimmt jeder auslachen würde.

»Bitte, ich kann's einfach nicht.«

»Okay. Ich bin zwar enttäuscht, aber ich kann mich in dich hineinversetzen. Vielleicht bitte ich Pop?«

»Nein.« Ich sagte es ganz spontan. »Ihn nicht. Nimm jemand anderen. Wie wär's mit Mr. Ganis?«

»Den kann ich nicht bitten, er ist doch Jude. Es muß schon ein Katholik sein.«

»Dann frag Simon.« Bridie würde sich erst recht schwarz ärgern, daß sie keine Brautjungfer sein durfte, wenn sie sah, wie ihr angehimmelter Simon mit Angie Pascali zum Altar vorging. »Ja, genau, frag Simon.«

Mr. Howe überraschte jedermann damit, daß er zur Hochzeit kam. Bridie und ich hatten ihn seit Wochen eingeladen, doch er redete sich wie gewöhnlich damit heraus, daß er die Farm nicht verlassen wolle, weil er sicher sei, daß der Herr ihn bald zu sich holen werde. Aber dann kam er offenbar zu dem Schluß, daß Gott ihn genausogut in der Kirche rufen könne; jedenfalls erschien er, ohne einem von uns ein Wort gesagt zu haben, zur Trauung. Sein Haar und Bart waren frisch gestutzt, und er trug seinen altmodischen Anzug mit der Würde eines Diplomaten. Als ich ihn an der großen, schwieligen Hand zu seinem Platz führte und dabei der versammelten Gemeinde stolz diesen meinen besonderen Freund vorführte, da roch es auf einmal stark und durchdringend nach Pimentöl. Ich setzte ihn ein paar Reihen hinter die unmittelbare Familie, neben Big Tum und Little Tum.

Die Hochzeit verlief wohl ganz nach Plan, aber ich war durch Mom dermaßen abgelenkt, daß ich den Feierlichkeiten gar nicht recht zu folgen vermochte. Ich erinnere mich an den Altar mit dem üppigen Blumenschmuck und an Mina, schöner denn je in ihrem spitzenbesetzten Satinkleid, wie sie am Arm ihres weinenden Vaters zum Altar schritt, und an Fritz und Simon, beide geschniegelt und gebügelt und in militärischer Haltung wie nagelneue Spielzeugsoldaten. Und ich erinnere mich an Bridie, die sich genierte, weil sie sich für das älteste Mädchen der Weltgeschichte hielt, das je bei einer Hochzeit Blumen streuen mußte, und deshalb vor lauter Wut die Blüten büschelweise hinwarf, statt sie hübsch gleichmäßig zu verteilen. Aber Mom war so merkwürdig, daß ich den Blick nicht von ihr wenden konnte. Sie sah nicht ein einziges Mal zum Altar hin. Statt dessen schien sie sich auf einen Fleck an der Decke zu konzentrieren, den außer ihr kein Mensch sehen konnte. Sie hielt die Handtasche vor die Brust gepreßt und runzelte abwechselnd die Stirn oder kräuselte die Lippen, und manchmal lächelte sie auch, als ob ihr eben etwas Lustiges eingefallen wäre. Pop fiel nichts auf, aber Mrs. Ganis, die hinter uns saß, merkte es wohl. Ich war sehr erschrocken, und ich glaube, sie spürte das, denn als ich sie ansah, lächelte sie und tätschelte mir aufmunternd die Wange. Ich hörte zwar Pater Boyles Stimme, aber von dem, was er sagte, bekam ich nichts mit. Mom riß von Zeit zu Zeit die Augen weit auf, als ob sich vor ihr etwas ganz Schockierendes abspielte, doch dann lächelte sie wieder und formte mit den Lippen unhörbare Worte, die sich an ein unsichtbares Wesen zu richten schienen. Als die Trauung vorüber war und Fritz und Mina sich küßten, schloß Mom einen Moment die Augen, und als sie sie wieder aufschlug, schien sie plötzlich in die Wirklichkeit zurückzufinden. Mit einem Schlag verschwand diese fremde, aus dem Gleichgewicht geratene Frau, die ich so gar nicht kannte, und meine Mutter kehrte von ihrer einsamen Seelenfahrt zurück. Sie beugte sich zu mir nieder, nahm mein Gesicht in beide Hände und küßte mich zärtlich auf die Stirn. Dann hakte sie sich bei Pop unter, der über die vertrauliche Berührung, die er so lange nicht mehr gespürt hatte, ordentlich erschrak. Zuerst wußte er gar nicht, wie er darauf reagieren sollte. Er sah ihr forschend ins Gesicht, als könne er nicht recht an die Verwandlung glauben, doch als Mom sich reckte und ihm einen Kuß auf die Lippen hauchte und dann den Kopf an seine Brust legte, schlang er die Arme um sie und drückte sie an sich. Ich sah Mina und Fritz vom Altar zurücktreten und das Kirchenschiff hinunterkommen und dachte, nun wird vielleicht noch alles gut. Vielleicht würde es für Mom und Pop einen neuen Anfang geben, so wie für Mina und Fritz, vielleicht würde diese Hochzeit alles, was falsch gewesen war, zum Bessern wenden. Doch tief in meinem Innern saß eine unbestimmte Furcht, die mich dem Wunschbild nicht trauen ließ.

Beim anschließenden Empfang versuchte Bridie mich zum Tanzen zu bewegen, wann immer Simon anderweitig vergeben war. Mr. Delaney, unser pensionierter Feuerwehrhauptmann, saß am Klavier und hämmerte eine Melodie nach der andern herunter, fast ohne zwischendurch zu verschnaufen. Und wenn er doch mal eine Pause machte, dann legte irgendwer die neusten Platten auf, zu denen Jitterbug und Walzer und Rumba getanzt wurden. Jede erdenkliche Kombination aus Brautleuten und Eltern absolvierte, von bewundernden Oohs und Aahs begleitet, ihren Pflichttanz, und als die Gäste sich satt gesehen hatten, suchten sich alle den Partner, mit dem sie den Rest des Abends zusammenbleiben wollten. Das merkwürdigste Paar waren Mrs. Ganis und Mr. Howe, denn er war fast doppelt so groß wie sie, aber alle beteuerten, die beiden seien mit Abstand die besten Tänzer auf dem Parkett. Ich fragte mich, ob die verstorbene Miriam, um die er seit so vielen Jahren trauerte, auch so gut getanzt hatte wie Mr. Howe, und versuchte mir die beiden als junges Paar vorzustellen, wie sie damals im Indianerterritorium die Nächte durchgetanzt hatten. Sogar Big Tum und Little Tum drehten sich miteinander im Walzertakt, mußten aber beide die Arme mächtig weit ausstrecken, um einander überhaupt anfas-

sen zu können. Simon als einer der wenigen jungen Männer in der Runde wurde von allen ledigen Frauen umlagert, und von einer ganzen Reihe verheirateter auch. Bridie gefiel das ganz und gar nicht.
»Man sollte meinen, die hätten noch nie einen Mann gesehen!«
»Mußt du gerade sagen.«
»Was soll denn das heißen?«
»Warum läßt du den armen Kerl nicht in Ruhe, damit er mit gleichaltrigen Mädchen tanzen kann? Sieht zu blöd aus, wie du die ganze Zeit an ihm klebst.«
»Gar nicht blöd seh' ich aus. Ich bin eine gute Tänzerin. Das sagen alle.«
»Alle sagen, daß du blöd aussiehst.«
»Ach, und wer denn, zum Beispiel? Wer sagt, daß ich blöd aussehe?«
»Alle halt.« In Wahrheit hatte ich nicht eine einzige Bemerkung über sie gehört. Bridie preßte die Lippen zusammen, ihre Augen verengten sich, und ich merkte wohl, daß Streit im Anzug war, aber bevor es losgehen konnte, sah ich, daß die Tänzer auf einmal innehielten und irgendwas in ihrem Kreis betrachteten. Ich drängte mich durch die Menge, und als ich mich nach vorn durchgeschoben hatte, tanzte da Mom wie in Trance und ganz mit sich allein. Die Leute lachten und klatschten, und wenn ich es nicht besser gewußt hätte, hätte ich sie für betrunken gehalten. Aber sie war nur wieder abgetaucht in ihre unheimliche Welt und tanzte dort mit einem geheimnisvollen Unsichtbaren, ja sie lachte und schwatzte und amüsierte sich anscheinend königlich. Ich sah mich nach Pop um, konnte ihn aber nirgends entdecken. Mrs. Ganis, die spürte, daß da etwas nicht stimmte, ging hin zu Mom und versuchte sie zum Aufhören zu bewegen. Mr. Ganis rief derweil nach Pop und verlangte, man solle endlich die Musik abstellen. Mr. Howe und Mrs. Shultz veranlaßten unterdessen die Gäste, an ihre Tische zurückzukehren.
»Was ist denn los?« rief Bridie von hinten.

»Mit Mom stimmt was nicht.«

»Was hat sie denn?« Sie machte Anstalten, sich durch den Kreis zu drängen, der sich um Mom gebildet hatte. Obwohl die Musik nicht mehr spielte, tanzte sie unbeirrt weiter.

»Du bleibst schön hier.« Laurie schnappte Bridie und hielt sie fest. »Da geht's schon genug drunter und drüber, auch ohne daß du dich einmischst.« Er legte mir die Hand auf die Schulter. »Es wird alles wieder gut, Finn. Ganz bestimmt.« Sein Gesicht war gerötet, er nuschelte beim Sprechen und roch nach Whiskey.

Plötzlich erschien Pop zusammen mit Fritz, Mina und den Pascalis. Sie bahnten sich einen Weg durch die Menge. Moms Gesicht war schweißnaß, das Haar klebte ihr an der Stirn, sie stand da wie erstarrt und hatte die Hände auf die Ohren gepreßt. Ein zaghaftes Lächeln lag auf ihrem Gesicht, aber die Augen hatte sie fest zugekniffen.

»Wir bringen euch jetzt nach Hause.« Mr. Ganis und Mr. Howe manövrierten Bridie und mich aus dem Saal.

»Ich komme nach, sobald ich kann«, sagte Laurie.

Mina und Fritz mußten auf ihre Hochzeitsreise nach Atlantic City verzichten. Statt dessen besorgte Laurie ihnen für ein paar Nächte ein Zimmer im Prussian Inn, wo sie für den Ernstfall in Moms Nähe waren. Während Bridie und ich mit zu den Ganis gingen, brachte Pop meine Mutter heim, und Dr. Lorman wurde gerufen. Mrs. Ganis blieb bei Mom, aber Mr. Ganis und Mr. Howe machten für Bridie und mich Tee und Toast und taten ihr Bestes, um unsere Ängste zu zerstreuen. Schließlich setzten wir uns ins Wohnzimmer und hörten Radio, aber ich konnte mich nicht konzentrieren. Ich dachte an Mom und fragte mich, ob sie uns eines Tages ganz entgleiten würde, durch irgendeine unbekannte Dimension fortschlüpfen in jene trügerische Scheinwelt, um nie zurückzukehren. Der Gedanke war mehr, als ich ertragen konnte, und geborgen an Mr. Ganis' Schulter, der tröstend den Arm um mich legte, schlief ich ein.

Als ich aufwachte, war es schon dunkel, und ich lag, zugedeckt mit einer Wolldecke, auf dem Sofa. Ich wußte nicht, wo Mr. Howe oder Bridie waren, aber ich hörte, wie Mr. und Mrs. Ganis sich leise in der Küche unterhielten.

»Wie geht's Mom?« Ich stand auf der Türschwelle und blinzelte ins helle Licht.

»Ach, Herzchen, haben wir dich geweckt?« Mrs. Ganis winkte mich mit ausgestreckten Armen zu sich. »Deine Mutter schläft jetzt. Dr. Lorman hat ihr eine Spritze gegeben, ein Kaliber, wie's selbst einen Elefanten umgehauen hätte.« Sie hob mich auf ihren Schoß.

»Na, Finn, hab' ich's dir nicht gesagt? Es wird schon alles wieder gut.« Mr. Ganis lächelte.

»Ja, so kann's einer Frau schon mal gehen: Überanstrengung. Schau, deine Mutter hat die schwere Arbeit im Depot und jetzt noch die Hochzeit und die ganze Aufregung und dann das Baby ...«

»Hat Fritz es ihnen denn schon erzählt?« Ich konnte mir nicht vorstellen, wie er, bei all der Hektik in den letzten zwei Tagen, die Zeit dazu gefunden haben sollte.

»Wieso Fritz? Was soll er ihnen denn erzählt haben?« fragte Mrs. Ganis.

»Na, das mit dem Baby. Zu mir hat er gesagt, daß er damit noch warten will.«

Mr. und Mrs. Ganis wechselten einen Blick.

»O joi.« Sie sah mich ungläubig an. »Mina und Fritz kriegen also ein Baby? O joi.«

»Vielleicht würde ein Glas Tee uns jetzt guttun«, meinte Mr. Ganis.

»Ach was, Tee! Hol den Schnaps und drei Gläser.« Mr. Ganis ging an den Küchenschrank. »Was hab' ich bloß für ein loses Mundwerk. Man sollte mir die Zunge rausschneiden, und zwar mit 'nem stumpfen Messer.« Mrs. Ganis trommelte mit den Fäusten gegen ihre Brust.

»Nun hör schon auf. Das konntest du ja nicht wissen«, versuchte Mr. Ganis sie zu beschwichtigen.

»Finn hat's auch nicht gewußt.« Sie hatte die Augen geschlossen und schüttelte den Kopf.

»Was hab' ich nicht gewußt?« fragte ich völlig verwirrt.

»Daß deine Mutter ein Baby bekommt.«

»Na, nun weiß er's ja«, sagte Mr. Ganis und füllte die zierlichen Gläschen.

Ich zog es vor, die Nacht auf dem Sofa zu verbringen, obwohl Mrs. Ganis unbedingt wollte, daß ich im Gästezimmer in einem richtigen Bett schliefe. Nachdem ich meine neuen langen Hosen ordentlich zusammengelegt und nebst Jackett und Hemd über eine Stuhllehne gehängt hatte, zog ich ein Schlafanzugoberteil von Mr. Ganis an, schnallte meine Beinschiene ab (die Ganis hatten mich, endlich überzeugt, daß ich auch alles hätte, was ich brauchte, allein gelassen) und legte sie neben dem Sofa auf den Boden. Mir war angenehm warm, und der Schluck Schnaps, den ich bekommen hatte, gab mir ein wohliges Gefühl, als ich mich jetzt ausstreckte und, angestrengt ins Dunkel spähend, versuchte, all die Überraschungen des heutigen Tages auf die Reihe zu kriegen. Ich dachte an Duke, der sicher unruhig werden würde, wenn ich die ganze Nacht ausblieb. Ob er wohl bei Simon schlafen durfte? Und Fritz war nun, nach monatelangen Vorbereitungen, tatsächlich verheiratet. Mom und Mina bekamen beide ein Baby, und ich würde Onkel und Bruder werden. Vielleicht sogar zur selben Zeit, da Mom und Pop doch in einem Bett hatten schlafen müssen, als Tante Cassie den Schlaganfall hatte und sie nach Wilkes-Barre fuhren, was genau an dem Abend war, an dem ich im Dunkeln auf der Treppe gesessen und Mina und Fritz belauscht hatte. Wie viele Babys mochten wohl, überall auf der Welt, in dieser einen Nacht gezeugt worden sein? Und wie viele kleine Hunde und Kätzchen und wer weiß was sonst? Und das betraf nur eine einzige Nacht. Mir wurde klar, daß in jedem Augenblick eines jeden Tages in jedem noch so entlegenen Fleckchen der Erde etwas geschah, das unser Leben unwiderruflich verändern konnte. In diesem kurzen Augenblick war ich mir dessen ganz genau bewußt. Ich war weniger als ein Staubkörnchen und war doch Zeuge der subtilsten Veränderungen im Universum. Unzusammenhängende Bilder gingen mir durch den Kopf und purzelten übereinander, indes mich der Schlaf übermannte, mitten im Gedanken an Krieg und Babys, an meine Tauben und an Duke und verkrüppelte, nackte Leichen.

Es war noch dunkel, als Bridie mir ins Ohr flüsterte: »Finn, wach doch auf.«
Ich mußte mich erst besinnen, wo ich war.
»Was ist denn los?«
»Steh auf. Schnell.«
»Wie bist du denn hier reingekommen?«
»Durch die Hintertür. Verdammt, stehst du jetzt endlich auf?«
»Aber was ist denn?«
»Laurie ist nicht zu Hause. Er ist heut nacht überhaupt nicht heimgekommen. So was hat er noch nie gemacht. Niemals. Wir müssen ihn suchen gehen.«
»Wie spät ist es?« Ich richtete mich auf. Noch konnte ich mir die Verzweiflung in Bridies Stimme nicht erklären.
»Gleich sieben. Willst du dich nicht endlich anziehen?«
»Dreh dich um.«
»Menschenskind, hast du etwa Angst, ich könnte dir deinen mickrigen Zipfel abgucken? Als ob der mich interessiert!«
»Ich hab' gesagt, du sollst dich umdrehen.« Sie gehorchte, und ich setzte mich auf die Sofakante, um mir die Schiene ans Bein zu schnallen, während wir die verschiedenen Möglichkeiten durchgingen. »Vielleicht ist er bei Tessie.«
»Wo?«
»In dem Laden, aus dem Pop Laurie an dem Abend rausgeholt hat, als er ihn in sein Schlafzimmer rauftragen mußte.« Bridie

und ich hatten nie über diesen Abend gesprochen. Anscheinend hatte Pop ihr nichts von Tessies Etablissement erzählt, denn sie hatte keine Ahnung, wovon ich sprach.
»Na, beeil dich. Wir müssen so schnell wie möglich dahin.«
»Spinnst du? Das ist ganz am andern Ende von der Allen Street, und in der Ecke mögen sie keine Weißen. Komm, wir holen lieber Pop.«
»Nein. Wenn Laurie zuviel geschluckt hat, dann braucht das keiner zu wissen. Also, was ist, kommst du nun mit, oder hast du Schiß?«
»Und ob ich Schiß hab'. Nein, dahin geh' ich bestimmt nicht mit.«
»Und ich hab' zur Muttergottes gebetet, daß sie dein blödes, olles Bein wieder heil macht. Das ist nun der Dank.« Sie wandte sich zum Gehen.
»Wenn schon, geholfen hat dein Beten jedenfalls nicht. Alles, was du fertiggebracht hast, war, uns vor den Leuten lächerlich zu machen.«
»Ob's geholfen hat oder nicht, das zählt nicht. Ich hab's jedenfalls probiert.«
»Warte, bis ich angezogen bin.«
Naßkalt war es, als wir die fast menschenleere Allen Street hinuntergingen. Die Häuser in dem durchwegs schwarzen Viertel wirkten adrett und langweilig, ganz ähnlich wie die Häuser an der Livery Street. Die wenigen Leute, die wir zu sehen bekamen, wie sie ihre Veranda fegten oder mit der Sonntagszeitung heimkamen, guckten uns mißtrauisch an, freilich sicher nicht, weil wir Weiße waren, sondern weil wir an einem kalten Oktobermorgen ohne Mäntel durch die Straße rannten, ich humpelnd mit meinem kastanienbraunen Blazer und Bridie in ihrem Kommunionkleid, das ganz verknittert war, weil sie darin geschlafen hatte. Wie sonderbar wir aussehen mußten, kam mir erst in den Sinn, als ich uns gewissermaßen mit den Augen der anderen betrachtete. Gewiß war es nicht ungewöhnlich, in der

Allen Street Weißen zu begegnen, denn schließlich war das die Hauptdurchgangsstraße zum Krankenhaus, aber zwei Kinder, die morgens um halb acht ganz allein und in sichtlicher Eile dort durchhetzten, werden bestimmt einiges Stirnrunzeln verursacht haben. Bridie fragte mir Löcher in den Bauch wegen Mom, und ich erzählte ihr alles, was Mrs. Ganis gesagt hatte, bis auf die Sache mit dem Baby. Aus irgendeinem Grund wollte ich nicht, daß sie davon erfuhr, auch wenn ich selber nicht genau wußte, warum.

Gleich hinter dem Krankenhaus endete der Gehsteig, und eine holprige, unbefestigte Straße führte weiter an einer Reihe mickriger Kleinbetriebe vorbei. Erst kam eine Autowerkstatt, vor der lauter rostige Schrottwagen herumstanden, dann eine Schlachterei mit abschreckenden Eisenhaken im Fenster und ein Kühlhaus mit einem holzverschalten Tieflader davor, aus dem ununterbrochen Wasser sickerte. Neben dem Kühlhaus stand ein fensterloser, verwitterter Schindelbau mit leuchtendgrüner Tür und einem kleinen, handgemalten Schild mit der Aufschrift: »Tessie's Place«. In der kleinen Fensterscheibe in der Tür hing die Nationalflagge mit dem blauen Stern, zum Zeichen dafür, daß ein Mitglied der Familie bei den Streitkräften war. Bridie und ich wußten nicht recht, wie es jetzt weitergehen sollte.

»Das beste wird sein, wir klopfen mal«, sagte sie zögernd.

»Doch, ja.«

»Na, dann mach schon.«

»Immer ich.« Auf mein zaghaftes Pochen rührte sich nichts. »Die schlafen noch alle.«

»Na, dann klopf lauter und weck sie auf.« Ich gehorchte widerstrebend, und als sich immer noch nichts regte, trommelte Bridie mit beiden Fäusten gegen die Tür.

»Verflucht noch eins, was ist denn los da unten?« Die tiefe Männerstimme hörte sich an, als käme sie oben aus dem Dachgeschoß.

»Ich muß da drin jemand sprechen«, rief Bridie hinauf.

»Um was geht's denn?«
»Ich suche meinen Vater.« Darauf blieb es lange still.
»Geht ums Haus rum zur Hintertür.«
»Dann ist er also tatsächlich hier«, sagte Bridie, als wir durch einen schmalen Gang, an den Mülltonnen vorbei, zur Hintertür liefen. Dort warteten wir ein paar Minuten, und als niemand kam, klopfte ich.
»Immer mit der Ruhe, verdammt!« Es war dieselbe Stimme. Als die Tür endlich aufging, stand vor uns ein hünenhafter Schwarzer mit einem Leibesumfang, so mächtig wie Big Tum, aber viel größer, und musterte uns finster. »Was wollt ihr beiden hier?«
»Ich suche meinen Vater.«
»Wie heißt du?«
»Bridie O'Connor.«
»Und du?« fragte er mit einem Blick auf mich.
»Timothy Finnegan. Finn.«
»Rein mit euch«, knurrte er barsch.
Wir betraten einen engen, dunklen Flur, nur von einer einzigen nackten Birne erhellt, die an einer Schnur über einem hohen Treppenaufgang hing.
»Wartet hier.« Der bullige Mann walzte die Treppe rauf, blieb aber auf halber Höhe stehen, um Atem zu schöpfen, wobei er sich vergewisserte, daß wir uns auch ja nicht vom Fleck rührten. Als er außer Sicht war, blickten Bridie und ich uns an, wagten aber vor lauter Angst nicht zu sprechen. Es roch nach Kernseife und Petroleum, vermischt mit dem Duft eines schweren, süßlichen Parfums. Von dem Flur ging nach beiden Seiten je eine Tür ab, und die zur rechten stand einen Spaltbreit offen. Es war zu dunkel, als daß man hätte ins Zimmer sehen können, aber ich hatte das Gefühl, daß sich dort drinnen jemand versteckt hielt und uns beobachtete. Bridie und ich standen schweigend da, aus dem ganzen Haus drang auch nicht ein Laut, und ich wußte, daß sie, genau wie ich, am liebsten auf und davon gerannt wäre.

Plötzlich raschelte es leise in dem finsteren Zimmer, und Bridie faßte nach meiner Hand.

»Ich heiße Honey«, sagte eine Stimme aus dem Dunkel. Vor lauter Schreck machten wir einen Satz nach rückwärts und prallten gegen die Wand hinter uns. Die Tür öffnete sich ein Stück weiter, und ich erkannte eine Gestalt, ungefähr so groß wie ich. Aber ich war mir nicht sicher, ob es ein Junge oder ein Mädchen war.

»Ich heiße Finn, und das ist Bridie.« Mein Herz pochte so laut, daß ich es hören konnte.

»Bist du ein Kind?« fragte Bridie.

»Ich wohne hier.«

»Ach, und warum versteckst du dich dann im Dunkeln und erschreckst andre Leute zu Tode?« Bridie linste ins Zimmer und versuchte festzustellen, mit wem sie da sprach.

»Ist das oben euer Daddy?«

»Fehlt ihm was?«

»Geht ihr zur Schule?« fragte Honey weiter, ohne Bridies Frage zu beantworten.

»Klar gehen wir zur Schule. Wie alle Kinder, Mensch.«

»Gehst du etwa nicht in die Schule?« fragte ich.

»Nein, aber ich kann trotzdem lesen und schreiben.«

»Honey, mach daß du raufkommst.« Eine sehr schöne Frau mit einer Haut wie Milchschokolade kam die Treppe herunter. Sie trug ein schickes Nachthemd und einen eleganten Morgenrock, und ihre Füße steckten in sehr hochhackigen Pantöffelchen. »Hast du nicht gehört? Marsch, nach oben.« Die Tür öffnete sich langsam, und ein Junge etwa meines Alters kam aus dem Zimmer. Er war der wundersamste Mensch, den ich je gesehen hatte; wie irgendein unberührter Außerirdischer kam er mir vor. Als Bridie ihn erblickte, gab sie leise einen enthusiastischen, wenn auch unverständlichen Laut von sich, als ob sie keine Worte fände, ihrem Entzücken Ausdruck zu verleihen. Er sah aus, als wäre er nicht von dieser Welt, mit schneeweißem Haar und Teint. Seine kaum rosig angehauchten Lippen hatten die gleiche Farbe wie seine Augen, die er anscheinend selbst gegen das trübe Flurlicht abschirmen mußte. Er lächelte schüchtern, als er sich, an die Wand gepreßt, zur Treppe schob.

»Nicht, daß ihr denkt, er wär' schwer von Kapee«, sagte die Frau auf der Treppe, während sie sich eine Zigarette aus einer Pakkung Chesterfield schnippte und sie anzündete.

»Er ist wunderschön«, sagte Bridie, noch ganz im Banne dieses fremdartigen, wunderbaren Geschöpfs. »So stelle ich mir die Engel vor.«

Die Frau lachte. »Also ein Engel bist du nicht, oder, Honey?« Sie machte einen tiefen Zug und wandte sich wieder an uns. »Wenn du zu deinem Daddy willst, Kleine, dann komm mal mit rauf.« Sie nahm Honey bei der Hand und stieg wieder die Treppe hoch. Bridie und ich folgten. »Ich bin übrigens Tessie«, sagte die Frau.

Als wir durch die Tür oben an der Treppe gingen, war das für mich ungefähr gleichbedeutend mit Alice' Schritt in die Welt hinter den Spiegeln. Die Wohnung dort oben schien ein Labyrinth von Zimmern, die alle in Hellblau, Rosa und Resedagrün gehalten und mit Bildern geschmückt waren, auf denen grazile, langbeinige, katzenäugige Frauen, ausstaffiert mit Leopardenfell und Pfauenfedern, verführerisch vor üppig gebauschten Vorhängen posierten. Die Einrichtung des Wohnzimmers bestand aus eleganten, fächerförmigen violetten Klubsesseln und einem ebensolchen Sofa. Wuchtige Lampen mit perlenbesetzten Schirmen wurden getragen von nackten Chromfrauen, die – Brust heraus und durchgedrücktes Kreuz – aussahen, als übten sie für den Kopfsprung. Der aufdringliche Parfumgeruch warf mich fast um.

»Wie geht's denn deiner Mama, hat sie sich wieder erholt?« fragte Tessie, als sie uns, Honey immer noch an der Hand, an mehreren geschlossenen Türen vorbei den Flur entlangführte.

»Woher wissen Sie, daß sie krank war?«

»Laurie wollte deinen Daddy deswegen nicht anrufen. Darum ist er ja letzte Nacht hiergeblieben.«

»Ich denke, es geht ihr wieder gut.«

»Scheint 'ne nette Frau zu sein. Und wirklich hübsch mit den schönen, langen dunklen Haaren.«

»Mrs. Finn hat graues Haar«, sagte Bridie. Moms Haar war kurz und weiß gesträhnt. Sie sagte, vorzeitig grau zu werden sei der Preis, den die Iren dafür zahlen müßten, daß sie einen so zarten Teint hätten.

»Grau!« Sie drehte sich um und sah mich lange an, bevor sie sagte: »Ich muß deine Mama und deinen Daddy wohl mit wem anders verwechselt haben.« Ohne den Blick von mir zu wenden, nahm sie einen tiefen Zug aus ihrer Zigarette. Ich wußte, daß sie eben Josie Cleary beschrieben hatte, und fragte mich, ob Pop sie wohl wirklich als seine Frau vorgestellt hätte. Aber nein, dafür war unsere Stadt zu klein. Jeder wußte über jeden Bescheid, außer vielleicht jemand wie diese Tessie, isoliert in einer Welt von Männern, die erst nach der Polizeistunde auftauchten und über ihre Familien wahrscheinlich wenig oder gar nichts erzählten. »Und nun komm, Kleine! Wir wollen Laurie hier rausschaffen, damit ich endlich meinen Schönheitsschlaf kriege.« Sie zerrte Honey mit sich und ging weiter den Flur hinunter, bis zu einer Tür ganz am Ende. Sie drückte die Klinke nieder und trat beiseite, um Bridie und mir den Vortritt zu lassen.

Laurie lag auf einem schmalen Bett. Bis auf die Schuhe war er vollständig angezogen, und mit den auf der Brust verschränkten Armen sah er mehr tot aus als lebendig. Es stank furchtbar im Zimmer, und ich sah an einem Fleck zwischen seinen Beinen, daß er sich in die Hose gemacht hatte. Über dem Lämpchen auf dem Nachttisch hing ein roter Schal, der das Zimmer in ein aufdringlich-kitschiges Licht tauchte.

»O Mann, er hat sich bepinkelt! Laurie, wach auf!« Bridie schüttelte ihn heftig, aber er regte sich nicht. »Finn, zieh ihm die Schuhe an.« Während Honey mir mit den Schuhen half, sah

Tessie uns von der Tür aus zu, sagte aber nichts. »Verdammt noch mal, so wach doch auf!« Bridie rüttelte ihn jetzt an beiden Schultern, und nach ein paar Minuten verriet uns ein leises Stöhnen, daß er langsam zu sich kam.

»Nee, Kinder, das wird nichts – so kriegt ihr den nie und nimmer hier raus. Wartet mal 'n Augenblick.« Tessie verschwand im Flur. Honey, Bridie und ich schafften es mit vereinten Kräften, Laurie aufzurichten, aber kaum, daß er saß, sackte ihm das Kinn auf die Brust, und er konnte den Kopf nicht mehr heben. Bridie fing an zu weinen.

»O verdammt, und dabei hattest du's mir doch so fest versprochen! Und die Muttergottes hat mir sogar ein Zeichen gegeben. Na, ich bete nie mehr. Solange ich lebe nicht. Wie konnte ich bloß so dumm sein, an so was wie Wunder zu glauben.« Sie weinte mehr vor Zorn und Enttäuschung denn aus Kummer. Honey streckte die Hand aus und tätschelte ihren Arm.

»Was ist denn mit deinem Bein?« fragte er, ohne mich anzusehen.

»Verwachsen. Aber ich bin schon so auf die Welt gekommen.«

»Ich bin auch so geboren«, sagte er. Unsere Blicke trafen sich: zwei Ausgestoßene, die sich erkannten. »Eigentlich bin ich ein Nigger.«

»Ist sie deine Mutter?«

»Meine Tante. Die Schwester von meinem Daddy. Meine Mama ist gleich nach meiner Geburt abgehauen. Mein Daddy ist in der Armee.« Die ganze Zeit über streichelte er Bridie und versuchte sie zu beruhigen.

Tessie kam mit dem großen, bulligen Mann zurück.

»Vielleicht solltet ihr ihn hierlassen, bis er seinen Rausch ausgeschlafen hat«, sagte der Mann.

»Nein. Ich will ihn mit nach Hause nehmen.« Bridie wischte sich die Tränen ab. »Helfen Sie ihm hoch.«

»Bring ihn runter, Charles«, sagte Tessie und verließ das Zimmer.

»Er braucht bloß ein bißchen frische Luft.« Bridie schüttelte Laurie aufs neue und versuchte, seinen Kopf aufzurichten, aber es ging nicht. Charles stellte ihn auf die Füße, hob ihn hoch wie ein Baby und trug ihn über den Flur und die Treppe hinunter zur Hintertür. Tessie und Honey standen im Eingang und sahen zu, wie Charles Laurie neben den Mülltonnen gegen die Wand lehnte.

»Wir haben kein Auto«, sagte sie und zündete sich eine neue Zigarette an. »Aber ich zahl' euch ein Taxi.«

»Nein. Wir bringen ihn auch so nach Hause. Wo ist unser Wagen?« fragte Bridie.

»Aber du kannst doch nicht fahren«, sagte ich, wohl wissend, daß sie zu allem entschlossen war.

»Weiß ich selber! Ich wollte ja bloß wissen, wo die blöde Karre steht.«

»Woher zum Teufel solln wir das wissen?« rief Charles. »Wenn er je wieder zu sich kommt, dann sag deinem Daddy, er soll sich hier ja nicht mehr blicken lassen.«

»Halt die Klappe, Charles.« Tessie nahm Honey bei der Hand und ging hinein. Charles folgte ihnen und schlug die Tür hinter sich zu.

»Kommt mich mal besuchen«, rief Honey noch von drinnen.

Die kalte Morgenluft belebte Laurie etwas, und zum erstenmal schien er uns wirklich zu erkennen. Es dauerte ein paar Minuten, bis er sich zurechtfand, begriff, daß er neben einer Mülltonne hinter Tessies Haus lehnte, während Bridie und ich unser Bestes taten, um ihn vor dem Umkippen zu bewahren. Dann aber ging ihm auf, in welch schmachvoller, erniedrigender Lage er sich befand. Seine Augen schwammen in Tränen, und er schlug die Hände vors Gesicht.

»Jetzt mach kein Theater«, sagte Bridie. »Wir müssen dich irgendwie nach Hause kriegen.«

»O mein Gott«, jammerte er. »Ich hab' mich naß gemacht.«

»Jawohl, und du stinkst vielleicht! Na los, auf geht's.« Nach ein paar wackeligen Versuchen brachten wir ihn tatsächlich in Bewegung. Aber obwohl er sich schwer auf uns stützte, gaben seine Knie doch alle paar Schritte nach, und er kroch auf allen vieren weiter. Wir waren erst bis ans Kühlhaus gekommen, als er der Länge nach hinfiel, und diesmal konnten wir ihn trotz größter Mühe nicht wieder auf die Beine kriegen. Er lag mit dem Gesicht im Straßenstaub und fing an zu würgen.

»O lieber Gott, bitte ...«, stammelte Bridie, ganz unbewußt ihren Schwur brechend, nie wieder zu beten. »Finn, was sollen wir bloß machen?«

»Ich hol' Hilfe. Ich geh' rüber ins Krankenhaus.«

»Nein!« japste Laurie, den Brechreiz niederkämpfend. »Das würde mich die Stellung kosten. Ruf lieber deinen Vater an, Finn, sei so gut, mein Junge.« Er begann an allen Gliedern zu zittern.

»Mach schnell, Finn, sonst stirbt er noch.« Ich rannte, vorbei an Schlachterei und Autowerkstatt, bis zu dem Rondell mit der Krankenhauszufahrt. Vor der Notaufnahme parkte ein Rettungswagen, aber da offenbar niemand in der Nähe war, ging ich weiter zum Haupteingang. Als ich eben die Vordertreppe raufwollte, öffnete sich die Tür, Miß Neal, die Schulschwester, kam heraus und knöpfte sich, zum Schutz gegen die Kälte, im Gehen hastig den Mantel zu.

»Timothy Finnegan, was machst du denn hier? Ist wer krank bei euch?«

»Bitte, Sie müssen uns helfen!« Ich griff nach ihrer Hand und zog sie über den Krankenhausrasen mit mir. »Es geht um Laurie.« Ich war so außer Atem, daß ich keine weiteren Erklärungen geben konnte. Als wir zu Bridie und Laurie zurückkamen, fanden wir Mattie Horn bei ihnen, eine Frau, die hier in der Nähe wohnte und Hausmädchen in einer Villa in der Oberstadt war. Mrs. Horn trug ihren besten Sonntagsstaat, und ich sah, daß sie Erbrochenes auf ihrem guten Mantel hatte.

»Miß Neal, der Mann da ist krank. Gott, was der Suff nicht alles anrichtet!« Mattie Horn schüttelte den Kopf. »Die Kinder sollten das nicht mit ansehen müssen.« Miß Neal kniete neben Laurie nieder.

»Ich denke, wir schaffen es, ihn rüber ins Krankenhaus zu bringen. Helfen Sie mir, ihn aufzurichten, Mrs. Horn.«

»Nein. Kein Krankenhaus. Bringt mich nach Hause. Wenn ich sterben muß, dann doch lieber in meinem eigenen Bett, wenn's recht ist.«

»O lieber Gott«, jammerte Bridie.

»Hören Sie auf, vor den Kindern so dummes Zeug zu faseln. Sie werden nicht sterben, auch wenn Sie's meiner Meinung nach verdient hätten.« Mrs. Horn zog ein Taschentuch aus ihrer Handtasche und wischte Laurie das Gesicht ab.

»Sie könnten allerdings eine Alkoholvergiftung haben«, sagte Miß Neal.

»Wenn's rauskommt, verliert er seinen Job. Ich kann ihn doch zu Hause pflegen. Wir werden sagen, es sei eine schwere Erkältung. Ach, bitte«, flehte Bridie. »Er hat wirklich lange nichts mehr getrunken. Aber gestern war eine Hochzeit, und Sie wissen ja, wie die Männer sind. Bitte, er darf nicht ins Krankenhaus. Bitte, Schwester.« Miß Neal und Mrs. Horn wechselten einen jener geheimnisvollen Blicke, mit denen Erwachsene sich auch ohne Worte verständigen können, und einigten sich darauf, Bridie nachzugeben.

»Ich hol' den Wagen von meinem Bruder«, sagte Mrs. Horn. »Ach, daß auch immer die Kinder drunter leiden müssen.« Sie schüttelte wieder den Kopf und brummelte vor sich hin, als sie das Auto holen ging. Laurie schien erleichtert, und den Kopf in Bridies Schoß gebettet, döste er ein, während wir uns auf die staubige Straße hockten, um auf Mrs. Horn zu warten. Miß Neals weiße Strümpfe und Schuhe waren braun verschmiert.

»Meine Mutter ist auch krank«, sagte ich.

In der Woche darauf wurde mein Plakat für den S.P.C.A.-Wett-

bewerb fertig. Bis auf die Schule hatte ich Hausarrest und folglich genügend Zeit zum Malen. Als wir an jenem Morgen im Wagen von Mrs. Horns Bruder die Livery Street runterkamen, war der Teufel los. Die Ganis hatten gemerkt, daß ich ausgebüchst war, und als man mich weder zu Hause noch bei den O'Connors finden konnte und obendrein auch noch Bridie und Laurie vermißte, wurde die Polizei alarmiert. Ich erfuhr nicht, was geschah, nachdem man Laurie ins Haus geschafft und zu Bett gebracht hatte, denn ich wurde sofort auf mein Zimmer geschickt, und niemand durfte zu mir, nicht einmal Duke. Ich wollte wenigstens Mom sehen, aber Pop erlaubte es nicht. Immerhin sagte er mir, daß sie, aufgrund der Spritze, die Dr. Lorman ihr gegeben hatte, immer noch schlief. Simons Rasierzeug stand auf der Kommode, aber ich hatte keine Ahnung, wo er steckte. Im Haus war es totenstill, bis auf die Schritte, die in regelmäßigen Abständen auf der Treppe erklangen; dann ging die Tür zum Elternschlafzimmer auf und wieder zu, die Schritte entfernten sich wieder, und gleich darauf ging unten die Haustür. Mir kam es vor, als hätte ich stundenlang da auf der Bettkante gesessen und gewartet, ohne daß irgendwas geschah. Pop konnte aber jeden Augenblick in mein Zimmer gestürzt kommen. Die alten Illustrierten, die Mr. Howe mir gegeben hatte, lagen unter dem Bett. Ich holte sie hervor und begann mit den Entwürfen für mein Plakat. Während ich die Hefte durchblätterte, war ich in Gedanken bei Bridie und Laurie. Ob Miß Neal und Mrs. Horn noch drüben waren? Und waren Pop und Simon am Ende auch bei ihnen? Und wo steckte eigentlich Fritz? Die Glocken von Our Lady of Perpetual Help läuteten zur Neun-, Zehn- und zur Elfuhrmesse, und immer noch kam keiner, um nach mir zu sehen. So verpaßte ich denn die Sonntagsmesse und belastete meine arme Seele mit einer weiteren Todsünde.
Leise, ganz leise klinkte ich die Tür auf und lauschte auf irgendein Lebenszeichen von unten. Nichts, kein Laut. Geräuschlos schlich ich über den Flur, an der geschlossenen Tür zum Eltern-

schlafzimmer vorbei bis in die kleine Vorderkammer, wo ich mich unters Fenster hockte und die Nachbarschaft absuchte, soweit es ging. Der Wagen von Mrs. Horns Bruder parkte immer noch vor dem Haus der O'Connors. Big Tum fegte die Veranda, und Mrs. Cavanaugh, in einen Pelzmantel gehüllt, der kaum noch Haare hatte, war auf ihrem gewohnten Posten in dem ramponierten Schaukelstuhl und paßte auf, daß ihr auch ja nichts entging. Fritz kam bei den O'Connors aus der Haustür. Er wollte eben über die Straße, als Mrs. Cavanaugh ihn anrief; da ich nicht verstand, was sie sagte, schob ich das Fenster eine Handbreit hoch und duckte mich, um nicht gesehen zu werden.
»Ach, nichts weiter, Mrs. Cavanaugh«, sagte Fritz ganz lässig. »Laurie ist nur ein bißchen angeschlagen. Der Ärmste hat sich furchtbar erkältet.«
»Erkältet? Daß ich nicht lache! Was hat denn die Schwester drin zu suchen? Und dann gar noch dieses arrogante Niggerweib?«
»Bloß eine kleine Sonntagsvisite, denke ich.«
»Ach, du würdest ja noch dem Heiligen Vater persönlich ins Gesicht lügen, genau wie dein Daddy, dieser Taugenichts.«
»Einen wunderschönen guten Morgen auch Ihnen, Mrs. Cavanaugh.« Fritz überquerte die Straße und kam ins Haus. Ich lief ihm auf der Treppe entgegen.
»Wie geht's Laurie?«
»Er sieht aus, als stünde er schon mit einem Bein im Grab. Pop und ich mußten ihn baden. Zweimal! Und als wir ihn dann endlich sauber hatten und ins Bett steckten, da hat er wieder alles vollgekotzt. Keine Ahnung, wieviel er intus hatte, aber er hatte bestimmt für drei geladen. Miß Neal meint, es könnte ernst sein, aber er läßt sie ums Verrecken keinen Arzt rufen.«
»Fritz, wo sind eigentlich die andern alle?«
»Warte mal, ich will nur rasch nach Mom sehen.« Er öffnete die Schlafzimmertür, und wir schlichen beide auf Zehenspitzen an ihr Bett. Mom schlief ganz fest. Sie lag auf der Seite, mit dem Gesicht zum Fenster; bleich wie Marmor war sie. Die Decken

lagen noch so ordentlich und glatt, als hätte sie sich die ganze Nacht nicht einmal bewegt. Und sie sah viel jünger aus, wieder ganz so wie auf meinem Lieblingsbild von ihr, dem Foto, auf dem sie mit Deirdre, die damals erst ein paar Monate war, auf der Veranda saß.

»Sie kriegt ein Baby«, flüsterte ich.

»Ich weiß. Komm jetzt.« Wir gingen hinaus und machten leise die Tür hinter uns zu.

»Ist Pop sehr böse?« fragte ich, als wir drüben in unserem Zimmer waren.

»Böse! Du kannst von Glück sagen, wenn er dich nicht windelweich prügelt. Was hast du dir auch dabei gedacht, einfach so in ein Bordell zu gehen?«

»Bordell? Was ist das, ein Bordell?« In Sachen Sex war ich sehr beschlagen, denn schließlich hatte ich einen großen Bruder, der bereitwillig auf all meine Fragen einging, aber dieser Begriff war mir noch nie untergekommen. Fritz' Erklärung war kurz, treffend und unverblümt: Ein Bordell, sagte er, sei ein Haus, das sexbedürftige Männer aufsuchten und in dem sie Damen fänden, die den Männern so gut wie jeden Wunsch erfüllten, vorausgesetzt, der Preis stimmte. Zuerst glaubte ich ihm nicht. Ich konnte mir einfach nicht vorstellen, daß zwei wildfremde Menschen »es« miteinander tun könnten.

»Darum geht Laurie dorthin!« Die Erkenntnis versetzte mir einen ordentlichen Schock.

»Ja, sicher. Er und viele andere Männer.«

»Dann hat Bridie sich in dem Punkt wohl ganz umsonst Sorgen gemacht.« Fritz lachte. »Du, Pop geht mit Mrs. Cleary dahin.«

»Was redest du da für'n Stuß?«

»Nein, ehrlich, diese Tessie hat's mir gesagt. Sie dachte, Mrs. Cleary wäre unsere Mutter.«

»Blödsinn.«

»Ich schwöre bei Gott. Außerdem: frag Bridie, wenn du mir nicht glaubst.«

»Heiliger Himmel!« Fritz schlug mit der flachen Hand so heftig gegen die Wand, daß die Fensterscheiben klirrten. »Ich hätte nicht gedacht, daß er tatsächlich mit andern Weibern rumhurt.« Er machte die Tür auf. »Ich muß Mina abholen. Sie ist immer noch im Prussian Inn. Aber ich komm' gleich wieder. Dieser verdammte Hurenbock.« Sogar hinten im Haus hörte ich die Wagentür zuknallen, als Fritz losfuhr.

Es verging mindestens noch eine Stunde, bevor Pop zu mir ins Zimmer kam. In der Zwischenzeit hatte ich meinen Plakatentwurf fertig: Einen Kranz aus Tiergesichtern würde ich zeichnen, Hunde, Katzen, Vögel, Pferde, Schafe, Ziegen, Schweine, alle ineinander übergehend. Und in der Mitte, in fetten Buchstaben die Worte: Unsere Freunde.

»Nicht genug damit, daß deine Mutter schwer krank ist, nein, du mußt auch noch so einen üblen Streich aushecken. Na, was hast du mir zu sagen? Kannst du dich irgendwie rechtfertigen?« Ich hatte gar nichts zu sagen, und darum zuckte ich bloß mit den Schultern. »Allmächtiger, es würde dir nicht schaden, ab und zu deinen Kopf zu gebrauchen, bevor du solche Dummheiten machst. Du und Bridie, ihr seid schlimmer als eine Horde Gassenkinder. Denkt immer nur an euch!« Ein kleiner Trost war es immerhin, daß er zur Abwechslung Bridie einmal genausoviel Schuld gab wie mir. »Mit dir hat man doch nichts als Ärger. Deinetwegen haben wir die Polizei geholt, verdammt! Weißt du eigentlich, was das heißt? Jetzt wird es bald in der ganzen Stadt rund sein, was bei uns los ist.« Er war schon halb auf dem Flur draußen und auf dem Weg in sein Zimmer, als ihm der Einfall kam: »... und Halloween kannst du dir dieses Jahr aus dem Kopf schlagen, hörst du?« Ich nickte, er ging ins Schlafzimmer und schloß die Tür. Bridie hatte ihm wohl schon alles erzählt, denn er wollte von mir keinerlei Einzelheiten mehr wissen. Ich hörte Dukes Krallen auf der Treppe kratzen, und im nächsten Augenblick steckte er auch schon ganz bedripst die Nase ins Zimmer, um sich zu vergewissern, daß der Krach vorbei und die Luft rein war. Dann kam er und legte den Kopf in meinen Schoß. In seinen Augen spiegelte sich Verwirrung über die seltsamen Vorgänge im Haus, aber auch Freude darüber, daß ich nun wieder daheim war, wo ich hingehörte.

Sowohl Mom als auch Laurie gingen diese Woche nicht mehr zur Arbeit. Beide schützten Grippe vor, und beide hatten Glück mit ihrer Ausrede. Der Krieg ging weiter, auch ohne daß Mom im Depot Dienst tat, und in der Bar vom Prussian Inn wurden die Drinks auch ohne Lauries bewährten Service ausgeschenkt. Bridie und ich durften uns nach dem Unterricht nicht treffen, und so waren wir darauf angewiesen, alles Nötige beim Lunch, in der Pause oder auf dem Schulweg zu verabreden. In einem zumindest sollte Pop recht behalten: Durch den Polizeieinsatz wußte die ganze Stadt, daß bei uns etwas vorgefallen war, aber keiner hatte Näheres erfahren, und aus Bridie und mir bekamen die Leute kein Wort heraus. Nicht einmal Sparrow und Turk, unsere Freunde und treuen Beschützer. Als Miß Neal am Mittwoch nachmittag kam, um sich während ihrer zweistündigen Sprechstunde im Erste-Hilfe-Zimmer der etwaigen Wehwehchen der Kinder anzunehmen, traf ich sie auf dem Gang. Sie klopfte mir auf die Schulter und lächelte ein kleines, verschwörerisches Lächeln, ehe sie weiterging. Sie war Bridies neues Idol. Bridie erzählte mir, Miß Neal und Mrs. Horn seien an dem bewußten Tag geblieben, bis Miß Neal nach Hause mußte, um sich für ihren Nachtdienst im Krankenhaus umzuziehen. Im Haus sei es an dem Tag zugegangen wie auf der New Yorker Grand Central Station, sagte sie. Pop und Mina, Fritz und Simon und die Ganis, alle hätten ihr geholfen, Laurie zu versorgen. Bei uns war es dagegen wie in einem Trauerhaus gewesen. Nachbarn, die kamen, um nach Mom zu sehen, gingen nur auf Zehenspitzen, indes ich mit Duke in meinem Zimmer saß und mich fragte, ob ich wohl je wieder was zu essen bekäme. Um die Abendbrotzeit wachte Mom endlich auf, aber ich durfte nicht zu ihr. Ich hörte, wie Pop und Mrs. Ganis mit Dr. Lorman sprachen, und einmal war mir, als hörte ich Fritz mit Pop streiten, aber die einzigen, die zu mir reinkamen, waren Simon und Mina, die mir ein Tablett mit meinem Abendessen brachten. Und auch sie blieben nur ganz kurz, weil Pop angeordnet hatte, daß ich allein auf meinem Zimmer bleiben müsse, bis es am nächsten Morgen Zeit für die Schule sei. Mina und Fritz hatten noch eine Nacht im Prussian Inn gut, und weil ich keine Gesellschaft haben durfte, schlief Simon bei den Ganis. Kurz bevor er und Mina ins Hotel fuhren, kam Fritz noch mal rauf, um mir Mut zu machen: Ich solle mich von Pop nicht unterkriegen lassen.

»Keine Bange, tu' ich schon nicht.«

»Er kann wirklich gemein sein. Ach, übrigens, Mom geht's gut. Etwas benommen ist sie natürlich noch, aber sie hat schon nach dir gefragt.«

»Weiß sie, wo ich war?«

»Nein. Sie ist immer noch ein bißchen daneben, verstehst du. Sie weiß nicht mal, was gestern abend mit ihr war.« Sein Blick fiel auf die Illustrierten auf meinem Bett, und ich erzählte ihm von meinem Entwurf für den Plakatwettbewerb. »Das klingt großartig. Wenn du's fertig hast, kann vielleicht jemand ein Foto davon machen, und das schickst du mir dann.« Er legte mir den Arm um die Schulter und drückte mich an sich. »Geht die Uhr auch genau?«

»O ja. Ich trag' sie aber bloß zu besonderen Gelegenheiten. Damit nichts drankommt.«

»Du bist mein Lieblingsbruder, weißt du das?«

»Ich bin doch dein einziger Bruder.«

»Eben. Darum bist du mir ja auch der liebste.« Er küßte mich auf den Scheitel und ging zur Tür. »Ich muß los, bevor Pop einen Koller kriegt, weil ich heimlich zu dir raufgekommen bin. Bis morgen dann.«

»Ja, bis morgen.« Als er fort war, ging ich zur Kommode und

nahm die Uhr aus dem Sockenfach. Ich hatte sie lange nicht mehr getragen, und da ich nicht wußte, wie spät es war, konnte ich sie auch nicht stellen, aber ich zog sie trotzdem auf. Dann schnallte ich die Beinschiene ab, zog den Schlafanzug an und kroch in Fritz' Bett. Duke sprang zu mir rauf, und die Uhr ans Ohr gepreßt, schlief ich über ihrem Ticken ein.

Das Leben in der Livery Street hatte sich nach unserem peinlichen Auftritt in Tessies Etablissement wieder halbwegs beruhigt. Den Plakatwettbewerb gewann ich nicht, erhielt aber immerhin eine Belobigung. Bridie hatte recht behalten: Die Preisrichter waren auf dramatische Effekte aus, und Siegerin wurde eine Achtkläßlerin aus der staatlichen Schule mit dem herzerschütternden Bild eines halbverhungerten Welpen mit traurigen Augen und dem Titel: »Er braucht euch«. Mein reichlich verstiegener Tierkranz, den Mr. Howe zum phantasievollsten und gelungensten Beitrag des ganzen Wettbewerbs erklärte, hing fast einen Monat lang zusammen mit den anderen preisgekrönten Plakaten in der First National Bank. Bridie schleppte mich mindestens zwanzigmal in die Ausstellung, wo sie zum Schluß unweigerlich vor dem ersten Preis stehenblieb und mit einem tiefen Seufzer fragte: »Hab' ich's dir nicht gesagt?« Mom und Pop beteuerten, daß sie sehr stolz auf mich seien, und kauften mir eine Kriegsanleihe als Trostpreis. Von Mr. und Mrs. Ganis bekam ich die übliche Schachtel Taschentücher und von Schwester Ellen Marie ein Heiligenbildchen mit St. Lukas drauf, weil der nämlich der Schutzpatron der Künstler ist.

Schon bald nach der Hochzeit wurden Fritz und Simon nach Übersee verfrachtet, und wir erfuhren bloß, daß sie irgendwo in Nordafrika im Einsatz waren. Eigentlich hätte mich das viel mehr berühren sollen, aber Mom erwartete ein Baby, und diese überraschende Wendung stellte alles andere in den Schatten. Ich bekam einen Brief von Fritz, in dem stand, er sammle jetzt Münzen für mich, aus verschiedenen Ländern, und sowie sich eine Gelegenheit biete, werde er sie mir schicken. Nachdem er alles, was bei Fritz' Hochzeit passierte, so hautnah mitbekommen hatte, war Simon rasch in die Familie hineingewachsen. Von seiner Familie wußten wir weiter nichts, als daß er zusammen mit einer um vieles älteren Cousine in einer winzigen Wohnung in einem Haus ohne Lift gelebt hatte, und alles, was er erzählte, gab einem den Eindruck, daß die beiden kaum etwas gemeinsam hatten. Simon hatte mich gern, das spürte ich, und seine enge Freundschaft mit Fritz schreckte mich ausnahmsweise kein bißchen. Er war aufrichtig, rücksichtsvoll und freundlich, und auch wenn ich wußte, daß er nie in dem Maß vollkommen sein würde, wie Fritz es war, gefiel mir der Gedanke, in Simon gewissermaßen einen zweiten Bruder zu bekommen, doch sehr gut. Mom und Mina tauschten weiter Briefe aus, und dies sowie der Umstand, daß sie beide schwanger waren, ja etwa zur gleichen Zeit niederkommen würden, brachte sie einander noch näher als früher. Nach ihrer exzentrischen Tanzeinlage auf der Hochzeitsfeier schlief Mom, von Dr. Lormans Spritzen ruhiggestellt, fast eine Woche lang. Danach benahm sie sich kaum mehr sonderbar. Ab und zu geschah es wohl, daß sie geistesabwesend war oder ganz plötzlich ohne jede Erklärung aufstand und aus dem Zimmer ging, aber das übersah man oder schob es auf die natürliche Launenhaftigkeit einer Schwangeren. Falls sie sich in ihrem Alter vor der Entbindung fürchtete, dann ließ sie zumindest mir gegenüber nie etwas davon verlauten. Die einzige, die sich ganz offensichtlich Gedanken darüber machte, war Mrs. Cavanaugh, die Bridie und mir mitteilte, Pop sei »sexbesessen«. Mom war, wie gesagt, seit sie wieder arbeiten ging und für uns alle der Alltag zurückkehrte, die meiste Zeit ganz sie selbst und genauso zuverlässig wie früher. Sie und Pop schienen sich ausgesöhnt zu haben, und er zog wieder nach oben ins Elternschlafzimmer, aber die nächtlichen Gespräche blieben trotzdem aus, und an ihrer Stelle lastete das dumpfe Schweigen zweier Menschen, die im Dunkeln wach liegen und ihren einsamen, getrennten Gedanken nachhängen.

Bridie und ich hätten Honey gern wiedergesehen, aber ein neuerlicher Besuch bei Tessie kam natürlich nicht in Frage. Denn hätten wir uns noch einmal dorthin getraut und es wäre rausgekommen, dann, davon waren wir überzeugt, wären wir ohne Federlesens im Waisenhaus von St. Stephen's gelandet. Ich verschwieg Bridie, was Fritz mir über Tessies Etablissement erzählt hatte, daß es nämlich ein Bordell sei, und auch darüber, daß Pop mit Josie Cleary dortgewesen sein sollte, sprachen wir nicht. Der wundersame Honey mit seiner durchsichtigen Blässe löschte fast jede andere Erinnerung an jene Nacht aus. In unserer Phantasie erhoben wir ihn zum Kindkönig einer auserlesenen Rasse, die sich, eine Handvoll sensibler und vertrauenswürdiger Personen wie Bridie und mich ausgenommen, den gewöhnlichen Sterblichen nicht zu erkennen geben mochte. Insgeheim stellte ich mir vor, er habe den Auftrag, allen, die sich irgendwie von normalen Menschen unterschieden, das Leben erträglicher zu machen. Die schöne, elegante Tessie war einer seiner dienstbaren Geister und der unheimliche Charles sein Leibwächter, und wenn keine Fremden zugegen waren, dann, so glaubten wir, trug er Gewänder aus rotem Samt und hatte eine goldene Krone auf. Bridie hatte keine Ahnung, daß das Schloß, das wir uns zusammenphantasierten, in Wahrheit ein Freudenhaus war.

Die größte Veränderung in diesen paar Monaten erlebten wir mit Laurie. Soweit wir es kontrollieren konnten, rührte er keinen Tropfen Alkohol mehr an. Bridie erzählte mir, er habe zwei Tage lang nur geheult, bevor er wieder zur Arbeit ging. Er wollte weder essen noch sprechen, sondern igelte sich auf seinem Zimmer ein und weinte in einem fort. Bridie wollte sich bei Lauries Pflege von niemandem helfen lassen, aber ganz allein schaffte sie es doch nicht, und so nahmen Pop und Fritz ihr das Nötigste ab. Miß Neal und Mrs. Horn, die sich irgendwie für ihn verantwortlich fühlten, kamen regelmäßig vorbei, brachten etwas zu essen und spendeten Trost, so gut sie es vermochten.

Eigentlich kochte in der Zeit die ganze Nachbarschaft für die O'Connors mit, und Bridie sagte, sie könne bald eine ganze Armee verköstigen. Als Laurie wieder anfing zu reden, verbrachte er ganze Stunden mit Miß Neal. Bridie wußte nicht, was zwischen ihnen gesprochen wurde, aber sie hielt Miß Neal für einen leibhaftigen Engel und war überzeugt, daß sie allein Lauries wundersame Bekehrung bewirkt habe. Als es ihm wieder besserging, kam Laurie, kurz bevor er seine Arbeit wiederaufnahm, zu uns, um Mom zu besuchen, die noch immer oben in ihrem Zimmer bleiben mußte. Er war aschfahl und noch recht wacklig auf den Beinen, als ich ihn die Treppe hinaufführte.

»Mrs. Finnegan, Sie sehen aus wie das blühende Leben.« Er war in der Tür stehengeblieben. Mom saß in der Ecke, in der Hand ihren Rosenkranz, und lächelte das eigenartig versonnene Lächeln derer, die unter starken Beruhigungsmitteln stehen. »Darf ich hereinkommen und mich ein bißchen mit Ihnen unterhalten?« fragte er.

»Bitte.« Sie lächelte. Mom konnte Laurie seine Trinkerei nicht verzeihen und kreidete ihm schwer an, daß er, zumindest in ihren Augen, Bridie vernachlässigte, aber in diesem benommenen Zustand gelang es ihr offenbar, ihre Abneigung zu unterdrücken.

»Dank' dir schön, Finn«, sagte er und zog die Tür hinter sich zu. »Mrs. Finn, ich wollte mich bei Ihnen entschuldigen …« Die Tür fiel ins Schloß, und ich konnte nichts weiter verstehen, aber ich wußte, daß sie ihren Frieden miteinander machten.

Am achten Dezember nahmen Mom und Mrs. Ganis Bridie und mich mit nach New York. Wir wollten im Automatenrestaurant zu Mittag essen und hinterher zu einer Show in die Radio City Music Hall. Es war das Fest von Mariä Empfängnis, und wir hatten schulfrei. Früher waren wir an dem Tag immer nach New York gefahren, Mom und ich und auch Fritz, als er noch kleiner war, aber im letzten Jahr war der Ausflug ausgefallen, weil die

Japaner da am siebten Dezember Pearl Harbor bombardierten, was mir zwar nicht Grund genug schien, deswegen auf Radio City zu verzichten, aber Mom war einfach zu mitgenommen. Doch inzwischen war wieder ein Jahr vergangen, die Menschen hatten sich an den Krieg gewöhnt, und so mummelten wir uns an diesem kalten, grauverhangenen Morgen, nach der Siebenuhrmesse und dem Frühstück bei den Ganis, warm ein und stapften durchs Unigelände zum Busbahnhof. Von dort nahmen wir den Pendelbus zur nächsten größeren Anschlußstation, wo wir bibbernd auf dem Bahnsteig standen und auf den Zug nach New York warteten. Bridie, die noch nie dortgewesen war, machte schon einen Monat lang alle Welt verrückt, weil sie überhaupt kein anderes Thema mehr kannte.

Als, ungefähr zwanzig Minuten verspätet, der Zug nach New York einlief, waren wir von der Warterei im zugigen Wartehäuschen schon ganz durchgefroren. Wir drängten uns in einen verrauchten, überfüllten Waggon, wo die Soldaten bis auf den Gang standen, und als der Zug anfuhr, traten zwei Matrosen Mom und Mrs. Ganis ihre Sitzplätze ab. Bridie zwängte sich zwischen Mrs. Ganis und einen Soldaten, und ich balancierte mit einer Pobacke auf Moms Armlehne. Ein Soldat auf der anderen Seite des Ganges bemerkte meine Beinschiene und fragte, ob ich seinen Platz wolle, aber ich lehnte dankend ab.

»War das nicht nett«, sagte Mom, die dem jungen Mann zulächelte. »Er sieht aus wie dein Bruder.« Er sah Fritz überhaupt nicht ähnlich. »Sie sehen alle aus wie dein Bruder«, sagte sie leise. »Alle miteinander.«

Mrs. Ganis und Bridie flirteten mit dem Soldaten neben ihnen. Erst erzählten sie ihm alles mögliche über sich, und dann versuchten sie ihn nach besten Kräften auszuhorchen. Hatte er ein Mädchen? War er etwa schon verlobt? Wann würde er heiraten?

»Ich muß mal zur Toilette«, sagte Mom und rutschte vom Sitz. »Das ist das schlimmste an einer Schwangerschaft.« Sie schob sich zum andern Ende des Wagens durch, während ich es mir auf ihrem Platz bequem machte und die Mitreisenden beobachtete, wie sie redeten und lachten oder in ihren Gedanken spazierengingen. Ich fuhr schrecklich gern Eisenbahn. Reisen war aufregend, egal wohin, aber in die Aufbruchsstimmung mischte sich stets auch ein trügerischer Schuß Melancholie, der zu Bahnfahrten gehörte wie die Schwermut zu einem Herbsttag. Vielleicht lag es an all den neuen Gesichtern, zu denen natürlich Geschichten gehörten, wunderbare Geschichten, die ich aber nie erfahren würde. Oder an dem unbewußten Gespür dafür, daß ich wieder eine der soundso viel Zugfahrten aufbrauchte, die mir in meinem Leben zugeteilt waren, wer weiß? Ich konnte mir jedenfalls nie erklären, warum mich das Bahnfahren immer froh und traurig zugleich machte. Aber ich liebte das Rattern der Räder auf den Schienen und das Schaukeln vor und zurück, während ich gemütlich auf dem staubigen Plüsch saß, den abgestandenen Tabakgeruch einatmete und der Zug mich zuverlässig dem Ziel entgegentrug, durch Tag oder Nacht, Sommer wie Winter, zu allen Tages- und Jahreszeiten.

Auf der Pennsylvania Station herrschte ein solches Gedränge, daß Bridie und ich Mom und Mrs. Ganis fest an der Hand halten mußten, damit man uns nicht auseinanderriß. Der Krieg hatte Gott und die Welt in Bewegung gebracht. Von Plakaten deutete Uncle Sam auf uns und erklärte, daß er uns brauche, von den marmornen Böden und gewölbten Decken hallten die Lautsprecherdurchsagen wider, und es herrschte ein solcher Lärm, daß die Leute brüllen mußten, um sich verständlich zu machen. Es war fast kein Durchkommen, und als wir es auf dem Weg nach draußen bis zum Savarin Coffee Shop geschafft hatten, war Mrs. Ganis drauf und dran aufzugeben.

»Ich brauch einen Kaffee. Dringend«, sagte sie und lehnte sich an die Wand.

»Aber wir sind doch grade erst angekommen. Kaffee können wir auch im Automaten trinken. Wir essen ja noch vor der Vorstellung«, sagte Mom.

»Zwei Tassen Kaffee können nicht schaden. Ich lade Sie ein.«
»Ach nein, wir müssen uns beeilen, sonst kommen wir zu spät.« Mom steuerte auf den Taxistand zu, und wir liefen brav hinterher. Der Ansturm war enorm, und die Menge stürzte sich auf jeden neu vorfahrenden Wagen. »Da kommen wir wohl nie dran.«
»Aber sicher doch«, sagte Mrs. Ganis. »Sie müssen nur ordentlich auf schwanger machen.« Mom war im fünften Monat, doch es war noch so gut wie nichts zu sehen.
»Mit mehr kann ich nicht dienen.«
»Wo wollen denn bloß all die Leute hin?« Bridie war ganz überwältigt.
»Wer weiß. Das ist halt New York. Ich find's schrecklich.« Mrs. Ganis versuchte, in der Schlange vorzurücken.
»Ich find's toll.« Ich wußte schon vorher, daß New York auf Bridie die gleiche Wirkung haben würde wie auf mich.
»Ich hab' dir ja gesagt, es ist Klasse.«
»Warum gehen wir nicht zu Fuß? So weit ist es doch nicht«, sagte Mom.
»Sind Sie meschugge? In Ihrem Zustand! Gar nicht zu reden von Finns Bein und meinen hohen Absätzen!« Mrs. Ganis trompete in die Menge: »He, wir haben hier eine Dame, die ein Kind erwartet.« Die Leute blieben völlig ungerührt und schubsten und rempelten sie von allen Seiten, während jeder verbissen versuchte, sich vorzudrängen.
»Kommen Sie«, sagte Mom, nahm Mrs. Ganis bei der Hand und zog sie aus dem Gedränge. »Sie werden sehen, wir sind im Nu da.«
»Was ist das nur für eine Welt?« brüllte Mrs. Ganis. »Krieg ist Krieg, aber schwanger bleibt immer noch schwanger. Eines Tages werdet ihr alle wissen, was ich meine. Ich sage nur: Kolik!« Mom lachte so heftig, während wir uns nordwärts wandten, daß sie im nächsten Lokal aufs Klo rennen mußte, vor lauter Angst, sonst in die Hose zu machen.

Für mich war New York Camelot, Oz und Babylon, alle zu einer einzigen herrlichen Stadt vereint. Gleich das erstemal, als ich hinkam (ich war erst fünf damals, und wir fuhren auf dem Weg nach Coney Island durch New York), wußte ich, daß ich eines Tages dort leben würde. Eines Tages, wenn ich alt genug war, tun und lassen zu können, was ich wollte, würde ich nach New York ziehen, in diese Stadt der unbegrenzten Möglichkeiten. Ich würde U-Bahn fahren oder mir ein Taxi nehmen, um möglichst rasch zu einer der wichtigen Adressen zu gelangen, wo ich mit genialen Künstlern verabredet war. Ausgehend von New York, würde die ganze Welt mich als großen Maler kennenlernen. Die Menschenmassen, die wie ein ungebändigter Strom durch die Straßen der Metropole fluteten, würden mich eines Tages meinem Schicksal in die Arme treiben. Daran gab es keinen Zweifel.
Zwei orthodoxe Juden mit schwarzem Anzug und flachem Hut, langem Bart und Schläfenlocken kreuzten unseren Weg. Sie unterhielten sich laut auf jiddisch.
»Habt ihr die gesehen?« Bridie machte große Augen.
»Chassidim«, sagte Mrs. Ganis.
»Und was ist das?«
»Verknöcherte Juden. Wenn ihr mich fragt, sehen die aus, wie sie riechen. Meschuggenes Volk.«
Unterwegs sahen wir so viele Soldaten, daß man hätte meinen können, sie würden reichen, um zehn Kriege zu gewinnen. Bridie und Mrs. Ganis machten über jeden zweiten ihre Bemerkungen, und Mom sah die jungen Männer, die uns entgegenkamen, so durchdringend an, als suche sie nach einem Bekannten. Ab und zu flüsterte sie etwas und lächelte einem von ihnen zu, und wenn der es zufällig merkte, dann lächelte er zurück und nickte im Vorbeigehen. Ich verstand nicht, was sie sagte, und meine Fragen schien sie nicht zu hören, denn sie ging einfach weiter und fing ohne Grund an zu lachen. Mrs. Ganis und Bridie waren so beschäftigt, daß sie es gar nicht mitbekamen, und ich wußte nicht, ob ich etwas sagen sollte, aber ich kriegte ein ganz flaues

Gefühl in der Magengrube. Mom machte große Schritte, und ich hatte Mühe, mitzuhalten, denn meine Schiene war auf einmal schwer wie Blei, und mein Bein fing an weh zu tun. Aber als ich mich beklagte, achtete sie gar nicht darauf, sondern lief schnurstracks weiter und zerrte mich mit.

»Mom, bitte, mein Bein ...« Sie ließ meine Hand los und ging ohne mich weiter. »Mom!«

»Was ist denn los?« rief Mrs. Ganis, als sie mich eingeholt hatte.

»Es ist Mom. Sie ist wieder so komisch.«

»O mein Gott!« Sie eilte voraus und hielt Mom am Arm fest. »Geht's Ihnen nicht gut? Was ist denn in Sie gefahren, uns einfach so davonzurennen?« Mom sah sie eine ganze Weile an, als versuche sie herauszufinden, wer dieser Störenfried sei.

»Bin ich denn gerannt?« fragte sie endlich. »Das war keine Absicht. Wahrscheinlich ist die Kälte dran schuld, und die Großstadt.« Lachend sah sie Bridie und mich an. »Tut mir leid, wenn ich zu schnell gegangen bin.«

»Wir hätten auf ein Taxi warten sollen. Hab' ich's nicht gleich gesagt?« Mrs. Ganis hakte Mom unter. Dann wandte sie sich an Bridie und mich: »Ihr zwei nehmt euch jetzt an der Hand und bleibt dicht bei uns, damit ihr nicht verlorengeht und ich einen Herzanfall kriege, Herrgott noch mal.« Mom ganz fest an sich gedrückt, ging sie weiter.

Wie überall in der Stadt drängten sich auch im Automatenrestaurant die Menschen, und wieder standen ein paar Soldaten auf und überließen uns ihren Tisch.

»Ihr zwei seid jetzt die Kellner, und Mae und ich, wir sind die Gäste. Wenn ihr eure Sache gut macht, gibt's vielleicht auch ein Trinkgeld.« Ich spürte, daß Mrs. Ganis in Sorge war und Mom nicht aus den Augen lassen wollte. »Ich nehme ein Thunfischsandwich und einen schwarzen Kaffee. Und Sie, Mae?« erkundigte sie sich, während sie mir einen Geldschein in die Hand drückte.

»Ich nehme das gleiche, nur den Kaffee mit Milch, bitte.« Mom wirkte wieder ganz normal, und ich war erleichtert, als ich mit Bridie zur Theke vorlief, um den Schein gegen Münzen einzuwechseln.

Während wir für unsere Fünfcentstücke Schlange standen, beobachteten wir eine zahnlose Frau, die ein Päckchen Kaugummi auswickelte und jeden Streifen in ihren Kaffee tunkte, bevor sie ihn in den Mund schob. Bridie war fasziniert und packte mich aufgeregt am Arm.

»Guck dir die an! Hat ein ganzes Päckchen Kaugummi im Mund.«

»Pscht! Sonst hört sie dich noch.«

»O Mann, ich liebe New York!«

Als wir unsere Münzen hatten, mußten wir uns wieder anstellen, diesmal vor den kleinen Fensterabteilen mit den Sandwiches. Ich versuchte Mom und Mrs. Ganis im Auge zu behalten, aber Bridie lenkte mich dauernd ab.

»Guck dir mal den Matrosen an, den, der da an der Wand lehnt. Sieht fast so aus wie Simon.«

»Doch, ja.« Wo genau mochten Simon und Fritz wohl jetzt sein, fragte ich mich, und was machten sie im fernen Afrika? Ob sie wohl Heimweh hatten?

»Mein Simon sieht aber besser aus.« Bridie tat immer noch so, als sei Simon ihr persönliches Eigentum. Laurie war zwar nach wie vor der wichtigste Mensch in ihrem Leben, aber im Laufe des letzten Jahres hatte er doch für eine ganze Reihe von Leuten Platz machen müssen. Außer Simon waren da noch Mom und Pop, Fritz und Mina, die Ganis, Mr. Howe, die Neueroberung Kitty Neal und, dessen war ich mir ganz sicher, auch ich. In Augenblicken wie diesem, wenn ich Bridie gewissermaßen auf Distanz betrachtete, schien es mir unbegreiflich, daß sie dasselbe schreckliche Gör sein sollte, daß vor knapp einem Jahr zu uns in die vierte Klasse gekommen war.

Wir steckten unsere Fünfcentstücke in den Schlitz und warteten, bis die Fensterklappe hochging. Nachdem wir die Sandwiches herausgenommen hatten, blieben wir wie angewurzelt stehen und sahen zu, wie die Scheibe im Fach sich drehte und von einer unsichtbaren Maschinerie wie durch Zauberei aufgefüllt wurde. Es war einfach zu geheimnisvoll und wunderbar für nüchterne Erklärungen, und obwohl ich ab und zu eine Hand erspähte, die etwas in ein leeres Fach schob, wollte ich eigentlich gar nicht wissen, wie das Ganze funktionierte.

Mom schien es zu schmecken, auch wenn sie sich nicht an der Unterhaltung beteiligte. Aber sie lächelte zuviel, und Mrs. Ganis erkundigte sich wiederholt, ob sie sich wohl fühle, doch Mom sagte jedesmal, ja, es gehe ihr blendend. Ich wußte, daß Mrs. Ganis sich ängstigte, und das machte mich erst recht nervös. Als wir mit dem Essen schon fast fertig waren, beugte Mom sich vor und ergriff Bridies Hand.

»Na, amüsierst du dich gut, Deirdre?« Mir wurde ganz schlecht.

»Mrs. Finn, ich bin doch Bridie.« Sie erwiderte es zaghaft, fast als wisse sie nicht, ob sie überhaupt etwas sagen sollte.

»Sie weiß, wer du bist, Kind.« Mrs. Ganis tat ihr Bestes, um den Vorfall herunterzuspielen. »Nicht wahr, Mae? Sie wissen doch, daß das Bridie ist.«

»Ach, entschuldige, Bridie.« Moms Blick wurde wieder klar. »Hab' ich eben Deirdre zu dir gesagt? Manchmal denke ich, sie wäre vielleicht wie du geworden. So hübsch wie du.« Sie nahm Bridies Gesicht in beide Hände. »Du bist nämlich sehr hübsch.«

»Vielleicht sollten wir Radio City verschieben. Vielleicht fahren wir besser wieder heim.« In der Hoffnung, daß jemand ihr zustimmen würde, nickte Mrs. Ganis beschwörend.

»Aber seien Sie doch nicht albern«, sagte Mom. »Kann man sich denn nicht mal versprechen? Mir geht's gut. Ganz bestimmt.« Und es hatte wirklich den Anschein. »Also, Fred Astaire und Rita Hayworth stehen auf dem Programm, und ich finde, wir sollten sie nicht warten lassen.«

Bridie war ganz weg von Radio City: Die Größe und Weitläufigkeit, die prickelnde Atmosphäre, die breiten Treppen, die indirekte Deckenbeleuchtung und die puppenhafte Eleganz der Platzanweiser und Zigarettenmädchen, all das war fast zuviel für sie. Auch ich war von dem Ausmaß glitzernder Pracht jedesmal so überwältigt, daß es mir fast vorkam, als sei ich unversehens in eine andere Dimension geraten und durch einen kosmischen Schlag zum Liliputaner geschrumpft. Während Bridie und ich vor Staunen Mund und Nase aufsperrten, verkündete uns Mrs. Ganis, daß die Toiletten sauber seien.

Als wir wenig später gangauf, gangab nach unseren Plätzen suchten, schien Mom sich genauso auf die Vorstellung zu freuen wie wir, und ich atmete erleichtert auf. Ein paar Minuten, nachdem wir uns gesetzt hatten, gingen langsam die Lichter aus, und der ganze Saal erbebte unter dem ersten brausenden Akkord der riesigen, vom Boden aufragenden Orgel. Die Rasanz, mit der die Finger des Organisten über die Tasten flogen und mit der seine Füße die Pedale bedienten, faszinierte Bridie dermaßen, daß sie auf der Stelle beschloß, auch Orgel spielen zu lernen. Und als das Corps de ballet auftrat, ein Reigen gertenschlanker, spröder Schöner, die mit anmutig wehenden Tutus über die Bühne schwebten, da meinte sie, eine orgelspielende Ballerina, das sei nun wirklich ihr Traumberuf. Aber Orgel wie Ballett waren rasch vergessen, als die betörenden Rockettes, die forschen Revuegirls, die mit so atemberaubender Präzision die Beine warfen, sich in ihr Herz tanzten. Keine Frage, wenn sie groß war, würde Bridie zu den Rockettes gehen.

»Jetzt hast du erst mal Sendepause«, sagte Mrs. Ganis, als sie die zappelnde Bridie auf ihren Sitz niederdrückte. »Über deine Berufswünsche werden wir uns auf der Heimfahrt unterhalten. Aber nun sei still, der Film fängt nämlich gleich an, und ich möchte Fred Astaire nicht versäumen. Dich kann ich schließlich alle Tage hören.«

»Ich glaube, ich geh' rasch noch mal zur Toilette.« Mom wollte aufstehen.

»Ich komme mit«, sagte Mrs. Ganis.
»Aber nein! Wirklich, ich komme allein zurecht.«
»Bridie, dann gehst du mit.« Mrs. Ganis war entschlossen, Mom nicht unbeaufsichtigt fortzulassen.
»Bridie, du bleibst schön brav sitzen. Ich sage doch, ich komme allein zurecht.«
»Entweder Bridie begleitet Sie, oder wir gehen alle zusammen. Das ist mein letztes Wort.« Mom wußte, daß sie es ernst meinte.
»Also ehrlich! Aber na bitte, meinetwegen. Komm schnell, Bridie, damit wir nicht zuviel verpassen.«
So charmant Rita und Fred auch sangen und tanzten, weder Mrs. Ganis noch ich konnten uns sonderlich auf das Geschehen auf der Leinwand konzentrieren. Mom war so sprunghaft gewesen, daß ich mich eines beklemmenden Angstgefühls nicht erwehren konnte, und ich wußte, daß es Mrs. Ganis ähnlich ging, denn sie drehte sich alle paar Minuten um und spähte ins Dunkel, um zu sehen, ob die beiden nicht endlich zurückkämen.
»Müßten sie jetzt nicht langsam wieder dasein?« fragte sie nach einer, wie mir schien, sehr langen Zeit.
»Vielleicht sollte ich mal nachsehen.«
»Was denn, auf der Damentoilette? Nein, ich gehe. Du rührst dich nicht von der Stelle, und paß auf, daß keiner uns die Plätze klaut. Und laß dich nicht von Fremden ansprechen.« Doch bevor sie aufgestanden war, hörten wir Bridie.
»Mrs. Ganis, kommen Sie schnell!« Laut rufend kam sie den Gang entlanggerannt. »Mit Mrs. Finn ist was Schreckliches passiert.«
»O mein Gott, ich hab's ja gewußt! Ich hab' es gewußt. Das ist ganz allein meine Schuld. Kommt, Kinder, nehmt eure Mäntel«, sagte sie, griff nach meiner Hand, und schon liefen wir alle drei aus dem Saal. »Was ist denn passiert? Was hat sie?«
»Ich weiß auch nicht, was mit ihr los ist.« Bridie versuchte zu erklären, was vorgefallen war, aber wir wurden nicht schlau daraus. Mehrere Platzanweiser standen hilflos gestikulierend

inmitten eines kleinen Menschenauflaufs am Eingang zu den Waschräumen, und als wir näher kamen, drängte sich eben ein Polizist durch die Menge. Mrs. Ganis schob Bridie und mich vor sich her in die Damentoilette.

»Es kommt alles wieder in Ordnung, Lady, seien Sie nur ganz ruhig«, sagte der Polizist, als er auf Mom zuging. Sie hockte vor den Waschbecken, wiegte ihren Oberkörper hin und her und murmelte irgendwas Unverständliches. Sie hatte sich zusammengeknülltes Klopapier in die Ohren gestopft, und Gesicht, Haare und Kleid waren klatschnaß. Um sie herum sah ich überall Pfützen auf dem Boden. Sie war ganz blaß, hatte die Augen halb geschlossen und die Lippen straff über den entblößten Zähnen gespannt.

»Mae, ja um Gottes willen!« rief Mrs. Ganis und eilte zu ihr hin.

»Sie kennen die Dame?« fragte der Polizist.

»Das ist meine Freundin. Seine Mutter«, sagte sie und deutete auf mich.

»Was hat sie denn?«

»Seh' ich etwa aus wie'n Arzt?« Mrs. Ganis schob ihn beiseite. »Mae, Herzchen, ich bin's, Sophie.« Sie versuchte, Mom die Papierpfropfen aus den Ohren zu nehmen, aber Mom scheute vor ihr zurück.

»Nicht«, sagte sie zornig. »Die hören sonst nicht auf, über mich zu reden.«

»Wer? Wer redet über Sie, Mae? Schauen Sie, es ist doch gar niemand da, der Sie schlechtmachen könnte. Glauben Sie mir, Herzchen, wer würde denn auch ein böses Wort über Sie sagen?« Mrs. Ganis versuchte verzweifelt, sie zu beruhigen. »O mein Gott!«

»Kommen Sie, Lady, stehn Sie auf. Wir bringen Sie zum Arzt. Der kann Ihnen bestimmt helfen.« Trotz seines harten New Yorker Akzents war der Polizist sehr behutsam, aber als er sich Mom näherte, fing sie an zu schreien. Bridie und ich wollten zu ihr, doch fremde Leute hielten uns zurück.

»Sie ist schwanger.« Mrs. Ganis wandte sich um und verkündete es dem ganzen Häuflein Neugieriger.
»Und er ist ein Krüppel«, ergänzte Bridie, als ob da ein Zusammenhang mit Moms Zustand bestünde. Der Polizist besprach sich kurz mit den Platzanweisern, dann wandte er sich wieder an Mrs. Ganis.
»Sehen Sie zu, daß Sie die Dame ein bißchen beruhigen können. Ich hab' nach einem Krankenwagen geschickt.« Mrs. Ganis begann zu weinen.
»Ein Krankenwagen! Wir müssen ihren Mann verständigen. O Gott, ich kriege gleich einen Herzanfall, womöglich trifft mich auch der Schlag.«
»Bitte, Lady, fangen Sie nicht auch noch an! Ich hab' ohnehin schon alle Hände voll zu tun, wenn Sie verstehen, was ich meine. So'n Fall hab' ich nämlich noch nie gehabt.« Es klang wie eine Vorabentschuldigung für den Fall, daß er nicht alles richtig machen würde.
»Wo ist hier ein Telefon?« Mrs. Ganis wandte sich an Bridie und mich. »Müßt ihr aufs Klo? Wenn ja, dann geht jetzt gleich.« Ich hatte gar nicht gemerkt, daß Bridie meine Hand hielt.
»Hab keine Angst«, sagte sie mit leiser, stockender Stimme.
Es dauerte Stunden, bevor Pop und Laurie im Krankenhaus eintrafen. Mrs. Ganis sah alle paar Minuten nach Mom, aber Bridie und ich durften den Warteraum vor der Ambulanz nicht verlassen. Wir verbrachten den Nachmittag eng aneinandergeschmiegt, sahen blutende Verletzte kommen und gehen, hörten sie vor Schmerzen schreien, husten, spucken und erbrechen, wurden Zeuge jedes nur erdenklichen Grades an menschlichem Elend. Soldaten, die in eine Schlägerei geraten waren, Mütter mit kranken Kindern auf dem Arm und alte Menschen, die keuchend nach Luft rangen, warteten in bangem Schweigen auf jemanden, der sich ihrer annahm. Ich wäre am liebsten auf und davon, aber Bridie betrachtete das ganze Szenario offenbar als hochinteressante Erfahrung. Die Schwestern hatten zuviel zu

tun, als daß sie sich sonderlich um uns hätten kümmern können, aber ab und zu erkundigte sich doch eine, ob wir etwas brauchten, und versuchte, uns Moms wegen zu beruhigen.
Pop sagte kein Wort, als er endlich kam. Er klopfte mir nur auf die Schulter, bevor er mit Mrs. Ganis zur Aufnahme ging. Dann verschwand er mit einer der Schwestern im Gang, und Laurie und Mrs. Ganis setzten sich zu Bridie und mir. Mrs. Ganis erzählte Laurie, was passiert war, und er schüttelte ungläubig den Kopf und murmelte »Heilige Muttergottes« und »Jesus, Maria und Joseph«, wann immer ihre Geschichte sein Fassungsvermögen überstieg.
»Und ihr, Kinder, geht's euch gut?« fragte er.
»Wie kann's ihnen gutgehen, wenn sie so was Furchtbares mit angesehen haben«, sagte Mrs. Ganis, bevor wir antworten konnten. »Ich sollte das nicht sagen, denn wahrscheinlich wird mich zur Strafe gleich der Schlag treffen, aber manchmal denke ich, Gott weiß nicht, was Er tut. Der Himmel verhüte, daß Er das jetzt gehört hat, aber was hat Mae denn verbrochen, daß sie von solchen Wahnvorstellungen geplagt wird?«
»Arme Mrs. Finn«, sagte Bridie.
»Ja, arme Mrs. Finn«, wiederholte Laurie. »Und das Kind?« flüsterte er, aber Mrs. Ganis zuckte nur die Achseln. Nach einer ganzen Weile kam Pop wieder ins Wartezimmer und erzählte uns, Mom schlafe jetzt, und der Doktor habe gemeint, sie werde bald wieder gesund. Dann nahm er Laurie und Mrs. Ganis beiseite und redete lange mit ihnen, und Mrs. Ganis fing an zu weinen. Als ich sah, wie auch Laurie sich die Tränen aus den Augen wischte, war ich sicher, daß Mom mit einem Laken über dem Gesicht auf einer Bahre läge und daß Pop mich angelogen hätte, aber Bridie sagte, Väter würden ihre Kinder nicht belügen. Wenigstens habe Laurie sie ihres Wissens noch nie angelogen, und darum würde sie ihn auch nie beschwindeln.
Da Pop über Nacht in New York blieb, fuhr Laurie uns heim, und keiner, nicht einmal Bridie, sagte etwas, bevor wir von der

Route 1 abgebogen waren und die Brücke vor der Stadt überquerten.

»Mit dem Baby, das wird nun nichts«, sagte Laurie, indes wir zusahen, wie die Scheinwerfer der weißen Mittellinie nachspürten.

Pop und Dr. Lorman beschlossen, angeblich zum Wohle aller Beteiligten, daß ich in den ersten Tagen nach Moms Heimkehr außer Haus sein sollte. Sie befürchteten einen Rückfall, und Dr. Lorman konnte nicht voraussagen, wie das auf mich wirken würde. Ich dagegen dachte, Mom würde mich bestimmt bei sich haben wollen, besonders, nachdem sie das Baby verloren hatte und ich jetzt, wo Fritz in Afrika saß, quasi ihr einziges Kind war, aber Pop gab nichts auf meine Meinung. Zuerst war die Rede von einer Woche bei Tante Cassie in Wilkes-Barre, aber schon bei der bloßen Erwähnung ihres Namens schrie ich Zeter und Mordio, worauf diese Möglichkeit rasch wieder fallengelassen wurde. Ich wollte zu Bridie und Laurie oder zu den Ganis, aber Pop sagte, hier in der Nachbarschaft gäbe es kein wirksames Mittel, mich von Mom fernzuhalten. Mrs. Ganis fand schließlich eine Lösung, mit der sowohl Pop als auch ich einverstanden waren: Sie schlug vor, ich solle eine Woche zu Mr. Howe ziehen. Der nahm mich mit tausend Freuden auf, zumal er sich nicht mehr erinnern konnte, wann er das letztemal einen Gast im Haus gehabt hatte. Als Mom aus New York zurückkam, waren Duke und ich schon bequem in einem der großen, leicht muffigen alten Schlafzimmer auf Mr. Howes Farm einquartiert, und ich durfte sie nicht mal besuchen.

Nach allem, was in letzter Zeit geschehen war, vermißte ich Fritz besonders schmerzlich, und an meinem ersten Abend auf der Farm setzten Mr. Howe und ich uns an den Küchentisch, und ich schrieb Fritz einen Brief. Pop hatte mir eingeschärft, weder Moms Krankheit zu erwähnen, noch daß sie das Baby verloren hatte, und so schilderte ich statt dessen unseren Ausflug nach

New York, beschrieb die Frau aus dem Automatenrestaurant, die sich ein ganzes Päckchen Kaugummi in den Mund gestopft hatte, und berichtete von Bridies Entschluß, zu den Rockettes zu gehen. Aber daß wir nicht einmal mehr den Film gesehen hatten, das schrieb ich nicht. Der Brief kam mir ziemlich kurz vor, und Mr. Howe schlug vor, noch ein paar Sätze über das Wetter – ein unverfängliches Thema – anzuhängen. Er sagte, in jedem zweiten Brief, der je geschrieben wurde, stünde eine Menge übers Wetter drin, für ihn der sichere Beweis dafür, daß die Leute in der Regel ein recht eintöniges Leben führten, in dem eigentlich kaum je was Interessantes passierte, und wenn doch, dann war's in der Regel etwas, das man geheimhalten mußte, wie die traurige Geschichte, die Mom zugestoßen war.

Da kein Schnee lag, konnte ich zur Schule radeln, aber Mr. Howe mußte Duke, der ganz durcheinander war und sich vernachlässigt fühlte, bei sich im Haus behalten, bis ich nachmittags zurückkam. Und dann führte Duke sich vor Freude jedesmal so toll auf, als wolle er gleich Purzelbaum schlagen. Manchmal kam Bridie mit, und wir tranken zusammen Tee und erzählten Mr. Howe haarklein, was wir untertags alles erlebt hatten. Bridie bekam Mom und Pop auch nicht zu Gesicht, aber sie hatte Mrs. Ganis getroffen, die wie eine Krankenschwester bei uns ein und aus ging und mir ausrichten ließ, daß Mom die allerbeste Pflege bekomme.

»Geht es ihr denn schon wieder besser?« fragte ich.

»Weiß ich nicht. Doch, ja, na klar geht's ihr besser. Wie könnte es auch anders sein? Mina kümmert sich viel um sie und Miß Neal auch. Und die ist eine echte Krankenschwester. Menschenskind, du darfst dir nicht immerfort solche Sorgen machen.« Bridie tat ihr Bestes, um mich aufzumuntern, nur gelang ihr das leider nicht sehr überzeugend. »Aber das Baby ...« Unversehens hatte sich ein trauriger Ton in ihre Stimme geschlichen, und sie brach mitten im Satz ab. Eine Weile radelten wir schweigend nebeneinanderher. Ich glaube, Bridie hatte sich auf dieses Baby sogar noch mehr gefreut als ich. Sie setzte auf ein hübsches kleines Mädchen zum Spielen und Hätscheln, bei dem sie sich hätte einbilden können, es gehöre ihr. Von dem Augenblick an, da sie erfuhr, daß Mom schwanger war, begann Bridie, die Zukunft dieses Kindes zu planen, dessen Geburt nach ihrer Vorstellung für die Welt nicht weniger bedeutsam sein würde als weiland die des Jesuskindes. Und dann hatte Mom eine Fehlgeburt, und es würde kein Baby geben, und Bridie war fast untröstlich.

Mr. Howe gab sich alle erdenkliche Mühe, mir den Aufenthalt bei ihm so schön wie möglich zu gestalten. Wir spielten Mensch, ärgere dich nicht und Dame, und meistens ließ er mich gewinnen. Wir sangen Weihnachtslieder, am liebsten *God Rest Ye Merry Gentlemen*, für das wir beide eine Schwäche hatten, und bastelten dabei mit Hilfe alter Illustriertenbilder Weihnachtskarten, und Mr. Howe erwies sich als sehr einfallsreicher Berater in der Frage, wie ich mit meinem äußerst bescheidenen Budget alle Verwandten und Freunde beschenken könnte. Er selbst wünschte sich nichts weiter als eine Zeichnung.

»Was immer dir grade in den Sinn kommt. Egal, was es ist. Du bist der Künstler, du kennst dich da am besten aus.«

»Wie wär's mit einem Bild von der Scheune?«

»Na großartig! Da sind wir uns zum erstenmal begegnet. Das heißt, für mich war's unsere erste Begegnung. Du kannst dich natürlich nicht dran erinnern, weil diese Eule dich k.o. geschlagen hatte.« Fast spürte ich wieder die Schrammen in meiner Brust.

»Vielleicht sollte ich ein paar Tauben aufs Scheunendach setzen«, sagte ich.

»Also das würde mir gefallen. Ehrlich. Damit wäre es doch gleich viel echter, wenn ich mal so sagen darf. Ja, das ist genau die Art Bild, die ich mir wünschen würde. Tauben auf einer Scheune. Also das gefällt mir.« Seine Begeisterung war ansteckend.

»Vielleicht male ich Mom und Pop auch ein Bild. Und auch

eins für Fritz.« Das Problem der Weihnachtsgeschenke schien mit einem Schlag gelöst.
»Gute Idee«, sagte Mr. Howe. »Und warum malst du nicht auch was für Sophie und Sam? Und vielleicht könntest du Simon ein Bild von Duke schicken?« Es gefiel mir, daß Mr. Howe über die Ganis und Simon so locker sprach, als ob er sie sein Leben lang gekannt hätte. Es machte mich glücklich zu wissen, daß meine Freunde auch die seinen waren. »Na, dann hast du aber bis Weihnachten noch 'ne Menge Arbeit vor dir.«
Er befand, wir sollten uns die Frontnachrichten im Radio nicht anhören, weil wir genügend eigene Sorgen hätten und er sich im übrigen nicht vorstellen könne, wie Berichte über gesunkene Schiffe und verlorene Schlachten uns bei unseren Problemen auch nur im geringsten weiterbringen könnten. Also lasen wir uns jeden Abend nach dem Essen abwechselnd *Große Erwartungen* vor, Mr. Howes Lieblingswerk seines Lieblingsdichters, den er ehrfurchtsvoll als »Mr. Dickens« titulierte, ohne sich je zu erkühnen, seinen Vornamen in den Mund zu nehmen. Warm eingemummelt zum Schutz gegen die Dezemberkälte, teilten wir beide unser Feuer mit Pip und dem sanftmütigen Joe Gargery, der verrückten Miß Havisham und der herzlos unnahbaren Estella, mit Biddy, der guten Seele, dem unheimlichen Abel Magwitch, Onkel Pumblechook und den vielen anderen Figuren, die in den schattigen Winkeln des Zimmers darauf warteten, daß man sie zum Leben erweckte, und die mir, im Verein mit Mr. Howe, dabei halfen, meiner beängstigenden Wirklichkeit zu entfliehen – und sei es auch nur für eine kleine Weile.
Als die Woche um war und Pop mich abholen kam, wollte ich, ungeachtet meiner Sehnsucht nach Mom, gar nicht fort von Mr. Howe. Auf seine Art gab er mir das gleiche Gefühl der Sicherheit, schenkte er mir die gleiche Liebe und Achtung, die ich immer bei Fritz gespürt hatte.
Auf dem Heimweg erfuhr ich von Pop, daß Mom zwar äußerlich wieder ganz gesund wirke, ich mich aber trotzdem darauf gefaßt

machen solle, daß sie sich verändert habe. Sie spreche nicht viel, sagte er, und wenn, habe man den Eindruck, sie unterhalte sich mit jemandem, der gar nicht da sei. Meine Weisung lautete, mich sowenig wie möglich bei ihr aufzuhalten, weil Dr. Lorman in Fällen wie dem ihren Ruhe für die beste Medizin hielt. Ich dürfe weder das Baby erwähnen, noch Fritz oder Minas Baby, und ich hätte dafür zu sorgen, daß Duke nicht ins Elternschlafzimmer komme. Dr. Lorman hatte angeordnet, daß Mom in ihrem Zimmer bleiben solle, bis sie wieder bei Kräften sei, und solange sollten ihr sogar die Mahlzeiten auf einem Tablett nach oben gebracht werden.

Miß Neal und Mrs. Ganis empfingen uns an der Tür, und Mrs. Ganis fing an zu weinen, kaum, daß sie mich sah. Ich hatte eigentlich auch Bridie erwartet, aber sie war nicht da.

»Hast du's denn schön gehabt auf der Farm, Finn?« fragte Miß Neal.

»Ich hab' Weihnachtskarten gebastelt.« Etwas anderes fiel mir nicht ein.

»Mr. Howe ist ein feiner Mensch«, sagte sie.

»Eine Geschenkliste hab' ich auch gemacht, aber ich hab' Sie und Laurie vergessen.«

»Joi, was werden wir ein Weihnachten feiern«, sagte Mrs. Ganis. »Eine Freid wird das wern, eine Freid – na, und dann erst Chanukka!«

»Du solltest jetzt erst mal deiner Mutter guten Tag sagen.« Pop ging mit meinem Koffer die Treppe hinauf, und ich tapste zaghaft hinterher, denn ich hatte Angst vor dem, was mich oben erwartete: Das letztemal, als ich Mom gesehen hatte, war sie auf der Trage im Krankenwagen festgeschnallt und warf laut schreiend den Kopf hin und her. Aber als ich jetzt langsam nach oben ging, war kein Laut zu hören; Mrs. Ganis und Miß Neal standen am Fuß der Treppe und sahen mir nach.

Die Jalousien waren heruntergelassen, und Mom saß im Dunkeln auf der Bettkante und lachte über irgendwas, das einer ihrer

unsichtbaren Freunde gerade erzählte. Sie hatte ihren Bademantel an und sah frisch und sauber aus mit dem zurückgebürsteten Haar, das von einem Band zusammengehalten wurde. Aber ihre Augen glänzten unnatürlich, und auf ihren Wangen brannten rote Flecke, als ob sie zuviel Rouge aufgelegt hätte.
»Hier bring' ich dir Finn, Mae«, sagte Pop von der Tür her. »Los, Junge, gib deiner Mutter einen Kuß.« Ich ging zu ihr und küßte sie auf die Wange, und als sie mich anschaute, war mir, als sähe ich einen Funken des Erkennens aufblitzen, doch gleich darauf widmete sie sich wieder lachend ihren heimlichen Gesprächspartnern. Ihr Rosenkranz lag neben dem Bett auf dem Boden. Ich hob ihn auf und hielt ihn ihr hin, aber sie beachtete mich überhaupt nicht. »Das reicht«, sagte Pop. »Ich denke, wir lassen sie jetzt besser allein – sie braucht Ruhe.«
An diesem Abend zeichnete ich die Scheune, die ich Mr. Howe zu Weihnachten schenken wollte. Ich versuchte sie mir so deutlich wie möglich vorzustellen, während ich sie aus ganz verschiedenen Blickwinkeln zeichnete, aber keiner der Entwürfe gefiel mir. Einer, vom Obstgarten aus gesehen, war gar nicht so übel, doch die Stimmung, die ich einfangen wollte, traf auch er nicht. Es sah aus wie das Bild von einer Scheune, ja, aber von einer, die ich gar nicht kannte. Doch dann begann ich, einem spontanen Einfall folgend, den Innenraum zu skizzieren, und erinnerte mich mit verblüffender Klarheit an jedes Detail. Unwillkürlich stellte ich das Innere der Scheune so dar, wie es mir am Tag meines Sturzes erschienen war: dunkel und geheimnisvoll, von heftigem Gewitter umtost, mit kahlem, staubigem Gebälk und voller Spinnweben. Es war eine einsame, gespenstische Szenerie, unheilschwanger und gottverlassen. Ganz versteckt in einer Ecke am Boden kauerte eine Gestalt, die so klein war, daß man sie kaum erkennen konnte. Das Antlitz war nicht zu sehen, aber man merkte doch, daß es ein entwurzeltes, gequältes Geschöpf war, denn es hatte die Knie mit den Armen umschlungen, Beine zur Brust hochgezogen, und ließ entmu-

tigt den Kopf hängen. Ich sah die Figur lange an, in der Meinung, ich hätte mich selber dargestellt, bis ich begriff, daß es Mom war.

Mrs. Ganis stand zu ihrem Wort und versuchte, trotz allem, das Beste aus Weihnachten und Chanukka zu machen. Die bronzene Menora, die Mr. Ganis' Vater gehört hatte, einem Rabbi in einem kleinen Dorf in der alten Heimat, wurde geputzt und poliert, bis sie glänzte wie lauteres Gold und die kleinen, flakkernden Kerzenflammen sich hundertfach im blinkenden Messing spiegelten. Bridie und ich zündeten sie abwechselnd an, und sie war so fasziniert von dem alten Brauch, daß sie beschloß, wenn sie erst groß war und zu den Rockettes ging, würde sie auch Jüdin werden, worauf Mrs. Ganis sagte: »Warum nicht? Da wärst du nicht das erste jüdische Mädchen, das die Beine schmeißt!« Für jeden der acht Festtage bekamen wir je fünfzig Cents geschenkt, mit denen wir machen durften, was wir wollten, aber Mr. Ganis schlug doch vor, wir sollten das Geld bis zum nächsten Sommer sparen, dann hätten wir gleich ein Taschengeld für den Strand. Ich wußte, daß Bridie dazu niemals imstande wäre, und darum erbot ich mich, das Geld für sie zu verwahren, aber sie sagte, ich solle mich gefälligst um meinen eigenen Dreck kümmern. Eines Abends, als wir eben die für diesen Tag vorgeschriebene Anzahl Kerzen angezündet hatten und Mr. und Mrs. Ganis von ihren Familien und Freunden in Europa erzählten, fingen sie auf einmal beide an zu weinen. Bridie wollte wissen, warum, und Mrs. Ganis nahm sie in die Arme und wiegte sie auf ihrem Schoß.

»Ach, Bridala, du stellst zu viele Fragen. Solche furchtbaren Dinge sind nichts für deine jungen Ohren.«

»Was ist denn hier los?« sagte Mr. Ganis, der seine starke Brille abgenommen hatte und sich die Augen trocknete. »Was ist denn das für ein Fest? Wir haben doch allen Grund, fröhlich zu sein und uns miteinander zu freuen, nicht wahr? Jetzt feiern wir

Chanukka, und in ein paar Tagen werden wir bei euch den Weihnachtsbaum schmücken, da sollten wir doch lachen und nicht weinen. Also, keine Tränen mehr, Sophie, Schluß damit. Vielleicht singen wir was. Oder soll ich euch die Chanukka-Geschichte erzählen?«
»Laß uns lieber was essen«, sagte Mrs. Ganis und ging raus in die Küche.

Mom blieb weiter auf ihrem Zimmer, wo sie mit ihren Phantomgestalten lachte und scherzte, und Bridie und ich besuchten sie täglich, erzählten ihr, was draußen vorging, und taten so, als verstünde sie, was wir sagten, doch in Wirklichkeit machten wir uns beide nichts vor. Wenn Pop nicht daheim war, nahmen wir Duke mit zu ihr hinein, und sie bückte sich jedesmal und streichelte ihn, im Vertrauen darauf, daß seine Realität der ihren nicht gefährlich sei. Dr. Lorman sagte, sie mache deutliche Fortschritte, und Mina und Kitty Neal unternahmen klägliche Versuche, mich zu trösten, indem sie behaupteten, von Tag zu Tag neue Zeichen der Besserung zu erkennen, aber obwohl ich ihnen glauben wollte, wußte ich im tiefsten Innern doch, daß sie weiter und weiter in eine Welt entglitt, zu der wir keinen Zutritt hatten, eine Welt, aus der sie womöglich nie zurückfinden würde.
Einen Tag vor Weihnachten, Bridie und ich waren gerade mitten in den Vorbereitungen für die kleine Party, bei der wir alle gemeinsam den Christbaum schmücken wollten, erschien plötzlich Dr. Lorman mit einem jungen Mann in Krankenhausweiß, und beide gingen rauf zu Mom. Mina war da und die Ganis und Laurie und Miß Neal, aber sie alle schienen unserem Blick auszuweichen, saßen nur stumm um den Küchentisch und starrten angelegentlich in ihre Kaffeetassen. Pop war schon den ganzen Vormittag so merkwürdig gewesen. Wenn er sich nicht ohne ersichtlichen Grund hinten im Garten rumdrückte, wo er trotz der Kälte ewig lange am Zaun lehnte, dann lief er dauernd

zur Haustür, als dächte er, es stünde wer draußen. Ich versuchte ein paarmal, mit ihm zu reden, aber er schob mich unwirsch beiseite und fuhr fort, mit seinem unsinnigen Getue die Zeit totzuschlagen.

Dr. Lorman war schon eine ganze Weile mit dem Fremden oben, als Laurie mir ausrichtete, daß Pop mich draußen im Garten sprechen wolle. Bridie wollte mit, aber Laurie sagte, ich müsse allein gehen. Pop stand am Taubenschlag.

»Hab' ich was ausgefressen?«

»Nein.« Er schlenderte auf den Zaun zu. »Es geht um deine Mutter. Wie's scheint, wird sie hier zu Hause nicht gesund.« Er holte tief Luft. »O Gott, die schaffen sie fort.«

»Was sagst du da?«

»In ein Krankenhaus. Zur Behandlung. Es ist nicht meine Schuld, verdammt noch mal.« Aber er ließ den Kopf hängen, als sei doch er der Schuldige. »Ich wollte es dir nicht eher sagen als unbedingt nötig.«

»Für wie lange?« fragte ich.

»Ich weiß nicht. Aber nicht so sehr lange.« Zum erstenmal sah er mir in die Augen. »Wir beide werden halt eine Weile allein zurechtkommen müssen.« Er zog mich an sich und umarmte mich. »Wir werden einer für den anderen sorgen, nicht wahr? O Gott, Finn, ich weiß nicht, was mit uns geschieht.« Seine Berührung war mir mehr als unangenehm.

»Ich geh' mich von Mom verabschieden«, sagte ich, als ich mich von ihm losmachte und zum Haus zurücklief.

»Wir schaffen das schon, du wirst sehen. Es wird alles wieder gut.«

Ich ging durch die Küche, vorbei an all denen, die Bescheid gewußt und mir doch nichts gesagt hatten, und ich wünschte ihnen allen den Tod.

Bridie und ich standen neben dem ungeschmückten Weihnachtsbaum, als Dr. Lorman und der andere Mann mit Mom die Treppe runterkamen. Sie lächelte, fast als freue sie sich auf den

Tapetenwechsel. Ich glaube nicht, daß sie auch nur einen von uns wahrnahm, aber ehe sie zur Tür hinausging, bückte sie sich und streichelte Duke. Ich sah, daß sie ihren Rosenkranz in der Hand hielt. Sie brachten sie nach Franklin Village, in die staatliche Heilanstalt.

Teil II

Honey und ich saßen auf der Düne, hatten uns zum Schutz dicht aneinandergeschmiegt gegen die Novemberkälte, und schauten zu Bridie und Simon hinunter, die über den Strand schlenderten und sich hin und wieder nach irgendeinem Stein oder einer Muschel bückten. Bridie war mit ihren dreizehn Jahren schon fast so groß wie Simon. Ihre Figur war zwar noch knabenhaft; ganz dünn war sie, eckig und flachbrüstig, und doch regte sich bereits ein unergründlicher weiblicher Keim. Das Haar, das ihr offen bis zur Taille reichte, war schwarz und glänzte wie Kohle, und mit den feurigen grünen Augen und dem makellosen Teint war Bridie eine kleine Schönheit geworden. Sie und Simon lachten über irgendwas, das sie gefunden hatte, und Bridie stand, barfuß und ohne Mantel, in der Brandung, unempfindlich gegen den eisigen Wind.

»Sie wird sich noch den Tod holen«, sagte Honey und zog den Schal über dem Strohhut fester, der seine durchsichtig weiße Haut vorsorglich selbst gegen die Eventualität eines Sonnenbrandes schützte.

»Sie könnte nackt auf einem Eisberg sitzen, und es würde ihr nicht die Bohne ausmachen.« Ich hielt sie für unzerstörbar.

»Irgendwo da draußen liegt Europa. All die Orte, von denen mein Daddy mir erzählt hat. Wo er im Krieg gewesen ist. Eines Tages steig' ich in ein Flugzeug und fliege rüber.« Honey überlegte einen Augenblick. Er ging noch immer nicht zur Schule, weil Tessie und sein Vater befürchteten, daß er zu sehr auffallen und von den anderen Kindern verspottet werden würde. Aber sein Wissensdurst war grenzenlos und seine Intelligenz so offenkundig, daß sie ihm alles nur erdenkliche Rüstzeug zum Lernen beschafften. »Ich hab' einen Haufen Karten, auf denen Europa eingezeichnet ist. Und Asien und die ganze übrige Welt. Die Menschen sind überall verschieden. Eines Tages werde ich all diese Länder bereisen.«

»Ich auch. Ich will die ganze Welt kennenlernen. Besonders Italien. Und die Alpen. Ich möchte sehen, wo Hannibal mit den Elefanten langgezogen ist.«

»Wir sollten zusammen fahren. Wir fangen an zu sparen, und dann, eines Tages, fliegen wir nach Europa. Nur wir beide«, sagte Honey.

»Und Bridie. Bridie wird auch mitwollen.«

»Oh, klar doch. Bridie wird auch mitwollen«, wiederholte er, als sei das eine Selbstverständlichkeit, die ihm nur eben entfallen war. Der Himmel verfinsterte sich, und es sah bedrohlich nach Regen aus, während wir noch unsere Europareise planten. Ein Fischerboot, das im hohen Seegang auf- und abtauchte, hielt auf den sicheren Meeresarm zu, der in die Bucht mündete. »Du, wenn wir nach Europa kommen, dann finden wir vielleicht deinen Bruder.«

»Vielleicht«, sagte ich, auch wenn ich ihm nicht glaubte.

»Doch, das meine ich ganz ernst. Ich denke, wir könnten ihn vielleicht finden.«

»Ja, vielleicht.« Ich sprach nicht gern über Fritz, und Honey wußte das.

»Entschuldige.«

»Ist schon gut. Vergiß es.« Bridie lief mit ausgebreiteten Armen und zurückgeworfenem Kopf gegen die Brandung, wirbelte schäumenden Gischt auf und spritzte Simon naß. »Geh nicht so weit rein«, brüllte ich. »Es fängt gleich an zu regnen.«

»Na wennschon«, rief Bridie, die ausgelassen über den Strand tanzte, »noch nasser kann ich ja kaum werden.«

»Sie spinnt«, schrie Simon herauf.

»Und wie«, bestätigte Honey. Weit draußen auf See zuckte ein

Blitz durch die Wolken und färbte sie in rascher Folge erst orange, dann weiß und wieder rot, während dumpfes Donnergrollen übers Wasser hallte.
»Elektrizität, die sich in der Atmosphäre entlädt«, sagte Honey, »das ist ein Blitz. Ganz einfach, aber wunderschön. Ich hab' drüber gelesen.«
»Ich mag beides, Donner und Blitz.«
»Ich auch. Sehr sogar. Es ist fast wie Feuerwerk.« Eine Weile dachten wir still über Blitz und Donner nach.
»Nächstes Jahr kommst du auf die High-School. Vielleicht kannst du mir beibringen, was du dort lernst.«
»Klar, mach' ich. Aber ich wette, das weißt du sowieso schon alles.«
»Ich kann keine einzige Fremdsprache. Auf der High-School mußt du Sprachen lernen. Französisch zum Beispiel. Irgendwann möchte ich gern Französisch sprechen können.«
»Irgendwann.«
»Ja, vielleicht irgendwann.«
»Verdammt, jetzt hast du mir Salzwasser ins Auge gespritzt.« Simon steuerte auf die Dünen zu und zwinkerte mit seinem gesunden Auge.
»He, du bist ja richtig wasserscheu!« spottete Bridie.
»Los, komm jetzt, Bridie, wir müssen gehn. Pop wird sowieso schon fuchsteufelswild sein.«
»Ich hab' meinem Daddy gar nicht mal gesagt, wo wir hingehen. Der würde mich glatt umbringen.«
»Ich bin blind wie 'ne Fledermaus, verdammt.« Der Himmel leuchtete auf, der Donner krachte, und plötzlich prasselten Regentropfen, so hart wie Eiskugeln, auf uns nieder. Bridie rannte zu Simon, und beide erklommen die Düne, während Honey und ich schon zum Wagen liefen.

Für mich war der Krieg an dem Tag zu Ende gewesen, als Dr. Lorman Mom nach Franklin Village brachte. Ab da war Patriotismus ein Luxus, den ich mir nicht mehr leisten konnte. Der Fortbestand der Nation war unwichtig, verglichen mit meinem Überlebenskampf, und Fritz kämpfte in Übersee für etwas, das ich nicht mehr verstand, ja das mir gleichgültig geworden war, denn schließlich hätte er daheim sein und Mom und mir dabei helfen sollen, um unser Leben zu kämpfen. Alle absoluten Werte und Gewißheiten waren mit einem Schlag zunichte geworden, und ich wußte nicht, wie ich damit fertig werden sollte. Pop und ich hatten schon immer wie Fremde nebeneinanderher gelebt, aber jetzt waren wir gleichsam Bewohner verschiedener Planeten, weder fähig noch willens, auf irgendeiner Ebene miteinander zu kommunizieren. Die langen Phasen peinlichen Schweigens wurden zuweilen durch das Klappern von Geschirr oder das Kratzen von Dukes Zehennägeln auf dem Linoleum oder die Toilettenspülung unterbrochen, von Worten dagegen nur sehr selten. Zum Glück waren Bridie und Mrs. Ganis, zwei der redseligsten Wesen in der Geschichte der Menschheit, oft bei uns im Haus, und wenn sie da waren, fiel es nicht so auf, wie kühl und wortkarg Pop und ich miteinander umgingen.

Es dauerte etliche Wochen, bevor ich den Ganis und Laurie verzeihen konnte, daß sie mir nicht gesagt hatten, was Mom drohte. Kitty Neal konnte ich verzeihen, denn sie stand erst seit kurzem mit meiner Familie in Kontakt und auch nur indirekt, wegen ihrer Beziehung zu Laurie, aber bei ihm war das etwas anderes. Wie konnte er Bridie und mir so etwas verschweigen? Und Mr. und Mrs. Ganis, denen ich bedingungslos vertraute und die, solange ich denken konnte, zuverlässige Verbündete gewesen waren, hatten mich jetzt auf einmal hintergangen. Ich war fest entschlossen, mit keinem von ihnen je wieder ein Wort zu sprechen, aber als die Zeit verging und Moms Abwesenheit immer schmerzlicher spürbar wurde, da brauchte ich sie, meine Entschlossenheit begann zu wanken, ich vergaß, ihnen böse zu sein, und es dauerte nicht lange, bis ich ihnen verzieh. Anders Pop. Dem konnte ich nie verzeihen.

»Vielleicht urteilst du zu hart über deinen Vater«, sagte Mr. Howe an einem eiskalten Februarnachmittag, als Duke und ich ihn besuchten. »Es ist nicht leicht, den eigenen Kindern mit schlimmen Nachrichten weh zu tun, weißt du.«

»Trotzdem hätte er's mir sagen sollen.«

»Da magst du recht haben, aber er wollte dich eben schonen. Ich denke, es gibt wohl kaum was Schlimmeres, als einem Kind beibringen zu müssen, daß seine Mutter in so ein Krankenhaus kommt. Kannst du dir nicht vorstellen, wie schwer das sein muß?« Ich wußte, daß er Pop verteidigte, weil er es mir leichter machen wollte, aber es half nichts.

»Ich hasse ihn.«

»Mein Gott, so was mag ich aber gar nicht hören, Finn.« Er zog ein Gesicht, als ob ihm was weh täte. »Haß ist eine Bürde, an der so ein kleiner Kerl wie du arg schwer zu tragen hat.« Er stellte eine Schüssel hin, in der er ein paar Fleischstückchen für Duke aufgehoben hatte.

»Es ist eine Sünde, ich weiß, aber ich hasse ihn trotzdem.«

»Also ...« Er besann sich einen Augenblick. »Ich weiß nicht genau, wie das mit der Sünde ist. Das überlasse ich den Kirchgängern. Ehrlich gesagt war ich immer der Meinung, daß der liebe Gott viel zu beschäftigt ist, als daß Er uns hier unten noch groß unsere Sünden nachrechnen würde. Mir scheint, das wär' das geringste, worauf es einem Gott ankommt. Eins aber weiß ich gewiß: Haß schadet der Verdauung, und wie.«

»Meine Verdauung ist prima. Komm, Duke, wir müssen los.«

»Wir haben doch unsern Tee noch nicht getrunken.«

»Ich kann heute nicht bleiben, Mr. Howe. Komm, Duke.« Der charakterschwache Köter leckte immer noch die Schüssel aus.

»Aber wir haben doch immer offen über alles reden können, du und ich.«

»Das können wir immer noch.«

»Nicht, wenn du jetzt so davonläufst. Freunde dürfen auch schon mal verschiedener Meinung sein. Das ist ganz normal. Es

kränkt mich, daß du mir deswegen böse bist.« Ich wollte schon sagen, daß er sich das hätte überlegen sollen, bevor er Pops Partei ergriff, aber ich war das Thema einfach leid.
»Ich bin ja nicht böse«, log ich. »Komm, Duke, es wird höchste Zeit für uns.« Als Duke und ich in die Livery Street zurückkamen, hatte ich ein schlechtes Gewissen, weil ich so schroff zu Mr. Howe gewesen war, aber es gab niemanden, mit dem ich darüber hätte sprechen können. Nicht mal Bridie. Für sie gab es zwei Menschen auf der Welt, die vollkommen waren: Laurie und Pop, und an keinem von beiden duldete sie auch nur die leiseste Kritik. Pop war wie ein Fels in ihrem Leben, und seit Laurie mit dem Trinken aufgehört hatte, war er in die Gemeinschaft der Heiligen aufgerückt.

Es war schon fast Frühling, als ich Mom endlich in Franklin Village besuchen durfte. Nach monatelangem Gerede darüber, daß sie jeden Tag wieder entlassen werden könne, hieß es auf einmal, es sei vielleicht eine gute Idee, wenn man mich zu ihr brächte. Bis dahin hatten Dr. Lorman und Pop, wieder einmal, gemeint, es sei das beste für alle Beteiligten, mit meinem Besuch zu warten, bis es Mom etwas besserginge, und so wurde er denn von Woche zu Woche verschoben, bis alle glaubhaften Ausreden erschöpft waren. Pop besuchte Mom jedes Wochenende und brachte ihr Blumen und Konfekt, fast wie ein junger Mann, der bei seiner neuen Freundin Eindruck schinden will. Ich fragte mich, ob er heimlich auch Josie Cleary Blumen und Süßigkeiten brachte, denn schließlich lag die Farm der Clearys auf dem Weg nach Franklin Village. Manchmal begleiteten ihn Mrs. Ganis oder Laurie, wenn er zu Mom fuhr, und wenn sie dann heimkamen, beteuerten sie jedesmal, daß sie schon viel besser aussähe. Aber daß ihr Zustand sich gebessert habe, sagte keiner. Ich schrieb an Fritz, und neben all meinen anderen Problemen klagte ich ihm diesmal auch, daß sie mich nicht zu Mom ließen, und hernach war ich überzeugt, daß Pop mich schließlich nur

deshalb mitnahm, weil Fritz ihm in einem Brief die Leviten gelesen hätte.
Da Mina und Bridie uns begleiteten, wirkte die etwa zwanzig Meilen weite Strecke nicht annähernd so lang, wie sie für Pop und mich allein gewesen wäre. Mina war inzwischen hochschwanger, und es hieß, das Baby könne jeden Tag kommen. Sie und Fritz hatten sich darauf geeinigt, das Kind entweder Mae zu taufen, nach Mom, oder Mario, nach Minas Bruder, der mit der *Lexington* untergegangen war. Folglich würden wir bald eine Kleine Mae oder aber einen Kleinen Fritz in der Familie haben, denn daß irgendwer einen Finnegan Mario rief, das konnte ich mir nicht vorstellen. Mir als dem »Kleinen Finn« tat das Baby jetzt schon leid. Zur Abwechslung war Pop unterwegs der Gesprächigere. Ich glaube, Bridie, Mina und ich waren zu nervös und bangte zu sehr davor, wie wir Mom wohl antreffen würden, als daß uns der Sinn nach Konversation gestanden hätte. Er dagegen ließ sich über die spiegelglatten Straßen aus und über die ungebrochene Herrschaft des Winters, der dem nahenden Frühling einfach nicht weichen wollte.
»Ich kann mich nicht erinnern, daß wir je so lange eine derart klirrende Kälte hatten«, sagte er, anscheinend ohne ernsthaft eine Antwort zu erwarten. »Dabei steht doch der Frühlingsanfang schon vor der Tür. Wie's aussieht, werden wir uns am St. Patrick's Day Frostbeulen holen. Na, und erst die Zugvögel! Wenn die wiederkommen, wird's ihnen den Hintern abfrieren.« Wir fuhren eine Weile schweigend weiter. »Ich find's scheußlich, wenn's am St. Patrick's Day kalt ist.«
»Ob Mrs. Finn uns erkennen wird?« fragte Bridie.
»Nein, das glaub' ich nicht. Oder vielleicht doch. Ich denke manchmal, daß sie mehr weiß, als sie sich anmerken läßt.« Und mit einem Blick auf Mina, die neben ihm saß: »Sag ihr, daß Fritz sie grüßen läßt.«
»Das tut er auch. In jedem Brief.«
»Vielleicht wird sie das verstehen.«

»Wird sie denn nicht mal Little Finn erkennen?« Bridie nahm meine Hand.
»Doch, vielleicht. Man wird halt einfach nicht schlau draus, was sie weiß und was nicht. Wir müssen uns wohl oder übel in Geduld fassen und abwarten.« Der Wagen schlitterte ein paar Meter weit über ein vereistes Straßenstück, Pop mußte sich aufs Steuer konzentrieren, und damit war das Gespräch über Mom beendet. Während wir schweigend weiterfuhren, schaute ich mir die kahlen Bäume an, deren schwarze Kronen sich wie Filigran vor dem klaren Himmel abzeichneten, und dachte an die Vögel, die zu früh zurückkommen und nicht mal einen Hauch von Frühling vorfinden würden, und überlegte, ob sie dann wohl wieder umkehren und zurückfliegen würden nach Süden, oder wo immer die warme Gegend lag, in der sie überwinterten.
Der Diensthabende in der kleinen Nische am Eingang erkannte Pop und öffnete ohne Umschweife das Tor. Wir fuhren eine ganze Weile durch felsiges Brachland einen langgestreckten Hügel hinauf, ehe man die Anstalt sah. Das erste, was am Horizont auftauchte, war ein schlanker, schiefergedeckter Kirchturm, hinter dem rasch das wuchtigste und düsterste Gebäude emporwuchs, das ich je gesehen hatte. Behäbige Seitenflügel erstreckten sich nach links und rechts, so weit das Auge reichte. Abgestorbener Efeu rankte sich an Ziegeln empor, die die Farbe getrockneten Blutes hatten, und der Bau selbst war ein kunterbunt durcheinandergewürfelter Alptraum aus Türmchen und Glaskuppeln und Grausteintreppen, die zu einer riesigen, schweren Doppeltür hinaufführten. Auf dem Platz davor standen ein paar mickrige Bäumchen, aber auch die konnten nicht verhindern, daß das Anwesen einer düsteren Festung auf leblos ödem Grund glich.
»Das ist ja gruselig«, sagte Bridie. »Da könnte einer noch so gesund sein, in dem Laden fängt bestimmt jeder an zu spinnen.«
»Mom spinnt nicht«, sagte ich ärgerlich.
Pop stellte den Wagen auf einem der reservierten Besucherpark-

plätze ab, und wir gingen über die Haupttreppe zur Anmeldung, wo zwei Männer den Fliesenboden aufwischten. Es roch so stark nach Desinfektionsmitteln, daß mir die Augen tränten. Etliche Leute saßen reglos auf unbequemen Holzbänken, und als wir eintraten, richteten sich aller Augen zur Tür. Wahrscheinlich machten sie sich Gedanken über uns (genau wie ich mir über sie) und überlegten, wen wir wohl besuchen kamen. Es war eiskalt in dem riesigen, hohen Raum, weshalb die Leute alle ihre Mäntel anhatten, so daß man sich eher vorkam wie auf dem Busbahnhof als in einem Krankenhaus. Eine hochgewachsene Schwester, die einen dicken Pullover über der Tracht trug, stand hinter dem Schalter und stocherte mit einem gefalteten Stück Papier in ihren Zähnen herum.

»Man hat Ihre Frau verlegt«, sagte sie, als sie Pop erkannte. »Sie ist jetzt auf Station H. Vorne raus und dann links. Das Haus liegt genau hinter diesem. Zu Fuß wäre das ein ganz schönes Stück, aber Sie können fahren. Die haben drüben auch 'nen Parkplatz.«

»Wie geht's ihr? Ist irgendwas passiert?« fragte Pop.

»Glaub' ich nicht. Auf H läuft das Sozialisierungsprogramm. Wenden Sie sich am besten an die zuständige Schwester, okay?« Sie fing wieder an, in ihren Zähnen zu pulen, und wandte sich zwei jungen Männern in weißer Dienstkleidung zu, die an einem Aktenschrank lehnten und rauchten.

Der H-Trakt gehörte zu einer Reihe von kleineren Gebäuden, die hinter der Festung lagen. Offenbar war dies der »dörfliche« Teil, von dem Franklin Village seinen wohlklingenden Namen hatte. Auf einem Schild über dem Eingang stand schlicht FRAUEN. Neben dem Haus lag ein eingezäuntes Freizeitgelände mit Picknicktischen und Schaukeln, das fast aussah wie ein Schulhof. Der Rasen war braun vom Frost, bis auf einen schmalen Streifen gleich neben dem Zaun, wo ein Trampelpfad die Grasnarbe vernichtet hatte. Eine alte Frau mit kurzem, weißem Haar saß auf einer Schaukel und sprach zu einem Stofftier, das so zerschlissen war, daß sich nicht einmal mehr erkennen ließ, was es darstellte. Eine kleine Dicke brüllte eine ausgemergelte Spaziergängerin an, wann immer die von dem ausgetretenen Fußweg abwich. Auf der anderen Seite des Platzes standen zwei Frauen, die sich umschlungen hielten und, Stirn an Stirn gelehnt, gleichzeitig aufeinander einredeten. Mina war so zermürbt, daß sie gar nicht hinsehen mochte, aber Bridie und ich blieben einen Augenblick stehen. Schon kam die kleine Dicke auf uns zugerannt, riß ihren Mantel auf und entblößte zwei riesige Hängebrüste.

»Mein Gott«, japste Bridie. »Hast du das gesehen?«

»Los, rein mit euch.« Pop packte uns an den Schultern und schob uns ins Haus. Die Frau preßte ihren Busen so fest an den Zaun, daß sich auf den plattgedrückten Brüsten ein Schachbrettmuster abzeichnete. »Beachtet sie gar nicht, dann macht sie auch keine solchen Mätzchen, verdammt!«

Wir betraten ein kleines Wartezimmer, eine Schwester nahm Pop beiseite, und Mina, Bridie und ich blieben allein.

»Hast du diese Lady gesehen?« wollte Bridie von Mina wissen.

»Aus dem Augenwinkel, ja. Schrecklich war das.« Mina sah ein bißchen blaß aus.

»Menschenskind, die hatte ja Titten wie Wassermelonen. So was Häßliches und Schrumpeliges. Ganz schlecht konnte einem werden.«

»Denk einfach nicht mehr dran.« Mina wollte das Thema wechseln.

»Nicht mehr dran denken? Ja spinnst du? Das muß doch höllisch weh tun, wenn die ihre Titten so zusammenquetscht. Bestimmt werden mir diese schrumpeligen Riesendinger im Traum erscheinen.«

Eine Frau, die sich zum Schutz vor der Kälte dick eingemummelt hatte, kam zur Tür herein, und als sie den Schal zurückschob, sahen wir, daß sie ungefähr in Moms Alter und sehr hübsch war.

»Eine Kälte ist das!«

»Furchtbar«, sagte Mina.

»Ich heiße Mildred. Sie hab' ich hier aber noch nicht gesehen«, sagte die Frau mit einem verbindlichen Lächeln.
»Das ist auch unser erster Besuch. Wir wollen zu meiner Mom.«
»So, wie heißt sie denn?« fragte Mildred.
»Mae Finnegan.«
»Ach, die kenne ich. Die Dame, die so schönes, volles graues Haar hat. Das ist doch Mae, nicht wahr?« Sie wartete die Antwort nicht ab. »Alle hier sind so freundlich. Ganz lieb und reizend und so verständnisvoll. Die Patienten werden sehr gut behandelt. Ich bin übrigens keine Patientin. Ich bin für die Neuzugänge zuständig, erkläre ihnen, was sie dürfen und was nicht. Und auch, wer vertrauenswürdig ist und wer nicht. In so einem Scheißladen wie dem hier ist es nämlich sehr wichtig, daß man weiß, wem man trauen kann.« Mildred senkte bedeutungsvoll die Stimme. »Miß Webster zum Beispiel, der häßlichen Schwester mit dem Muttermal am Hals, also der kann man absolut nicht trauen, hört ihr? An meinem Geburtstag hat das Miststück mir meinen Kuchen geklaut. Mein Freund Teddy, er ist im Männertrakt, und ich treff' ihn immer bei den Kinoabenden, also Teddy hat dieses Mistweib mit der Hälfte von meinem Kuchen gesehen.« Mina wich ängstlich zurück, wobei sich seltsame kleine Schreckenslaute aus ihrer Kehle lösten. »Ja, und an Teddy würde sie sich auch gern ranmachen, das weiß ich. Er sieht schließlich gut aus, na, und wenn er erst mal seine Zähne hat, dann ist das ein ausgesprochen schöner Mann. Aber wenn sie sich je untersteht, ihn zu küssen, dann hau' ich ihr eine rein.«
»Mein Vater kommt jeden Augenblick wieder«, sagte ich, für den Fall, daß Mildred gewalttätig sein sollte.
»Du weißt natürlich, daß du auf der falschen Station bist. Verkrüppelte Kinder gehören auf B: B wie Boys – für Knaben, ist doch ganz einfach. Kinderlähmung?«
»Nein, ich will bloß meine Mutter besuchen.«
»Wissen Sie, wer der Vater ist?« fragte sie, als ihr Blick auf Minas hochgewölbten Leib fiel.

»Aber klar weiß sie das«, rief Bridie empört. »Was ist denn bloß los mit Ihnen, verdammt?«
»Mina ist meine Schwägerin.« Ich nahm Minas Hand und drückte sie ganz fest.
»Sie werden's dir nicht lassen, weißt du. Das ist Vorschrift. Ich sorge dafür, daß die Vorschriften eingehalten werden. Das ist schließlich mein Job. Mina. Was für ein schöner Name.« Sie beugte sich vertraulich vor und flüsterte: »Ich glaube, man verkauft sie nach Deutschland. Die Deutschen brauchen nämlich Babys.« Mina fuhr zurück. »Na ja, immer noch besser, als wenn man sie an die Japse verkaufen tät' – das sind nämlich Kinderfresser.«
»Warum hören Sie nicht auf, über Babys zu reden«, sagte ich. »Sehen Sie denn nicht, wie sie das aufregt?«
»Das ist immer so mit den neuen Patienten«, sagte Mildred. »Aber das legt sich ganz schnell. Anfangs fehlt einem das Kind furchtbar, aber mit der Zeit vergißt man's.«
»Sie haben ja 'n Sprung in der Schüssel«, sagte Bridie.
»Halt gefälligst den Mund! Wir dürfen sie nicht reizen.« Ich wollte Mildred möglichst rasch abwimmeln.
»Die kann mich gar nicht reizen.« Mildred ließ sich auf einen Stuhl fallen. »Du weißt ja: Wer im Glashaus sitzt … Vielleicht hab' ich 'n Sprung in der Schüssel. Und wennschon. Ich werd' euch mal ein Geheimnis verraten: Wenn die Schüssel 'nen Sprung hat, dann kommt mehr Licht rein. Also bin ich doch schlauer als ihr.« Sie zog eine zerdrückte Zigarette aus der Tasche. »Habt ihr mal Feuer?«
»Die ist ja total bekloppt.«
»Geh doch mal nachsehen, wo Pop bleibt.« Ich wollte Bridie draußen haben, bevor sie und Mildred handgreiflich werden konnten.
»Was denn, ich soll mir den Fez hier entgehen lassen? Du hast sie ja wohl nicht mehr alle.«
»Ich geh'«, erbot sich Mina, die nur darauf gewartet hatte, dieser

Mildred zu entkommen. Aber in dem Augenblick erschien Pop mit Miß Webster, der Schwester mit dem Muttermal.
»Hallo, Miß Webster.« Mildred strahlte übers ganze Gesicht. »Sie sind meine Lieblingsschwester, ehrlich. Ich hab' Sie richtig ins Herz geschlossen.«
»Wie kann man nur so lügen!« rief Bridie.
»Du hältst dich da raus«, sagte Pop.
»Aber sie lügt wirklich wie gedruckt.«
»Du sollst den Mund halten, verdammt!« Pop nahm Bridie bei der Hand und zog sie neben sich.
»Mildred, warum gehen Sie nicht raus auf den Hof zu den anderen Damen?« Miß Webster schob Mildred zur Tür.
»Es ist zu kalt draußen. Aber wenn Sie es wünschen, Miß Webster, dann geh' ich natürlich gern.«
»Ja bitte, nur für ein Weilchen.«
»Wenn wir das nächstemal Werken haben, dann bastele ich Ihnen was, Miß Webster. Ganz was Schönes.« Sie wandte sich an uns. »Es war wirklich reizend, euch kennenzulernen. Ganz reizend, ehrlich.« Und damit ging sie.
»Wir haben keine Ahnung, wie Mildred es immer wieder schafft auszubüchsen. Aber na ja, sie wagt sich nie weit raus.« Wir gingen durch eine Tür und kamen auf einen Gang, der nach dem gleichen Desinfektionsmittel roch, das mir schon in der Festung in die Nase gestiegen war.
»Ich wette, die olle Mildred sucht diesen Teddy, ihren Freund«, mutmaßte Bridie, als wir mehrere geschlossene Türen passierten.
»Ach, von Teddy hat sie euch also auch schon erzählt, wie?« Miß Webster gluckste amüsiert. »Das ist freilich ein Paar. Romeo und Julia sind nichts dagegen.« Sie blieb vor einer Tür mit einem kleinen Rauchglasfenster stehen. »Mrs. Finnegan ist hier auf der Sonnenveranda. Bleiben Sie ruhig, solange Sie wollen.« Sie öffnete die Tür. »Also, nicht so schüchtern, Kinder.«
Auf der sogenannten Sonnenveranda saßen vier Personen,

Mom und drei ältere Frauen, alle reglos wie Statuen. Nicht eine von ihnen wandte sich um, als wir hereinkamen. Mom saß ganz dicht am Fenster und starrte hinaus in den wolkenlosen Winterhimmel. Ihr Haar war kürzer als sonst, es hatte den gleichen Einheitsschnitt, den wir schon bei den anderen Frauen hier gesehen hatten, und sie trug ein unförmiges graues Kleid mit einer schweren grauen Strickjacke drüber. Irgendwer hatte versucht, sie schönzumachen für den Besuch, und ihr eine aus einem alten Weihnachtsbändchen gefertigte Schleife hinters Ohr gesteckt. Ich fand, daß sie albern aussah damit, und es machte mich wütend, daß sie sich solche Dummheiten gefallen ließ, wie daß man ihr kitschige Schleifen ins Haar band. Pop trat zu ihr, küßte sie auf die Wange und kniete vor ihr nieder.

»Ich hab' Besuch mitgebracht, Mae.« Er winkte uns heran. »Gebt ihr einen Kuß.« Mina beugte sich vor, schlang die Arme um Mom und drückte sie einen Augenblick.

»Fritz läßt dich ganz lieb grüßen, Mom.« Es war das erstemal, daß ich Mina »Mom« zu ihr sagen hörte.

»Mina erwartet nun jeden Tag ihr Baby«, sagte Pop lächelnd. »Und wenn's ein Mädchen wird, dann taufen sie's Mae, nach dir.« Mom blickte unverwandt nach draußen.

»Sie fehlen mir so, Mrs. Finn«, sagte Bridie, die sich an Mom gekuschelt hatte und ihr den Kopf auf die Schulter legte, wie sie es daheim schon hundertmal getan hatte. Aber die vertraute Berührung war zuviel für sie. Bridies Kinn fing an zu zittern, und Tränen stiegen ihr in die Augen.

»Na, na, na, wer wird denn hier weinen«, sagte Pop mit brüchiger Stimme. »Komm, Finn, jetzt bist du an der Reihe.« Bridie ging zu Mina. »Na los, gib deiner Mutter einen Kuß.« Ich wollte sie aber so nicht küssen, ich wollte, daß sie mich ansah und mich erkannte. Und sie sollte endlich aufhören, sich so albern zu benehmen. Ich pflanzte mich vor ihr auf.

»Mom.«

»Sie kann dich nicht hören«, sagte Pop.

»Hör auf, aus dem Fenster zu gucken, und sieh mich an.«

»Finn, was zum Teufel ist los mit dir? Ich sag' dir doch, sie hört dich nicht.« Er lehnte sich ans Fenster und sah zu mir hinunter. »Ich weiß, wie dir zumute ist. Wir alle wissen es. Du wünschst dir, daß sie rasch wieder gesund wird. Glaub mir, das will ich auch. Trotzdem mußt du mir glauben, wenn ich dir sage, daß sie dich jetzt nicht hören kann.«

»Warum nicht? Sie ist doch nicht taub!« rief ich wütend.

»Das reicht jetzt. Hörst du? Nun nimm dich zusammen, und gib ihr einen Kuß.«

»Nein.«

»Mach hier keinen Ärger, junger Mann. Ich warne dich.« Seine Stimme war laut geworden, und eine der Frauen sah uns an und lachte.

»Mom, schau mich an«, flehte ich, ohne auf Pop zu achten.

»Ich hab' dir gesagt, du sollst deiner Mutter einen Kuß geben. Los jetzt, das ist mein letztes Wort.«

»Nun mach schon, Finn«, sagte Mina. »Ich bitte dich.«

»Gib ihr doch endlich einen Kuß, Mensch.« Bridie wollte wie immer keinen Streit zwischen uns.

»Sie ist meine Mutter, nicht deine, also halt du dich gefälligst da raus.«

»Jetzt reicht's, junger Mann. Du gehst hier auf sehr dünnem Eis, und ich dulde deine Kaspereien nicht länger. Los jetzt, gib deiner Mutter einen Kuß.«

»Nein! Erst soll sie mich ansehen.«

»Verdammt noch mal!« Pops Arm schnellte vor, und er packte mich am Kragen. »Wir haben weiß Gott genug am Hals, auch ohne daß du hier Zirkus machst. Geh raus und warte im Wagen. Vielleicht kommst du in der Kälte ja wieder zur Vernunft.«

»Big Finn, tu ihm nicht weh«, schrie Bridie. Und als sie sich schützend neben mich stellte, sah Mom für einen Sekundenbruchteil zu mir hoch, und in ihren Augen blitzte etwas wie

flüchtiges Erkennen auf. Zwischen ihr und mir stand kein Phantom, und sie hörte jetzt auch keine fremden Stimmen. Für diesen kurzen Augenblick sahen wir uns an, meine Mutter und ich, und sie wußte, daß ich es war. Pop schob mich zur Tür.
»Von mir aus kannst du da draußen erfrieren!«
»Ich geh' mit ihm«, sagte Bridie.
»O nein. Du bist hergekommen, um Mrs. Finn zu besuchen, also wirst du schön hierbleiben.« Damit machte Pop die Tür hinter mir zu, und ich stand allein auf dem Flur.
Es war eiskalt im Wagen, trotzdem hätten die andern von mir aus überhaupt nicht wiederzukommen brauchen. Mir war das egal. Mom hatte mich angesehen, sie hatte mich erkannt, und das war alles, was zählte.

Minas Baby kam, als ich mit Mr. und Mrs. Ganis in Philadelphia war. Mrs. Ganis hatte sich bereit erklärt, mich zu meinem nächsten Termin beim gefürchteten Dr. Whiteshield zu begleiten, und in letzter Minute entschied sich Mr. Ganis mitzukommen. Da er normalerweise nirgends hinging, war selbst Mrs. Ganis sprachlos.
»Vielleicht können wir nach dem Arztbesuch bei den Steinmans zu Mittag essen.« Bevor Mr. Ganis sich aus dem Schmuckgeschäft zurückgezogen hatte, waren er und Mr. Steinman Partner gewesen.
»Ich kann Sarah Steinman nicht leiden.« Mrs. Ganis trug das Frühstücksgeschirr ab.
»Du kannst überhaupt keinen leiden«, sagte Mr. Ganis, ohne von seiner Morgenzeitung aufzublicken.
»Finn, iß dein Rührei auf, damit ich den Teller abspülen kann, solange das Wasser noch heiß ist.« Mrs. Ganis wischte den Tisch ab.
»Finn, laß dir nur Zeit, mein Junge. Wir haben jede Menge heißes Wasser. Sie ist ein meschuggenes Weib. Ich werd' sie noch mal gegen ein neues Modell eintauschen.« Er zwinkerte mir zu.

»Bin schon fertig«, sagte ich und trug den Teller zum Spülbekken.
»Sarah Steinman hält sich für was Besseres und markiert immer die feine Dame.«
»Sie hat eine Menge durchgemacht. Aber du hast ja kein Herz.«
»Ich hab' genausoviel Herz wie jeder andere. Und wir haben alle unser Päckchen zu tragen. Das ist halt das Leben, oder? Und im übrigen bleibe ich dabei, daß sie sich für was Besseres hält.«
»Na und? Können wir deshalb nicht mit ihnen zu Mittag essen? Morris ist immerhin mein Freund.« Er faltete sorgfältig seine Zeitung zusammen. »Oder magst du Morris etwa auch nicht?«
»Aber! Morris ist eine Seele von Mensch. Also ruf meinetwegen an und frag, ob sie Zeit haben.« Sie ließ Wasser ins Becken nachlaufen. »Wer sagt, ich hätte was gegen Morris? Was könnte man schon gegen ihn haben? Ein Mann, der es mit dieser Frau aushält, ist ein Heiliger.«
»Gibt es denn jüdische Heilige?« fragte ich.
»Zwei«, sagte Mrs. Ganis. »Morris Steinman und mich.«
Bridie konnte nicht mit nach Philadelphia, weil wir an einem Schultag fuhren, und ich war hoch erfreut, Mr. und Mrs. Ganis zur Abwechslung mal wieder ganz für mich allein zu haben. Mr. Ganis erzählte mir, wie er als Junge in der alten Heimat zum erstenmal mit der Eisenbahn gefahren war. Er erinnerte sich vor allem daran, daß alle Reisenden unterwegs gegessen hatten und daß der ganze Zug nach Knoblauch stank. Er hatte keine Ahnung, wie schnell dieser Zug damals fuhr, aber er dachte, wenn es nicht bald langsamer ginge, würden sie noch über das Ende der Welt hinausfahren. Mrs. Ganis erzählte von den Tourneen mit ihrer Balletttruppe und davon, daß im Zug immerzu geflirtet worden sei, was sie dem Umstand zuschrieb, daß es sonst nichts zu tun gab während der Fahrt. Mr. Ganis sagte, sie hätte sowieso immer geflirtet, und sie zankten sich ein bißchen herum, stellten sich bald böse, bald gekränkt, aber unterschwellig blieb doch

immer ein Lachen spürbar, und ehe ich mich's versah, fuhren wir in die Thirtieth Street Station ein.
Dr. Whiteshield behandelte mich immer noch wie ein Anhängsel meiner Beinschiene. Statt mit mir zu sprechen, kommandierte er bloß: Bald sollte ich gehen, bald mich umdrehen oder hinsetzen. Statt mir Fragen zu stellen, richtete er das Wort immer nur an Mrs. Ganis.
»Hat das Kind Schmerzen beim Gehen?«
»Ein bißchen vielleicht. Finn, hast du Schmerzen beim Gehen?«
»Trägt er die Schiene auch den ganzen Tag?«
»Darling, trägst du die Schiene den ganzen Tag?«
»Versucht das Kind, seinen gewohnten Bewegungsrhythmus beizubehalten?«
»Sagen Sie, ist der Junge vielleicht unsichtbar?« Anders als Mom und Pop, die eine unterwürfige, fast religiöse Ehrfurcht vor Ärzten hegten, war Mrs. Ganis es bald leid, Dr. Whiteshields Sprachrohr zu mimen. »Fragen Sie ihn doch, er sitzt ja direkt vor Ihnen. Und er ist nicht irgendein Kind. Er hat einen Namen: Finn.« Dr. Whiteshield erstarrte.
»Das wäre alles für heute. Die Schwester wird dir deinen nächsten Termin geben.« Auf einmal wendete er sich nur noch an mich. »Wo ist deine Mutter?«
»Ja, also ...« Ich wußte nicht weiter. Dr. Whiteshield war der letzte, dem ich eingestehen wollte, daß meine Mutter in der staatlichen Heilanstalt war. Mrs. Ganis kam mir zu Hilfe.
»Seine Eltern machen Ferien. Sie sind nach ... Maine gefahren.«
»Und wer sind Sie?«
»Seine Großmutter.«
»Die Großmutter!«
»Aus Dublin.«
Mr. Ganis hatte mit Mr. Steinman verabredet, daß der uns vor Dr. Whiteshields Praxis abholen sollte, und während wir auf ihn warteten, machte Mrs. Ganis ihrem Zorn ausgiebig Luft.

»Beruhige dich doch, Sophie. Du kriegst mir noch einen Herzanfall.«
»Es stimmt alles, was du über diesen Menschen gesagt hast, Finn. Man sollte ihm die Zulassung entziehen.«
»Aber als Arzt ist er gut.«
»Der gehört ins Gefängnis. Wie kann man nur so mit einem Kind umspringen!« Sie beugte sich zu mir herunter. »Mußt du mal auf die Toilette?«
»Nein.«
»Und wie ist's mit dir, Sam? Mußt du mal?«
»Das geht dich gar nichts an.«

Die Steinmans wohnten am Stadtrand in einer Reihenhaussiedlung mit lauter Ziegelhäusern, die so einförmig wirkten wie die auf dem Monopolybrett. Das einzige, was sie voneinander unterschied, waren die Sträucher in den kleinen Vorgärten. Mr. und Mrs. Steinman waren so, wie ich sie mir vorgestellt hatte, auch wenn es mir nicht so vorkam, als ob Mrs. Steinman sich für was Besseres hielte. Sie wirkte still und unauffällig – das genaue Gegenteil von Mrs. Ganis. Ihr leicht ergrautes Haar war zu einem weichen Knoten geschlungen, sie trug eine runde Hornbrille, aber weder Make-up noch Schmuck. Neben ihr nahm Mrs. Ganis sich aus wie ein wandelndes Kaleidoskop mit ihrem flammendroten Haar, dem scharlachfarbenen Lippenstift und Rouge, ganz zu schweigen von den riesengroßen Ohrringen, der auffallenden Halskette und dem buntgeblümten Kleid. Mr. Steinman war groß und stattlich, mit widerspenstigem, weißem Haar und ewig lächelnden blauen Augen. Ich fühlte mich in seiner Gesellschaft auf Anhieb wohl, denn er war so rücksichtsvoll, mich in die Unterhaltung mit einzubeziehen, etwas, das die meisten Erwachsenen Kindern gegenüber vergessen. Die größte Überraschung für mich aber war ihre Enkelin Rebecca. Aus unerfindlichen Gründen hatten die Ganis diese Enkeltochter nie erwähnt. Sie war etwa so alt wie Bridie und ich, aber viel kleiner als wir. Alles an ihr war weich und zart, ihr hellbraunes Haar und die dunklen, traurigen Augen, und die fast unnatürlich rosigen Lippen verliehen ihr vollends etwas duftig Fragiles, ja Ätherisches, das einem Scheu einflößte und sie fast unnahbar machte. Gleich bei der ersten Begegnung im Wagen fanden wir einander sympathisch.

»Tut die Schiene da weh?« Im Gegensatz zu Bridie war sie zu höflich, als daß sie direkt nach meinem Beinleiden gefragt hätte. Statt dessen erkundigte sie sich diskret nach meinem Befinden.

»Jetzt nicht mehr. Ich bin mit einem verkrüppelten Bein auf die Welt gekommen, und durch die Schiene soll es angeblich wieder in Ordnung kommen.« Wir waren nach dem Mittagessen auf die rückwärtige Veranda hinausgegangen, Rebecca und ich, während die Erwachsenen noch beim Kaffee um den Eßzimmertisch saßen und vom Phonographen alte, verkratzte Platten mit italienischen Opernaufnahmen hörten. Es war immer noch ziemlich frisch, aber man spürte die Sonne doch schon warm und vielversprechend auf der Haut.

»Gefällt dir diese Musik?« fragte sie nach kurzem Schweigen.

»Doch, schon. Ich höre sie allerdings zum erstenmal.«

»Das ist Puccini. Ich mag ihn sehr.«

»Er klingt aber wie eine Frau.«

»Nein, nein. Puccini ist der Komponist.«

»Oh«, machte ich und überlegte, ob ich hätte wissen sollen, wer dieser Puccini war. Wir hörten noch eine Weile zu, und obwohl ich nicht verstand, was die Frau auf der Platte sang, gefiel es mir doch.

»Ich möchte dir was zeigen.« Rebecca führte mich in den hintersten Winkel des Gartens, und da, unter einer Forsythie, die eben schüchtern die ersten gelben Knospen entfaltete, stand ein Veilchenteppich in Blüte.

»Die sind aber zeitig«, sagte ich und bückte mich, um eins zu pflücken.

»Nicht!« Sie packte mich am Arm, und ich war verblüfft über

die Kraft, die in der kleinen Hand steckte. »Ich schau' sie mir so gern an, wie sie da wachsen. Außerdem ist das ein Friedhof, und auf dem Friedhof pflückt man doch keine Blumen.« Sie hielt meinen Arm einen Augenblick lang fest, eine Berührung, die ich ganz intensiv spürte, und ich wünschte mir, sie würde ihre Hand nicht mehr wegnehmen.

»Finn, was macht ihr denn da?« rief Mrs. Ganis von der Veranda her.

»Nichts.«

»Na, so was, kommt doch hier rauf in die schöne, warme Sonne. Wir müssen bald los.« Mrs. Ganis ging zurück ins Haus, und ich hörte noch, wie sie in das Lied der Dame auf der Platte einstimmte.

»Wer ist denn hier begraben?«

»Ein paar Vögel und ein Katzenkopf.«

»Nur der Kopf?«

»Mehr hab' ich nicht gefunden. Der Kopf lag draußen im Rinnstein. Ich weiß nicht, wo der Rest geblieben ist.«

»War das deine Katze?«

»O nein, ich hatte sie vorher noch nie gesehen. Der Kopf war gelb, die Augen standen offen, und auch sie waren gelb. Ich hab' ihn in ein Spitzentaschentuch gewickelt und mit den Vögeln begraben. Meine Großmutter sucht immer noch nach dem Taschentuch. Manchmal frage ich mich, ob es recht war, sie zusammen zu begraben. Vielleicht hat die Katze ja die Vögel umgebracht. Ich kenne mich mit solchen Dingen nicht aus.« Sie hatte einen leichten Akzent. »Hättest du sie zusammen beerdigt?«

»Sie sind doch tot. Da ist es wohl egal.«

»Ich bin mir eben nicht so sicher.«

»Sag, wo bist du eigentlich geboren?«

»In Südafrika. Eigentlich sind wir aus Deutschland, von München, aber meine Eltern machten eine Reise durch Südafrika, und ich kam viel früher als erwartet.«

»Bist du denn eine Deutsche?«

»Nein, ich bin schon auch Amerikanerin. Mein Vater wurde in Philadelphia geboren, hier in diesem Haus.« Auf einmal kam ich mir furchtbar unzulänglich vor. Ich kannte selbst von den Vereinigten Staaten erst ganze drei – New Jersey, Pennsylvania und New York –, und dieses Mädchen, das kaum älter sein konnte als ich, war in Afrika geboren und hatte in Deutschland gelebt.

»Hast du den Hitler schon mal gesehen?«

»Ich glaube nicht, nein.«

»Mein Bruder Fritz war auch in Afrika. Aber im Norden. Vielleicht ist er sogar immer noch dort. Wir haben länger nichts von ihm gehört.« Ich erzählte ihr von Fritz und daß Mina ein Baby erwartete, und ehe ich mich's versah, hatte ich mein ganzes Leben vor ihr ausgebreitet. Ich beschrieb ihr die Nachbarn in der Livery Street, Duke und die Kinder in der Schule, Simon und Mr. Howe, ja selbst, daß Mom in Franklin Village war, erzählte ich ihr. Ich gestand ihr auch, daß ich davon träumte, einmal ein berühmter Künstler zu werden und in Manhattan zu wohnen, und sie fragte, ob ich Impressionist werden wolle, wie ihre Lieblingsmaler, und ich sagte ja, obwohl ich keine Ahnung hatte, was das war, ein Impressionist. Mir war, als könne ich diesem Mädchen einfach alles sagen, aber aus irgendeinem Grund erzählte ich ihr nichts von Bridie. Ich dachte schon daran, aber es schien mir einfach nicht ratsam.

»Ich weiß gar nicht, wo meine Eltern sind.« Sie sagte das, nachdem sie geduldig zugehört hatte, wie ich mich endlos über Gott und meine kleine Welt ausließ. »Ich hab' sie seit vier Jahren nicht mehr gesehen.« Während wir langsam zum Haus zurückgingen, erzählte sie mir, daß ihr Vater sie aus Deutschland hergebracht hatte, aber weil ihre Mutter deutsche Staatsbürgerin war und noch aus einem anderen Grund, den Rebecca aber nicht recht verstand, durfte die Mutter das Land nicht verlassen. Ihr Vater hatte Rebecca bei den Großeltern gelassen und war zurückgefahren, um die Mutter irgendwie nachzuholen. Eine Weile hatte er ihr noch geschrieben, aber dann war der Krieg ausgebrochen, und nun war schon seit ein paar Jahren kein Brief mehr gekommen. »Ich muß mir ihre Bilder anschauen, damit ich nicht vergesse, wie sie aussehen. Manchmal liege ich nachts im Dunkeln wach und versuche mir ihre Gesichter vorzustellen, aber es geht nicht. Die Umrisse sehe ich zwar, aber die Gesichter sind leer. Dann stehe ich auf, dreh' das Licht an und betrachte die Fotos. Am liebsten hab' ich eins, das hinter unserm Haus in München aufgenommen wurde und auf dem wir alle drei drauf sind. Mama posiert auf dem Trittbrett von unserm Auto wie ein Filmstar und zeigt ihre Knie, und Papa hat mich auf dem Arm und tut so, als wäre er schockiert. Meine Mama ist sehr hübsch auf diesem Foto, und wenn ich es lange genug ansehe, dann erinnere ich mich wieder an ihre Haut, die blaß war und sehr weich, und ich kann sie beinahe riechen: Ganz süß duftete sie, nach Puder und Parfum. Mein Vater roch immer nach Tabak und Eau de Cologne, das weiß ich auch noch. Ich erinnere mich an ihren Duft, aber ihre Gesichter habe ich vergessen.«

»Komm, Finn, es wird höchste Zeit.« Mrs. Ganis stand in der Tür. »Und geh lieber rasch noch mal aufs Klo.«

Auf der Bahnfahrt nach Hause waren wir anscheinend alle drei so mit unseren Gedanken beschäftigt, daß kaum eine Unterhaltung in Gang kam. Wir hatten den Bahnhof noch nicht lange hinter uns, da döste Mr. Ganis ein. Mrs. Ganis schaute aus dem Fenster, schien aber keinen Blick zu haben für die Landschaft, die draußen vorbeiglitt. Sie sah alt und müde aus, mit dem Anflug eines traurigen kleinen Lächelns auf dem Gesicht, und mir fiel auf, daß ihr Lippenstift sich in die Fältchen rings um ihren Mund gesetzt hatte. Fast hätte ich mich erkundigt, worüber sie denn nachdenke, aber eigentlich hatte ich keine Lust, zu reden, und dann wollte ich mir auch so vieles einprägen, was Rebecca gesagt hatte, damit ich es nie mehr vergessen würde.

Da hatte ich ein Mädchen getroffen, das den Namen eines italienischen Komponisten kannte und wußte, daß es verschiedene Arten von Malern gab. Ein Mädchen, das auf einem anderen Kontinent geboren war, Fremdsprachen beherrschte und den Kopf einer Katze auf ihrem eigenen Geheimfriedhof begraben hatte. Ich war einfach überwältigt und entschieden neidisch, wußte ich doch, daß mein Leben, selbst wenn ich hundert Jahre alt werden sollte, niemals so aufregend werden würde, wie das ihre es jetzt schon war. Damals, auf der holprigen Bahnfahrt in dem überfüllten Zug, hatte ich ja noch keine Ahnung, daß Rebecca und das Schicksal ihrer Eltern mich zu dem gewagtesten Abenteuer meines Lebens inspirieren würden. Als ich eben anfing, ernsthaft über das traurige Los des kopflosen gelben Katzenleichnams nachzudenken, schlief ich ein, und ehe ich mich's versah, erreichte der Zug unseren Bahnhof, und Mrs. Ganis rief, ich solle aufwachen.

»Ja, Menschenskind, ich dachte schon, ihr kommt überhaupt nicht mehr.« Bridie war mit Duke auf der Veranda der Ganis und wirkte aufgeregt, als wir um die Ecke bogen. »Mina hat ihr Baby gekriegt!«

»Das Kind ist da!« rief Mrs. Ganis ihrem Mann zu.

»Schon gut, ich hab's ja gehört. Na, und? Was ist es denn?«

»Ein Mädchen.« Bridie kam die Verandatreppe heruntergesprungen, und Duke führte seinen üblichen Willkommen-daheim-Freudentanz vor uns auf. »Mina hat's nicht mal bis ins Krankenhaus geschafft. Nein, sie hat das Baby im Bett von ihren Eltern gekriegt. Im Eßzimmer ist ihr die Fruchtblase geplatzt, das war vielleicht eine Sauerei.« Sie baute sich kerzengerade vor mir auf. »Ich hab' das Baby schon vor dir gesehen«, sagte sie triumphierend.

Wir eilten alle zusammen rüber zu den Pascalis. Bridie, die voranlief, gab uns unterwegs eine ebenso anschauliche wie detailfreudige Schilderung der einzelnen Etappen der Geburt.

»Das Baby ist so leicht rausgeflutscht wie Erbsen aus der Schote. Aber Minas Schwester Angie ist in Ohnmacht gefallen. Könnt ihr euch vorstellen, wie schwer es ist, die dicke Angie wieder vom Fußboden hochzukriegen? Mann, die wiegt bestimmt soviel wie 'n Elefant!« Bridie hatte es Angie nie verziehen, daß die bei Minas Hochzeit Brautjungfer sein durfte und sie nicht.
»Angie ist ein sehr hübsches Mädchen«, sagte Mrs. Ganis energisch, »und dein Vater würde dir eins auf den Po geben, wenn er dich so reden hörte.«
»Das Baby hat schwarze Haare, genau wie ich. Überhaupt sieht es mir ähnlich.« Unbekümmert um alle, denen das Neugeborene dem Naturgesetz nach hätte gleichen können: Mina oder Fritz, den Pascalis, Mom und Pop oder auch mir, beschloß Bridie natürlich, das Baby habe Ähnlichkeit mit ihr. »Es hat meine Nase.«
»Es ist doch nicht mal mit dir verwandt«, sagte ich.
»Na und?«
»Wie kann es dir da ähnlich sehen?«
»Ja, denk mal an, die Natur ist schon ein Witzbold, nicht?« Da sie keine Lust hatte, sich auf weitere Diskussionen einzulassen, rannte sie ein Stück voraus.
»Es ist meine Nichte!« brüllte ich ihr nach.
»Mir doch egal.« Bridie lief schon die paar Stufen zum Haus der Pascalis hinauf. »Trotzdem sieht es mir ähnlich.«
Mrs. Pascali umarmte mich so stürmisch, daß mir die Rippen weh taten. Sie fiel auch Mr. und Mrs. Ganis um den Hals, und dann lachten und weinten alle gleichzeitig. Die Pascalis strahlten, als ob sie in der Lotterie gewonnen hätten.
»So ein wunderschönes Baby«, sagte Mrs. Pascali unter Tränen. »Es sieht genauso aus wie unsere Mina damals als Baby.« Mr. Pascali führte uns nach oben. »Ein Bild von einem Kind.« Er öffnete die Schlafzimmertür. »Hallo, ihr beiden, Besuch für euch.«
Mina sah müde aus, aber auch sie strahlte. Sie lag im Bett und hielt ein winziges Bündel im Arm.

»Geht's Ihnen gut, Darling?« Mrs. Ganis schob sich an uns vorbei und stand als erste neben dem Bett. »Nein, wie schön Sie aussehen, Kindchen.« Sie beugte sich nieder, küßte Mina und betrachtete das Baby. »O mein Gott, wie goldig!«

»Ich hab's schon gesehen«, erinnerte Bridie mich.

»Wir bleiben nicht lange«, sagte Mr. Ganis. »Sie sind gewiß sehr müde.« Er strich Mina über die Schulter und zog dem Baby vorsichtig die Decke vom Gesicht. »Ist das aber ein lieber kleiner Engel! Da wird der Papa mächtig stolz sein.«

»Was ist, Finn, willst du dir deine Nichte denn nicht ansehen?« Mina streckte lächelnd die Hand aus. Ich war aber nicht eben erpicht darauf, dem Kind meines Bruders gegenüberzutreten; immerhin bestand das Risiko, daß das Baby mich ansehen und als den erkennen würde, der sich damals im Dunkeln versteckt und heimlich gelauscht hatte, als es empfangen wurde. Je näher die Geburt rückte, desto mulmiger war mir deswegen geworden. Würden wir einander besonders nahestehen, oder würde das Baby instinktiv Bescheid wissen und mich ablehnen? Seine Empfängnis war die einzige, mit der ich bisher zu tun gehabt hatte, abgesehen von meiner eigenen, aber an die erinnerte ich mich natürlich nicht mehr.

»Da, schau, das ist dein Onkel Finn.« Mina hielt das Baby hoch, damit ich es ja gut sehen könnte. Mir war schleierhaft, warum alle einen solchen Freudentanz aufführten: Das Kind war überhaupt nicht hübsch. Krebsrot und wund sah es aus, und der Kopf schien wie ein Klumpen Brotteig mit Dellen, da, wo Augen, Nase und Mund hingehörten. Mit dem dunklen Haarschopf erinnerte es mich vollends an eine dieser Weihnachtspuppen, denen man als Kopf einen schrumpeligen Apfel aufsetzt.

»Die ist aber niedlich«, log ich und fragte mich, ob die andern auch alle gelogen hatten.

»So, ich denke, wir lassen Mutter und Kind jetzt ein Weilchen schlafen«, sagte Mr. Pascali, und wir gingen alle wieder nach unten.

»Findest du nicht, daß sie mir ähnlich sieht?« fragte Bridie.
»Wie aus dem Gesicht geschnitten.« Plötzlich wurde mir bewußt, daß jemand fehlte. »Wo ist eigentlich Pop?«
»Wissen wir auch nicht. Wir haben bei der Eisenbahn angerufen, aber da hieß es, er habe sich heute frei genommen. Stell dir vor, er weiß noch gar nicht, daß er Großvater geworden ist. Vielleicht besucht er ja deine Mutter?« Mrs. Pascali half Angie, den Tisch zu decken.
»Ja, vielleicht«, sagte ich, obwohl ich es für wahrscheinlicher hielt, daß er Josie Cleary besuchte.
Als er an diesem Abend heimkam und von dem Baby hörte, war er so glücklich, daß er sich in der Küche an den Spülstein lehnte und weinte wie ein Kind, wobei er wieder und wieder Moms und Fritzens Namen stammelte. Aber er erklärte mit keinem Wort, wo er den ganzen Tag gewesen war.

»Ich taufe dich im Namen des Vaters, des Sohnes und des Heiligen Geistes.« Pater Boyle träufelte dem Baby ein paar Tropfen Weihwasser auf den Kopf, aber es wurde nicht mal wach. »Mary Theresa Finnegan.« Da es keine heilige Mae gab, wurde das Baby, wie Mom, auf den Namen Mary getauft, sollte aber »Little Mae« gerufen werden. Doch weil Mina, solange Fritz noch in Übersee war, weiter bei ihren Eltern wohnte, wurde aus der »Mary« unversehens eine »Maria«, und meine Nichte blieb Maria Finnegan (meines Erachtens ein sehr passender Name) ihr Leben lang. Diesmal blieb es Angie Pascali und mir nicht erspart, Seite an Seite in der Kirche aufzutreten, die Dickmadam und der schmächtige Krüppel, denn Mina und Fritz wollten uns unbedingt als Paten haben. Mina sagte, sie und Fritz hätten schon gleich damals an uns gedacht, als sie erfuhren, daß sie schwanger war. Ich war eigentlich noch nicht alt genug, aber Pater Boyle machte eine Ausnahme, wegen des Krieges. Als Bridie hörte, daß ich Pate stehen sollte, war sie überzeugt, daß man sie als Patin dazubitten würde, aber dann hatte Angie

Pascali ihr zum zweitenmal die Schau gestohlen, und sie war so wütend, daß sie während der ganzen Messe schmollte. Pop und die Ganis standen mit Laurie und Kitty Neal, mit Mina und den Pascalis hinten am Taufbecken, und im Kirchenschiff verteilt saßen die Stammbeterinnen, Mrs. Farrell, Mrs. Del Fiore und die kleine Mrs. Donatelli. Wir alle waren Zeuge, wie dieses winzige, schlafende Baby vom grauenhaften Stigma der Erbsünde losgesprochen und in die Gemeinschaft der Christen aufgenommen wurde. Falls sie jetzt sterben müßte, würde Mary Theresa Finnegan in die Herrlichkeit Gottes eingehen, willkommen geheißen von Ihm und der Jungfrau Maria und allen Heiligen, den Cherubim und Seraphim und was es sonst noch für Engel gab in der himmlischen Hierarchie. Aber wenn sie gestorben wäre, ohne daß Pater Boyle ihr Weihwasser auf den Kopf geträufelt hätte, dann hätte sie schnurstracks in den Limbus hinabfahren und, ohne auch nur das geringste verbrochen zu haben, mit all den anderen verdammten Seelen die Ewigkeit abwarten müssen. Für mich ergab das nicht den geringsten Sinn.

In diesem Sommer drehte sich alles um General Eisenhowers Heldentaten auf dem europäischen Kriegsschauplatz und um die von General MacArthur im Pazifik, um die B-17, die »Fliegenden Festungen«, und den Sturz des faschistischen Systems in Italien. Die japanische Offensive war gescheitert, die Rote Armee ging zum Gegenangriff über. Ab und zu kam ein Brief von Fritz, aber was er schrieb, war größtenteils von der Zensurbehörde geschwärzt. Dort glaubte man offenbar, die Finnegans gehörten einem Spionagering an, und wollte verhüten, daß wir kriegswichtige Informationen an den Feind weiterleiteten. Immerhin konnten wir seinen Briefen entnehmen, daß er von der Geburt des Babys erfahren hatte. Er schrieb, er liebe uns alle und habe Sehnsucht nach uns. Überall draußen veränderte sich die Welt, und auch unsere kleine Stadt blieb nicht verschont. Frank Shultz war der erste aus der Livery Street, der fiel. Gleich nebenan wurde im Fenster der Goldstern aufgezogen, aber mittlerweile nahm man auch bei uns den Tod ein bißchen gelassener hin und war längst nicht mehr so betroffen wie damals bei Mario Pascali. Franks Leiche wurde überführt, und er bekam ein Hochamt und ein militärisches Begräbnis auf dem Friedhof von Our Lady of Perpetual Help. Mrs. Shultz, der Bridie und ich an dem Tag, als ihre Söhne Frank und Will eingezogen wurden, Gesellschaft geleistet hatten, ging jeden Tag ans Grab, und es dauerte nicht lange, bis sie sich daran gewöhnte, außer dem ihres Sohnes auch jedes andere Grab zu besuchen, das mit einem amerikanischen Fähnchen gekennzeichnet war. Sie verbrachte ganze Vormittage mit den Toten und unterhielt sich mit jungen Soldaten, die sie nicht mal gekannt hatte, als sie noch lebten.

Es gab noch andere Veränderungen daheim, nicht ganz so dramatisch wie der Tod zwar, doch nicht minder endgültig. Die Benlights zogen fort. Nie mehr würde die arme Celeste auf der Veranda sitzen, sich in einem heftigen Anfall unter Krämpfen winden und uns damit das Gruseln lehren. Ein Ehepaar, Mitte Vierzig, übernahm das Haus und kapselte sich von vornherein rigoros von der Nachbarschaft ab. Mr. und Mrs. Wilson waren einander in allem so ähnlich, daß sie sich sogar äußerlich glichen. Beide waren Brillenträger, hatten kurzes, helles Haar und trugen stets frischgebügelte und gestärkte Sachen. Bridie schwor Stein und Bein, sie seien Geschwister, und in dem Fall sollte es mich nicht wundern, wenn sie recht gehabt hätte. Obwohl die neuen Nachbarn so ungesellig waren, erwies sich ihr Einzug doch als symptomatisch für die weitere Entwicklung der Livery Street. Denn die Wilsons waren die ersten eines langsamen, aber stetigen Stroms von Zuzüglern, mit denen uns Alteingesessene nichts verband und die ihrerseits kein Interesse daran hatten, sich zu integrieren. Sie kümmerten sich nur um ihren eigenen Kram und verspürten anscheinend nicht die leiseste Neugier auf das, was rechts und links von ihnen passierte. Auch wenn wir uns dessen nicht bewußt waren, so bahnte sich mit dieser Umschichtung doch etwas an, das im Lauf der nächsten Jahrzehnte dem Gemeinschaftsgeist, der sich »Nachbarschaft« nannte, den Garaus machen sollte.

Das war auch der Sommer, in dem immer mehr ältere und nicht mehr ganz so taufrische Männer sich den Eintritt in die Armee ertrotzten, in dem jeden Tag etwas Neues rationiert wurde und alle aus voller Kehle *Mairzy Doats* sangen und *Comin' In On a Wing And a Prayer*.

Pop und ich fuhren jedes Wochenende nach Franklin Village, fast immer mit einem Dritten im Schlepptau: Bridie oder Mrs. Ganis oder Laurie, und einmal holten wir sogar Mr. Howe ab und nahmen ihn mit zu Mom. Nur Mr. Ganis weigerte sich mitzukommen. Mrs. Ganis sagte, allein schon der Gedanke daran, daß Mom so allein und verloren vor sich hin dämmere, bekümmere ihn zu sehr. Ich verstand mich mittlerweile gut mit Miß Webster, der Schwester mit dem Muttermal, aber jedesmal, wenn ich der irren Mildred über den Weg lief, versuchte sie, ihre eingebildete Autorität geltend zu machen, indem sie darauf bestand, daß ich in den B-Trakt gehöre, für Boys wie Knaben. In gewissen Abständen konsultierte Pop die Ärzte, die jedesmal versicherten, Mom mache Fortschritte, und sie rechneten in allernächster Zeit mit einem Durchbruch. Aber davon, wann Mom entlassen würde, war nie die Rede. Sie war wie eine Gefangene, die man zu »lebenslänglich« verurteilt hatte, worüber aber keiner sprechen wollte. Obwohl sie nie ein Wort sagte, war ich überzeugt, daß Mom wußte, wer wir waren. Mitunter, wenn sie mich ansah, lag etwas wie stilles Einverständnis in ihrem Blick, geradeso, als ob wir ein Geheimnis miteinander teilten. Und manchmal hatte ich das Gefühl, sie frage uns nachgerade, warum wir sie nicht endlich nach Hause holten. An dem Tag, als wir Mr. Howe mitbrachten, wurde sie bei seinem Anblick sogar ganz munter, und als ich ihr von Duke erzählte, trat ein kaum erkennbares Lächeln auf ihre Lippen. Die größte

Veränderung freilich entdeckte ich an ihrem Äußeren. Sie duldete keine solchen Albernheiten mehr, wie daß man ihr Schleifen ins Haar band, und überhaupt sah sie allmählich wieder aus wie ein Mensch, der sich in der Gewalt hat.

Dieses Jahr bescherte Bridie und mir den denkbar schönsten Strandsommer. Laurie und Kitty Neal waren beide Nachtarbeiter, und wann immer sie Benzin auftreiben konnten, fuhren wir tagsüber ans Meer. Wenn die Sonne nicht zu heiß brannte, kamen Mina und Maria mit uns, und als der Sommer zu Ende ging, schimmerten Marias pummelige Ärmchen und Beinchen goldbraun. Wir bummelten über die Uferpromenade von Seaside Heights, und Bridie flirtete mit Soldaten und Matrosen, weil sie es für ihre patriotische Pflicht hielt, jedem unserer Jungs, der beim Militär war, ein gutes Wort zu gönnen. Manchmal brachte sie uns in Verlegenheit, indem sie geradezu lächerlich fromm tat und den Soldaten erklärte, sie wolle für sie beten. Als ich ihr vorwarf, daß sie sich zum Narren mache, konterte sie mit einem schlagfertigen Hinweis auf ihre besondere Beziehung zur Heiligen Jungfrau. Ihre Gebete, sagte sie, seien so gut wie eine Garantie für die Sicherheit unserer Männer in Uniform. Im übrigen behauptete sie, die Hälfte der Soldaten sähe aus wie Fritz oder Simon und der Rest wie Clark Gable oder Jimmy Stewart. Ich fand, die meisten sähen aus wie High-School-Jungs, die Soldat spielen. Ende Juni wurden es neun Monate, daß Laurie und Kitty zusammen gingen. Mittlerweile nannte auch ich Miß Neal beim Vornamen. Seit Kitty und Mattie Horn Bridie und mir geholfen hatten, Laurie von der staubigen Fahrbahn vor dem Kühlhaus in der Allen Street wegzuschaffen, waren die beiden fast unzertrennlich. Laurie hatte seitdem keinen Tropfen mehr getrunken, und beide, er und Bridie, schrieben Kitty das Verdienst für seine Bekehrung zu. Falls Bridie sich ein kleines bißchen zurückgesetzt fühlte, so machte der Seelenfrieden, den sie dank Lauries Abstinenz genießen durfte, diesen kleinen

Kummer mehr als wett. Außerdem hatte sie Kitty wirklich gern. Sie war freundlich, zuverlässig, und sie verschenkte ihre Zuneigung ganz uneigennützig. Kitty war keine klassische Schönheit wie Josie Cleary, von der Bridie gemeint hatte, sie würde eine gute Frau für Laurie und für sie selbst die richtige Ersatzmutter abgeben, aber sie war doch hübsch anzusehen mit ihren Sommersprossen und dem roten Kraushaar. Sie war kräftig gebaut, dabei schlank und langgliedrig, und ihre Augen waren fast so grün wie die von Bridie. Die Nachbarn waren froh, daß Laurie und Kitty »fest miteinander gingen«, auch wenn einige sich darüber empörten, daß sie zu jeder Tages- und Nachtzeit bei den O'Connors ein und aus ging. Indes, jeder wußte, daß ein Mann nicht in der Lage war, ein Kind ganz allein aufzuziehen, und Laurie hatte sich weiß Gott lange genug damit geplagt. Es war an der Zeit, daß wieder eine Frau ins Haus kam. Sogar Mrs. Cavanaugh räumte ein, daß Laurie gut daran tat, »mit seinesgleichen zu poussieren, statt mit Itakern, Juden oder sonst was für ausländischen Flittchen. Natürlich ist eine, die bei 'nem Kerl bleibt, bis es hell wird, eine Hur', aber Schwamm drüber: Wenigstens ist sie 'ne irische Hur'.«

Wie durch ein Wunder gelang es mir, Rebeccas Existenz bis in den Hochsommer hinein vor Bridie geheimzuhalten. Rebecca und ich hatten begonnen, uns zu schreiben, und ich mußte ihre Briefe verstecken. Aber als Bridie und ich uns an einem besonders heißen, schwülen Julitag bei Mr. Howe an der Kurbel der Eismaschine abwechselten, da brachte ausgerechnet er die Rede auf Rebecca, und die Bombe war geplatzt. Es war beileibe kein Vertrauensbruch; denn als ich ihm, gleich nach der Rückkehr aus Philadelphia, von ihr erzählt hatte, war es mir gar nicht in den Sinn gekommen, ihn zur Geheimhaltung zu verpflichten.

»Ich hab' vor kurzem wieder an deine kleine Freundin Rebecca denken müssen.« Wir saßen im Schatten eines alten, schon

recht morschen Spaliers, an dem die Purpurwinde in diesem Sommer üppig rankte, und Mr. Howe schenkte uns Eistee nach.
»Wer ist Rebecca?« Bridie war bei der Kurbelei ordentlich ins Schwitzen geraten. Mr. Howe kapierte sofort, daß er einen Bock geschossen hatte, und er warf mir einen bedauernden Blick zu.
»Ein Mädchen. Ich hab' sie kennengelernt, als ich mit Mr. und Mrs. Ganis in Philadelphia war.«
»Und warum hast du mir nie von ihr erzählt?«
»Hab' ich wohl nicht dran gedacht.«
»Aber Mr. Howe hast du von ihr erzählt.«
»Na ja, ich hab' sie scheint's erwähnt.«
»Also, wer ist sie?« Bridie ließ die Kurbel fahren und sah mich durchdringend an.
»Ich geh' und hol frisches Eis für den Tee.« Mr. Howe verschwand eilig in der Küche.
»Sie ist die Enkelin von Mr. Steinman, der mit Mr. Ganis zusammen das Schmuckgeschäft hatte. Ich hab' dir doch erzählt, daß wir bei den Steinmans zum Essen eingeladen waren.«
»Aber du hast nie was von einer Rebecca gesagt. Warum nicht?«
»Ich sag' doch, ich hab' nicht dran gedacht. Nun mach endlich weiter, sonst wird das nie was mit dem Eis.«
»Mach dir dein blödes Eis doch selber!« Sie ging zur Verandatreppe und setzte sich, mit dem Rücken zu mir, in der prallen Sonne auf die oberste Stufe. »Dabei erzähl' ich dir alles.« Das stimmte, Bridie erzählte mir wirklich alles, egal, ob ich es hören wollte oder nicht. Hätte ich erklären können, warum ich Rebecca für mich behalten wollte, wäre es leichter gewesen, aber ich wußte es wirklich nicht. Und außerdem hatte ich sie ja nur vor Bridie geheimgehalten. Warum eigentlich? Mir fiel einfach kein einleuchtender Grund ein, und so saßen wir ein paar Minuten stumm beieinander, bis Duke, der sich im tiefsten Schatten ausgestreckt hatte und nun das Schweigen irrtümlich als Aufforderung verstand, etwas zur Unterhaltung beizutragen, mit dem Schwanz auf den Fußboden zu klopfen begann.

»Sie hat ’nen Akzent«, sagte ich endlich, als ich die Kurbel übernahm.
»’nen Akzent! Ja, Menschenskind, was ist denn das für eine?«
»Sie hat in Deutschland gelebt.«
»Ein Nazi!«
»Nein, sie ist kein Nazi! Was ist denn los mit dir?«
»Redet sie wirres Zeug?«
»Sie hat ’nen Akzent, weiter nichts.«
»Wie alt ist sie?«
»So alt wie wir.«
»Und ist sie hübsch?«
»Och, schon, ja.« Ich wußte, wie die nächste Frage lauten würde.
»Hübscher als ich?«
»Nein«, sagte ich mechanisch. »Außerdem ist sie ganz anders als du.«
»Was hat sie denn für eine Augenfarbe?«
»Dunkelbraun.«
»Du weißt sogar, was sie für Augen hat, aber du hast nicht dran gedacht, mir von ihr zu erzählen! Da ist doch was faul.«
»Mein Gott, ich erzähl’ dir ja alles. Also, was willst du wissen?«
Mr. Howe kam wieder aus dem Haus und saß schweigend dabei, als Bridie sich meinen Nachmittag mit Rebecca bis ins kleinste Detail schildern ließ, einschließlich einer Beschreibung des Kleides, das sie angehabt hatte.
»Schrecklich für so ein kleines Mädchen, nicht zu wissen, ob ihre Eltern überhaupt noch am Leben sind«, sagte Mr. Howe, der sich gerade eine Pfeife anzündete. »Einfach furchtbar.«
»Hat sie diesen Katzenkopf mit bloßen Händen angefaßt?« fragte Bridie nach kurzem Nachdenken.
»Davon hat sie nichts gesagt. Vielleicht hat sie vorher das Taschentuch genommen.« Jetzt, wo das Eis im Kanister allmählich fest wurde, drehte die Kurbel sich immer schwerer.
»Trotzdem ist das eklig!«
»Aber es war sehr lieb von ihr, daß sie den Kopf der armen Katze

begraben hat. So etwas sagt eine Menge über den Charakter eines Menschen aus.« Mr. Howe paffte achtsam, um seine Pfeife in Gang zu halten. »Ich denke, das Eis dürfte allmählich fertig sein.«

»Heiraten kannst du sie aber nicht, du«, sagte Bridie wie aus heiterm Himmel. »Du bist schließlich katholisch.«

»Sie heiraten! Spinnst du, oder was ist los?«

»Sie ist Jüdin, Juden und Katholiken sollten nicht untereinander heiraten.«

»Ich finde, es ist noch ein kleines bißchen früh für Finn, ans Heiraten zu denken«, sagte Mr. Howe. »Damit hat's noch ein paar Jährchen Zeit.«

»Sie ist ja verrückt.«

»Und du kannst sie doch nicht heiraten. Der Papst erlaubt's dir nicht.«

»Wenn ich wollte, dann könnte ich auch. Papst hin oder her.«

»Es ist eine Todsünde, so über den Heiligen Vater zu reden.«

»Na, ja, über Sünde wollen wir uns lieber nicht auslassen«, sagte Mr. Howe, nahm den Eiseimer und wandte sich zum Haus. »Das Thema gehört wohl doch nicht hierher.«

»Du mußt grad reden! Dir wär' es doch sogar recht gewesen, wenn Josie Cleary sich hätte scheiden lassen, um Laurie zu heiraten. Dabei ist sie katholisch, und für Katholiken gibt's gar keine Scheidung.« Ich dachte, jetzt hätte ich sie mundtot gemacht, aber ich hätte es besser wissen müssen.

»Das ist ganz was anderes.«

»Ach, und wieso?« fragte ich.

»Na, wenn du das nicht weißt, dann werd' ich's dir bestimmt nicht auf die Nase binden.« Sie ging ins Haus, und ich folgte ihr.

Das Thema einer Mischheirat zwischen mir und Rebecca wurde fallengelassen, als Mr. Howe das köstliche Eis austeilte. Wir ließen ihm keine Chance zu schmelzen, denn nach unserer Auffassung brauchte das Vollkommene keine Reifezeit, und

Walnußeis mit Ahornsirup, Mr. Howes Spezialität, war sozusagen die Krönung der Vollkommenheit.
»Vielleicht hätte er nicht wieder zurückgehen sollten.« Bridie leckte ihren Löffel ab.
»Wer?«
»Rebeccas Vater. Vielleicht hätte er nicht nach Deutschland zurückgehen und sie allein lassen sollen.«
»Er hatte wohl keine andere Wahl«, sagte Mr. Howe. »Seine Frau ist schließlich drüben, und er wollte sie da rausholen. Schau, ein Mann kann seine Familie nicht einfach im Stich lassen, wenn sie ihn braucht.«
Vor meinem inneren Auge blitzte ein Bild von Mom auf, wie sie allein und verlassen in der ungemütlichen, kahlen Sonnenveranda saß, und ohne daß ich es merkte, war der erste Keim für ihren Befreiungsplan gelegt.

Daß Simon verwundet war, erfuhren wir durch seinen Vetter in Trenton. Eines Abends, als Bridie und ich den Abwasch machten, klingelte das Telefon, und als Pop den Anruf entgegennahm, hörten wir gleich an seinem Tonfall, daß etwas passiert sein mußte. Nachdem er aufgelegt hatte, saß er einen Moment reglos da, den Kopf in die Hände gestützt, und mein erste Gedanke war, Mom oder Fritz müsse etwas Furchtbares zugestoßen sein.
»Big Finn, was ist denn passiert?« Bridie lehnte sich an Pop, wie das in vertraulichen Momenten ihre Art war.
»Verdammt noch eins!« Er sprang auf und lief im Zimmer hin und her. »Simon ist verwundet. Er kommt nach Hause.«
»Ist es sehr schlimm?« fragte ich. Pop hatte mir die Hand auf die Schulter gelegt.
»Ich weiß auch nicht. Sein Vetter sagt, sobald er was Näheres weiß, ruft er wieder an. O verdammt!«
»Er muß sterben, nicht wahr?« Bridie fing an zu weinen.
»Nein, er stirbt nicht. Er ist verwundet, mehr weiß man noch

nicht. Und wir wollen doch kein Unglück herbeireden, was?« Er saß am Küchentisch und drückte Bridie an sich. »Finn, sei so gut und schenk mir 'nen Kleinen ein, ja.« Während ich den Whiskey eingoß, wiegte er die haltlos schluchzende Bridie in seinen Armen. »Aber, aber, Joe Louis, du bist doch sonst so ein tapferer Kerl. Den Teufel auch«, setzte er wütend hinzu, »er ist doch eigentlich noch ein Kind!« Pop trank seinen Whiskey. »Ob Fritz es wohl schon weiß?«

Wochen vergingen, bevor der Vetter sich wieder meldete und wir erfuhren, daß Simon in einem Lazarett im Norden von New York lag. Bridie und ich bekamen aus Altersgründen noch keine Besuchserlaubnis, aber wir telefonierten mit ihm, Bridie schrieb ihm fast täglich, und ich schickte ihm Zeichnungen von uns allen, und er behauptete netterweise, daß er jedes Gesicht erkennen könne. Über seine Verwundung mochte er offenbar nicht sprechen, und wenn, dann speiste er uns mit einem Kalauer ab und sagte, er sei vor einen Bus gelaufen. Obwohl es eine lange Fahrt war, besuchten Pop und Laurie ihn in den Monaten vor seiner Entlassung mehrmals. Pop schilderte uns Simons Zustand, aber erst, nachdem er nachdrücklich darauf hingewiesen hatte, daß er wieder gesund werden und dann »fast so gut wie neu« sein würde. Simon hatte das linke Auge verloren und eine Narbe davongetragen, die von der Schläfe bis runter zum Mundwinkel reichte. Er habe linksseitig auch sonst noch allerhand abbekommen, sagte Pop, aber erst als Bridie heimgegangen und ich mit ihm allein war, erzählte er mir, daß Simon um ein Haar den linken Hoden verloren hätte; aber zum Glück konnten die Ärzte ihn doch noch retten. Pops Versicherung, Simon würde wieder ganz gesund werden, vermochte nichts gegen meine Schreckensvisionen von einem Monster à la Frankenstein in Armeeuniform, und als er mir sagte, daß Simon nach seiner Entlassung bei uns wohnen würde, stellte ich mir einen Buckligen vor, der sich hinkend durch unser Haus schleppte und am liebsten in dunklen Winkeln verkroch. Einen Blinden aufzunehmen wäre eine Sache gewesen, aber die Ärzte hatten das Auge ganz entfernt, so daß da praktisch jetzt ein Loch in seinem Gesicht war. Ich konnte meine Ängste niemandem anvertrauen, am allerwenigsten Bridie, die Simons Wunden romantisierte und sich schon als Star eines Kriegsdramas sah, in dem sie die tapfere, beherzte Frau an der Heimatfront war, die gefaßt auf die Rückkehr ihres treuen, aber übel zugerichteten Helden wartete. Von Ende August, als die erste Nachricht von Simons Verwundung kam, bis Dezember, als er bei uns einzog, hatte ich schreckliche, von meinem schlechten Gewissen gezeugte Alpträume, in denen ich vor einem Ungeheuer davonlief, das mich um Hilfe anflehte. Und jeder, den ich kannte, Duke eingeschlossen, zeigte mit dem Finger auf mich und sagte mir, ich solle mich was schämen.

Auch nachdem Kitty die Szene betreten hatte, blieb für Bridie die Frage nach Lauries Sexualleben, die Frage, ob er wirklich »Sex mache«, wie sie sich ausdrückte, weiter ungeklärt. Ich hatte ihr nie gesagt, daß Tessie ein Bordell betrieb, denn auch wenn sie sich in Sachen Sex für sehr bewandert hielt, hatte ich keine Lust, ihr mit all den anschaulichen Details, die sie unweigerlich verlangen würde, zu erklären, was ein Freudenhaus war. Außerdem kannte ich mich so genau selber nicht aus. Hinzu kam noch, daß sie wußte, daß Pop mit Josie Cleary bei Tessie gewesen war, und darüber, was das bedeuten mochte, wollte ich mit niemandem sprechen, nicht einmal mit Bridie. Ich ging ganz selbstverständlich davon aus, daß Laurie und Kitty »es« machten, und war erschrocken über Bridies Reaktion, als ich ihr das sagte.
»Warum glaubst du das?«
»Na ja, sie sind erwachsen, und sie stecken die ganze Zeit zusammen und …«
»Sie ist Krankenschwester, Mensch! Das ist praktisch wie 'ne Nonne. Die machen so was nicht.« Darum also hatte Bridie sich durch Kitty Neal nicht bedroht gefühlt. Sie war völlig blind für

die Beziehung, die sich zwischen Laurie und Kitty entwickelt hatte. In ihren Augen war Kitty nur eine Pflegerin, ein guter Geist, der sich um Laurie kümmerte und ihn vom Alkohol fernhielt, aber nie und unter keinen Umständen ernsthaft einen Platz in seinem Leben einnehmen, geschweige denn Bridie ersetzen könnte.

»Krankenschwestern machen's wohl. Alle Erwachsenen machen es. Mein Gott!«

»Wieso bist du auf einmal so gescheit?«

»Laurie und Kitty sind dauernd zusammen. Wie Mina und Fritz früher. Jeder sieht doch, was mit ihnen los ist. Und es geht schon fast ein Jahr.«

»Sie reden aber nie vom Heiraten, wie Mina und Fritz damals.«

Das stimmte. Von Heirat war nicht die Rede, jedenfalls hatten wir nie was davon mitgekriegt.

»Vielleicht sprechen sie ja nur davon, wenn sie allein sind.«

»Dann würde er's mir sagen. Laurie und ich haben keine Geheimnisse voreinander. Niemals.«

»Das ist aber was anderes. Kitty ist eine erwachsene Frau, und erwachsene Frauen und Männer haben nun mal ihre Geheimnisse.«

»Ach, halt den Mund! Du hast ja keine Ahnung. Du kommst ja nicht mal mit Big Finn klar.« Wenn es galt, sich durchzusetzen, scheute Bridie vor keiner Grausamkeit zurück. »Ich will nichts mehr davon hören.«

»Du hast doch angefangen.«

»Ach, geh zum Teufel.«

»Danke, gleichfalls.«

Ich hoffte, damit wäre die Sache ausgestanden, aber insgeheim wußte ich es besser.

In aller Frühe an einem drückendheißen Sonntagmorgen, als Pop noch schlief und ich in der Küche seinen Kaffee kochte, kam Bridie in ihrem ausgebleichten alten Nachthemd hereingestürmt. Ihre Wangen glühten, und sie war völlig außer Atem.

»Komm mit! Na los, beeil dich, ich will dir was zeigen.«
»Was denn?«
»Komm halt, verdammt!«
»Warte einen Moment, ich muß erst die Schiene anschnallen.«
»Vergiß doch die blöde Schiene. Die macht sowieso zuviel Krach.« Sie nahm mich bei der Hand, und wir rannten über die leere Straße und die Eingangsstufen zum Haus der O'Connors hinauf. Bridie bedeutete mir, leise zu sein, als wir uns in den Flur schlichen und auf Zehenspitzen die Treppe hochgingen. Oben tappten wir über den Gang bis zu Lauries Schlafzimmer. Ich hatte die ganze Zeit das bange Gefühl, daß sie mir etwas Scheußliches zeigen würde, die Leiche eines Ermordeten zum Beispiel. Die Tür stand einen Spaltbreit offen, und Bridie linste hinein. Dann drehte sie sich nach mir um, legte abermals mahnend den Finger an die Lippen und schob ganz langsam die Tür ein Stück weiter auf, so daß wir gemeinsam ins Zimmer sehen konnten. Kitty und Laurie lagen, beide in tiefem Schlaf, nackt und ohne Decke auf den blütenweißen Laken. Die Morgensonne, die durch die Jalousien drang, tauchte den Raum in ein seltsam gelbes Licht, und aus irgendeinem Grund kam es mir vor, als ob das Bett ein paar Zentimeter über dem Boden schwebte. Kitty lag auf dem Rücken und Laurie mit abgewandtem Gesicht auf der linken Seite, und beider Körper waren mit einem feinen Schweißfilm überzogen. Er schnarchte leise, sie atmete ruhig und entspannt. Den rechten Unterarm hatte sie über die Augen gelegt, und ihr welliges rotes Haar floß offen übers Kissen. Nackt wirkten beider Körper unheimlich langgestreckt, als ob jemand sie gedehnt und zu geschmeidigen Riesen umgeformt hätte. Ihre Haut war, bis auf die vom Badeanzug geschützten Stellen, von jenem milden, rosigen Beige, das die Iren als Sonnenbräune ausgeben. An Kitty war alles weich und geschmeidig, und sie hatte ein Haardreieck von dunklerem Rot zwischen den Beinen, das fast unverschämt keck wirkte, genau wie das flauschige Büschel in ihrer entblößten Achselhöhle. Ihre Brüste fielen

leicht auseinander, und die Brustwarzen schimmerten in einem so unvorstellbar zarten, keuschen Rosa, daß ich am liebsten hineingegangen wäre und sie berührt hätte. An Lauries Körper dagegen traten Muskeln und Knochen kantig scharf hervor, und wie er so dalag, einen Fuß wie schamhaft über den anderen gekreuzt, erinnerte er mich an den gestreckten, geschmeidigen Körper Christi, wie ich ihn schon so oft, bleich und verletzlich, am Kruzifix gesehen hatte. Nach dem ersten Schock hatte ihr Anblick nichts Befremdliches mehr für mich, und ich wünschte mir sogar, sie würden irgend etwas tun oder sich wenigstens bewegen. Ich hatte keine Ahnung, wie Bridie zumute war, aber ich wünschte fast, Laurie und Kitty würden all das tun, was ich Mina und Fritz im Dunkeln hatte tun hören. Ich wollte sehen, was dies ganze Gestöhne und Geseufze verursachte. Bridie, die unverwandt auf das Bett starrte, mahlte mit den Kiefern und hatte die Lippen gehässig zusammengepreßt. Auf einmal atmete Laurie laut aus, rollte sich auf den Rücken und entblößte eine mächtige Erektion, und da erst hatte ich das Gefühl, daß wir verbotenerweise etwas rein Privates ausspionierten, und ich fand, wir sollten die Augen zumachen und schleunigst verschwinden. Ich hatte Fritz schon manchmal mit einer Erektion gesehen, und da ich damals keinen Vergleich hatte, war ich sehr beeindruckt gewesen. Aber was Laurie vorzuweisen hatte, verdiente wirklich allen Respekt.

»Also Mann«, flüsterte Bridie. »Nun sieh dir bloß dieses Ding an.« Lauries Hand tastete über Kittys Leib, bis seine Finger in ihrem Haar nestelten, und ich hatte eine Wahnsinnsangst, daß mein Wunsch in Erfüllung gehen könnte und sie sich tatsächlich vor unseren Augen lieben würden. Hastig griff ich nach Bridies Hand, und wir huschten lautlos über den Flur zurück, die Treppe hinunter und aus dem Haus. Über den Gartenweg gelangten wir auf ihre rückwärtige Veranda, wo wir lange saßen, ohne uns anzuschauen. Zur Abwechslung war selbst Bridie einmal sprachlos. Ich für meinen Teil wußte nicht, wie ich reagieren sollte. Mich hatte eine seltsame Hochstimmung erfaßt, aber ich konnte nicht erraten, ob sie böse war, überrascht oder peinlich berührt oder vielleicht alles drei auf einmal.

»Jetzt weißt du wenigstens Bescheid«, sagte ich, als ich wieder zu Atem gekommen war.

»Ich hasse sie, alle beide.«

»Aber Bridie, was hattest du denn erwartet?«

»Sie sind widerlich. Zum Kotzen.«

»Dann hättest du eben nicht hingucken sollen.«

»Du hast ja auch hingeguckt.«

»Weil du es unbedingt wolltest. Hast du mich vielleicht nicht hierhergehetzt, als ob das Haus in Flammen stünde? Wenn du mich nicht mitgeschleift hättest, hätte ich nie was erfahren.«

»Ich hasse sie. Sie ist doch Krankenschwester, Menschenskind. Gott wird sie strafen.«

»Ich hab' dir ja gesagt, daß eine Krankenschwester nicht dasselbe ist wie eine Nonne.« Dabei wußte ich, daß es ganz umsonst war, ihr mit Logik beikommen zu wollen.

»Du hast doch null Ahnung.« Sie fing an, die abblätternde Farbe vom Verandageländer zu pulen. »Und was sie da unten für häßliche rote Haare hat.«

»Aber das ist doch ganz natürlich. Ich dachte, du kennst dich so gut aus?«

»Tu' ich auch. Aber deswegen ist es trotzdem häßlich. Ich hasse sie, und ihn hasse ich auch. Ich will sie alle beide nie mehr sehen.«

»Stell dir doch einfach vor, es wär' nicht passiert.«

»Ich bedeute ihm gar nichts. Oh, ich hasse ihn.«

»Ich muß rüber und Duke füttern.« Wenn sie so war, konnte man einfach nicht vernünftig mit ihr reden. »Gehst du in die Achtuhrmesse?« Sie nickte. »Na, dann bis nachher.« Ich wandte mich zum Gehen, aber sie hielt mich zurück.

»Eins mußt du mir noch sagen.«

»Ja, was denn?«

»Was macht Laurie mit diesem garstigen ollen Ding, wenn er seine Hose anhat? Ich meine, wo steckt er's hin?« Soviel zu Bridies Kenntnissen in Sexualkunde. Ich machte nicht einmal den Versuch, ihr diese Frage zu beantworten, denn ich wußte, daß es den ganzen Tag gedauert hätte, ihre Neugier zufriedenzustellen.

Die nächsten paar Wochen hielt Bridie sich die meiste Zeit bei uns auf und ging Laurie und Kitty geflissentlich aus dem Weg. Sobald wir allein waren, redete sie über nichts anderes als den Morgen, an dem wir sie nackt zusammen im Bett gesehen hatten, und das, obwohl sie behauptete, schon der Gedanke daran sei ihr zuwider. Sie fand alles, was mit Sex zusammenhing, ekelhaft, ganz zu schweigen von dem todsicheren Höllensturz, der nach ihrer Meinung darauf stand, ganz besonders für zwei Menschen, die nicht verheiratet waren, ja nicht einmal ans Heiraten dachten. Sie hielt das für eine doppelte Todsünde, für die Laurie und Kitty mindestens bis Italien schwimmen und dort auf allen vieren zum Papst würden kriechen müssen, um die Absolution zu erlangen. Ich dagegen war mir über das Thema Sünde immer sehr im Zweifel. Natürlich glaubte ich an die großen, echten wie Mord, Diebstahl und Tierquälerei. Gut, ich wußte natürlich, daß es kein Gebot gegen Tierquälerei gab, aber ich dachte, das sei bei einer so eindeutigen und schwerwiegenden Sünde auch gar nicht nötig. Doch mit dem Sex war das etwas anderes. Wenn etwas so Süßes und Liebes wie die kleine Mary Theresa Finnegan dabei herauskam, daß Mina und Fritz eine Todsünde begangen hatten, dann war da irgendwo was faul. Man hatte einfach den Eindruck, daß Sex und Sünde nicht immer ein und dasselbe waren. Einmal, als Fritz glaubte, ich schliefe schon, und ich ihn dabei erwischte, wie er an sich rumspielte, beschuldigte ich ihn, eine Sünde begangen zu haben, aber er belehrte mich rasch eines Besseren. Er sagte, auch er habe es lange Zeit für Sünde gehalten, bis er seinen ersten feuchten

Traum hatte und begriff, daß es im Schlaf sowieso passieren würde, auch wenn er nichts dazu tat, also sei es ganz natürlich und in Ordnung, und demnach könne man genausogut wach sein und seinen Spaß dabei haben. Das leuchtete mir vollkommen ein, und seither wartete ich gespannt auf meinen ersten feuchten Traum, gewissermaßen den Freibrief für endlose Nächte heimlicher Lust.

Das Verhältnis zwischen Laurie und Bridie mit all seiner beneidenswerten gegenseitigen Offenheit war ernsthaft in Gefahr, und er hatte keine Ahnung, warum. Nicht nur, daß Bridie sich ihm nicht anvertraute, sie sprach überhaupt kaum noch mit ihm. »Hast du eine Ahnung, was da los ist, Finn?« Ich mistete den Taubenschlag aus, und Laurie lehnte am Flugbrett. Vorsätzliche Lügen standen auch auf meiner Liste echter Sünden, und so wußte ich nicht, was ich sagen sollte. Ich murmelte etwas Unverständliches und überging ansonsten die Frage mit einem Achselzucken, in der Hoffnung, er würde sich damit zufriedengeben. »Ich hab' so was noch nie erlebt. Und es kann nicht nur an mir liegen, weißt du. Sie ist nämlich auch ganz häßlich zu Kitty. Und dabei dachte ich, sie mag Kitty.« Er wartete auf einen Kommentar, aber ich kratzte angelegentlich den Boden des Taubenhauses aus. »Das stimmt doch, oder?«

»Na ja ...«, war alles, was mir dazu einfiel.

»Finn, ich bitte dich, sei nett und sag mir, was los ist. Ich weiß doch, daß du Bescheid weißt, also brauchst du dich gar nicht erst dumm zu stellen.«

»Ich kann nicht.«

»Und ich dachte, wir wären Freunde.«

»Trotzdem, ich kann einfach nicht.«

»Finn, ich brauche deine Hilfe. Bitte.«

»Sie bringt mich um.«

»Ich werde ihr nichts sagen. Das verspreche ich. Aber ich muß einfach wissen, was mit ihr los ist.«

»Und Sie werden auch furchtbar böse sein.«

»Ich schwöre dir beim Grab meiner Mutter, daß ich nicht böse werde. Die Sorge bist du also schon mal los. So, und nun raus damit: Was zum Teufel ist in sie gefahren?«

»Na ja ...« Vor lauter Verlegenheit wußte ich nicht, wie ich mich ausdrücken sollte. »Sie hat Sie und Kitty nackt zusammen im Bett gesehen«, platzte ich heraus. Laurie wurde bleich, rang nach Luft und lief nervös im Kreis herum.

»Jesus, Maria und Joseph, das hatte ich fast befürchtet. Und dabei sind wir doch immer so vorsichtig gewesen. O Scheiße!«

»Und ich hab' Sie auch gesehen.« Ich hielt es für besser, ihm das gleich zu sagen, weil es früher oder später ja doch rauskommen mußte.

»Du hast uns gesehen! Wie denn das?«

»Sie ist mich holen gekommen.«

»Himmel, da kann ich ja wohl von Glück sagen, daß sie keine Eintrittskarten verkauft hat.« Er ging am Gemüsegarten entlang bis runter zum Hühnerstall, machte rastlos kehrt und kam wieder zurück. Dabei schüttelte er unentwegt den Kopf und murmelte vor sich hin. Ich hatte große Angst, er würde im einzelnen wissen wollen, was wir gesehen hatten, und was ich darauf antworten sollte, wußte ich nun wirklich nicht. »Ich muß schon sagen, das ist ziemlich peinlich.«

»Ach, denken Sie sich nichts dabei«, sagte ich weltmännisch, was soviel heißen sollte wie: Von mir aus können Sie das Ganze getrost vergessen.

»Na, Finn, was ist denn nun deine Meinung?« Meine Meinung worüber? Sollte ich sagen, ich sei schockiert, oder sollte ich ihm gratulieren?

»Ja, also ...«

»Ich frage dich, mein Junge: Ist es denn so was Schreckliches, wenn ein Mann eine Frau liebt?«

»Nein«, sagte ich. »Daran ist überhaupt nichts schrecklich.« Wenigstens eine Frage, bei der ich um die Antwort nicht verlegen war.

»Siehst du, und ich liebe Kitty Neal. Sie ist eine wunderbare Frau, und ich danke meinem Schöpfer jeden Tag dafür, daß er uns zusammengeführt hat. Ohne sie läge ich jetzt bestimmt schon unter der Erde. Das ist die reine Wahrheit, und du weißt es, so sicher, wie du da vor mir stehst.«

»Doch, ja, Kitty ist schon nett.«

»Ich weiß, es ist nicht recht, daß wir nicht verheiratet sind und so, aber manchmal geht das nicht alles nach Wunsch. Eines Tages vielleicht, mit Gottes Hilfe.« Er ging wieder ein bißchen auf und ab und blieb dann vor dem Taubenschlag stehen. »Wirklich schöne Tiere hast du, und ich sehe, du pflegst sie auch gut. Aber was machst du eigentlich mit dem ganzen Dreck, wenn du ausgemistet hast?«

»Wir haben einen Komposthaufen.«

»Ah, das ist gescheit.« Er senkte den Blick. »Wie gesagt: Im Leben geht nicht immer alles nach Wunsch. Aber wir müssen's nehmen, wie's kommt, hab' ich recht?«

»Ja, wahrscheinlich.« Ich hatte keine Ahnung, wovon er sprach.

»Und ein Mann hat nun mal so seine Bedürfnisse. Du bist doch auch ein Mann, Finn, da verstehst du so was besser als Bridie.« Eigentlich verstand ich gar nichts, aber er hatte mich als »Mann« tituliert, und plötzlich glaubte ich zu verstehen. »Wir haben uns zu sehr aneinandergeklammert, Bridie und ich. Viel zu sehr. Ich hätte nie gedacht, daß das zwischen Vater und Tochter ein Schade sein könnte, aber vielleicht hab' ich mich geirrt. Ich hab' ihr weiß Gott eine Menge Kummer gemacht, mehr als genug, und dabei ist sie doch noch ein halbes Kind. Aber ich bereue es von Herzen – ehrlich, du, wenn man Reue in Münzen umrechnen könnte, dann wär' ich schon Millionär. Trotzdem, wir sind immer gut miteinander ausgekommen, und jetzt spricht sie nicht mal mehr mit mir. Ach, Scheiße! Was soll ich bloß machen? Ich weiß einfach nicht mehr weiter.« Ich konnte mir nicht vorstellen, daß er bei mir Rat suchte, aber genau so war es. »Du kennst sie doch besser als jeder andere. Was würdest du an meiner Stelle machen?« Unwillkürlich mußte ich an Mr. Howe denken. Was hätte er wohl geantwortet, wenn Laurie ihm diese Frage gestellt hätte?

»Ich finde, Sie sollten ihr genau das gleiche sagen wie mir eben: daß Sie Kitty liebhaben und daß das Leben nicht immer einfach ist und so weiter.«

»Da hast du bestimmt voll ins Schwarze getroffen.« Seine Augen strahlten. »Bridie und ich haben uns noch nie richtig über Kitty unterhalten, und es wär' wohl an der Zeit, das nachzuholen. Aber daß ich weiß, daß sie uns im Adams- und Evaskostüm gesehen hat, sag' ich lieber nicht.«

»Ja, das wird besser sein.« Bridie würde einen Anfall kriegen, wenn sie herausbekäme, daß ich Laurie eingeweiht hatte.

»Ich danke dir, Finn. Genau so wird's gemacht. Und die Geschichte bleibt unter uns.«

»Ach, und sagen Sie's auch Kitty nicht, okay?« Wenn ich annehmen müßte, sie wüßte, daß ich sie nackt gesehen hatte, würde ich ihr nie mehr in die Augen schauen können.

»O nein, wo denkst du hin! Sie würde sterben vor Scham, wenn sie das wüßte. Sie ist so ein liebes, unschuldiges Ding, die Kitty. Nein, nein, vor den Weibern wird dichtgehalten, darauf kannst du Gift nehmen. Und nochmals danke, Finn.« Er wandte sich zum Gehen, machte aber am Tor noch einmal kehrt. »Sag mal, mein Junge, findest du nicht auch, daß sie einfach großartig aussieht, die Kitty?« Er zwinkerte mir lächelnd zu, verließ den Garten und schloß das Tor hinter sich.

Ich weiß nicht, was Laurie Bridie erzählte, ja nicht einmal, ob er überhaupt mit ihr sprach, denn sie verlor nie ein Wort darüber. Aber sie hörte auf, sich lauthals über die bewußte Bettszene aufzuregen, woraus ich schloß, daß wohl irgendeine Aussprache stattgefunden hatte. Doch wenn Laurie meinen Rat befolgt und Bridie das gleiche gesagt hätte wie mir am Taubenschlag, dann ging die Rechnung leider nicht auf. Denn im

Dezember, als Simon zu uns kam, waren Bridie und Laurie immer noch über Kreuz.

Bridie und ich fuhren mit, als Pop Simon vom Lazarett abholte. Der Himmel war grau verhangen, und es sah bedrohlich nach Schnee aus, aber den ganzen Hin- und Rückweg erwischte uns nur ab und zu ein Schauer. Auf den Reklametafeln am Straßenrand warb Santa Claus, wahlweise Arm in Arm mit einem schmucken Soldaten, Matrosen oder Marineinfanteristen, für alles von Lucky Strikes bis hin zu Lifebuoy-Seife. Es war eine lange Fahrt, und mir wurde unterwegs zweimal schlecht.

»Du hast dir sicher irgendwas eingefangen.« Pop fuhr zum zweitenmal auf den Randstreifen, und ich übergab mich ins Gras. »Dir wird doch sonst nie schlecht beim Autofahren.«

»Es geht schon wieder.« Meine Übelkeit kam nicht vom Autofahren. Ich hatte einfach Angst vor der Begegnung mit Simon, Angst, daß ich schon beim Anblick seines narbigen Gesichts mit einem Loch anstelle des linken Auges Reißaus nehmen und mich zum Gespött machen würde.

»Das kommt davon, daß du nicht gefrühstückt und nicht zu Mittag gegessen hast.« Bridie hatte für alles eine Diagnose, und meistens stützte sie sich auf falsche oder unzulängliche Ernährung.

»Erstens hatte ich keinen Hunger, und zweitens geht's dich nichts an.« Ich haßte sie dafür, daß sie diesem gruseligen Ereignis entgegensah wie einem Ausflug zur Kirmes.

»Na, na, nun fangt nicht an zu zanken, ihr zwei. Und du steig endlich wieder ein, Finn.«

Sie saß neben mir auf dem Rücksitz, und nach ein paar Meilen nahm sie meine Hand.

»Ist dir immer noch schlecht?«

»Nein, es geht schon wieder.«

»Tut mir leid«, flüsterte sie nach einer kleinen Pause. Dann legte sie den Kopf zurück und sah starr geradeaus und sagte kein Wort mehr, bis wir vor dem Krankenhaus hielten. Seit sie und Laurie einander entfremdet waren, behandelte sie mich viel netter. All ihre Herzlichkeit und Fürsorge, die sich sonst auf Laurie gerichtet hatten, brauchten ein Ventil, und da bot ich mich am ehesten an. Außerdem stand ich ihr nach Laurie am nächsten, und sie konnte es sich nicht leisten, auch mich noch zu verlieren.

Wir setzten uns ins Wartezimmer, während Pop Simon beim Packen half. An einem großen Christbaum, dekoriert mit Girlanden aus Kronsbeeren und Popcorn, schaukelten obendrein Hunderte von Weihnachtskarten an roten Schleifen. Windschiefe Kränze hingen an allen Fenstern, und die Türrahmen waren mit Tannengrün geschmückt. Bridie, die vor lauter Spannung ganz außer sich war, spazierte durch den Raum und mischte sich in anderer Leute Gespräche ein, um allen zu erzählen, daß wir hier seien, um ihren einäugigen Freund Simon heimzuholen. Ich ging mehrmals aufs Klo, bloß um ein paar Minuten von ihr wegzukommen. Stunden schienen vergangen, bis die Doppeltür sich endlich öffnete und Pop und Simon hereinkamen. Bridie lief ohne Zögern auf ihn zu, er hob sie hoch, und sie umarmten und küßten sich, aber ich konnte ihm keinen Schritt entgegengehen. Als er endlich so lange still stand, daß man ihn anschauen konnte, sah ich Simon, ein bißchen größer und schlanker, als ich ihn in Erinnerung hatte, und vielleicht auch ein bißchen älter, aber ansonsten war es derselbe Simon wie früher, bloß mit einer schwarzen Klappe über dem linken Auge und einer dünnen roten Narbe, die sein ohnehin unglaublich breites Lächeln noch vergrößerte. An diesem Mann war auch nicht die Spur von einem Monster, nichts Erschreckendes oder Bedrohliches. Vor lauter Erleichterung hätte ich mir fast in die Hosen gemacht. Pop, der Simons Matchsack trug, bedeutete mir mit einem Wink, ihn zu begrüßen. Simon ließ Bridie herunter und sah mich einen Augenblick lang an; offenbar war er sich meiner Reaktion genauso unsicher, wie ich es bisher gewesen war. Ich ging mit ausgestreckter Hand auf ihn zu, aber statt sie zu ergreifen, kniete er sich hin, drückte mich ganz fest an sich und sagte, das sei eine Umarmung von Fritz. Ich versuchte die Tränen zurückzuhalten, aber es gelang mir nicht. Ich war so über alle Maßen froh, Simon wiederzusehen, daß ich losheulte wie ein Schloßhund, und ich erinnere mich an nichts weiter, als daß Pop mich aus dem Krankenhaus und zum Auto trug.

Falls Simon zu uns kam, weil er eine Familie haben wollte, dann hatte er sich eine ausgesucht, die ihn umgekehrt noch viel mehr brauchte. Für Pop und mich war es fast so, als ob Fritz wieder im Haus wäre, und Simon tat sein Bestes, um ihm den ältesten Sohn und mir den großen Bruder zu ersetzen. Ohne es zu wissen, linderte er die Spannung zwischen Pop und mir, und überhaupt wurde mit ihm unser Alltag wesentlich angenehmer. Nicht für einen Augenblick vergaß ich, daß Mom und Fritz fort waren, aber Simons Gegenwart half uns, die schmerzlichen Lücken ein klein wenig zu füllen. Bridie, die Simon immer schon als ihr Eigentum betrachtet hatte, weil sie ihn damals mutterseelenallein an der Sammelstelle zum Transport nach Fort Dix entdeckt hatte, brauchte einen Ersatz für Laurie, der in ihren Augen zum Feind übergelaufen war. Für sie war Simon eine Kreuzung aus Vaterfigur, Freund und erwachsenem Schwarm, und danach, ob ein einzelner Mann mit all diesen verschiedenen Rollen nicht überfordert sei, fragte sie nicht. Sogar Mom zeigte sich bewegt über seine Rückkehr. Vielleicht war es bloß ein Zufall, aber der erste erkennbare Wandel in ihrem Verhalten vollzog sich gleich nach Simons Ankunft.

Wir hatten die kleine Vorderkammer mit neuen Gardinen und einem neuen Bettüberwurf für ihn hergerichtet, aber Simon meinte, er sei nachts nicht gern allein, und fragte, ob ich vielleicht mein Zimmer mit ihm teilen wolle. Ich war hoch erfreut, denn ich hatte mich nie an das Alleinsein gewöhnt. In den ersten paar Nächten unterhielten wir uns fast bis zum

Morgengrauen, und ich fand rasch heraus, daß Simon, genau wie Fritz, viel besser zuhören konnte als selber erzählen. Ich schilderte ihm haarklein alles, was sich bei uns zugetragen hatte, seit er und Fritz in Übersee stationiert wurden, und ich hörte erst auf zu reden, wenn von der anderen Seite des Zimmers her ein leises Schnarchen herüberdrang. Duke wechselte von einem Bett zum andern, hin und her gerissen zwischen der Treue zu mir und der Liebe zu Simon, bis er schließlich, aus reiner Gewohnheit, bei mir hängenblieb. In diesen ersten Nächten wirkte die bloße Gegenwart eines anderen Menschen in meinem Zimmer derart beruhigend, vertraut und wohltuend, daß ich mich beim Schlafengehen so sicher und geborgen fühlte wie früher, als Fritz noch dagewesen war.
Vielleicht sprach Simon mit Pop über den Krieg und seine Verwundung, aber mir gegenüber machte er höchstens Witze über seine Narben und die Augenklappe und nannte sie seine Souvenirs aus Übersee. Von Fritz konnte er uns anscheinend gar nichts erzählen, weil sie schon einige Zeit vor seiner Verwundung getrennt worden waren. Er sei überzeugt, daß es Fritz gutgehe, beteuerte er, doch das war alles, was er dazu sagte. Er wollte möglichst schnell wieder zu einem normalen Leben zurückfinden und engagierte sich sehr für seine Arbeit beim Wasserwerk. Junge Männer, auch wenn sie einäugig waren, standen damals hoch im Kurs, und Big Tum, der bis zu seiner Pensionierung viele Jahre für das Wasserwerk gearbeitet hatte, vermittelte Simon ein Vorstellungsgespräch, und er bekam die Stelle, noch ehe die Fragerei um war. Er und Pop hatten die gleiche Arbeitszeit und verdienten auch ungefähr gleich viel. Simon steuerte wie selbstverständlich einen Teil seines Geldes zum Haushalt bei. Wenn er und Pop abends heimkamen, stand das Essen schon auf dem Tisch, und wir drei, nebst Bridie natürlich, richteten uns bald sehr harmonisch miteinander ein. Mina kam mehrmals die Woche abends mit Maria herüber, und wir alle wetteiferten darin, Maria zu verwöhnen, die ein fröhli-

ches, hübsches und unwiderstehlich reizendes Kind war. Manchmal gingen Pop und Simon auf ein Bier ins Alley oder schauten auf einen Drink bei Laurie im Prussian Inn vorbei, aber in der Regel hörten sie abends den Kriegsbericht im Radio und gingen früh zu Bett. Bis auf ein Wochenende hie und da, wenn Pop den Wagen nahm und allein loszog, waren er und Simon fast unzertrennlich. Wir waren die erste richtige Familie, die Simon je hatte.

Die irre Mildred hatte eine Schwäche für Simon, und ich war sicher, daß sie, wenn er ihr nur mal ein Lächeln schenkte, den zahnlosen Teddy im Nu vergessen würde. Wegen seiner Augenklappe und der Narbe versuchte sie ihn dauernd auf die Männerstation zu schicken, und erst nachdem er wochenlang beharrlich erklärt hatte, er komme als Besucher, beschloß sie, seine Lüge zu decken und ihn vor den anderen nicht als den Patienten zu entlarven, der er in Wirklichkeit sein müsse. Simon war es auch, auf dem Mom als ersten unmißverständlich reagierte. Eines Nachmittags, als wir sie besuchten, saßen wir wieder auf der Sonnenveranda im Frauentrakt, und Bridie führte das große Wort. Sie langweilte uns mit Klatschgeschichten über die Kinder in der Sechsten, besonders ihre Erzfeindin Frances Peart, die schon eine Andeutung von Busen hatte und deswegen von allen Mädchen der Klasse beneidet wurde. Mom schien zuzuhören, ja sie lächelte sogar, wenn Bridie etwas Komisches sagte. Miß Webster hatte Pop in ihr Büro gebeten, und so waren nur Simon, Mrs. Ganis, Bridie und ich bei Mom. Auf einmal bat Simon sie ganz beiläufig, mit ihm einen Spaziergang zu machen. Er reichte ihr den Arm, und so selbstverständlich, als passiere das jeden Tag, stand Mom auf, hakte sich bei ihm unter, und gemeinsam schlenderten sie über die Sonnenveranda. Mrs. Ganis preßte Bridie die Hand auf den Mund, als die zum Sprechen ansetzte, womit sie den Zauber bestimmt gebrochen hätte. Stumm vor Staunen standen wir dabei, als Mom und Simon langsam im

Kreis den Raum abschritten. Ihr Kontakt zur Wirklichkeit schien nicht minder gestört als sonst, aber sie redete wenigstens nicht mit ihren Phantomgestalten, und sie folgte Simons Führung.

»Sie hat Sie gehört«, flüsterte Mrs. Ganis. »Gott im Himmel, sie hat Sie gehört.«

»Mom?« Aber sie nahm mich gar nicht wahr. Pop und Miß Webster kamen herein, als Mom und Simon eben ihre zweite Runde begannen.

»Allmächtiger!«

»Das erstemal«, schluchzte Mrs. Ganis ergriffen. »Das erstemal seit über einem Jahr, daß sie jemanden gehört hat.«

»Mae?« Pop trat auf sie zu, aber sie ging an ihm vorbei, als wäre er unsichtbar.

»Wir wollen lieber nicht zu optimistisch sein«, mahnte Miß Webster freundlich.

»Wieso denn nicht?« widersprach Mrs. Ganis. »Simon bittet sie, mit ihm spazierenzugehen, und sie tut es. Das ist doch einfach wunderbar, finden Sie nicht?«

»Mrs. Finn? Ich bin's, Bridie. Wie geht es Ihnen?« Bridie nahm Moms freie Hand und schloß sich dem Rundgang an.

»Wer hat Ihnen das gestattet?« Mildred stand in der Tür, die Hände in die Hüften gestemmt, und runzelte in amtlicher Strenge die Stirn. »Niemand hat mich um Erlaubnis gefragt.«

»Das reicht, Mildred. Nun gehen Sie mal schön wieder zurück in Ihre Gruppe.«

»Aber es ist meine Aufgabe, für Disziplin zu sorgen, Miß Webster. Das ist schließlich mein Job.« Mildred zog einen Flunsch.

»Ich weiß«, sagte Miß Webster. »Aber um das hier kümmere ich mich selber, wenn's recht ist.«

»Ach, ich hab' Sie ja so gern, Miß Webster. Sie sind mir von allen Schwestern die liebste. Die andern sind ja so gemein, ehrlich. Richtige Miststücke, allesamt.« Sie lächelte honigsüß. »Aber Sie sind überall beliebt.«

»Danke schön, Mildred. Und nun gehen Sie wieder auf Ihre Station, ja?« Miß Webster wandte sich Mom zu, und Mildred streckte ihr die Zunge heraus, bevor sie über den Flur entwischte.
»Sie hat Ihnen die Zunge rausgestreckt.« Bridie dachte nicht daran, Mildred etwas durchgehen zu lassen.
»Was hat das zu bedeuten, daß sie so plötzlich aufsteht und herumgeht?« fragte Pop.
»Ich weiß auch nicht. Da müssen Sie den Doktor fragen.«
»Kann sie jetzt wieder nach Hause?« fragte ich.
»Nein, Finn, tut mir leid, aber das wird wohl noch ein Weilchen dauern. Und wie gesagt, wir wollen nicht zu optimistisch sein. Das ist schließlich nur eine erste Reaktion.«
»Es ist ein Anfang, Darling«, sagte Mrs. Ganis zu mir. »Und wir lassen uns unsere Hoffnung nicht nehmen.«
»In diesen Dingen müssen wir einfach realistisch sein«, mahnte Miß Webster auf ihre ruhige Art und lächelte Mrs. Ganis an.
»Den Teufel werden wir tun!« Mrs. Ganis lächelte trotzig zurück.
»Ich werde mal mit Dr. Lorman reden.« Pop ging zu Mom und legte den Arm um sie. Sie stieß ihn nicht zurück, aber sie schien auch sonst nicht auf ihn zu reagieren. Sie stand bloß da und ließ sich von ihm halten. Mrs. Ganis und Simon führten Bridie und mich auf den Flur, und Miß Webster ging zurück in ihr Büro.
Auf der Heimfahrt machten Bridie und ich Pläne für die Party, die wir geben wollten, wenn Mom entlassen würde. Pop ermahnte uns, vernünftig zu sein und »mit den Füßen auf der Erde zu bleiben«, aber etwas in seiner Stimme, eine gewisse Energie, die ich seit langem nicht mehr herausgehört hatte, verriet mir, daß er in Wahrheit kaum weniger zuversichtlich war als wir.
»Ich weiß nicht, wie du's gemacht hast, Simon, aber du hast es geschafft.« Pop lächelte jetzt fast ebenso breit wie Simon.
Als wir in die Livery Street einbogen, merkten wir gleich, daß etwas nicht stimmte. Mr. Ganis und Laurie saßen bei uns auf der Veranda, und Mr. Pascali und Big Tum lehnten am Geländer und redeten auf sie ein.

»Da muß was passiert sein«, sagte Pop, als wir vor dem Haus hielten. Simon sprang als erster aus dem Wagen und lief zu den Männern hinüber.

»Vielleicht wartet ihr lieber noch einen Augenblick.« Mrs. Ganis versuchte Bridie und mich zurückzuhalten, aber da hatten wir schon die Tür aufgestoßen, sprangen vom Rücksitz und rannten Simon nach.

»Ich denke, wir gehen lieber rein, Tom.« Laurie öffnete die Haustür, und die Männer gingen einer nach dem andern ins Haus.

»Herrgott noch mal, was ist passiert?« Pops Wangenmuskeln zuckten, und er war aschfahl. Bridie und ich drängten uns an allen vorbei, so daß wir als erste ins Wohnzimmer kamen. Im Haus roch es nach frischem Kaffee, die Jalousien im Wohnzimmer waren heruntergelassen, und man spürte förmlich, daß Unheil in der Luft lag. Mina saß mit Little Tum auf dem Sofa, und Mrs. Shultz ging mit dem Baby im Arm auf und ab. Als Mina Pop erblickte, stieß sie einen Schrei aus, flog auf ihn zu und vergrub ihr Gesicht an seiner Brust.

»Was ist mit Fritz? Mein Gott, was ist mit meinem Jungen?«

»Mina hat das Telegramm heute nachmittag bekommen«, sagte Mr. Pascali ruhig. »Er ist vermißt.«

Nach meinem Verständnis bedeutete »vermißt« nur, daß Fritz vorübergehend abhanden gekommen war. Über kurz oder lang würde man ihn finden, und zwar unversehrt, eine andere Möglichkeit gab es nicht. Bei uns wurden Messen für ihn gelesen und Kerzen angezündet, was ich alles für blanken Unsinn hielt, weil er doch bloß einmal nicht an seinem Platz gewesen war, als die Armee seine Anwesenheit kontrollierte. Alle gaben sich zuversichtlich: Simon, Pop, die Ganis und Laurie. Sogar Mrs. Cavanaugh. Trotzdem spürte ich, daß sie im Grunde ihres Herzens nicht daran glaubten, daß kein Anlaß zur Sorge bestünde. Pop begann mit Mina und den Pascalis auch unter der Woche zur

Messe zu gehen, und seine heimlichen Wochenendausflüge, von denen ich wußte, daß sie ihn zu Josie Cleary führten, wurden seltener und lagen weiter auseinander. Simon hatte offenbar das Gefühl, er müsse jetzt erst recht Verantwortung übernehmen, denn er strengte sich noch mehr an, der perfekte Sohn und Bruder zu sein. Gleich nachdem das Telegramm gekommen war, hörte ich ihn nachts mehrmals weinen, wenn er glaubte, ich schliefe schon. Bridie verbrachte manch einen Nachmittag auf den Knien vor ihrer ganz besonderen Freundin, der Heiligen Jungfrau, und bat sie um ein weiteres Wunder, obwohl ich ihr ausdrücklich sagte, daß wir gar kein Wunder bräuchten. Ich war der einzige, der unerschütterlich daran glaubte, daß der »vermißte« Fritz heil und gesund irgendwo in Europa herumkugelte und nur darauf wartete, gefunden zu werden.

Es war kurz vor dem letzten Schultag, als Charles, der hünenhafte Schwarze, der Laurie damals aus Tessies Haus rausgetragen hatte, nachmittags um drei zwischen den Müttern stand, die ihre Kinder abholen kamen. Wohl fühlte er sich offensichtlich nicht in dieser Umgebung.

»Da, guck doch, der Riese von damals!« Bridie packte mich am Arm und hielt mich auf der Treppe vor dem Schulhaus fest. Die gesamte Grundschule von Our Lady of Perpetual Help hatte nur zwei schwarze Schüler, und da ich deren Eltern kannte, konnte er wohl kaum wegen eines dieser Kinder hiersein.

»Was der wohl hier will?«

»Komm, wir gehen wieder rein und warten, bis er weg ist.« Bridie machte auf der Treppe kehrt.

»Hab dich doch nicht so. Wir haben schließlich nichts ausgefressen.« Ich nahm sie bei der Hand, und als wir das schwere Eisentor passierten, trat Charles uns in den Weg.

»Tessie möchte mit euch reden.« Er war kaum weniger schroff als bei unserer ersten Begegnung.

»Wir haben nichts angestellt«, sagte Bridie abwehrend.

»Hab' ich das etwa behauptet? Tessie möchte, daß ihr sie besuchen kommt. Jetzt gleich.« Er wandte sich zum Gehen.
»Was soll das, Menschenskind?« fragte Bridie.
»Na komm, gehen wir eben hin.«
»Nein, ich mag dieses Haus nicht.«
»Ach, komm. Wenigstens können wir Honey wiedersehen.« Ich ging los, wohlwissend, daß Bridie mir nachkommen würde. Wir hatten ihn erst einmal gesehen, und doch hatte der fremdartige, betörende Honey nicht aufgehört, uns zu faszinieren. Für die Chance, ihn wiederzusehen, würde Bridie bestimmt allerhand riskieren.
»Und du glaubst, er erinnert sich noch an uns?«
»Warum denn nicht? Wir haben ihn doch auch nicht vergessen.«
»Wir dürfen aber nicht dorthin gehen. Big Finn bringt uns um, wenn er's erfährt.«
»Wird er schon nicht.« Ich beeilte mich, Charles einzuholen, und, richtig, Bridie zockelte hinterher.
»Wieso bist du auf einmal so mutig?«
»Bin ich doch immer.«
»Wer's glaubt«, sagte sie.
»Nun komm endlich.« In Wahrheit hatte ich die ganze Zeit, seit Fritz mir gesagt hatte, daß Tessies Laden ein Bordell sei, auf eine Gelegenheit gewartet, mich dort einmal richtig umzusehen.

Tessie saß in einem der großen fächerförmigen Sessel und rauchte eine Zigarette. Die Jalousien waren heruntergelassen, schummriges Licht brannte, und der Parfumgeruch war noch stärker und süßlicher, als ich ihn in Erinnerung hatte. Tessie trug ein enges, hellbraunes Spitzenkleid, fast in der Farbe ihres Teints, ihr Haar war hochgesteckt und mit weißen Blümchen verziert. Ihr schönes Milchschokoladengesicht war vollendet geschminkt, und die Lippen schimmerten feucht und dunkelrot. Eine zweite Frau war bei ihr, jünger als Tessie, aber nicht so hübsch, mit platinblondem Haar und durchsichtigem Teint. Als

Charles uns hereinführte, stand sie auf und ging hinaus. Sie trug ein duftiges Nachthemd und darüber einen leichten Morgenmantel, und als sie an uns vorbeikam, strich sie mir lächelnd über die Wange, und ich konnte durch den dünnen Stoff ihre Brustwarzen sehen.

»Das ist Iris«, sagte Tessie. Ich wußte, daß Iris eine von den Huren sein mußte: Ihre Berührung durchzuckte mich wie ein elektrischer Schlag.

»Tag, Kinder«, sagte sie noch, bevor sie auf den Flur hinaustrat.

»Das mit deinem Bruder ist wirklich traurig.« Tessie nahm einen tiefen Zug aus ihrer Zigarette.

»Danke, aber ihm passiert schon nichts.«

»Ein wirklich schmucker Kerl. Ganz dein Daddy.«

»Sie kennen Fritz?« Er hatte mir nie erzählt, daß er Tessie persönlich kannte.

»Ein paar Abende, bevor er einrücken mußte, ist er mit ein paar Freunden hiergewesen.«

»Was wollte er denn hier? Ich meine, kam er auf einen Drink oder was?« Ich konnte mir nicht vorstellen, daß Fritz andere Frauen begehrte, wo er doch Mina hatte, die er liebte.

»Das geht dich gar nichts an.« Sie lachte und fing dabei an zu husten. »Setzt euch, ich möchte was mit euch bereden.« Charles wies gebieterisch auf das Sofa, und als Bridie und ich Platz nahmen, hatte ich das Gefühl, eine Unterredung mit Tessie sei beinahe so etwas wie eine Audienz beim Papst. »Mögt ihr ein Ginger Ale?«

»Ja, gern«, sagte Bridie, die sich so eng an mich drängte, daß sie mir praktisch auf dem Schoß saß. Tessie gab Charles ein Zeichen, und er ging hinaus.

»Wie geht's denn deinem Daddy?«

»Gut«, sagte Bridie. »Stocknüchtern.«

»Das hab' ich schon gehört, ja.« Tessie zog wieder an ihrer Zigarette. »Wir haben einen verdammt guten Kunden verloren, als der Mann unter die Abstinenzler gegangen ist, das könnt ihr mir glauben.« Sie stimmte ein tiefes, kehliges Lachen an. »Geht er noch mit der Krankenschwester?«

»Sie wissen wohl alles?« Bridie hatte ihre Stacheln ausgefahren.

»Du hast's erfaßt, Kleine.« Tessie wandte sich zu mir. »Und deine Mama ist immer noch drüben im Village? Was für ein Jammer. Muß deinem Daddy ja richtig das Herz abdrücken.« Charles kam mit dem Ginger Ale und ersparte mir ein längeres Gespräch über Mom.

»Meiner Mutter geht's gut. Sie kommt bald wieder nach Hause«, log ich, als ich das kühle Glas in Empfang nahm. »Über was wollen Sie denn mit uns reden?«

»Herzchen, aus dir wird mal 'n guter Geschäftsmann. Ein bißchen freundliches Blabla, aber dann gleich knallhart zur Sache. Gefällt mir.« Sie schlug ihre Beine andersherum übereinander und strich sich das Kleid glatt. »Es geht um Honey. Der Junge schwärmt in einem fort von euch. Macht mich ganz verrückt damit. Gibt einfach keine Ruhe. Liegt mir dauernd mit Bridie und Finn in den Ohren. Wenn der Bengel sich was in den Kopf gesetzt hat, also dann ist er schlimmer als eine Fliege am Zukkertopf, die am Fliegenfänger pappt. Er hat dauernd drauf gelauert, daß ihr ihn besuchen kommt.«

»Wollten wir ja auch, aber wir konnten nicht. Ist doch wahr, Finn, oder?«

»Wir dürften eigentlich auch jetzt nicht hiersein.«

»Ach, und warum nicht?«

»Mein Vater hat's verboten.«

»So? Na, was sagt man dazu?«

»Wo ist Honey denn?« fragte Bridie.

»Mit einem von den Mädchen beim Augenarzt. Einer wie er hat immer Probleme mit den Augen. Jetzt kriegt er schon wieder 'ne neue Brille.« Sie drückte ihre Zigarette aus. »Also damit ihr's wißt: Ich möchte, daß ihr mit Honey spielt. Sooft es geht. Ich bezahl' euch auch dafür.« Sie hatte uns ganz unverblümt ein Geschäft angeboten. Erwartungsvoll beugte sie sich vor. »Na?«

»Dafür könnten wir doch kein Geld nehmen«, sagte ich entrüstet.
»Wieviel?« fragte Bridie.
»'n Silberstück. Für jeden Besuch.«
»Und wieviel ist ein Silberstück?«
»Das ist doch ganz egal.« Ich war entschlossen, den Handel zu unterbinden. »Wir können unmöglich Geld dafür nehmen, daß wir mit jemandem spielen.«
»Und ich dachte, du wärst Geschäftsmann.«
»Wieviel ist ein Silberstück?« Bridie ließ sich nicht beirren.
»Ein Vierteldollar.«
»Fünfundzwanzig Cents – für jedes Mal! Sogar, wenn wir siebenmal die Woche kämen ...?«
»Mein Angebot steht.«
»Wir sind einverstanden.«
»Nein, sind wir nicht.« Ich wollte aufstehen und gehen, aber Bridie hielt mich zurück.
»Menschenskind, es ist ein Job. Denk doch bloß, was für'n Haufen Geld wir dabei sparen könnten.«
»Nein. Wenn das rauskommt, bringt Pop uns wirklich um.«
»Wer im Leben zu was kommen will, muß auch ein bißchen was riskieren. Den Rat solltest du dir merken, denn einen besseren gibt's nicht.« Tessie zündete sich eine neue Zigarette an. »Oder willst du am Ende bloß den Preis hochtreiben?«
»Aber wo denken Sie hin!«
»Magst du Honey etwa nicht?«
»Also ehrlich, Finn! Du hast doch gesagt, daß du ihn nett findest.«
»Klar tu' ich das, aber ...«
»Das ist 'n ganz Ausgebuffter. Der Junge hat Grips, genau wie sein Daddy – und wie ich. Allesamt Leute mit Grips.«
»Also abgemacht«, sagte Bridie. »Wir sind dabei. Und machen Sie sich keine Sorgen, weil er jetzt noch dagegen ist – ich krieg' ihn schon rum.«

Während wir die Allen Street hinuntergingen, mochte ich Bridie nicht einmal ansehen, geschweige denn mit ihr reden.
»Wir könnten einen Haufen Geld sparen.« Das war ein schwaches Argument für eine, die nicht einmal zwei Cents mehr als fünf Minuten zusammenhalten konnte. »Schau, wir fangen an zu sparen, und dann, eines Tages, kaufen wir uns ein Haus in New York, wo du Künstler werden und deine Bilder malen kannst, und ich gehe zu den Rockettes oder so was.« Sie holte sich ihre Munition von überall, sogar aus unseren Träumen. In jenem Augenblick bereute ich, je mit ihr über meine Zukunftsphantasien gesprochen zu haben. Wir kamen gerade an dem hohen Gitterzaun vorbei, der den Stadtfriedhof säumte, und ich ging so rasch, daß sie kaum mit mir Schritt halten konnte. »Tut dir dein Bein nicht weh? Nun warte doch mal, Menschenskind.« Mich plagten genug Schuldgefühle, auch ohne daß ich mich dafür bezahlen ließ, einem armen Jungen Gesellschaft zu leisten, der niemanden zum Spielen hatte. Ich war schon jetzt überzeugt, daß ich irgendwie verantwortlich dafür sei, daß Mom in der Anstalt saß und Fritz vermißt wurde und Pop sich heimlich zu Josie Cleary schlich. Sogar das Auge, das Simon verloren hatte, buchte ich auf mein Schuldkonto. »Ich weiß nicht, was du hast. Geld ist Geld.« Sie schnaufte angestrengt, als sie hinter mir hergelaufen kam. »Okay, okay, ich will nichts davon haben. Du kannst den ganzen Kies behalten.«
»Ich will aber das blöde Geld nicht.«
»Okay, dann machen wir's eben umsonst.«
»Ach, halt doch den Mund und laß mich endlich in Ruh'.« Ich fing an zu rennen, um sie loszuwerden, aber sie sprang mir auf den Rücken und zwang mich zu Boden. »Laß mich los, du Biest, oder ich schlag' dir die Zähne ein. Ich schwör' dir, ich tu's!«
»Du und wem seine Armee?« Sie versuchte, mir die Arme auf den Boden zu drücken, aber ich konnte ihr einen Kinnhaken verpassen, der sie umwarf, und dann sprang ich auf die Füße und rannte ins Friedhofsgelände.

»Ich glaub' wirklich, du Mistkerl hast mir 'nen Zahn ausgeschlagen!«
»Prima!«
»Na warte, ich krieg' dich!« Wenn sie ernsthaft lossprintete, war ich ihr mit meiner hinderlichen Beinschiene nicht gewachsen, und so hing sie mir in Minutenschnelle wieder im Nacken, und gleich darauf balgten wir uns zwischen den Grabsteinen. Wir landeten jeder ein paar saftige Püffe und Ohrfeigen, und sie versuchte mich sogar in die Nase zu beißen, bevor ich sie endlich bezwang, indem ich mich mit meinem ganzen Gewicht auf sie warf und sie bis zur Erschöpfung niederdrückte. »Du gemeiner Hund«, keuchte sie. Falls Totengeister über uns schwebten und den Kampf verfolgten, wurden sie noch mit manchen Kraftausdrücken konfrontiert, die man von Rechts wegen keinem anständigen Gespenst zumuten sollte.
»Ergibst du dich?«
»Nicht ums Verrecken, Scheißkerl!«
»Nimm deine dreckige Zunge in acht: Man flucht nicht auf dem Friedhof.«
»Mir doch egal!«
»Aber das ist Frevel!«
»Nein, ist es nicht. Das ist hier nämlich ein protestantischer Friedhof. Und jetzt geh endlich runter!«
»Denkste.«
»Mensch, bist du unfair – wo ich bloß ein Mädchen bin.« Ich wußte, daß sie wirklich geschlagen war, wenn sie sich dazu herabließ, dieses Argument ins Feld zu führen.
»Mir doch egal! Du hältst jetzt die Klappe und hörst mir zu!« Und just dort, auf dem Familiengrab der Wiggums, erklärte ich ihr, immer noch halb atemlos, daß wir Honey aus zwei Gründen nicht besuchen könnten, von denen der eine die Ehre betraf und der andere rein praktischer Natur war: Erstens sei es nicht anständig, für so etwas Geld zu nehmen, und zweitens lebe Honey in einem Bordell, und wenn Pop und Laurie es rauskrieg-

ten, würden sie uns vermutlich lebenslänglich in St.-Stephen einsperren lassen. Ich spürte, wie ihr Widerstandsgeist erlahmte oder vielmehr von der Neugier bezwungen wurde.

»Was ist ein Bordell?« Ich gab sie frei, wir richteten uns auf und lehnten uns nebeneinander gegen den Grabstein, und ich erzählte ihr alles, was ich wußte, alles, was Fritz mir erklärt hatte, und alles, was ich mir inzwischen zusätzlich angelesen hatte. Es dauerte nur Minuten, bis sie das Puzzle zusammengefügt und begriffen hatte, daß Laurie bei Tessie nicht bloß am Tresen Stammgast gewesen war. »Ich hasse ihn.« Sie hatte Tränen in den Augen, und an ihrem vorgereckten Kinn erkannte ich, daß es Zornestränen waren. »Wie lange weißt du das schon?«

»Fritz hat's mir an dem Morgen erzählt, an dem wir Laurie heimgeholt haben.«

»Und du hast mir nichts gesagt? Mensch, bist du gemein! Du bist ja noch gemeiner als gemein. Dir erzähl' ich nie mehr was, du Mistkerl.« Ich dachte, sie würde jetzt aufstehn und gehn, aber sie saß ruhig da und dachte nach, während sie mit dem Absatz ein Loch in den Rasen bohrte, unter dem ich weiß nicht welcher Wiggum ruhte. »Glaubst du, daß Laurie es mit dieser Tessie gemacht hat?« Wütend wischte sie sich mit dem Handrücken die Nase.

»Keine Ahnung.«

»Können Farbige und Weiße es überhaupt miteinander machen?«

»Weiß ich nicht. Aber ich denk' schon.«

»Vielleicht hat er's mit dieser Iris gemacht. Dieser Fetzen, den die anhatte, war ja ganz durchsichtig.«

»Ich weiß.«

»Wie viele solche Frauen arbeiten denn noch da?«

»Woher soll ich das wissen?«

»Wir kriegen's schon raus.« Sie stand auf und ging zum Tor. »Morgen nach der Schule fangen wir nämlich an zu arbeiten.«

»Von wegen!«

»O doch! Wenn du nicht mitmachst, sag' ich Laurie, daß du gesagt hast, er macht Sex mit Tessie und Iris und all den anderen, die noch dort arbeiten. Und Big Finn erzähl' ich's auch, der wird's dir dann schon geben. Dein mickriger Hintern wird dir so weh tun, daß du zehn Jahre nicht mehr sitzen kannst.« Ich haßte die Arroganz, mit der sie jetzt davonstolzierte – ihre Siegerpose, mit der sie jeden gewonnenen Streit feierte.
»Du, ich könnte dich …« Aber dann ging ich ihr brav nach, bitter geschlagen und gedemütigt, denn gegen Bridies Drohung, sie würde mich bei Pop verpfeifen, konnte ich mich nicht wehren.
»Wir werden reich, und dann können wir fort aus der Livery Street, und alle Leute hier können uns gestohlen bleiben.« Sie fing an zu hüpfen, und jetzt mußte ich rennen, um mit ihr mitzuhalten.

Am 6. Juni 1944, D-Day, inszenierten Briten und Amerikaner die spektakulärste Invasion der Kriegsgeschichte. Eintausend Flugzeuge, viertausend Schiffe und rund fünfundvierzigtausend Mann Besatzung landeten in der Normandie und stürmten die uneinnehmbarsten Befestigungswälle, die je errichtet wurden. Der Optimismus der Nation erholte sich mit einem Schlag, und alle feierten, was sie für den Anfang vom Ende des Krieges in Europa hielten. Ich jubelte aus einem anderen Grund. Ich war nämlich überzeugt, daß jeder einzelne dieser fünfundvierzigtausend Soldaten sein Leben nur mit dem einen Ziel in die Schanze schlug: meinen Bruder zu finden.

Im Hochsommer machte Mom schon regelmäßig Spaziergänge, und zwar nicht mehr bloß auf der Sonnenveranda, sondern auch draußen im Park von Franklin Village. Jetzt, wo die Bäume in vollem Laub standen und zwischen gepflegten Rasenflächen bunte Blumenbeete grüßten, wirkte das Anwesen längst nicht mehr so unheimlich wie im Winter. Italienische und deutsche

Kriegsgefangene, die von der Regierung abgestellt waren, um überall, wo Not am Mann war, die fehlenden Arbeitskräfte zu ersetzen, erledigten fast die ganze Gartenarbeit. Zwei der Gefangenen, Ugo und Francesco, die beide aussahen, als gingen sie noch auf die High-School, freundeten sich ein bißchen mit uns an, weil Mina italienisch sprach. Die Gefangenen wurden zwar immer von ein paar Soldaten beaufsichtigt, aber Franklin Village war mannshoch eingezäunt und hatte Wachtposten an allen Toren, weshalb die Gefangenen, wenn sie nicht gerade im Arbeitseinsatz waren, sich innerhalb des Geländes frei bewegen durften. An den Wochenenden, wenn wir zu Besuch kamen, hielten Ugo und Francesco meist schon nach uns Ausschau, und wenn sie uns mit Mom durch die Anlagen spazieren sahen, folgten sie uns in kurzem Abstand und wiederholten dabei unermüdlich: »Hello, how are you?«, die einzigen Brocken Englisch, die sie bislang aufgeschnappt hatten. Wenn Mina dabei war, unterhielten die drei sich auf italienisch, und Mina übersetzte. Ugo kam aus Palermo, Francesco aus Rom, beide hatten keine Ahnung, worum es in diesem Krieg eigentlich ging, und sehnten sich nur danach, so bald wie möglich wieder nach Hause zu kommen. Jedesmal, wenn sie von daheim erzählten, weinten sie wie die Kinder. Ugo wollte bei seinem Vater Steinmetz lernen, und Francesco wollte Filmstar werden und eine Diva heiraten, was ihm natürlich gleich Bridies Herz gewann. Sie flirtete ganz schamlos mit ihm und bat Mina, sie möge ihr doch Italienisch beibringen, damit sie sich ohne Dolmetscher mit ihm unterhalten könne. Die beiden waren so arglos und gutwillig, daß man in ihnen unmöglich den Feind sehen konnte, und wenn ich mir vorstellte, daß Fritz gegen Soldaten wie diese beiden kämpfte, erschien mir der Krieg vollends sinnlos. Pop meinte auch, sie seien eher wie zwei Basketballkameraden von Fritz, die er mit heimbringen würde, damit sie am Küchentisch das Spiel noch einmal durchhechelten.

Ungeachtet meiner standhaften Weigerung, Geld anzunehmen, drängte Tessie es uns auf, ja sie hielt Wort und gab uns je fünfundzwanzig Cents für jeden Besuch bei Honey, und wir gingen fast an allen Werktagen nach der Schule zu ihm. Ich sparte mein Geld, aber Bridie hatte ihres in der Regel schon ausgegeben, bevor wir nach Hause kamen. Ich schärfte ihr ein, Honey nichts davon zu sagen, daß wir bezahlt würden, weil es ihn kränken würde, wenn er wüßte, daß wir nicht aus eigenem Antrieb mit ihm spielten. Aber Honey blieb in seiner kleinen Welt nichts verborgen, und schon nach ein paar Wochen erklärte er uns, wir hätten auch fünfzig Cents verlangen können, und Tessie wäre wahrscheinlich darauf eingegangen. Außer Iris arbeiteten noch zwei Mädchen für Tessie. Elizabeth, die groß, schlank und sehr dunkel war, gab sich die meiste Zeit unnahbar und war arg launisch, aber sie strickte gern, und als sie sich erst einmal an uns gewöhnt hatte, brachte sie es Bridie bei. Das andere Mädchen, Cat, war eine leicht übergewichtige und noch sehr kindliche Weiße. Egal, was man sagte, sie war immer der gleichen Meinung, überhaupt sehr entgegenkommend und lachte außerdem zuviel, und Bridie schwor Stein und Bein, sie sei nicht ganz richtig im Kopf. Aber an manch einem regnerischen Sommernachmittag spielten die beiden einträchtig Theater und Varieté, und Bridie übertrieb es dermaßen mit Rouge und Lippenstift und Lidschatten, daß sie aussah wie eine Schießbudenfigur.

Honey und ich hockten die meiste Zeit in seinem Zimmer über den Karten und planten Reisen in ferne Länder, deren Namen wir nicht einmal aussprechen konnten, oder wir bastelten am Küchentisch Modellflugzeuge, während Charles köstliche Gerichte kochte und die herrlichsten Kuchen und Pasteten buk. Aus unerfindlichen Gründen war die Rationierung in Tessies Etablissement kein Problem: Butter, Fleisch, Kaffee, Zucker, ja sogar Schokolade waren immer und anscheinend in unbegrenzter Menge vorhanden.

Als Honey und ich uns näher kennenlernten, entdeckte ich zu meiner Verwunderung, daß er etwas an sich hatte, was mich an Rebecca Steinman erinnerte: diese gewisse Entrücktheit nämlich, die den Anschein erweckt, der Betreffende stehe immer ein bißchen abseits, ja bleibe bis zu einem gewissen Grad nur Zuschauer. Beide kamen mir, bildlich gesprochen, alt und weise vor, und ich hatte das Gefühl, sie wüßten um Dinge, die mir auf ewig verschlossen bleiben würden. Ähnlich wie Rebecca an dem Foto von ihren Eltern daheim in München hing, hatte auch Honey ein Lieblingsbild. Es war ein abgegriffenes Foto von einer vielköpfigen schwarzen Familie, die auf der Veranda eines gepflegten viktorianischen Hauses posierte. Es mußte schon viele, viele Jahre alt sein, denn die Frauen hatten lange Kleider an, und von den Männern trugen einige Strohhüte und Ärmelhalter. Auf dem Foto waren mindestens zwanzig Leute jeden Alters: Großeltern und kleine Babys, hübsche junge Frauen und kräftige junge Männer, dicke, selbstgefällige Onkel und Tanten und ungebärdige Kinder. Honey hatte das Foto in einem seiner Bücher gefunden, und selbst Tessie hatte keine Ahnung, wer die Leute waren, aber er malte sich aus, es sei ein Bild von seiner Familie in Georgia, aufgenommen bei einem sommerlichen Picknick. Wenn er es nur lange genug ansehe, sagte er, dann entdecke er sich selbst vorn auf der Treppe, zwischen einer vollbusigen Frau mit einem Baby auf dem Arm und einem schlaksigen Jüngling, der die knochigen Knie mit den Armen umschlungen hielt. Manchmal starrten wir auch beide das Foto an und taten so, als wären wir mit drauf, und nach einer Weile sah ich mich tatsächlich gleich neben Honey sitzen, und die ganze große Familie nahm uns so herzlich auf, daß wir überhaupt nicht mehr wie Außenseiter wirkten.

Anfangs verlangte Tessie, daß wir die ganze Zeit im Haus blieben, aber wir bettelten und schmeichelten so lange, bis wir sie mürbe machten und sie uns kleine Ausflüge erlaubte, und dann dauerte es nicht mehr lange, und wir durften tun und lassen, was wir wollten, solange Honey nur vor der Sonne geschützt war. Wir zeigten ihm die Wunder unseres Baches, Stony Brook, lehrten ihn die Kunst, Flußkrebse und Salamander zu fangen, und nahmen ihn mit zu dem alten Steinbruch hinter Devil's Cave, wo es immer Kletter- und Vipernattern gab und manchmal sogar Mokassinschlangen. Auch zum Reitstall gingen wir und sahen den reichen Kindern beim Unterricht zu, und zuweilen kam die dralle deutsche Lehrerin, Miß Haas, in ihren Reithosen und den abgewetzten Stiefeln ans Gatter und ließ uns drei ein müdes altes Leitpferd besteigen und ohne Sattel eine Runde auf der Trainingskoppel drehen. Wir gingen zum Angeln auf den Treidelpfad zwischen See und Kanal, fingen Kaliko- und Sonnenfische und Aale, und Bridie und ich schwammen im Unterzeug von der Mule Bridge flußabwärts, während Honey aus dem Schatten eines mächtigen Silberahorns zusah. Wir stellten uns unter den Brückenbock und schrien aus Leibeskräften, sobald ein Zug den Kanal überquerte, hörten aber trotzdem nur das Kreischen und Rattern der Räder auf den Schienen. Auf dem Unigelände setzten wir uns unter einer Glyzinie, die sich am Musikseminar emporrankte, neben ein offenes Fenster, und die Studenten, die drinnen übten, gaben uns ein Gratiskonzert. Und wenn es einmal regnete, gingen wir ins Museum und bestaunten das riesenhafte Dinosaurierskelett und die Vogeleiersammlung und die Mumie mit der lippenlosen Fratze, die ihre braunen Zähne fletschte und über und über mit staubigen, rostfarbenen Lumpen umwickelt war. Honey all das zu zeigen, was uns mit den Jahren selbstverständlich geworden war, erfüllte mich mit einem ganz wunderbaren Gefühl des Wiederentdeckens und dankbarer Wertschätzung, und ich weiß noch, daß ich damals dachte, wenn es eines Tages soweit sein und ich mit Bridie den großen Sprung nach New York wagen würde, dann würde mir die Trennung von zu Hause gewiß sehr schwer fallen.

Eines Nachmittags nach der Schule, als wir gerade über die

Hintertreppe zu Honey wollten, trafen wir auf Mr. Rose, den Apotheker in Winter's Drugstore, wo Bridie und ich regelmäßig einen schönen Batzen von unserem Geld am Limoausschank opferten. Mr. Rose war ein spindeldürrer Mann mit beginnender Glatze und großen Zahnlücken, der immer ein bißchen geistesabwesend wirkte. Der Flur war dunkel, und er erkannte uns nicht gleich, aber dann erstarrte er, bekam ganz blasse Lippen und sah aus, als würde er jeden Moment in Ohnmacht fallen.

»Tag, Mr. Rose«, sagte Bridie. »Was machen Sie denn hier?« Ich stieß ihr den Ellbogen in die Rippen.

»Ich, ääh, also ... ääh ...« Die Adern an seinem dürren Hals pochten hektisch.

»Sind Sie 'n Freund von Tessie?« fragte Bridie.

»Nein, nein! Das heißt ... gewissermaßen, ja.«

»Wie nett.«

»Ich ... ääh ... hab' nur rasch eine Medizin vorbeigebracht.« Er wollte eilig die Treppe hinunter, aber Bridies Neugier war nicht so leicht zufriedengestellt.

»Wer ist denn krank?« Tessie erschien oben an der Treppe.

»Weiß ich nicht.« Mr. Rose nahm zwei Stufen auf einmal. »Allmächtiger«, seufzte er, als er an uns vorbei zur Tür hinauswieselte.

»Bis zum nächstenmal – im Drugstore!« brüllte Bridie ihm nach. Tessie mußte sich vor Lachen gegen die Wand lehnen. »Wer ist denn nun krank?« fragte Bridie noch einmal.

»Ich kann nicht mehr!« japste Tessie.

»Was ist denn so komisch?« Bridie war vollkommen verdattert. »Es ist doch wer krank, oder?«

»Nein, du dumme Pute!« Mir war die Situation langsam genauso peinlich wie Mr. Rose. »Er war wohl eher hier, um eins von den Mädchen zu besuchen. Ab und zu könntest du dein bißchen Grips wirklich mal anstrengen!«

»Iris«, bestätigte Tessie, bemüht, sich das Lachen zu verkneifen. »O mein Gott, ich glaub', ich mach' mir in die Hose.« Von krampfhaftem Lachen geschüttelt, lief sie in die Wohnung zurück.

»Mr. Rose und Iris!« Bridie war ehrlich schockiert. »Aber er ist doch verheiratet.«

Ab da wurde ein Zeichen vereinbart, das wir streng beachten mußten, wenn wir Honey besuchen gingen. Charles malte ein Holzbrettchen auf der einen Seite rot und auf der anderen Seite grün an und hängte es an einem Nagel neben die Hintertür. Zeigte es auf Rot, versteckten wir uns im Gebüsch und warteten, bis der Kunde wieder fort war und Charles herunterkam und das Schild umdrehte. Mr. Rose war beileibe nicht der einzige Ehemann in der Stadt, der in Tessies Etablissement verkehrte.

Wenn wir mit Honey zusammen waren, machten wir immer einen großen Bogen um den Bahnhof, damit Pop uns nicht sah, aber an einem drückendheißen Nachmittag gingen wir, im Glauben, er habe noch Dienst, bei uns zu Haus vorbei, um uns zu waschen, weil wir anschließend ins Kino wollten, und Honey kam mit rein. Er sah sich in unserem Haus genauso interessiert um, wie er die Ausstellungsstücke im Museum bestaunt hatte.

»Ich wollte schon immer mal wissen, wie's bei dir zu Hause aussieht. Komisch, ich dachte, Weiße wohnen anders als wir.« Sein Blick fiel auf das Foto von Deirdre auf dem Radio. »Das ist dein Schwesterchen, stimmt's?«

»Schwitzt ihr auch so wie ich?« Bridie fächelte sich mit einer Zeitung. »Ich könnte mich glatt in den Kühlschrank setzen.«

»Hast du auch ein Bild von deiner Mutter?«

»Ja, oben in meinem Zimmer. Komm mit.« Als wir eben die Treppe raufwollten, ging die Haustür auf, und Pop stand auf der Schwelle. Mir wurde ganz schlecht.

»Hallo, wen haben wir denn da? Du bist wohl Honey, stimmt's?« Er trat auf Honey zu, sie schüttelten sich die Hand, aber Honey brachte kein Wort heraus. Pop erwartete offenbar irgendeine Reaktion von mir, doch ich war so starr vor Schreck, daß ich keinen Mucks hätte machen können. »Es war so verflucht heiß in der Gepäckaufbewahrung, daß sie uns heimgeschickt haben. Ich geh' schnell rauf und dusch' mich.« Bridie und ich starrten uns bloß an. »Na, Finn«, sagte Pop, als er an mir vorbeiging, »du hast wohl die Sprache verloren?« Es klang gehässig, wie er das sagte. »Ja, mir entgeht nichts, Freundchen. Aber auch gar nichts, verstehst du?« Damit lief er die Treppe hoch und ließ uns sprachlos unten stehen.

Wochen vergingen, bevor ich herausfand, daß Tessie ihn eingeweiht hatte.

»Herzchen, dein Daddy und ich, wir kennen uns schon ewig. Natürlich hab' ich ihm Bescheid gesagt. Hat er's dir denn nicht erzählt? Ich hab' ihn angerufen und ihm mein Wort darauf gegeben, daß an der Sache nichts faul ist. Ihr kämt hierher, um Honey zu besuchen, und basta. Ich wollte das nicht hinter seinem Rücken machen, verstehst du? So was ist nämlich nicht meine Art, Herzchen.«

»Weiß er auch, daß Sie uns Geld geben?«

»Den Teufel auch! Was einer verdient, geht schließlich niemanden was an.«

»Ich kapier' nicht, warum Big Finn nie was gesagt hat«, meinte Bridie später auf dem Heimweg.

»Ich auch nicht.«

»Wir hätten gar keine Angst zu haben und uns nicht dauernd verstecken müssen, wenn wir das gewußt hätten.«

»Genau.« Und bei mir dachte ich: Wahrscheinlich hat er uns gerade deswegen nichts gesagt.

»Ich war dabei, als Miß Webster mit den Ärzten gesprochen hat, und sie fassen es ernsthaft ins Auge.« Mildred gab sich noch beflissener als sonst. Wir saßen auf der Treppe vor dem Hauptgebäude und sahen zu, wie Bridie, Pop und Mina mit Mom an den Blumenbeeten entlangspazierten. Es war der Samstag vor dem Labor Day, unser letztes Ferienwochenende. Die ganze

Woche war es brütend heiß gewesen, und mein Bein machte mir zu schaffen, weshalb ich es vorzog, mich allein in den Schatten zu setzen, die Stille zu genießen und ein bißchen zu zeichnen. Aber kaum, daß ich es mir bequem gemacht hatte, spürte Mildred mich auf. »Ich als Spezialistin würde sagen, sie sollen's nur ruhig in Angriff nehmen. Aber fragen sie mich? Nein! Die denken, sie hätten die Weisheit mit Löffeln gefressen, Mistkerle.« Sie linste mir über die Schulter. »Sag mal, du bist ja ein richtiger Künstler.«

»Was denn in Angriff nehmen?« Ich hörte ihr nur mit halbem Ohr zu, während ich die Spaziergänger auf der Grünanlage skizzierte.

»Na, Maes Schocktherapie. Von allein wird's nämlich nicht besser mit ihr.«

»Wovon reden Sie eigentlich?«

»Erinnerst du dich nicht mehr an *Frankenstein*? Wie sie das Monster an lauter Drähte angeschlossen und es dann ins Gewitter rausgejagt haben? Und wie dann der Blitz in diese Apparate an seinem Hals eingeschlagen hat und wie er zum Leben erweckt wurde? Erinnerst du dich? Das gleiche machen wir hier mit den Patienten. Pumpen sie einfach voll mit Elektrizität – angeblich hilft das. In Wirklichkeit kriegen sie natürlich Krämpfe davon, und es schlägt auch nicht immer an, aber wenn eine so närrisch ist wie Mae – was bleibt uns da anderes übrig?«

»Frankenstein!«

»Sag bloß, du hast den Film nicht gesehen?«

»Was soll das heißen, sie machen's mit Mom genauso? Woher wissen Sie das?«

»Na ja, wir hatten 'ne Besprechung, Miß Webster, die Ärzte und ich. Und jetzt wird geprüft, ob ein Therapiewechsel angezeigt ist. Ich persönlich habe mich dafür ausgesprochen. Bei Teddy hat's nämlich Wunder gewirkt. Natürlich hat er dadurch noch 'n paar Zähne verloren. Aber lieber auf ein paar Zähne verzichten als verrückt sein. Findest du nicht auch?«

»Ach, Sie wissen ja nicht, wovon Sie reden.«
»Ich glaube, du solltest dich bei mir entschuldigen, junger Mann. Noch ein freches Wort, und ich werde dich melden.« Sie stand auf, klopfte sich den Staub vom Kleid und drohte mir im Gehen damit, mich in eine andere Anstalt verlegen zu lassen.
Bevor ich mit Pop sprach, ging ich erst einmal zu Miß Webster, um mich zu erkundigen, was an der Geschichte dran sei. Ich fand sie in ihrem Büro. Sie stand, um sich Kühlung zu verschaffen, bei offenem Fenster vor einem scheppernden Ventilator.
»Mein Gott, Finn, du solltest doch allmählich wissen, daß man Mildred nicht ernst nehmen darf. Sie drückt sich in den Ecken rum, belauscht Gespräche, die sie nichts angehen, und macht bloß Scherereien mit ihrem Getratsche.«
»Sie hat also gelogen?«
»Ich glaube, du solltest mal mit deinem Vater reden.«
»Dann hat Mildred doch die Wahrheit gesagt. Mom soll Elektroschocks kriegen!«
»Es ist vorläufig nur eine Möglichkeit, die die Ärzte in Betracht ziehen. Und was Mildred dir da vorgefaselt hat, ist purer Schwachsinn. *Frankenstein*, also wirklich!«
»Mit Elektrizität bringt man Menschen um.«
»Du lieber Himmel, wir reden hier doch nicht vom elektrischen Stuhl! Überhaupt solltest du dir darüber nicht den Kopf zerbrechen. Geh lieber deine Mutter besuchen und vergiß diese ganze Geschichte.«
»Mildred sagt, man kriegt Krämpfe davon.«
»Ja, schon, aber das ist nicht so, wie sich's anhört. Auf keinen Fall so schlimm, wie Mildred es hinstellt. Herrgott, wenn das so weitergeht, macht diese Person noch ihre eigene Praxis auf! Aber es wäre wirklich blanker Unsinn, das mit dir zu diskutieren, schon weil du's sowieso nicht verstehen würdest. Also geh jetzt und hör auf, dir Sorgen zu machen. Ich hab' zu tun.«
Wenn Erwachsene mich unter dem Vorwand abwimmelten, daß

ich ja doch nicht verstünde, wovon die Rede sei, dann wußte ich, daß sie nicht darüber reden *wollten.* Eins stand freilich fest: Sie wollten Mom mit Elektroschocks behandeln, und die verursachten Krämpfe, und daran war meine kleine Schwester gestorben, und darum war ich sicher, daß Pop es ihnen verbieten würde, sobald er davon erfuhr. Als ich mich auf die Suche nach ihm machte, fiel mir Rebeccas Vater ein, der nach Deutschland zurückgegangen war, um ihre Mutter vor Hitler und seinem Krieg zu retten, und ich erinnerte mich, daß Mr. Howe das gutgeheißen hatte, denn – so ungefähr hatte er gesagt – in Zeiten der Not darf ein Mann seine Familie nicht im Stich lassen.

»Herrgott noch mal, Finn, du regst dich da völlig umsonst auf.« Ich hatte Pop beiseite genommen, damit Mom unser Gespräch nicht mithören konnte. Ich war nämlich überzeugt, daß Mom alles hörte, was in ihrer Gegenwart gesprochen wurde.

»Aber es führt zu Krämpfen. Und daran ist Deirdre gestorben.«

»Das war doch ganz was anderes. Deine Schwester, möge sie in Frieden ruhen, hatte die Masern. Und davon abgesehen – die Ärzte wissen schon, was sie tun. Die brauchen weder deine Hilfe noch meine.«

»Aber dann machen sie's, sie geben ihr Elektroschocks!«

»Finn, jetzt hör mir mal zu.« Er legte mir die Hand auf die Schulter, und sein Ton wurde sanfter. »Würde ich denn erlauben, daß irgendwas geschieht, womit man deiner Mutter schaden könnte? Nun denk doch mal nach! Ich liebe sie, und ich wünsche mir nichts sehnlicher, als daß sie rasch gesund wird, damit sie wieder zu uns nach Hause kommt. Und das willst du doch auch, oder?«

»Ja.« Ich überlegte mir, ob er inzwischen Josie Cleary liebte und vielleicht gar nicht mehr wollte, daß Mom wieder heimkäme.

»Und meinst du nicht auch, daß wir schon genug Kummer haben, wo jetzt dein Bruder vermißt ist und überhaupt?«

»Doch.«

»Dann tu mir einen Gefallen und mach's nicht noch schlimmer, als es ohnehin schon ist. Ich versuche mein Bestes, ob du's glaubst oder nicht. Und es könnte nicht schaden, wenn du mich ein bißchen unterstützen würdest. Weißt du, wir müssen doch jetzt zusammenhalten.«

»Aber sie wollen Mom Elektroschocks verpassen!« Er machte sich anscheinend keinen Begriff von der entsetzlichen Folter, die Mom bevorstand.

»Herrgott!«

»Das darfst du nicht erlauben.«

»Jetzt ist aber Schluß, hörst du? Ich hab' dir doch gesagt, die Ärzte wissen, was sie tun.« Seine Stimme klang gereizt, und ich wußte, daß er gleich die Geduld verlieren würde.

»Aber sie könnte dran sterben.«

»Verflucht noch mal, ich hab' gesagt, jetzt ist Schluß! Ich will kein Wort mehr davon hören. Merk dir das, Freundchen.« Er ließ mich auf dem Weg stehen und beeilte sich, Mom, Mina und Bridie einzuholen. In dem Augenblick wurde mir klar, was ich zu tun hatte, und ich machte mich auf die Suche nach Mildred.

Als Bridie und ich an diesem Abend auf ihrem Bett saßen und das Geld zählten, das wir bis jetzt für die Besuche bei Honey bekommen hatten, da entdeckte ich ihr meinen Plan. Widerstrebend hatte Mildred, das große Talent im Austüfteln von Fluchtmöglichkeiten, mir das Schlupfloch in der Außenmauer gezeigt: hinter den Brikettstapeln, gleich neben dem Trafohäuschen. Ich entlockte ihr das Geheimnis mit dem Versprechen, ihr dafür ein Rendezvous mit Simon zu verschaffen. In einem Abschnitt zwischen zwei Pfeilern hatten sich im Sockel die Steine gelockert, und nun ließen sich die schwarzen Eisengitterstäbe so weit auseinanderdrücken, daß sich zur Not ein Mensch hindurchzwängen konnte. Sie sagte, es gehöre zu ihrem Amt, um solche Dinge zu wissen, aber im Village habe sie keinem davon erzählt, weil sie und Teddy den Durchschlupf manchmal zu einem Spaziergang draußen am Bach nutzten. Damit meinte sie den Gregg's Creek, der sich meilenweit durch Wälder und

Ackerland schlängelte, bis er endlich in der brackigen Kiefernsteppe kurz vor New Jerseys Küstenstrich versandete.
»Das schaffst du doch nie, Menschenskind. Die werden dich schnappen, und dann sperren sie dich ein!«
»O nein, nicht, wenn wir einen tüchtigen Vorsprung haben. Ich mach's am Montag, beim Labor-Day-Picknick. Da sind so viele Leute im Village, daß man uns nicht so bald vermissen wird.«
»Ich glaub', du spinnst.«
»Würdest du zulassen, daß sie Laurie mit Elektrizität vollpumpen?«
»Wieviel haben wir denn?« Trotz Bridies Schwäche fürs Geldausgeben hatten wir es irgendwie geschafft, sechsundzwanzig Dollar und fünfzig Cents zu sparen.
»Und dann hab' ich noch die Kriegsanleihe und das Chanukka-Geld von den Ganis und was ich zu Weihnachten bekommen habe.«
»Gut, das langt uns sicher für 'ne Weile«, sagte sie und schaufelte die Vierteldollarstücke zurück in die Kaffeekanne, die uns als Sparbüchse diente.
»Uns? Aber du kannst nicht mit!«
»Und ob ich das kann.«
»Nein, das geht nicht.« Ich hatte anfangs selbst daran gedacht, Bridie mitzunehmen, aber die Chance, Mom aus Franklin Village rauszuholen, war entschieden größer, wenn ich allein ging.
»Und wann kommst du wieder?«
»Weiß nicht – vielleicht nie mehr. Ich werde mir irgendwo Arbeit suchen. So viel, daß es für Mom und mich reicht, kann ich bestimmt verdienen.«
»Du kommst nie zurück, aber du willst ohne mich gehen! Läßt du Duke etwa auch hier?« An Duke hatte ich überhaupt nicht gedacht.
»Es wird mir wohl nichts anderes übrigbleiben.« Der Gedanke schnitt mir ins Herz. »Aber vielleicht schleiche ich mich eines Tages heimlich wieder her und hole ihn.«

»Du würdest uns wirklich verlassen, mich und Duke? Das würde ich dir nie antun. Nicht in tausend Jahren. Und was ist mit Big Finn? Läßt du den auch so einfach im Stich?«

»Der hat doch Simon.«

»Und Laurie hat seine Kitty. Also geh' ich mit dir.« Damit war es entschieden: Bridie würde mitkommen, und gemeinsam entwarfen wir unseren Schlachtplan.

»Wo ist deine Schiene?« Pop prüfte den Kühlwasserstand.

»Die drückt so. Kann ich nicht heute mal ohne gehen, nur ausnahmsweise?« Ich hatte beschlossen, die Schiene dazulassen, weil sie mich nur unnötig behindern würde. Bridie kam herüber und lehnte sich an den Kotflügel.

»Ja, seid ihr noch zu retten? Wieso habt ihr bei der Hitze Pullover an?« Wir mußten mit zwei Autos fahren, weil wir an dem Tag so viele waren: Mrs. Ganis und Simon, Laurie und Kitty, Mina und das Baby, Pop und Bridie und ich. Im Augenblick waren alle damit beschäftigt, das Picknickzubehör zu verstauen.

»Ich schwitz' ja schon, wenn ich euch bloß sehe«, sagte Mrs. Ganis und betupfte sich die Oberlippe mit dem Taschentuch. »Grundgütiger Himmel, ihr seht aus wie zwei Flüchtlingskinder!« Da Bridie und ich natürlich keinen Koffer mitnehmen konnten, mußten wir alles, was wir dabeihaben wollten, auf dem Leib tragen. Abgesehen von den Pullovern, hatten wir je dreifache Unterwäsche und drei Paar Socken an, und Bridie trug noch Shorts unter ihrem Lieblingskleid.

»Wir gehen bloß auf ein Picknick«, sagte Laurie, »und nicht zu einem Bankett für den König von Rumänien. Meinst du nicht, du hast dich ein bißchen zu fein gemacht?« Die Anspielung galt Bridies Schmuck. Sie war mit fast all den knalligen, abgelegten Klunkern behängt – Armbänder, Ketten und Ringe –, die sie sich seit ihrem Aufenthalt bei Tante Theresa in Boston zusammengebettelt hatte. Mom und Mrs. Ganis, Little Tum, Kitty, ja sogar Iris und Tessie gehörten zu den edlen Spendern.

»Du siehst aus wie ein Zigeunerkind. Als wolltest du dich als Wahrsagerin anpreisen«, sagte Mrs. Ganis.

»Ich hab' mich halt schöngemacht für Mrs. Finn.« Um sich nicht länger ausfragen zu lassen, stieg Bridie ein und setzte sich zu mir auf den Rücksitz. »Und ich seh' doch hübsch aus, nicht, Finn?« Ich fand, sie sähe blöd aus, nickte aber trotzdem.

»Und du«, sagte Pop, »du trägst die Uhr von deinem Bruder doch sonst nie. Hast du nicht Angst, daß du sie verlieren könntest?«

»Das Band sitzt echt stramm.«

»Paß aber ja auf, daß nichts drankommt, Freundchen.«

»Ich finde, sie steht dir großartig, Finn.« Simon sprang wie immer für mich in die Bresche. Was sie alle nicht merkten, war, daß ich furchtbare Mühe hatte, meine bleischwere Hose am Rutschen zu hindern: Ich hatte nämlich außer einem Taschenmesser, einer Rolle Bindfaden und zwei Korken mit eingeschraubten Angelhaken noch einen Haufen Vierteldollarstücke im Wert von sechsundzwanzig Dollar und fünfzig Cents in den Taschen.

Abends zuvor hatte ich mich von Duke verabschiedet. Pop und Simon hörten den Kriegsbericht im Radio, und ich ging nach oben, um Abschiedsbriefe an die beiden sowie an Mr. und Mrs. Ganis, Mr. Howe, Honey und Rebecca Steinman zu schreiben. Bridie hinterließ nur ein paar Zeilen für Laurie. Ich schrieb allen, daß wir sie sehr liebhätten und sie eines Tages wiederzusehen hofften, daß sie aber in der Zwischenzeit nicht versuchen sollten, uns zu finden. Der Brief an Fritz fiel mir besonders schwer. Sosehr ich mich auch anstrengte, ich konnte meine wahren Gefühle einfach nicht zu Papier bringen, und so schrieb ich ihm denn, daß ich seine Uhr eines Tages zurückbringen würde und daß wir alle zusammen in dem Haus in New York wohnen würden, wenn ich erst einmal ein reicher und berühmter Maler wäre, und zu arbeiten brauchte er dann auch nicht, weil ich genug Geld für alle haben würde. Ich faltete die Briefe ordentlich zusammen und legte sie in mein Wäschefach, wo man sie spätestens dann entdecken würde, wenn Pop sich damit abgefunden hätte, daß ich nicht mehr nach Hause kam, und meine Kleider der Kriegshilfe spendete. Als ich fertig war, legten wir uns ins Bett, Duke und ich, und sprachen uns gründlich aus. Ich sagte ihm nicht, daß wir einander vielleicht nie wiedersehen würden, sondern erzählte ihm nur, daß ich für eine Weile mit Mom und Bridie fortginge, wir aber so bald wie möglich zurückkommen und ihn nachholen würden. Er verstand mich, wie immer, und wenn er gekonnt hätte, dann hätte er mir bestimmt Glück gewünscht und versprochen, auf mich zu warten. Ich hatte mir fest vorgenommen, nicht zu weinen, und ich tat's auch nicht, denn das hätte ihn mißtrauisch gemacht. Aber nachdem er eingeschlafen war, lag ich im Dunkeln und lauschte den gedämpften Radiostimmen von unten, dachte daran, daß ich am nächsten Morgen meinem allerbesten Freund würde Lebewohl sagen müssen, und vergrub den Kopf in den Kissen.

Als die Picknickkörbe verladen, alle Mitfahrenden auf die beiden Autos verteilt und wir startbereit waren, sah ich Duke auf der Veranda sitzen und uns durch die Geländersprossen beobachten. Bridie sah ihn auch, und als Pop den Wagen anließ, beugte sie sich zu mir herüber und nahm meine Hand.

»Augenblick noch«, rief sie. »Wollen wir Duke nicht mal mitnehmen? Das wär' doch eine schöne Überraschung für Mrs. Finn.« Es war der genialste Einfall, den Bridie je hatte oder haben würde. Warum war ich nur nicht selber draufgekommen?

»Wir können Duke doch nicht mitnehmen.« Pop wollte endlich losfahren.

»Warum denn nicht? Wir fahren schließlich zu einem Picknick. Seit wann sind Hunde beim Picknick verboten?« fragte Mrs. Ganis.

»Ja, Pop, genau!«

»Ach, bitte, Big Finn.« Ich hoffte inständig, Pop würde sich auch diesmal von Bridie einwickeln lassen.

»Mae hat den Hund doch so gern. Denken Sie nur, Tom, vielleicht würde sie sich freuen. Schaden kann's jedenfalls bestimmt nicht.« Mrs. Ganis zwinkerte uns zu.
»Ja, warum probieren wir's nicht mal?« bat jetzt auch Mina, die mit dem Baby auf dem Schoß vorne saß.
»Na meinetwegen ...« Pop, der sich überstimmt sah, gab nach.
»Ich verspreche auch, daß ich ihn nicht von der Leine lasse.«
»Warum geht's denn nicht los?« rief Laurie aus seinem Wagen.
»Wir nehmen Duke mit«, schrie Pop zurück.

Auf dem Rasen waren so viele Decken ausgebreitet und Klappstühle aufgeschlagen, daß man sich eher am Strand von Seaside als in Franklin Village glaubte. Ärzte, Schwestern und Pfleger wuselten herum und hielten immer wieder ein Schwätzchen mit Patienten und deren Familien, und Mildred, die ein paar Schritte hinter Miß Webster herlief, machte sich auf einem ausrangierten Klemmbord Notizen für ihren Bericht. Mom trug eins von ihren eigenen Kleidern, und jemand hatte sie geschminkt, dabei aber mehr Lippenstift und Rouge aufgetragen, als sie selbst je benutzt hätte, und sie sah schrecklich aus, wie eine Vogelscheuche.
»Sind Sie aber schön heute, Herzchen«, sagte Mrs. Ganis, als sie Mom umarmte. »Sieht sie nicht aus wie eine große Diva? Wie die Garbo vielleicht?«
Pop war es gelungen, unsere Decke in einer schattigen Lücke unter der riesigen Kastanie auszubreiten. Gleich nebendran saß eine Familie, die so bleich war, daß man hätte meinen können, sie seien dabei, sich aufzulösen. Außer den Eltern gehörten zwei Mädchen im Teenager-Alter dazu und ein junger Mann um die Zwanzig, der augenscheinlich der Patient war. Er saß am äußersten Deckenrand, wiegte sich vor und zurück und sagte wiederholt, und immer in der richtigen alphabetischen Reihenfolge, die Namen unserer Staaten auf, während er eine Papierserviette abwechselnd auseinanderfaltete und wieder zusammenlegte.

»Der da hat wirklich 'ne Schraube locker. Der macht mir richtig angst. Wann hauen wir denn nun endlich ab?«
»Halt die Klappe! Was, wenn dich einer hört?«
»Seid ihr zwei etwa so vollkommen, daß ihr hinterrücks über kranke Menschen tuscheln dürft? Ich solltet euch was schämen.« Mrs. Ganis schüttelte empört den Kopf und ging dann wieder Pop und Simon beim Ausladen der Picknickkörbe zur Hand. Kitty, die früher im Village gearbeitet hatte, machte sich mit Laurie auf die Suche nach einer befreundeten Schwester, und Mina machte mit dem Baby einen Spaziergang längs der Blumenbeete. Duke hatte sich still neben Mom ausgestreckt, die zufrieden, mit dem Abglanz eines Lächelns auf den Lippen, dasaß und ihn streichelte. Über die Lautsprecher erklang Tanzmusik, ab und zu unterbrochen von einer Durchsage: Mal wurde ein Kind gesucht, mal ein neuer Programmpunkt angekündigt. Ich nahm Bridie beiseite.
»Wir gehen gleich nach dem Essen, wenn die Spiele anfangen.«
»Können wir nicht bis nach dem Wettlauf auf drei Beinen warten?«
»Mit meinem Bein!«
»Du doch nicht. Ich wollte Simon fragen.«
»Von mir aus kannst du dableiben und dein blödes Wettrennen mitmachen. Dann gehen Mom und ich eben ohne dich.«
»Schon gut. Sei doch nicht so empfindlich. Mein Gott, man wird doch noch mal fragen dürfen.«

»Die Spiele beginnen in fünf Minuten auf der Wiese neben Parkplatz C«, dröhnte die Stimme aus dem Lautsprecher.
»Kommt, gehen wir«, sagte Pop, »damit wir noch einen guten Platz kriegen.«
»Duke ist noch keinmal Gassi gewesen, seit wir hier sind.« Mein Herz pochte wie ein Hammer, und ich kriegte kaum Luft.
»Herrje, das fehlte noch, daß er hier den Rasen versaut!«
»Ich geh' mit ihm rüber zum Parkplatz«, erbot sich Simon.

»Nein!« Bridie sprang auf. »Wir gehen mit ihm, Finn und ich.« Sie tippte Mom auf die Schulter. »Wollen Sie mitkommen, Mrs. Finn?« Es klang so natürlich, daß kein Mensch Verdacht schöpfte. Bridie war richtig kaltblütig, aber mir zitterten die Hände, und ich schwitzte aus allen Poren.

»Na, willst du mit den Kindern mitgehen, Mae?« fragte Pop. Aber sie saß nur da und lächelte ihr sphinxhaftes Lächeln.

»Klar will sie«, sagte ich, während Bridie und ich ihr schon auf die Beine halfen. »Wir treffen uns dann auf dem Sportplatz wieder.« Damit gingen wir los, und als ich mich einmal umsah, waren alle mit Einpacken beschäftigt, und ich dachte, sie hätten uns ruhig nachschauen können, weil es doch wahrscheinlich das letztemal im Leben war, daß sie uns sahen.

»Nicht so schnell«, sagte Bridie, »das fällt doch auf.« Ich ging also langsamer und versuchte, möglichst unverkrampft zu wirken, aber es war schrecklich schwer, gleichzeitig meine Hosen und die Hundeleine festzuhalten, zumal Duke zerrte wie wild, weil er unbedingt jeden Vorübergehenden begrüßen wollte. Als wir um die Ecke des Hauptgebäudes waren, setzten wir uns in Trab und liefen, so schnell es ging.

»Kommen Sie, Mrs. Finn, wir holen Sie hier raus.« Bridie hielt Mom an der Hand, und sie schien zu begreifen, was wir sagten, denn auf einmal rannte sie so schnell, daß wir kaum noch mithalten konnten. Duke hielt das Ganze für ein Spiel und fing fröhlich an zu bellen.

»Sei still!« befahl ich, aber da bellte er erst recht und fing obendrein an, im Kreis um uns herumzutanzen.

»Menschenskind, der Hund ist ja schlimmer als Fliegeralarm. Kannst du ihn denn nicht zur Vernunft bringen?« Ich nahm die Leine kürzer und sah ihn scharf an.

»Wenn ich dich von der Leine lasse, wirst du dann brav sein?« Er schnaufte schwer, und seine braunen Augen blitzten vor Aufregung, aber er schien mich zu verstehen, und so hakte ich die Leine aus. Sobald er sich frei bewegen konnte, war Duke viel

zu sehr mit Schnüffeln beschäftigt, als daß er noch ans Bellen gedacht hätte, und wir liefen weiter in Richtung Trafohäuschen.
»Wo wollt ihr denn hin?« Mildred war es, die uns nachgerannt kam. »Ich hab' euch die ganze Zeit beobachtet. Mir entgeht nämlich nicht so leicht was, müßt ihr wissen. Das ist schließlich mein Job.«
»Oh, Mensch! Lassen Sie uns bloß in Ruhe, Sie Spinnerin.«
»Über dich werd' ich Meldung machen, Fräuleinchen! Man wird dir deine Frechheiten schon austreiben.«
»Wir führen nur rasch mal den Hund Gassi, Mildred. Wir kommen gleich wieder.«
»Ihr müßt aber bei der Gruppe bleiben. So steht's in meinen Vorschriften. Und ich kann Leute nicht leiden, die die Vorschriften mißachten.« Ich dachte schon, jetzt sei alles aus, als mir plötzlich eine Idee kam, die nicht minder genial war als Bridies Einfall, Duke mitzunehmen.
»Hat dieser Arzt Sie eigentlich gefunden?«
»Welcher Arzt?«
»Na, Sie wissen doch, der Chefarzt.«
»Dr. Blumenthal hat mich gesucht? Was wollte er denn? Was hab' ich getan?«
»Er wollte Sie in irgendeiner Sache um Rat fragen.«
»Ach, wirklich?« Endlich erfuhr Mildred die Anerkennung, die sie zu verdienen glaubte, und sie strahlte.
»Was denn, spinnt der etwa auch?« fragte Bridie.
»Halt die Klappe.«
»Oh, ich liebe Dr. Blumenthal. Wo ist er?«
»Irgendwo vorn bei den anderen. Sie sollten ihn aber nicht warten lassen.«
»Gewiß nicht, ich fliege! Macht ihr nur einen schönen Spaziergang mit eurem Hund.« Sie war auf einmal die Liebenswürdigkeit in Person. »Ach, übrigens, wie seh' ich aus?«
»Sehr hübsch!« rief Bridie, die inzwischen kapiert hatte und Mildred rasch abwimmeln wollte.

»Danke! Vielen, vielen Dank. Ich hab' euch wirklich sehr, sehr gern. Ja, ihr seid überhaupt meine Lieblinge.« Sie rannte los, brabbelte aber immer noch weiter. »Ich würde ja gern noch auf ein Schwätzchen bleiben, aber auf Dr. Blumenthal und mich wartet eine Menge Arbeit. Einen schönen Spaziergang wünsche ich Ihnen, Mae.«

»Jetzt aber los«, flüsterte ich, und wir setzten uns in wieder Trab. Über den Parkplatz und vorbei an der Frauenstation steuerten wir auf die Wiese zu, hinter der gleich das Trafohäuschen stand. Bridie hielt Mom fest, ich meine Hose, Duke schien zu wissen, wo wir hinwollten, und übernahm die Führung, aber als er inmitten der Wiese auf ein überwuchertes Inselchen mit Holunder, wilden Kirschen und Brombeeren stieß, machte er halt, wedelte mit dem Schwanz und fing wieder an zu bellen. Ich dachte, er habe wahrscheinlich ein Kaninchen oder einen Vogel aufgespürt, und hieß Bridie weitergehen, aber bevor wir noch an dem Baumstreifen vorbei waren, standen plötzlich Ugo und Francesco vor uns.

»Hello! How are you?« riefen sie fast einstimmig. Sie boten uns etwas zu essen an, aber wir versuchten ihnen begreiflich zu machen, daß wir es eilig hätten, und fingen an zu laufen. Doch sie folgten uns lachend, als handle es sich um ein Spiel. Dabei unterhielten sie sich auf italienisch. Sogar Mom fing an zu lachen. Wie Duke bald fröhlich im Kreis herumtanzte, bald an einem von uns hochsprang, ich krampfhaft meine Hose hochhielt und Bridie mit ihrem Schmuck klimperte, ähnelten wir wohl eher einer ausgelassenen Festgesellschaft als einem verängstigten Flüchtlingshäuflein, das aus einer Nervenklinik zu entkommen suchte. Endlich erreichten wir das Trafohäuschen, und gleich hinter den Brikettstapeln fanden wir, genau wie Mildred es gesagt hatte, in der Umzäunung die Stelle mit den lockeren Gitterstäben. Ich stemmte sie auseinander, Bridie zwängte sich hindurch, und jetzt erst begriffen Ugo und Francesco, was wir vorhatten. Sie protestierten laut, schlugen sich

an die Stirn und kniffen die Augen zu und riefen bestimmt mindestens hundertmal: »Nein!«
»Sie wollen nicht, daß wir abhauen.« Bridies Gesicht preßte sich zwischen die Gitterstäbe.
»Was du nicht sagst!« Ich versuchte, Mom durch die Öffnung zu schieben. Aber Ugo packte sie am Arm und hielt sie fest, während uns beide Männer auf italienisch anflehten, es nicht zu tun. Ich war schon darauf gefaßt, daß jeden Moment Pop samt Wachsoldaten und Mildred im Schlepptau über die Wiese gerannt kommen würden. Und so versuchte ich den beiden klarzumachen, daß unsere Flucht lebenswichtig sei, indem ich pantomimisch Blitze vom Himmel niedersausen und Mom in den Hals fahren ließ, aber sie hatten *Frankenstein* offenbar nicht gesehen, weshalb meine schöne Vorstellung auch gar nichts fruchtete.
»Wollt ihr Mrs. Finn wohl loslassen, verdammt!« Bridie griff durch die Gitterstäbe und versetzte Ugo eine schallende Ohrfeige. »Ich mein's ernst, seht ihr: Nein, nein, nein!« Tatsächlich ließen sie los, und Mom schlüpfte durch die Lücke, gefolgt von Duke und mir. Meine Hose saß nur noch auf den Hüften, als wir halb laufend, halb rutschend die Böschung zu dem kleinen Fluß hinuntergelangten, indes Ugo und Francesco uns von der anderen Seite des Gitters aus unverständliche Warnungen nachbrüllten. Ich kann mir absolut nicht erklären, was sie umgestimmt hat, aber als wir ans Wasser kamen, rutschten sie plötzlich hinter uns die Böschung hinunter.
Etwa eine Viertelmeile flußabwärts, wo der Wald allmählich in Weideland überging, fanden wir ein Ruderboot. Über einer Hügelkuppe wurde ein Scheunendach sichtbar, aber bis auf ein paar teilnahmslose Kühe war die Gegend völlig verlassen.
»Komm, wir nehmen das Boot. Mir tun langsam die Füße weh.« Bridie setzte sich und zog zwei Paar Socken aus.
»Wir können doch kein Boot stehlen. Die Sache steht so schon schlecht genug.« In Wahrheit fühlte ich mich nie wohl auf dem

Wasser. *Im* Wasser zu schwimmen war eine Sache, aber von oben hinabzuschauen ins verzerrte, ungewisse Spiegelbild, das war ganz etwas anderes. Pop hatte mal was über einen Mann gelesen – und mir wiedererzählt –, dessen Angelhaken sich beim Fischen in etwas verfing, das er für einen Ast hielt, aber als er die Angel rauszog, hing kein Ast dran, sondern ein Toter; dem hatte sich der Haken ins Kinn gebohrt. Die Leiche hatte schon so lange im Wasser gelegen, daß sie ganz blaß und wächsern war, aber die Augen standen weit offen, und als das Gesicht an die Oberfläche kam, da starrte der Tote den Fischer so durchdringend an, daß der den Verstand verlor, rückwärts ins Wasser fiel und ertrank. Seitdem bangte ich bei jeder Bootsfahrt davor, daß auch mir plötzlich das Gesicht eines Toten entgegentreiben könnte.

»Darauf kommt's doch jetzt auch nicht mehr an! Außerdem sind wir mit dem Boot viel schneller.« Sie hatte recht. Nach einem besonders regenreichen Sommer führte das Flüßchen erstaunlich viel Wasser, und mit dem Boot würden wir einen ordentlichen Vorsprung gewinnen, Wasserleichen hin oder her.

»Meinetwegen. Aber es sind keine Ruder da. Wir werden uns mit Ästen behelfen müssen.« Ich wandte mich an Ugo und Francesco. »Wir brauchen ein paar lange, gerade Äste.« Sie standen bloß da und lächelten. »Zwecklos!« Bridie und ich suchten uns die passenden Stöcke, während die beiden auf Mom achtgaben.

Bevor wir ins Boot stiegen, zeigte ich auf die großen Lettern POW, die auf ihre Hemden aufgedruckt waren und sie als Kriegsgefangene auswiesen. Nach langem Hin und Her brachte ich sie dazu, die Hemden auszuziehen. Mit einem Krüppel, einem Dalmatiner und einer wahrsagenden Zigeunerin an Bord würden wir auch so noch genug auffallen.

»Bridie, du setzt dich mit Mom in die Mitte. Ugo geht nach vorn, und Francesco kommt mit mir nach hinten.« Entweder meine Zeichensprache wurde besser, oder die beiden fingen an, Englisch zu verstehen. Als alle untergebracht waren, lag das

Boot gefährlich tief im Wasser, und da Duke auch noch aufgeregt hin und her sprang, machte ich mich darauf gefaßt, daß wir gleich absaufen würden. Aber wir stießen heil vom Ufer ab, und als wir erst einmal in die Strömung kamen, wo Ugo und Francesco geschickt mit den provisorischen Rudern hantierten, hatten wir es geschafft. Rasch und lautlos glitten wir vorbei an Wäldern und Wiesen mit wilden Möhren und Astern, an Weideland, unter Brücken hindurch und an einer verlassenen Mühle vorbei. Wo es zum Staken zu tief war, ließen wir das Boot treiben, indes Ugo und Francesco ihre nackten Oberkörper in der heißen Sonne badeten. Bridie hielt Mom an der Hand, und Mom hielt Dukes Leine. Sie lächelte so verloren in die Landschaft, als sei das für sie eine ganz fremde Welt. Hin und wieder sahen wir ein paar Angler am Ufer, und dann winkten wir, und ich erkundigte mich, so beiläufig wie möglich, ob die Fische heute auch gut bissen. Dabei kam mir unser Abenteuer völlig aberwitzig vor. Wo ich eine Verfolgungsjagd mit Bluthunden und einem martialischen Suchtrupp erwartet hatte, der uns hart auf den Fersen sein würde, machten wir eine beschauliche Vergnügungsfahrt auf den Gregg's Creek.

»Glaubst du, sie wissen schon, daß wir abgehauen sind?« Ich beugte mich über den Bootsrand und beobachtete einen Schwarm Elritzen, die im seichten Wasser tanzten.

»Na klar, wir sind doch schon stundenlang weg, Menschenskind! Wenn sie's jetzt noch nicht gespannt haben, dann müssen sie aber ganz schön doof sein.« Bridie tippte sich an die Stirn. Francesco, der die Geste verstanden hatte, rief triumphierend: »Ah, *stupido*!«

»Ja, ja, genau.« Bridie lächelte. »Ich muß mal, Finn, und außerdem krieg' ich langsam Hunger. Können wir nicht irgendwo anhalten?« Ich gab Francesco ein Zeichen, und er erklärte es Ugo, und die beiden manövrierten das Boot ans Ufer. Bridie und Mom verzogen sich in den Wald, und ich räumte meine Münzen aus den Hosentaschen und gab sie Ugo und Francesco zu tragen.

Da das Flußbett hier besonders breit war, weshalb es kaum Strömung gab, hoffte ich auf einen guten Platz zum Angeln. Im feuchten Laub und unter den Steinen am Ufer fanden sich jede Menge Würmer, und während Mom sich im Schatten ausruhte, versuchten wir vier abwechselnd unser Glück. Bridie war beim Angeln ebenso geschickt wie ich. Sie hatte seit jeher ihren Angelhaken selbst beködert und wußte, wie man den Wurm so mit der scharfen Spitze durchbohrte, daß er nicht herunterrutschen konnte. Und sie beklagte sich auch nie darüber, wenn sie ihren Fang selber ausnehmen und putzen mußte. Pop sagte immer, sie habe richtige Fischerhände und könne es durch die Rute spüren, wenn ein Fisch nur in Rufweite käme. Im Nu hatten wir etliche Welse, ein paar Aale und Sonnenfische gefangen. Ugo und Francesco dagegen waren für diesen Sport zu temperamentvoll: Jedesmal, wenn ein Fisch anbiß, machten sie einen solchen Spektakel, daß sie ihn gleich wieder verscheuchten. Schließlich schickte ich sie los, Brennholz sammeln. Während Francesco das Glas von Fritzens Uhr in die Sonne hielt und Feuer schlug, nahmen Bridie und ich die Fische aus und füllten sie, des Aromas wegen, mit wilden Zwiebeln, wie Fritz und ich das immer auf unseren Campingausflügen gemacht hatten. Es reichte für alle, einschließlich Duke, und als wir mit dem Essen fertig waren, löschten wir das Feuer, häufelten Erde auf die Asche und machten uns wieder auf den Weg.
Den ganzen Nachmittag stakten wir oder ließen, je nach Strömung, das Boot treiben. Wir glitten abwechselnd durch kühlen Schatten und sengende Spätsommersonne, lauschten dem Zwitschern der Vögel und dem rhythmischen Plätschern des Wassers gegen den Bootsrumpf, das mitunter von einem gefühlvollen italienischen Duett übertönt wurde. Ich war im Begriff, von zu Hause fortzulaufen, verstieß gegen sämtliche Gesetze, trotzte allen erdenklichen einschüchternden Autoritäten von Pop bis hin zur Armee der Vereinigten Staaten, und doch kann ich mich auf keinen Augenblick in meinem Leben besinnen, in dem ich

mehr mit mir in Einklang gewesen wäre. Falls Wasserleichen darauf lauerten, an die Oberfläche zu treiben, dann waren es freundliche Wasserleichen. In diesen wenigen Stunden trug alle Macht und Verantwortung der kleine Fluß, der uns einen Weg führte, den er schon seit tausend und aber tausend Jahren nahm, und ich brauchte mich um gar nichts zu kümmern.

In der Dämmerung, als wir allmählich wieder Hunger verspürten, erklärte Bridie, diesmal wolle sie aber außer Fisch noch etwas anderes.

»Können wir nicht in irgend'nen kleinen Laden gehen und Brot und Zeugs kaufen?«

»Aber Bridie, inzwischen sucht doch bestimmt ganz New Jersey nach uns!«

»Deswegen werd' ich verdammt noch mal nicht den Rest meines Lebens Fisch essen.«

»Ist aber Hirnnahrung.«

»Ich hab' Hirn genug. Ich will was Anständiges zu essen.«

Auch ich hatte Appetit auf etwas Herzhaftes, aber ich war nun mal der Anführer und fühlte mich als solcher verpflichtet, an meinem Plan, uns aus der Natur zu ernähren, festzuhalten. »Wenn du was gegen Fisch hast, hättest du eben nicht mitkommen dürfen.« Bridie wandte sich an Ugo und Francesco.

»Ihr wollt doch heute abend auch keinen Fisch essen, oder?« Die beiden nickten lächelnd. »Da siehste! Keiner mag Fisch.«

»Es geht doch hier nicht darum, was einer mag, verdammt!«

Natürlich kriegte sie mich trotzdem rum. Wir einigten uns darauf, daß sie sich nach einem Laden umsehen solle, da unsere Flucht vielleicht schon im Radio gemeldet und die Bevölkerung aufgerufen worden war, nach einem halbwüchsigen Krüppel Ausschau zu halten.

»Aber nimm die Klunkern ab. Du siehst ja aus, als wärst du bei Woolworth eingebrochen!«

Wir entdeckten eine Familie, die am Ufer zeltete. Ihre zwei Kinder kamen zu uns rausgeschwommen, und wir fragten sie, ob sie in der Nähe einen Kaufladen wüßten. Ja, gleich hinter der nächsten Biegung sei ein Geschäft für Angelzubehör, sagten sie. Aber das sei eigentlich ein Kramladen, der auch noch alles mögliche andere führe. Wir fuhren erst einmal dran vorbei, um zu sehen, ob womöglich Polizei oder Soldaten auf der Lauer lägen, aber bis auf eine alte Frau, die von einem wackligen Steg aus angelte, schien das Gelände völlig menschenleer. Sicherheitshalber stakten wir noch bis hinter die nächste Biegung und manövrierten das Boot an einer von dichtem Gestrüpp überwucherten Stelle ans Ufer.

»Sprich mit niemand und gib nicht zuviel Geld aus«, schärfte ich Bridie ein, als ich ihr eine Handvoll Münzen gab.

»Das ist schließlich auch mein Geld!« Sie wandte sich zum Gehen.

»Aber wir müssen auskommen damit!«

»Weiß ich ja.« Sie verschwand hinter der Biegung, und Ugo und Francesco redeten hastig aufeinander ein. Wahrscheinlich versuchten sie rauszukriegen, was hier vor sich ging.

Nach einer halben Stunde kam sie zurück. Sie hatte Brot dabei, eine Dose Frühstücksfleisch, Erdnußbutter, Tomaten, eine Flasche Kakao und eine Tüte Bonbons.

»Hat dich wer gesehen?«

»In dem Laden waren zwei Männer, aber die haben bloß dagesessen und Kaffee getrunken. Und die alte Frau, die vorhin geangelt hat, das war die Inhaberin.«

»Und hat man dich was gefragt?«

»Nee. Ich hab' ihnen erzählt, ich zelte mit meiner Mutter und meinem Bruder und mit zwei Freunden aus dem Ausland.«

»Ach du grüne Neune! Und wie sind diese ausländischen Freunde hierhergekommen? Wir haben Krieg, falls du das vergessen hast. Da kann man nicht einfach so verreisen. Du hättest doch überhaupt nichts zu erklären brauchen. Ich hab' dir extra noch gesagt: Sprich mit niemand.« Francesco und Ugo hörten so aufmerksam zu, als verstünden sie, worum es ging.

»Dir geht ja nie was daneben, hm?«

»Quatsch! Los, steig ein. Wir müssen sehen, daß wir hier wegkommen.« Wir halfen Mom ins Boot und stießen ab. »Hast du sonst noch was gesagt?«

»Nein. Und wenn, dann würde ich's dir nicht auf die Nase binden.«

Wir trieben schweigend flußabwärts, ließen die Flasche mit dem Kakao kreisen und aßen Tomaten, Frühstücksfleisch und Erdnußbutter-Sandwiches. Die Bonbons sollte es zum Nachtisch geben.

Bei Einbruch der Dunkelheit steuerten wir wieder das Ufer an und suchten uns einen Rastplatz für die Nacht. Vor lauter Erschöpfung schliefen die andern ein, kaum, daß wir uns hingelegt hatten. Bridie kuschelte sich an Mom, und ich legte mich mit Duke zwischen Ugo und Francesco. Die Luft war schwül und schwer von Feuchtigkeit, und die Sterne schienen zum Greifen nahe, wenn ich, den Baumfröschen lauschend, in den Himmel blinzelte. Ich dachte an Pop und daran, wie er sich jetzt wohl ängstigte, und ich machte mir klar, daß ich die Ganis, Simon, Mr. Howe und Laurie wohl nie mehr wiedersehen würde, und zum erstenmal kamen mir Zweifel, ob ich auch das Richtige tat.

Es wurde eben erst hell, als Dukes Knurren mich weckte. Ich hörte einen Zweig knacken, und noch bevor ich die Augen aufmachte, wußte ich schon, daß da jemand war.

»Duke, pscht!« Als ich mich vorsichtig umblickte, sah ich, daß die andern alle noch schliefen. Im Unterholz bewegte sich etwas, aber erkennen konnte ich eigentlich nichts, bis ein Polizist und ein Soldat direkt auf mich zukamen und mir, den Finger an die Lippen gelegt, bedeuteten, daß ich mich ruhig zu verhalten hätte. Der Polizist beschrieb mit ausgestreckter Hand einen großen Kreis, was soviel hieß, wie wir seien umzingelt. Ich begriff überhaupt nichts. Ich hatte Mom aus Franklin Village entführt. Warum nahmen sie mich also nicht fest und brachten mich ins Gefängnis? Der Soldat winkte mich zu sich, und im gleichen Augenblick kamen noch zwei Mann aus dem Wald und pirschten sich an Mom und Bridie heran. Auf einmal wimmelte die ganze Lichtung von Polizei und Militär. Die beiden Soldaten, die sich an Mom und Bridie angeschlichen hatten, preßten ihnen die Hand vor den Mund, hoben sie hoch und verschwanden mit ihnen im Wald, bevor ich wußte, wie mir geschah. Aber Mom und Bridie wehrten sich, und Duke fing an zu bellen, und im Nu war die Hölle los. Ehe Ugo und Francesco sich auch nur aufrichten konnten, hatte eine Übermacht von Soldaten und Polizisten sich auf sie geworfen. Genau konnte ich es zwar nicht erkennen, aber es sah ganz so aus, als ob man auf die beiden einschlüge.

»Hört auf!« schrie ich. »Was machen Sie denn da?«

»Nehmt ihnen die Waffen ab«, befahl ein Soldat.

»Sie sind nicht bewaffnet!« Ich versuchte, mich von dem Polizisten, der mich gepackt hatte, loszureißen.

»Ganz ruhig, Junge. Jetzt ist ja alles wieder gut.«

»He!« brüllte jetzt auch Bridie. »Laßt sie in Ruhe! Finn, so tu doch was!« Aber ehe ich noch etwas einwenden konnte, wurden Ugo und Francesco abgeführt, und wir sahen sie nie mehr wieder.

Auf der Polizeiwache waren Journalisten und Rundfunkreporter und ein Mann, der sagte, er komme von der Wochenschau. Mom wurde nach Franklin Village zurückgebracht, und als man sie wegführte, sah sie sich nicht einmal mehr nach uns um. Duke sperrte man in eine Zelle, damit er nicht stören konnte, während die Polizisten uns befragten. Ob die beiden uns etwas getan hätten, wollten sie wissen.

»Nein. Das waren doch unsere Freunde.«

Ein Beamter beugte sich zu Bridie herunter.

»Haben sie dich oder die Mrs. unsittlich berührt?«

»Aber natürlich nicht! Sind Sie etwa nicht mehr ganz dicht, oder was?« Bridie war hell empört. Wir versuchten die Beamten davon zu überzeugen, daß Ugo und Francesco überhaupt keine

Schuld traf, aber man hörte einfach nicht auf uns. Die Polizisten wiederholten nur in einem fort, daß wir keine Angst mehr zu haben bräuchten und jetzt ruhig die Wahrheit sagen könnten. Die Kriegsgefangenen würden uns nichts mehr tun. Und je mehr wir uns ins Zeug legten, desto sturer hielten sie an ihrer Einbildung fest.

Pop, Simon und Laurie kamen uns abholen, und als Pop mich sah, war er so gerührt, daß er sich setzen mußte. Sie brachten ihm ein Glas Wasser, und er sagte unentwegt: »Ich danke dir, lieber Gott, ich danke dir.« Laurie nahm Bridie in die Arme, und Bridie fing an zu weinen, und das machte alles nur noch schlimmer. Die Polizisten schickten die Reporter nach draußen, und kurz darauf gingen Laurie und Pop mit ein paar Beamten in ein anderes Büro. Simon führte Duke Gassi, und zum erstenmal, seit sie uns geschnappt hatten, waren Bridie und ich allein.

»Die denken alle, man hätte uns gekidnappt. Sie glauben, Ugo und Francesco hätten uns als Geiseln genommen, um sich freizupressen.«

»Ja, ich weiß.« Sie war dabei, ihre Extraunterwäsche auszuziehen.

»Die Polizei glaubt, die beiden hätten uns aufs Boot gezwungen, und dabei wollten sie nicht mal mit. Die armen Kerle haben alles getan, um uns aufzuhalten.«

»Wir haben doch versucht, denen das klarzumachen, nicht? Was können wir denn dafür, wenn die uns nicht glauben?«

»Ich glaube, die zwei sind bloß mitgekommen, weil sie uns beschützen wollten, falls was schiefginge.«

»Meinst du wirklich?«

»Ja, sicher. Und darum können wir sie jetzt auch unmöglich hängenlassen.« Bridie kam und setzte sich ganz dicht neben mich.

»Weißt du, wir sollten uns das gut überlegen.« Sie lehnte den Kopf an meine Schulter. »Sieh mal, die zwei sind sowieso Gefangene. Für die ändert sich ja nichts, jetzt, wo man sie geschnappt hat.«

»Was ist denn bloß los mit dir, zum Kuckuck?« Ich sprang auf und wich vor ihr zurück.
»Wenn wir die Wahrheit sagen, dann sitzen wir in der Tinte.« Sie kam mir nach und sprach im Flüsterton, damit niemand sie hören konnte. »Wir haben ein Boot geklaut, deine Mom aus der Anstalt entführt und was weiß ich noch alles. Laurie und Big Finn sind im Moment heilfroh, daß sie uns wiederhaben. Aber wenn's rauskommt, wie's wirklich war, du, dann bringen die uns um.«
»Das wußtest du schon, bevor wir abgehauen sind.«
»Ja, sicher, aber ich hab' doch nicht gedacht, daß sie uns schnappen würden. Ich dachte, wir gehen nach New York und fangen dort ein neues Leben an.«
»Jedenfalls können wir's nicht auf den beiden sitzenlassen. Gott würde uns strafen dafür.«
»Nein, wird Er schon nicht. Wir gehen gleich morgen zur Beichte, und dann ist alles wieder in Ordnung.«
»Das kann ich nicht.«
»Dann tu ein gutes Werk, hilf den Armen oder so was. Menschenskind, dir wachsen noch mal Flügel und 'n Heiligenschein, wenn du nicht aufpaßt.« Sie holte tief Luft. »Ich will keinen Ärger zu Hause, und so, wie's jetzt steht, ahnt doch keiner was. Duke kann's ihnen nicht sagen und Mrs. Finn auch nicht. Und die zwei sprechen nur Italienisch, und selbst wenn sie's 'nem Dolmetscher erzählen, glaubt ihnen ja doch keiner.« Sosehr es mir auch gegen den Strich ging, ich mußte zugeben, daß ihre Argumente überzeugend klangen.
»Aber was wird aus den beiden?« Mein Widerstand erlahmte bereits.
»Na, laß mich mal kurz nachdenken.« Sie zögerte einen Augenblick, weil sie wußte, daß sie mich nur mit einem wirklich erstklassigen Szenario über den Tisch ziehen konnte. »Okay, paß auf: Demnächst, wenn der Krieg aus ist, werden sie so oder so entlassen und dürfen wieder nach Hause, und ganz Italien

wird sie als Helden feiern, weil sie immerhin versucht haben zu fliehen. Man wird ihnen zu Ehren eine Parade veranstalten, und alle essen haufenweise Spaghetti und trinken jede Menge Rotwein, und dann dauert's nicht mehr lange, und wir sehen Francesco im Kino.« Bridie hatte auf alles eine Antwort.

Die Zeitungen schlachteten die Story weidlich aus. Manche gebärdeten sich reißerischer als andere, aber alle beschuldigten Ugo und Francesco, uns als Geiseln genommen zu haben. Die Lokalzeitungen, die von den Jahren voller trockener Kriegsberichte und -statistiken richtig ausgehungert waren nach saftigen Schlagzeilen, bauschten den Vorfall auf, als handele es sich um den sensationellsten Fall seit der Entführung des Lindbergh-Babys. Die zurückhaltende *New York Times* meldete knapp in einer Spalte, daß ein paar Kriegsgefangene zwei Kinder und eine Patientin aus einer Heilanstalt irgendwo in New Jersey entführt hätten und mit ihnen geflohen seien. Die *New York News* dagegen räumte uns die ganze zweite Spalte ein und berichtete ausführlich, wie zwei beinharte italienische Kriegsgefangene einen Krüppel und eine Geisteskranke mit vorgehaltener Waffe in Schach gehalten hätten. Und die *Saturday Evening Post* brachte gar eine illustrierte Story mit Bildern von zwei zähnefletschenden Kerlen, die eine Frau mit zerrissenem Kleid und weitaufgerissenen, schreckerfüllten Augen bedrohten, indes zwei unschuldige Kinder furchtsam die Beine der armen Frau umklammerten und gleichzeitig ihren Hund festhielten. Aber ob seriöse Zeitung oder Revolverblatt, in einem war die Presse sich völlig einig: Ugo und Francesco waren die Schurken des Dramas.

So kam es, daß wir als Helden in die siebte Klasse einzogen, als Helden eines Abenteuers, dem selbst Bridies Erzfeindin, Frances Peart, nichts entgegenzusetzen hatte. Etwaiger Spott, der uns bislang noch wegen des Marienwunders verfolgt haben mochte,

war mit einem Schlag vergessen. Publicity war schon eine feine Sache. Schwester Mary Assumpta, eine weltlich gesinnte Person von kühler Eleganz, behandelte uns mit Respekt, und allein schon aus dem Grund genoß Bridie ihre Berühmtheit, denn, so sagte sie: »Jetzt hab' ich's geschafft, daß eine Nonne mir aus der Hand frißt.« Direkt lügen würden wir nicht, darauf hatten wir uns geeinigt, und so glaubten wir uns nur einer Versäumnissünde schuldig zu machen, die wohl nicht allzu ernst zu nehmen war. Wir erzählten von unserer Bootsfahrt, vom Fischen, ja sogar von Ugo und Francesco, aber wir sagten nie, daß die beiden uns gekidnappt hätten. Natürlich gab es genügend – völlig frei erfundene – Zeitungsberichte und -kommentare, mit denen sich noch die phantastischsten Schauermärchen untermauern ließen. Bridie dramatisierte das Elend der Flucht und stellte alles doppelt so aufregend hin, wie es gewesen war. Und ich muß gestehen, daß es Augenblicke gab, in denen ich den schier unwiderstehlichen Drang verspürte, allen von dem Toten zu erzählen, der mit starren Augen zwischen den Algen getrieben war und den ich mit dem Angelhaken unterm Kinn erwischte und an die Wasseroberfläche zog.
Das einzig positive Resultat unseres mißlungenen Abenteuers war die Aussöhnung von Bridie und Laurie. Sogar mit Kitty schloß Bridie wieder Frieden. Aber erst, so erzählte sie es mir jedenfalls, nachdem Kitty sich bereit erklärt hatte, für immer aus Lauries Leben zu verschwinden: Sie wollte nur das Beste für Laurie und Bridie, auch wenn sie ihr eigenes Glück dafür opfern müsse. Ich glaubte kein Wort davon, aber Bridie schwor mir, es sei die reine Wahrheit. Solange Kitty nur Bridies Wohl über das eigene stellte, konnte Bridie großmütig zugestehen, daß Kitty wohl doch die richtige Frau für Laurie sei. Und nachdem sie sich davon überzeugt hatte, daß sie als Siegerin aus dem Streit hervorging, konnten alle drei sich auf die Rolle der harmonischen Familie einstimmen. Laurie und Kitty kauften draußen beim Bahnkreuz ein Grundstück, wo sie nach dem Krieg bauen

wollten, und zwischen ihnen war bald wieder alles wie früher. Nur vom Heiraten war immer noch nicht die Rede.
Pop und Simon fragten mich kein einziges Mal nach Ugo und Francesco aus, was ich mir einfach nicht erklären konnte. Seit dem Tag, als er mich von der Polizei abgeholt hatte, war Pop auf einmal anders zu mir. Er zeigte nicht mehr Gefühl als sonst, aber er war doch irgendwie anders. Er schien auf einmal zuzuhören, wenn ich etwas erzählte, ja mitunter fragte er mich sogar nach meiner Meinung. Als Pop und Laurie uns holen kamen, war ich darauf gefaßt gewesen, daß sie mir alle Schuld geben würden. Ich *war* ja auch schuld, das wußte ich wohl, und seltsamerweise war ich überzeugt, er wisse es auch.
»Warum ist Pop auf einmal so anders zu mir?« fragte ich Simon eines Abends, nachdem wir das Licht ausgemacht hatten.
»Was meinst du mit anders?«
»Weiß ich auch nicht. Anders eben. Er spricht einfach anders mit mir.«
»Ist mir nicht aufgefallen.« Aber es klang gewollt beiläufig, als ob er mir etwas verheimlichen und rasch von dem Thema loskommen wollte. Ich wartete, in der Hoffnung, daß noch etwas nachkäme, aber es kam nichts mehr.
»Wenn ich ein Geheimnis hätte und dächte, du solltest es wissen, dann würde ich's dir sagen.«
»Ich hab' aber kein Geheimnis.«
»Ist was mit Fritz? Verheimlicht ihr mir was Schlimmes, du und Pop?«
»Aber nein. Mein Gott, als ob wir dir so was nicht sagen würden! Wir haben keine Nachricht von Fritz, weder gute noch schlechte.«
»Fritz und ich hatten nie Geheimnisse voreinander.«
»Also ein Geheimnis ist es nicht gerade. Ach, Scheiße! Ich sollte dir das wirklich nicht erzählen.«
»Was denn?« Ich setzte mich so ruckartig auf, daß Duke neben mir erschrak.

»Er hat den Brief gelesen, den du ihm und mir geschrieben hast, bevor du mit deiner Mutter weggelaufen bist. Scheiße, Mensch, ich hab' ihm versprochen, daß ich nichts sagen würde.«
»Aber die Briefe waren doch noch in meiner Schublade, als ich nach Hause kam. Und inzwischen hab' ich sie längst zerrissen.«
»Als die Polizei anrief, um uns zu sagen, daß sie dich gefunden haben, da schickte er mich rauf, ein paar saubere Sachen holen, für den Fall, daß du was brauchen würdest, und als ich die Unterwäsche aus der Schublade nehmen wollte, da hab' ich die Briefe gefunden.«
»Und ihr habt sie gelesen?«
»Nur den, der an ihn und mich adressiert war. Als dein Vater ihn gelesen hatte, saß er lange ganz still auf dem Bett. Dann nahm er deine Sachen, ging nach unten, und das einzige, was er sagte, war: ›Der Junge hat Mumm.‹«
»Dann habt ihr die ganze Zeit gewußt, daß die zwei uns nicht gekidnappt haben?«
»Dein Vater hat mir gesagt, ich soll den Mund halten. Und du kannst jetzt auch nichts mehr sagen. Ach, ich hätte es dir gar nicht erzählen dürfen.«
Ich versprach Simon, daß ich Pop nichts verraten würde. Aber ich hätte ihn zu gern gefragt, warum er mir nicht gesagt hatte, daß er Bescheid wußte. Und warum war er nicht böse auf mich gewesen? Und am allermeisten beschäftigte mich die Frage, was sich denn nun eigentlich geändert hatte.

»Da ist etwas, worüber ich mit Ihnen reden muß.« Es war kurz vor Weihnachten, Duke und ich besuchten Mr. Howe, und das, was Bridie und ich mit Ugo und Francesco hatten geschehen lassen, belastete mich so, daß ich einfach nicht mehr mit der Schuld leben konnte. Ich hatte schon daran gedacht, Pater Boyle zu beichten, aber insgeheim vertraute ich dem Beichtgeheimnis nicht so ganz. Auch daran, mich Mr. und Mrs. Ganis anzuvertrauen, hatte ich gedacht, aber deren Reaktion kannte ich schon im voraus: »Du hast niemandem Schaden zugefügt, wir haben dich lieb, du hast es für deine Mutter getan, wo kein Zeuge, da kein Richter, und das nächstemal stell keine so dummen Sachen mehr an, damit wir nicht noch beide 'nen Herzanfall kriegen.« Honey wußte Bescheid. Ich hatte es ihm gleich nach unserer Rückkehr erzählt, und er fand, es sei richtig gewesen, daß ich Mom aus Franklin Village rauszuholen versuchte, aber er war trotzdem froh, daß ich es nicht geschafft hatte, weil wir uns andernfalls womöglich nie wiedergesehen hätten. Und Rebecca wußte es auch. Da ich annahm, sie würde über den Fall in der Zeitung lesen, schrieb ich ihr einen Brief und erklärte ihr, wie es wirklich gewesen war. Es hätte mich geniert, wenn auch sie so eine Art Helden in mir gesehen hätte. Sie antwortete postwendend und schrieb, sie finde es hochanständig von mir, daß ich versucht hätte, meine Mutter zu retten, und im übrigen, was aus Ugo und Francesco werde, sei Schicksal, und ich hätte keine Macht darüber, also sei ich unschuldig. Alle, einschließlich Pop, verziehen mir, aber ich suchte verzweifelt nach jener Absolution, die nur gekoppelt mit Strafe und Buße zu haben ist. Und darum saß ich jetzt auf der Farm und schüttete Mr. Howe mein Herz aus.

»Ich weiß nicht so recht, was du von mir hören willst, Finn«, sagte er, als ich mit meiner Geschichte zu Ende war. »Für die beiden Italiener kannst du schwerlich noch was tun. Sie waren schließlich Gefangene, und sie sind geflohen.«

»Warum hat Pop nichts gesagt?«

»Ja, da fragst du mich zuviel.« Mr. Howe schenkte uns den Tee ein. »Gründe gäb's freilich eine Menge, und ich zähl' sie mal einfach so auf den Tisch, und wenn sie dir nicht gefallen, kannst du sie ja gleich runterfegen. Also, erstens ist dein Vater vielleicht gar nicht der Buhmann, als den du ihn immer hingestellt hast. Verstehst du, was ich meine? Vielleicht solltest du dich im Zweifelsfall zu seinen Gunsten entscheiden.« Ich nickte, aber auch wenn Pops Verhalten mir Rätsel aufgab, hatte sich an meinen Gefühlen ihm gegenüber nichts geändert. »Zweitens, aber das ist reine Spekulation, könnte er dich bewundern für das, was du zu tun versucht hast. Auch wenn es falsch war, und ich will da beileibe nichts beschönigen. Aber du hast immerhin versucht, deine Mutter vor etwas zu bewahren, das dir bedrohlich erschien, und solchen Wagemut kann man schon bewundern.«

»Ja, aber selbst in dem Punkt hab' ich mich geirrt.« Ein paar Wochen, nachdem man Mom nach Franklin Village zurückgebracht hatte, begannen die Ärzte mit der Schocktherapie, und der Erfolg konnte sich sehen lassen. Jetzt erkannte sie Pop wieder. Ich durfte sie noch nicht besuchen, weil sie erst einmal all das aufarbeiten sollte, was in den letzten zwei Jahren an ihrem umnachteten Geist vorbeigegangen war. Daß Fritz vermißt war, erzählten sie ihr allerdings, und Pop sagte, sie habe es auch verstanden und erwartungsgemäß reagiert. Ich hatte keine Ahnung, was das bedeutete.

»Hör mal, Finn, vielleicht bist du zu streng mit dir.« Mr. Howe brach eine Ecke von einem Plätzchen ab und gab sie Duke. »Und noch was fällt mir ein. Ja, ich hab' sogar schon drüber nachgedacht, bevor du mir diese Geschichte erzählt hast.« Er beugte sich über den Tisch und sah mich forschend an. »Du bist nicht mehr der kleine Wicht, den ich, ganz zerschunden und zerkratzt von dieser schrecklichen Eule, in meiner Scheune aufgelesen habe. Nein, du wirst erwachsen, Finn.« Rührung trat in seine Augen, und er tätschelte mir die Hand. »Wenn's nach mir ginge, würde ich das gern noch ein paar Jahre hinausschieben. Aber die Zeit kann man nicht anhalten, mein Junge, und wenn wir's auch noch so gern möchten. Du wirst erwachsen, und dein Vater weiß das genauso gut, wie er spürt, daß seine Zeit weniger wird.« Mr. Howe lehnte sich in seinem Stuhl zurück. »Siehst du, und ich denke, daß es daran liegt, wenn dein Vater jetzt anders ist zu dir. Weil er nämlich weiß, daß er's – eins, zwei, drei – statt mit einem Buben mit einem Mann zu tun haben wird.« Auf dem

Heimweg dachte ich nach über das, was Mr. Howe gesagt hatte. Er hatte recht, ich wurde erwachsen. Nächstes Jahr kam die achte Klasse, dann die High-School und danach – der Rest meines Lebens. Und ich hatte ziemliche Zweifel, ob ich das bis zum Ende durchstehen wollte.

Die Nachricht von Präsident Roosevelts Tod Mitte April rief allenthalben Erschütterung und tiefe Trauer hervor. Wie Pater Boyle es bei Mario Pascalis Beerdigung vorgemacht hatte, verglich jetzt auch die Presse den Präsidenten mit Moses, der die Israeliten aus der Knechtschaft ins Gelobte Land führte. Und wie Moses, der sterben mußte, bevor er und sein Volk am Ziel waren, so starb auch Franklin Delano Roosevelt, als der Frieden zum Greifen nahe war, aber ohne daß er ihn noch erlebt hätte. Wenige Wochen später erschoß sich Adolf Hitler und wurde von seinem Stab zusammen mit seiner Frau in einer verkitscht nachempfundenen Wikingerzeremonie verbrannt, und wieder ein paar Tage darauf schwiegen in Europa die Waffen. Wie gebannt verfolgten wir in dunklen Kinosälen die Wochenschau, und während wir eben noch unseren Befreiungstruppen zujubelten, waren wir im nächsten Augenblick wie gelähmt vor Entsetzen über das, was die Soldaten in den Konzentrationslagern aufdeckten. Wir sahen auch, wie die Gefangenen der alliierten Streitkräfte befreit wurden, und warteten daheim gespannt auf den Anruf oder das Telegramm, in dem die Armee uns mitteilen würde, daß man Fritz gefunden habe, daß er am Leben sei und gesund. Aber das Kriegsministerium rührte sich nicht. Und dann, im August, wurde über Hiroshima eine Bombe abgeworfen, die fast siebzigtausend Japaner tötete, und rund um den Erdball tanzten die Menschen auf der Straße: Der Zweite Weltkrieg war zu Ende.

Fast ein bißchen benommen, taumelten wir in den langersehnten Frieden. Die Rationierung wurde aufgehoben, und die Soldaten kamen wieder heim. Luftschutz- und Verdunkelungsübungen gerieten rasch in Vergessenheit. Die Frauen beendeten den Kriegsdienst und kehrten zurück zu Heim und Herd, und Kriegsbräute gehörten bald schon zum vertrauten Straßenbild. Pop stellte seine heimlichen Samstagsausflüge ein, was ich mir zunächst nicht erklären konnte, bis Bridie und ich eines Nachmittags bei einem Schaufensterbummel in Ferris' Kaufhaus Josie Cleary trafen, die immer noch aussah wie ein Filmstar und mit Mr. Cleary einkaufen ging. Nicht nur der Krieg war zu Ende.

»Ich friere wie ein Schneider«, sagte Honey. »Ihr zwei müßt ja die reinsten Eisklumpen sein.« Simon saß am Steuer, Bridie auf dem Beifahrersitz, und beide waren naß bis auf die Haut. Honey und ich hatten uns auf dem Rücksitz zusammengekuschelt und warteten darauf, daß die Heizung endlich auf Touren käme. Es regnete so heftig, daß auch die Scheibenwischer nichts ausrichten konnten.

»Seht doch mal, wie hübsch die ist!« Bridie betrachtete eine Muschel, die sie am Strand gefunden hatte. »Innendrin schimmert sie ganz rosa. Kein schlechtes Haus für so 'ne Muschel, wenn man bedenkt, wie eklig und glitschig die Dinger sind.«

»Ich hab' Hunger.« Simon wischte die beschlagene Windschutzscheibe frei. »Kommt, wir gehn was essen.«

»Mein Daddy bringt mich um, wenn ich so spät nach Hause komme. Bestimmt ist er schon ganz krank vor Sorge.« Honey knotete den Schal auf, den er über seinen Strohhut gebunden hatte, und setzte ihn ab. »Aber ich bin trotzdem dafür, daß wir einkehren. Auf die halbe Stunde kommt's jetzt auch nicht mehr an.« Wir waren gerade auf der wackeligen Bohlenbrücke, die rüber aufs Festland führte, und jeder Blitz tauchte die Bucht in grelles Licht, so daß wir sehen konnten, wie die Fischerboote am Anlegeplatz auf der kabbeligen See tanzten. Simon hielt vor einem Lokal gleich hinter der Brücke, einem kleinen Restaurant mit angeschlossenem Bootsverleih. Bis auf ein paar wenige Nachsaisontouristen waren wir die einzigen Gäste. Eine winzige

Alte mit schwarzgefärbten Kringellocken und nachtblauem Lidschatten nahm unsere Bestellung entgegen.

»Es bringt Glück, einen Albino anzufassen«, sagte sie und rubbelte Honeys Schulter. »Heute abend gewinne ich bestimmt beim Bingo.«

»Und wie's erst Glück bringt, wenn man einen Albino küßt.« Bridie beugte sich vor und küßte Honey sanft auf den Mund. Als die Kellnerin gegangen war, fauchte sie: »Menschenskind, diese spirrige alte Hexe färbt sich die Haare bestimmt mit Schuhwichse, eklig!« Während wir auf das Essen warteten, gingen sie und Simon in den Waschraum, um sich unter dem Handfön notdürftig zu trocknen.

»Glaubst du, Bridie ist in Simon verliebt?« Honey, der mit den Salzcrackern vom Gedeck spielte, setzte sie gedankenverloren auf die weißen Karos in dem rotweißgewürfelten Tischtuch.

»Na sicher. Bridie ist doch in Gott und die Welt verliebt.«

»Nein, so mein' ich das nicht. Sie liebt Simon anscheinend wirklich, er ist ganz was Besonderes für sie.« Honey schob sich ein paar Cracker in den Mund. »Jedenfalls hat sie das zu Elizabeth und Cat gesagt. Sie hat ihnen erzählt, daß sie Simon ganz doll liebhat. Und sie haben's mir wiedererzählt.« Nachdenklich starrte er mich durch seine dicken Brillengläser an. »Liebst du sie?«

»Nicht so, wie du meinst.« Simon hatte immer schon zu Bridies Lieblingen gehört. Er war ihre Entdeckung und damit in ihren Augen ihr Privateigentum. Das wußte ich. Aber als Honey jetzt behauptete, sie liebe ihn auf eine ganz besondere Weise, da fühlte ich mich auf einmal merkwürdig elend. »Simon ist doch viel zu alt für sie.«

»Findet sie aber nicht.« Honey betrachtete angelegentlich die Regentropfen auf der Fensterscheibe. »Manchmal glaube ich fast, ich liebe sie.« Er aß noch ein paar Cracker. »Cat hat mich einmal mit ihren Titten spielen lassen.« Er blickte mich erwartungsvoll an, aber bevor ich darauf antworten konnte, kamen

Simon und Bridie an den Tisch zurück. Sie hatte sich das Haar straff zurückgekämmt, und es schmiegte sich glatt wie ein Helm an ihren Kopf. Ihre Wangen waren gerötet und ihre Augen grün wie Glas. Ich glaube, sie war in ihrem ganzen Leben nicht so schön wie an diesem Tag.

Während des Essens machten wir Pläne für Thanksgiving. Es war der erste große Festtag seit Kriegsende, und alle Welt freute sich darauf, wieder einmal richtig zu feiern. Mr. Stebbins, Honeys Vater, würde mit ihm nach Georgia fahren, damit er endlich seine vielen Tanten und Onkel und Cousins kennenlernte. Es war ihr erstes Familientreffen seit der Vorkriegszeit, aber Tessie konnte nicht mit, weil ihr Geschäft gerade an Feiertagen immer besonders gut ging. Jeder Mann in der Stadt, der sonst niemanden hatte, landete dann bei ihr, sagte sie, und darum würde Charles auch immer ein schönes, großes Büfett herrichten. Honey wollte sich im Kreis all seiner Verwandten fotografieren lassen, damit er nicht mehr auf das zerfledderte Foto von den Leuten zurückgreifen mußte, die er gar nicht kannte, aber für seine Familie ausgab. Laurie, Kitty und Bridie würden ein großes Essen veranstalten, und Bridie, die für Partys schwärmte, übernahm die Planung. Auf der Gästeliste standen Pop, Simon und ich, die Ganis, Mr. Howe, Mrs. Shultz und Big Tum und Little Tum. Den Truthahn würde Pop braten, weil sich darauf in der ganzen Nachbarschaft keiner so gut verstand wie er. Sein Geheimnis bestand darin, ihn langsam bei schwacher Hitze zu garen und alle Viertelstunde mit Weißwein zu begießen. Little Tum machte die Nachspeisen und Mrs. Ganis ihren famosen Nudelauflauf. Kitty und Bridie wollten sich eigens neue Kleider kaufen, und alles in allem erwartete uns, nach Bridies Worten, »das garantiert beste Dinner, seit die Pilgerväter ihre tolle Party mit den Indianern feierten«. Mina und das Baby würden bei den Pascalis essen, aber dann, am späteren Nachmittag, ebenfalls zu den O'Connors rüberkommen.

Es regnete noch immer, als wir Honey zu Hause absetzten, und als er aus dem Wagen stieg, sah er seinen Vater mit Charles in der Tür stehen.

»Oje, der bringt mich um.«

»Na, Junge, du wirst dir aber 'ne gute Entschuldigung einfallen lassen müssen!« rief Mr. Stebbins.

»Tag, Mr. Stebbins.« Bridie versuchte, einen lässigen Ton anzuschlagen. »Es war so schön heute, daß wir vor lauter Spaß die Zeit vergessen haben.«

»Dem Bengel werd' ich zeigen, was ein Spaß ist! Rauf mit dir, aber marsch! Hast du denn Stroh im Kopf? Wir waren schon krank vor Sorge. Was ist denn bloß in dich gefahren, Junge?«

Honey winkte und verschwand im Haus, gefolgt von seinem Vater und Charles.

Als wir bei uns daheim ankamen, hatte es aufgehört zu regnen, aber der Rinnstein war randvoll, und als Bridie ausstieg, platschte sie absichtlich ins Wasser.

»Die blöden Schuhe waren sowieso hin«, sagte sie und lief über die Straße. Simon und ich waren kaum im Haus und hatten die nassen Mäntel ausgezogen, als wir sie schreien hörten. Wir rannten zur Haustür und sahen sie drüben auf ihrer Veranda. Sie stand einfach da und schrie wie am Spieß. Mr. und Mrs. Ganis kamen heraus, und als wir eben alle über die Straße hetzten, erschien Mrs. Cavanaugh in ihrem zerschlissenen Pelzmantel.

»Was ist los?« Simon packte sie bei den Schultern und versuchte sie zu beruhigen, aber Bridie schrie und schrie. Mr. Ganis lief ins Haus, Mrs. Ganis und ich hinterdrein, und da, auf dem Küchenboden, lag Laurie im Bademantel. Sein Gesicht war ganz verzerrt und blau angelaufen, und ich wußte sofort, daß er tot war. Mrs. Ganis fing an zu weinen, und Mr. Ganis kniete nieder, um zu prüfen, ob Laurie vielleicht noch atmete.

»O Gott, o mein Gott! Ruft einen Arzt ... den Krankenwagen. O Gott!« Simon brachte Bridie ins Haus, wo Mrs. Ganis sie in den Arm nahm. Er kam in die Küche und tastete an Lauries Hals nach dem Puls.

»Allmächtiger.« Simon bekreuzigte sich, als er zum Telefon ging. Bridie machte sich von Mrs. Ganis los und kniete neben Laurie nieder.

»Es ist doch nichts Schlimmes, oder?«

»Herzchen ...« Mr. Ganis brach hilflos ab.

»Laurie, wach doch auf!« Sie rüttelte ihn. »Hörst du nicht, du sollst aufwachen, verdammt! Du hast wieder getrunken, stimmt's? Oh, wie konntest du nur!« Sie schlug ihn, und Mr. Ganis packte ihre Handgelenke und hielt sie fest. Auf dem Tisch stand ein aufgeschraubtes Glas Erdnußbutter, und am Boden, gleich neben Laurie, lag ein Teelöffel mit ein bißchen getrockneter Erdnußbutter dran.

Ich rief Pop im Bahnhof an, und er kam sofort, noch bevor man die Leiche wegschaffte. Das Haus war voller Leute. Irgend jemand hatte Kitty im Krankenhaus verständigt, und jetzt hockte sie in der Küche, hielt Lauries Hand und sagte ihm, daß sie ihn liebe. Als Bridie Pop sah, rannte sie zu ihm, und er nahm sie in die Arme, und sie wiederholte ein ums andere Mal: »Hilf mir, Big Finn, hilf mir.«

»Ach, Kind, wenn ich's doch nur könnte.«

Mrs. Ganis, deren Gesicht schon ganz verschwollen und mit Make-up verschmiert war, begann wieder zu weinen. Als ich Pop in die Küche führte, hob man gerade die Leiche auf die Bahre. Kitty saß am Tisch und sah auf ihre gefalteten Hände herunter. Als die Männer Laurie raustragen wollten, hielt Pop sie an, schlug das Laken zurück und warf einen Blick auf das verzerrte, bläuliche Gesicht.

»Du armer Kerl, du armer.«

Nach dem, was die Polizei rekonstruieren konnte, hatte Laurie ein Bad genommen und wollte sich fertigmachen, um zur Arbeit zu gehen. Das seifige Badewasser war noch in der Wanne, sein Rasierpinsel war schaumverkrustet, und auf der Klobrille lag ein nasses Handtuch. Laurie hatte offenbar plötzlich Hunger bekommen, war runtergegangen und hatte einen großen Teelöffelvoll Erdnußbutter gegessen, der ihm im Hals steckenblieb und an dem er erstickte. Es hieß, er sei bereits über eine Stunde tot gewesen, als Bridie ihn fand.

In dieser Nacht schlief Bridie bei mir im Bett. Sie hatte den ganzen Abend kaum gesprochen, aber als es Zeit wurde, zu Bett zu gehen, da wollte sie nicht allein schlafen. Kitty erbot sich, bei ihr zu übernachten, aber sie wollte lieber bei mir bleiben. Pop gab ihr heiße Milch mit Honig und einem Schuß Whiskey zu trinken, und kaum, daß wir im Bett lagen, war sie auch schon hinüber. Sie wollte nicht reden, wollte nicht in den Arm genommen werden, sie wollte bloß neben mir liegen. Simon schlief diese Nacht auf dem Sofa. Ich lag bis in die frühen Morgenstunden wach, hörte Bridie im Schlaf wimmern und dachte an Laurie. Im Geist sah ich ihn wieder neben Kitty liegen, lebendig und rosig überhaucht von der Sonne, und ich dachte, das Ganze müsse ein grausiger Irrtum sein. Der Tod war etwas für alte Menschen und Soldaten, aber nicht für einen wie Laurie. Ich konnte hören, wie Pop in seinem Zimmer herumging und grummelte, und ich hielt den Atem an, weil ich verstehen wollte, was er sagte. Aber er grummelte nicht, er weinte.

Bridies Tante Theresa kam aus Boston, und sie und Pop trafen alle Vorkehrungen. Damals, als Deirdre starb, hatte Pop in einer Ecke des Friedhofs eine Grabstelle gekauft, die groß genug für die ganze Familie war. Wenn unsere Zeit gekommen war, würden er und Mom, Fritz und ich gleich neben Deirdre beerdigt werden. Nun wollte Pop nicht, daß Laurie ganz allein zwischen lauter Fremden läge, und darum bat er Pater Boyle, ihn in unserem Grab beizusetzen. Vielleicht dachte er, es sei Platz für Laurie, weil er im Grunde seines Herzens nicht mehr damit rechnete, daß Fritz je heimkommen würde. Er fragte Tante Theresa, ob sie meine, daß Laurie vielleicht lieber neben seiner Frau hätte begraben werden wollen, aber sie sagte, das sei unmöglich, weil man Bridies Mutter in Irland beigesetzt habe. Und soweit sie das beurteilen könne, sei der Friedhof von Our Lady of Perpetual Help die ideale Ruhestätte für ihn.

Die Totenwache wurde in McConnells Bestattungsinstitut gehalten, wo Laurie zwei Nächte lang aufgebahrt lag. Er hatte seinen guten grauen Anzug an, und nachdem Bridie ihm das Haar so gekämmt hatte, wie er es immer trug, sah er trotz der Schminke wieder genauso aus wie im Leben. Er hatte ein schönes Profil, und gegen den mit elfenbeinfarbener Seide ausgeschlagenen Sarg hob es sich ab wie das eines altmodischen Filmidols. Der Strom derer, die kamen, um ihr Beileid zu bekunden, riß nicht ab: die Stammgäste aus dem Prussian Inn, Kittys Kollegen aus dem Krankenhaus, die Nachbarn, alle Schüler der achten Klasse, die Rosenkranzbruderschaft und darüber hinaus etliche Leute, die keiner von uns je zuvor gesehen hatte. Zwei Frauen, die eine pummelig und mit einem schwarzen Halbschleier vor dem Gesicht, die andere mit rotbraunem Bubikopf und Hornbrille, standen am zweiten Abend im Hintergrund des Saals und blieben, bis alle andern gegangen waren. Mr. Howe hatte Brustfellentzündung und konnte weder zur Totenwache noch zur Beerdigung kommen. In der Schale neben dem Sarg türmten sich die Kondolenzkarten, und Blumen waren so viele geschickt worden, daß sie bis hinaus in die Vorhalle standen. Am zweiten Nachmittag, kurz bevor die Trauergäste hereingelassen wurden, lasen Bridie und ich die Karten an Kränzen und Blumengebinden. Auf der an einem großen Bukett aus Orchideen und weißen Rosen stand *Mit herzlicher Anteilnahme, Tess Stebbins und Freunde*. Jemand hatte ein kleines Sträußchen in den Sarg gelegt, und auf der Karte stand nur *Vergißmeinnicht*. Ein anderes kleines Gebinde, aus gelben Rosen und weißen Nelken, kam von Iris, und nun wußten Bridie und ich endlich, wen Laurie seinerzeit besucht hatte, als er noch Stammgast bei Tessie gewesen war.

Familie und enge Freunde versammelten sich am Morgen der Beisetzung im Bestattungsinstitut, um von Laurie Abschied zu nehmen, bevor der Sarg geschlossen wurde. Während wir einzeln oder paarweise vor den Sarg hintraten, lauerte Mr. McConnell schon ungeduldig im Hintergrund darauf, seines Amtes walten zu können. Pop und Simon gingen zusammen. Pop hatte eigentlich mit mir gehen wollen, aber Bridie ließ meine Hand nicht los, und so wartete ich denn, bis sie an der Reihe war. Sie knieten nieder, sprachen ein stummes Gebet, bekreuzigten sich und küßten Laurie auf die Wange, bevor sie in die Vorhalle hinaustraten. Tante Theresa kam als nächste. Sie ordnete den Rosenkranz, den man ihm in die gefalteten Hände gelegt hatte, und beugte sich dann ganz nahe zu seinem Gesicht.

»Ach, was siehst du prachtvoll aus, so schön hergerichtet. Du warst ein lieber Junge und auch ein lieber, herzensguter Mann. Keine Menschenseele kann dir was Schlechtes nachsagen, das ist die reine Wahrheit. Du hast dein Bestes gegeben, kleiner Bruder. Und nun bist du bei den Engeln und bei Mama und Papa. Gott schütze dich.« Sie küßte ihn, streichelte ihm über die Wange und ging hinaus. Bridie und Kitty sahen sich fragend an. Wer sollte als nächster gehen? Kitty lächelte, umarmte Bridie und dann trat sie vor und kniete am Sarg nieder. Sie flüsterte Laurie zu, was immer sie ihm noch zu sagen hatte, aber so leise, daß wir nichts verstehen konnten. Dann nahm sie sein Gesicht in beide Hände und küßte ihn lange und innig. Mir war ganz schlecht, weil alle ihn küßten, ich aber keinen Toten küssen wollte. Bridie und ich, wir waren die letzten. Wir gingen vor zum Sarg, und ich wollte mich schon hinknien, aber sie umklammerte meine Hand so krampfhaft, daß ich's nicht konnte. Bridie stand bloß da und sah Laurie an. Ich dachte, ich müsse beten oder sonst irgendwas tun, weil doch Mr. McConnell von der Tür her zuschaute.

»Er hätt's nicht tun sollen«, sagte sie. Ich spürte, wie sie am ganzen Körper zitterte.

»Willst du denn nicht für ihn beten oder ihm noch irgendwas sagen?«

»Wozu? Er ist tot. Er hört mich ja doch nicht.«

»Irgendwas mußt du aber tun, verdammt. Dann küß ihn halt zum Abschied.«

»Warum sollte ich?« Ihre Stimme bebte. »Er hat mich ja auch nicht geküßt, zum Abschied.« Sie ließ meine Hand los und lief weg. Einerseits hatte sie recht. Er war tot und konnte wohl nichts mehr hören. Andererseits blieb da immer dieses kleine Fragezeichen. Mr. McConnell kam auf mich zu.

»Geh doch bitte raus zu den andern, damit wir alle gemeinsam zur Kirche hinüberkönnen.« Ich wußte, daß er jetzt den Sarg schließen und Laurie endgültig von uns trennen würde.

»Moment noch.« Ich beugte mich nieder. »Der ist von Bridie und mir.« Und ich küßte die kalten, unnachgiebigen Lippen.

Wir standen am offenen Grab, und Pater Boyle rief uns ins Gedächtnis, daß wir alle eines nicht so fernen Tages wieder zu Staub werden würden, wie Laurie. Einer der Ministranten, der direkt hinter dem Pfarrer stand, trat von einem Bein aufs andere, als ob er dringend aufs Klo müßte. Die meisten, die mit in der Messe gewesen waren, gingen gleich anschließend nach Hause, aber ein paar versprengte Grüppchen standen doch noch in einiger Entfernung vom Grab. Tessie und Iris zum Beispiel waren mit Honey gekommen, der mir jedesmal, wenn er meinen Blick auffing, zuzwinkerte. Und Mattie Horn war auch da, in demselben Mantel, den Laurie ihr vollgespuckt hatte, als sie und Kitty ihn damals im Vollrausch heimgeschafft hatten. Und eine kleine Männerriege, die ich für seine Kumpels aus dem Prussian Inn hielt, drängte sich eng aneinander und hatte, zum Schutz gegen die Kälte, die Kragen hochgestellt. Die beiden Frauen, die eine mit dem Schleier und die andere mit der Hornbrille, klammerten sich fest aneinander. Pater Boyle segnete den Sarg mit Weihwasser, sprach sein Amen und ging, die Ministranten im Schlepptau. Die Ganis folgten und nach ihnen Tante Theresa, flankiert von Simon und Pop. Bridie ließ meine Hand los und hakte sich bei mir unter.

»Das war's.« Tränen liefen ihr über die Wangen. »Komm, gehen wir.« Als wir uns umwandten, kam die Frau mit dem Schleier auf uns zu. Ich konnte bloß ihre Nasenspitze, Mund und Kinn sehen, aber irgendwie kam sie mir bekannt vor.

»Es tut mir sehr leid um deinen Vater«, sagte sie.

»Danke.«

»Er war ein guter Mann.« Bridie wollte weiter. »Du bist sehr hübsch. Ein bildhübsches Mädchen.«

»Komm jetzt«, sagte die andere Frau. Sie lächelte Bridie an. »Wir müssen gehen.« Sie nahm die Verschleierte am Arm, doch die Frau machte sich los.

»Du bist sehr groß für dein Alter.« Sie streckte die Hand aus, als ob sie Bridies Gesicht berühren wollte, hielt aber mitten in der Bewegung inne. Ich versuchte mich die ganze Zeit zu erinnern, wo ich sie schon mal gesehen hatte.

»Woher kannten Sie Laurie?« fragte Bridie.

»Oh, das ist schon sehr lange her.« Die andere Frau war auf einmal schrecklich nervös.

»Wir müssen gehen. Sofort. Du hast es versprochen.« Sie versuchte die Frau mit dem Schleier wegzuziehen, doch die schüttelte sie wieder ab.

»Nur eine Minute noch.«

»Wer sind Sie?« fragte Bridie. Im selben Augenblick wußte ich, wo ich diesen Mund und dieses Kinn schon gesehen hatte. Es war Bridies Gesicht. Die Frau war ihre Mutter.

»Bridie, komm jetzt, es wird höchste Zeit!« Plötzlich stand Tante Theresa zwischen Bridie und ihrer Mutter. »Simon, schaff sie hier weg.« Die andere Frau zerrte unterdessen Bridies Mutter über den Friedhof und auf die Straße zu einem geparkten Auto.

»Es hat dir wohl keine Ruhe gelassen, was?« zischte Tante Theresa böse.

»Ich hab' auch ein Recht«, schrie Bridies Mutter.

»Einen Dreck hast du. Und vergiß das ja nicht«, keifte Tante Theresa.

»Wartet.« Bridie machte sich von Simon los. »Wer ist das?«
»Bridie. Ich liebe dich!« schrie ihre Mutter, während die andere Frau sie mit Gewalt in den Wagen schob. Und jetzt begriff Bridie.
»Mutter!« rief sie. »Mutter, warte!« Sie wehrte sich verzweifelt, aber Simon und ihre Tante Theresa hielten sie fest. »Mutter!« Das Auto fuhr los und verschwand um die Ecke. Bridie warf sich weinend auf die Erde und rief immer wieder bald nach Laurie, bald nach ihrer Mutter, wie ein verirrtes Kind. Pop, der wohl das Geschrei gehört hatte, kam zurück, nahm Bridie in den Arm und brachte sie nach Hause.

Wir saßen um den Küchentisch, Pop, Tante Theresa, Bridie und ich. Bridie wollte mit keinem reden. Sie war wie erstarrt, hatte den Mund zusammengekniffen, und aus ihren Augen blitzte blanker Zorn.
»Du hättest es nie erfahren sollen«, sagte Tante Theresa. »Wozu auch? Es hätte dir nur weh getan, und wir liebten dich so sehr, daß wir jeden Schmerz von dir fernhalten wollten.« Bridie würdigte sie keines Blickes. »Na gut, ich sehe ja ein, daß es wohl nicht richtig war, aber nun laß mich dir doch um Gottes willen wenigstens sagen, was ich weiß.« Bridies Mutter hatte Laurie und Bridie ohne jede Erklärung verlassen, als Bridie noch ein Baby war. Sie ließ nur einen Zettel in Bridies Wiege zurück, auf dem ein einziges Wort stand: *Vergißmeinnicht.* In unregelmäßigen Abständen bekam Laurie Briefe von ihr, in denen sie schrieb, daß es ihr gutging, aber er erfuhr nie, wo sie war. Er versuchte immer wieder, sie zu finden, sogar mit Hilfe von Detektiven, doch sie war wie vom Erdboden verschwunden. In den allerersten Jahren schickte sie noch Weihnachts- und Geburtstagsgeschenke für Bridie, aber auch das hörte auf, und dann hatte es, bis zu dem Augenblick als Tante Theresa sie hinten im Eck von Mr. McConnells Bestattungsinstitut entdeckte, nicht das geringste Lebenszeichen mehr von Kathleen Brennan

O'Connor gegeben. Darum also war zwischen Laurie und Kitty nie von Heirat die Rede gewesen. Denn Laurie war ja, vor Gott und dem Gesetz, immer noch mit Kath verheiratet. »So, das ist die ganze Wahrheit. Ich schwör's dir. Und wir haben nach bestem Wissen und Gewissen gehandelt.«
Ohne ein Wort zu sagen, stand Bridie auf, nahm ihren Mantel und ging zur Haustür hinaus.
»Laß sie nur«, sagte Pop. »Sie muß jetzt allein sein, um nachzudenken. Das Kind hat weiß Gott genug durchgemacht.« Aber als Bridie abends um neun immer noch nicht zurück war, wollte Tante Theresa die Polizei rufen.
»Ich glaube, ich weiß, wo sie sein könnte«, sagte ich. »Ich geh' und suche sie.«
»Wo?« fragte Tante Theresa. »Wo könnte sie denn sein um diese Zeit?«

Sie hatte sich neben Tessie in den großen, fächerförmigen Sessel gezwängt, und Mr. Stebbins und Honey saßen auf dem Sofa.
»Magst du was essen?« Mr. Stebbins klopfte einladend neben sich aufs Sofa, ich setzte mich, und er legte mir den Arm um die Schulter.
»Nein danke.« Bridie sagte gar nichts. Ich war mir nicht einmal sicher, ob sie gemerkt hatte, daß ich da war.
»Meine Mama hat mich auch verlassen«, sagte Honey. »Ich hab's Bridie gerade noch mal erzählt.«
»Sie war ja selber noch ein Kind«, sagte Tessie. »Sie wußte gar nicht, was sie tat.« Es war seltsam still im Haus, und ich wunderte mich, wo die Mädchen sein mochten.
»Darf ich zu Hause anrufen und ihnen sagen, wo sie ist? Die machen sich schon schreckliche Sorgen.«
»Nur zu.« Tessie deutete aufs Telefon. »Und laß mich mal mit deinem Daddy reden.« Simon meldete sich, und ich sagte ihm, Bridie gehe es gut und er solle Pop an den Apparat holen.
»Pop, Tessie möchte dich sprechen.« Ich gab ihr den Hörer.

»Tom? Hier ist alles gesund und wohlauf, also mach dir keine Sorgen. Hör mal, es fängt an zu regnen, und wenn du nichts dagegen hast, dann behalten wir die Kinder heute nacht hier … Nein, nein, nein, keine arbeitet, sie sind alle im Kino … Okay, morgen früh schick' ich sie dir wieder heim … Ja, gute Nacht.« Sie legte auf. »So, Mädchen, und jetzt packen wir dich ins Bett, denn du kannst ja kaum noch aus den Augen gucken.« Sie legten Bridie in Tessies Zimmer, in das große Bett mit den seidenen Laken, und Charles brachte ihr ein Tablett mit Milch und Plätzchen und stellte es neben das Bett. Bridie hatte immer noch nichts gesagt. Ich hörte vom Flur aus, wie Tessie ihr gut zuredete.

»Du darfst auch nicht zu streng sein mit deiner Mama. Das Leben ist 'n arg mieses Theater, und wir müssen uns fast alle ganz schön am Riemen reißen, um uns durchzuwurschteln. Eines Tages wirst du verstehen, daß es solche und solche geben muß, damit die Welt sich weiterdreht, und dann tut's nicht gut, wenn du zurückschaust und dich erinnern mußt, daß du über einen Menschen schlecht gedacht oder geredet hast. Es steht einfach nicht dafür, Kind.« Sie begann leise zu summen. »Ich bleib' bei dir, bis du einschläfst, und dann bin ich gleich draußen auf der Couch, falls was ist. So, und jetzt mach deine hübschen Äuglein zu und schlaf. Morgen früh sieht die Welt gleich viel besser aus.« Sie fing wieder an zu summen und schloß die Tür.

Nachdem Mr. Stebbins das Licht ausgemacht und Honey und mich ermahnt hatte, nicht die ganze Nacht zu verquatschen, lagen wir im Bett und horchten, wie der Regen aufs Dach trommelte.

»Wenn es einen Gott gibt«, sagte Honey, »warum läßt Er dann zu, daß Menschen sterben? Für mich ergibt das überhaupt keinen Sinn.«

»Ich versteh's auch nicht. Die Schwester sagt, es ist, weil Er den Betreffenden so sehr liebt, daß Er ihn bei Sich im Himmel haben möchte.«

»Blödsinn! Wenn Er einen liebt, warum läßt Er ihn dann nicht hier unten, wo's ihm gutgeht?«
»Und wieso holt Er sogar kleine Babys?« fragte ich, weil mir plötzlich Deirdre eingefallen war.
»Ja, wieso?« Wir hörten es in der Ferne donnern. »Ich glaub' nicht mal, daß es 'nen Himmel gibt.« Ich wollte schon dran glauben, aber sicher war ich mir auch nicht, weil mein Glaube von Tag zu Tag wechselte. Und jetzt wollte ich vor allem nicht mehr davon sprechen.
»Sag mal, Cats Titten, wie haben die sich eigentlich angefühlt?« fragte ich.
»Gut. Richtig gut. Und groß sind die, sag' ich dir, wie Honigmelonen.«
»Und sonst hast du nichts gemacht?«
»Bis jetzt nicht, nein. Aber wenn ich mal soweit bin, kann ich alles machen, hat sie gesagt. Und sie will's mir richtig beibringen.«
»Glaubst du, sie würde es mir auch beibringen? Ich meine, wenn ich mal soweit bin?«
»Aber klar. Cat ist echt nett.« Und so kamen wir vom Tod auf den Sex, der Leben bedeutete und Unsterblichkeit, und worüber zu reden mitten in einer Gewitternacht letzten Endes auch sehr viel angenehmer war.

Am nächsten Morgen war das Gewitter vorbei, und Bridie und ich gingen durch den frischen, kühlen, regenblanken Tag nach Hause, und sie sagte, daß sie bis auf mich und noch eine Handvoll Leute keinem auf dieser gottverdammten Welt mehr trauen würde.
»Aber sie wollten dich doch nur beschützen ...« Weiter kam ich nicht.
»Ich warne dich, Finn. Wenn du ihre Partei ergreifst, spreche ich nie mehr ein Wort mit dir. Die Japse könnten mir Splitter unter die Nägel treiben, und ich würde trotzdem nicht mit dir

reden. Du bist *mein* Freund, vergiß das ja nicht, solange du lebst, hörst du?«

»Okay, okay. Ich wollte ja auch bloß sagen ...«

»Ich weiß, was du sagen willst, also spar dir die Spucke.« Eine Weile gingen wir schweigend weiter. »Findest du sie hübsch?«

»O ja! Sie sieht genauso aus wie du.«

»Wahrscheinlich werd' ich sie nie wiedersehen.«

»Vielleicht doch.«

»Ich weiß ja nicht mal, wo sie wohnt. Wenn ich ihre Adresse hätte, könnte ich ihr schreiben. Ich möchte sie so gern fragen, warum sie uns verlassen hat.« Wir bogen in die Livery Street ein. »Ich hab' die ganze Zeit gewußt, daß sie noch lebt.«

Kaum, daß wir ins Haus kamen, nahm Pop mich beiseite. »Sag um Gottes willen nicht, daß ihr zwei die Nacht im Bordell verbracht habt. Die arme Theresa würde der Schlag treffen. Ich hab' ihr erzählt, ihr schlaft bei Freunden.« Es hatte etwas sehr Beruhigendes und Tröstliches, daß mein eigener Vater mit mir im Komplott war.

»Ich sag' schon nichts.«

»Tante Theresa«, sagte Bridie, »ich hab' mir heute nacht alles gründlich überlegt. Ich komme nicht mit dir nach Boston.«

»Hat ja auch kein Mensch von dir verlangt. Du gehst hier zur Schule, und du sollst bleiben, bis du deinen Abschluß hast. Ich habe mit Kitty Neal ausgemacht, daß du bis Juni bei ihr wohnen kannst. Und dann sehen wir weiter.«

»Ich will aber auch nicht zu Kitty Neal. Ich will hierbleiben. Hier, und nirgends sonst.«

»Hier? Aber Kind, da ist doch gar kein Platz für dich.«

»Doch«, sagte ich. »Wir haben das kleine Zimmer vorne raus. Das haben wir eigens frisch hergerichtet, als Simon nach Hause kam. Aber Simon schläft ja nun bei mir« Ich wandte mich an Pop. »Erlaubst du's?«

»Bitte, Big Finn. Ich möchte hierbleiben, bei dir und Finn und Simon. Bitte!«

»Na, mir soll's recht sein, Schatz. Wenn es das ist, was du willst.«
Er wandte sich an Tante Theresa. »Was meinen Sie?«
»Ich zahle natürlich Kost und Logis.«
»Aber das kommt ja gar nicht in Frage.«
Sie nickte lächelnd. »Ich hole meinen Koffer. Wenn Sie so freundlich sein wollen und mich zum Bahnhof fahren?«
Und so kam es, daß Bridie bei uns einzog.

Teil III

Bridie parkte unter einem der wenigen alten Ahornbäume, die nochs tanden. In der Sonne war es unerträglich heiß.

»Komm, wir setzen uns nach draußen.« Ich langte nach dem Lunchpaket und wollte aussteigen.

»Nein, da sind doch überall Ameisen. Und kühler ist es im Freien auch nicht.« Wir machten alle Türen auf, und Bridie zog ihren Rock hoch, damit Luft an die Beine käme. Sie goß Eistee aus der Thermoskanne in die Becher, und ich packte die Sandwiches aus. Eine leichte Brise strich durch den Wagen.

»Ach, tut das gut«, sagte sie. Ein paar Bauarbeiter, die sich zur Mittagspause in den Schatten ihrer Schwerlaster zurückgezogen hatten, lachten und fluchten so laut, daß wir sie bis ins Auto hören konnten.

»Was glaubst du, wieviel so ein Haus hier kosten wird?« fragte sie.

»Ein Vermögen. Siehst du nicht, wie groß allein schon die Fundamente sind? Das werden Villen wie die bei uns in der Oberstadt.«

»Ich wette, Mr. Howe dreht sich im Grabe um.« Sie biß in ihr Sandwich. »Man kennt sich gar nicht mehr aus, jetzt, wo alles abgerissen ist. Wo stand noch mal die Scheune?«

»Gleich da drüben.« Ich zeigte auf ein Stück nackter Erde. »Und dort hinten war das Wohnhaus.«

»Es kommt mir vor, als wär's erst gestern gewesen, daß ich das alte Haus und die Scheune zum erstenmal gesehen habe.«

»Es ist acht Jahre her.«

»Mein Gott! Acht Jahre, seit ich deinen mickrigen kleinen Hintern davor bewahrt hab', an Wundfieber einzugehen.«

»Acht Jahre, ja.«
»Richtig deprimierend. Warum mußten bloß alle die Bäume dran glauben? Und dann der schöne Obstgarten?«
»Die alten Apfelbäume waren sowieso längst abgestorben.«
»Ja, wahrscheinlich. Trotzdem, ich könnte heulen, so schrecklich kahl sieht das jetzt hier aus.«
»Wir hätten gar nicht herkommen sollen.«
»Aber ich bin es so leid, jeden Mittag am gleichen Fleck zu essen, du nicht?«
»Mir gefällt die Musik.«
»Wenn Studenten üben, kommt nicht immer Musik bei raus. Wenn du ein Konzert hören willst, dann geh in die Carnegie Hall.« Eine Weile aßen wir schweigend. »Was wollen wir Big Finn denn nun zum Geburtstag schenken?«
»Mir ist immer noch nichts eingefallen.«
»Ich bin nach wie vor für den Fernseher.«
»Aber er will doch nun mal keinen.«
»Menschenskind, wir sind mittlerweile die einzige Familie in der Livery Street ohne Fernseher. Das ist ja gerade, als lebten wir im finstersten Mittelalter.« Sie ließ den Motor an.
»Fahren wir schon? Ich bin noch gar nicht fertig.«
»Nein, ich möchte bloß Radio hören.« Sie stellte einen Sender ein, und Nat King Cole sang *Mona Lisa.* »Ich hasse meinen Job. Glaubst du, es wär zu spät für mich, noch zu den Rockettes zu gehen?« Sie lachte, nahm ihr Haar hoch, um sich den Nacken zu kühlen, und ich sah feuchten Flaum an ihrer Haut kleben.
»Du hast die Stelle doch grade erst bekommen. Himmel, das ganze Leben liegt noch vor dir.«
»Danke, daß du mich dran erinnerst.« Sie wischte sich mit dem Rocksaum über die Stirn. »Wieso schwitzt du eigentlich nicht?«
»Krüppel schwitzen nicht. Ein Kompromiß, den wir mit dem lieben Gott geschlossen haben. Wußtest du das nicht?« Ich nippte an meinem Eistee. »Hast recht, es ist deprimierend hier – so was von öde und trostlos.«

»Wo war gleich wieder die kleine Quelle? Weißt du, wo wir immer Brunnenkresse gepflückt haben?«
»Die war gleich neben dem Maisfeld.«
»Und wo ist dieses blöde Maisfeld?«
»Komm, wir gehen und suchen die Quelle.« Ich stieg aus und schlenderte übers Feld.
»Nachher sind wir ganz verschwitzt.« Aber sie stellte den Motor ab und folgte mir.
»Du vielleicht, ich nicht.« Einer von den Bauarbeitern pfiff, als wir vorbeikamen, und Bridie drehte sich um, weil sie wissen wollte, welcher es war. Als sie sich mir wieder zuwandte, lächelte sie ihr kühl-arrogantes, kokettes Flirtlächeln.
»Der ist ja richtig süß.« Auch ohne hinzusehen wußte ich, daß ihr Po jetzt eine Idee aufreizender wippte als vor dem Pfiff. Bridie war seit kurzem ganz Beine und dunkles Haar und schimmernder Teint, und sie bewegte sich ungezwungen und selbstbewußt. Sie trug selten Make-up und benutzte wenig oder gar kein Parfum, aber sie hatte immer einen sexy, seifig-frischen Duft an sich, und wenn sie tatsächlich mal ins Schwitzen kam, dann wurde dieser Duft noch intensiver. Bridie hatte sich zu einer jungen Frau entwickelt, die natürliche Anmut mit einer angeborenen, unbefangenen Eleganz verband. Ihr Stil war eigentlich gar keiner, und doch sah sie immer schick aus, trotz der billigen Klunker, von denen sie um keinen Preis lassen wollte.
»Wen meinst du mit ›süß‹?« fragte ich.
»Na, den im Unterhemd.«
»Der hat aber nicht gepfiffen, sondern der große Dicke neben ihm.«
»Du Ekel!« Sie schlug nach mir. Wir suchten die Quelle, fanden aber nicht mal mehr einen feuchten Fleck. All die Jahre war diese kleine Quelle, gespeist von irgendeinem unterirdischen Wasserlauf, ans Tageslicht gesprudelt, und jetzt war sie genauso spurlos verschwunden wie alles andere, das einmal zu Mr. Howe gehört hatte. Die Bagger hatten jeden Stein und jeden Balken,

alle Nägel, Scharniere und Fensterrahmen zertrümmert und abtransportiert. Jede erkennbare Spur von Mr. Howe und seiner Miriam hatte man ausradiert, und nun würden neue Leute nachrücken und da, wo eben die neuen Häuser errichtet wurden, auch neue Erinnerungen schaffen müssen. Wir standen im einstigen Obstgarten, und mir war, als spürte ich noch den kühlen Schatten der alten Bäume von damals, als Duke und ich unsere Nachmittage mit Zukunftsträumen vertrödelt hatten. Gespenstertauben flatterten durch eine Phantomscheune, und die Geister radelnder Kinder drehten im Staub ihre Runden. Fast hörte ich sogar das Klirren der Teetassen gegen die Untertassen und roch Mr. Howes Pfeifentabak.
»Nichts wie weg hier, komm.« Wir gingen zurück zum Wagen.

»Hast du Lust, mit mir auf ein Tanzfest zu gehen?« fragte sie auf dem Rückweg.
»Bestimmt nicht.«
»Ach, Finn, nun sei doch nicht so. Schau, ich muß hin, und ich kenn' doch im Büro noch niemand. Du weißt, wie gräßlich das ist, wenn man allein rumsteht und hofft, daß einen endlich irgendwer auffordert. Komm, Finn, mir zuliebe, ich kann mich da echt nicht drücken. Es ist übrigens im Prussian Inn.«
»Nein. Du weißt doch, daß ich diese Hopsereien nicht mag. Frag jemanden, der tanzen kann.«
»Aber du bist ein guter Rumbatänzer.« Sie begann zu lachen. Ihrer Behauptung zufolge war die Rumba mit ihren schlackernden Hüftverrenkungen *der* Tanz für Behinderte.
»Nein.«
»Sei doch nicht so gemein. Ich an deiner Stelle würde sofort mitgehen.«
»Ich würd' dich aber gar nicht erst bitten.«
»Ach, Finn, du weißt, daß ich nicht betteln mag, aber es ist mir ehrlich wichtig.«
»Na schön. Aber ich werde *nicht* tanzen, schreib dir das hinter

die Ohren. Nicht mal Rumba. Dafür mußt du dir schon 'nen andern Dummen suchen.«

»Oh, danke, jetzt hast du was gut bei mir.«

»Ich hab' 'ne Menge gut bei dir.« Vor Finegold's ließ sie mich raus.

»Das ist aber 'n schickes Kleid«, sagte sie mit einem bewundernden Blick auf eine Schaufensterpuppe, die den Passanten in eingefrorener Pose ihren forsch-fröhlichen Gruß zuwinkte. »Kannst du da für mich Prozente kriegen?«

»Klar.«

»Frag mal, was es kostet, okay?«

»Okay.«

»Ach, übrigens« – sie legte den Gang ein –, »du mußt dir einen Smoking leihen.«

»Einen Smoking! Hast du 'ne Ahnung, was so 'n Ding Leihgebühr kostet?«

»Nee, aber ich bin bestimmt jeden Penny wert.« Ich hörte sie lachen, als sie losfuhr.

Die ersten paar Jahre, nachdem Bridie bei uns eingezogen war, setzten wir alle Hebel in Bewegung, um ihre Mutter wiederzufinden. Fast täglich erkundigten wir uns bei der Auskunft eines Ortes in New Jersey, ob sie einen Eintrag auf den Namen Kathleen O'Connor hätten, und wenn das verneint wurde, dann fragten wir nach Kathleen Brennan. Falls wir einmal fündig wurden, wählten wir in banger Erwartung die Nummer, die die Auskunft uns gegeben hatte. Aber es war nie ihre Mutter. Auf einer Straßenkarte markierten wir jeden Ort, den wir bereits überprüft hatten, damit wir nicht durcheinanderkamen. Wir waren überzeugt, daß sie irgendwo in New Jersey sein müsse, wahrscheinlich sogar ganz in unserer Nähe. Denn Tante Theresa hatte gesagt, sie wisse nicht, wo Kathleen sich aufhalte, also konnte sie von Lauries Tod nur durch die Zeitung erfahren haben. Da wir von der Frau mit dem Bubikopf und der Horn-

brille nicht einmal den Namen wußten, konnten wir sie erst recht nicht ausfindig machen. Bridies Mutter schrieb Bridie allerdings ein paarmal. Nicht lange nach Lauries Beerdigung erhielt sie einen Brief mit fünf Hundertdollarnoten. Sie schrieb, wenn Bridie sie brauche, dann solle sie sich melden, aber sie gab weder ihre Adresse noch eine Telefonnummer an. Auf dem Poststempel stand Cape May, doch im Telefonbuch von Cape May gab es weder eine Kathleen Brennan, noch eine Kathleen O'Connor. Mich hätte fast der Schlag getroffen, als Bridie mir die fünfhundert Dollar zur Aufbewahrung gab, damit sie nichts davon verplemperte. Ohne ihr Wissen eröffnete ich bei der First National Savings Bank ein Sparkonto auf ihren Namen, und als sie die Woche drauf kam und etwas von ihrem Geld verlangte und ich ihr sagte, was ich damit gemacht hätte, da haute sie mir eine runter. Ihre Mutter schickte ihr von nun an auch Geburtstags- und Weihnachtskarten, immer mit wechselnden Poststempeln und stets mit etwas Geld dabei, das sie mir aber nicht mehr zur Aufbewahrung gab.
Etliche Monate wirkte das Haus gegenüber, ohne Laurie und Bridie, geradezu unheimlich leer. Das spärliche Mobiliar wurde verkauft, weil Bridie nichts davon behalten wollte. Sie tat einfach so, als existiere das Haus überhaupt nicht, aber ich bekam beim Anblick der leeren Fensterhöhlen, die den Passanten blind entgegenstarrten, jedesmal Sehnsucht nach Laurie. Ja, lange Zeit bildete ich mir ein, er müsse jeden Augenblick mit Kitty Neal aus der Tür treten, aber die öffnete sich erst wieder, als die Firma anrückte, die das Haus renovieren und umbauen sollte. Der Besitzer machte zwei Wohnungen daraus, die beide schon vor Beginn der Umbaumaßnahmen an Studenten vermietet waren, heimkehrenden GIs mit ihren Frauen. Dieses Haus, das fast hundert Jahre lang als Einfamilienhaus gedient hatte, war das erste in der Livery Street, das unwiderruflich umgemodelt wurde, um dem Wandel der Zeiten Rechnung zu tragen.

Anfangs änderte sich durch Bridies Einzug bei uns eigentlich kaum etwas, denn auch vor Lauries Tod hatte sie die Abende meist mit uns verbracht, und das schon seit sie in die Livery Street gezogen war und Mom es nicht richtig fand, daß sie allein zu Hause saß, wenn Laurie Bardienst hatte. Morgens freilich wurde es schon ein bißchen hektisch, weil wir nur ein Bad hatten, das sie ständig blockierte. Ja, und spätabends, wenn alles schlafen wollte, ließ sie ihre Tür offen und erzählte jedem, der sie hören konnte, was ihr gerade so durch den Kopf ging.

»Heute hat Mrs. Cavanaugh mich wieder angequatscht. Ich kann das Weib nicht ausstehn. Und je nachdem wie der Wind steht, könnte einen ihr Gestank glatt umhauen. Ob die nicht weiß, daß die Seife längst erfunden ist? Man sollte sie beim Gesundheitsamt melden. Womöglich holt man sich schon was, wenn man bloß dieselbe Luft atmet wie sie.« Ein paar Sekunden blieb es still. »Für nächstes Wochenende werd' ich Mrs. Finn ein paar extra gute Plätzchen backen. Welche mit Nüssen. Sie ißt doch so gern Nüsse. Ich hoffe bloß, Mildred kriegt's nicht spitz. Für die wären höchstens Kopfnüsse nicht zu schade.« Wieder eine Pause. »Ich hab' gehört, Frauen, die sich die Haare bleichen, können Gehirntumor kriegen. Habt ihr davon schon mal gehört? Das Bleichmittel dringt durch die Schädeldecke, und sie kriegen 'nen Tumor und sterben dran. Aber welche Frau würde sich schon die Haare bleichen, wenn sie wüßte, was ihr blüht? Ist das nicht echt blöd? Finn, sag, hast du Lust, Freitag mit ins Kino zu gehen? Bette Davis. Oh, ich find' sie himmlisch! Die bleicht sich auch manchmal die Haare. Ob sie das mit dem Gehirntumor überhaupt weiß? Vielleicht sollte ich ihr schreiben.«

Den Haushalt hatten wir eigentlich immer schon tadellos in Schuß. Pop und Simon waren beide sehr ordentlich, und ich gab mir große Mühe, auch wenn ich mich immer wieder am Riemen reißen mußte. Aber als Bridie einzog, übernahm sie das Kommando und scheuchte uns mit der Autorität eines Ausbilders herum. Sie machte den Speiseplan, auf dem regelmäßig Simons Leibgerichte standen, und obwohl sie durchaus nicht allein kochte, verlangte sie, daß wir stets pünktlich zum Essen kämen. Pop und Simon reagierten meistens gutmütig belustigt, während ich mich regelmäßig schwarz ärgerte. Aber Bridie war glücklich. Sie bestimmte, wo es langging, und in der Rolle hatte sie sich schon immer glücklich gefühlt. Und obendrein war sie so beschäftigt, daß sie die Trauer um Laurie darüber ganz verdrängen konnte.

Honey kam von seiner Thanksgiving-Reise nach Georgia nicht mehr zurück. Mr. Stebbins holte seine Sachen, samt Büchern, Landkarten und Modellflugzeugen, packte alles ins Auto und brachte es nach Valdosta, wo Honey nun bei Großtante und -onkel lebte. Mr. Stebbins erzählte uns, Valdosta sei eine ansehnliche Stadt mitten im Baumwollgürtel, wo freilich auch Tabak und Wassermelonen angebaut würden. Die Grenze nach Florida war nicht weit, und die Okefenokee-Sümpfe lagen nur etwa eine Autostunde entfernt. Honey hatte sich immer gewünscht, Orte mit exotischen Namen kennenzulernen, und Valdosta und Okefenokee klangen in meinen Ohren wunderbar exotisch.
»Es war auch höchste Zeit, daß der Junge hier rauskam«, sagte Mr. Stebbins. »Kinder sollten nicht in einem Bordell aufwachsen.« Bridie saß mit Cat und Elizabeth am Küchentisch, und ich half Mr. Stebbins, Honeys Sachen ins Auto zu laden. »Honey kannte ja bloß den Laden hier. Sein ganzes Leben hat sich hier abgespielt. Und das war nicht recht.«
Tessie stand oben an der Treppe und weinte. »Aber es ist auch nicht recht, mir den Jungen einfach wegzunehmen.«
»Es will doch dortbleiben. Verflucht noch eins, du tust ja grade so, als ob ich ihn gezwungen hätte.«
»Ich rede von mir. Es war nicht recht, ihn mir wegzunehmen. Ich hab' ihn aufgezogen, und er ist alles, was ich habe. Er gehört mir.«

»Nein, tut er nicht. Er ist mein Sohn, und ich will nur sein Bestes.«
»Glaubst du etwa, ich hätte nicht gut für ihn gesorgt?« Sie zündete sich eine Zigarette an. »Mein Gott, ich hab' dem Kind jeden Wunsch erfüllt. Als du im Krieg warst, hat es Honey bei mir an nichts gefehlt, im Gegenteil! Er hatte immer das Beste vom Besten. Ich liebe den Jungen. Wenn ich gewußt hätte, was du vorhast, dann hätte ich nie erlaubt, daß du ihn mitnimmst nach Georgia.«
»Tessie, er ist mein Sohn. Ich kann ihn mitnehmen, wohin ich will. Da brauche ich dich gar nicht erst um Erlaubnis zu fragen.«
»Ach, und du glaubst, das geht einfach so: Auf einmal habe ich überhaupt nichts mehr mitzureden!« Sie fing wieder an zu weinen.
»Finn, lauf mal in die Küche und laß dir was zu essen geben.« Mr. Stebbins nahm mir den Karton ab, den ich gerade trug. »Tessie und ich, wir müssen was bereden.«
»Ja, allerdings, das kannst du laut sagen«, schluchzte sie. Als ich in die Küche kam, saßen dort Bridie und Cat und tranken Kaffee, und Elizabeth strickte.
»Tessie ist wohl sehr böse, hm?« fragte Bridie.
»Ich glaube, sie ist eher traurig.«
»Ja, der Laden hier ist nicht mehr derselbe, seit Honey fort ist.« Cat rührte nachdenklich in ihrer Tasse. »Armes Kerlchen, ist in 'nem Bordell aufgewachsen, und dann hat er nicht mal Zeit gehabt, seine Unschuld zu verlieren.«
»Doch, hat er«, sagte Elizabeth ruhig.
»Na, so was!« Bridies Augen leuchteten auf.
»Wann?« fragte ich, ohne nachzudenken. »Ähh ... ich meine, wann hat er denn Zeit gehabt?«
»Aber Baby, das dauert doch bloß fünf Minuten.« Elizabeth goß sich Kaffee nach. »Und er war nicht die Bohne nervös. Aber der Junge ist auch ein Naturtalent. Eines Tages wird er ein Mädchen sehr glücklich machen.« Sie lachte, was bei Elizabeth sehr selten

vorkam. »Jedenfalls nach meinem fachkundigen Urteil.« Honey hatte mir nichts davon erzählt. Es konnte also nur in den wenigen Tagen passiert sein, die zwischen Lauries Beerdigung und Honeys Abreise nach Georgia lagen.

»War er dafür nicht noch reichlich jung?« fragte Bridie.

»Alt genug, Mädchen. Alt genug.« Elizabeth lachte wieder.

»Ich war erst elf«, sagte Cat. »Ich meine, beim erstenmal.«

»O Mann!«

»Kommst du uns jetzt wieder mit deiner Karnickelstory?« Elizabeth widmete sich aufs neue ihrem Strickzeug.

»Die beiden kennen sie ja noch nicht.«

»Schön, aber begnüg dich wenigstens mit der Kurzfassung.«

»Ziege!« Cat schmollte. »Also schön, wir hatten daheim einen Stall voll großer, dicker Kaninchen. Mein Daddy zog sie auf, und wenn sie richtig fett waren, wurden sie geschlachtet. Einmal hab' ich zugesehen, wie eine Karnickelmutter ihre Jungen säugte, und ich war neugierig, wie sich so was anfühlt, also machte ich ein Spiel mit meinen kleinen Brüdern. Wir verdrückten uns hinters Brunnenhaus, und ich war die Mama, und sie waren die kleinen Häschen. Ich weiß selber nicht, wie ich auf die Idee kam, ich hatte schließlich noch nicht mal 'nen Busen damals. Na, jedenfalls, sie nuckeln drauflos, und da kommt mein Vetter Dwayne vorbei und sieht uns. Er war nicht viel älter als ich, bloß ein knappes Jahr, und ich hatte ihn mächtig gern. Tja, und dann haben wir's gemacht. Gleich da hinterm Brunnenhaus, und meine kleinen Brüder haben zugesehen. Und von da an machten wir es dauernd. Ich dachte, wenn ich erst groß wär', würd' ich ihn heiraten, den Dwayne, aber dann hat ihn ein Maultier in die Brust getreten und ihm das Herz zerquetscht, und er ist dran gestorben. Ich hab' ihn wirklich liebgehabt. Mein Onkel hatte einen solchen Zorn auf das olle Maultier, daß er's noch auf dem Feld erschossen hat. Und dann ließ er's einfach da liegen und in der Sonne verfaulen. Der Kadaver ist angeschwollen wie ein Ballon, und wochenlang schwärmten Bussarde und Krähen und alle möglichen ekligen kleinen Viecher drum rum.« Sie lächelte versonnen. »Ja, ich glaube, ich hab' Dwayne wirklich geliebt.«

Als wir später die Allen Street runtergingen, meinte Bridie: »Ich hab' dir ja gesagt, Cat hat sie nicht alle. Wie kann man nur auf die Idee kommen, Karnickelmutter zu spielen? Und dann macht sie's auch noch mit dem eigenen Cousin. Das wär' ja, als ob ich's mit dir machen würde. O Gott, einfach eklig! Und sie war erst elf. Nicht zu fassen.«

Ich konnte die ganze Zeit nur an Honey denken. Er war fort, und ich wußte nicht, ob ich ihn je wiedersehen würde. Er hätte mir sagen sollen, daß er nicht zurückkommen würde. Das wäre das mindeste gewesen, unter Freunden. Aber er war ohne Abschied fortgegangen, einfach so. Genau wie Laurie. Sie waren beide endgültig fort. Wie konnte jemand nur von einer Minute zur andern auf immer verschwinden? Offenbar ging es ganz leicht: Man brauchte bloß über Thanksgiving nach Valdosta, Georgia, zu fahren oder sich an einem Teelöffel Erdnußbutter zu verschlucken. Ich wußte nicht, was schlimmer war, Tod oder Trennung. Aber wenn einer starb, dann wußte man wenigstens, wo er geblieben war. Dagegen hatte einer, der einfach fortging, noch ein ganzes Leben vor sich, in dem man selbst nicht mehr vorkam, und das schien ganz unerträglich. Ich dachte zurück an Honey, wie Bridie und ich ihn das erstemal gesehen hatten: Bleich und zaghaft war er aus dem Schatten getreten und hatte wissen wollen, ob wir zur Schule gingen. Er hätte auch fragen können, ob wir auf den Mond führen, so gespannt klang es. Und jetzt war er fort. Als ob er tatsächlich in das zerfledderte alte Foto gestiegen wäre, um sich zu der Familie, die er sich so sehnlich gewünscht hatte, auf die Veranda zu setzen, vielleicht für immer.

Eine spürbare Veränderung, die zumindest zeitlich mit Bridies Einzug bei uns zusammenzufallen schien, war die, die ich an Simon beobachtete. Fast unmerklich fing er an, sein eigenes

Leben zu führen. Zuerst war es nur eine versäumte Mahlzeit oder ein Abend, an dem er ohne Pop ausging, aber wir erfuhren nie, wo er gewesen war. Bridie, die, soweit es Simon betraf, stets nachdrücklich ihre Hoheitsrechte geltend machte, war beunruhigt, regte sich auf und stellte Fragen, doch er speiste sie jedesmal mit vagen Hinweisen auf irgendeine Verabredung mit einem seiner Kollegen vom Wasserwerk ab. Dabei war er keineswegs unfreundlich, im Gegenteil. Simon war von Natur aus warmherzig und rücksichtsvoll. Aber jetzt hatte er auf einmal Heimlichkeiten, war launisch und längst nicht mehr so gesprächig wie früher. Unsere Unterhaltungen, spätabends, wenn das Licht aus war, die tröstliche Erinnerung an die Zeit, als Fritz und ich noch das Zimmer geteilt hatten, wurden zusehends kürzer und kamen bald nur noch zustande, wenn ich den Anstoß dazu gab. Er vertraute mir nichts mehr an, und wenn ich mal fragte, ob es Probleme gebe, dann schützte er immer gleich Müdigkeit vor. Damit brach das Gespräch ab, und er schlief ein oder tat wenigstens so. Was immer sich in seinem Leben veränderte, er war entschlossen, es für sich zu behalten.

Eine verzehrende Leidenschaft hatte Simon, und das war seine Suche nach Fritz. Natürlich wollten wir alle wissen, was mit Fritz passiert war, aber Simon war wie besessen. Der Krieg war zu Ende, und er verstand nicht, wieso die Regierung uns immer noch keine genaueren Informationen liefern konnte. Da gab es Organisationen, die Zwangsvertriebenen aus ganz Europa tatkräftige Hilfe leisteten, während einige unserer Soldaten immer noch vermißt waren, ein Skandal. Simon schrieb an Senatoren und Kongreßabgeordnete, ans Kriegsministerium, ja sogar an Präsident Truman persönlich und verlangte eine gründlichere Untersuchung des Falles. Er schrieb an Zeitungsherausgeber und Veteranenvereinigungen wie die American Legion und die Veterans of Foreign Wars, und er setzte sich mit anderen Familien in Verbindung, die ebenfalls um einen offiziell als vermißt geltenden Angehörigen bangten. Er wollte unbedingt herausfinden, was mit Fritz passiert war, und nichts und niemand konnte ihn von seiner verbissenen Sache abbringen. Er mußte wissen, ob Fritz tot war oder noch am Leben.

Wir hofften, daß Mom rechtzeitig zu unserer Abschlußfeier von Our Lady of Perpetual Help nach Hause kommen würde, aber die Ärzte meinten, sie brauche noch etwas mehr Zeit, um sich zu stabilisieren. Immerhin machte sie stetige und vielversprechende Fortschritte, und man versicherte Pop, er dürfe in naher Zukunft mit ihrer Entlassung rechnen. Was wir, laut Miß Webster, den neuen psychiatrischen Erkenntnissen verdankten, die bei der Arbeit mit aus Übersee zurückkehrenden Soldaten gewonnen wurden.

Das erstemal, als Bridie und ich Mom nach ihrer Rückkehr in die reale Welt besuchten, sah sie hager aus und müde. Es war im Frühling, und als wir im Village ankamen, fanden wir sie allein in einer kleinen Laube am Rand des Blumengartens sitzend und lesend. Es schien irgendwie nicht richtig, sie so ganz ohne Aufsicht zu sehen. Und sie *las*, etwas, das sie seit Jahren nicht mehr getan hatte. Als sie uns kommen sah, stand sie auf und wollte uns entgegengehen, aber Bridie und ich rannten schon zu ihr hin.

»Tag, Mrs. Finn, wie geht es Ihnen?« Bridie umarmte sie.

»Oh, Bridie, laß dich anschauen! Du bist ja bildschön geworden.«

»Tag, Mom.« Auf einmal wußte ich nicht, was ich sagen sollte.

»Na, und du, Finn, wie groß du auf einmal bist.« Sie umarmte mich, hielt mich einen Moment fest an sich gedrückt, und in ihren Augen schimmerten Tränen. Dann zog sie uns beide an sich und flüsterte: »Gott und Saint Jude sei Dank.«

»Ich bin aber nicht so groß wie Bridie«, war das einzige, was mir als Antwort einfiel. Pop küßte sie, und wir setzten uns in die Laube, und während der ersten Minuten war selbst Bridie um Worte verlegen. Miß Webster hatte gesagt, Mom sei wie jemand, der von einer langen, langen Reise zurückkehrt, und wir sollten versuchen, uns darauf einzustellen. Als ich jetzt in der Laube saß und verzweifelt nach einem Gesprächsthema suchte, probierte ich es, aber ohne Erfolg. *Wäre* sie verreist gewesen, dann hätten wir sie nach den Orten fragen können, die sie besucht, nach den Speisen, die sie gekostet und nach den Menschen, die sie kennengelernt hatte. Aber keiner von uns wußte, was man jemanden fragt, der vor kurzem aus der Hölle zurückgekehrt ist.

»Also«, sagte sie, um uns die Befangenheit zu nehmen, »ich weiß von Fritz und Laurie.« Sie griff nach Bridies Hand. »Er ist jetzt bei den Engeln im Himmel, Herzchen. Das weiß ich, so wahr ich hier sitze. Und Fritz ist in Gottes Hand. Wir dürfen also getrost über die beiden sprechen. Des Herrn Wille geschehe, nicht wahr?« Lächelnd schob sie die Hand in die Tasche ihres Kleides, und ich hörte ihre Rosenkranzperlen klimpern. »Wir haben ja so viel nachzuholen. Ich möchte alles erfahren, was inzwischen passiert ist. Und bitte, habt keine Angst, wir können über alles reden.« Und das taten wir denn auch den ganzen Nachmittag. Aber es war eine kalkulierte Unterhaltung. Mom hatte überhaupt nichts Spontanes mehr an sich. Jedes neue Thema wurde einen Sekundenbruchteil lang erwogen und dann beherrscht und rational angegangen. Das war nicht die Mom, die ich in Erinnerung hatte. Dabei hatte ich fest damit gerechnet, daß sie wieder genauso sein würde wie vor ihrer Krankheit. Ich sehnte mich nach ihren Lachsalven und kleinen Wutausbrüchen, den tadelnden Blicken und ihrem mitfühlenden Lächeln, aber hier gab es nur stillschweigendes, automatisches Sichfügen in eine neue, eine fremde Realität.

Pläne allerdings hatte sie, ja sie schaute geradezu tatendurstig in die Zukunft. Jetzt, da der Krieg vorbei war und man sie im Depot nicht mehr brauchte, wollte sie, sobald sie nach Hause kam, wieder als Lehrerin arbeiten. Ob dazu überhaupt eine Möglichkeit bestand, wußte ich nicht, aber Pop nickte ermutigend, und

so stimmten auch Bridie und ich allem zu, was sie sagte. Sie freute sich auf Mina und das Baby. Bislang hatte sie ihr einziges Enkelkind, das inzwischen schon laufen und sprechen konnte, nur auf Fotos gesehen. Pop sprach nicht darüber, aber er war böse auf Mina, weil sie und Maria nur noch selten zu uns kamen. Mina arbeitete in der Telefongesellschaft, und die war gleich bei uns um die Ecke. Trotzdem schaute sie nie herein, um guten Tag zu sagen, ja rief nicht einmal an und fragte, wie es uns ging. Wir hatten Geschenke für das Baby, die wochenlang im Eßzimmer auf der Anrichte standen, Geschenke, die sie wahrscheinlich überhaupt nie bekommen hätten, wenn wir sie nicht am Ende selbst vorbeigebracht hätten. Pop sagte nicht viel, aber er war gekränkt. Doch wenn Bridie und ich mal eine Bemerkung machten, nahm er Mina gleich in Schutz und sagte, ihr Leben spiele sich nun mal in erster Linie bei den Pascalis ab und dafür müßten wir Verständnis haben. Pop hatte Mom ein paar Fotos von Maria gebracht, die sie ständig bei sich trug und jedem zeigte, der sich die Zeit nahm, sie anzuschauen. Lachend erzählte sie jetzt, daß die Schwestern schon Reißaus nähmen, wenn sie sie nur kommen sähen, vor lauter Angst, sie hätte wieder einen neuen Stoß Bilder dabei.
Bevor wir an diesem Nachmittag gingen, wollte Mom noch kurz mit Pop allein sprechen. Es handele sich, so Mom, um Geschenke für gewisse junge Leute, die bald ihren Mittelschulabschluß machten. Bridie und ich begaben uns derweil auf die Suche nach Miß Webster. In Franklin Village kannte man uns immer noch als die Kinder, die damals von den italienischen Gefangenen gekidnappt worden waren, und fast jeder grüßte uns. Von einer der Schwestern im Frauentrakt erfuhren wir, daß Miß Webster im Empfangsgebäude sei, im Archiv.
»Was willst du denn von ihr?« fragte Bridie, als wir auf den Seitenflügel des Hauptgebäudes zusteuerten.
»Sie was fragen.«
»Und was?«

»Wegen Mom.«
»Was ist denn mit ihr?«
»Wart's ab.«
»Die Schwester sagt dir ja doch nichts – höchstens, daß Big Finn sich an den Doktor wenden soll.«
»Mit mir redet sie schon.«
»Du mußt wohl immer recht haben, wie?«
»Warum gehst du nicht zurück in den Garten und wartest bei Pop? Ich komme, sobald ich mit Miß Webster gesprochen habe.«
Wir fanden sie an einem Schreibtisch sitzend, wo sie, zusammen mit einer anderen Schwester, einige Akten überprüfte. Ich war überrascht, sie rauchen zu sehen.
»Ach, sieh da: Bridie und Finn! Na, was sagt ihr denn zu der neuen Mrs. Finnegan?«
»Wunderbar! Sie ist wieder ganz wie früher«, sagte Bridie.
»Ist sie nicht.« Ich wünschte, Bridie würde mich allein lassen, damit ich in Ruhe meine Fragen stellen könnte.
»Ist sie wohl.«
»Nein, ist sie nicht.« Ich wandte mich an Miß Webster. »Irgend etwas ist anders an ihr. Sie ist ... wie soll ich sagen: langsam, irgendwie gehemmt.«
»Finn, du solltest Arzt werden, wenn du groß bist.« Sie lächelte der anderen Schwester zu. »Deine Mutter bekommt Medikamente, die sie ruhigstellen. Das ist das ganze Geheimnis. Nach einer Elektroschocktherapie werden die Patienten medikamentös weiterbehandelt. Wenn sich ihr Zustand wieder ein bißchen stabilisiert hat, braucht deine Mutter wahrscheinlich nichts mehr einzunehmen, aber im Augenblick muß es leider sein. Nur Geduld, sie ist bald wieder ganz gesund. Aber du, Finn, wirst mir noch vor der Zeit alt werden, wenn du dich weiter soviel sorgst.«
»Nicht wahr, das sagen Sie auch!« rief Bridie. »Er macht sich um alles und jedes Sorgen. Und warum? Weil er eigentlich keine

Sorgen hat, darum. Wirklich, ohne Scherz: Wenn Sie mit ihm zusammenleben müßten so wie ich, also dann würde er sie glatt verrückt machen.«

»Du mußt grad reden. Wer macht denn hier wen verrückt?«

»Und er geht immer gleich an die Decke. Sie hören's ja selbst.«

»Warum hältst du nicht mal zur Abwechslung deine große Klappe?«

»Jetzt ist aber Schluß, ihr zwei!« Miß Webster wandte sich wieder ihrer Arbeit zu.

»Danke, Miß Webster«, sagte ich und ging, Bridie im Schlepptau.

»Jetzt bist du sauer auf mich, stimmt's? Weißt du, was du bist? Ein Miesepeter, das bist du. Tut mir leid, aber du machst dir *wirklich* am laufenden Band Sorgen um nichts und wieder nichts. Das geht einem ganz schön auf den Wecker. Deiner Mutter geht's gut. Also reg dich endlich ab, Menschenskind.« Wir standen schon draußen auf der Freitreppe, als ich mich nach ihr umwandte.

»Warum verschwindest du nicht nach Boston zu deiner Tante Theresa und hörst auf, deine Nase in meine Angelegenheiten zu stecken? Hau ab und laß uns in Frieden. Ich will dich nicht in meinem Haus haben. Das ist meine Familie, nicht deine.« Ganz ohne zu überlegen, warf ich ihr die denkbar schlimmste Gemeinheit an den Kopf. Daß sie unerwünscht sei. Sie war vor Schmerz wie gelähmt. Ich hätte mich entschuldigen sollen, aber ich tat es nicht, denn ich wollte sie tatsächlich treffen. Ich war ihre ewige Fragerei satt und ihre Offenheit, die alle andern anscheinend so reizend fanden. Sie konnte mir gegenüber so verletzend sein, wie sie wollte, immer wurde erwartet, daß ich es gutmütig hinnahm. Aber wenn ich sie nur mit einem Wort kritisierte, war sie gleich zutiefst gekränkt. Bridie war immer gut im Austeilen, aber einstecken konnte sie nichts.

Wenn wir nur zu dritt im Wagen waren, saß sie gewöhnlich vorn bei Pop, aber als wir an diesem Tag nach Hause fuhren, hockte sie allein auf dem Rücksitz und grübelte.

»Habt ihr zwei euch mal wieder gezankt?« Pop war aufgefallen, daß wir beide eisern schwiegen. »Herrgott noch mal!« Wir sagten immer noch nichts. »Was hast du ihr getan?« Er sah mich fragend an. In diesem Fall war ich zwar der Schuldige, aber er hätte mich so oder so verdächtigt.
»Er hat gar nichts gemacht«, sagte Bridie unwirsch, und wir legten den Rest der Fahrt schweigend zurück.

Bridie setzte alles daran zu beweisen, daß sie dazugehörte, ja mehr noch, sie tat alles, um *mich* zum Außenseiter zu stempeln. Sie verabredete einen Kinobesuch mit Simon für einen Tag, an dem ich nicht mitkonnte, weil ich Mrs. Ganis versprochen hatte, ihr beim Teppichklopfen zu helfen. Einen ganzen Samstagnachmittag verbrachten sie zusammen: erst Lunch in Winter's Café, dann ins Kino und anschließend ein Spaziergang durchs Unigelände, um die Frühlingsblüte zu bewundern. Abends beim Essen schwärmte sie unentwegt von Hartriegel, Magnolien und Narzissen, und dabei wußte ich genau, daß sie sich in Wahrheit nicht die Bohne für die Natur interessierte. Sie machte immerfort Witze und kicherte und führte sich überhaupt so albern auf, daß Pop sie schließlich fragte, ob sie was gebissen hätte. Aber da legte sie erst richtig los und gab vor, noch nie etwas so Ulkiges gehört zu haben. Und egal, was Pop sagte oder tat, sie schmeichelte ihm und herzte ihn und konnte einfach nicht die Hände von ihm lassen. Er fiel natürlich drauf rein, denn in seinen Augen konnte Bridie sowieso nichts Unrechtes tun. Sie war ein Mädchen und obendrein eine Waise, und (Joe Louis hin oder her) sie brauchte ihn, und er würde alles tun, um sie glücklich zu machen.
Die Atmosphäre war auch am Tag unserer Abschlußfeier noch sehr gespannt. Ich hatte für Bridie ein Tagebuch gekauft, weil sie dauernd davon sprach, wie gern sie eins führen würde, und als ich es ihr gab, bedankte sie sich und sagte, sie habe aber nichts für mich, weil sie mich nicht leiden könne. Doch als ich ein

Geschenk von Rebecca Steinman bekam, ein Buch, das ich mir gewünscht hatte: *Schlangen der Welt*, da regte Bridie sich mächtig auf.

»Wie kann man jemand nur so was Blödes zum Schulabschluß schenken«, sagte sie, als ich es ihr zeigte.

»Aber ich hab' mir dieses Buch gewünscht.«

»Und woher wußte sie das?«

»Ich hab's ihr geschrieben.«

»So was schreibt ihr euch also? Blöden Quatsch über Bücher und Schlangen?«

»Wenigstens hat sie mir was geschenkt.«

»Na ja, die braucht dich ja auch nicht jeden Tag zu ertragen.«

Rebecca und ich hatten uns nur einmal gesehen, an dem Tag, als sie mir von dem Katzenkopf erzählte, und seither telefonierten wir ganz sporadisch miteinander oder schrieben uns ab und zu Briefe, und trotzdem haßte Bridie sie. Dauernd wollte sie wissen, was ich Rebecca schrieb, und nahm an, ich würde sie in meinen Briefen schlechtmachen.

Am Abend, kurz vor der Feierstunde, als Bridie schon ihr langes weißes Kleid und einen Blumenkranz im Haar trug und ich meinen neuen blauen Anzug anhatte, überreichte Pop uns unsere Geschenke. Sie bekam ein goldenes Talismanarmband mit zwei Anhängern, einer irischen Harfe und einem winzigen Gelehrtenhut, und ich ein goldenes Taschenmesser mit meinen Initialen. Pop sagte, er und Mom hätten es besprochen, und dies seien die Geschenke, auf die sie sich geeinigt hätten. Die andern schenkten uns fast alle Geld. Die Ganis, Simon, die Pascalis, Big Tum und Little Tum und Tante Theresa, die aus Boston angereist kam, alle drückten uns die verräterischen schmalen Umschläge in die Hand, die genau das richtige Format für einen Geldschein hatten. Mr. Howe schenkte Bridie ein Granathalsband von seiner Miriam, das Bridie schon immer bewundert hatte, und mir eine goldene Kette für mein Taschenmesser. Diese Kette hatte er, zusammen mit der dazugehörigen Taschen-

uhr, von seinem Vater bekommen, und Mr. Howe sagte, wenn der Herr ihn eines schönen Tages zu sich hole, dorthin, wo es keine Zeit mehr gebe, dann würde ich auch die Uhr bekommen. Bridies wertvollstes Geschenk kam von Kitty Neal. Das Grundstück an der Bahnlinie war auf Laurie und Kitty eingetragen und nach Lauries Tod an Kitty übergegangen. Jetzt aber gehörte es Bridie. Kitty hatte nach Lauries Tod versucht, den Kontakt zu Bridie aufrechtzuerhalten, aber Bridie hielt sie, wenn auch höflich, auf Distanz. Am Abend unserer Abschlußfeier erzählte Kitty, die keine Familie mehr hatte, daß sie die Stadt verlassen würde. Sie wollte nach Kalifornien und dort eine Stelle in einem Krankenhaus für Kriegsversehrte annehmen. Mrs. Ganis sagte, beides, Abstand und Zeit, würden ihren Schmerz lindern, und sie finde es gut, daß Kitty den Mut habe, ein neues Leben anzufangen. Alle außer Bridie umarmten und küßten Kitty und wünschten ihr alles Gute. Bridie schüttelte ihr nur kühl die Hand und bedankte sich höflich für das Grundstück.
Wir gingen in einer Zweierreihe durch das Meer von Klappstühlen in der Aula, während Eltern und Angehörige die Hälse reckten, um uns auch ja gut sehen zu können. Bridie, meine Partnerin, war etwas größer als ich, und sie hatte absichtlich Schuhe mit Absätzen gekauft, damit ich neben ihr noch kleiner wirkte. Die Nonnen saßen in geschlossener Formation beisammen und sahen in ihrem schlichten schwarzweißen Habit aus wie eine Herde Schwertwale. Sie dufteten nach ihrem besten Toilettenwasser und Talkumpuder und machten ganz erstaunte Gesichter, wahrscheinlich, weil sie es nicht fassen konnten, daß es ihnen auch diesmal wieder gelungen war, eine Klasse durch alle acht Schuljahre zu bringen. Pater Boyle, der in der Mitte der Bühne auf einem Gebilde saß, das nachgerade ein Thron hätte sein können, erwartete uns mit den Zeugnissen. Wir teilten uns vor der Bühne, die Jungen gingen rechts, die Mädchen links hinauf, und oben setzte sich jeder rasch auf den ihm bestimmten Platz. Bevor der Pater seine Festrede hielt und die

Zeugnisse verteilte, sangen wir aus unerfindlichem Grund *Trees*. Entweder sollte es irgendwas symbolisieren, vermutlich Wachstum, oder es war einfach das Lieblingslied von Schwester Mary Alphonsus, die Jahr für Jahr mit einem für eine Nonne geradezu unschicklichen Stolz die Abschlußfeier ausrichtete. Pater Boyle sprach von den Jungvögeln, die, wenn sie flügge werden, ihr Nest verlassen, von Soldaten, die in den Krieg ziehen, und Zügen, die aus dem Bahnhof rollen, von Schiffen, die vom Stapel laufen, und von gipfelstürmenden Bergsteigern und natürlich von den Israeliten, die aus ägyptischer Knechtschaft ins Gelobte Land flohen, unverkennbar eins seiner Lieblingsthemen. Nur vergaß er diesmal den Hymnus auf Moses, ihren Erretter. Wir waren von der Schwester perfekt darauf gedrillt, jeder, sowie er aufgerufen wurde, das Zeugnis aus Pater Boyles Hand in Empfang zu nehmen, einen Diener oder Knicks zu machen, je nachdem, und, ehe wir auf unseren Platz zurückkehrten, den Beifall des Publikums allenfalls mit einem bescheidenen Lächeln zu quittieren. Ich spürte, wie ich rot wurde, als der Pater meinen Namen aufrief und ich ans Podium trat.

»Und Gottes Segen für dich, Timothy Finnegan.« Das sagte er in den Beifall hinein. »Deine Mutter wäre sehr stolz auf dich, wenn sie heute hiersein könnte.« Ich verbeugte mich und ging an meinen Platz zurück. Als Bridie an die Reihe kam, sah ich schon an ihrem Lächeln und dem federnden Schritt, mit dem sie auf Pater Boyle zuging, daß sie sich nicht mit einem Knicks begnügen würde. Ich konnte nicht hören, was er zu ihr sagte, aber als er ihr das Zeugnis überreicht hatte, wandte sie sich zum Publikum, verneigte sich und hob die Hand zu Winston Churchills Siegeszeichen. Alle lachten, sogar Pater Boyle, und durch die Nonnenherde ging ein deutlich erkennbares Glucksen. Ich empfand nichts als blanke Wut. Wieder einmal hatte Bridie ihren Kopf durchgesetzt, ohne daß sie Tadel oder sonst ein Nachspiel zu befürchten brauchte. Sie war witzig und charmant, und das war anscheinend alles, was zählte.

Wir hätten bei uns auf die staatliche High-School gehen können, aber ich war noch nie auf einer staatlichen Schule gewesen, und der Gedanke daran war so beunruhigend, daß ich lieber die tägliche Fahrt nach Trenton (je elf Meilen hin und zurück) in Kauf nahm, um dort die Immaculate Conception, die nächste katholische High-School für Knaben, zu besuchen. Außerdem wollte ich weg von Bridie. Ihr war es zuwider, noch einmal vier Jahre mit den Nonnen in St. Mary's zu verbringen, der katholischen Mädchen-High-School, die ebenfalls in Trenton, aber von Immaculate Conception aus gesehen am anderen Ende der Stadt lag. Da sie jedoch etwas zu versäumen fürchtete, wenn sie am Ort blieb, während ich jeden Tag nach Trenton fuhr, schob sie ihre Entscheidung bis zur letzten Minute hinaus. Pop redete ihr überhaupt nicht drein. Als Tante Theresa zu unserer Abschlußfeier kam, beriet sie mit Bridie und Pop über ihre Zukunft, und alle drei einigten sich darauf, daß Bridie auch weiterhin bei uns bleiben solle. Pop sagte, das Haus in der Livery Street sei ihr Zuhause, und wir seien ihre Familie. Einesteils ärgerte ich mich über die Entscheidung, aber in Wahrheit konnte ich mir gar nicht vorstellen, daß Bridie woanders leben könnte als bei uns. Hier gehörte sie hin, und wir gehörten zusammen; trotzdem war ich froh, daß wir nicht auf dieselbe High-School gehen würden. In letzter Minute entschied sie sich für St. Mary's, was bedeutete, daß wir die nächsten vier Jahre morgens und abends im selben Bus sitzen mußten, sie in ihrem grünkarierten Trägerkleid und ich in meinem blauen Blazer und der grauen Hose. Aber wenigstens tagsüber war ich sie los.

Es gab Zeiten, in denen meine Behinderung durchaus von Vorteil war, und mein erstes Jahr in Immaculate Conception war so eine Zeit. Mein Hinken appellierte an den angeblich jedem Geistlichen eingeborenen Beschützerinstinkt, und die Franziskaner, die uns unterrichteten, übten sich denn auch eine Weile in Mitgefühl, das sie, falls es nicht ihrem Wesen entsprach, wenigstens pflichtgemäß vortäuschten. Mit den älteren Schülern von der zweiten und dritten Jahrgangsstufe bis zu den erhabenen Herrschaften in der Oberstufe war das etwas anderes. Gewiß gab es ein paar reife, gefestigte Charaktere in jeder Klasse, aber die meisten waren doch stammesgläubiges Herdenvieh, und die ersten paar Wochen, bis jeder sein Territorium markiert hatte und die Grenzen abgesteckt waren, mußte jeder Neuling durch die Hölle gehn. Da keine Mädchen da waren, die die Streithähne hätten ablenken oder womöglich bändigen können, gab es nur Herausforderungen, Drohungen und Schikanen, Verfolgung, Beschimpfungen und offenen Krieg. Ich war der einzige in der ersten Klasse, der hinkte, und wenn man mich nicht einfach ignorierte, wurde ich mit einer Mischung aus Mitleid und Verachtung behandelt. Das Schlimmste, was ich zu erdulden hatte, war, daß man mich »Hinkebein« oder »Krüppel« rief, aber selbst das lief sich bald tot. Doch es gab andere in der Klasse, Außenseiter nach dem Diktat der Stammesnorm: Dicke und Kümmerlinge, zu klein oder zu groß Geratene, Spastiker und Epileptiker, Introvertierte und Einzelgänger, Begriffsstutzige und Intelligenzbestien, die sich verbünden mußten, um überleben zu können. Einer davon war Alex Potts, und wir beide wurden Freunde.

Alex war aus freien Stücken zum Außenseiter geworden, ohne daß er etwas Auffallendes an sich hatte. Ein ausnehmend heller Kopf war er, das wohl, aber ansonsten Durchschnitt in jeder Beziehung: mittelgroß, mittelschwer, mit mittelbraunem Haar. Seine Zähne waren schief, und er hatte eine kleine Narbe in der rechten Braue, aber das waren Kennzeichen, die er mit der Hälfte aller Schüler teilte. Nein, Alex war ein Außenseiter, weil er sich gegen den Stamm stellte und alles und jedes, was sie hochhielten, verachtete. Ich glaube sogar, daß er die meisten Außenseiter ebenso verachtete, doch mich tolerierte er aus irgendeinem Grund. Seine Angriffe richteten sich durch die Bank gegen alles, von der Footballmannschaft bis hin zur geistlichen Hierarchie. Sogar die Demokratie als brauchbare Staatsform zweifelte er an und schlug den Kommunismus als Alternative vor. Die Patres schreckte seine in ihren Augen schier ketzerische geistige Regsamkeit, denn er ermunterte die Schüler dazu, wenn schon nicht selbst zu denken, so doch wenigstens das ihnen Vorgekaute in Zweifel zu ziehen. Und das war natürlich gefährlich. Seine radikale Denkweise behauptete Alex seinen Eltern zu verdanken, die so alt waren wie die Großeltern von uns übrigen. Ihnen und seinen Geschwistern, die so alt waren wie Mom und Pop.

»Ich war ein Ausrutscher, gewissermaßen eine Fehlzeugung«, sagte er eines Tages, als wir in der Pause an einem Tisch mit lauter Außenseitern saßen und Kakao tranken. »Meine Mutter war sechsundvierzig und mein Vater fünfundfünfzig. Ich bin der lebende Beweis dafür, daß die Kirche die Geburtenkontrolle nicht nur erlauben, sondern fördern sollte. Mein Vater wollte bestimmt kein Kind mehr, und ich bin sicher, daß meine Mutter sich bis heute nicht von dem Schock erholt hat. Schon der Gedanke, daß sie in dem Alter noch miteinander geschlafen haben, ist geradezu lachhaft. Als meine Mutter meinem Vater gestand, daß sie schwanger sei, hörte er schlagartig auf, mit ihr zu reden, und daran hat sich bis heute nichts geändert. Sie schreiben sich statt dessen Briefchen.«

»Bevor meine Mutter krank wurde, haben meine Eltern auch eine Zeitlang nicht miteinander gesprochen. Das war furchtbar.«

»Also ich find's ganz gut. So gibt's wenigstens bei den Mahlzeiten keinen Streit.« Sein Blick schweifte über das Meer von blauen Blazern, die sich über die Tische beugten. »Sieh sie dir bloß an! Schlimmer als Schweine am Trog. Hitler hatte doch recht. Gewisses Volk gehört ausgemerzt. Er hat bloß das falsche Volk erwischt.« Ich hatte noch nie gehört, daß jemand etwas auch nur annähernd Nettes über Hitler sagte. »Die Welt ist wie ein Stück faules Fleisch, und wir sind bloß die Maden, die drauf herumkrabbeln.« Spätestens nach dem Satz wußte ich, daß Alex Bridie gefallen würde.

Ich hatte Honey zweimal geschrieben, seit er nach Valdosta gezogen war, aber er antwortete nicht, und ich hatte mir fest vorgenommen, erst wieder zu schreiben, wenn er sich meldete. Doch die vielen neuen Eindrücke auf der High-School mußte ich einfach mit jemandem teilen, also schrieb ich ihm ein drittes Mal.

Lieber Honey,
hast Du das Schreiben verlernt? Tessie hat mir Deine Telefonnummer gegeben, aber Pop meint, ein Ferngespräch kommt zu teuer, und darum schreibe ich Dir wieder einen Brief.
Nun gehe ich endlich auf die High-School. Ich bin auf der Immaculate Conception, und Bridie ist in St. Mary's. Die Patres sind sehr viel strenger als die Nonnen. Bridie glaubt mir nicht, wenn ich das sage. Mein Klassenlehrer heißt Pater Patrick. Ein Ire? Nein, er ist Pole. (Ha, ha!) Mir gefällt es, daß wir für jedes Fach die Klasse wechseln. Der Tag geht so schneller rum, und wenn man sich bewegt, schläft einem wenigstens der Arsch nicht ein. (Bitte laß das keinen lesen.)
Ich hab' nicht Französisch belegt, sondern Spanisch, das, wie alle sagen, leichter ist. Und dann hab' ich noch Latein, aber das ist echt schwer.
Duke ist ganz durcheinander. Er geht immer noch jeden Tag zu unserer alten Schule, um uns vom Unterricht abzuholen, aber natürlich findet er uns nicht. Manchmal wartet er stundenlang, bevor er wieder heimkommt. Ich hab' ihm gesagt, daß wir jetzt mit dem Bus fahren, aber er hört einfach nicht zu.
In letzter Zeit bin ich gar nicht mehr zum Zeichnen gekommen.

Aber wenn ich wieder was fertig habe, dann schicke ich Dir ein Bild.
Mom kommt nun bald nach Hause. Jedenfalls haben die Ärzte es Pop versprochen. Ich kann's kaum erwarten.
Bridie und ich sind schon eine Weile nicht mehr bei Tessie gewesen, weil wir so viel für die Schule tun müssen. Das letztemal, als wir da waren, ging es Tessie gar nicht gut. Du fehlst ihr sehr. Charles und ich basteln zusammen ein Modellflugzeug. Er kann das sehr gut. Ich hoffe, es gefällt Dir in Georgia. Du fehlst mir sehr.

Dein Freund
Finn

P.S.: Sie haben Fritz noch immer nicht gefunden.

Ich schickte einen fast gleichlautenden Brief an Rebecca, nur ließ ich hier die paar Sätze über Tessie weg. Etwa zwei Wochen später bekam ich einen Antwortbrief von Honey.

Lieber Finn,
viele Grüße aus Georgia sendet Dir Dein Freund Honey. Nein, das Schreiben habe ich nicht verlernt. Stell Dir vor, ich gehe jetzt sogar zur Schule. Ich habe einen Test gemacht und bin daraufhin in die siebte Klasse gekommen. Es gefällt mir riesig. Und auch der Lehrer ist sehr nett. Aber so einen wie mich gibt es in der ganzen Schule nicht noch mal. Alle andern sind richtig farbig. Hier gehen nämlich weiße und farbige Kinder in verschiedene Schulen.
Überhaupt ist vieles anders hier. In unserer Kirche ist ein Mann, der auch ein Albino ist. Er hat ganz rosa Augen und sieht aus wie der Osterhase.
Tante Mussie und Onkel Moon sind sehr lieb zu mir. Mein Onkel heißt so, weil Vollmond war, als er auf die Welt kam. Warum die Tante Mussie heißt, weiß ich nicht. Aber es ist schon lustig, daß ich Honey heiße, und der Onkel heißt Moon:

Wenn man das zusammentut, kommt Honeymoon raus, Flitterwochen. Darüber lachen wir oft.
Du fehlst mir auch sehr. Ich hoffe, Tante Tessie geht es wieder besser, und hoffentlich ist sonst niemand krank. Schick mir doch ein Bild von Dir und Bridie. Darüber würde ich mich sehr freuen.

Dein Freund
Honey

P. S.: Bridie liebe ich immer noch ganz doll. Sag Duke schöne Grüße von mir, und ich habe Hühner und Enten und eine Ziege, die heißt Bathsheba.

Bridie zeigte ich den Brief vorsichtshalber nicht, denn ich fand, sie brauche nicht zu wissen, daß Honey sie »ganz doll« liebte.

»Sie haben nichts weiter im Kopf als Frisuren, Nagellack, Make-up und Jungs. Das ist zum Verrücktwerden, Menschenskind.« Wieder einmal war alles im Bett, und Bridie führte ein Gespräch weiter, das sie beim Abendessen begonnen hatte. Simon hatte mir gute Nacht gesagt, aber ich spürte, daß auch er im Dunkeln wach lag. »Wo man hinsieht, lauter dicke Hintern mit straffgespannten, grünkarierten Röcken drüber! Zum Speien, sag' ich euch! Die reinste Hölle ist das mit diesen blöden Ziegen, und obendrein noch die Nonnen. Vier Jahre halte ich das bestimmt nicht aus.« Ich hörte, wie Pop sich räusperte. »Die Japse brauchten mir gar nicht erst Bambusspäne unter die Nägel zu treiben, damit ich ihnen alle Geheimnisse verrate. Die müßten mir bloß damit drohen, mich auf 'ne reine Mädchenschule zu schicken, und schon würde ich ihnen alles sagen, was ich weiß.«
»Der Krieg ist aus!« brüllte ich.
»Na und?«
»Ihr sollt euch doch nicht zanken.« Pop hüstelte.

»Hast du dich erkältet, Big Finn?«

»Nein, mir fehlt nichts. Aber nun schlaft endlich.«

»Wenn du meinst, die Nonnen bei uns in Our Lady of Perpetual Help wären wüst gewesen, also dann solltest du dich mal mit diesen Pflaumen rumschlagen müssen. Falsche Schlangen, allesamt! Und Maschinen sind das! Ich wette, von denen kämen keine zwei gleichzeitig durch die Tür. Ich weiß ja nicht, was die zu essen kriegen, aber sie sehen durch die Bank aus wie Big Tum im Habit. Und erst die Mädchen! So was von eingebildet. Möchte bloß wissen, worauf.« Mir war, als hörte ich Simon lachen. »Und die reden vielleicht einen Stuß zusammen. Wer interessiert sich schon für Shampoo? Dabei hat nicht eine von den Gänsen gewußt, daß China vierhundertfünfundfünfzig Millionen Einwohner hat. Stellt euch das bloß mal vor, so viele Chinesen in einem einzigen Land!«

»Woher weißt du denn das?« Ich konnte mir nicht vorstellen, daß Bridie wußte, wie viele Einwohner die Livery Street hatte, von China ganz zu schweigen.

»Das weiß doch jeder. Außerdem steht's hinten auf der Cornflakes-Packung.« Simon lachte lauthals, und Pop stimmte dröhnend mit ein.

»Was findet ihr denn so komisch?« Sie klang entrüstet. »Als ich den blöden Weibern das mit China verklickert habe, da guckten sie mich an, als ob ich in 'nen Hundehaufen getreten wär'. Geglotzt haben die, als ob ich zwei Köpfe hätte oder weiß der Geier was. Na, ich hab's ihnen aber gegeben. ›Amerika‹, hab' ich gesagt, ›Amerika hat längst nicht so viele.‹ Ich wollte ihnen genau sagen, wie viele Einwohner Amerika hat, aber ich hatte es nicht mehr im Kopf. Als ich aus der Schule gekommen bin, hab' ich gleich auf der Cornflakesschachtel nachgesehen, und es sind hundertvierzig Millionen, falls ihr es wem weitersagen wollt.« Jetzt fing ich auch an zu lachen, einfach weil Simon und Pop sich schier ausschütten wollten. »Was gibt's da zu lachen, Finn? Ist doch alles deine Schuld. Wir hätten schön hier bei uns auf die High-School gehen können, aber das war dir ja nicht gut genug. Und jetzt haben wir den Salat.«

»Du brauchtest doch nicht nach St. Mary's, bloß weil ich auf die Immaculate Conception gehe.«

»Das sagst du jetzt, aber zuvor hast du mich angefleht, daß ich mitkomme nach Trenton.«

»Kein Wort davon hab' ich gesagt!«

»Mensch, wie du lügen kannst!«

»Jetzt reicht's.« Pop versuchte, sein Lachen zu unterdrücken.

»Also ich weiß nicht, was daran so komisch ist. Ich glaub', ihr habt alle 'ne Schraube locker. Und außerdem hat keiner von euch gewußt, wie viele Chinesen es in China gibt.« Pop und Simon wieherten nur um so lauter und herzlicher. Es war das erstemal seit langer, langer Zeit, daß ich Simon wieder lachen hörte.

An einem kühlen Samstagnachmittag im Herbst machte ich einen Spaziergang zum Musikinstitut der Uni, meinem Lieblingsplatz, wenn ich einmal ganz ungestört sein wollte, um, während ich den Studenten beim Üben zuhörte, in Ruhe nachzudenken. Ich hatte beschlossen, daß ich die Beinschiene nicht mehr tragen würde, aber das galt es nun Pop beizubringen, und deshalb wollte ich eine Weile allein sein und mir die richtige Taktik überlegen. In diesem Sommer hatte ich noch einmal einen so kräftigen Schuß gemacht, daß ich jetzt größer war als Bridie. Doch nun spannte und schmerzte die alte Schiene, es war Zeit für eine neue, und ich wollte einfach nicht mehr. Nach allem, was die Behandlung schon gekostet hatte, wußte ich, daß Pop fuchsteufelswild werden würde, doch ich konnte zum einen keine Besserung erkennen und war es außerdem leid, mich ewig mit der Schiene rumzuplagen. Vor allem aber hatte ich mich längst damit abgefunden, hinkend durchs Leben zu gehen. Schließlich war ich von klein auf daran gewöhnt, ja empfand es ebenso als Teil von mir wie meine blauen Augen und das braune

Haar. Wenn andere mein Bein störend fanden, dann mußten sie eben lernen, damit umzugehen. Einige meiner schwersten Entscheidungen hatte ich schon hier, unter dem hochrankenden Glyzinienstrauch, getroffen, während ich den angehenden Musikern lauschte. Und dieser jüngste Entschluß, Pop die Stirn zu bieten, wollte besonders gut überlegt sein. Wir hatten schon einige Nachtfröste gehabt, was die Glyzinie all ihre Blätter gekostet hatte, und nun hoben sich die kahlen Ranken wie eine filigrane Zeichnung von der Mauer ab. Die trockenen Samenhülsen raschelten im Wind, als wetteiferten sie mit den bruchstückhaften Melodien von drinnen. Ich schlug den Kragen meines blauen Wollmantels hoch und kauerte mich, unter einem halboffenen Fenster, gegen die Mauer. Wenn sie doch nur mal ein Stück, egal welches, von Anfang bis Ende durchspielen würden.

»Hallo, was machst du denn da?« Ein blonder junger Mann, um die Zwanzig, lächelte vom Fenster zu mir herunter.

»Ach, ich hör' bloß zu.«

»Na, dann komm doch rein. Wir suchen ja händeringend nach Publikum.«

»Ehrlich?«

»Wenn ich's dir sage. Außerdem ist es doch bestimmt saukalt da draußen. Los, zier dich nicht.«

Der große Saal war leer bis auf ein kleines Podium, das als Bühne diente, und ein paar Klappstühle. Ich hatte ihn mir ganz anders vorgestellt. Wo musiziert wurde, hätte ich rote Samtportieren erwartet und vergoldete Logenplätze, aber hier kam man sich vor wie in einer Turnhalle. Ja, es roch sogar nach Turnhalle.

»Setz dich und mach's dir bequem. Ich bin Steve, und die anderen sind nicht so wichtig.« Lachend deutete er auf drei junge Männer, die mit ihren Instrumenten auf dem Podium saßen und über die Noten diskutierten, die aufgeschlagen vor ihnen auf den Ständern lagen.

»Ich heiße Finn.«

»Ah, und du bist Musikliebhaber, Finn?«

»Ich verstehe leider nicht viel davon. Aber was ihr da eben gespielt habt, das hat mir gefallen.«

»Tschaikowsky. *Andante cantabile*.«

»Mann, der reinste Zungenbrecher.«

»Die Titel sind oft ziemlich pompös, ja. Warte, ich schreib's dir auf.« Er trat an einen Stapel Bücher und Skripten, riß eine Seite aus einem Notizblock und kritzelte rasch Komponistennamen und Musiktitel hin. »Wir wollen es dir mal ohne Unterbrechung vorspielen. Darfst halt nur nicht zu kritisch sein.« Er reichte mir das Blatt Papier, ich faltete es zusammen und legte es in meine Brieftasche. »Also dann, meine Herren«, sagte er zu den drei anderen, »auf ein neues und ohne Unterbrechung diesmal. Wir haben Publikum.« Sie setzten sich zurecht, und nach ein paar Sekunden konzentrierter Stille nickte Steve, und sie begannen zu spielen.

Ich weiß nicht, ob das Blatt Papier mit Tschaikowskys Namen und dem Titel seines Stücks in meiner Tasche den Ausschlag gab, aber als ich dort saß und meinem »Privatkonzert« lauschte, da begriff ich zum erstenmal, was Musik ist: die Schöpfung eines Menschen nämlich. Sie kam nicht einfach fix und fertig aus dem Radio. Nein, irgend jemand setzte sich hin und schrieb auf, was ihm in einer geheimen, mysteriösen Kammer seines Hirns an Tönen erklungen war. Die Erkenntnis war so überwältigend, daß ich mich einen Augenblick lang ganz benommen fühlte. Aber wie faszinierend war erst der Gedanke, daß jemand sich nach hundert Jahren oder mehr die Noten vornehmen und genau das nachspielen konnte, was der Komponist seinerzeit in seinem Innern gehört hatte. Und nun saß ich hier und hörte vier Studenten ein Stück spielen, das zu einer anderen Zeit in einem anderen Land komponiert worden war, und es erschien mir wie die reinste Zauberei. Die Musik war klagend und wehmütig, und ich konnte nicht anders als denken, wie unglücklich doch dieser Mr. Tschaikowsky gewesen sein mußte, als er sie niederschrieb.

Auch wenn ich die Ursache seines Kummers nicht kannte – wie ihm zumute gewesen war, glaubte ich genau nachempfinden zu können. Es gab weder Grenzen noch Schranken mehr, alles war verquickt mit Verlust und schicksalhaften Verstrickungen – Mom, Laurie, Fritz und Honey –, mit Drängen und Hoffen. Meine Gedanken ergaben wohl keinen Sinn, und doch schienen sie mir vollkommen klar. Ich saß nicht mehr im Probensaal bei den Studenten, nein, ich befand mich in einer entrückten Sphäre, die nicht von dieser Welt war, aber die ein Tschaikowsky mit mir teilte. Und dann sah ich Bridies Gesicht am Fenster.

Zuerst wollte ich so tun, als hätte ich sie gar nicht bemerkt, aber sie versuchte mit allen Mitteln, meine Aufmerksamkeit zu erregen; es hätte mich nicht gewundert, wenn sie vor dem Fenster einen Kopfstand gemacht hätte. Ihr Gesicht wirkte angespannt, ja es schien mir, als habe sie geweint. Sie winkte mir, ich solle zu ihr nach draußen kommen, aber ich konnte doch nicht so unhöflich sein und gehen, bevor das Stück zu Ende war. Also blieb ich, den Blick starr geradeaus gerichtet, eisern auf meinem Platz sitzen. Als ich doch einmal verstohlen nach dem Fenster schielte, war sie verschwunden. Gleich darauf hörte ich die Tür gehen, und als ich mich umdrehte, stand sie auf der Schwelle. Ich hätte Tschaikowsky' gar zu gern zu Ende gehört, aber da ich wußte, daß sie keine Ruhe geben würde, ging ich zu ihr.

»Was willst du denn?« flüsterte ich.

»Ach, Finn ...« Dicke Tränen kullerten ihr über die Wangen. »Ich muß unbedingt mit dir reden.«

»Jetzt?«

»Bitte!« Da wußte ich, daß es dringend sein mußte, denn Bridie sagte sonst nie »Bitte« zu mir. Ich wandte mich nach den Musikern um, aber die waren so vertieft in ihr Spiel, daß sie uns überhaupt nicht beachteten. Also nahm ich Bridie bei der Hand, wir schlüpften hinaus und machten leise die Tür hinter uns zu.

»Was ist denn passiert?«

»Komm erst mal mit.« Sie führte mich zu unserem Platz unter der Glyzinie. Wir setzten uns hin, sie lehnte den Kopf an meine Brust, ich hielt sie in den Armen, und sie weinte sich aus. Sie zitterte, und ich knöpfte meinen Mantel auf und wickelte sie mit ein. Sie schlang die Arme um mich, und wir drückten uns eng aneinander. Ich spürte die Wärme ihres Körpers und roch den Duft ihres Haars, während ich der Musik lauschte und wartete, daß ihre Tränen versiegten. Seit der Nacht, in der Laurie starb, war ich ihr nicht mehr so nahe gewesen. Damals hatte sie bei mir im Bett geschlafen, sich aber nicht in den Arm nehmen lassen; jetzt dagegen suchte sie meine Nähe.

»Willst du mir nicht endlich sagen, was passiert ist?« fragte ich, als sie sich etwas beruhigt zu haben schien.

»Ach, Finn ...« Sie holte tief Luft, aber es klang wie ein Schluchzen. Statt mich anzusehen, spielte sie geistesabwesend mit einem Knopf an meinem Hemd. »Ich glaube, Simon liebt eine andere.« Sie fing wieder an zu weinen. Vor lauter Wut hätte ich ihr am liebsten gesagt, sie solle endlich erwachsen werden und aufhören, sich wie ein Baby zu benehmen, aber ich spürte, daß sie wirklich litt, und darum sagte ich nichts. »Er liebt mich nicht mehr.« Vor nicht ganz einem Monat hatte sie mir auf dem Schulweg noch das genaue Gegenteil weismachen wollen.

»Er liebt mich, ich weiß es genau.« Es regnete, und im Bus muffelte es nach nassen Kleidern. »Ich muß bloß sehen, daß ich diese vier Jahre rumkriege, dann können wir heiraten, Simon und ich, und ich werde den Nonnen sagen, sie sollen sich mitsamt ihrer Schule im See ersäufen.« So früh am Morgen hatte ich noch keine Kraft für ihre Hirngespinste. »Mrs. Simon Drubecki. Bridie Drubecki. Mein Gott, ob die Leute je lernen werden, das richtig auszusprechen?«

»Wie kommst du auf die Idee, daß Simon dich heiraten will?«

»Er sagt es doch dauernd.«

»Hat er vielleicht mal, als du noch klein warst. Viele Männer sagen das zu kleinen Mädchen. ›Wenn du erst groß bist, dann heirate ich dich.‹ Sie halten das wohl für'n duften Spruch.«
»Aber Simon meint es ernst. Außerdem – wen sollte er denn sonst heiraten?«
»Woher soll ich das wissen? Aber wenn er abends weggeht, könnte er alle möglichen Mädchen treffen. Außerdem, wer sagt dir denn, daß er überhaupt heiraten will? Tun nämlich längst nicht alle.«
»Höchstens Priester nicht und Nonnen.«
»Und ganz normale Leute auch. Außerdem ist er sowieso zu alt für dich.«
»Bloß acht Jahre älter als ich, Menschenskind. Früher haben die Mädchen immer ältere Männer geheiratet. Nimm nur Bette Davis zum Beispiel, die heiratet immer ältere Männer.«
»Ja, und die Hälfte davon erschießt sie hinterher.«
»Wennschon, sie heiratet sie trotzdem.«
»Herrgott, das ist doch bloß *Kino.*«
»Sag ja nichts gegen Bette Davis. Die ist mein Idol.« Sie sah aus dem Fenster in den Regen hinaus. Das Ruckeln und Schaukeln des Busses im Verein mit den Auspuffgasen machte mich schwindelig. »Willst du denn nicht auch mal heiraten?«
»Doch, wenn ich siebzig bin.«
»Nein, ernsthaft, Finn. Möchtest du nicht eines Tages verheiratet sein und Kinder haben?«
»Na ja, schon … irgendwann. Aber darüber zerbrech' ich mir doch jetzt noch nicht den Kopf.«
»Glaubst du etwa nicht, daß Simon mich liebt?«
»Klar. Dich lieben doch alle, oder?« Es war sarkastisch gemeint, was aber bei ihr überhaupt nicht ankam.
»Ich wünsche mir für Simon und mich eine Hochzeit genau wie die von Fritz und Mina.«
»Und was wird aus New York, wo ich Maler werden wollte und du Tänzerin oder sonstwas?«

»Aber Finn, das war doch Kinderkram. Mein Gott, wann wirst du endlich erwachsen?« Sie plapperte drauflos über Brautkleider und Häuser und Babys, und es war so langweilig und albern, daß ich gar nicht mehr hinhörte. Der Traum von einem Leben in New York war für sie vielleicht Kinderkram gewesen, ich aber glaubte fest daran, und ich wußte, daß er eines Tages in Erfüllung gehen würde. Bridie fand, wenn man erst auf der High-School sei, dann sei man auch erwachsen, und da sie sich nun mal nichts sehnlicher gewünscht hatte, als erwachsen zu werden, war plötzlich alles, was vorher galt, bloß noch Kinderkram. Gleich am ersten Schultag begann sie, schon während der Busfahrt, ihr restliches Leben zu planen. Pop, Mom und ich würden immer dazugehören, aber Simon sollte der Mittelpunkt sein. Die Einzelheiten hatte sie zwar noch nicht alle geregelt, aber sie wußte, daß sie ein herrliches Leben miteinander führen würden. Ich sollte ihr bester Freund sein, wie ja auch all die romantischen Liebespaare im Kino immer einen besten Freund zur Seite hatten. Was ihr vorschwebte, war demnach eine große Veränderung in ihrem Leben, während das meine auf dem Status quo verharren sollte, um sich problemlos ihren Zwecken unterzuordnen. Nun, ich hatte andere Pläne.

»Woher weißt du überhaupt, daß er eine andere liebt?« Die Instrumente schwiegen, und ich hatte einen kalten, nassen Fleck auf dem Hemd, von ihren Tränen.
»Er hat's mir praktisch ins Gesicht gesagt.«
»Was denn?«
»Ach, was weiß ich. Alles mögliche. Du warst grade weg, und wir waren beide in der Küche: Er hat seine Schuhe geputzt, und ich hab' die Zugfeder an der Jalousie gerichtet, und ich dachte: Genauso wird es sein, wenn wir erst verheiratet sind, daß wir zusammen so herumpusseln im Haus, und das hab' ich dann auch gesagt. Da schaut er mich auf einmal ganz komisch an und fängt an zu lachen, aber eher verlegen. Dann hat er irgendwas zusam-

mengestottert wie: Er fühle sich geschmeichelt, daß ich ihn heiraten will, aber es sei ganz unmöglich. Ich war wie vor den Kopf geschlagen und hab' ihm gesagt, daß ich die ganze Zeit fest daran geglaubt hätte, daß wir heiraten würden. Und da sagt er, es tut ihm leid, aber er weiß nicht, wie ich auf die Idee gekommen bin. Ich hab' angefangen zu weinen, und er hat geredet und geredet, aber ich hab' fast nichts davon kapiert. Daß ich erwachsen geworden bin, ohne daß er's gemerkt hat, und daß er endlich wissen muß, was aus Fritz geworden ist, damit er sein Leben leben kann, und daß es ein Fehler war, mit dir und Big Finn zusammenzuziehen. Lauter so Zeugs. Ich hab' ihm gesagt, daß wir einfach heiraten müssen, weil ich ihn doch liebe, und da hat er gesagt, er liebt mich auch, aber nicht so. Für ihn bin ich wie eine Schwester, und du bist ihm wie ein Bruder, sagt er. Da hab' ich's ihm aber gegeben und ihm gesagt, daß ich verzichte, weil ich nicht seine Schwester sein will.« Sie hielt inne, um Atem zu schöpfen, und dabei fing sie wieder an zu weinen. »Ach, Finn, warum kannst du nur nicht Simon sein?« Ich spürte ein sonderbares, schmerzhaftes Ziehen in der Magengrube. Die Musik setzte wieder ein, und sie kuschelte sich noch fester an mich, während wir dasaßen und lauschten. Nach einer langen, langen Weile flüsterte sie: »Hol ihn der Teufel, schließlich hat er nur ein heiles Auge.«

Simon kam an diesem Abend nicht zum Essen nach Hause. Pop, der in Franklin Village gewesen war, erzählte uns von seinem Besuch bei Mom und merkte nicht, wie still Bridie war. Ihr Gesicht war immer noch leicht verschwollen, soviel hatte sie am Nachmittag geweint.

»Sie hat ein bißchen zugenommen, steht ihr gut. Und sie ist wieder ganz wie früher. Ich hab' mit den Ärzten gesprochen, und die sagen, es kann sich nur noch um Tage handeln. Gott, so haben sie uns schon einen Monat lang Sonntag für Sonntag vertröstet, aber trotzdem meine ich, die wissen schon, was sie

tun. Ach, übrigens: Miß Webster hat nach euch gefragt und eure alte Freundin Mildred auch. Mit der wird's von Mal zu Mal schlimmer. Jetzt bildet sie sich ein, sie wäre die Klinikchefin persönlich. Ein Jammer, wenn man bedenkt, daß die arme Kreatur da nie wieder rauskommen wird. Also wenn ich so was sehe, dann kann ich nur sagen, wir haben allen Grund, dankbar zu sein.« Er hielt inne, und wir aßen schweigend weiter. »Was haltet ihr davon, wenn wir das Haus neu streichen? Innen und außen. Ich meine, bevor Mutter heimkommt. Vielleicht in 'ner anderen Farbe ...« Er stockte und sah abwechselnd von Bridie zu mir. »Was ist los? Wieso bin ich hier auf einmal der Alleinunterhalter? Habt ihr euch gestritten, ihr zwei?« Bridie fing an zu weinen, sprang auf und lief ins Wohnzimmer. Pop fuhr mich an: »Was hast du ihr jetzt wieder getan, verdammt noch mal?«
»Ich hab' überhaupt nichts gemacht.«
»Komm mir nicht so, Freundchen.«
»Nein, wirklich, ich schwöre. Warum gibst du eigentlich immer mir die Schuld?«
»Weil ich dich kenne. Du machst doch dauernd Ärger.« Er sagte es voller Wut, und im ersten Moment dachte ich, mir platzte der Kopf.
»Du? Du kennst mich überhaupt nicht, verflucht!« Ich brüllte ihn an, ohne zu überlegen. Seine Hand schoß vor, und er schlug mich so hart ins Gesicht, daß ich mitsamt dem Stuhl umfiel. Bridie stürzte herein.
»Hör auf. Finn hat nichts damit zu tun.« Sie wollte mir helfen, aber ich stieß sie zurück.
»Laß mich in Ruh'.« Ich stand auf, ging in den Flur und nahm meinen Mantel.
»Wo willst du hin?« rief Pop. Er hatte mich noch nie so geschlagen. Vielleicht mal ein Klaps auf den Po, ja, aber bestimmt nie so mit voller Wucht ins Gesicht. Und obwohl er immer noch wütend war, klang seine Stimme reuevoll.

»Interessiert dich ja doch nicht!« Ich ging zur Haustür.
»Werd mir ja nicht frech!«
»Finn, komm doch zurück.« Bridie stand im Flur.
»Laß mich bloß in Ruh'. Das gilt für euch alle – laßt mich gefälligst zufrieden.« Ich knallte die Tür hinter mir zu und lief die Vordertreppe runter.
Es hatte zu regnen begonnen, und das Licht der Straßenlaternen, die eben aufflammten, spiegelte sich auf den nassen Bürgersteigen. Ich ging bis zur Ecke, wo ich mich im Eingang der Telefongesellschaft unterstellte und überlegte, wo ich nun hinsollte. Ich haßte Pop, und ich haßte Bridie und Simon. Ich hatte nicht die geringste Lust, Leuten zu begegnen, die mich nach meinem Kummer fragen würden. Ich wollte ganz allein sein, und der einzige Platz, der mir dafür einfiel, war die Kirche. Es regnete in Strömen, als ich die Straße überquerte und die neugotische Doppeltür aufstieß. Es war gerade Chorprobe, und zwei Nonnen stellten für die morgige Frühmesse Vasen mit roten Chrysanthemen auf den Altar. Vor dem Beichtstuhl wartete eine kleine Schlange, weshalb ich mich hinten in die letzte Bank setzte, den Kopf wie zum Gebet geneigt; so würde mich niemand stören. Freilich, wenn man es recht bedachte, war die Kirche der letzte Ort, wo ich mit meiner unbändigen Wut hingehörte. Ich hatte keine Ahnung, warum Pop mich haßte. Dabei zerbrach ich mir doch immer wieder den Kopf, um herauszukriegen, was ich Furchtbares verbrochen hätte. Was konnte er mir nur nicht verzeihen? Fritz hatte er nie so behandelt wie mich. Aber natürlich war Fritz vollkommen und machte nichts verkehrt. Fritz war vollkommen und ich nicht. Konnte die Erklärung so einfach sein? Oder war am Ende mein Bein schuld? In der Rückschau denke ich, ich habe immer gewußt, daß es daran lag. Seine ungeheure Enttäuschung über den Makel, mit dem er sich, immer wenn er mich anschaute, konfrontiert sah. Selbst Mom geizte mir gegenüber mit ihrer Zärtlichkeit, weil sie mich stark und unabhängig machen wollte. Sie, die als Waise aufgewachsen

war, wußte, wie wichtig innere Kraft fürs Überleben ist. Traurig war nur, daß ihre eigene Kraft nie mit ihren Erwartungen Schritt hielt. Fritz war der einzige, der mich so, wie ich war, geliebt und angenommen hatte. Doch das tat, auch wenn ich es nicht zugeben mochte, noch jemand: Bridie. Für sie war mein Bein so unwichtig, daß sie sogar Witze darüber machen konnte. Aber Bridie liebte Simon, und Pop liebte Bridie, und Mom hatte mit ihren eigenen Problemen zu kämpfen, und Fritz war fast nur noch eine Erinnerung. Ich stand in meiner Familie ganz allein. Die Orgel brauste, und der Chor pries Gott in Seiner Herrlichkeit, als ich aufstand und ging.

Auf dem Weg in die Oberstadt kam ich durch fast menschenleere Straßen. Es regnete immer noch heftig, außerdem wurde es kälter, und ich war im Nu bis auf die Haut durchnäßt. Ich hatte zu Hause kaum etwas gegessen, und da ich langsam Hunger bekam, kehrte ich im Diner ein. Schon am Eingang schlug mir eine Wolke aus Grillfett und Zigarettenrauch entgegen, aber es war warm und trocken, also zog ich den Mantel aus, hängte ihn auf und setzte mich an die fast leere Theke. Ein einzelner Mann saß auf einem Hocker am anderen Ende des Tresens und unterhielt sich mit Esther, der Frau des Besitzers, die hinter der Theke bediente, und Carrie, die Kellnerin, nahm in einer Nische eine Bestellung auf. Die blinkende Neonreklame draußen färbte den Regen, der an die Fensterscheiben pladderte, magentarot.

»Na, Finn, bei euch zu Hause gibt's heute abend wohl nichts zu futtern?« fragte Esther, als sie zu mir rüberkam.

»Ach, ich geh' ins Kino, und da dachte ich, ich esse auch gleich auswärts.«

»Geht Simon mit?«

»Ich versteh' Sie nicht.«

»Na, er sitzt doch dahinten in der Ecke mit einem Freund.« Im selben Moment, als ich mich umdrehte, blickte Simon über die Schulter und sah mich. Bei ihm war ein Typ seines Alters, jemand, den ich noch nie gesehen hatte. Simon sagte kurz etwas

zu ihm, stand auf, kam an die Theke und setzte sich auf den Hocker neben mir.
»Junge, du bist ja klitschnaß. Was machst du denn hier?«
»Ach ...« Ich hatte keine Lust, ihm zu erzählen, was zu Hause vorgefallen war. »Ich wollte einfach mal raus, das ist alles.« Er schaute weg.
»Krach gehabt?«
»Ich mag nicht drüber reden.«
»Klingt ja schlimm.«
»Vergiß es.«
»Hat Bridie mit dir gesprochen?«
»Hat sie, ja.«
»Mist. Ich hab' ein ganz schlechtes Gewissen ihretwegen.«
»Sie wird's überleben«, sagte ich.
»Klar, das weiß ich auch. Trotzdem fühl' ich mich beschissen.« Wir schwiegen eine Weile. »Magst du mit nach hinten kommen und dich zu uns setzen? Na los, ich möchte dich meinem Freund vorstellen. Ich hab' ihm schon so viel von dir erzählt.«
»Nein, lieber nicht. Mir ist heut abend nicht nach reden.«
»Bestimmt nicht?«
»Nein, ehrlich.«
»Okay.« Er stand auf und ging, blieb aber noch einmal stehen und drehte sich nach mir um. »Ach, wegen der Geschichte mit Bridie. Darüber sprechen wir aber noch, ja?«
»Sicher.« Er ging in seine Nische zurück, und Esther kam wieder zu mir.
»Habt ihr zwei euch verkracht oder was? Warum setzt du dich denn nicht zu Simon rüber?«
»Ich möchte einfach lieber allein sein.«
»Ah, verstehe: du und die Garbo. Und was darf ich dir bringen?«
Ich bestellte ein Stück Apfelkuchen und eine Tasse Tee und würgte alles hastig hinunter, denn es war mir unangenehm, Simon in meinem Rücken zu wissen.
Als ich aus dem Diner kam, hatte der Regen immer noch nicht

nachgelassen, und weil ich nicht wußte, wohin, lief ich zurück in die Livery Street, aber statt nach Hause zu gehen, klingelte ich bei den Ganis. Mrs. Ganis öffnete mir.

»Finn, Herzchen, wie siehst du denn aus! Komm rein. Du bist ja ganz durchgeweicht. Was ist passiert?«

»Wer ist es denn?« Mr. Ganis trat in den Flur hinaus. »Finn, was für eine liebe Überraschung. Aber du bist ja ganz naß.«

»Kann ich heute nacht hierbleiben?«

»Ach du mein Gott! Er ist ausgerissen. Finn, Herzchen, bist du von zu Hause weggelaufen?«

»Was redest du denn da«, grummelte Mr. Ganis. »Wenn einer wegläuft, dann läuft er *weg*, nicht zwei Häuser weiter. Außerdem geht dich das gar nichts an. Natürlich kannst du hierbleiben, Finn. Solange du willst.«

»Sicher, Herzchen, solange du willst. Ich lass' dir rasch ein heißes Bad ein, damit du dir nicht den Tod holst. Zieh nur schnell die nassen Sachen aus.«

Als ich mich im wohlig warmen Wasser ausgestreckt hatte, klopfte es leise an der Tür.

»Alles in Ordnung soweit, Finn?« Es war Mr. Ganis.

»Ja, danke, bestens.«

»Darf ich reinkommen?«

»Sicher.« Ich bedeckte meine Blöße mit dem Waschlappen. Er kam herein, klappte den Klodeckel runter und setzte sich drauf.

»Na, geht's dir jetzt ein bißchen besser?«

»Ich hab' mich mit Pop gestritten«, sagte ich und starrte zur Decke.

»So was Ähnliches hab' ich mir schon gedacht. Und, magst du darüber reden? Vielleicht wird dir dann leichter ums Herz?«

»Nein, mir ist nicht danach.«

»Verstehe. Wenn ein Mann nicht reden will, dann ist das seine Sache. Niemand zwingt dich. Aber hättest du was dagegen, wenn ich rede?«

»Nein.«

»Siehst du, ich hatte nämlich auch mal einen Vater. Das ist zwar schon lange her, aber das komische ist: Je älter ich werde, desto kürzer scheint mir die Zeit von damals bis heute. Na, jedenfalls, wir wohnten auf einem kleinen Dorf. Es war so klein, daß wir das Nachbardorf als Orientierungspunkt angaben, wenn wir jemandem den Weg zu uns erklärten, doch auch von dem Dorf hatte fast kein Mensch je gehört. Mein Vater war Rabbiner, aber das weißt du ja schon. Ich und meine Geschwister, wir hatten alle Angst vor ihm. Wenn wir etwas brauchten oder auch nur etwas bereden wollten, dann gingen wir immer zu unserer Mutter. Sie hätte dir gefallen, ganz bestimmt. Und du ihr auch. Aber zurück zu meinem Vater. Oh, ich sag' dir, das war einer! Es war uns Kindern streng verboten, ihn bei seinen Studien zu stören. Nur saß er leider dauernd über seinen Büchern. Für uns hatte er nie Zeit, aber da er der Rabbi war, hatte er Zeit für jeden anderen im Dorf. Alle konnten sie zu ihm kommen, und er war freundlich und lächelte jeden an. Jeden, bis auf uns. Gott könnte mich dafür mit dem Tode bestrafen, ich weiß, aber ich habe meinen Vater nicht sehr gemocht.«

»Worüber unterhaltet ihr euch denn so angeregt?« Mrs. Ganis kam mit einer Tasse Tee herein.

»He, he! Damen haben hier keinen Zutritt. Der junge Mann ist schließlich nackt.«

»Na und, wer guckt ihm was ab? Außerdem sieht man doch nichts im Wasser. Hier, mein Junge, das wird dir guttun.« Sie reichte mir die Tasse. »Sam, hol ihm deinen dicken Bademantel. Und deinen Schlafanzug.« Und wieder an mich gewandt: »Vielleicht solltest du ein, zwei Aspirin nehmen?«

»Nein danke. Mir fehlt nichts.«

»Ich deck' dir schon mal das Bett auf. Und du trink in Ruhe deinen Tee.« Sie machte die Tür hinter sich zu.

»Ja, dann will ich dir mal einen Schlafanzug holen und den Bademantel. Aber was ich vorhin noch sagen wollte: Alle Jungen haben Probleme mit ihren Vätern. Die Ursachen sind gewiß nicht die gleichen, aber Probleme haben sie alle. Wer weiß, vielleicht hat Gott es so gewollt. Und soll ich dir noch was verraten? Wenn ich die Zeit zurückdrehn und noch einmal jung sein könnte, dann würde ich versuchen, meinen Vater genauso zu *mögen*, wie ich ihn geliebt habe.«

Später, als ich warm eingekuschelt im Bett lag und dem Regen lauschte, der immer noch stärker niederprasselte, kam mir der Gedanke, daß es bestimmt leichter wäre, einen Rabbi, der keine Zeit für seine Kinder hat, zum Vater zu haben als Pop. Ich wünschte mir, Mr. Ganis wäre mein Vater, und fragte mich, warum er und Mrs. Ganis wohl keine Kinder hatten.

Als ich am nächsten Morgen heimging, um mich vor der Messe umzuziehen, erfuhr ich von Bridie, daß Simon letzte Nacht auch nicht nach Hause gekommen war. Sie stand in der Küche und machte das Frühstück. Pop war noch nicht unten.

»Wo ist denn dein Mantel?«

»Mr. Ganis hat ihn unten im Keller aufgehängt. Er war klitschnaß.«

»Wo zum Teufel bist du eigentlich gewesen?«

»Bloß so in der Gegend rum.«

»Mein Gott, und ich hab' mich zu Tode geängstigt.«

»Ist er sehr wütend?« fragte ich.

»Glaub' ich nicht. Mrs. Ganis hat angerufen und Bescheid gesagt. Aber nur, daß du drüben wärst, sonst hat sie nichts erzählt.«

»Ich meine doch, ob er wütend ist, weil ich ihn gestern abend so angeschrien habe.«

»Ich hab' ihm gesagt, daß du nichts dafürkonntest. Aber von Simon und mir hab' ich ihm nichts gesagt. Warum, weiß ich selber nicht. Hast du Hunger?«

»Mrs. Ganis hat mir Frühstück gemacht. Warst du schon zur Messe?«

»Nein, ich hab' auf dich gewartet. Wir können in die um zehn gehen, die ist immer kürzer.«

»Und Simon?«
»Der ist immer noch nicht da. Glaubst du, er war die Nacht bei einer von seinen Freundinnen?«
»Ich hab' ihn gestern abend im Diner getroffen. Er war mit einem Kumpel da.«
»Und? Hat er was gesagt?« Sie sah mich nicht an, sondern wendete angelegentlich den Speck in der Pfanne.
»Er hat gesagt, daß es ihm leid tut, aber sonst nichts. Wir haben auch kaum miteinander gesprochen.« Ich setzte mich an den Tisch, und Duke kam und leckte mir die Hand. »Hast du ihn schon gefüttert?«
»Klar doch. Magst du nicht wenigstens 'ne Tasse Kaffee?«
»Nein, wirklich nicht.«
»Ich bin froh, daß du wieder da bist.«
»Ich auch.« Pop stand in der Tür. Er ging zum Herd und schenkte sich eine Tasse Kaffee ein. »Na, alles in Ordnung?«
»Ja.« Ich versuchte, mich zu beherrschen, ruhig zu sprechen. »Mir geht's gut.«
»Ich möchte mich entschuldigen«, sagte er. »Es tut mir leid, daß ich dich geschlagen habe.« Er sah mich dabei nicht an. »Bridie hat mir gesagt, daß dich keine Schuld trifft. Trotzdem wüßte ich gern, was eigentlich los ist. Aber ich bitte dich um Verzeihung. Ich weiß selber nicht, ich hab' so viel um die Ohren. Ich meine, deine Mutter und …«
»Ich muß mich umziehen, sonst kommen wir zu spät zur Messe.« Ich stand auf und ging zur Tür.
»Warte noch einen Moment.« Zum erstenmal sah er mich an. »Verstehst du nicht, ich versuche, mich bei dir zu entschuldigen. Mann Gottes, ich hab' doch gesagt, es tut mir leid.«
»Ja, ich hab's gehört.« Ich ging aus der Küche, und Duke trottete hinter mir her.
»Allmächtiger! Ich hab' es versucht. Du bist Zeuge, ich hab's versucht«, hörte ich ihn zu Bridie sagen, als ich die Treppe hochlief.

Simon kam erst am späten Nachmittag. Er sagte nicht, wo er gewesen war, und keiner fragte, aber Pop zwinkerte ihm verständnisvoll zu. Bridie genierte sich und ging Simon aus dem Weg, bis sie endlich, den Tränen nahe, Schularbeiten vorschützte und in ihrem Zimmer verschwand. Simon wirkte sehr geknickt. Er trank nur rasch eine Tasse Kaffee mit uns, dann ging er duschen und ließ Pop und mich allein in der Küche sitzen.

»Was geht eigentlich in diesem Haus vor, zum Teufel?« Er sagte es ruhig, den Blick zu Boden gesenkt.

»Ich werde die Schiene nicht mehr tragen.« Ich hatte nicht vorgehabt, gerade jetzt damit rauszurücken. Es ergab sich wie von selbst. Pops Kopf schnellte ruckartig hoch, und er starrte mich entgeistert an.

»Wovon sprichst du?«

»Ich will einfach nicht mehr.«

»Heiliger Gott!«

»Es nützt ja sowieso nichts.«

»Das dauert eben. Dr. Whiteshield hat doch gesagt, es braucht seine Zeit.«

»Ich trag' sie jedenfalls nicht mehr.« Seine Augen wurden schmal, und er starrte mich nur an, ohne etwas zu sagen. »Das Ding ist elend schwer, und es tut verdammt weh.«

»Weißt du eigentlich, wieviel Geld wir ...«

»Das zahl' ich dir zurück.«

»Darum geht es doch nicht, verflucht! Warum tust du das? Ich hab' dich geschlagen, und nun willst du's mir heimzahlen, ist es das? Herrgott noch mal, ich hab' mich doch entschuldigt!« Er hatte Tränen in den Augen, und beinahe hätte er mir leid getan.

»Nein, damit hat es nichts zu tun. Ich hab' die blöde Schiene einfach satt.«

»Dann willst du also ewig ein Krüppel bleiben?«

»Mir macht das nichts aus.«

»Aber mir.«

»Das weiß ich.« Zum erstenmal hatte einer von uns dem anderen rückhaltlos offen die Wahrheit gesagt, und beide wußten wir es. Er war blaß und wirkte sichtlich mitgenommen.

»Meinetwegen«, sagte er im Aufstehen. »Dann laß das verdammte Ding halt weg.« Er schob seinen Stuhl unter den Tisch, trat zur Hintertür und öffnete sie. »Heute abend braucht ihr nicht für mich zu decken.« Und als er ging, machte er leise die Tür hinter sich zu. Ich hatte gewonnen. Duke kam zu mir und legte den Kopf in meinen Schoß. Seltsamerweise empfand ich weder Triumph noch Genugtuung, ich hatte einfach das Gefühl, daß die Fronten nun endlich abgesteckt seien – etwas, das schon lange fällig gewesen war. Ich weiß nicht, wie lange ich allein am Tisch gesessen habe, als Simon im Bademantel in die Küche kam und sich das Haar mit einem Handtuch trockenrieb.

»Wo ist denn dein Vater?«

»Ausgegangen.«

»Und ist Bridie noch in ihrem Zimmer? Ich hab' oben nichts gehört.«

»Runtergekommen ist sie jedenfalls nicht.« Er setzte sich mir gegenüber an den Tisch.

»Ich mach' euch ganz schön Ärger, was?«

»Pop und ich, wir hatten Krach. Mit dir hat das gar nichts zu tun.« Er sah mich kurz an und wandte sich ab.

»Ich hab' vor auszuziehen.«

»Aber warum? Wenn ich dir doch sage, daß es nichts mit dir zu tun hat. Überhaupt, du kannst nicht ausziehen. Hier ist dein Zuhause. Und Pop weiß noch nicht mal von der Geschichte mit Bridie.«

»Ich glaube beinahe, ich werde fortmüssen.« Er sprang auf, lief zur Hintertür und starrte in den Garten.

»Nein, mußt du nicht. Bridie spinnt doch! Sie phantasiert sich alles mögliche zusammen, und dann bildet sie sich ein, die andern empfänden genauso wie sie. Sie kann nichts dafür, so ist sie schon immer gewesen. Aber sie wird diese Geschichte vergessen, bestimmt. Das garantiere ich dir.«

»Es ist ja nicht wegen Bridie.« Seine Stimme klang trostlos. »Ich muß fort. Es geht nicht anders.«

»Hab' ich dir was getan?«

»Aber nein!« Er kam wieder an den Tisch und setzte sich. »Das darfst du nicht denken, Finn.« Er schüttelte den Kopf. »Verflucht noch eins!«

»Ja, aber warum mußt du dann weg? Ich kapier's nicht.«

»Ich kann's dir nicht erklären.«

»Doch, mir kannst du's sagen. Ich verpetz' dich nicht. Ehrenwort, ich schwöre.«

»Finn, ich kann nicht – bist du taub?« Es klang fast wütend. »Ich hätte überhaupt nie herkommen dürfen. Das war glatter Wahnsinn.« Er wollte hinaus.

»Simon, ich bin doch kein Kind mehr!« Ich hielt ihn am Ärmel fest. »Ich erzähl' dir doch auch fast alles. Warum kannst du mir nicht sagen, was mit dir ist?«

»Ich wünschte, ich könnte es.« Die Worte drohten ihm im Hals steckenzubleiben. »Aber ich will nicht, daß du mich nachher haßt.« Er strich mir leicht über die Schulter und ging. Ich hielt es schlicht für unmöglich, daß ich Simon je wegen irgend etwas hassen könnte.

Es wurde Sommer, ehe er ging. Gleich nachdem der Bescheid über Fritz vom Kriegsministerium kam, warf Pop ihn hinaus.

Bridie kam nicht so schnell über Simon hinweg, wie ich es vorausgesagt hatte, und auch ihre Reaktion war mir gänzlich neu. Statt wie sonst wütend und kampflustig auf Rache zu sinnen, zog sie sich diesmal völlig zurück. Sie und Simon genierten sich offenbar beide und gingen einander soweit wie möglich aus dem Weg. Anfangs hatte Simon zwar versucht, locker mit ihr zu scherzen wie früher, aber als Bridie überhaupt nicht darauf einging, gab er es auf und kam dann auch immer seltener nach

Hause. Und wenn er mal da war, igelte er sich noch mehr ein als bisher und hielt sogar mich auf Distanz, woran ich wiederum Bridie die Schuld gab. Er war jetzt nicht mehr ein Mitglied der Familie, sondern lebte im Haus wie eine Art Kostgänger, der kam und ging, wie es ihm gefiel. Sogar nach Franklin Village fuhr er nicht mehr mit. Als Entschuldigung schützte er immer die Arbeit vor, aber ich hatte das Gefühl, daß er Mom nicht sehen wollte.

Ich legte die Schiene tatsächlich ab, und Pop verlor kein Wort mehr darüber. Schon einen Tag, nachdem ich ihm gesagt hatte, daß ich sie nicht mehr tragen würde, stellte ich sie in die hinterste Ecke in meinem Schrank und breitete einen alten Mantel darüber, damit ich sie nicht mehr zu sehen brauchte. Die Wahrheit, der Pop und ich an jenem Tag in der Küche ins Auge gesehen hatten (ob wir sie nun in Worte fassen konnten oder nicht), führte zu einem kühlen, distanzierten Waffenstillstand, und fortan tolerierten wir uns gegenseitig. Ich glaube, wir hofften damals mehr denn je auf Moms Heimkehr und darauf, daß ihre Gegenwart uns aus einer verfahrenen Situation heraushelfen würde. Nach der Enttäuschung mit Simon teilte Bridie ihre Liebe und Zuwendung zwischen Pop und mir auf, und während unsere Leibgerichte immer häufiger auf dem Speisezettel erschienen, verschwanden ostentativ die von Simon.

Zum Glück nahm die High-School Bridie und mich so weit in Anspruch, daß wir uns, zumindest zeitweise, in unsere Bücher flüchten konnten. Weder St. Mary's noch Immaculate Conception erlaubten Erstsemestern die Teilnahme an außerplanmäßigen Kursen mit der Begründung, daß wir uns zunächst ganz auf unsere Pflichtfächer konzentrieren und die nötige »Arbeitsdisziplin entwickeln« sollten, die der Lehrkörper als Grundvoraussetzung für eine erfolgreiche akademische Laufbahn ansah. Ein Wahlfach allerdings durften wir belegen, und beide Schulen boten dafür Musik und Kunsterziehung an. Bridie, die nicht mal ein Strichmännchen malen konnte, entschied sich für Musik, und ich nahm natürlich Kunst. Bridie haßte jeden Augenblick, den sie mit Schwester Joseph von Copertino, nach ihren Worten ein teutonisches Monster, verbringen mußte. Ich dagegen zählte die Minuten bis zur nächsten Stunde mit Pater Blaise Marat. Die Klasse war mit fünfzehn Schülern ohnehin relativ klein, und Pater Blaise gab überdies jedem von uns das Gefühl, er sei außer ihm der einzige im Raum. Er war Ende Zwanzig, groß und hager, mit aschblondem Haar und leuchtenden haselnußbraunen Augen, und er sprühte nur so vor Energie und Begeisterung. Daneben hatte er eine fast kindliche Art, was nicht ungewöhnlich ist für einen jungen Priester, der seit der Pubertät immer nur im Schutze der realitätsfernen Welt der Heiligen Mutter Kirche gelebt hat. Was an künstlerischen Fähigkeiten in mir steckte, erkannte und förderte er, und ich hielt ihn nach kürzester Zeit für den wunderbarsten Lehrer der Welt. Als die Geschichte, ich sei der Junge, den seinerzeit zwei italienische Kriegsgefangene als Geisel genommen hätten, die Runde machte und in der Schülerzeitung ein Artikel über mich erschien, sagte ich ihm die Wahrheit. Es war eine Schuld, die immer noch auf mir lastete, und ich hatte Angst, wenn ich ihm nicht selber beichtete, würde er es eines Tages auf anderem Wege erfahren, und dann wäre es aus mit unserer Freundschaft. Er sagte, es sei an der Zeit, meine Schuldgefühle abzulegen. Schließlich hätte ich doch versucht, die Wahrheit zu sagen, und das genüge dem lieben Gott, der im übrigen nicht nachtragend sei. Er erkundigte sich nach Mom und Pop und Bridie, und als ich fertig war, hatte ich ihm mein ganzes Leben erzählt, bis auf die Kleinigkeit, daß ich als Kind einen Spielkameraden in einem Bordell gehabt hatte. Irgendwie schien das kein Thema für einen Priester zu sein, selbst wenn er so nett war wie Pater Blaise. Meine Freundschaft zu Honey konnte ich ihm deshalb nur vage schildern, aber ich erzählte ihm, daß er jetzt in Valdosta, Georgia, wohnte und daß ich ihm gern ein paar Zeichnungen schicken würde, und Pater Blaise schlug vor, ich solle doch ein Skizzenbuch von all den Plätzen anlegen, an denen Honey, Bridie und ich besonders gern gespielt hätten. Dann schenkte er mir noch ein gebundenes Zeichenbuch und ein paar Kohlestifte und sagte, ich könne daraus zuerst meine Studienarbeit machen und die Zeichnungen später, am Ende des Schuljahres, an Honey schicken. Auf die erste Seite schrieb ich in großen Blockbuchstaben HONEYS BUCH, und jedes Wochenende suchte ich von nun an unsere Lieblingsplätze auf und bannte sie, so gut ich konnte, aufs Papier: die Mule Bridge, das Museum, Tessies Etablissement, die Reitställe, das Musikinstitut und den Brückenbock und den Treidelpfad am Stony Brook. Auch Tessie und Charles, Iris, Cat und Elizabeth zeichnete ich, und von Mr. Stebbins machte ich sogar ein ganzseitiges Porträt. Als ich ungefähr in der Mitte des Buches war und wußte, daß ich die Hälfte geschafft hatte, zeichnete ich auf einer Doppelseite ein Dinosaurierskelett, zu dem Bridie, Honey, Duke und ich aufschauten. Soweit ich mich erinnere, sahen die Figuren uns nicht sehr ähnlich, aber ich war sicher, daß Honey sich trotzdem drüber freuen würde.

St. Mary's lag viel näher an der Bushaltestelle als Immaculate Conception, und darum bekam Bridie oft einen früheren Bus als ich. Bis ich nach Hause kam, hatte sie dann schon ihre Schuluniform ausgezogen und mit den Vorbereitungen fürs Abendessen begonnen. Diese ein, zwei Stunden, in denen sie das Haus für sich hatte und tun und lassen konnte, was sie wollte, ohne daß wir Männer sie störten, waren Bridie heilig. Darum wußte ich sofort, daß etwas passiert sein mußte, als ich sie eines Tages an der Bushaltestelle stehen und auf mich warten sah. Es war schon wieder Frühling, aber noch ziemlich kalt. Als der Bus am Bordstein hielt, sah ich, daß sie, die übrigens noch ihre Schuluniform anhatte, nicht einmal einen Pullover um die Schultern trug. Sie wischte sich die Augen mit einem von Pops großen Leinentaschentüchern. Es dauerte eine Ewigkeit, bis der Fahrer endlich die Tür aufmachte, und während ich darauf wartete, gingen mir alle möglichen Katastrophen durch den Sinn. Das Haus war abgebrannt, Pop oder Simon hatten einen Unfall gehabt, war womöglich tot. Ich dachte sogar, es könnte etwas mit Mom sein.

»Es ist Duke«, sagte Bridie, als ich aus dem Bus stieg. »Er ist überfahren worden.« Sie kämpfte mit den Tränen.

»O mein Gott! Nein!« Ich lief kopflos auf und ab, traute mich aber nicht, nach Hause zu gehen, weil ich nicht wissen wollte, wie schlimm es stand. »Oh, das darf nicht wahr sein.«

»Er ist bei uns in der Küche. Der Mann, der ihn überfahren hat, war gleich mit ihm beim Tierarzt. Big Tum ist auch mitgefahren. Duke ist schwer verletzt.« Sachte legte sie ihre Hand in meine und führte mich, fast gegen meinen Willen, über die Straße.

»O Gott, o Gott, bitte mach, daß er nicht stirbt.«

»Es ist gleich vor der Schule passiert. Kurz vor Mittag.«

»Dieser blöde Hund!« Duke zockelte immer noch täglich zu unserer alten Schule, um uns Punkt drei abzuholen und zum Mittagessen nach Hause zu begleiten. Acht Jahre lang war er jeden Wochentag zur Stelle gewesen und hatte auf uns gewartet. Nun wollte es ihm nicht in den Kopf, daß wir nicht mehr dorthin gingen. Ich fing an zu rennen, und als ich in die Livery Street einbog, fielen mir die Bücher runter. Bridie half mir, sie aufzulesen.

»Der Hund hat so gejault, daß ich's bis runter in den Keller hören konnte.« Mrs. Cavanaugh saß in ihrem Schaukelstuhl und beugte sich über das Verandageländer. »Ich wußte sofort, daß es dein Hund war. So wie der gequietscht hat, dachte ich, er wär' auf der Stelle tot gewesen. Heilige Muttergottes, da konnte einem ja direkt das Blut in den Adern gefrieren.«

»Schnauze, alte Hexe!« Ich brüllte so laut, daß die ganze Straße es hören konnte.

»Ja, ich hab' doch deinen Köter nicht überfahren, du fieser kleiner Krüppel. Dir gehört aber mal der Mund mit Seife ausgewaschen, jawohl!«

»Wenn einer Seife nötig hat, dann Sie – aber überall!« fauchte Bridie, die mir mit meinen Büchern nachgerannt kam. Natürlich geiferte Mrs. Cavanaugh zurück, aber was sie sagte, hörte ich nicht mehr.

Duke lag, in eine Decke gehüllt, nahe der Hintertür auf dem Küchenboden. Nur Kopf und Schwanz lugten raus. Big Tum und Mr. Ganis saßen am Tisch. Duke hatte die Augen geschlossen, und ich dachte schon, er sei tot.

»Duke?« Ich brachte kaum seinen Namen raus, als ich mich zu ihm kniete. Er sah mich an, aber der Funke, der sonst immer in seinen Augen aufblitzte, wenn er mich eine Weile nicht gesehen hatte, war erloschen. Immerhin schaffte er es, ein paarmal mit dem Schwanz zu wedeln.

»Er ist dem Mann einfach vors Auto gelaufen. Es hat dem Herrn sehr, sehr leid getan.« Big Tum sprach mit leiser Stimme. »Er hat selber Hunde, und es ist ihm arg zu Herzen gegangen.«

»Wird er durchkommen?«

Mr. Ganis hockte sich neben mich auf den Boden. »Wir müssen abwarten. Der Tierarzt hat sein möglichstes getan, jetzt liegt's beim lieben Gott.« Er legte mir den Arm um die Schultern. »Aber vielleicht sollten wir uns keine allzu großen Hoffnungen machen, Finn.«

»Ach Duke, mein Duke ...« Ich wollte ihn streicheln, hatte aber Angst, ihm weh zu tun.

»Er hat innere Verletzungen, weißt du. George Glass ist ein erstklassiger Tierarzt, aber wie Sam schon sagt, wir sollten uns keine zu großen Hoffnungen machen.« Big Tum flüsterte, als ob er in einem Krankenzimmer wäre und nicht wollte, daß der Patient mithörte. Bridie saß neben mir und hielt mich im Arm, und so blieben wir, bis Pop und Simon von der Arbeit kamen.

»Ach Gott, der arme Duke«, sagte Pop. »Nun ist er doch schon tausendmal über diese Straße gegangen. Nein, an so was hätte ich nie gedacht.« Er und Simon machten Brote zurecht, aber keiner wollte was essen. Wir versuchten, Duke etwas Wasser einzuflößen, doch er konnte nicht trinken; er lag bloß da und hielt die Augen geschlossen. Als es Schlafenszeit war, holte Pop die Schlafsäcke hervor, damit Bridie und ich in der Küche übernachten konnten.

»Du weißt, was wir zu tun haben, wenn's ihm morgen nicht bessergeht«, sagte Pop, bevor er nach oben ging. »Wir alle hängen an Duke, und wir wollen ihn nicht unnötig leiden lassen. Duke würde das selber auch nicht wollen. Das weißt du doch, Finn – er verläßt sich drauf, daß du ihm das ersparst.« Ich nickte. »Wenn ihr mich in der Nacht braucht, dann ruft nur. Ich schlafe sicher nicht.«

»Ich bleib' unten, wenn ihr wollt«, sagte Simon.

»Nein, wir kommen schon zurecht.«

»Na gut, aber falls ihr mich braucht: Ich bin gleich nebenan im Wohnzimmer auf dem Sofa.« Das Unglück hatte uns wieder zu einer Familie gemacht.

»Ihr werdet schon sehen«, sagte Bridie, »morgen geht's Duke bestimmt besser. Ich hab' zur Heiligen Jungfrau gebetet.«

»Ich denke, daß werden wir alle tun«, sagte Pop und ging nach oben.

In der Nacht sah ich mehrmals nach ihm, und wenn ich leise, um Bridie nicht zu wecken, seinen Namen wisperte, brachte er jedesmal ein schwaches Schwanzwedeln zustande. Vor Sonnenaufgang schlief ich dann wohl ein, und als ich aufwachte, saß Bridie da und hatte seinen Kopf im Schoß, und Duke lebte nicht mehr. Wie immer machte er kein Aufhebens, sondern stahl sich leise fort, während wir schliefen.

»Laurie, Laurie ...« Bridie wiegte sich vor und zurück und rief immer wieder den Namen ihres Vaters. Ich nahm Duke und trug ihn in den Garten zum Taubenschlag und setzte mich dort mit ihm auf den Boden. Die Vögel liefen erst aufgescheucht durcheinander, beruhigten sich aber dann wieder. Ich weiß nicht, wie lange ich dort saß, bevor Pop die Tür aufmachte.

»Wie geht's dir?«

»Er ist tot.«

»Ich weiß.« Seine Augen waren gerötet. »Bleib nur hier, solange du magst. Du brauchst heute nicht in die Schule. Ich geh' auch nicht zur Arbeit. Wenn du soweit bist, dann wollen wir ihm ein Grab suchen.« Er machte die Tür zu und ging zurück ins Haus, und ich hörte, wie Bridie immer noch nach Laurie rief. Nach einer Weile trug ich Duke hinaus und legte ihn auf die Veranda. Sein Gesicht deckte ich sorgsam mit der Decke zu, und dann ging ich, ohne nachzudenken, in den Geräteschuppen und holte den Vorschlaghammer. Ich kehrte zurück zum Taubenschlag, öffnete die Tür und scheuchte die Vögel raus. Als ich sicher war, daß alle draußen waren, fing ich an, den Schlag zu zertrümmern. Die verängstigten Tauben kreisten über mir und sahen zu, wie ich ihr Haus kurz und klein schlug. Simon, der offenbar den Krach gehört hatte, kam aus dem Haus gerannt und versuchte mir den Hammer zu entwinden.

»Finn, was ist denn los mit dir? Hör auf damit!«

»Laß ihn, Simon«, rief Pop von der Veranda. Er hielt Bridie im Arm, die immer noch nach Laurie rief.

»Aber er weiß ja nicht, was er tut«, sagte Simon.

»Doch, das weiß er. Laß ihn nur machen.« Es war ein Ton, der keinen Widerspruch duldete, und Simon ließ den Hammer los und trat zurück. »Sei so gut und ruf Dr. Lorman an. Sag ihm, es ist wegen Bridie.« Pop führte Bridie ins Haus zurück, und Simon folgte ihnen. Ein ums andere Mal ließ ich den schweren Vorschlaghammer auf den Taubenschlag niedersausen, und als ich fertig war, blieb nichts übrig als gesplittertes Holz, ein paar Fetzen Maschendraht und eine Handvoll zerbrochener Eier. Ich hatte eine Schramme am Bein und an der Wange auch, aber ich spürte nichts und merkte es erst, als ich das Blut sah. Die verdutzten Tauben beobachteten das groteske Schauspiel inzwischen von Mrs. Shultz' Dachfirst aus.

»Haut ab!« brüllte ich. »Weg mit euch. Ihr gehört nicht mehr hierher. Haut doch endlich ab, verdammt!« Simon kam, um mich ins Haus zu holen, und als wir auf die Veranda traten, sah ich die Ganis und Mrs. Shultz am Tor stehen. Simon setzte mich auf einen Küchenstuhl, wusch mir das Blut von Gesicht und Bein und verband die Wunden. Ich hörte Pop und Bridie im Wohnzimmer. Sie weinte und rief nach Laurie, und Pop versuchte sie zu beruhigen.

Sie kam nicht mit, als wir Duke beerdigten. Dr. Lorman gab ihr eine Spritze, und sie schlief unter Mrs. Ganis' Obhut, als wir, Pop, Simon und ich, aufs Land hinausfuhren, um eine geeignete Grabstelle zu finden. Pop wollte ein abgelegenes Plätzchen, wo wir sicher sein konnten, daß niemand ihn ausbuddeln würde, und um das zu finden, fuhren wir weit über die Stadtgrenze hinaus. Lange Zeit kurvten wir über unbefestigte Straßen, die ich gar nicht kannte, bis wir eine geeignete Stelle fanden, an der wir ihn begruben. Es war eine kleine Lichtung etwa fünfzig Meter waldeinwärts von einem Maisfeld, wohin Fasane auf Futtersuche kamen und wo in der Dämmerung auch Rehe ästen. Pop sagte, das sei ein Platz, den niemand ihm streitig machen, an dem er aber auch nicht allein sein würde.

An diesem Abend malte ich den Rest von HONEYS BUCH mit Bildern von Duke voll.

Bridie ging die ganze Woche nicht zur Schule. Die meiste Zeit verbrachte sie bei heruntergelassenen Jalousien in ihrem Zimmer, wo sie in den Kartons mit den Sachen herumkramte, die sie nach Lauries Tod aus ihrem Haus mitgenommen hatte. Eine ganze Wand tapezierte sie mit Fotos von ihm und sich, polierte ein Paar seiner braunweißen Sportschuhe auf Hochglanz und stellte sie auf die Kommode neben Lauries Geburtsurkunde, seine Brieftasche und eine weiße Gipsfigur der Heiligen Jungfrau, der die Nase abgesprungen war. Die Mahlzeiten brachte ich ihr meist auf einem Tablett nach oben, und jedesmal, wenn ich die Treppe hinaufging, hatte ich das unheimliche Gefühl, ich würde Mom in ihrem Zimmer finden. Wenn sie mal zum Essen herunterkam, dann trug sie einen Pullover oder ein Hemd von Laurie, ja manchmal sogar eine seiner Krawatten. Pop schärfte Simon und mir ein, keine Bemerkungen über ihren Aufzug zu machen und überhaupt nur über Dinge zu reden, die sie zur Sprache brachte. Aber ihr einziges Thema war Laurie.

»Einmal, auf Cape Cod, wohnten wir in einem großen grauen Haus, das ganz ausgebleicht war vom Salzwasser. Laurie arbeitete den Sommer über in einem Hotel dort in der Nähe.« Wir waren mit dem Essen fertig, und Simon und ich räumten den Tisch ab. »Und stellt euch vor, in dem Haus hat's gespukt. Ehrlich, ich schwöre. Aber die Vermieterin, eine klapperdürre kleine Frau mit 'nem Goldzahn, also die sagte, das Gespenst zeige sich nur vor Kindern. Na, ich hatte eine Todesangst und wollte nicht allein im Zimmer bleiben, wenn Laurie zur Arbeit mußte, aber er sagte, es sei bloß ein Märchen, mit dem man sich vor den Touristen interessant machen wolle. Eine Pension, in der es spukt, locke immer mehr Gäste an als eine stinknormale. Dieses Gespenst nun war angeblich die Witwe von einem Kapitän, den die See verschlungen hatte. Und als sie hörte, daß sein Schiff untergegangen und er ertrunken war, setzte sie sich vor lauter Verzweiflung selbst in Brand und sprang vom Witwensteg ins Meer. Sie hatten dort nämlich keinen Leuchtturm, und darum verwandelte sie sich in eine lebende Fackel, die den armen Seeleuten in alle Ewigkeit bei stürmischem Seegang den Weg weisen sollte. Na, und was soll ich euch sagen, eines Nachts, als der Wind ganz fürchterlich heulte, da wache ich Schlag Mitternacht auf, und am Fußende vor meinem Bett steht diese Frau, und sie brennt lichterloh. Dann sprang sie aus dem Fenster, und ich fing an zu schreien. Ich war ganz außer mir vor Angst. Die Frau mit dem Goldzahn kam angelaufen und versuchte mich zu beruhigen, aber ich schrie und schrie und hörte nicht auf, bis Laurie nach Hause kam. Er sagte, ich hätte mir das Ganze nur eingebildet, und zankte die Wirtin furchtbar aus, weil die mir doch die Geschichte erzählt hatte. Aber ich schwöre, daß ich die brennende Frau gesehen habe, so wahr ich euch jetzt hier sitzen sehe, und sie war wirklich kein Geist. In der Nacht hielt Laurie mich in seinen Armen und sang mir vor.« Tränen traten ihr in die Augen. »*I've Been Working on the Railroad*, das hat er gesungen.« Sie schützte Kopfweh vor und ging wieder in ihr Zimmer.

Daß Duke nicht mehr da war, spürte man auf Schritt und Tritt und zu jeder Tagesstunde, aber mir fehlte er am meisten abends, wenn ich ins Bett ging. Manchmal wachte ich mitten in der Nacht auf, hatte momentan vergessen, daß er nicht mehr da war, und streckte die Hand aus, um ihn zu streicheln. Simon schien ständig wach zu sein, und wenn er merkte, daß ich Kummer hatte, dann setzte er sich zu mir auf die Bettkante, und wir unterhielten uns, genau wie damals, als er frisch aus dem Lazarett gekommen war.

»Als ich noch klein war, haben wir in einem ausgedienten Milchwagen gewohnt. Zu fünft. Meine Eltern, mein Bruder Ethan, meine Schwester Lydia und ich. Lydia, den Namen hab' ich immer hübsch gefunden.« Simon hatte nie über seine Familie gesprochen, höchstens mal über seinen Vetter in Trenton, und auch jetzt tat er es wohl nur wegen Duke, um mich auf andere Gedanken zu bringen. »Das war während der Weltwirtschaftskrise, weißt du, und viele Leute waren arbeitslos und krochen irgendwo unter, wo sie's halbwegs trocken hatten. Wir Kinder kannten nichts anderes, und so machte es uns auch nichts aus. Ja, es war sogar ganz lustig manchmal.«

»Und wann hattest du den Dalmatiner?«

»Ich hab' nie einen Dalmatiner gehabt.«

»Das hast du aber gesagt, an dem Tag, als wir dich kennenlernten. Da hast du Bridie und mir erzählt, du hättest einen Dalmatiner.«

»Hab' ich das?« Er überlegte. »Also wenn ich das gesagt hab', dann bloß, damit ihr euch weiter mit mir unterhalten solltet.

Aber in Wirklichkeit hab' ich nie einen Dalmatiner gehabt. Ich hatte überhaupt nie einen Hund.«

»Und deine Geschwister, wo sind die jetzt?«

»Keine Ahnung. Als Vater starb, hat meine Mutter sich mit 'nem andern eingelassen, und der wollte sich keine drei Kinder aufhalsen, also kam ich zu dem Vetter von meinem Vater, und seitdem hab' ich keinen mehr gesehen, weder meine Mutter noch meine Geschwister. Wer weiß, womöglich leben sie gar nicht mehr. Das ist ja alles schon so lange her.« Er schwieg eine Weile. »Geht's dir jetzt wieder besser? Glaubst du, daß du schlafen kannst?«

In den ersten paar Monaten nach Dukes Tod flatterten die Braunen ziellos von Dach zu Dach, weil sie nicht begreifen konnten, was aus ihrem Schlag geworden war. Allmählich aber gewöhnten sie sich wieder an das Leben in Freiheit. Wahrscheinlich kehrten einige von ihnen zu Mr. Howes Scheune zurück. Wir Hausbewohner waren kaum weniger verunsichert als die Tauben, und die Stimmung bei uns schwankte zwischen Kummer und Flaute. Pop bemühte sich redlich, rücksichtsvoll und einfühlsam zu sein, und Bridie und Simon gingen so freundlich miteinander um, als ob sie nie Streit gehabt hätten. Und alle redeten wir mehr als sonst, wahrscheinlich weil wir unbewußt versuchten, der hallenden Stille entgegenzuwirken, die Duke hinterlassen hatte. Simon hatte immer noch seine Geheimnisse, aber wir gewöhnten uns daran und respektierten seine Privatsphäre. Bridie, die alles über Laurie wissen wollte, insbesondere über sein Leben vor ihrer Geburt, begann Tante Theresa in Boston mit seitenlangen Briefen zu bombardieren, die von Fragen nur so wimmelten. Auch die Suche nach ihrer Mutter betrieb sie intensiver als zuvor und begann deswegen sogar mit Kitty Neal zu korrespondieren, die sich inzwischen in Kalifornien eingelebt hatte und in der Kriegsversehrtenklinik arbeitete. Bridie spürte dem Leben ihres Vaters ebenso gewissenhaft nach wie Simon Fritz' Schicksal zu ergründen suchte.

Fast einen Monat lang schoben wir es immer wieder auf, Mom von Duke zu erzählen, aber eines Samstags sagte Pop auf dem Weg nach Franklin Village, es sei an der Zeit, wir müßten es ihr sagen, wenn's auch schwerfalle. Es war ein warmer, diesig-verhangener Tag, und es sah nach Regen aus.
»Ich übernehm' das schon«, sagte Pop, »aber ich denke, es wird doch leichter sein, wenn wir alle drei bei ihr sind. Ihr wißt ja, wie sie an Duke gehangen hat.«
»Wir bleiben schon bei euch.«
»Danke.« Unsere Blicke trafen sich im Rückspiegel.
»Hoffentlich ist die irre Mildred nicht da. Die treibt mich zum Wahnsinn.« Bridie wischte mit dem Ärmel über das beschlagene Seitenfenster.
»Soll ich dir mal was sagen? Diese Mildred hat mich immer schon an irgend jemand erinnert, ich bin bloß nie drauf gekommen, an wen. Dann, eines Tages, fiel es mir wie Schuppen von den Augen.« Pop schielte nach Bridie, die neben ihm saß. »Sie erinnert mich an dich!«
»An mich!« Bridie riß empört die Augen auf. »Ja, hast du etwa auch 'ne Schraube locker?« Pop fing an zu lachen, und Bridie merkte, daß er sie bloß auf den Arm genommen hatte. »Oh, du Lügner, du!« Aus dem Nebel war ein leichter Nieselregen geworden, als wir vor dem H-Trakt hielten.
Mom und Mrs. Lessing, eine sehr große und sehr mürrische Schwester, waren gerade beim Wäscherecken.
»Danke, Mae, das wär's. Ich brauche Sie nicht mehr. Führen Sie Ihre Familie nur auf die Sonnenveranda.« Mrs. Lessing schloß den Wäscheschrank ab und ging, ohne uns auch nur guten Tag zu sagen.
Äußerlich hatte Mom sich wirklich erstaunlich gut erholt. Bis auf ihr Haar, das jetzt fast weiß war, sah sie wieder ganz so aus wie vor ihrer Krankheit. Sie hatte ihr Normalgewicht wieder, und ihr schöner Teint war frisch wie der eines jungen Mädchens. Aber sie wirkte immer noch wie entrückt mit dem abweisenden

Blick und dem immerwährenden leisen Lächeln, das mich eher traurig als froh dünkte.

Auf der Sonnenveranda waren zwei alte Frauen, die reglos wie wettergegerbte Statuen dasaßen und angestrengt ins Leere starrten. Sie nahmen keinerlei Notiz von uns, als wir ein paar Stühle ans Fenster zogen, uns setzten und zusahen, wie der Regen über den Hügel kam.

»Ich mag Regentage.« Mom strich Bridie das Haar aus dem Gesicht. »Ich finde, uns Kelten liegt der Regen im Blut, meint ihr nicht auch? Mir gefällt es, wenn die Wolken sich am Himmel türmen und wenn's donnert und blitzt, aber am liebsten habe ich doch so einen sanften Nieselregen wie heute. Paßt zum Frühling, nicht wahr?« Sie schaute uns prüfend an. »Ihr habt mir etwas Schlimmes zu erzählen, stimmt's? Ich kann's euch ja am Gesicht ablesen. Was ist es?«

»Also, Mae ...« Pop rückte seinen Stuhl näher an den von Mom und nahm ihre Hand. »Weißt du, es geht um Duke ...«

»Ist er tot?« fragte Mom.

»Ja. Ein Auto hat ihn überfahren.« Moms Hand schlüpfte in die Tasche, und ich hörte ihre Rosenkranzperlen klimpern. Sie kniff die Augen fest zu und warf den Kopf zurück, doch Pop zog sie sanft zu sich heran und bettete ihre Stirn an seine Schulter: ihr Mann, ihr Leidensgefährte. Ich sah, wie leicht und natürlich ihnen der vertraute Umgang selbst nach so langer Trennung noch fiel. Unwillkürlich stellte ich mir Josie Cleary und Pop zusammen vor. Ob das wohl immer so bleiben würde, daß ich bei jeder Intimität zwischen Mom und Pop an Josie Cleary denken mußte?

»Wir haben alle sehr an Duke gehangen«, sagte Bridie.

»Ach«, seufzte Mom und schlug die Augen auf. »Duke ist im Himmel bei Laurie und Deirdre. Die werden schon gut für ihn sorgen. Ja doch, auch Tiere kommen in den Himmel.« Und das sonderbare, traurige Lächeln vertiefte sich zu gläubiger Ergebenheit. »Wir haben uns ja nun lange genug an ihm freuen dürfen.

Jetzt ist wohl der liebe Gott an der Reihe. Bestimmt wollte Er ihn bei sich haben.« Es war die gleiche törichte Ausrede, mit der die Nonnen bei uns in der Grundschule immer den Tod bemäntelt hatten. Sie machte mich wütend mit ihrer Fügsamkeit, aber ich sagte nichts.

Nach einer Weile gab ich vor, zur Toilette zu müssen, aber in Wirklichkeit ging ich Miß Webster suchen. Im Büro saß Mrs. Lessing und trank Kaffee.

»Wo ist Miß Webster?«

»Die hat dies Wochenende frei. Was willst du denn von ihr?«

»Ich hätte nur gern gewußt, wann meine Mom heimkommt?«

»Wann immer sie mag«, sagte sie kurz angebunden.

»Wie meinen Sie das?«

»So, wie ich's gesagt habe. Deine Mutter kann jederzeit gehen. Dein Vater weiß das übrigens.« Ich glaubte ihr nicht.

»Warum ist sie dann noch hier?«

»Frag sie doch selber. Ich rede mit den Kindern unserer Patienten nicht über deren Zustand. Wenn du mich jetzt also bitte entschuldigen würdest ...«

Als ich aus dem Büro kam, stieß ich mit Mildred zusammen, die mit ihrem Klemmbord über den Korridor eilte.

»Du hast hier nichts zu suchen. Ich muß darauf bestehen, daß die Jugendlichen auf ihrer Station bleiben. Wir müssen uns alle an die Vorschriften halten.«

»Ich bin aber doch bloß ein Besucher.«

»Na, nun sieh mal zu, daß du so rasch wie möglich wieder auf deine Station kommst. Ach, übrigens, du hast es wahrscheinlich schon gehört, wie?«

»Was denn?«

»Ich bin zur Klinikchefin ernannt worden.«

»Oh ... herzlichen Glückwunsch.«

»Ja, ein wichtiger Posten, aber auch ein ganz beschissener Job. Ich bin rund um die Uhr im Dienst. Und du weißt ja selber, was für Biester die Schwestern sind. Ganz unter uns, ich glaub', eine

von denen bumst mit meinem Teddy. Aber wenn ich rauskriege, welche es ist, dann werd' ich die Nutte auf der Stelle versetzen lassen.« Mrs. Lessing kam aus dem Büro.
»Mildred!«
»Ach, Tag, Mrs. Lessing. Sehen Sie aber wieder hübsch aus heute.«
Ich fragte Pop erst, als wir im Wagen saßen und über die Einfahrt von dem Hauptgebäude rollten.
»Warum kommt Mom nicht nach Hause?« Offenbar verriet ihm schon mein Tonfall, daß ich etwas aufgeschnappt hatte.
»Weil sie Angst hat«, sagte er nach kurzem Zögern. »Die Ärzte sagen, daß sie sich hier sicher fühlt.«
»Sie hat Angst vor uns?« rief Bridie ungläubig.
»Aber nein, doch nicht vor uns! Vor ... allem möglichen ... der Außenwelt. So genau weiß ich das auch nicht.«
»Soll das heißen, sie kommt nie wieder heim?« fragte ich.
»Doch, natürlich, aber zuerst vielleicht bloß für ein paar Tage. Ein Wochenende vielleicht. Zur Probe, gewissermaßen.«
»Wie kann sie lieber dort leben als bei uns?« fragte Bridie.
»Es geht nicht darum, was ihr *lieber* ist ... Ach Gott, das läßt sich so schwer erklären. Aber ich denke, ich versteh's.« Er sah mich im Rückspiegel an. »Es heißt auf keinen Fall, daß sie uns nicht mehr liebt. Verstehst du, was ich sagen will, Finn?«
»Doch, ja. Wahrscheinlich ist ihr das Leben draußen richtig unheimlich geworden.«
»Genau. Ist ja auch verständlich, wenn man bedenkt, was sie durchgemacht hat.« Damit war das Gespräch zu Ende. Ich wäre gern zurückgegangen und hätte Mom klargemacht, daß jetzt ein günstiger Zeitpunkt sei, Franklin Village zu verlassen und wieder nach Hause zu kommen, aber als ich aus dem Fenster auf die Felder schaute, die schemenhaft im Nebel vorbeiglitten, kamen mir Zweifel, ob sie überhaupt je in die Livery Street zurückkehren würde.

Pater Blaise gab mir eine Eins plus für HONEYS BUCH und lobte es als eine in sich stimmige und vielversprechende Arbeit. Falls ich mich wirklich berufen fühlte und obendrein hart arbeiten würde, sagte er, dann hätte ich womöglich eine Zukunft als Künstler. Die Einschränkung hörte ich zwar nicht gern, aber ich verehrte Pater Blaise so sehr, daß mich ein Lob von ihm trotz Vorbehalt noch mit Stolz erfüllte.

Bevor ich das Buch an Honey abschickte, ging ich fast alle Fotos von Bridie und mir durch, bis ich eins gefunden hatte, das mir am geeignetsten schien und das ich auf die innere Einbandseite klebte. Es war eine Aufnahme von uns beiden mit Duke. Ich kniete neben Duke, Bridie stand hinter uns, und wir blinzelten beide so angestrengt gegen die Sonne, daß unsere Lippen sich kräuselten und die Augen kaum noch zu sehen waren. Wir trugen unsere besten Sonntagssachen und sahen rundweg dämlich aus. Ich wußte, daß Honey seinen Spaß daran haben würde.

Gleich zu Ferienbeginn kam Alex Potts für einen Tag zu mir auf Besuch. Er wohnte auf dem Land, weit draußen auf der anderen Seite von Trenton, weshalb seine Schwester Pompeii ihn im Wagen zu uns brachte. Simon erbot sich, ihn nach dem Abendessen zurückzufahren.

»Pompeii Potts!« rief Bridie, als Alex uns seine Schwester vorstellte. »Das soll wohl'n Witz sein.«

»Klingt furchtbar, nicht?« Sie lachte. »Seit ich verheiratet bin, heiße ich Tharp. Auch nicht viel besser, aber wenigstens spuckt man nicht so arg, wenn man's ausspricht.« Sie war mindestens zwanzig Jahre älter als Alex.

»Das Hobby unseres Vaters ist Altertumsforschung«, erläuterte er. »Wir haben noch eine Schwester, die Athena, und einen Bruder, der Dädalus heißt.«

»Menschenskind, und ich dachte schon, Bridget wär' eine Zumutung.«

Wir zeigten Alex unsere Lieblingsplätze, und Bridie, die schon viel von ihm gehört, ihn aber noch nie persönlich kennengelernt hatte, fragte ihm ein Loch in den Bauch.

»Nach wem bist du denn getauft?« wollte sie wissen, als wir durchs Museum schlenderten.

»Mein Vater sagt, nach Alexander dem Großen. Aber ich hab' unter Alexander nachgeschlagen und mir Alexander V. zum Namenspatron erkoren, einen Gegenpapst. Gefällt mir irgendwie, so ein ketzerischer Geist. Außerdem war auch er ein unerwünschtes Kind, und seine Eltern haben ihn ebenfalls von den Franziskanern erziehen lassen. Solche zeitversetzten Parallelen sind immer befriedigend.«

»Du bist ein Angeber«, sagte Bridie. »Finn hat's mir schon gesagt, und er hat ganz recht.« Ich spürte, wie ich rot wurde.

»Hast du wirklich gesagt, ich wär' ein Angeber?«

»Kann schon sein, ja.«

»Na schön, bin ich eben ein Angeber.« Als wir beim Dinosaurierskelett anlangten, hatte Bridie praktisch die Nase voll von Alex.

»Eines Tages«, sagte er mit einem Blick hinauf zum Schädel, »eines Tages wird die menschliche Rasse ausgestorben sein, und dann werden Geschöpfe von einem anderen Planeten auf die Erde kommen, unsere Gebeine ausbuddeln, uns anhand der Knochen rekonstruieren und in den Museen auf dem Mars, der Venus oder irgendeinem Stern, den wir noch nicht mal entdeckt haben, ausstellen, und Außerirdische mit zwei Köpfen oder vier Nasenlöchern oder siebzehn Ohren werden ehrfurchtsvoll an unseren Skeletten vorbeidefilieren und die primitiven Wesen bestaunen, die einst ihren eigenen Planeten zerstört haben.«

»Wir werden unseren Planeten aber nicht zerstören!« Bridie war jede apokalyptische Vorstellung zuwider.

»Schon Einstein sagte anläßlich der Atomspaltung: Dies ist der Anfang vom Ende.«

»O Gott«, flüsterte Bridie mir zu, »der gibt wohl nie auf.«

Entschlossen wandte sie sich an Alex. »Ich wette, du weißt nicht, wie viele Chinesen in China leben.«
»Na, wie viele?«
»Vierhundertundfünfundfünfzig Millionen. Über den Daumen gepeilt. Mann, ich dachte, das weiß nun wirklich jedes Kind. Weißt du denn wenigstens, wie viele Amerikaner es gibt?«
»Nein.«
»Also das ...« Sie stockte, und ich sah ihr an, daß sie die Zahl wieder vergessen hatte, »... das sind längst nicht so viele.« Und selbstgefällig wie eine, deren Statistiken unschlagbar sind, stolzierte sie davon.
»Ehrlich, die imponiert mir«, sagte Alex, als wir ihr in Richtung ägyptische Mumie folgten.
»Der Mensch wird bestimmt nie aussterben.« Wir saßen in Winter's Café, und ich kam immer noch nicht los von Alex' provozierender These.
»Das haben die Dinosaurier damals auch gedacht.«
»Ach, diese doofen Riesenviecher konnten doch gar nicht denken!« widersprach Bridie, den Mund voll Cheeseburger.
»Woher willst du das wissen?«
»Und du? Hast du vielleicht einen Dinosaurier gekannt?« Bridie war entschlossen, Alex die Stirn zu bieten, egal, womit er argumentierte.
»Ich stell' mir nun mal gern vor, daß alles möglich ist.«
»Ich auch«, warf ich ein. »Pater Blaise sagt, wir sollen uns keine Beschränkungen auferlegen.«
»Selbst wenn wir das nicht tun« – Bridie beugte sich eindringlich zu Alex hinüber –, »bleiben trotzdem ein paar Dinge, die uns einfach unmöglich sind. Zum Beispiel könnte ich mich beim besten Willen nicht in eine Chinesin verwandeln oder ohne ein Flugzeug fliegen oder eine Stunde und zwanzig Minuten lang die Luft anhalten. Na, hab' ich recht?«
»Sicher, rein technisch gesehen ...«
»Na bitte, was ich gesagt hab'!« Sie biß einen großen Happen

von ihrem Cheeseburger ab und kaute zufrieden. Bridie siegte für ihr Leben gern. Besonders gegen jemanden wie Alex. Ich sah, daß er sie reizend und unterhaltsam fand, und jetzt, da sie ein paar Runden gewonnen hatte, erschien er ihr offenbar bei weitem nicht mehr so unausstehlich wie zu Anfang. Und als wir ihn zu Hause absetzten (nach einem Abstecher ins italienische Viertel von Trenton, wo Simon uns eine Pizza mit Tomaten kaufte), da wußte ich, daß Bridie spätestens am nächsten Tag von Alex als von *ihrem* Freund sprechen würde.

Mina war es, die den Brief vom Kriegsministerium brachte. Ich konnte ihr schon am Gesicht ablesen, daß sie Nachricht bekommen hatte. Wir hatten sie und die Kleine seit Monaten nicht mehr gesehen, und im ersten Augenblick wußte ich nicht, was ich sagen sollte.

»Ist Pop da?« Sie küßte mich auf die Wange.

»Ja, die sitzen alle in der Küche. ... Wie geht's Maria?«

»Oh, gut, danke.« Während wir durchs Eßzimmer in die Küche gingen, holte sie ein Kuvert voller Amtssiegel aus ihrer Tasche.

»Mina!« Simon starrte sie entgeistert an. Pop stand auf, ging ihr entgegen und umarmte sie.

»Ich habe Nachricht bekommen.« Sie reichte Pop den Brief, er faltete ihn auseinander und las.

»Was steht denn drin?« fragte Bridie.

»Sie glauben, daß er tot ist. Sicher weiß man's allerdings nicht.« Mina setzte sich an den Tisch, und Bridie nahm ihre Hand. »Möglich, daß er von italienischen Partisanen in einem Gemeinschaftsgrab beigesetzt wurde. Es ist sehr wahrscheinlich, aber sicher sind sie nicht. Offiziell hat man ihn jedenfalls nicht für tot erklärt.«

»Also bleibt alles beim alten«, sagte Simon. Seine Stimme klang müde und brüchig.

»Aber wir können immer noch hoffen.« Pop hatte den Kopf in die Hände gestützt.

»Nein, das wäre sinnlos.« Simon lief ins Wohnzimmer.
»Ich werde mal nach ihm schauen«, sagte Mina und ging ihm nach. Ich nahm den Brief vom Tisch und begann zu lesen. Nebenan sprach Simon ziemlich aufgeregt, aber ich konnte nicht verstehen, was er sagte.
»Was hat der Junge denn bloß?« Pop stand auf. »Vielleicht rede ich mal mit ihm.« Er ging ins Wohnzimmer, Bridie und ich hinterher. Simon und Mina weinten alle beide. Er tigerte auf und ab und schlug sich immerfort mit den geballten Fäusten auf die Oberschenkel. Mina versuchte ihn zu beschwichtigen. Als Simon Pop in der Tür stehen sah, ging er auf ihn zu.
»Ich halt's nicht mehr aus ...«
»Nein! Simon, ich bitte dich.« Mina preßte den Kopf an Simons Rücken.
»Was ist eigentlich los?« fragte Pop gebieterisch.
»Tu's nicht«, flehte Mina mit halberstickter Stimme. »O Gott, ich bitte dich, tu's nicht.«
»Was hast du?« Pop packte Simon bei den Schultern, und mich überkam ein ganz schreckliches Gefühl, so als würden wir gleich alle in die Luft fliegen und dann in lauter kleine Teilchen zersprengt an die Wände spritzen.
»Ich liebe Mina«, sagte Simon tonlos. »Ich habe sie immer geliebt, und sie liebt mich auch.« Ich weiß nicht, ob ich erstaunt oder schockiert war, aber ich hörte minutenlang auf zu atmen.
»Ach, Gott.« Minas kläglicher Hilferuf.
»Ja, ich habe sie geliebt, seit ich sie das erstemal sah. Am Abend vor der Hochzeit. Aber Fritz war mein bester Freund ...«
»Hör auf!« donnerte Pop.
»Ich konnte nicht dagegen an. Aber ich hab's versucht. Ich schwöre bei Gott, das habe ich.« Er hörte sich an wie ein kleiner Junge. »Wenn er Post von ihr bekam, dann hat er mir manchmal ein paar Sätze vorgelesen, und ich bildete mir ein, sie hätte an mich geschrieben. Ich konnte nichts dafür.«
»Nicht doch, laß«, bat Mina.

»Und als ich dann erfuhr, daß sie mich wiederliebt ... das war so vor einem Jahr ...«

»Hör auf, hab' ich gesagt!« Pops Stimme klang rauh und erschöpft. Bridie und ich waren am Fuß der Treppe stehengeblieben, und sie schob, instinktiv Gefahr witternd, ihre Hand in meine. Ich wußte, was passieren würde, und doch konnte ich nichts dagegen tun. »Du Schwein, du!« Pop schlug Simon so heftig ins Gesicht, daß er der Länge nach hinfiel und Mina mit zu Boden riß. »Ihr zwei habt also die ganze Zeit hinter meinem Rücken rumgehurt miteinander!« Simon hatte Mühe, wieder auf die Füße zu kommen. Bridie und ich wollten ihm und Mina helfen, aber Pop duldete es nicht. »Rührt sie nicht an!« Er brüllte so laut, daß ich die Dielenbretter unter seiner Stimme vibrieren spürte. Aber wir hörten trotzdem nicht auf ihn, sondern kümmerten uns um die beiden: Bridie half Mina, ich Simon. Er war so benommen von dem Schlag, daß er kaum gerade stehen konnte. »Ich hab' gesagt, rührt sie nicht an.«

»Laß nur«, sagte Simon. »Es geht schon wieder.«

»Du verläßt noch heute abend mein Haus. Verstanden? Heute abend noch.« Er wandte sich an Mina. »Und dich will ich hier auch nie wieder sehen.« Damit wollte er die Treppe hoch.

»Tom, so warte doch, bitte«, rief Simon, aber Pop drehte sich nicht mal um.

»Pop, hör ihn doch wenigstens an.«

Er wandte den Kopf nach mir. »Der Kerl da hat die Frau von deinem Bruder gebumst.« Er sprach den Satz Wort für Wort langsam und deutlich, und als hätte ich keine Gewalt über Hirn oder Mund, sagte ich:

»So, wie du Josie Cleary gebumst hast?« Kaum, daß es heraus war, hätte ich mir am liebsten die Zunge abgebissen.

»Es steht dir frei, mit dem da das Haus zu verlassen.« Er sagte es ruhig und sachlich, ehe er uns den Rücken kehrte und nach oben ging.

Mein zweites Jahr auf der High-School war zur Hälfte um, bevor Pop das erstemal wieder mit mir sprach. Und auch dann nur, weil er betrunken war. An dem bewußten Abend, als er Simon geschlagen hatte, blieb er in seinem Zimmer, bis Simon gepackt und das Haus verlassen hatte.
»Ich werde zu meinem Arbeitskollegen ziehen. Kevin heißt er. Bei ihm haben wir uns getroffen, Mina und ich.« Er kniff die Augen zusammen. »Scheiße, Mann, davon willst du bestimmt nichts hören.«
»O doch.« Und es war mir Ernst damit. Ich wollte begreifen, was da vor sich ging.
»Wir hatten beide unheimliche Schuldgefühle, die ganze Zeit. Darum ist Mina auch nicht mehr zu euch gekommen. Vor lauter schlechtem Gewissen hat sie niemandem mehr in die Augen schauen können. Und ich erst! Ich war überzeugt, jeder könnte mir ansehen, was los war. Nicht mal deine Mutter hab' ich mich mehr zu besuchen getraut. Und das ewige Versteckspiel! Wie ich das gehaßt habe.« Simon rollte seine Kleider zusammen und verstaute sie in seinem Matchsack. Seine Oberlippe war aufgesprungen, und unterm linken Ohr hatte er einen Bluterguß. »Hoffentlich bist du nicht allzu böse auf mich.« Ich wußte ehrlich gesagt nicht, was ich empfand.
»Nein, ich bin dir nicht böse. Glaub' ich jedenfalls nicht.«
»Ich wollt's dir schon längst sagen, aber ich hatte Mina versprochen, daß ich niemand was verraten würde. Wir wußten beide nicht, was wir tun sollten ... ich meine, wenn Fritz zurückgekommen wäre.« Er stockte. »Er kann ja immer noch kommen.«
»Vielleicht.«
»Mit deinem Vater hab' ich's wohl gründlich verdorben.« Er setzte sich aufs Bett. »Mein Gott, ich hab' ihm furchtbar weh getan. Und dabei hab' ich ihn wirklich lieb. Ihn und euch auch, die ganze Familie. Es war nicht bloß wegen Mina, daß ich nach meiner Entlassung hierherkommen wollte. Fritz hat unentwegt von euch erzählt. Nicht bloß von der Familie, nein, über die

ganze Nachbarschaft. Und ich wünschte mir, daß dieses Leben genauso zu mir gehören sollte wie zu ihm. Ich selber hab' so was ja nie gekannt. Ich wollte einfach, daß ihr meine Familie wärt.«

»Das sind wir ja auch.«

»Aber jetzt nicht mehr. O Mann, ich hab' mir selber alles verbaut.« Er stand auf und packte fertig.

»Was werdet ihr denn jetzt machen, Mina und du?«

»Weiß ich auch nicht. Was haben wir schon für Chancen? Das Ministerium erklärt ihn nicht für tot ... vor dem Gesetz ist und bleibt sie verheiratet. Seit fast vier Jahren schon. Und über drei davon ist er vermißt.« Plötzlich ging ihm offenbar auf, daß er vor mir über die Vorteile spekulierte, die der Tod meines Bruders ihm bringen würden. »Oh, entschuldige, es tut mir so leid. Ich wünsche mir nicht, daß Fritz tot ist, ganz bestimmt nicht. Ich ... ich weiß ja nicht, was ich rede.«

»Ich weiß, daß du Fritz nicht den Tod wünschst.«

»Ach, aber manchmal denke ich, ich tu's wohl. Oh, hilf mir, Gott, so hilf mir doch.« Es war wie ein Aufschrei seines Herzens. »Ich wünsche mir, alles wäre wieder so, wie es doch nie mehr sein kann. Ich möchte mit dir und Bridie zusammensein, mit Mae und Tom und Mina. Und mit Fritz. Ja, ich wünsche mir auch Fritz zurück.« Er litt solche Qualen, daß er nicht einmal merkte, wie ihm die hellen Tränen aus den Augen schossen. Bridie kam herein und setzte sich neben mich aufs Bett. Der Riß in Simons Lippe war wieder aufgesprungen, und das Blut tropfte ihm übers Kinn. Ich gab ihm ein Unterhemd, damit er es abwischen konnte. »Ich will nicht mehr allein sein.«

»Wir wollen auch nicht, daß du wieder allein bist. Nicht wahr, Finn?« sagte Bridie.

»Nein, du nicht, das weiß ich.« Er nahm ihr Gesicht in beide Hände. »Es tut mir so leid, daß ich dir weh getan hab'. Ich habe nie jemand verletzen wollen. Ehrlich, ich schwöre, daß ich's nicht mit Absicht getan habe.«

»Schon gut. Finn sagt ja immer, ich phantasiere mir was zusammen und hoffe dann, daß es in Erfüllung geht. Ich war also eigentlich selber schuld.«

»Tja, dann muß ich wohl.« Er nahm seinen Matchsack und ging nach unten. »Ich ruf' euch die Tage mal an. Ach, und ich hab' euch beide sehr lieb.« Dann sah er uns einen Augenblick lang an. Sah uns richtig bewußt an. »Lydia und Ethan.« Damit ging er aus dem Haus und schloß leise die Tür hinter sich.

»Lydia und Ethan? Wer ist das?« fragte Bridie.

»Seine wirklichen Geschwister.«

In dieser Nacht war ich zum erstenmal seit langem wieder ganz allein in meinem Zimmer. Fritz war fort und Duke und nun auch Simon. Simon, der fast genauso mein Bruder war wie Fritz. Ich fand nicht, daß seine Liebe zu Mina und ihre Liebe füreinander etwas so Furchtbares war. Wenn Fritz im Krieg gefallen wäre, dann hätte Pop sich gefreut, wenn Simon und Mina sich ineinander verliebt hätten. Dann wäre diese Verbindung ganz einleuchtend gewesen. Aber die Ungewißheit, das Widerstreben des Kriegsministeriums, ihn für tot zu erklären, hielten Fritz am Leben, auch wenn ich nicht mehr daran glaubte und Pop, soweit ich das beurteilen konnte, ebensowenig. Freilich hätte ich nie zugegeben, daß ich Fritz für tot hielt. Das wäre mir wie Verrat vorgekommen. Heimlich aber, in jenem dunklen Teil meiner Seele, den ich nicht einmal zur Kenntnis nehmen mochte, wünschte ich mir, wir hätten Gewißheit über seinen Tod, damit wir ihn, der in meiner Erinnerung von Tag zu Tag schemenhafter wurde, endlich zu Grabe tragen und Frieden finden konnten.

»Bist du noch wach?« flüsterte Bridie.

»Hmhm.« Leise schloß sie die Tür, trat an mein Bett und schlüpfte zu mir unter die Decke.

»Big Finn ist wohl echt wütend, was?«

»Das kannst du laut sagen.«

»Glaubst du, daß wir Simon noch mal wiedersehen?«

»Er hat gesagt, er ruft an. Er wollte zu seinem Freund Kevin.« Ich war mir ihrer Nähe peinlich bewußt.
»Was glaubst du, wird er jetzt machen?«
»Keine Ahnung.«
»Meinst du, er wird wegziehen?«
»Hoffentlich nicht.«
»Sie lieben sich, Simon und Mina.« Ich wußte, was ihr im Kopf herumging. Wenn sie Simon nicht bekommen konnte, dann war Mina immerhin das kleinere Übel. »Ich bin froh, daß es Mina ist und nicht irgendein Mädchen, das wir nicht mal kennen.«
»Ist mir auch lieber.« Ich spürte, wie ihre Wärme unter der Decke ausstrahlte.
»Sag, stimmt das mit Big Finn und Josie Cleary?«
»Du warst doch dabei, damals auf der Farm. Du hast sie zusammen gesehen.«
»Na ja, aber sie haben doch nichts gemacht.«
»Als sie in den Stall kam, fehlte ihr Tuch, und ihre Haare waren ganz zerzaust, und Pop hätte uns fast umgebracht vor lauter Wut, weil wir ihnen dazwischengefunkt haben.«
»Du meinst, sie haben's getrieben, während wir im Stall waren?«
»Sicher ... und was glaubst du denn, wo er an all den Wochenenden war, an denen er sich ohne ein Wort weggestohlen hat?«
»Bei ihr?«
»Und du hast doch auch gehört, was Tessie damals gesagt hat: Sie glaubte, Mom hätte langes, schwarzes Haar. Pop war mit Josie Cleary bei ihr, bloß hat Tessie sie für Mom gehalten.«
»Oh, das stimmt. Ja, ich erinnere mich.« Sie schwieg, und als ich sie ansah, starrte sie zur Decke hinauf, und ihr Gesicht leuchtete beinahe in der Dunkelheit. »Josie Cleary ist eine schöne Frau, nicht?«
»Sieht aus wie 'n Filmstar«, sagte ich, dachte aber, wie schön doch Bridie sei. Sie drehte sich ein bißchen, und ich atmete einen Hauch vom frischen Duft ihrer Haut und ihres Haars ein

und wünschte mir sehnlichst, sie in die Arme zu nehmen und zu spüren, wie unsere Körper sich berührten. Ich wollte ein Teil von ihr sein und sie zu einem Teil von mir machen – so selbstverständlich, wie meine Arme und Beine zu mir gehörten. Mit einem Schlag wußte ich, daß ich sie so liebte, wie zwei Menschen sich nur immer lieben können, und ich mußte ihr das einfach sagen. Sie rollte sich auf die Seite, mit dem Gesicht zu mir, und als sie sprach, streifte ihr Atem mein Gesicht.

»Finn«, flüsterte sie. Ich wandte mich ihr zu und wollte schon die Hand nach ihr ausstrecken. »Ich hab 'ne richtige Schwäche für Alex Potts. Glaubst du, er mag mich auch?«

»Verflucht noch mal!« Ich zog meine Hand weg und schlug die Decke zurück. »Mach, daß du rauskommst!«

»Wieso? Was hab' ich denn getan?«

»Nichts. Aber geh wieder in dein Zimmer. Ich will endlich schlafen.«

»Was hab' ich dir getan, verdammt?«

»Gar nichts. Ich hab' bloß keine Lust, mich über Alex Potts zu unterhalten, okay? Und jetzt hau ab.«

»Aber er ist doch dein Freund, Menschenskind. Ich glaub', du spinnst. Ich hab' jedenfalls nichts getan.« Sie schlüpfte aus dem Bett.

»Mach gefälligst die Tür von außen zu.«

»Also ehrlich, manchmal bist du genau wie Big Finn.« Sie ging und knallte die Tür ins Schloß.

Ich war darauf gefaßt, jeden Moment zu ersticken. Mein Atem kam keuchend und stoßweise, und mir war, als müsse ich meine Haut sprengen, um Luft zu kriegen. Das Bett war erfüllt von ihrer Wärme und ihrem Duft, und ich begehrte und haßte sie gleichzeitig. Ich spürte Brechreiz und schluckte kräftig, um die Übelkeit niederzukämpfen. Bridie wollte Alex, so wie sie vorher Simon gewollt hatte. Aber mich wollte sie nicht. Ich zog Pops gehässigen Vorschlag, doch mit Simon das Haus zu verlassen, ernsthaft in Betracht. Schließlich war es nicht so, daß ich nicht gewußt hätte, wohin. Mr. Howe würde mich bestimmt aufnehmen, und die Ganis hatten mir oft genug versichert, daß ich ihnen jederzeit willkommen sei. Ich könnte, dachte ich, sogar mein Erspartes nehmen und nach Valdosta, Georgia, fahren und dort bei Honey und seiner Tante Mussie und Onkel Moon wohnen. Auch bei Tessie würde ich unterkommen. Bridie war es bestimmt egal, wohin ich ging, und Pop drängte mich ja geradezu aus dem Haus. Und um den armen Duke brauchte ich mich nicht mehr zu sorgen. Ich war frei, zu gehn, wohin ich wollte, und keiner würde mir eine Träne nachweinen. Eins nur hielt mich zurück: Eines Tages würde Mom heimkommen.

Pop frühstückte weder am nächsten Morgen noch an irgendeinem Tag in den kommenden Wochen zu Hause. Wenn ich aufstand, war er schon fort, und abends kam er erst, wenn es Schlafenszeit war. Er sprach, wenn überhaupt, dann nur mit Bridie, erwähnte aber weder Simon noch Mina und auch mich nicht. Es war geradeso, als ob wir nie existiert hätten. Selbst als Mina und Simon die Stadt verließen, sagte er kein Wort dazu.

In der Gemeinde war es ein Skandal: Mina Finnegan erdreistete sich, ihr Kind zu nehmen und mit dem besten Freund ihres Mannes durchzubrennen. Und das, nachdem Pop so großherzig gewesen war, Simon ein Heim zu bieten, als der als mittelloser Kriegsversehrter entlassen wurde und nicht wußte, wohin. Und der Umstand, daß Fritz weiter vermißt und folglich eine Art Held war, machte alles nur noch schlimmer. Ja, nach und nach wurden die Tatsachen derart verdreht, daß endlich Pop als der Geschädigte galt und es so aussah, als müßten die Pascalis bis zu ihrem Tode in Schande leben, weil sie eine so liederliche Tochter wie Mina großgezogen hatten. Mit den Liebenden hatte erst recht keiner Mitleid. Simon war immerhin ein Mann, und diese biologische Tatsache sicherte ihm zumindest mildernde Umstände zu, denn natürlich konnte der Mann sich und seine

Triebe nicht beherrschen. Mit Mina aber war das eine andere Geschichte. Mina, dieses reizende, zarte, dunkle und strahlende Geschöpf, war auf einmal eine Schlampe und eine Hure und hatte den Zorn Gottes auf ihr Haupt geladen. Und um das Maß vollzumachen, stahlen sich die beiden auch noch schamlos bei Nacht und Nebel davon. In Wahrheit konnte freilich von einer heimlichen Flucht keine Rede sein.

»Wir gehen fort von hier«, sagte Simon, den Blick in seine Kaffeetasse gesenkt. Er und Mina hatten Bridie und mich um ein Treffen im Diner gebeten.

»Aber das dürft ihr nicht!« Bridie konnte den Gedanken nicht ertragen, daß schon wieder jemand aus ihrem Leben verschwinden sollte.

»Es gibt keine andere Möglichkeit.« Mina nahm Bridies Hand. »Wir haben uns wirklich lange genug den Kopf zerbrochen.«

»Sogar mit Pater Boyle haben wir geredet. Aber das war reine Zeitverschwendung. Er hat uns geraten, abzuwarten und uns unterdessen in Keuschheit zu üben. In vier Jahren könnten wir, falls man bis dahin immer noch nichts von Fritz gehört hat, anfangen, miteinander Umgang zu pflegen, wie er das nennt, und dann dürften wir auch darauf hoffen, in der Kirche getraut zu werden. Könnt ihr euch das vorstellen?«

»Meine Eltern meinten, das sei der einzige Weg«, sagte Mina. »Sie verstehen uns einfach nicht.«

»Ich war zweimal am Bahnhof, um mit deinem Vater zu sprechen, aber er weigert sich, mich anzuhören. Würdest du ihm das geben?« Simon reichte mir einen versiegelten Umschlag. »Vielleicht liest er's ja eines Tages und hört dann auf, uns zu hassen.«

»Wo wollt ihr denn hin?« Ich nahm den Umschlag und steckte ihn ein.

»Das wissen wir auch noch nicht genau. Aber Mina korrespondiert mit Kitty Neal. Vielleicht besuchen wir sie. Und vielleicht versuchen auch wir unser Glück in Kalifornien.«

»Kitty ist unheimlich gern dort«, sagte Bridie. »Sie hat einen

Zitronenbaum im Garten.« Kalifornien kam mir vor wie das Ende der Welt.
»Müßt ihr denn gar so weit weg?«
»Ja, weißt du, die Chancen sind dort besonders gut. Seit dem Krieg boomt Kalifornien und der Aufschwung schafft natürlich jede Menge Arbeitsplätze.« Simon hörte sich an, als wolle er mich von seinem Plan überzeugen, in der Hoffnung, sich dann auch selbst dafür zu erwärmen.
»Aber wir wollten nicht ohne Abschied fort.« Tränen verschleierten Minas dunkle Gazellenaugen. »Doch vor allem wollte ich euch noch etwas erklären.« Während sie sprach, huschten Simons schmale Hände nervös übers Tischtuch, wie zwei große Spinnen. »Ich habe Fritz geliebt. Und ihr sollt wissen, wie sehr. Ja, ich liebe ihn noch. Bitte, das müßt ihr mir glauben. Nur weiß ich in meinem Herzen, daß er nicht zurückkommt. Wir waren eins, und wenn er noch lebte, dann wüßte ich das. Außerdem hätte er uns inzwischen irgendwie Nachricht zukommen lassen. Davon bin ich überzeugt.« Sie sah Simon an. »Ich weiß nicht, ob ihr das verstehen könnt, aber Simon und ich lieben uns ... und Maria hängt an ihm, und wir brauchen einander ... und Fritz hätte auch gewollt, daß wir zusammen sind, ich weiß es ...« Sie brach ab, und Simon nahm sie in die Arme.
Noch am selben Abend, gleich nachdem wir vor dem Diner, übergossen vom magentaroten Licht der Neonreklame, Abschied genommen hatten, stiegen Mina, ihr Kind und Simon in seinen gebrauchten Dodge und verließen die Stadt. Bridie und ich waren auf dem Heimweg ziemlich einsilbig. Sie war mir immer noch böse, weil ich sie ohne Erklärung aus meinem Zimmer gewiesen hatte, und ich war immer noch eifersüchtig, weil sie für Alex Potts schwärmte, aber solche Kleinigkeiten verblaßten vor der Trauer über Simons und Minas Abfahrt. Während wir schweigend nebeneinander hergingen, dachte ich an den Tag, an dem Mr. Howe gesagt hatte, ich werde nun langsam erwachsen und das sei ein Prozeß, den niemand aufhal-

ten könne. Noch vor wenigen Jahren hätten Simon und Mina bestimmt nicht versucht, mir ihre Liebe zu erklären. Damals war ich einfach der kleine Bruder, mehr nicht. Aber jetzt war ich ein ernstzunehmender Gesprächspartner, mit dem man sich vernünftig auseinandersetzen konnte. Einer, auf den man zählen durfte, als Freund und als Vertrauter. Das hieß aber auch, daß ich, der ich früher als Kind mit Simon und Mina hätte hadern können, weil sie mich im Stich ließen, ihren Entschluß jetzt als Faktum meiner sich wandelnden Lebenslandschaft akzeptieren mußte. Bridie weinte und griff instinktiv nach meiner Hand. Erst wollte ich sie wegziehen, aber ihre Hand war warm und die Berührung tröstlich. Den Rest des Heimwegs legten wir schweigend zurück, jeder im Gedanken an die wachsende Einsamkeit unserer schrumpfenden Welt.

Das Haus wirkte traurig und leer, seit wir nur noch zu dritt waren. Der Eßzimmertisch war größer ohne Simon, und es blieb immer ein Rest Kaffee in der Kanne. Wenn ich nachts aufwachte, sah ich nach seinem Bett, in der Erwartung, ihn dort liegen zu sehen: auf der Seite zusammengerollt, mit dem Gesicht zum Fenster. Pop saß jetzt abends allein vor dem Radio, das, ohne seine und Simons laufende Kommentare, dauernd zu laut schien. Den Sommer über machte ich ein par halbherzige Versuche, mit Pop zu reden, aber ich hätte genausogut unsichtbar sein können. Zum Glück waren Bridie und ich die meiste Zeit allein, und nach einer Weile fanden wir zu unserem vertrauten Alltagsrhythmus zurück. Sie stürzte sich in ihre Korrespondenz, die jetzt mit Simon und Mina um zwei neue Briefpartner in Kalifornien erweitert war, und vergaß den Zwischenfall in meinem Zimmer. Ich konnte das nicht. Denn ich begehrte sie noch immer, und fast jede Nacht mußte ich aufs neue daran denken, wie sie neben mir in meinem Bett gelegen hatte, und ich nahm es ihr weiter übel, daß sie sich statt für mich für Alex Potts interessierte.

»Ich schwärme für all diese ulkigen Namen«, sagte sie mit Blick auf die Karte, die auf dem Wohnzimmerboden ausgebreitet lag und auf der sie die nächste Stadt für die fortgesetzte Suche nach ihrer Mutter auswählte. *»Hopatcong, Allamuchy, Musconetcong ...«*

»Das sind indianische Namen.«

»Ich wünschte, ich könnte sprechen wie die Indianer.«

»Hast du doch gerade getan.«

»Ach, du!« Sie markierte weiter ihre Karte.

Eine der Folgen von Simons Weggang, eine Konsequenz, über die freilich nicht gesprochen wurde, war ein plötzliches Loch in der Haushaltskasse. Ich wußte, daß ihm das Kopfzerbrechen bereitete, als ich Pop am Küchentisch sitzen und sorgfältig seinen Wochenlohn aufteilen sah.

»Ich werd' mir eine Arbeit suchen.«

Sie sah von der Karte auf. »Warum denn das?«

»Pop braucht Geld.«

»Hat er was gesagt?«

»Nein, aber ich weiß es auch so. Simons Anteil fehlt eben.«

»Warum verkaufen wir dann nicht das Grundstück? Dafür kriegen wir bestimmt einen ganz schönen Batzen. Und dann haben wir doch auch noch mein Sparkonto.«

»Das würde Pop nicht erlauben.«

»Also ich brauch' das Grundstück nicht. Ja, ich will's nicht mal. Außerdem ist Big Finn derjenige, der die Steuern dafür zahlt.«

»Trotzdem würde er's dich niemals verkaufen lassen, glaub mir. Er redet doch dauernd davon, was für einen Wert das Land später mal für dich haben wird.« Ich wandte mich zur Treppe. »Ich zieh' mir 'n anderes Hemd an, und dann geh' ich mal rauf ins Villenviertel und hör' mich um.«

»Was könntest du denn für 'nen Job kriegen? Du hast doch fast bis fünf Uhr nachmittags Schule.«

»Vielleicht find' ich was für abends, oder am Wochenende.«

»Dann such' ich mir auch 'ne Arbeit. Ich komme mit.«

»Mußt du eigentlich alles mitmachen, was mir einfällt?«
»Ja.«
Der einzige Laden, in dem eine Aushilfe gesucht wurde, war die Bowlingbahn. Dort hatten sie eine Tafel im Fenster, auf der stand: Kegeljungen gesucht. Bridie hatte Pech, weil das mit den *Jungen* wörtlich gemeint war, und da die Geschäftsleitung nicht die Verantwortung für einen Krüppel übernehmen wollte, der womöglich von einem Kegel oder einer Kugel getroffen wurde, war auch ich aus dem Rennen. Wir kauften uns die *Town Times*, gingen zu Winter's Café, bestellten uns jeder einen Früchtebecher und sahen die Stellenanzeigen durch. Aber für uns war nichts Passendes dabei.
»Buchhalter müßte man sein!« Bridie kratzte den letzten Eisrest vom Boden ihres Bechers. »In jeder zweiten Anzeige wird 'n Buchhalter gesucht.«
»Weißt du, was wir machen? Wir fragen Miß Haas, ob sie am Wochenende jemanden für die Ställe brauchen kann.«
»Pferdeboxen ausmisten! Nein danke, ohne mich.«
»Herrgott, als Reitlehrerin wird sie dich kaum haben wollen.«
»Ich würd' lieber das blöde Grundstück verkaufen, statt Pferdescheiße zu schippen.«
»Brauchst du ja auch nicht, okay? Aber mir würd's nichts ausmachen. Komm, geh wenigstens mit runter zur Reitschule, damit ich sie fragen kann.«
»Aber ich will nicht im Stall arbeiten.«
»Nein, ist ja gut.« Wir zahlten unser Eis und machten uns auf den Weg.
»Ich mein's ernst. Ehrlich.«
»Schon gut.«
»Okay.« Bridie hatte wie immer das letzte Wort.
Am nächsten Wochenende fingen wir trotz Bridies leidenschaftlichem Protest für fünfzig Cents die Stunde bei Miß Haas an. Da es in den Ställen immer irgendwas zu tun gab, überließ sie uns die Einteilung, und wenn wir an einem Wochenende viel Zeit

investierten, kamen wir zusammen auf bis zu zwanzig Dollar. Es war Knochenarbeit, aber ich war gern mit Pferden zusammen, ganz zu schweigen von den Hunden und Katzen, die mit zu Miß Haas' Menagerie gehörten, und nach einer Weile freundete sogar Bridie sich mit einigen Tieren an. Das Ausmisten war ihr wirklich zuwider, aber es dauerte nicht lange, bis Bridie besser als jeder andere ein Pferd zu striegeln verstand. Und wenn es sein mußte, konnte sie zupacken wie ein Mann. Miß Haas mit den eisblauen Augen und den feinen blonden Locken, die ihr ständig gebräuntes Gesicht umrahmten, hatte Bridie und mich gern, und wenn sie uns auszahlte, gab sie uns immer ein, zwei Dollar extra. Aber Dankbarkeit und Überschwang machten sie verlegen, weshalb sie uns, wenn wir uns bei ihr bedanken wollten, immer mit der Bemerkung: »Ihr redet zuviel«, unterbrach.

»Was ist denn das?« Pop starrte auf die achtzehn Dollar, die Bridie ihm eines Abends nach dem Essen hinzählte.
»Na Geld, du Blödmann«, sagte sie, »von Finn und mir.«
»Und wofür?«
»Für dich. Wozu du's halt brauchst. Wir jobben nämlich.« Er sprach immer noch nicht mit mir, aber zum erstenmal seit jenem furchtbaren Streit mit Simon sah er mich offen an. Der Augenkontakt war mir unangenehm. Er wandte sich auch gleich wieder Bridie zu.
»Was denn für Arbeit?«
»Im Reitstall. Finn und ich arbeiten da. Am Wochenende. Hast du's denn nicht gerochen? Menschenskind, wir haben doch gestunken wie Mrs. Cavanaugh.« Pop schloß einen Moment die Augen.
»Ich kann's weiß Gott gebrauchen.«
»Genau das hat Finn auch gesagt.« Bridie faßte Pop an der Schultern, als wolle sie ihn auffordern, auch mich anzusprechen. Er machte eine leichte Kopfbewegung, als habe er verstanden, sah mich jedoch nicht an.

»Danke.«
»Und wenn du mehr brauchst«, sagte Bridie, »dann haben wir auch noch was gespart. Und wir können das Grundstück verkaufen.«
»Nein, das wirst du hübsch bleibenlassen. Das ist deine Versorgung für die Zukunft. Irgendwann wird das Land eine schöne Stange Geld wert sein. Das garantier' ich dir.« Pop freute sich so über unsere Hilfe, daß sich sein Gesicht glättete und er fast wieder jung aussah. Er faltete die Geldscheine zusammen und legte sie in die Schublade vom Geschirrschrank. »Das hilft mir sehr, und ich bin stolz auf euch.« Er sah mich zwar immer noch nicht an, aber wenigstens hatte er »euch« gesagt. Mich überkam ein Gefühl, das ich nur so beschreiben kann: Ich kam mir größer vor, als ich war, ja wunderte mich, daß meine Haut mich noch fassen konnte. Es war wie das Gefühl nach einem guten Essen, einer heißen Dusche und einem erquickenden Schlaf – nur eben alles drei auf einmal.
»Mrs. Finn werden wir jetzt allerdings nicht mehr so oft besuchen können«, sagte Bridie.
»Tja, weißt du« – Pop setzte sich wieder an den Tisch –, »vielleicht braucht ihr euch darüber nicht mehr lange den Kopf zu zerbrechen. Sie kommt nämlich Weihnachten nach Hause. Nur auf Besuch, wohlgemerkt, aber wenigstens werden wir sie zum Fest bei uns haben.« Bridie umarmte Pop, wirbelte herum und drückte auch mich, und noch während sie die Arme um meinen Hals geschlungen hatte, spürte ich seine Hand auf meinem Rücken. Aber er sprach auch weiterhin nicht mit mir.

Alex wunderte sich bestimmt, weil ich so kühl zu ihm war, als wir uns nach den großen Ferien im Herbst in der Schule wiedersahen. Aber da er von allen erwartete, daß sie seine Schrullen tolerierten, nahm er auch die Eigenarten anderer in Kauf. Er erkundigte sich nach Bridie, worauf ich nichts weiter antwortete, als daß es ihr gutgehe. Unser Klassenlehrer in diesem Jahr, Pater Gabriel, dessen Kleinwüchsigkeit schon hart ans Zwergentum grenzte, hatte die hochnotpeinliche Aufgabe, uns in Gesundheitslehre zu unterweisen, was auch Sexualkunde einschloß. Jetzt, da wir das erste High-School-Jahr hinter uns hatten und an das strenge Reglement gewöhnt waren, hielt man uns offenbar für reif genug, die volle Wahrheit über jenes Tabuthema zu erfahren, das bis dato im katholischen Lehrplan so streng unter Verschluß gehalten worden war. Da wir freilich längst Bescheid wußten, warteten wir nur noch gespannt darauf, wie Pater Gabriel sich winden würde, sobald er ins Detail gehen mußte. Er sparte sich das Thema Sex bis zum Schluß auf und handelte erst saubere Haare und Nägel ab, Duschen und sorgfältiges Zähneputzen.

»Was nun den Sex betrifft«, sagte er endlich, und seine Wangen röteten sich, »so wißt ihr ja alle, daß es Sünde ist, solange ihr nicht verheiratet seid. Jeder außereheliche Geschlechtsverkehr ist eine Sünde, und auch in der Ehe ist er nur erlaubt, um Kinder zu zeugen. Bis es soweit ist, denkt ihr also am besten gar nicht erst daran. Unreine Gedanken bringen euch nur in Bedrängnis, sind außerdem ungesund und sündig natürlich sowieso. Mein Rat lautet: Langt das Ding gar nicht erst an, außer zum Urinieren. So, das wär's für heute.« Damit verließ er eilig die Klasse, und wir waren nun, angeblich, aufgeklärt. Wie meine Klassenkameraden war auch ich geradezu fixiert auf Sex und hatte erwartet, daß Pater Gabriel uns wenigstens ein paar Tips dafür anbieten würde, wie man mit dieser schier chronischen Fixierung fertig werden könne. Aber jetzt begriff ich, daß er, der praktisch seit seiner Kindheit im Priesterseminar lebte, noch weniger Erfahrung hatte als ich. Immerhin war ich, mochte es auch noch so unbefriedigend gewesen sein, schon mit einem Mädchen im Bett gewesen.

Mit dem Außenanstrich klappte es nicht mehr rechtzeitig vor

Moms Besuch. Wir schafften nur die Küche und das Bad. Aber Bridie und Mrs. Ganis nähten neue Vorhänge für alle Räume im Erdgeschoß und einen Bettüberwurf mit passenden Gardinen für das Elternschlafzimmer. Da Bridie und ich an den Wochenenden im Reitstall arbeiteten, mußten wir das Haus abends unter der Woche herrichten, und für unsere Hausaufgaben blieb nur noch im Bus oder während der Freistunden Zeit. Für Pop und mich allein, die wir immer noch nicht miteinander redeten, wäre die Anstreicherei wohl unerträglich geworden, aber zum Glück half uns Mr. Ganis, der uns nebenher über alles, was er in der Zeitung gelesen oder im Radio gehört hatte, auf dem laufenden hielt.

»Eine Million Kriegsteilnehmer haben sich aufgrund von diesem GI-Gesetz bereits in diversen Colleges eingeschrieben. War ja auch das mindeste, was die Regierung für die Jungs tun konnte. Finn, du hast da eine Stelle ausgelassen. Gleich da oben, nein, ein bißchen weiter links.« Wir waren in der Küche, und Mr. Ganis hatte gerade eine Pause eingelegt. Mir war es schleierhaft, wie er sich mit seinen schielenden Augen auf einen bestimmten Punkt konzentrieren konnte.

»Wenn sie klug sind, dann werden diese Jungs alles mitnehmen, was sie an Weiterbildung geboten kriegen«, sagte Pop. »Sie werden's nämlich bitter nötig haben. Auf dem Arbeitsmarkt sieht's bald nicht mehr so rosig aus wie zu meiner Zeit. Nein, ohne gute Ausbildung wird man bei uns bald ganz schön im Regen stehn.«

»Ja, es ist eine völlig andere Welt heute. Wirklich.« Mr. Ganis schüttelte voller Staunen den Kopf. »Aber was hat uns die neue Zeit gebracht? Fürs erste fliegende Untertassen. Bloß, wem nützen die? Wir haben Sorgen genug, auch ohne grüne Männchen von einem anderen Planeten. Die sollte man doch gleich wieder retour schicken.«

»Ich würd' gern mal jemand von einem anderen Stern zu Gesicht kriegen.« Ich dachte an Alex und seine Außerirdischen, die angeblich eines Tages unsere Gebeine mitnehmen und auf einem fremden Planeten ausstellen würden.

»Ach, was brauchen wir Marsmenschen, wenn nicht mal unsere Erdenbewohner mehr ein Auskommen finden?« Mr. Ganis machte sich daran, die Fensterrahmen zu streichen. »Aber sag mal, Finn, was hört man denn so von Simon?« Er hatte das mit Absicht gesagt. Mr. Ganis wußte, wie Pop reagieren würde, aber er konnte es nicht ertragen, zuzusehen, wie die Familie auseinanderbrach.

»Ich geh' runter in den Keller und weich' die Pinsel hier ein. Für heute mach' ich Feierabend.« Pop klaubte ein paar Pinsel zusammen, nahm einen Eimer und verließ hastig die Küche.

»Tut mir leid, Kinder, ich hab's halt wieder mal versucht.« Er senkte die Stimme. »Wie bringt es ein Mann nur fertig, so lange nicht mit seinem Sohn zu reden. Irischer Dickschädel, elender!« Ich hatte den Ganis nicht erzählt, daß ich Pop Josie Cleary vorgeworfen hatte, und sie waren so diskret, nicht nachzufragen, als sie merkten, daß unser Streit um etwas sehr Privates ging.

»Wir haben schon eine Weile nichts mehr von Simon und Mina gehört. Aber ich denke, es geht ihnen gut.«

»Hör mal, Finn ...« Mr. Ganis nahm mich beiseite und sprach im Flüsterton weiter. »Deinem Vater kann ich das nicht sagen, der würde mich gar nicht ausreden lassen. Er mit seinem verdammten Stolz.« Das von Mr. Ganis, der doch fast nie fluchte. »Aber ich finde, es ist nicht richtig, daß ihr diese schwere Arbeit im Reitstall macht, Bridie und du. Ihr solltet euch auf die Schule konzentrieren. Mrs. Ganis und ich haben einen Notgroschen auf der hohen Kante und ...«

»Nein danke. Wir schaffen das schon, Mr. Ganis. Und die Arbeit im Reitstall macht uns Spaß, ehrlich.«

»Pferdeboxen ausmisten soll Spaß machen? Na, vielleicht wenn man noch so jung ist wie ihr. Trotzdem, unser Erspartes steht euch zur Verfügung. Wenn ihr was braucht, dann kommt nur zu mir. Das mußt du mir versprechen, Finn.«

»Abgemacht.« Wir fingen wieder an zu streichen, und Mr. Ganis setzte seinen Nachrichtenkommentar fort.

»Ich hab' da was über ein Musical gelesen, das grade in New York läuft. Vielleicht möchtet ihr euch das gern anschauen, Bridie und du. Sophie würde sicher mitfahren. *Finian's Rainbow* heißt es und handelt von einem Kobold.« Pop ließ sich an dem Abend nicht mehr in der Küche blicken.

Moms Besuch dauerte nicht einmal ganz zwei Tage. Pop holte sie Heiligabend ab, und am Weihnachtstag kehrte sie schon gleich nach dem Mittagessen nach Franklin Village zurück. Bridie und ich blieben daheim, um letzte Hand an den Festschmuck zu legen. Aber weil Pop so nervös war, fuhr Mrs. Ganis mit ihm. Bridie hatte eine richtige Party geben wollen, doch Dr. Lorman sagte, es werde schon so schwer genug sein für Mom, diesen ersten Besuch daheim nach so langer Zeit zu verkraften, und eine Menge Leute um sie herum würden sie nur unnötig aufregen. Unser Baum war der schönste, den wir je hatten. Er füllte das ganze Erkerfenster aus, und die bunten Lichter – grün, blau, rot und weiß – konnte man die ganze Livery Street runter sehen. Für jeden Strang Lametta wählten wir sorgfältig den richtigen Zweig aus, und der fertige Baum sah denn auch aus wie mit Silber bestäubt. Was Mom immer besonders gut gefallen hatte, war die Krippe unterm Baum, mit Maria und Joseph und dem Jesuskind, umringt von den drei Weisen aus dem Morgenland und den Hirten mit ihren Tieren. Ich malte einen neuen Himmel voll silberhell funkelnder Sterne als Hintergrund, und aus den Trieben der Tannenzweige bastelten wir einen richtigen kleinen Wald. Bridie fand, das Jesuskind sei schon arg verblaßt, aber dann frischte sie seine Farbe gleich so stark auf, daß es aussah wie ein tumber kleiner Barockengel, der die Heiligen Drei Könige ganz komisch angrinste. Damit sie den Wagen auch ja nicht verpaßte, rannte sie so oft raus und rein, daß das Haus ganz ausgekühlt war, als sie endlich kamen. Mom sah wunderhübsch aus. Unter einem schlichten grauen Tuchmantel trug sie ein geblümtes Kleid. Das Haar hatte sie hochgesteckt, und die Spangen, von denen es gehalten wurde, waren alle mit einem kleinen Weihnachtsstern geschmückt.

»Na, sieht sie nicht aus wie frisch aus dem Modejournal?« Mrs. Ganis hielt ihre Hand, als sie hereinkamen. »Wenn Sie erst wieder für ganz nach Hause kommen, Mae, dann gehen wir zwei einkaufen und kleiden Sie nach der neuesten Mode ein, New Look heißt die. Was meinen Sie, was die Bagage da erst Stielaugen machen wird!« Mom umarmte Bridie und mich und blieb dann in der Tür zum Wohnzimmer stehen wie eine Fremde vor einem Interieur, von dem sie vielleicht gelesen, das sie aber noch nie gesehen hat.

»Was für ein schöner Christbaum. Wir haben auch einen sehr hübschen Baum auf der Sonnenveranda. Nur mit selbstgebasteltem Schmuck. Wie spät ist es?«

»Gleich drei«, sagte Pop nach einem Blick auf seine Armbanduhr. »Warum?«

»Ich weiß einfach gern, wie spät es ist. Wir haben eine große Wanduhr in Miß Websters Büro.«

»Wie gefallen Ihnen die Vorhänge?« fragte Bridie. »Mrs. Ganis hat mir beim Nähen geholfen.«

»Hab' ich ihr schon erzählt«, sagte Mrs. Ganis. »Du weißt ja, ich kann nichts für mich behalten.«

»Die sind sehr hübsch. Wirklich sehr hübsch.« Nachdem Mrs. Ganis heimgegangen war, führten Bridie und ich Mom durchs Haus, während Pop in der Küche den Tee machte. Sie sah sich in jedem Zimmer neugierig um, aber es war nicht auszumachen, ob sie sich erinnern wollte oder zu vergessen suchte.

»Laurie war ein sehr stattlicher Mann«, sagte sie, als wir ihr Bridies Fotowand zeigten. »Das ist ein entzückendes Zimmerchen. Und du hältst es so schön in Ordnung, Bridie.«

»Laurie ist in Limerick geboren. Das liegt drüben in Irland. Achteinhalb Pfund hat er bei der Geburt gewogen. Er war zwölf

Jahre alt, als die Familie nach Boston kam. Das weiß ich alles von Tante Theresa.«

»Wie nett, Liebes«, sagte Mom mit höflichem Desinteresse.

»Mein Großvater hatte einen Tabakladen. Wissen Sie, was Ihr Großvater für einen Beruf hatte, Mrs. Finn?«

»Er war bei der Eisenbahn. Alle Männer in unserer Familie haben bei der Bahn gearbeitet.«

»Genau wie Pop«, sagte ich.

»Oh, ja, das stimmt.« Sie hatte anscheinend vergessen, womit Pop sein Geld verdiente. »Ich hatte mir das Haus viel größer vorgestellt«, sagte sie, als wir die Treppe hinuntergingen. Es klang, als spräche sie zur Wand.

Sie war so lange fort gewesen, daß sie sich fast wie ein Gast benahm und nicht wie ein Mitglied der Familie. Wenn sie etwas wollte, dann bat sie schüchtern darum, statt sich einfach selbst zu bedienen. Sie machte höflich Konversation, ohne je einem von uns ins Wort zu fallen, und hütete sich, Simon oder Mina zu erwähnen. Pop hatte ihr von den beiden erzählt, gleich nachdem sie die Stadt verlassen hatten, und hinterher hatte er zu Bridie gesagt, Mom habe es als den Willen Gottes angesehen und sich dreingefügt. Ich war mir nicht sicher, ob es ihr bedingungsloser Glaube an den Willen Gottes war oder die Tabletten, die sie immer noch nahm, was sie so fügsam machte. Den ganzen Nachmittag fragte sie, kaum, daß eine Gesprächspause eintrat, wie spät es sei.

»Kurz nach fünf«, sagte Pop.

»Dann gehen sie jetzt zum Abendessen runter. Heute gibt's Rinderbrust in saurer Sahne und morgen Hähnchen. Brathähnchen. Miß Webster hat mir das Festtagsmenü gezeigt.«

»Wir haben morgen Truthahn.« Ich wollte, daß sie endlich aufhörte, von der Anstalt zu reden. »Mr. Howe kommt zum Essen. Und die Ganis.«

»Wie nett.« Sie nippte an ihrem Tee. »Irgendwann möchte ich gern zur Kirche gehen.«

»Ja, weißt du«, sagte Pop, »die Christmette ist immer so überfüllt, da dachte ich, wir gehen lieber morgen früh. Vielleicht in die Zehnuhrmesse.«

»Ja, gern. Darf ich bitte mal ins Bad?« Als sie draußen war, stand Pop auf und ging in den Garten.

»Sie ist bloß nervös«, sagte Bridie. »Dr. Lorman hat uns doch gesagt, daß sie nervös sein wird.«

»Ich wünschte nur, sie würde nicht dauernd von Franklin Village reden.«

»Aber sie kennt nun mal nichts anderes. Das darfst du ihr nicht ankreiden.«

»Sicher nicht, aber es macht mir angst.«

»Big Finn ist ziemlich mitgenommen, was?«

»Ich glaub' eher, daß er auch Angst hat.«

Wir machten unsere Geschenke noch am selben Abend auf, aber mittlerweile war uns allen so beklommen zumute, daß keiner mehr viel Begeisterung aufbringen konnte – außer Bridie, die einen ganz fabelhaften Santa Claus hinlegte. Moms Geschenke waren klein und bescheiden, weil Miß Webster Pop eigens darauf hingewiesen hat, daß im Village viel gestohlen werde und man mit Wertsachen nur ein unnötiges Risiko eingehe. Also schenkten wir ihr Taschentücher und Unterwäsche und eine Flasche von ihrem Lieblings-Eau-de-Cologne, Tweed. Pop machte einen Eierflip, und wir saßen, nur beim bunten Lichterschein des Christbaums, im Wohnzimmer, und Bridie und ich erzählten Mom von unserer Arbeit im Reitstall und von der Schule und wiederholten ihr jedes bißchen Tratsch aus der Nachbarschaft, von dem wir dachten, es könne vielleicht interessant für sie sein. Pop saß neben Mom, aber mir fiel auf, daß sie einander nicht berührten. Als es Bettzeit wurde, fragte Mom, wo sie denn schlafen solle.

»Na, in deinem Zimmer«, sagte Pop so geduldig, als spräche er zu einem kleinen Kind. »Ich schlaf' hier unten.«

»Wie spät ist es denn?«
»Zwanzig nach zehn.«
»Im Village bleiben wir nicht so lange auf.«
»Dann gehst du jetzt wohl besser zu Bett«, sagte Pop, und es klang ganz erschöpft. »Sei so gut und bring sie nach oben, Bridie. Und ruf mich, falls sie was braucht.«
»Wir gehen um neun ins Bett. Danach wird nämlich gleich das Licht ausgemacht.« Bridie und Mom gingen hinauf ins Schlafzimmer, und ich räumte die Eierflipgläser ab und trug sie in die Küche. Als ich ins Wohnzimmer zurückkam, waren die Lichter am Christbaum aus, und Pop lag auf dem Sofa. Ich hätte gern mit ihm gesprochen, doch ich wußte ja, daß er mir nicht antworten würde, also ging ich leise auf mein Zimmer.
Mitten in der Nacht hörte ich jemanden sprechen und dachte schon, Pop wäre also doch raufgekommen ins Elternschlafzimmer. Aber als ich genauer hinhorchte, merkte ich, daß Mom Selbstgespräche führte. Ich schlich mich vor ihre Tür und versuchte zu verstehen, was sie sagte. Bridie kam ebenfalls aus ihrem Zimmer, und wir standen zusammen im Dunkeln und lauschten. Ich wollte mir einreden, sie bete, aber sie lachte ein paarmal, und da wußte ich, daß sie wieder mit ihren Geistern Zwiesprache hielt. Bridie wollte mit rüber zu mir, und als wir an der Tür waren, konnten wir Pop unten schluchzen hören.
»Er hat sie also auch gehört«, flüsterte Bridie.
»Armer Pop.« Ich wäre gern zu ihm gegangen, brachte es aber nicht über mich. »Vielleicht schaust du mal nach ihm.«
»Okay. Ich hol' ihm einen Whiskey.« Sie tapste die Treppe hinunter und verschwand im Dunkeln, und ich ging wieder in mein Zimmer, setzte mich auf den Bettrand, hörte Mom reden und lachen und wünschte mir, Duke wäre da. Oder Simon. Oder Fritz. Irgend jemand.

Die Kirche war voll bis auf den letzten Platz. Die Hälfte der Leute gingen das ganze Jahr nur dies eine Mal zur Kirche, wo sie dann ihre neuen Festtagsklamotten vorführten und die rechte Weihnachtsstimmung tankten, während sie gerührt *Stille Nacht* und *Noël, Noël* sangen. Pop, Bridie und ich sangen nicht mit. Bestimmt grübelten die beiden, genau wie ich, noch immer über Moms nächtliche Geistergespräche. Sie dagegen stimmte mit ihrem kräftigen Sopran ein und sang so laut mit, wie sie während des Krieges im Kino *The Star Spangled Banner* gesungen hatte. Pater Christopher, der noch müde war von der Christmette der vergangenen Nacht, beschränkte sich auf die Kurzfassung der Standardpredigt von Christi Geburt und der Verheißung des Jesaja, und so dauerte die ganze Messe, trotz der langen Reihe von Kommunikanten, nur eine Dreiviertelstunde. Als wir aus der Kirche kamen, stand Mrs. Cavanaugh in vertraulichem Gespräch mit Mrs. Del Fiore und der uralten Mrs. Farrell zusammen, und als wir an ihnen vorbeimußten – Mom flankiert von Pop und Bridie, und ich als Schlußlicht –, verstummten die drei und starrten uns an, als ob wir aussätzig wären. Ich strafte Mrs. Cavanaugh mit dem vernichtendsten Blick, der mir zu Gebote stand, und sie streckte mir die Zunge raus.

Das Weihnachtsmahl war, gemessen am Rest des Tages, noch am wenigsten quälend, denn Mr. Howe und die Ganis hielten die Unterhaltung in Gang, auch wenn ihnen kaum mehr einfiel, als abwechselnd das köstliche Essen und Moms blendendes Aussehen zu loben. Pop wirkte sehr niedergedrückt, Bridie war schon den ganzen Tag einsilbig bis kratzbürstig, und mir wollte einfach kein Gesprächsthema mehr einfallen. Mr. Howe, der nach Rasierwasser duftete und sich in seinen Sonntagsstaat geworfen hatte, und Mrs. Ganis, die an Farbenfreudigkeit mit dem Christbaum wetteiferte, taten ihr Bestes, um die Weihnachtsstimmung nicht abflauen zu lassen. Aber Mr. Ganis schien zu spüren, daß etwas nicht stimmte; jedenfalls beobachtete er Mom die ganze Zeit verstohlen. Sie wollte wieder alle paar Minuten wissen, wieviel Uhr es sei.

»Ich darf nicht zu spät kommen«, sagte sie ängstlich, als wir noch mitten beim Essen waren. »Sie warten ja auf mich, und ich möchte nicht, daß sie sich Sorgen machen.«
»Du wirst dich schon nicht verspäten.« Pop war mit den Nerven am Ende. »Ich sorge dafür, daß du pünktlich hinkommst. Aber jetzt iß erst mal in Ruhe.«
»Also das schmeckt ja köstlich!« lobte Mrs. Ganis. »Wer hat denn gekocht? Sie, Mae?«
»Bridie«, antwortete ich. »Und Pop.«
»Ausgezeichnet«, bekräftigte Mr. Howe. »Ihr könntet glatt ein Restaurant aufmachen.«
Um fünf vor drei hatte Mom den Mantel an und saß, ihre kleine Geschenksammlung nervös auf dem Schoß hin und her schiebend, auf einem Stuhl gleich neben der Tür. Inzwischen hatte Pop jede Verstellung aufgegeben und wartete nicht minder ungeduldig als Mom auf das Ende des Besuches.
»Ist recht, Mae. Wir fahren. Ich hol' nur die Wagenschlüssel. Sind Sie soweit, Mr. Howe?« Pop hatte versprochen, ihn auf dem Weg nach Franklin Village auf der Farm abzusetzen.
»Wir kommen mit, Finn und ich«, sagte Bridie.
»Nein, ich möchte noch mit Mae allein sprechen.«
»Tja, mein Junge«, sagte Mr. Howe, »wir werden uns doch hoffentlich nicht erst nächste Weihnachten wiedersehen.« Er hatte mir seine große, knotige Hand auf die Schulter gelegt. »Unsere Unterhaltungen gehen mir doch sehr ab, weißt du.« Vor lauter Schule und der Arbeit im Reitstall hatte ich Mr. Howe seit Dukes Tod erst einmal besucht.
»Sie fehlen uns auch sehr, Mr. Howe«, sagte Bridie.
»Ich komm' bald mal raus auf die Farm«, sagte ich. »Versprochen.«
»Ich nehm' dich beim Wort.« Er strich mir lächelnd übers Haar. Mom hatte es so eilig fortzukommen, daß sie, ohne ein Wort an einen von uns, vor die Tür trat.
»Aber Mrs. Finn, sagen Sie mir denn nicht auf Wiedersehen?«

»Oh, natürlich, verzeihen Sie.« Und dann ließ sie sich von unseren Gästen umarmen, jedoch ohne jegliche Regung ihrerseits; so verkrampft war sie in ihrem Drang, nur ja rasch fortzukommen. »Und schönen Dank euch allen«, sagte sie förmlich. »Ich fand es ganz reizend, wirklich.« Und schon eilte sie die Verandastufen hinunter.

»Es dauert halt seine Zeit, Herzchen.« Mrs. Ganis umarmte mich tröstend, als sie abgefahren waren.

»Ja, wahrscheinlich sogar recht lange.« Mr. Ganis drückte Bridie an sich und brachte ein optimistisches Lächeln zustande. »Aber ihr seht doch selbst, wieviel besser es ihr schon geht.«

»Sie hört wieder ihre Stimmen.« Nach dem, was ich in der Nacht zuvor mitbekommen hatte, machte ich mir keine Illusionen mehr.

»O Gott, nein, wie furchtbar.« Endlich ließ Mrs. Ganis den Tränen, die sie den ganzen Tag zurückgehalten hatte, freien Lauf.

»Sophie, hör auf zu heulen.«

»Und du hör auf, mich zu kommandieren. Amerika ist ein freies Land, da kann ich weinen, wann ich will.«

»Was hat denn das eine mit dem andern zu tun?«

»Ach, du verstehst doch gar nichts.« Und dann räumten wir alle miteinander den Tisch ab.

Als Pop heimkam, waren Bridie und ich längst zu Bett gegangen. Es war schon nach Mitternacht, als ich ein Geräusch hörte und runterging, um nachzusehen. Da saß er mit der Whiskeyflasche vor sich am Tisch und spielte mit einem Knopf, der von seinem Hemd abgegangen war. Die Krawatte und die Jacke von seinem guten Anzug lagen achtlos hingeworfen am Boden.

»Frohe Weihnachten, Sportsfreund«, sagte er, als er mich in der Tür stehn sah. Ich hob Jacke und Schlips auf und hängte beides über eine Stuhllehne. »Mir ist 'n Knopf abgesprungen.« Er starrte ihn an, als erwarte er irgendein Zeichen von dem kleinen

Ding. »Tessie und die Mädchen lassen dir frohe Weihnachten wünschen. Sie haben Sehnsucht nach dir.« Er hatte offenbar schon einiges intus, aber er war durchaus nicht sturzbetrunken.
»Möchtest du eine Tasse Tee?«
»Danke, aber ich hab' meinen Tee schon bei der Hand.« Er schenkte sich ein. »Willst du auch 'nen Schluck, ja? Wär' doch an der Zeit, daß Vater und Sohn mal einen zusammen heben, meinst du nicht?«
»Na gut, einen trink' ich mit.«
»Was denn, im Ernst?« Er war perplex. »Du willst tatsächlich mit deinem Alten trinken? Na, was sagt man dazu!« Er lachte glucksend. Ich nahm die Flasche, goß mir einen kleinen Schluck Whiskey in eine Kaffeetasse und setzte mich ihm gegenüber an den Tisch. Er sah mich lange unverwandt an und sagte schließlich: »Du bist ein hübscher Kerl geworden. Schlägst deiner Mutter nach.« In Wirklichkeit sah ich zunehmend ihm ähnlich, je älter ich wurde. »Die Nutten haben 'ne Schwäche für dich.«
»Ich mag die Mädchen auch.«
»Aber was heißt das schon bei dir – du magst doch jeden, oder?« Er lächelte und bleckte seine starken, ebenmäßigen Zähne. »Jeden außer mir.« Er sah in sein Glas. »Ja, jeden außer mir.« Ich wollte widersprechen, ihm versichern, daß es nicht wahr sei, aber ich brachte es einfach nicht fertig.
»Wie ging's Mom, als du sie im Village abgeliefert hast?«
»Oh, sie war selig, einfach selig. Und warum auch nicht? Sie war schließlich wieder daheim, nicht wahr?« Er drehte sich weg und lächelte die Wand an. »Ja, sie war wieder zu Hause.«
»Hast du den Ärzten gesagt, was passiert ist?«
»Es ist Weihnachten, das Fest der Liebe. Da war kein Arzt greifbar.« Er beugte sich über den Tisch. »Du gibst mir die Schuld, nicht? Du denkst, an allem, was mit deiner Mutter passiert ist, wäre ich schuld. Na, dann will ich dir mal was verraten, Mister: Ich war genau deiner Meinung. Ja, lange Zeit habe ich mir die schlimmsten Vorwürfe gemacht. Nicht mal

atmen konnte ich, so hat mich meine Schuld gedrückt. Aber in Wirklichkeit kann ich nichts dafür. Ich hab' die Ärzte gefragt, und die sagen, es ist eine Krankheit ... eine Krankheit wie jede andere. Deine Mutter ist krank, und ich bin nicht schuld dran. Hörst du – es ist nicht meine Schuld, verdammt noch mal!«

»Ich mach' dir ja auch gar keinen Vorwurf.« Da ich mir sonst keinen Rat wußte, log ich ihn an.

»Ha, daß ich nicht lache! In deinen Augen bin ich doch an allem schuld – wahrscheinlich sogar an dem gottverfluchten Krieg.« Es klang eher resigniert als wütend. »Aber auch für den konnte ich nichts. Und deine Mutter ist krank, basta. Was immer sie hat, es ist angeboren. Ihr Vater hat sich erschossen, Herrgott noch mal. Begreifst du, was das heißt?« Er holte tief Luft. »Ich nicht, ich versteh' überhaupt nichts mehr.«

»Warum legst du dich nicht schlafen, Pop?«

»Ich bin nicht betrunken. Oder jedenfalls nicht *so* betrunken. Also versuch nicht, mich ins Bett zu schicken. Außerdem sind wir noch nicht fertig miteinander. Trink deinen Whiskey.« Ich nahm einen Schluck, und auch er führte das Glas an die Lippen, stellte es aber unberührt wieder ab. »Fritz kommt nicht wieder. Aber das weißt du ja, nicht? Du weißt es so sicher, wie du hier vor mir sitzt. Er ist tot. Simon und Mina haben ihn mausetot gemacht.«

»Aber *sie* haben Fritz doch nicht getötet, Pop!«

»Sie haben den letzten Nagel in seinen Sarg getrieben. Er hat nicht mal mehr sein eigenes Kind gesehen. Sie haben es ja einfach mit fortgenommen. Und er liegt jetzt irgendwo in einem gottverlassenen Grab, wo ihn keiner besucht und niemand ihm Blumen bringt. Warum bringt man den Toten eigentlich Blumen? Gibt doch keinen Sinn, oder? Ach Gott!« Er brach ab und starrte auf den Fleck Boden zwischen seinen Füßen. Obwohl ich nur an meinem Whiskey genippt hatte, spürte ich, wie mir langsam warm wurde vom Alkohol. »Und deine Mutter haben wir nun auch verloren. Mit ihr ist's aus und vorbei. Wir sind bloß

ein paar Leute, die sie mal gekannt hat. Nicht annähernd so real wie diese Geister, mit denen sie dauernd spricht. Manchmal wünschte ich, ich würde dazugehören.« Er sprach genau das aus, was ich heimlich schon hundertmal gedacht hatte.
»Vielleicht können die Ärzte ihr ja doch noch helfen ...«
»Nein. Wir müssen endlich aufhören, uns was vorzumachen. Die Ärzte verstehen einen Dreck. Wir sind auf uns allein gestellt, du und ich und Bridie. Und daran wird sich nichts ändern. Nichts ist so geworden, wie wir's uns erhofft haben. Aber auch gar nichts.« Er sprach mehr zu sich selbst als zu mir. »Nichts hat geklappt, und nichts wird je nach Wunsch gehen bei uns. Ich werd' meine Farm nie bekommen. Was war ich doch für ein Trottel mit meinen Träumen. Aber Träume gehn nun mal nicht in Erfüllung, mein Junge. Niemals. Bloß, warum träumen wir eigentlich, wenn doch nie was draus wird? Irgendwas will Gott uns damit heimzahlen, anders kann ich's mir nicht erklären.« Plötzlich hob er den Kopf und sah mich an. »Aber bestimmt nicht so was wie die Geschichte mit Josie Cleary, falls du das meinst. Wer gibt dir überhaupt das Recht, mich anzuklagen? Du bist doch noch ein halbes Kind, verflucht. Du würdest es nicht verstehen, selbst wenn ich's dir erklären wollte. Ein grüner Junge wie du! Fritz, ja, der hätte es verstanden. Fritz, wenn er hier wäre, der würde mich verstehen.«
»Ich geh' ins Bett.«
»Trink erst deinen Whiskey aus.«
»Ich mag nicht mehr«, sagte ich und goß den Rest in den Ausguß.
»Unser Gespräch ist noch nicht zu Ende.«
»Ist doch reine Zeitverschwendung, was wir hier machen. Ich bin ja bloß ein dummes Kind, das nichts kapiert. Wenn Fritz hier wäre, dann hättest du jemanden zum Reden.«
»Du bist kalt wie 'ne Hundeschnauze, was?«
»Wenn du's sagst. Gute Nacht.«
»Mach die Tür zu.« Ich schloß sie hinter mir. »Es ist nicht meine

Schuld.« Seine Stimme klang dumpf und tonlos von der anderen Seite der Küchentür.
Statt wieder nach oben zu gehen, trat ich hinaus auf die Veranda und setzte mich auf die Eingangsstufen. Es war bitter kalt, und ich zog meinen Bademantel hoch bis ans Kinn und drückte mich eng an die Mauer. Die meisten Häuser an der Straße lagen im Dunkeln, aber aus einigen schimmerten gedämpfte Nachtlichter wie die milde Beleuchtung eines Aquariums. Ich stellte mir vor, daß die Nachbarn alle warm und behaglich in ihren Betten lägen und sich auf den nächsten Tag freuten, getreu dem Spruch, wonach jeder neue Sonnenaufgang wie ein Versprechen sei. Sie wußten ja nicht, daß Fritz tot war und Mom so gut wie. Pop aber hatte es ausgesprochen, und ich mußte ihm notgedrungen recht geben. Nur daß ich Mom und Fritz beneidete. Denn außer dem Weltuntergang schienen mir Tod oder Wahnsinn die einzigen Fluchtmöglichkeiten, und weil ich nicht damit rechnen konnte, demnächst zu sterben oder verrückt zu werden, saß ich zitternd und blau vor Kälte auf der Verandatreppe und betete um den Weltuntergang.

Nichts so Verheerendes wie ein Weltuntergang trat ein, im Gegenteil: Das Leben ging weiter wie gewohnt, bis zum nächsten März, als ich eine so schwere Grippe bekam, daß ich zwei Wochen nicht zur Schule konnte. Wie durch ein Wunder steckten Pop und Bridie sich nicht an. In der ersten Woche hatte ich ziemlich hohes Fieber, und im Delirium traf ich Fritz und Simon und Betty Grable und Präsident Roosevelt. Dr. Lorman erwog schon, mich ins Krankenhaus zu überweisen, aber ich wehrte mich so vehement, daß er davon abließ. Mrs. Ganis und Little Tum pflegten mich tagsüber, und nachts betreuten mich Pop und Bridie. Mitte der zweiten Woche, als ich schon auf dem Weg der Besserung war, bekam ich einen Brief von Simon.

Lieber Finn,
wir haben von Bridie gehört, daß Du krank bist, hoffen aber, daß es Dir schon wieder bessergeht, wenn Du diese Zeilen liest. Hättest Du nicht Lust, uns in Kalifornien zu besuchen und Dich von der Sonne gesund pflegen zu lassen? Mina und ich würden uns sehr freuen. Ihr fehlt uns sehr, und wir sprechen dauernd über Euch, Dich und die Familie. Ich habe vor, die Maklerprüfung abzulegen. Denn ich möchte nicht noch mit Fünfzig als Lagerist im Supermarkt arbeiten. Und wie's aussieht, zieht alle Welt westwärts, so daß das Immobiliengeschäft hier bestimmt eine große Zukunft hat. Mina und ich möchten gern ein eigenes Haus. Ganz besonders jetzt. Ein Grund, warum ich Dir schreibe, ist nämlich der, daß wir ein Baby bekommen. Im September. Du erfährst es als erster. Ich hab' mir das so gewünscht. Wir haben es noch nicht mal Kitty Neal gesagt. Wir sind sehr glücklich darüber, und ich hoffe, Du bist es auch. Bridie kannst Du es gern erzählen. Wenn Du es nicht tust, schlägt sie dich womöglich k.o. Und wenn Du willst, erzähl es auch Deinem Vater. Hoffentlich kann er uns irgendwann einmal verzeihen. Hat er eigentlich den Brief schon gelesen? Kitty geht seit einiger Zeit mit einem Major. Er ist im Zivilberuf Arzt und sehr nett. Und er sieht Laurie sehr ähnlich. Sie ist glücklich, und Mina meint, es ist was Ernstes. Dir würde es sehr gefallen, hier draußen. Wir haben Kojoten und Klapperschlangen und Taranteln, so groß wie Deine Faust. Oh, und Spottdrosseln gibt es auch, die singen des Nachts. Ich höre sie sehr gern. Du würdest hier auch jede Menge Motive zum Zeichnen finden. Sogar Filmstars könntest Du porträtieren, auch wenn ich noch nie einen gesehen habe. So, nun will ich schließen und wünsche Dir noch einmal von Herzen gute Besserung. Wir haben Dich sehr lieb, und Du fehlst uns mehr, als ich sagen kann. Hoffentlich denkst Du auch so oft an uns wie wir an Dich.

Dein »Bruder« Simon

Ich zeigte Bridie den Brief, und zuerst war sie bloß wütend, weil sie doch mit Mina korrespondierte, die ihr aber nichts über das Baby geschrieben hatte.
»Warum hat sie mir das verschwiegen? Ich bin schließlich die einzige, die ihr dauernd schreibt.« Sie hatte mir gerade meinen Lunch gebracht, Tomatensuppe und ein Käsesandwich.
»Simon wollte eben, daß ich es als erster erfahre.«
»Menschenskind, das ist ja bald, als ob du Pharao persönlich wärst.«
»Wer weiß, vielleicht bin ich's.«
»Wie können sie ein Kind kriegen? Sie sind doch nicht verheiratet.«
»Jetzt sei aber nicht albern, Bridie.«
»Nein, so mein' ich's doch nicht! Aber nun wird's ein uneheliches Kind. Und das ist dem Baby gegenüber nicht fair.«
»Aber man glaubt dort, die beiden wären verheiratet. Und eines Tages werden sie's ja auch sein. Das Kind braucht nie was zu erfahren.«
»Na ja, wahrscheinlich hast du recht. Aber wieso hat Kitty mir nichts von ihrem Offizier geschrieben? Mir erzählt nie einer was.«
»Vielleicht wollte sie warten, bis sie wirklich was zu erzählen hat. Daß sie heiraten wird, zum Beispiel.«
»Meinst du? Na, ich freu' mich, daß sie jemanden gefunden hat. Aber ich wette, er ist nicht so hübsch wie Laurie.«
»Wahrscheinlich nicht, nein.« Mir blieb nichts weiter übrig, als ihr zuzustimmen, wußte ich doch, daß Laurie sich in ihrer Vorstellung zu einer Mischung aus Heiligem, edlem Ritter und Kinoheld gewandelt hatte.
Pop richtete mir auf dem Sofa ein Bett, so daß ich unten bleiben und Radio hören konnte, und ich vertrieb mir die Zeit mit Hörspielserien und Schnulzen. Little Tum hatte einen Vorwand, obwohl sie eines solchen nie bedurfte, um mir die köstlichsten Törtchen zu backen, die ich je gegessen hatte, und

Mrs. Ganis las mir jeden Wunsch von den Augen ab. Bis ich wieder gesund war, hatten die beiden mich hoffnungslos verwöhnt.
Gegen Ende der zweiten Woche, als ich schon wieder bei Kräften war und mir daheim langsam die Decke auf den Kopf fiel, entschloß ich mich, nur um endlich wieder frische Luft zu schnappen, zu einem Spaziergang in die Oberstadt. Es war frisch draußen, aber die Sonne schien schon kräftig und warm, und es tat so wohl, sich endlich wieder die Beine zu vertreten, daß ich auf die Idee kam, Tessie zu besuchen, die ich schon lange nicht mehr gesehen hatte.
»Je, wen haben wir denn da!« rief Charles, als ich ihn in der Küche überraschte. »Wir dachten schon, du schaust dir die Radieschen von unten an oder so. Junge, hast du aber einen Schuß gemacht. Wie geht's dir denn, erzähl!«
»Ganz gut, danke ...«
»Hoppla!« Er runzelte die Brauen und funkelte mich an. »Warum zum Teufel bist du nicht in der Schule? Du hast dein Studium doch nicht etwa an den Nagel gehängt?«
»Nein, ich hatte bloß die Grippe. Deswegen mußte ich die letzten vierzehn Tage zu Hause bleiben.«
»Ach so! Na, dann platz deinen spitzen Hintern mal dahin, und ich geb' dir 'nen Teller Erbsensuppe. Die wird dir guttun.« Er schöpfte die Suppe aus einem dampfenden Topf auf dem Herd und bestrich anschließend eine dicke Scheibe selbstgebackenes Brot mit Butter. »Und wie geht's meiner Freundin?«
»Gut. Wir arbeiten übrigens beide an den Wochenenden im Reitstall.«
»Für die deutsche Lady?«
»Genau. Die ist echt nett.« Die Suppe machte wohlig warm und schmeckte einfach wunderbar. »Sag, Charles, wo sind denn die andern?«
»Iris ist nicht mehr bei uns. Sie ist in ein Bordell in Kuba gegangen. Kuba, was sagt man dazu! Dabei spricht sie nicht mal

Spanisch. Aber die stehen dort auf weiße Frauen und auf Blondinen erst recht, und deswegen meint Iris, sie wird ordentlich was auf die hohe Kante kriegen da unten. Sie will sich eben 'ne Reserve schaffen, bevor sie zu alt wird, um ihre Muschi zu verkaufen. Kluges Mädchen. Möchtest du 'nen Tee?«

»O ja, bitte.«

»Und Elizabeth ist mit Tessie zum Doktor. Tessie kriegt ihren bösen Husten einfach nicht los. Seit zwei Jahren versuch' ich schon, sie zum Arzt zu schicken. Aber jetzt ist es so schlimm geworden, daß sie nachgeben mußte. Ich fürchte, es ist Tb, aber daß du mir ja kein Wort sagst, verstanden?« Ich nickte. »Mein Daddy hat Tb gehabt, und er hatte genau den gleichen Husten wie sie. Außerdem weiß ich, daß sie in letzter Zeit Blut spuckt, was sie natürlich nicht zugibt. Aber ich hab's in ihrem Taschentuch gesehen. Und sie wiegt kaum mehr als ein Frischling. Nur noch Haut und Knochen, und die Kleider schlottern ihr bloß so am Leib. Wenn du sie anschaust, wirst du merken, daß ihr Teint sich verfärbt hat, wie Asche sieht sie aus. Das hat man manchmal bei Schwarzen, wenn sie krank sind. Und dann ihre schönen Augen – ganz eingesunken und ohne jeden Glanz.« In Charles' Augen schimmerten Tränen, und ich begriff, daß er Tessie liebte. »Ich glaube, was sie vollends umgehauen hat, war, daß Honey in Georgia geblieben ist. Das ist die Wahrheit, aber untersteh dich und sag wem, du hast's von mir.« Natürlich kamen wir jetzt auf Honey zu sprechen, und dann erzählte ich ihm, daß Mom wieder ihre Stimmen hörte. Charles meinte dazu, der liebe Gott erwarte wohl von manchen Leuten einfach zuviel. »Es heißt, Er gibt dir nie eine Last auf, die du nicht tragen kannst, aber ich glaub', das ist großer Quatsch. Die meisten Menschen sterben bloß, weil die Last sie zu sehr drückt. Das sag' ich dir, jawohl.«

»Ach, mir war doch, als hätt' ich dich mit wem reden gehört«, sagte Cat, als sie in die Küche kam. »Na, so was, Finn, das ist aber eine Überraschung!« Sie küßte mich auf die Wange, und ich atmete eine ganze Wolke ihres Parfums ein. Ihr Morgenrock stand offen, und durch das dünne Nachthemd konnte ich schattenhaft ihre Brustwarzen und das Haardreieck zwischen ihren Schenkeln erkennen, und mir war, als ob ein Stromschlag durch meinen Körper führe.

»Tag, Cat. Wie geht's immer?«

»Ach, ich werde dick und rund. Fat Cat, das bin ich. Aber schau dich an! Du wirst erwachsen, Junge. Wo ist denn Bridie?«

»Die hat Schule. Ich bin zu Hause geblieben, weil ich die Grippe hatte.«

»Ja, die grassiert scheint's.«

»Magst du was essen oder trinken?« fragte Charles.

»Nein danke.« Sie setzte sich an den Tisch. »Iris ist fort.«

»Hat Charles mir schon erzählt.«

»Ins Ausland. Ich hab' noch nie wen gekannt, der ins Ausland gegangen ist. Iris hat versprochen, daß sie mir 'ne Postkarte schickt. Hoffentlich denkt sie auch dran. Stell dir vor, da kommt Post aus dem Ausland mit deinem Namen vorn drauf! Ist das nicht wie Zauberei?« Sie beugte sich vertraulich näher. »Tessie ist krank.«

»Ich weiß.«

»Ich glaub', es steht schlimm um sie.«

»Das laß gefälligst den Doktor entscheiden«, sagte Charles so störrisch, als ob er nicht eben selbst Tuberkulose diagnostiziert hätte.

»Ich hab' eine neue Puppe.« Cat fand es offenbar ratsam, das Thema zu wechseln. »Sie hat wunderhübsche blaue Augen aus Glas, die sie auf- und zumachen kann. Komm, ich werd' sie dir zeigen.« Damit stand sie auf und winkte mir, ihr zu folgen.

»Laß den Jungen erst seine Suppe fertigessen.«

»Sicher«, sagte sie. »Komm nach, Finn, wenn du aufgegessen hast.« Sie lächelte ihr Kinderlächeln und ging. Charles setzte sich mit gegenüber.

»Du bist wohl noch nicht zugeritten, wie?«

»Äh … nein.«
»Na, dann ist das jetzt deine Chance. Cat macht das prima. Und sauber ist sie auch. Sie hat ein Händchen für die grünen Jungs.«
»Ach, wenn ich's mir recht überlege – lieber nicht.«
»Mein Gott, was gibt's da zu überlegen. Tu's einfach! Cat hat immer schon 'ne Schwäche für dich gehabt. Für dich und Honey. Und sie ist noch immer sauer, weil Elizabeth bei Honey die Erste war. Du würdest ihr 'ne Freude machen, Junge.«
»Ja, wenn das so ist …«
»Na, und du willst doch auch. Wie sie sich eben über dich gebeugt und dir 'n Kuß gegeben hat, da konnt' ich deinen Gong bis übern Tisch pumpern hören.«
»Aber ich bin so nervös.«
»Ach, das sind alle beim erstenmal. Aber das legt sich, wenn du erst mal auf den Geschmack gekommen bist. Und nun mach, daß du aus meiner Küche kommst.«
»Aber Charles – wenn sie nun nicht will?«
»Dann sagt sie dir das freiheraus, und du gehst wieder heim, fertig.«
Cat hatte bestimmt an die dreißig Puppen: manche mit Echthaar und Porzellangesichtern, dazwischen Flickenpuppen und solche, deren Augen einem durchs ganze Zimmer folgten. Alle trugen Kleidchen und Schürzen und Strümpfe, und Cat hielt sie so sauber und adrett wie eine gute Mutter ihre Kinder. Der Raum schimmerte in rosigem Licht, weil sie einen roten Schal über die Nachttischlampe gehängt hatte. Auf der Tapete blühten große, rostrote Rosen, und wo man hinschaute, gab's Rüschen: an den Gardinen, am Bettüberwurf und am Vorhang vom Frisiertisch. Cat saß mit ihrer neuen Puppe auf dem Bett.
»Wenn man ihr den Kopf zurückbiegt, schließt sie die Augen, siehst du? Na, komm her.« Ich trat ans Bett. »Und schau dir die Wimpern an: echtes Haar. Ist sie nicht wunderschön?«
»Doch, wirklich hübsch.«

»Ich hab' sie Iris getauft. Glaubst du, Iris würde sich drüber freuen?«
»Aber bestimmt.« Ich setzte mich auf die Bettkante. Doch ich zitterte so arg, daß mein Bein ganz unkontrolliert auf und ab wippte.
»Brauchst doch nicht so nervös zu sein. Ich weiß ja, warum du hier bist.«
»Ich wollte bloß deine neue Puppe sehen«, log ich.
»Du Schwindler! Aber es ist schon in Ordnung, ehrlich.«
»Ich hab' kein Geld dabei. Aber ich könnte später zahlen.«
»Ach, Junge, was du von mir kriegst, wär' nicht mit 'ner Million Dollar zu bezahlen.« Sie rieb mir mit der Fingerspitze über die Lippen. »Einen schönen Mund hast du. So weich und echt schön geformt. Ja, ein wirklich schöner Mund.« Ich nahm an, daß sie mich jetzt küssen würde, aber sie tat es nicht. »Magst du Häschen spielen? Ich bin die Hasenmama, und du bist das Häschenbaby.«
»Okay.« Mittlerweile schlotterte ich am ganzen Körper. Sie stand auf und ließ ihren Morgenrock fallen, und ich konnte ihren rundlichen Körper durchs Nachthemd schimmern sehen. Sie hatte riesige Brüste mit braunen Warzen, jede so groß wie ein Silberdollar.
»Das kleine Häschen saugt bei der Mama an den Tittis. Na, ob du das magst?«
»Hmhm.« Mein Mund war strohtrocken, und ich konnte kaum noch einen klaren Gedanken fassen.
»Ich bin gleich wieder da.« An der Tür drehte sie sich noch einmal um. »Zieh dich schon mal aus.« Damit ging sie. Ich sah, wie die vielen Puppen mich vorwurfsvoll anstarrten, und hätte am liebsten Reißaus genommen. Aber der Wunsch zu bleiben war stärker. Langsam knöpfte ich mein Hemd auf und zog es aus. Dann setzte ich mich auf die Bettkante und streifte Schuhe und Socken ab. Als ich wieder aufstand und die Hose aufknöpfen wollte, sahen die Puppen mich ganz böse an, und mir war, als

wollten sie mich gleich umzingeln. Also blieb ich einfach so stehen, ohne Hemd und Schuhe, und wartete, wie mir schien, eine Ewigkeit, bis Cat endlich zurückkam. Sie trug eine Waschschüssel nebst Handtuch und Waschlappen und stellte alles auf dem Nachttisch ab.

»Du hast ja die Hosen noch an! Hast du etwa Angst, mir dein schlimmes Bein zu zeigen?« Ich hatte nicht mal an das Bein gedacht.

»Nein, das ist es nicht.«

»Na, vor mir brauchst du dich jedenfalls nicht zu genieren.« Sie holte eine Schale mit einem Stückchen Seife aus dem Nachttisch. »Du hast garantiert nichts, was ich nicht schon gesehen hab'.« Ehe ich mich's versah, hatte sie ihr Nachthemd über den Kopf gestreift und saß splitternackt auf dem Bett. Sie streckte die Arme aus, faßte mich um die Hüften und zog mich näher heran. Dann knöpfte sie mir die Hose auf und zog sie samt der Unterhose herunter. Ich hätte mir nicht träumen lassen, daß es so aufregend und qualvoll zugleich sein könnte, meine eigenen Hosen langsam an den eigenen Beinen herabgleiten zu spüren.

»So, und nun mach mal 'n großen Schritt. Ein Mann, dem die Hose um die Knöchel schlackert, sieht lächerlich aus.« Ich gehorchte brav und schleuderte meine Hose durchs Zimmer.

»Na, sieh mal einer guck. Du bist ja schon startbereit, was?« In meiner Verlegenheit traute ich mich nicht, den Blick zu senken, aber ich hatte das Gefühl, als ob alle Atome meines Körpers sich an einer einzigen Stelle versammelt hätten und in geballter Formation kerzengerade zwischen meinen Beinen aufragten.

»So, jetzt wollen wir mal damit anfangen«, sagte sie, tunkte den Waschlappen ins Wasser und rieb die Seife dran, bis es schäumte. Und dann fing sie an, mich zu waschen. Es war wonniglich. Eine nackte Frau streichelte mich mit einem warmen, seifigen Lappen, eine Frau mit einem betörenden Duft und mit Brüsten und einem geheimnisvollen Versprechen zwischen ihren Beinen.

»Ich glaube, du solltest damit lieber aufhören.«
»Tessie verlangt's aber vor jedem Mal.«
»Ja, sicher« – verzweifelt suchte ich ihr Einhalt zu gebieten, bevor es zu spät war –, »aber ich hab' vorhin erst geduscht.«
»Ich spül' bloß noch die Seife ab.« Während sie den Waschlappen ins warme Wasser tauchte, versuchte ich an irgendwas zu denken, nur nicht an das, was gerade mit mir geschah. Ich dachte an Tote und Unfälle und Operationen, bei denen die Patienten der Länge nach aufgeschnitten wurden und das Blut nur so spritzte, aber im hintersten Winkel meines Hirns wußte ich, daß sie mich gleich wieder mit dem warmen Lappen abreiben würde, und ich hatte keine Ahnung, wie lang ich's noch aushalten konnte.
»Kannst du mal eine Minute warten, bitte?«
»Sicher. Du bist schon ganz wepsig, wie?« Sie faßte mich zunächst nicht mehr an, begann aber statt dessen, sich selber zu berühren, und das war fast genauso schlimm. Sie beschrieb große Kreise um ihre Brüste, und ich sah, wie die Brustwarzen sich aufrichteten, und wollte ihr sagen, daß sie damit aufhören solle, weil es war, als berühre sie mich. Ich guckte die Puppen an, in der Hoffnung, ihr Tadel würde helfen, aber ich war so haarscharf auf der Kippe, daß keine Hilfe mehr möglich schien. »Was für einen schönen, glatten Körper du hast, Finn.«
»Vielen Dank.« Ich wollte nicht, daß sie was sagte, denn ihre Stimme war nicht minder erregend als ihre Berührung.
»Genau wie Dwayne. Das war mein Vetter. Er hatte auch so einen glatten Körper. Ein Maultier hat ihn getötet. Hab' ich dir schon mal von Dwayne erzählt?«
»Ja. Das Maultier hat ihm das Herz zerquetscht.«
»Stimmt genau. Ich hab' ihn sehr geliebt.« Sie beugte sich vor, küßte meine rechte Brustwarze und schnellte dann mit der Zunge darüber, immer vor und zurück. Es fühlte sich an, als hätte ich glühende Kohlen auf der Brust, und ich wich zurück. »Entschuldige, aber ich glaub', ich bin kitzlig.«

»Wir müssen dir die Seife abwaschen, bevor sie antrocknet. Das brennt nämlich sonst, weißt du.«

»Ja.« Ich holte tief Luft, biß mich in die Wange und dachte an die armen Seelen, die im Fegefeuer schmoren, aber als sie anfing, mich mit dem nassen Lappen abzureiben, war alles aus. Ich wäre am liebsten im Boden versunken. »Mein Gott, es tut mir so leid«, stammelte ich. »Das ... das hab' ich echt nicht gewollt.«

»Kein Grund zur Panik«, sagte sie und fing ganz ruhig an, mich zu säubern.

»Nein, ehrlich, es tut mir schrecklich leid.«

»Aber das kommt doch alle Tage vor. Denk dir nur, dem Polizeichef passiert es jedesmal, wenn er hierherkommt. Er hat Probleme. Aber du bist bloß zu lange am Start gewesen, das ist alles. Jetzt warten wir einfach ein bißchen, und dann versuchen wir's noch mal.«

»Nein, ich ...ich muß nach Hause.« Ich schämte mich zu sehr, als daß ich auch nur eine Minute länger hätte bleiben mögen. Ich raffte meine Kleider zusammen, und während ich mich anzog, schlüpfte Cat wieder in ihren Morgenrock.

»Du bist im Nu wieder flott, glaub mir, ihr Jungs seid doch dauernd schußbereit. Ich weiß, wovon ich rede. Fünf Minuten, und du stehst wieder in den Startlöchern.«

»Vielleicht ein andermal.« Ich fuhr in die Hose und stopfte mir das Unterzeug in die Tasche. Dann zog ich das Hemd über und tappte, Schuhe und Socken in der Hand, aus ihrem Schlafzimmer.

»Komm bald wieder«, rief sie mir nach. »Jederzeit, hörst du? Jederzeit.«

»Dank dir schön. Mach's gut.« Als ich an der Küche vorbeikam, lehnte Charles in der Tür.

»Na, das ging aber flott.«

»Ja.« Ich war schon auf dem Weg zur Hintertreppe.

»He! Was hast du's denn so eilig? Willst du nicht drüber reden?«

»Über was? Ich hab's nicht geschafft. Es war vorbei, bevor's losging.«

»Na ja, das kommt vor. Du warst halt so scharf drauf, daß du's nicht abwarten konntest. So was passiert jedem Mann früher oder später. Das darfst du dir nicht zu Herzen nehmen, Junge. Ich sag' dir, das passiert allen Männern.« Ich rannte die Treppe hinunter und machte nicht eher halt, als bis ich in der kleinen Seitengasse bei den Mülltonnen war. Mein Herz klopfte zum Zerspringen, und ich setzte mich auf eine Tonne, um Atem zu schöpfen und um mir die Schuhe anzuziehen. Ich fühlte mich zutiefst gedemütigt, und obendrein mußte ich noch dauernd daran denken, wie Elizabeth gesagt hatte, Honey habe sich bei seinem ersten Mal als »Naturtalent« erwiesen. Ich dagegen war ein Versager. Cat hatte ihr Bestes gegeben, aber ich hatte versagt. Nicht einmal das Vorspiel hatte ich durchgestanden. Aber schuld war diese verdammte Wascherei. Charles hatte gesagt, so was passiere jedem Mann, aber ich glaubte ihm nicht. Ich war überzeugt, ich sei der einzige Mensch auf Erden, der jemals eine so bittere Demütigung erlitten hätte.

Auf dem Heimweg überlegte ich, ob ich eigentlich immer noch unberührt sei. Ich war mir nicht sicher, ob Sex mit einer Frau, egal in welcher Form, nun den Verlust der Unschuld bedeutete oder nicht. Als ich zu Hause ankam, war mir immerhin eins klar. Cat wußte tatsächlich, wovon sie sprach. Ich war wieder voll schußbereit.

Charles' Ängste um Tessie waren leider begründet. Sie hatte Tbc, und in weniger als zwei Monaten wurde Tessies Etablissement aufgelöst. Bridie und ich gingen ihr adieu sagen, an dem Tag, als Charles sie ins wartende Auto trug. Mr. Stebbins, der einen Fernsehhandel in Harlem betrieb, kam mit dem Wagen herüber, um seine Schwester zu ihrer Familie nach Georgia zu fahren. Charles, der sie begleitete, wollte Tessie im Anschluß an den Besuch daheim nach Arizona bringen, wo es angeblich ein sehr gutes Lungensanatorium gab. Tessie war aschfahl, genau wie Charles gesagt hatte, und sie versuchte es mit zuviel Make-up zu verdecken, womit sie freilich bloß erreichte, daß sie aussah wie eine von Cats grellbunt bemalten Porzellanpuppen.

»Ich werd' Honey einen Kuß von dir geben«, sagte sie, als sie es sich auf dem Rücksitz bequem gemacht hatte. Ein leichter Hustenanfall überkam sie, und sie drehte sich weg. Bridie kroch zu ihr in den Wagen und umarmte sie. »Nicht so fest, Mädchen«, sagte Tessie gerührt, »du preßt ja noch das bißchen Leben aus mir raus, das ich übrig hab'.«

»Hört ja nicht auf das, was sie sagt«, rief Mr. Stebbins. »So ein Luder wie die denkt gar nicht dran, den Löffel abzugeben.«

»Dazu kann ich nur sagen: Amen«, brummte Charles, der eben die letzten Gepäckstücke im Kofferraum verstaute.

Auf Cat und Elizabeth wartete ein Taxi, das sie zum Bahnhof bringen sollte. Cat wollte erst ihre Eltern in West Virginia besuchen und sich dann mit Iris in Kuba zusammentun. Tessie hatte ihr die Fahrkarte spendiert. Elizabeth zog zu einer verheirateten Schwester nach Philadelphia und hatte vor, mit ihren Ersparnissen ein Strickgeschäft zu eröffnen. Während Bridie sich von Elizabeth verabschiedete, nahm Cat mich beiseite.

»Kannst du dir mich in einem Land vorstellen, wo sie 'ne fremde Sprache sprechen?«

»Na und ob!« sagte ich. »Das ist doch toll: Du wirst Spanisch lernen.«

»Aber ich kann ja kaum richtig Englisch. Doch das ist einer der Vorteile in unserem Gewerbe: Auf die Sprache kommt's nun wirklich nicht an.« Sie lachte.

»Grüß Iris schön von uns.«

»Mach' ich. Und ich schick' euch auch 'ne Postkarte.«

»Ja, das würde mich freuen.«

»Ach, und nun sind wir nicht mal mehr dazu gekommen, Hasenmama und Häschenkind zu spielen.« Sie strich mir mit dem Finger über die Lippen, und ich spürte, wie ich rot anlief.

»Du bist so ein lieber Mann.« Sie hatte nicht mal »junger Mann« gesagt.
»Danke«, murmelte ich. »Ich wünschte, es wär' anders ausgegangen.«
»Na, vielleicht klappt's mit dir und Bridie, hm? Wenn du jemand liebhast, ist's nämlich erst richtig schön. Alles Gute, und ich werd'oft an dich denken.« Sie küßte mich auf die Wange. Sogar Elizabeth, die doch sonst so kühl war, küßte uns zum Abschied. Als ich an den Wagen trat, winkte Tessie mich zurück.
»Scher dich weg, Junge, ich bin die Verabschiederei langsam leid.« Aber dann streckte sie mir doch die Hand hin, und als ich sie ergriff, da war sie so kalt und zerbrechlich wie ein totes Vögelchen. »Außerdem bringst du mich bloß zum Heulen, und dann verläuft mir die Wimperntusche, und es gibt nichts Schlimmeres als 'ne alte Hure mit verschmierter Wimperntusche. Und bleib mir ja anständig, hörst du?« Sie wandte sich an Mr. Stebbins. »Los, fahren wir endlich. Sonst kommen wir ja im Leben nicht bis Georgia.«
»Bestellen Sie Honey, er soll uns mal besuchen kommen«, rief Bridie, als der Wagen aus der Parkbucht rollte.
Als alle fort waren und Bridie und ich, vorbei am Verkaufsschild des Maklerbüros, ums Haus herumgingen und in die Allen Street einbogen, sahen wir dort ein paar von Tessies Stammkunden. Die einen saßen im Auto, andere lehnten an einem Chausseebaum, und wieder andere drückten sich in den Schatten eines Hauses. Zu einem offenen Abschied fehlte ihnen der Mut, aber sie waren doch gekommen, um wenigstens im stillen adieu zu sagen.

Pop besuchte Mom weiter jedes Wochenende, aber er hatte recht gehabt, als er sagte, sie werde nie wieder heimkommen. Sie kapselte sich zwar nicht mehr so radikal ab wie in der ersten Zeit im Village, aber ihre Wirklichkeit waren nun einmal die

Anstalt und die Wesen in ihrem Kopf, während wir zu einem früheren Leben gehörten, an das sie sich mit der Zeit immer weniger erinnerte. In den nächsten paar Jahren versuchten die Ärzte es noch etliche Male mit Elektroschocks, und obwohl ihr Zustand sich jedesmal für eine Weile besserte, zog sie sich am Ende doch immer wieder in den sicheren Hafen ihrer Geisterwelt zurück. Man riet uns nie, die Hoffnung lieber aufzugeben, aber wir wußten auch so, daß Mom – wie Mildred und Hunderte von Patienten in Franklin Village – für immer in der Anstalt bleiben würde. Mit der Zeit hörte sie auf, von Fritz oder Simon oder sonstwem aus ihrer Vergangenheit zu reden. Menschen, die sie nicht halbwegs regelmäßig sah, hörten für sie einfach auf zu existieren. Wenn wir sie besuchten, begegnete sie uns mit konventioneller Höflichkeit, genau wie den Ärzten und Schwestern und allen anderen, die sie einigermaßen regelmäßig traf. Und es dauerte nicht lange, bis wir uns in der Hauptsache darauf konzentrierten, ihr alles und jedes, wonach sie verlangte, zu beschaffen. Meistens fragte sie uns nämlich schon, was wir ihr denn mitgebracht hätten, bevor sie auch nur guten Tag sagte. Trotzdem sprachen wir drei nie offen darüber, daß sie die Anstalt vielleicht nie mehr verlassen würde. Jener Weihnachtsabend, als Pop mir betrunken in der Küche gegenübergesessen hatte, war und blieb das einzige Mal, daß er es aussprach: Sie würde nicht mehr nach Hause kommen. Und Bridie hatte schon so viele Menschen verloren, daß sie sich nur zu gern an die Illusion klammerte, irgendwie würde für uns schon alles so enden wie im Märchen: Und wenn sie nicht gestorben sind …

Die Arbeit im Reitstall und der Haushalt daheim hielten uns so in Trab, daß Bridie und ich nie irgendeinem Club beitraten oder Wahlfächer außerhalb des Lehrplans belegten. Die Schule war für uns reine Pflichtübung, nicht mehr und nicht weniger. An Hausaufgaben machten wir nur so viel, daß es für einigermaßen gute Noten reichte, das heißt, wir lernten normalerweise bloß auf der Hin- und Rückfahrt im Bus. Ich zeichnete nebenher ein bißchen für *Campanile*, unsere Schülerzeitung, aber nur, weil Pater Blaise sie betreute und mich bei manchen Projekten um Mithilfe bat. Doch auch diese Arbeiten erledigte ich immer in den Freistunden oder während der Mittagspause. Und so kam es, daß Bridie und ich keine Freunde hatten, außer Alex Potts. Seltsamerweise kam ich, trotz Bridies Schwärmerei für ihn, weiter gut mit Alex aus. Vermutlich waren umgekehrt auch wir seine einzigen Freunde. Er war ein Jahr älter als ich, und in den Sommerferien vor unserem dritten High-School-Jahr machte er den Führerschein und kam von da an, wann immer sein Vater ihm den Wagen lieh, zu uns in die Livery Street. Die meiste Zeit hockte er im Reitstall herum und wartete darauf, daß wir mit der Arbeit fertig würden, aber die wenigen Male, die wir frei hatten, gondelten wir in seinem Wagen durch die Gegend. Das Auto schenkte uns die Freiheit, von der wir bisher nur geträumt hatten, und wenn die Zeit reichte, fuhren wir an den Strand oder in die Poconos, ein Vorgebirge der Appalachen, oder wir besuchten Mom. Ja, sogar bis nach New York wagten wir uns. Und Alex und sein Wagen waren es auch, durch die Bridie ihre Mutter schließlich doch noch fand.

Eigentlich suchten wir bloß ein Geschenk für Minas und Simons Sohn. Der Kleine war Ende September geboren, und sie tauften ihn Thomas, nach Pop und Fritz. Simon hatte uns ganz aufgeregt angerufen und mitgeteilt, daß Mutter und Kind wohlauf seien. Pop war gerade nicht zu Hause. Simon und ich hatten kaum ein paar Worte gewechselt, als Bridie mir den Hörer aus der Hand nahm und unter Lachen und Weinen tausend Fragen stellte, über Gewicht und Haarfarbe und genauen Zeitpunkt der Geburt. Als Pop heimkam und wir es ihm erzählten, ging er, ohne ein Wort zu sagen, nach oben und schloß sich über eine Stunde im Bad ein. Bridie und ich klopften Schweinekoteletts fürs Abendessen, als er in die Küche kam. Er hatte geduscht und sich umgezogen.

»Ich geh' aus. Ich will nichts essen.«
»Aber Big Finn, wir sind gleich soweit. Es gibt Schweinekoteletts. Die magst du doch so gern.«
»Heute nicht.« Er zögerte einen Augenblick und sagte dann: »Schickt ihnen ein Geschenk. Von euch beiden. Was Hübsches.« Bridie lief zu ihm und umarmte ihn, bevor er ging.
»Was glaubst du, wo er hinwill?«
»Weiß nicht«, sagte ich. »Vielleicht ins Alley.«
»Er wird sich betrinken.«
»Mein Gott, bloß nicht. Dann will er nachher wieder so ein Vater-Sohn-Gespräch führen, und das steh' ich nicht noch mal durch.«
»Er hat gesagt, wir sollen dem Kleinen ein Geschenk kaufen.«
»Ja, ich hab's gehört.«
»Ihm liegt also doch noch was an Simon und Mina. Ich hab's ja gewußt.«
»Mag sein.«
»Menschenskind, ich muß es einfach wem erzählen, das mit dem Baby, mein' ich. Weißt du was, ich ruf' die Ganis an.«
»Und was wird aus den Koteletts?«
»Ach, pfeif doch auf die Koteletts!« Sie rief also an, kreischte und quietschte am Telefon vor Begeisterung, und als sie auflegte, hatte ihr Überschwang mich so mitgerissen, daß ich spontan Honey in Valdosta anrief.
»Jaaa?« Eine Frauenstimme, sanft und triefend wie Sirup.
»Spreche ich mit Tante Mussie?«
»Ja. Wer ist denn da?« fragte sie argwöhnisch.
»Ich bin Honeys Freund aus New Jersey.«
»Was denn, Finn? Und du rufst aus New Jersey an? Is' ja nich' möglich!« Ihre Stimme entfernte sich vom Hörer, aber ich konnte sie immer noch verstehen. »Moon, hol Honey her. Ein Ferngespräch für ihn von Finn aus New Jersey. Und beeil dich. Das kostet doch 'n Haufen Geld.« Jetzt sprach sie wieder in den Hörer. »Es ist doch hoffentlich nichts Schlimmes passiert, oder?«

»Nein, eine gute Nachricht. Freunde von uns haben ein Baby gekriegt.«
»Ach … Gottes Segen für das süße kleine Ding.« Sie hielt kurz inne. »Ja, Finn, du klingst schon wie 'n richtiger Mann. Dabei stell' ich mir dich immer noch wie 'n kleinen Jungen vor, wahrscheinlich wegen dem Bild bei Honey im Zimmer, auf dem ihr noch Kinder seid. Aber du solltest mal sehen, was für 'n Kerl Honey inzwischen ist. Auch schon fast 'n ausgewachsener Mann.« Sie lachte. »Na, jetzt, wo ich mit dir gesprochen hab', hat das Gesicht auf dem Foto auch 'ne Stimme, das ist schön.« Ich hörte Gemurmel im Hintergrund. »Ah, hier kommt er. Hat mich sehr gefreut, Finn. Ach, und besuch uns doch mal, ja?«
»Hallo?« Die Stimme war ganz außer Atem. Und es war eine Stimme, die mir fremd war. Eine Männerstimme. »Finn?«
»Honey, wie geht's dir?«
»O Mann, ich kann's kaum glauben, daß du nach so langer Zeit tatsächlich anrufst.«
»Junge, deine Stimme hat sich vielleicht verändert.«
»Na, deine aber auch.«
»Stell dir vor: Simon und Mina haben einen Sohn.«
»Na, das ist aber schön. Freut mich, Mann, ehrlich. Sind wohl immer noch drüben in Kalifornien, die zwei, wie? Was sagt denn dein Daddy dazu?«
»Bloß, daß wir dem Baby was Nettes schenken sollen.«
»Und wo ist Bridie?«
»Die steht gleich neben mir und versucht mir den Hörer aus der Hand zu reißen. Wie geht's Tessie?«
»Sie ist in 'nem Sanatorium in Arizona. Charles ruft uns jede Woche an. Er sagt, sie erholt sich ganz gut.« Er stockte, und mir ging auf, daß wir Mühe hatten, das Gespräch in Gang zu halten. Einen Augenblick dachte ich daran, Bridie rauszuschicken, damit ich ihm erzählen konnte, was mir mit Cat passiert war, aber irgend etwas hielt mich zurück. Ich hatte das schrecklich desolate Gefühl, ihn dazu nicht gut genug zu kennen. Honey war es,

der das Schweigen brach: »Ja, Tessie berappelt sich wieder«, sagte er. »Die trockene Luft da oben ist gut für Leute mit Tb.«
»Das freut mich aber. Wirst schon sehen, bald ist sie wieder ganz gesund.«
»Hoffen wir auch, ja.«
»Tja, ich geb' dir jetzt mal Bridie. Die rastet mir sonst noch aus. Und du halt die Ohren steif, klar?«
»Schreib mir mal wieder. Ich krieg' so gern Post.«
»Mach' ich. Aber du mußt auch zurückschreiben. Bis dann.«
»Okay, und daß mir keine Klagen kommen!« Er lachte. Ich gab Bridie den Hörer, und sie redete und redete, als hätte sie ihn gestern das letztemal gesehen; locker, unbefangen und natürlich, wie man es von guten Freunden erwartet. Mir dagegen war nichts eingefallen, was ich dem Fremden am anderen Ende der Leitung hätte erzählen können, nicht zuletzt, weil ich spürte, daß er genauso verlegen war wie ich. Es war leicht, dem Jungen, den ich gekannt hatte, Briefe zu schreiben, aber ich hatte keine Ahnung, wie ich mit diesem Fremden reden sollte. Wir waren einfach schon zu lange getrennt. Da wurde man unwillkürlich vorsichtig im Umgang miteinander, und das wiederum sorgte für Hemmungen und Verkrampfung. Wenn wir wieder ein Weilchen zusammen wären und die Chance hätten, uns so, wie wir heute waren, kennenzulernen, dann könnten wir vielleicht wieder ein entspanntes Verhältnis zueinander finden. In der Zwischenzeit aber würde ich es bestimmt nicht über mich bringen, ihm das mit Cat zu erzählen.

Bridie konnte sich einfach nicht entscheiden, was wir dem Baby schenken wollten. Es sollte ganz was Besonderes sein, ein Geschenk, auf das kein anderer je kommen und das dem Kleinen bis ins hohe Alter lieb und teuer sein würde. Sie war überzeugt, daß sie das Gesuchte auf Anhieb erkennen würde, sowie es ihr vor Augen käme, und tatsächlich entdeckte sie es eines Tages im Schaufenster eines Antiquitätenladens in New Hope, Pennsylvania. Alex hatte uns an diesem Sonntagmorgen Mitte Oktober ganz früh abgeholt, und wir fuhren nach Washington's Crossing und von da den Delaware entlang bis Lambertville. Als wir neben dem Kanal hergondelten, verleitete das flammendbunte Herbstlaub uns dazu, einen kleinen Zwischenstopp einzulegen. Wir setzten uns auf die Uferböschung und beobachteten zwei Zierschildkröten, die auf einem Baumstamm ein Sonnenbad nahmen, um vor dem langen Winterschlaf noch soviel Wärme wie möglich zu speichern. Eine Wasserschlange, die offenbar ohne Ziel unterwegs war, glitt träge durchs seichte Gewässer, und eine vorbeisurrende Libelle beeindruckte uns mit ihren Navigationskünsten. Die Sonnenstrahlen flimmerten auf dem Wasser, die Luft war warm und mit herbstlichen Düften geschwängert, und ich fühlte mich so wohl, daß Alex' übliche Tirade gegen das Menschengeschlecht wirkungslos an mir abprallte.

»Wenn alles so hoffnungslos mies und verfahren ist, warum machst du dann nicht Schluß und jagst dir eine Kugel in den Kopf?« fragte Bridie. Sie hatte die Augen geschlossen und hielt ihr Gesicht in die Sonne.

»Weil ich dabeisein möchte, wenn meine Prophezeiungen in Erfüllung gehn.«

»Das ist doch alles gequirlte Scheiße, was du da erzählst.«

»Wie wortgewandt du sein kannst, Finn, wirklich bewundernswert.«

»Jetzt fangt nicht an zu streiten«, sagte Bridie. »Laßt uns lieber was essen gehn. Ich bin schon halb verhungert.« Also fuhren wir nach Lambertville, aßen in einem kleinen Restaurant am Fluß zu Mittag und überquerten anschließend die schmale Brücke nach New Hope, wo wir den Wagen abstellten und einen Bummel durch die Galerien und Boutiquen machten.

»Guckt doch mal!« Bridie war vor dem Schaufenster eines Antiquitätenladens stehengeblieben. »Das ist genau das Richtige fürs Baby.« Sie zeigte auf einen Satz alter, handgeschnitzter

Blocklettern. Die eigentlichen Buchstaben wirkten eher plump, aber die Blumen- und Vogelornamente, die einen jeden umrahmten, zeugten von feinstem Kunsthandwerk, und das nachgedunkelte Holz hatte einen satten, warmen Schimmer. »Sind die nicht wunderhübsch?«

»Schon, aber wahrscheinlich kosten sie auch ein Vermögen«, mutmaßte ich.

»Wer weiß. Kommt, wir fragen einfach mal.« Wir betraten den vollgestopften Laden, in dem sich der staubig-muffige Geruch alten Plunders so durchdringend mit dem süßlichen Duft von Potpourrikräutern mischte, daß mir ganz flau davon wurde. Eine mollige, dunkelhaarige Frau trat aus dem Hinterzimmer, und als sie näher kam, erkannte ich in ihr auf Anhieb Bridies Mutter wieder. Bridie stand mit dem Rücken zu ihr, und bevor ich noch etwas sagen konnte, erkundigte sich ihre Mutter, ob sie uns behilflich sein könne.

»Was kosten die …« Bridie blieb das Wort im Hals stecken, als sie sich umdrehte und sah, mit wem sie sprach. »Allmächtiger!« Sie stand da wie vom Donner gerührt.

»Bridie?« Ihre Mutter wich einen Schritt zurück. »Mein Gott!« Sie sah aus, als würde sie gleich umkippen. »Ich wußte, daß du eines Tages durch diese Tür kommen würdest. Hundertmal hab' ich's gesagt: Eines Tages wird Bridie durch die Tür da kommen. Ach Gott, und wie schön du geworden bist.« Die Frau, die Kathleen schon auf Lauries Beerdigung begleitet hatte, kam jetzt aus dem Hinterzimmer.

»Ist was passiert?« fragte sie.

»Bridie ist da. Kaum zu glauben, was? Aber ich hab's dir ja gesagt. Nicht, Leah? Hab' ich dir nicht gesagt, daß sie eines Tages herkommen wird?«

»Ich bin Leah Harris«, sagte die Frau und streckte Bridie die Hand hin.

»Oh … ja, und das sind Finn und Alex. Menschenskind, ich kann's immer noch nicht glauben.«

»Wir haben uns ja schon auf dem Friedhof gesehen.« Leah gab nun auch mir die Hand. »Aber wir brauchen uns doch hier nicht die Beine in den Bauch zu stehen.« Sie war völlig Herr der Lage. »Bitte, kommt doch mit nach hinten, ich koche uns einen Kaffee.«

»Ich heiße Kathleen.« Sie reichte Alex die Hand. »Ich bin Bridies Mutter.«

»Deine Mutter!« Er sah Bridie entgeistert an. »Ich wußte ja gar nicht, daß du eine Mutter hast.«

»Möchtest du denn überhaupt bleiben?« Ich hatte Angst, das sei alles zuviel auf einmal für Bridie.

»Ich denke schon.« Sie wandte sich an Kathleen. »Ich hab' in ganz New Jersey rumtelefoniert, um dich zu finden. Warum hast du mir nicht geschrieben, daß du hier wohnst?«

»Ja, weißt du ...« Ihre Mutter sah Leah an. »... wir dachten, es sei so das beste.«

»Warum? Ich wußte doch inzwischen, daß du noch lebst. Warum durfte ich dann nicht auch wissen, wo du wohnst? Ach, ich hab' so viele Fragen an dich, so vieles, was ich wissen möchte, über dich und Laurie.«

»Kommt erst mal mit nach hinten«, sagte Leah. »Da redet sich's besser.«

»Geh nur«, sagte ich zu Bridie. »Alex und ich drehen noch 'ne Runde durch die Stadt und holen dich dann so in einer Stunde wieder ab. Ist gar kein Problem.« Ich zupfte Alex am Ärmel und schob ihn in Richtung Tür.

»Wieso das?« fragte Alex.

»Weil's dich verdammt noch mal nichts angeht.«

»Aber daß ihr mir nicht abhaut. In einer Stunde, okay?« sagte Bridie.

Alex und ich bummelten durch die schmalen Sträßchen der Stadt und landeten schließlich wieder am Fluß, wo wir den Leuten zusahen, die einen Flug Enten und zwei versprengte Kanadagänse fütterten. Er versuchte mich nach Bridie und ihrer

Mutter auszufragen, aber ich sagte nur, daß ich so gut wie nichts über sie wisse, was ja auch der Wahrheit entsprach. Ich erzählte ihm zwar von der überraschenden Begegnung mit Kathleen damals, bei Lauries Beerdigung, aber meine Versicherung, das sei auch alles, was ich wisse, hielt er für eine glatte Lüge. Als die Stunde um war und wir zu dem Geschäft zurückkehrten, standen Bridie und Kathleen schon vor der Tür, und Bridie hielt ein hübsch verpacktes Päckchen in Händen. Als sie uns kommen sahen, winkte Kathleen und verschwand im Laden. Bridie kam uns entgegen.

»Ich möchte nach Hause«, sagte sie bloß und schwenkte Richtung Auto ab. Sie wirkte angespannt, und ich sah ihr an, daß jetzt nicht der Zeitpunkt war, sie nach dem Gespräch mit ihrer Mutter zu fragen.

»Was hat denn der Abc-Satz gekostet?« fragte ich.

»Den haben sie mir geschenkt. Die Buchstaben sind schon über hundert Jahre alt. Das Q fehlt allerdings. Ich hab' auch eine Expertise mit dem Namen des Künstlers. Er hat irgendwo auf einem Fährboot gearbeitet und das Alphabet für seine Kinder geschnitzt.« Dann legte sie einen Schritt zu, und ich wußte, daß das Gespräch beendet war. Alex wollte noch etwas sagen, aber ich packte ihn am Arm, und da war er still. Als wir zum Wagen kamen, setzte sie sich allein auf die Rückbank, wie immer, wenn sie nicht reden mochte. Die Nachmittagssonne warf schon lange Schatten, und das bunte Herbstlaub glühte in noch prächtigeren Farben als auf der Hinfahrt. Erst als wir den Fluß hinter uns hatten und nicht mehr weit von zu Hause waren, brach sie das Schweigen.

»Sie hat mich nicht im Stich gelassen«, sagte Bridie. »Nein, sie hat mich sogar mitgenommen, aber Laurie ist ihr nachgereist und hat mich zurückgeholt nach Boston. Er hatte eine Stellung und sie nicht, und er drohte ihr, vor Gericht zu gehen.« Als ich mich umsah und merkte, daß sie weinte, streckte ich den Arm aus, und sie hielt meine Hand. »Aber sie hat mich nicht im Stich

gelassen. Tante Theresa ist eine elende Lügnerin. Kathleen sagt, sie hätte mich immer bei sich haben wollen.«
»Aber warum hat sie Laurie verlassen?«
»Das weiß ich nicht. Sie hat bloß gesagt, es mußte sein. Sie sei nicht bestimmt gewesen für die Ehe. Ich versteh's nicht. Dabei war er nie schlecht zu ihr, ich hab' sie extra gefragt. Und sie sagt, er war ein von Grund auf lieber und guter Mensch. Und sie habe ihn immer geliebt.«
»Sie war eben ihrer Zeit voraus«, warf Alex ein. »Die Ehe ist doch veraltet. Ein Trauschein ist im Grunde nichts weiter als ein Wisch, der zur Fortpflanzung berechtigt.«
»Tu mir einen Gefallen und halt endlich die Klappe, Alex«, sagte ich.
»Da haben wir sie nun in ganz New Jersey gesucht, und sie war von Anfang an drüben auf der andern Seite vom Fluß, in Pennsylvania. Warum sind wir da bloß nie drauf gekommen?«
»Vermutlich, weil's zu leicht war.«
»Ach, ich kann's immer noch nicht glauben.« Sie bat mich um ein Taschentuch, und die restliche Fahrt verging mit Alex' unermüdlichen Fragen, auf die freilich weder Bridie noch ich antworteten.
»Ich finde, Alex ist ein Dämlack«, sagte sie, als er uns zu Hause abgesetzt hatte.
»Wirklich?« Ich war ungeheuer erleichtert. Ich war über die einzig noch bestehende Konkurrenz hinausgewachsen.
»Doch, ganz ehrlich. Ein Riesendämlack.«
»Ich find' ihn eigentlich ganz nett.«

Die nächsten paar Wochen blieb Bridie die meiste Zeit in ihrem Zimmer. Ich erzählte Pop, daß wir Kathleen getroffen hätten, und er versuchte mit Bridie darüber zu reden, aber sie wollte nur in Ruhe gelassen werden. Und dann, eines Abends, räumte sie den Altar ab, den sie Laurie errichtet hatte. Sie nahm die Fotos von der Wand und stopfte sie zusammen mit den anderen

Reliquien achtlos in Pappkartons, die sie unter ihrem Bett versteckte. Ein Bild von ihm allerdings behielt sie. Das stand auch jetzt noch neben der Marienfigur mit der abgesplitterten Nase auf ihrer Kommode. Über das Gespräch mit ihrer Mutter erzählte sie mir nichts weiter, und ich fragte auch nicht. Aber sie schien zufrieden mit dem, was sie erfahren hatte, und obwohl sie und Kathleen in Verbindung blieben und sich hin und wieder trafen, war es für mehr als eine zwanglose Freundschaft zu spät. Kathleen wollte anfangs schon mehr, aber Freundschaft war alles, was Bridie ihr bieten konnte. Seit sie wußte, wo ihre Mutter lebte, konnte sie die Dinge offenbar viel sachlicher sehen als zuvor. Laurie stürzte darüber zwar von seinem Götterthron, aber sie hielt das Andenken des Sterblichen nicht minder in Ehren.

»Wie wär's«, sagte Pop auf der Heimfahrt von einem Besuch bei Mom, als wir wegen des leichten Schneefalls, mit dem sich der Winter noch einmal zurückmeldete, besonders langsam fahren mußten, »wie wär's, wenn wir das Haus verkaufen würden?«

»Verkaufen! Unser Haus?« Ich beugte mich vor, damit ich sein Gesicht sehen und feststellen konnte, ob er im Ernst sprach.

»Warum sollten wir das Haus verkaufen?« fragte Bridie. »Sind wir etwa pleite?«

»Aber nein. Kein Gedanke. Jetzt hört mir erst mal zu. Also, die Stadt hat sich seit dem Krieg mächtig vergrößert, und all das neu zugezogene Akademikervolk, Ärzte, Juristen und so weiter, die kaufen lauter Wohnhäuser auf, um sie in Praxen und Bürogebäude umzuwandeln. Na, und wir sind doch bloß 'nen halben Block von der Hauptstraße entfernt. Wahrscheinlich könnten wir 'n Vermögen kriegen für unser Haus. Ich denk' schon lange drüber nach.«

»Aber wo wollen wir hin?« Ich hatte nie woanders gelebt als in dem Haus in der Livery Street.

»Oh, auch darüber hab' ich mir Gedanken gemacht. Mal ange-

nommen, wir kriegen einen anständigen Preis für den alten Kasten, okay? Dann würde ich Bridie ihr Grundstück abkaufen, und wir bauen uns ein Haus auf dem Land.« Er hat seinen alten Traum also doch noch nicht begraben, dachte ich.
»Ich hab' dir doch schon gesagt, daß du das Grundstück auch so haben kannst. Ich will's ja gar nicht.«
»Nein, das kommt überhaupt nicht in Frage. Ich würde dir den gängigen Preis pro Morgen zahlen. Und dann könnten wir uns da draußen ein hübsches kleines Häuschen hinstellen. Na, was meint ihr?«
»Aber wir haben doch immer in unserem Haus gelebt ...«
»Dann wird's höchste Zeit für einen Tapetenwechsel. Wir könnten einen größeren Garten anlegen, hätten mehr Auslauf für die Hühner und würden vielleicht sogar Ziegen halten. Für Ziegen hab' ich immer schon was übrig gehabt. Und ein oder zwei Hunde. Na, was sagt ihr?« Er war so begeistert von seiner Idee, daß ich nicht wußte, wie ich darauf reagieren sollte. Er hörte sich an wie ein Kind oder vielmehr so wie damals, als er und Mom bis tief in die Nacht geplaudert und sich die Zukunft ausgemalt hatten, während Fritz und ich im Dunkeln wach lagen und ihnen zuhörten. »Na los, ihr zwei. Ihr müßt doch irgend'ne Meinung haben, Herrgott noch mal!«
»Tja, ich weiß nicht«, sagte Bridie. »Aber wahrscheinlich ist es 'ne gute Idee. Ich hab' nur nie auf dem Land gelebt. Und in einem neuen Haus auch noch nicht.«
»Es ist schließlich dein Haus«, sagte ich, und es klang streitsüchtig, ohne daß ich es beabsichtigt hatte.
»Es ist genausogut dein Haus. Also sag ruhig, was du denkst.«
»Was ist mit ... wie soll ich sagen ... na, Mom und Fritz und Simon und Duke ... ich meine: all unsere Erinnerungen, was wird damit?«
»Zum Teufel mit den Erinnerungen. Davon hab' ich endgültig die Nase voll. Aber wenn du auf Erinnerungen Wert legst, dann nimm sie halt mit. Schließlich muß man nicht in einem alten

Haus hockenbleiben, bloß um sich an bestimmte Menschen zu erinnern. Ich erinnere mich auch noch an meine Eltern, und ich wohne schon längst nicht mehr in dem Haus, in dem ich aufgewachsen bin. Das ist doch alles Quatsch.«

»Gut, aber du hast mich gefragt.«

»Ist das dein einziger Einwand?«

»Was soll's? Verkauf das blöde Haus, wenn du unbedingt willst. Mir ist das völlig wurscht.«

»Na, na, nun fangt nicht an zu streiten«, mahnte Bridie.

»Wer streitet hier? Er wollte meine Meinung hören, und die hab' ich ihm gesagt. Aber von mir aus soll er das Haus ruhig verkaufen und sich ein neues bauen. Er muß ja schließlich drin wohnen.«

»Aha?« Er sah kurz über die Schulter. »Und wo zum Teufel wirst du leben?«

»In New York.«

»Ach, wie konnte ich das vergessen! Du gehst ja nächstes Jahr nach New York, richtig?«

»Das hab' ich vor, ja.«

»Um Kunst zu studieren, war's nicht so?« fragte er spöttisch.

»Genau. Und da ich schon mein halbes Leben davon rede, daß ich nach New York will, dürfte es dich kaum überraschen.«

»Und wo wird der Herr studieren, wenn man fragen darf?«

»An der Cooper Union, falls sie mich dort nehmen.«

»Und das Geld für diese kostspielige Ausbildung hast du auch schon beisammen?«

»Ich werde mir eine Arbeit suchen und Abendvorlesungen belegen.«

»Aha, das hast du dir also alles schon zurechtgelegt. Und wo wirst du wohnen? In Greenwich Village, bei den Hippies und den Kommunisten?«

»Vielleicht.«

»Bild dir bloß keine Schwachheiten ein«, stichelte er. »Was glaubst du wohl, wer für deine sogenannte *Kunst* gutes Geld rauswerfen wird? Herrgott, Jahr für Jahr gibt's Tausende, die sich einbilden, sie brauchten bloß nach New York zu gehen, und schon würden sie reich und berühmt. Aber weißt du, wo die meisten von denen landen? In der Gosse, jawohl! Wer hat dir nur den Floh ins Ohr gesetzt, daß ausgerechnet du eine Ausnahme wärst?«

»Du jedenfalls nicht, das ist mal sicher.«

»Werd mir ja nicht frech. Ich will doch bloß, daß du mit beiden Beinen auf dem Boden bleibst, damit du nachher keinen Reinfall erlebst.«

»Finn hat Talent. Wirklich.« Bridie mischte sich nur zögernd ein, weil sie jeden Streit vermeiden wollte.

»Na und? Talent haben viele. Das heißt noch gar nichts. Ich rate dir nur zu deinem Besten, Junge. Du wirst schon noch lernen, wie hart es zugeht, draußen in der Welt. Wart's nur ab!«

»Das brauch' ich gar nicht – du hast's mir ja oft genug gepredigt.«

»Und das werd' ich auch weiter tun, wenn ich's für richtig halte. Du riskierst 'ne ganz schöne Lippe, mein Lieber. Mußt immer alles besser wissen als andere Leute, wie? Aber in Wirklichkeit weißt du nicht soviel, Mister, laß dir das von mir gesagt sein. Bin mal gespannt, wie forsch du noch daherreden wirst, wenn das Leben dich erst ein bißchen in die Mangel genommen hat.«

»Klar, bis jetzt war's ja auch das reinste Honiglecken!«

Er trat so heftig auf die Bremse, daß der Wagen ins Schlittern geriet, bevor wir am Straßenrand hielten.

»Ach, bitte«, flehte Bridie, »nun zankt euch doch nicht.«

»Ich hab' nicht angefangen«, sagte Pop wütend. Und an mich gewandt: »Vielleicht solltest du den Rest des Wegs zu Fuß gehen, damit du dich ein bißchen abkühlen kannst.«

»Vielleicht keine schlechte Idee.«

»Aber Big Finn, es ist doch noch so weit bis nach Hause. Und bei dem Schnee! Beruhigt euch lieber erst mal, ihr zwei.«

»Komm, Bridie, du gehst doch gern im Schnee spazieren.« Ich stieß die Wagentür auf.

»Bridie bleibt, wo sie ist.« Sie rührte sich nicht.
»Du brauchst nicht drin zu bleiben, wenn du nicht willst.«
»Ich weiß«, sagte sie kaum hörbar. Und sie sah mich nicht an dabei. Pop hatte gewonnen. Ich stieg aus, und er fuhr los, bevor ich noch Zeit hatte, die Tür zu schließen.
Es schneite in großen, dicken Flocken, als ich die drei Meilen zur Stadt stiefelte, und der Schneematsch auf dem Bankett lag bereits so hoch, daß ich mir patschnasse Füße holte. Aber das merkte ich nicht einmal. Ich konnte mir nicht vorstellen, daß ich einmal nicht mehr in der Livery Street zu Hause sein würde. Schließlich kannte ich dort jeden Fußbreit Boden so genau wie mein eigenes Gesicht, und der Gedanke, daß eines Tages fremde Leute bei uns ein und aus gehen würden, war mir nie gekommen. Auch wenn ich an die Zukunft dachte und an mein Leben in New York, gehörte die Livery Street trotzdem immer dazu. An den Wochenenden und in den Ferien würde ich heimkommen, und dort würde sich nichts verändern. Unser Haus war der einzige Fixpunkt in meinem Traum, der einzig feste Anker. Aber Pop, der von einem Leben auf dem Land träumte, kümmerte sich weder um meinen Traum, noch glaubte er an ihn. Während ich so durch den Schnee stapfte, kam mir mit einemmal der Gedanke, daß er womöglich allen Grund hätte, vor den Erinnerungen davonzulaufen. Vielleicht wollte er ihnen genauso verbissen entfliehen, wie ich sie festzuhalten suchte, und ein bißchen wünschte ich mir, ich könnte Verständnis aufbringen für ihn. Allein, das setzte Sympathie voraus, und so vielschichtig die Gefühle, die ich meinem Vater entgegenbrachte, auch waren – Sympathie zählte nicht dazu.
Er glaubte wie gewöhnlich, daß er mich bestrafen könnte, indem er nicht mehr mit mir sprach. Dabei freute ich mich beinahe schon auf diese Schweigephasen. Je älter ich wurde, desto länger dauerten sie, und mit der Zeit wurden aus bloßen Sendepausen Sackgassen. Für mich aber war es jedesmal eine willkommene, erholsame Frist, in der ich von seinen Sarkasmen und seiner

Miesmacherei verschont blieb. Bridie versuchte ihn in Schutz zu nehmen, indem sie einen Teil der Schuld an unseren Krächen mir zuschob.

»Du weißt doch, wie er ist. Also warum provozierst du ihn?«

»Tu' ich ja gar nicht. Ich verteidige mich bloß. Begreifst du denn den Unterschied nicht?«

»Er meint doch nicht mal die Hälfte von dem, was er sagt, ernst.«

»Dann sollte er lieber den Mund halten. Wieso hältst du eigentlich immer zu ihm?«

»Tu' ich ja gar nicht.«

»O doch. Andauernd. Er schmeißt mich aus seinem blöden Auto raus, und du fährst seelenruhig mit ihm nach Hause.«

»Er hat dich nicht rausgeworfen. Wenn du nicht deinen Dickkopf aufgesetzt hättest, dann hättest du nicht auszusteigen brauchen. Außerdem hatte ich keine Stiefel an.«

»Das ist doch eine saublöde Ausrede.«

»Warum hackst du plötzlich auf mir rum?« Sie versuchte die Diskussion in eine andere Richtung zu lenken. »Schließlich hast *du* doch mit ihm Streit gehabt.«

»Und du trittst für ihn ein.«

»Ja, allerdings. Menschenskind, Finn, du weißt doch, wie sehr er sich immer ein Haus auf dem Land gewünscht hat. Warum mußtest du ihn denn gleich so niederbügeln?«

»Und was hat er mit mir gemacht? Mein Gott, ich brauch' doch bloß mal eine Sekunde nicht aufzupassen, schon walzt er mich platt. Sag nur, du kriegst das nicht mit? Was ist los mit dir, bist du etwa taub?«

»Nein, bin ich nicht. Aber ich hab' dir doch gesagt, er meint's nicht so, und das weißt du auch.«

»Nein, weiß ich eben nicht. Ich weiß bloß, daß er 'n verdammter Scheißkerl ist.«

»Gott wird dich erschlagen, wenn du so über deinen eigenen Vater sprichst.«

»Komm mir ja nicht mit dem Scheiß.«

»Wenn er erst mal tot ist, wird's dir leid tun, daß du so gemein von ihm geredet hast. Ich weiß, wovon ich spreche.«
»Glaubst du wirklich, daß du mir damit ein schlechtes Gewissen einjagen kannst? Wenn ich mich um eines nicht zu sorgen brauche, dann darum, daß er abkratzt. Das tut der schon aus reiner Bosheit nicht.«
»Na, wenigstens wird er das Haus nicht verkaufen. Jedenfalls vorläufig nicht.«
»Was sagst du da?«
»Ja, er meint, wenn es dir so viel bedeutet, dann verkauft er's eben nicht.«
»Ach, schau an. Ich bin ihm ja auch so unheimlich wichtig, was?«
»Genau, ob du's nun glaubst oder nicht, so ist es.«
»Quatsch mit Soße. Er hält's ja noch nicht mal fünf Minuten im selben Zimmer mit mir aus. Und soll ich dir was sagen? Mir geht's umgekehrt genauso. Aber das kann dir doch egal sein. Warum hörst du also nicht endlich auf, dich einzumischen?«
Der Gedanke, daß Pop und Bridie sich, wenn sie allein waren, über mich unterhielten, war mir ein Greuel. Egal, was sie sagten, in meinen Augen war das üble Kungelei.

Schweigen war nicht meine einzige Strafe. Pop wußte, daß ich, genau wie jeder andere in meinem Alter, darauf brannte, den Führerschein zu machen. Also brachte er Bridie das Autofahren bei, mir aber nicht. An den Wochenenden fuhren sie, bevor Bridie und ich zum Reitstall mußten, an den See und übten auf der verlassenen, unbefestigten Straße. Ich wurde nie aufgefordert mitzugekommen. Bridie war es peinlich, ich war sauer, und es gab Phasen, da sprachen wir tagelang kein Wort miteinander. Alex versuchte mir das Fahren beizubringen, doch es war hoffnungslos. Er hatte solche Angst, der Wagen seines Vaters könnte einen Kratzer abkriegen, daß wir uns die ganze Zeit nur entnervt anbrüllten. Miß Haas war es, bei der ich endlich

Autofahren lernte. Bridie war eifersüchtig, aber sie konnte nichts sagen, denn schließlich gab Pop ihr Unterricht und mir nicht. Miß Haas und ich fuhren in ihrem Kleinlieferwagen, einem Chevy, raus aufs Land. Sie war eine gute Lehrerin, die mir mit Engelsgeduld beibrachte, Heuhaufen und Traktoren auszuweichen, und von der ich schließlich sogar das Chauffieren auf den schmalen, kurvenreichen Schotterstraßen lernte.

»Ich trage mich mit dem Gedanken, die Reitschule aufzugeben«, sagte sie eines Tages, als wir eben über eine wackelige Holzbrücke fuhren. »Ich möchte zurück nach Deutschland.« Sie zündete sich eine Zigarette an und hielt die hohle Hand über die Flamme, damit der Wind das Streichholz nicht ausblasen konnte.

»Warum denn auf einmal?«

»Ja, weißt du, meine Familie lebt noch dort, und ich habe sie seit dem Krieg nicht mehr gesehen. Meine Mutter wird langsam alt ... ach, es hat viele Gründe.« Auf einmal merkte ich, daß ich rein gar nichts über sie wußte. Nicht einmal ihren Vornamen kannte ich.

»Aber werden Ihnen die Pferde denn nicht fehlen?«

»Doch, sicher. Ein paar wenigstens. Und besonders Raven.« Raven war ein Wallach, den auch Bridie und ich ins Herz geschlossen hatten. »Aber wir haben zu Hause auch Pferde. Meine Familie züchtet Württemberger. Eine edle Rasse, die bis ins sechzehnte Jahrhundert zurückgeht.«

»Ich hab' noch nie davon gehört.«

»Ach, ein handsamer Schlag, halt Warmblut. Reitet sich wunderbar: Stockmaß zirka eins sechzig. Schmuck und stattlich dazu. Ich habe wirklich gern mit ihnen gearbeitet.« Sie schwieg ein Weilchen. »Ich habe selber nicht gemerkt, was für ein Heimweh ich all die Jahre hatte. Außerdem«, fuhr sie in verändertem Ton fort, »außerdem wird die Stadt mir zu groß. Es wird Zeit, hier die Zelte abzubrechen.« Ein Kaninchen schoß aus dem Straßengraben direkt vor den Wagen, und ich riß das Steuer herum, um ihm auszuweichen. »Hoppla, du bis ja 'n richtig guter Fahrer geworden.«

»Aber nur, weil Sie eine so gute Lehrerin sind.« Sie lachte und warf ihre Zigarette aus dem Fenster. Wir kamen an schmucken Farmen vorbei und an Weiden mit frischgeweißten Zäunen, und sie erzählte mir von ihrer Familie und von Deutschland, und dann sprachen wir darüber, was Bridie und ich nach der High-School machen würden. Wir waren unversehens auf ganz abgelegene Sträßchen geraten, die ich noch nie gesehen hatte, aber kurz vor Einbruch der Dunkelheit kam mir die Gegend mit einemmal bekannt vor.

»Ich glaube, auf der Straße bin ich schon mal gewesen.«

»Für mich sehen die alle gleich aus. Achte lieber auf die Fahrbahn, statt dir die Landschaft anzuschaun.«

»Wenn ich nur wüßte, woran mich das hier erinnert ...« Und dann klickte es: Dies war der Weg, der zu Dukes Grab führte. »Irgendwo hier in der Gegend haben wir meinen Hund beerdigt.« Ich bog in den ausgefahrenen Feldweg ein, der neben dem Maisfeld verlief, und parkte den Lieferwagen. »Hätten Sie was dagegen, wenn ...«

»Nein, nein, geh nur. Ich warte hier und rauch' solange noch eine.« Die Erde war noch aufgeweicht vom letzten Regen, und der Schlamm klumpte an meinen Sohlen fest, als ich mich auf die Suche nach dem Grab machte. Es war nicht schwer zu finden, denn jemand hatte die Stelle mit einer kleinen Pyramide aus Feldsteinen markiert. Seltsam heidnisch wirkte das, fast als ob Wikinger oder Druiden Duke ein Denkmal gesetzt hätten. Zwischen den Steinen hatten sich Zweige und Blätter verfangen, ja sogar die raschelnde, pergamentene Haut einer Schlange, die sich hier gehäutete hatte, entdeckte ich. Auf der schattigen Nordseite wuchs samtiges Moos, und Pilze reckten ihre Köpfchen durchs modrige Laub. Als ich mich hinkniete, um die Pyramide näher in Augenschein zu nehmen, sah ich, daß auf einem Stein ein paar Buchstaben eingeritzt waren. Und als ich ihn herunternahm und umdrehte, las ich »Fritz« in unbeholfenen Lettern auf der Seite eingraviert. Und auf einem Stein gleich daneben stand »Duke« eingeritzt. Nur Pop oder Simon konnten das gemacht haben, denn sie waren außer mir die einzigen, die wußten, wo Duke begraben lag. Aber keiner von beiden hatte je erwähnt, daß er Dukes Grab besucht hätte, und plötzlich erschien mir die Stätte traurig und unheimlich zugleich, und mir war nach Weinen zumute, auch wenn ich nicht wußte, warum. Die Hupe von Miß Haas' Chevy ertönte, ich legte alles, einschließlich der Schlangenhaut, so wieder hin, wie ich es vorgefunden hatte, und ging zurück zum Wagen.

»Na, war's die richtige Stelle?«

»Ja.« Ich wollte nicht darüber reden, und sie spürte das und fragte nicht weiter. Schon auf der Rückfahrt zur Reitschule wurde mir klar, daß ich es nie über mich bringen würde, zu fragen, wer denn die Pyramide errichtet hätte. Falls es Simon gewesen war, dann war dies wohl seine Art, Fritz ein für allemal zu begraben, damit er Mina lieben und mit ihr leben konnte, ohne sich schuldig fühlen zu müssen. Pop dagegen hätte sich mit dem kleinen steinernen Denkmal eine Stätte für seine Trauer geschaffen, hätte Fritz gleichsam zusammen mit Duke beigesetzt, statt in einem namenlosen Massengrab in einem fremden Land, in dem keiner von uns je gewesen war. Ich fand nie heraus, wer die Namen in die Steine geritzt hatte. Aber ich vergaß auch nie, wo Duke begraben lag. In meiner Erinnerung blieb es ein einsamer Platz, uralt und zeitlos zugleich und behütet von den Steingeistern. Und wenn ich in Zukunft daran dachte, dann auch als an das Grab meines Bruders.

Das Schweigen endete genauso abrupt, wie es begonnen hatte. Eines Tages, als ich aus der Schule heimkam, erwartete Bridie mich in heller Aufregung vor der Haustür.

»Ich dachte schon, du kämst überhaupt nicht mehr. Mann, haben wir vielleicht eine Überraschung für dich! Na ja, eigentlich ist es Big Finns Überraschung. Aber komm rein, dann wird er's dir selber sagen.« Sie lief voraus, und ich hörte, wie sie Pop zurief, ich käme gleich. Und plötzlich stand er in der Tür, grinste übers ganze Gesicht und trat vor Aufregung von einem Fuß auf den anderen.

»Also, ich dachte schon, du hättest den falschen Bus genommen oder wärst abgehauen – nach Timbuktu oder sonstwohin.«

»Du hast das Haus verkauft.« Einen anderen Grund für diesen Freudentaumel konnte ich mir nicht vorstellen.

»Aber nein! Glaubst du, ich würde das Haus verkaufen, ohne dir was davon zu sagen?« Er drehte sich nach Bridie um und rief über die Schulter: »Stell dir vor, er denkt, ich hätte das Haus verkauft.«

»Ich hab' dir doch gesagt, er verkauft's nicht, oder?«

»Ist wer gestorben und hat dir sein ganzes Geld vererbt?«

»Das wär' nicht schlecht, was?« sagte er lachend. »Aber nein, ganz kalt. Komm, ich nehm' dir mal die Bücher ab.« Er streckte die Hand aus, und ich dachte: Ich werd' verrückt! Als ich morgens zum Bus ging, da hat er noch nicht mal mit mir gesprochen, und jetzt hält er lachend meine Bücher.

»Was ist denn nur los?« Ich wollte mich an ihm vorbeizwängen, aber er versperrte mir den Weg.

»Nein, nein, du bleibst schön, wo du bist. So, und nun mach die Augen zu.« In meinem Kopf jagten sich die Gedanken, und dann traf es mich wie ein Blitz: Fritz ist heimgekommen! »Und jetzt dreh dich um, aber die Augen erst aufmachen, wenn ich's sage.«

»Mein Gott, die Nachbarn werden mich für verrückt halten.«

»Pfeif doch auf die Nachbarn«, sagte Bridie. »Mach schon, dreh dich um.« Ich gehorchte und überlegte dabei krampfhaft, was sie wohl wieder ausgeheckt hatten.

»Okay, jetzt darfst du sie aufmachen.« Ganz langsam, in banger Erwartung dessen, was mir bevorstand, schlug ich die Augen auf.

»Wo? Ich weiß doch gar nicht, wonach ich suchen soll.«

»Siehst du den roten Pontiac auf der andern Straßenseite?«
»Ja.«
»Der gehört uns!« rief Bridie. »Dir und mir. Big Finn hat ihn für uns gekauft.«
»Für euch beide«, bestätigte Pop. »Ich hab' ihn für euch beide gekauft. Er ist erst zwei Jahre alt. Aber ich hab' ihn sehr günstig gekriegt.« Ich war so perplex, daß ich kein Wort herausbrachte. Erst wollte er mir nicht mal das Fahren beibringen, und jetzt kaufte er mir plötzlich ein Auto.
»Ich ... ich versteh' nicht ...«
»Na, das kann doch nicht so schwer sein, oder? Ich hab' euch ein Auto gekauft.«
»Aber kannst du dir das denn überhaupt leisten?«
»Das laß mal meine Sorge sein. Ich stottere es ab. Aber nun sag doch mal: Gefällt es dir?«
»Doch, es ist ein schöner Wagen, wirklich.«
»Na, ich hab's doch gewußt, daß er dir gefallen würde.« Er legte mir den Arm um die Schultern und zog mich an sich. Das hatte er immer mit Fritz gemacht, aber mit mir nie.
»Komm mit!« Bridie sauste über die Straße. »Innen ist er große Klasse: rote Ledersitze. Wunderschön, nicht?« Sie öffnete die Wagentür und glitt hinters Steuer. Pop kam mit, als ich über die Straße ging.
»Natürlich«, sagte er warnend, »dürft ihr jetzt beim Schulabschluß kein großes Geschenk von mir erwarten.« Wieder lachte er. »Das ist so 'ne Art Abschlußgeschenk sieben Monate im voraus. Tja, und womöglich wird's auch noch für Weihnachten und Geburtstag herhalten müssen. Aber es ist schon ein Schmuckstück von einem Auto, was?«
»Steigt ein«, sagte Bridie, »wir machen 'ne Probefahrt.« Ich wollte mich schon nach alter Gewohnheit auf den Rücksitz klemmen, aber Pop hielt mich fest.
»Wir haben alle vorn Platz.« Er reichte mir die Schlüssel. »Hier, fahr du. Ich schlag' vor, wir machen eine Spritztour um den

See.« Seit ich den Führerschein hatte, war ich noch nie gefahren, wenn er mit im Wagen saß. Bridie rutschte zur Mitte, und Pop stieg auf der Beifahrerseite ein. Ich war so fassungslos, daß ich kaum den Choke fand. »Na los, Sportsfreund, mach zu!« Ich drehte den Zündschlüssel, und der Wagen sprang sofort an. »Aufgepaßt, schöne Welt, wir kommen!« rief Pop, langte an Bridie vorbei und legte mir die Hand auf die Schulter. Als ich den Wagen auf die Fahrbahn lenkte, war ich völlig verwirrt und fühlte mich gar nicht wohl in meiner Haut.

Mit einem Schlag wurde alles anders. Pop war wie ausgewechselt. Er lachte und scherzte und spielte uns alberne kleine Streiche, ja er lud mich sogar ein, mit ihm zusammen Radio zu hören. Plötzlich behandelte er mich mit einer gespielten Kameraderie, die aber zwischen uns nie bestanden hatte und die mir nur peinlich war. Wir sprachen über Simon und Mina und die beiden Kleinen, als ob nichts gewesen wäre, und er schwelgte in Erinnerungen an die schöne Zeit mit Mom und Fritz und Laurie. Ja, er sprach sogar davon, einen neuen Hund anzuschaffen, und als ich ihm sagte, ich wolle keinen, gab er sich wirklich verständnisvoll und sagte, das könne er mir nachfühlen, und vielleicht sei es tatsächlich noch zu früh nach Dukes Tod, um an einen Nachfolger zu denken. Er war herzlich, aufgeschlossen, nachgiebig, und alles war eitel Freude. Aber so gern ich ihm auch vertrauen und daran glauben wollte, daß er sich wirklich geändert hätte, ich wurde das Gefühl nicht los, das Ganze sei nur ein Trugbild, eine verführerische Täuschung auf Zeit.

»Ich versteh's einfach nicht«, sagte ich eines Abends zu Bridie, als wir das Geschirr spülten. Pop war ins Wohnzimmer gegangen, um die Nachrichten zu hören.

»Warum mußt du immer alles in Frage stellen? Nimm's doch einfach mal locker, Menschenskind.«

»Ich trau' ihm halt nicht.«

»Hast du dir je überlegt, daß er sich vielleicht geändert hat? Daß er womöglich versucht, an dir was gutzumachen?«

»Doch, ich kapier' eben bloß nicht, warum.«

»Freu dich doch einfach drüber. Mein Gott, Finn, wann wirst du endlich aufhören, dir um jeden Dreck Sorgen zu machen? Wenn das so weitergeht, hast du mit Zwanzig schon graue Haare. Manchmal machst du mich wirklich krank.«

»Na hör mal, was hab' ich dir denn getan?«

»Gar nichts. Hier, trockne endlich die Teller ab!«

Pop und unser Leben daheim waren beileibe nicht das einzige, was sich veränderte. Nein, die ganze Welt schien sich zu wandeln. Unsere und die umliegenden Straßen feierten die erste Nachbarschaftsparty seit dem Krieg, als in Dublin die Republik Irland ausgerufen und von Großbritannien als unabhängiger Staat anerkannt wurde. Sogar die Zuzügler bei uns in der Livery Street, Leute, die selbst gar keine Beziehung zu Irland hatten, nahmen geschlossen an dem Fest teil. Und als Israels Beitritt zu den Vereinten Nationen proklamiert wurde, tranken wir uns alle zusammen mit den Ganis einen netten kleinen Schwips an, Mr. und Mrs. Ganis lachten und weinten gleichzeitig, brüllten sich zwischendurch auch mal an, und Pop tanzte mit Mrs. Ganis, und wir amüsierten uns königlich. Rebecca Steinman, die Freundin, die ich nur einmal persönlich getroffen hatte, wanderte mit ihren Großeltern nach Israel aus, aber wir blieben auch weiterhin in Briefkontakt. Sie war überzeugt, daß ihre Eltern noch lebten, und hoffte sie unter den Flüchtlingen in Israel zu finden. Doch dann erfuhr sie durch einen Jerusalemer Suchdienst, daß beide in verschiedenen Konzentrationslagern umgekommen waren. In einem Kibbuz unweit von Tel Aviv fand sie schließlich ein neues, ein geistiges Zuhause, und von da an klangen ihre Briefe glücklich und voller Zuversicht. Sie schickte mir ein Foto von sich, und ich war überrascht, wie wenig ihr Gesicht sich verändert hatte. Es war immer noch das hübsche, dunkle, grüblerische Antlitz des Mädchens, das damals in Philadelphia den Katzenkopf beerdigt hatte. Jedesmal, wenn ich einen Brief von ihr bekam und die israelische Marke sah, dachte ich an Cat und daran, wie wunderbar ihr die Vorstellung erschienen war, Post aus einem fremden Land mit ihrem Namen vorne drauf zu bekommen. Ja, und Miß Haas verkaufte tatsächlich ihre Reitschule und ging zurück nach Deutschland, wo sie versuchen wollte, das Familienunternehmen neu in Schwung zu bringen und wieder Württemberger zu züchten. Vor ihrer Abreise erzählte sie uns noch, daß sie einen Käufer für Raven, den schwarzen Wallach, habe, aber wenn wir irgendeine Chance sähen, ihn zu unterhalten, dann würde sie ihn uns herzlich gern überlassen. Der einzige Platz, der mir einfiel, war Josie Clearys Farm, aber ich wußte natürlich, daß das nicht in Frage kam. Und so verabschiedeten wir uns denn, als wir Miß Haas adieu sagten, auch von Raven und unseren Wochenenden im Reitstall. Ich fand einen Aushilfsjob in der Herrenabteilung von Finegold's, dem großen Warenhaus im neuen Einkaufszentrum am Nordrand der Stadt, und Bridie arbeitete jetzt am Kurzwarenstand bei Woolworth.

Auch in Honeys Leben gab es eine große Veränderung. Er wurde in eine Privatschule für Schwarze aufgenommen, die Boggs Academy, die irgendwo außerhalb von Valdosta lag. Tessie bezahlte die Schulgebühren, und Pop freute sich diebisch, daß Honey auf eine vornehme, religionsgebundene Schule ging, für die seine Tante mit dem Geld aufkam, das sie in einem Bordell verdient hatte.

Mr. Howe wurde kremiert und seine Asche in alle Winde zerstreut, bevor wir auch nur wußten, daß er tot war. Mrs. Fricker, die Frau, die damals die Polizei gerufen hatte, als ich den Unfall in Mr. Howes Scheune hatte, Mrs. Fricker also fiel auf, daß wir bei dem Trauergottesdienst im kleinen Kreis fehlten. Darum nahm sie sich ein Taxi und kam in die Livery Street, um uns persönlich mitzuteilen, daß Mr. Howe einen schweren

Schlaganfall erlitten habe und in seiner Küche gestorben sei. Sie pflegte alle paar Tage nach ihm zu sehen, und eines Morgens, als sie in sein Haus kam, fand sie seinen Leichnam über dem Küchentisch zusammengesunken. Mr. Howe hatte ihr für den Notfall die Telefonnummer seines Sohnes in New York gegeben, und den rief sie auch gleich an. Sie entschuldigte sich, weil sie nicht auch uns benachrichtigt hatte, aber da sie nicht zur Familie gehörte, meinte sie, das stünde ihr nicht zu; im übrigen hatte sie angenommen, Mr. Howe jr. würde uns vom Tod seines Vaters unterrichten. Pop, Bridie und ich fuhren erst Mrs. Fricker heim und dann gleich weiter zur Farm, um Mr. Howe jr. unser Beileid auszusprechen. Im Hof stand ein Laster, und ein paar Männer waren dabei, Mr. Howes Möbel einzuladen. Mrs. Howes Kleider, die Mr. Howe stets so peinlich in Ordnung gehalten hatte, lagen achtlos auf einem Haufen neben ihrer gewölbten Truhe. Bridie hob sie auf, klopfte den Staub ab und schrie die Arbeiter an, sie sollten sich was schämen. Pop zog sie fort, und Mr. Howe jr. kam aus dem Haus, um nachzusehen, wer denn da solchen Lärm machte. Er sah fast so alt aus wie sein Vater, mit dem er freilich nicht die geringste Ähnlichkeit hatte. Mit seinen langen Beinen und dem schlanken, wohlproportionierten Körper hatte Mr. Howe eine natürliche Eleganz ausgestrahlt, Mr. Howe jr. dagegen war klein, hatte einen Schmerbauch, und seine Bewegungen wirkten linkisch und abgehackt.

»Was ist denn hier los?« fragte er mit unangenehm scharfer Fistelstimme.

»Wir waren mit Mr. Howe befreundet«, sagte Pop. »Mein Name ist Tom Finnegan. Das ist Miß Bridie O'Connor, und das hier ist mein Sohn Timothy.«

»Ah, ich bin Howe junior. Hab' mich schon gefragt, wie ich Sie erreichen könnte. Im Haus sind nämlich ein paar Päckchen für Sie. Aber kommen Sie doch rein.« Er wandte sich zur Tür, hielt aber noch einmal inne und sagte, an Bridie gewandt: »Wenn Sie die alten Klamotten da haben möchten, Miß, von mir aus gern. Es sind auch noch mehr da.«

»O ja, bitte.«

»Gut, dann nehmen Sie den Plunder mit, wenn Sie gehen.« Er ging ins Haus, und wir folgten ihm. Die Wände waren kahl, die Teppiche aufgerollt und fast alle Möbel schon ausgeräumt. »Warten Sie hier«, sagte er und verschwand im Flur.

»Das darf ja wohl nicht wahr sein! Mr. Howe würde einen Anfall kriegen, wenn er das sehen könnte.« Bridie war so zornig, daß sie nicht mal weinte.

»Allmächtiger!« Pop schüttelte angewidert den Kopf.

»Sogar die Tapete haben sie runtergerissen. Warum nur?« fragte ich ratlos und versuchte, ein paar Tapetenfetzen wieder festzuklopfen.

»Verflucht noch eins!« Bridie drückte mir das Kleiderbündel in den Arm, lief zum Spülbecken und sammelte vorsichtig die Scherben von einer von Mr. Howes Teetassen auf. »Seht euch das an! Wie konnten sie nur?«

»Pscht! Reg dich doch nicht so auf.« Pop legte ihr den Arm um die Schulter. »Die Leute haben nun mal keinen Respekt vor dem Eigentum der Toten, es sei denn, sie glauben, daß 'ne Menge Geld drinsteckt. Klingt hart, ich weiß, aber so ist es nun mal im Leben.«

»Ich kann sie dir wieder kleben«, sagte ich. »Paß nur auf, daß du kein Stück verlierst.«

»Ich hab' keine Ahnung, was da drin ist.« Mr. Howe jr. kam mit zwei hübsch eingeschlagenen Päckchen zurück. *Bridie* stand in schwungvollen schwarzen Lettern auf dem einen und auf dem anderen *Finn*. »Sie wissen ja, wie exzentrisch mein Vater war … es könnte also gut bloß alter Ramsch sein.«

»Er war nicht exzentrisch!« widersprach Bridie heftig. »Er war ein wunderbarer Mensch.«

»Tut mir leid, war nicht so gemeint.« Er reichte uns die Päckchen, ging zur Hintertür und öffnete sie. »Sie sehen ja selbst, wieviel hier noch zu tun ist. Und ich muß schnellstens nach New York zurück.«

»Sie hätten uns Bescheid geben können, wegen des Trauergottesdienstes«, sagte Pop, als er an Mr. Howe jr. vorbei hinausging. »Wir waren immerhin seine Freunde.«

»Ich hatte ja keine Ahnung, mit wem mein Vater befreundet war.«

»Sie haben, scheint's, auch sonst nichts von ihm gewußt«, sagte ich.

»Das reicht.« Pop schob mich vor sich her auf den schmalen Fußweg, und Mr. Howe jr. ging wieder ins Haus und schloß die Tür. Bridie holte rasch noch die restlichen Kleider, dann stiegen wir ins Auto und fuhren los, ohne uns noch einmal umzusehen. Unterwegs konnten wir alle drei nichts reden, so sehr hatten wir mit Wut und Tränen zu kämpfen.

Bridies Päckchen barg Mrs. Howes Schmuck: feingearbeitete Ohrringe aus Filigrangold, eine lange Lapislazulikette, einen Goldring mit schwarzem, von winzigen Perlen eingefaßtem Emailkopf und ein ovales Cloisonné-Medaillon mit den vergilbten sepiabraunen Fotografien eines blutjungen Mr. Howe und seiner Braut. Es waren lauter altertümliche Stücke und völlig aus der Mode, aber Bridie fand jedes einzelne so kostbar wie die Kronjuwelen. Als ich die Scherben der Teetasse wieder zusammengesetzt und geklebt hatte, stellte Bridie sie zu ihrer kleinen Schatzsammlung auf die Kommode, und manchmal stellte sie frische Blumen hinein. Die seien, sagte sie dann, für Laurie, für die Heilige Jungfrau und für Mr. Howe.

Ich öffnete mein Päckchen erst nach ein paar Tagen. Ein solches Vermächtnis hatte etwas so erschreckend Endgültiges, daß ich mich ihm eigentlich gar nicht stellen mochte. Getreu seinem Versprechen hatte mir Mr. Howe, da seine Zeit abgelaufen war, seine Uhr vererbt. Sie war sorgsam in altes, verknittertes Seidenpapier eingeschlagen, und als ich sie auswickelte, fühlte ich mich ihm ganz nahe. Die verschnörkelte Gravur auf dem hinteren Deckel war fast blankgewetzt, so oft hatte Mr. Howe die Uhr in all den Jahren aus der Tasche gezogen und wieder hineingeschoben, und das verkratzte Glas hatte obendrein einen Sprung. Es war eine Uhr, die, hätte sie zusammen mit einem Dutzend anderer alter Uhren in einem Schaufenster gelegen, kaum attraktiv gewirkt hätte. Aber ich hatte ihn wohl Hunderte von Malen auf diese Uhr schauen sehen, und als ich sie jetzt in der Hand hielt, da war mir fast, als schlösse sich Mr. Howes trockene, schwielige Hand über der meinen. In dem Päckchen lag außerdem sein Exemplar von *Große Erwartungen*, und als ich es aufschlug und auf dem Vorsatzblatt nach einer Widmung suchte, fand ich dreihundertundzweiundvierzig Dollars in gemischten Scheinen. Die ungerade Summe brach mir fast das Herz. In ausgesuchter Schönschrift hatte er geschrieben:

> *Lieber Finn, eine Tasse Tee, ein warmes Feuer und Mr. Dickens. Wir haben mit das Schönste geteilt, was dieses Leben zu bieten hat.*
>
> *Dein Freund,*
> *E. Howe.*

Die Widmung war auf den 15. Januar 1947 datiert, drei Jahre vor seinem Tod also. Er hatte den »Ruf des Herrn« schon sehr lange erwartet, und als er endlich kam, hatte er ihn daheim empfangen, wie er es sich immer gewünscht hatte. In dieser Nacht konnte ich lange nicht einschlafen, und die Tränen, die ich vergoß, waren Tränen grenzenlosen Kummers und abgrundtiefer Reue. Die letzten Jahre vor seinem Tod hatte ich mich kaum noch um ihn gekümmert. Wahrscheinlich hatte er es darum so bedauert, daß ich erwachsen wurde, weil er wußte, daß er mit den Jahren immer mehr aus meinem Leben verdrängt werden würde. Bis auf den heutigen Tag fühle ich mich Mr. Howe gegenüber am meisten schuldig, und wenn ich an ihn denke, dann zucke ich zusammen und schlage vor Scham die Augen nieder.

Wir erzählten Mom nicht, daß Mr. Howe gestorben war, denn sie hätte ja doch nur gelächelt und gesagt, daß er jetzt im Himmel sei, und dann in kürzester Zeit vergessen, daß es ihn je gab. In Wahrheit interessierte sie sich für nichts, was außerhalb der Mauern von Franklin Village geschah. Bridie und ich besuchten sie eines Sonntags, nicht lange nach Mr. Howes Tod. Pop war wegen einer Sondersitzung des Karnevalsausschusses der Kolumbusritter verhindert. Bridie fuhr. Mein Bein wurde manchmal taub, wenn ich es zu lange in derselben Stellung hielt.

»Ich möchte mal nicht verbrannt werden«, sagte ich, als wir auf der altbekannten Straße zum Village hinausfuhren. Ich mußte immerzu an Mr. Howe denken, und das Bild, wie sein Leichnam langsam zu Asche verbrannte, ging mir nicht aus dem Kopf.

»Könntest du ja auch gar nicht. Du bist schließlich katholisch. Wenn man deinen Körper verbrennt, dann kannst du beim Jüngsten Gericht nicht von den Toten auferstehen.«

»Glaubst du etwa im Ernst da dran?«

»Ist irgendwie unheimlich, nicht? Stell dir nur vor, all die vielen, vielen Gräber auf der ganzen Erde öffnen sich, und die Toten krabbeln raus. Das kann einen wirklich das Fürchten lehren.«

»Was wird denn aus den Menschen, die bei einem Flugzeugabsturz verbrennen oder bei irgendeinem anderen Unfall?« Ich dachte an eine Familie, über die ich gelesen hatte und die elend verbrannt war, als ihr Christbaum Feuer fing. »Was passiert mit denen beim Jüngsten Gericht? Da sind ja auch keine Leichen mehr übrig.«

»Wahrscheinlich macht der liebe Gott da 'ne Ausnahme. Muß er ja wohl, denn sonst wär's aus mit dem gütigen Vater im Himmel.« Sie kicherte. »Wieso fragst du eigentlich mich? Seh' ich etwa aus wie 'ne Nonne?«

»Es ist verdammt schwer zu glauben.«

»Ich weiß, was du meinst«, sagte sie und prüfte nebenher im Rückspiegel ihre Frisur.

»Bei der Auferstehung kriegt man doch angeblich alles wieder, was man hier unten eingebüßt hat, stimmt's? Okay, angenommen, jemandem wird das Bein amputiert und dann verbrannt. Aber wenn derjenige später stirbt, wird die restliche Leiche begraben. Wo kriegt der dann nach dem Jüngsten Gericht ein neues Bein her?«

»Aus dem Ersatzteillager.« Sie lachte. »Wirklich makaber, was du dir da zusammenphantasierst.«

»Aber ich mein's ganz ernst.« Trotzdem spürte ich, wie auch mir das Lachen kam. »Ehrlich. Wo kommen all die fehlenden Glieder her?«

»Von Sears und Roebuck.« Sie wollte sich ausschütten vor Lachen.

»Du, das ist nicht komisch. Wir reden hier von Tod und Auferstehung.« Ich wußte, was passieren würde, und versuchte dagegen anzukämpfen. Wann immer einer von uns sich kaputtlachte, verlor auch der andere über kurz oder lang die Beherrschung.

»Das ist eine hochphilosophische Diskussion.«

»Ich weiß«, sagte sie, brachte jedoch vor lauter Prusten kaum die zwei Worte heraus.

»Aber denkst du denn nie an den Tod und das, was danach kommt?« Ich machte verzweifelte Anstrengungen, ernst zu bleiben, konnte jedoch das Lachen nicht länger zurückhalten.

»Hör auf! Ich kann nicht mehr«, keuchte sie.

»Nein, im Ernst«, stieß ich unter schallendem Gelächter hervor.

»Ich denke pausenlos an den Tod.« Sie kreischte, und dann lachten wir beide so hysterisch, daß sie an den Straßenrand fahren und anhalten mußte.

»Hör auf, hör auf«, bettelte sie, als wir wieder ein bißchen zu Atem gekommen waren. »Kein Wort mehr, oder ich ersticke.«

»Man kann tatsächlich vor Lachen ersticken.« Ich rang immer noch nach Luft.

»Vor Lachen ersticken!« echote sie quietschend, und plötzlich klang es wie der ulkigste Witz, den wir je gehört hatten, und wir wieherten beide von neuem los. Es dauerte wohl eine Viertelstunde, ehe wir uns wieder auf die Straße trauten. Mir taten sämtliche Muskeln in Brust, Bauch und Gesicht weh, und dieser Schmerz war pure Seligkeit.

Wir saßen mit Mom auf der Sonnenveranda, umgeben von der üblichen Gruppe von Damen, die teils ins Leere starrten, teils leise Selbstgespräche führten oder in ihren Sesseln dösten, und wir redeten über alles, was uns gerade in den Sinn kam. Sie lächelte bloß und nickte, als wir ihr erklärten, daß Pop nicht kommen könne. Und dann wartete sie auch schon auf die nächste Mitteilung, damit sie uns höflich beipflichten könne, gleichgültig, um was es ging. Wir erzählten ihr, daß wir nach New York fahren und uns *South Pacific* anschauen wollten. Das war im Moment *der* Broadway-Hit, und Mrs. Ganis schenkte uns die Karten zum Schulabschluß. *Some Enchanted Evening* war bereits ein Ohrwurm, und kaum, daß man das Radio anstellte, tönte einem der Song entgegen. Sogar Mom kannte den Text und sang uns ein paar Takte vor. Bridie und ich saßen wie auf Kohlen, weil wir am Abend ausgehn und einen draufmachen wollten, nur wir beide. Mom wurde es nach einer Weile müde, immerzu zu lächeln, aber sie hörte weiter geduldig zu, während wir von unserer Fahrt nach New York schwärmten, bis sie schließlich sagte, die Besuchszeit sei zu Ende und wir müßten nun langsam gehen. Sie war jedesmal so erleichtert, wenn wir uns verabschiedeten! Dann hatte sie wieder die Drangsal eines Besuches überstanden und eine ganze Woche vor sich, ehe sie den nächsten erdulden mußte.

Unser Abend in New York war einer der schönsten meines Lebens. Bridie kaufte sich mit meiner Rabattkarte bei Finegold's ein blaues Kleid, und ich zog meinen grauen Anzug an, und Pop und die Ganis sagten, wir sähen aus wie dem Modejournal entstiegen. Ich versuchte, Bridie wenigstens einige ihrer Klunker auszureden, aber sie riet mir dringend, mich um meinen eigenen Kram zu kümmern, und die andern gaben ihr ausnahmslos recht. Obwohl es ein milder Frühlingsabend war, bestand Mrs. Ganis trotz heftiger Proteste darauf, daß Bridie eine Strickjacke mitnahm. Ich hatte mir angewöhnt, zu besonderen Gelegenheiten Fritz' Armband- und Mr. Howes Taschenuhr gleichzeitig zu tragen. Ich konnte mich nämlich nie für eine entscheiden, und so kam ich darauf, einfach beide zu nehmen, was mir ein sonderbares Gefühl der Sicherheit verlieh und die tröstliche Illusion, ich würde meine schönsten Erlebnisse mit den beiden, Fritz und Mr. Howe, teilen. Wir fuhren nicht mit dem Auto, weil wir seit neuestem eine Direktverbindung nach New York hatten, mit einer Haltestelle gleich an der Ecke der Livery Street. Der Bus fuhr durch bis zum Authority Terminal in New York. Ich wollte Bridie überraschen und sie vor dem Theater in ein ganz besonderes Restaurant ausführen, und Mrs. Ganis schlug Sardi's vor, weil wir dort vielleicht ein paar Berühmtheiten zu Gesicht kriegen würden. Sie suchte mir die Adresse aus einer Nummer des *New Yorker* raus, aber als wir hinkamen, war es unmöglich, einen Tisch zu bekommen, weshalb wir ein bißchen herumbummelten und schließlich im Downey's landeten. Bridie war überzeugt, die Gäste seien durch die Bank Prominente, aber ich erkannte kein einziges Gesicht.

Wir entschieden uns für einen Cocktail vor dem Essen, um unseren bevorstehenden Schulabschluß zu feiern, aber unsere Kenntnis auf dem Sektor beschränkte sich auf das, was wir im Kino gesehen hatten.

»Ich nehme einen Sazerac«, sagte Bridie ganz gelassen, als der Kellner unsere Bestellung aufnahm.

»Einen Sazerac für die Dame. Und für den Herrn?«

»Für mich bitte einen Martini.«

»Mit?« fragte der Ober.

»Wie bitte?«

»Mit Eis oder pur?« Er lächelte herablassend.

»Pur.« Er wandte sich zum Gehen. »Ach, und sehr trocken,

bitte.« Ich hatte mich gerade erinnert, daß William Powell das im *Dünnen Mann* immer dazusagte.

»Sehr wohl, Sir.«

»Was ist denn ein Sazerac?« fragte ich Bridie, als der Kellner außer Hörweite war.

»Keine Ahnung. Aber Bette Davis hat mal in einem Film einen bestellt, und ich hab' den Namen nie mehr vergessen. Vielleicht war's auch Joan Crawford? Ach, egal, jedenfalls klang es wahnsinnig mondän.«

Als der Ober unsere Drinks serviert hatte, prosteten wir einander mit den beschlagenen Gläsern zu. Ich nahm einen Schluck Martini und dachte, ich hätte mich vergiftet.

»Grauenhaft! Das schmeckt ja wie Benzin.» Ich trank einen ordentlichen Schluck Wasser nach, um den Geschmack loszuwerden.

»Meiner ist köstlich. Schmeckt wie Lakritze.«

»Mein Gott, wie kann einer so was bloß runterkriegen?« Ich schüttelte mich.

»Probier mal meinen.« Sie reichte mir das Glas, und ich nahm einen kleinen Schluck.

»Hmm, schmeckt wirklich gut. Probier mal bei mir.«

»Igitt, das schmeckt ja wie Eau de Cologne. Scheußlich! Das läßt du zurückgehen, Menschenskind.«

»Das kann ich nicht. Wo der Ober sowieso schon so hochnäsig ist! Der merkt doch gleich, daß ich noch nie einen Martini getrunken habe.«

»Und wenn du ihn stehenläßt, merkt er's genauso.«

»O nein, paß mal auf!« Ich trank noch ein paar Schluck Wasser und kippte dann den Rest Martini ins Wasserglas. »Aber die Olive werd' ich wohl oder übel essen müssen.« Sie war mit Gin vollgesogen, und ich kriegte sie kaum runter. Heimlich blickte ich mich um, weil ich sichergehen wollte, daß niemand gesehen hatte, wie ich den Martini wegschüttete. Eine ältere Dame, die allein an einem Tisch saß, beobachtete mich lächelnd, bis ich

ihren Blick auffing, und dann verschanzte sie sich hinter der Speisekarte. Der Kellner tauchte urplötzlich aus dem Nichts auf.
»Noch einen?« fragte er, als er mein leeres Glas fortnahm.
»Nein danke. Das war genau mein Quantum.«
»Und trocken genug?«
»Ja, ja ... er war genau richtig.«
»Freut mich«, sagte er mit wissendem Lächeln. »Möchten Sie dann jetzt bestellen?«
Nach dem Essen gingen Bridie und ich zu Fuß zum Theater. Auf den Straßen wimmelte es von Leuten, die eilig den verschiedensten Abendunterhaltungen zustrebten, und Taxis und Limousinen kämpften erbittert um Parkplätze. Livrierte Chauffeure hielten den Wagenschlag auf, und elegante Herrschaften im Abendanzug entstiegen dem Fond.
»Glaubst du, die Leute da sind wer?« flüsterte Bridie, als wir uns hinter einem distinguierten Paar beim Kartenkontrolleur anstellten.
»Jedenfalls sind sie stinkreich.«
Die angejahrte Platzanweiserin führte uns zu unseren Plätzen, und dann sahen wir, Neulinge in einem fremden Reich, das Publikum hereinströmen und fragten uns, ob außer uns auch noch andere das erste Mal in einem Broadway-Theater wären.
»Ich hätte es mir größer vorgestellt«, sagte Bridie.
»Ich mir auch.«
»So wie die Radio City Music Hall.«
Im Orchestergraben trudelten die Musiker ein und begannen im Wettstreit mit dem Stimmengewirr im Parkett ihre Instrumente zu stimmen, und als die Lichter im Saal langsam ausgingen, nahm Bridie meine Hand und drückte sie ganz fest. Wie durch Zauberei stand plötzlich der Dirigent da, und als das Publikum applaudierte, wollte ich mitklatschen, aber Bridie ließ meine Hand nicht los. Er verneigte sich vor dem Zuschauerraum, wandte sich dann wieder dem Orchester zu, klopfte leicht ans Pult und verharrte einen Moment reglos, mit leicht erhobenem

Taktstock, wie um sich zu sammeln. Das Raunen im Saal verstummte, und einen Augenblick war es vollkommen still, einen erwartungsvollen, atemlosen Augenblick lang, in dem ich spürte, daß gleich etwas Wunderbares, Phantastisches passieren würde. Der Dirigent ließ die Hand sinken, und wir hörten die ersten schwermütigen Takte von *Bali Ha'i*, und schon war ich verzaubert, entrückt in eine einzigartige Welt, die sich uns, wie ich freilich erst viel später herausfinden sollte, einzig und allein im Theater erschließt. Und dabei war das erst die Ouvertüre. Noch war nicht einmal der Vorhang aufgegangen.

Als die Vorstellung aus war, hielt uns die Phantasiewelt der Bühne noch so in ihrem Bann, waren wir noch dermaßen erfüllt von Mary Martin und Ezio Pinza und Rodgers und Hammerstein, daß wir unmöglich einfach in den nächsten Bus steigen und in die Realität zurückkehren konnten. Statt dessen schlossen wir uns dem Strom der Nachtschwärmer an, die, wie es schien, zu Tausenden durch die Straßen New Yorks flanierten. Erst gingen wir den Broadway hinauf zum Columbus Circle, dann am Central Park South entlang zum Plaza Hotel und die Fifth Avenue hinunter bis zum Rockefeller Center. Ein paar von den Leuten, die uns entgegenkamen, sahen zwar so aus, als ob sie ein Ziel hätten, aber die allermeisten spazierten müßig plaudernd wie wir durch die Nacht und freuten sich gemeinsam am Lichtermeer der Metropole. Bridie hatte mich untergehakt, und ich war überzeugt, die Passanten würden uns für das hübscheste Paar halten, das sie je gesehen hatten. Wir wünschten beide, dieser Abend möge nie zu Ende gehen, aber wir hatten noch anderthalb Stunden Fahrt vor uns, und schließlich nahmen wir den Bus um ein Uhr dreißig. Ich war so aufgeregt und spannungsgeladen, daß meine Gedanken sich wie im Fieber jagten, doch kaum daß wir durch den Tunnel nach New Jersey kamen, lehnte Bridie den Kopf an meine Schulter und schlief ein.

Es war drei Uhr vorbei, als wir zu Hause ankamen, aber Pop, der offenbar auf uns gewartet hatte, war noch auf. Er saß im Schlafanzug im Wohnzimmer, und ich sah ihm an, daß er wütend war, auch wenn er sich alle Mühe gab, die Beherrschung zu wahren. »Mein Gott, ich war schon drauf und dran, die Polizei zu verständigen.«

»'tschuldige, Pop.«

»Ach, Big Finn, du hättest doch nicht aufzubleiben brauchen.«

»Ich hab' mir halt Sorgen gemacht. Wer weiß, was euch in New York hätte passieren können. Schließlich gibt's doch genug Verrückte in der Stadt.« Er stand auf und ging zur Treppe.

»Wir haben bloß noch einen Spaziergang gemacht, nach dem Theater«, sagte ich. »Sonst nichts.«

»Oh, sonst nichts!« Er sah mich an; kaum, daß er seinen Zorn noch zügeln konnte. Bridie lief zu ihm und fiel ihm um den Hals.

»Du hättest dich wirklich nicht zu ängstigen brauchen. Sei doch nicht so ein Dummerjan.« Flüchtig erwiderte er ihre Umarmung, und die Berührung schien ihn zu beruhigen.

»Na, wenigstens seid ihr heil und gesund wieder da. Also gehen wir schlafen.« Auf halber Treppe wandte er sich noch einmal nach Bridie um. »Wie hat dir denn die Show gefallen?«

»Ach, es war himmlisch. Mary Martin ist die Größte«, schwärmte Bridie.

»Und dir, Sportsfreund?«

»Es war ganz toll.«

»Freut mich.« Er lächelte und strich Bridie übers Gesicht. Dann ging er, ohne mich noch einmal anzusehen, nach oben.

»Er hat sich bloß Sorgen gemacht. In Wirklichkeit ist er nicht böse.« Sie küßte mich auf die Wange. »Das war der aller-, allerschönste Abend unseres Lebens, nicht?« Oben an der Treppe drehte sie noch einmal um. »Ehrlich du, er ist bestimmt nicht böse.«

Unser Examen und die Abschlußfeier vergingen wie im Flug. Zu den Klängen von *Pomp and Circumstance* verließen wir, das Zeugnis in der Hand, den sicheren Hort der Schule und stolperten hinein in den erschreckend gefährlichen Rest unseres Lebens. Wichtige Entscheidungen mußten getroffen werden, aber wir zögerten sie um mindestens eine Woche hinaus, indem wir jeden Tag an den Strand fuhren. Vier endlose Jahre hatten wir die eintönigen Busfahrten ertragen und die Tyrannei von Patres und Nonnen, da verdienten wir doch wirklich mal acht Tage Ferien. Wir lagen in der warmen Junisonne im Sand und schwärmten so lange von unserem langerträumten großen Sprung nach New York, bis uns die Worte ausgingen und wir endlich zu dem Schluß kamen, daß wir diesen Schritt vielleicht am besten noch ein Weilchen hinausschieben sollten. Als Grund diente uns jeder nur erdenkliche Vorwand, solange wir nicht zugeben mußten, daß wir ganz einfach Angst hatten. Also sagte Bridie, wir müßten auf Pop Rücksicht nehmen und könnten ihn nicht so einfach im Stich lassen, und ich stimmte ihr zu: Er würde noch etwas Zeit brauchen, um sich an den Gedanken zu gewöhnen, sagte ich, und das, obwohl wir doch seit Jahren davon gesprochen hatten, daß wir nach der High-School nach New York gehen wollten. Und wir müßten auch noch mehr Geld zusammenkriegen, sagte ich, obwohl meine Ersparnisse sich wirklich sehen lassen konnten, und natürlich war sie derselben Meinung, weil ihr Konto praktisch leer geräumt war. Auf einem Spaziergang entlang der Strandpromenade beschlossen wir, abwechselnd an unseren Schweinehack-Sandwiches und den Salzwassertoffees knabbernd, noch ein Jahr in besser bezahlten Jobs zu arbeiten, um dann, mit der Reife von zwölf Monaten Berufserfahrung, New York zu erobern. Ich konnte nichts Passendes finden und blieb schließlich als volle Kraft in der Herrenabteilung bei Finegold's hängen, aber Bridie gelang der Absprung von den Kurzwaren bei Woolworth, und sie ging zu A.A.P., den American Attitude Polls, einem Meinungsforschungsinstitut. Das Gehalt war zwar nicht gerade üppig, aber die Sozialleistungen konnten sich sehen lassen, und Demoskopie war angeblich eine zukunftsträchtige Branche.

Sie arbeitete erst etwa einen Monat für die A.A.P., als ich sie (in dem geliehenen Smoking, in dem ich mich alles andere als wohl fühlte) zum Sommerfest der Firma ins Prussian Inn begleitete. Wir waren nur einmal in dem Hotel gewesen, in der Zeit, als Laurie noch die Bar betreute, und alles, woran ich mich erinnern konnte, waren die alten Schwerter und Steinschloßgewehre an den Wänden. Der Arms Room, wie die Bar bezeichnenderweise hieß, war das vorrevolutionäre Herzstück des Hauses, und die Wände hier waren noch aus Felsstein und der Fußboden aus wuchtigen Kastanienbohlen.
»Haben Sie Laurie O'Connor noch gekannt?« fragte Bridie den Barkeeper. »Er hat nämlich mal hier gearbeitet.«
»Nein, das war wohl vor meiner Zeit.« Er schob zwei Untersetzer auf die Theke. »Was darf's denn sein?«
»Zwei Sazeracs«, sagte ich. Bridie richtete mir die Fliege. Ich trug zum erstenmal im Leben einen Smoking, kam mir ein bißchen albern vor und hatte vor allem Angst, daß ich unangenehm auffallen könnte.
»Weißt du, wem du ähnlich siehst, in deinem schicken Smoking?«
»Wem denn?«
»Dem Kellner aus dem Downey's.« Sie lachte. »Nein, ich hab' bloß Spaß gemacht. Du siehst großartig aus. Wie ein Filmstar.«
»Und du bist hübscher als alle Filmstars, die ich je gesehen habe.« Sie trug ein weißes, schulterfreies Kleid, hatte das Haar hochgesteckt, und statt ihrer üblichen knalligen Klunker trug sie nur Mrs. Howes lange Lapislazulikette. In ihrer Schlichtheit war sie betörend schön.
»Ohne meinen Schmuck komm' ich mir richtig nackt vor«, sagte sie und wackelte mit den ringlosen Fingern. Neue Gäste kamen in die Bar geschlendert und grüßten, und Bridie lächelte höflich und flüsterte mir zu: »Wer zum Teufel sind die Leute? Ich hab' die noch nie gesehen.«
»Mich darfst du nicht fragen.«

»Na ja, betrachten wir den heutigen Abend als ein Abenteuer. Egal was kommt, wir werden uns amüsieren.«
»Darauf kannst du Gift nehmen. Dieser Smoking soll mich nicht umsonst zweiunddreißig Dollar gekostet haben.«
»Wollen wir unsere Drinks nehmen und uns unters Volk mischen?« schlug sie großspurig vor.
»Nach Ihnen, Mrs. Astor.«
»Zu freundlich, Mr. Vanderbilt.«
Draußen auf der Terrasse mit Blick auf den Golfplatz kam uns ein hochgewachsenes Mädchen mit spitzer Nase und dünnem braunem Haar entgegen.
»Sie heißt Camilla«, wisperte Bridie mir zu. »Eine der wenigen hier, die ich kenne. Aber komm ihr nicht zu nahe: Ihr Atem würde einen Elch umhauen.«
»Hallo, Bridie, du siehst ja fabelhaft aus.«
»Danke, Camilla. Du aber auch. Das hier ist mein Freund Finn.«
»'n Abend Finn. Freut mich sehr.«
»Ganz meinerseits«, sagte ich. Camilla blieb ein paar Minuten, und sie und Bridie versuchten Konversation zu machen, aber sie hatten sich kaum etwas zu sagen, und so entschuldigte sich Camilla bald wieder und bahnte sich einen Weg durch die Menge in Richtung Bar.
»Ich passe einfach nicht hierher. Wahrscheinlich wär' ich besser bei den Kurzwaren geblieben. Oder hätte weiter im Reitstall Pferdeäpfel geschippt.«
Die anderen Paare, die beim Dinner an unserem Tisch saßen, waren alle untereinander befreundet, und nachdem wir uns kurz miteinander bekannt gemacht hatten, sprachen sie den ganzen Abend kein Wort mehr mit uns. Aber das Essen war köstlich, und zum Nachtisch gab es überbackene Eis-Meringue, und Bridie sagte, das entschädige sie vollauf für einen sterbenslangweiligen Abend. Nach dem Essen, als die Tische abgeräumt waren, spielte eine fünfköpfige Band, die in ihren glänzenden, abge-

wetzten Smokingjacken schwitzte, Foxtrottmelodien, zu denen sich vereinzelte Paare auf der Tanzfläche drehten.
»Untersteh dich, auch nur zu fragen«, sagte ich zu Bridie. »Du weißt, ich tanze nicht.«
»Bloß einmal.«
»Nein, das war abgemacht. Nicht mal eine Rumba.«
»Ach, nur einmal, und dann frag' ich dich auch nie mehr, Ehrenwort.«
»Nein.«
»Einen einzigen Tanz, und dann können wir von mir aus auch gleich gehen.«
»Versprochen?«
»Heiliges Ehrenwort. Aber jetzt komm!« Und sie zerrte mich auf die Tanzfläche. Die Kapelle spielte *C'est si bon*, und ich gab mein Bestes, aber meine Füße wollten einfach nicht gehorchen, und ich war entsetzlich verlegen und bildete mir ein, daß mich alle anstarrten.
»Du machst das prima«, sagte Bridie.
»Tu mir einen Gefallen und halt den Mund. Ich kann nicht gleichzeitig reden und tanzen.« Es schien Stunden zu dauern, ehe die Band endlich zu spielen aufhörte, aber dann war die Nummer doch vorbei, und ich nahm ihre Hand und führte sie von der Tanzfläche.
»Können wir jetzt gehen?«
»Willst du denn auch bestimmt nicht weitertanzen?« Sie lachte.
»Lieber lass' ich mir Bambusspäne unter die Fingernägel treiben.« Und wir gingen.
»Es ist noch so früh«, sagte ich im Auto. »Laß uns noch ein bißchen spazierenfahren.«
»Ja, die frische Luft tut gut.« Sie löste ihr Haar und lehnte sich zurück. »Ob du's glaubst oder nicht, mir hat's Spaß gemacht.«
»Mir auch.«
Der Mond leuchtete hell, und als wir erst einmal aus der Stadt raus waren, weg von den künstlichen Lichtern, konnten wir

auch die Sterne erkennen, so klar und strahlend wie Weihnachtskerzen. Die kühle Nachtluft roch lieblich nach einem Gemisch von Sommerdüften, und wir fuhren und fuhren, bis wir, ohne recht zu merken wie, am Reitstall vorbeikamen. Vorn am Tor hing ein Schild mit der Aufschrift VERKAUFT.

»Halt mal an«, sagte Bridie. Ich bog in die Auffahrt ein und stellte den Motor ab. »Ich wüßte zu gern, wer's gekauft hat.«

»Das weiß ich auch nicht. Aber wahrscheinlich reißen die neuen Besitzer sowieso alles ein und klotzen ein paar häßliche Neubauten hin.«

»Komm, laß uns reingehen.«

»Es würde dich nur traurig machen. Erinnerst du dich nicht mehr, wie es war, als wir noch mal zu Mr. Howes Farm zurück sind?«

»Doch, ich weiß, aber ich möchte es trotzdem noch einmal sehen.« Sie sprang aus dem Wagen. Ich zog die Smokingjacke aus und warf sie auf den Rücksitz. Das Tor war abgeschlossen, aber wir kletterten einfach drüber und gingen, vorbei an den Blumenbeeten, die immer Miß Haas' ganzer Stolz gewesen, jetzt aber von Unkraut überwuchert waren, nach hinten zu den Stallungen. Die große Doppeltür stand offen, wir traten ein und atmeten den würzig-satten, vertrauten Geruch. Alles kam mir trostlos und verlassen vor, als wir am Büro, an der Sattelkammer und den leeren Boxen vorbeigingen, aber das unheimlichste war die tiefe Stille. Die Ställe waren früher schier übergeschäumt vor Leben: Pferde wieherten, Hunde bellten, Kinder juchzten, jetzt aber war es still wie in der Kirche. Ich blieb vor Ravens Box stehen, und fast war mir, als könne ich seinen schwarzsamtenen Kopf in der dunklen Ecke schimmern sehen.

»Mir gefällt das nicht«, sagte ich. »Komm, wir gehen lieber.«

»Warte, noch eine Minute.« Sie stand schon auf der Leiter zum Heuboden. »Komm, von da oben kann man ganz toll die Lichter der Stadt sehen.« Ich folgte ihr, und als wir die Falltür aufgestemmt hatten, ergoß sich das Mondlicht wie flüssiges Silber über den Boden, und jenseits der Bäume sah man tatsächlich, wie der Himmel zum Horizont hin heller wurde. Die Brise von draußen war erfrischend, und wir standen da und schauten hinaus in die Nacht, als sähen wir sie zum erstenmal. Ich schlang ihr von hinten die Arme um die Taille, und sie lehnte den Kopf an meine Schulter, und ich atmete den süßen Duft ihres Haares ein. Sie streichelte meine Hände, und die Berührung setzte meinen ganzen Körper in Brand. Alles schien so natürlich und vollkommen, und dies eine Mal wußte ich, vielleicht zum erstenmal in unserem Leben, daß wir zur gleichen Zeit das gleiche fühlten, und dann drehte sie sich zu mir um, und wir küßten uns. Anfangs war es ein sanfter, fragender Kuß, aber bald schon preßten sich unsere Körper aneinander, und der Kuß wurde heiß und fordernd, und dann gab es kein Zurück mehr. Wir sanken ins Heu, schlüpften, ohne die Lippen voneinander zu lösen, aus unseren Kleidern, und dann hielt ich sie an mich gepreßt, Haut an Haut, wie ich es mir hundertmal schon ausgemalt hatte. Als wären wir zwei Hälften, die lange getrennt waren und sich danach sehnten, endlich wieder zusammenzugehören, wurden wir in einem ungestümen, feuchten, schwitzenden Knäuel einer Teil des anderen.

Stumm vor Erschöpfung lagen wir nebeneinander, und unsere nackten Körper schimmerten milchweiß im Mondlicht. Ich wollte wissen, was sie dachte, scheute mich aber zu fragen. Soweit es mich betraf, hatte in diesem Augenblick alles und jedes einen tieferen Sinn und doch auch wieder keinen. Ich war furchtlos und zitterte vor Angst. Vielleicht zum erstenmal im Leben war ich ganz und gar ich selbst und gleichzeitig doch ein Teil von ihr.

»Ich liebe dich«, sagte ich nach einer langen Weile.

»Ich weiß.« Sie küßte mich, und wir standen auf und zogen uns wieder an.

»Ich möchte aber noch nicht nach Hause.«

»Ich auch nicht. Laß uns runter zum Strand fahren.« Und so

fuhren wir in die Dünen, parkten den Wagen und sahen zu, wie die Sonne langsam aus dem Meer stieg. Bridie wollte sich nicht unterhalten, aber endlich sagte sie: »Ich glaube, das hätten wir nicht tun sollen.«

»Bitte, wenn du's bereust – ich will's nicht wissen. Nicht jetzt wenigstens.«

»Ja, ich bereue es, aber nicht aus dem Grund, den du dir vielleicht vorstellst.«

»Ich will deine Gründe gar nicht hören.«

»Entschuldige.«

»Was heute nacht passiert ist, das ist das Allergrößte in meinem Leben, und du sagst, daß du es bedauerst! Herrgott, Bridie, so gib mir doch 'ne Chance!« Ich sprang aus dem Wagen und tigerte den verlassenen Strand hinunter. Es war derselbe Strand, an dem sie und Simon so ausgelassen in der Brandung herumgetollt waren.

»Warte doch!« Sie kam mir nachgerannt. »Heute nacht, das war wundervoll. Nie würd' ich das abstreiten. Aber es hätte halt nicht passieren dürfen.«

»Es war unvermeidlich. Hast du das etwa nicht gewußt? Es mußte passieren. Ich hätte dir schon sagen können, daß es passieren würde, als du damals zu uns in die vierte Klasse gekommen bist. Ich konnte dich auf den Tod nicht ausstehen, aber ich wußte schon damals, daß es irgendwann dazu kommen würde … zu dem heute nacht, meine ich.«

»Es ist nur so kompliziert jetzt, weißt du.«

»Für mich nicht. Ich liebe dich. Ich habe dich immer geliebt. Was ist daran kompliziert?«

»Ich liebe dich auch. Aber …«

»Aber was? Ich will dich heiraten. Will den Rest meines Lebens mit dir verbringen. Nach New York gehen und all das tun, was wir uns immer schon vorgenommen hatten. Ich will mit dir Kinder haben. Was soll daran kompliziert sein, verflucht noch mal?«

»Vielleicht wird alles so werden, wie du's dir wünschst ... irgendwann, später einmal.«
»Aber in der Zwischenzeit sollen wir alles vergessen oder wie? Mein Gott, Bridie!«
»Nicht, ich bitte dich ...« Sie fing an zu weinen. »Du verstehst ja nicht.«
»Nein«, sagte ich und wandte mich brüsk ab. »Das versteh' ich allerdings nicht.«
»So warte doch, verdammt! Es ist nicht so einfach, wie du denkst. Warum haben wir nur nicht alles so gelassen, wie es war? Ach, verflucht, es ist meine Schuld. Ich hätte es besser wissen müssen.«
»Ich steh' scheint's auf der Leitung. Was hättest du besser wissen müssen, was?«
»Oh, ich halte das nicht aus.«
»Was hättest du wissen müssen, Bridie? Wovon sprichst du?«
»Gar nichts, laß. Komm, wir fahren heim.«
»Nein. Erst sagst du mir, was los ist.«
»Nein.«
»Gibt es einen andern?«
»Hör auf.« Sie lief zurück zum Wagen.
»Simon kann's nicht sein. Der ist in Kalifornien. Es ist doch nicht etwa Alex, oder? Du hast selber gesagt, er sei ein Dämlack.«
»Finn, ich bitte dich, laß es gut sein.«
»Vielleicht ist's ja Mr. Ganis? Oder der Postbote?
Wütend fuhr sie mich an: »Vielleicht ist es Big Finn.«
»Nein!«
»Bist du nun zufrieden?« Bitterlich schluchzend ließ sie sich in den Sand fallen.
»Nein, das glaub' ich einfach nicht.«
»Schön, dann ist es eben nicht wahr. Fühlst du dich jetzt besser?«
»O mein Gott!«

»Finn ...«
»Nein!«
»Bitte, Finn ...«
»Dieser miese alte Hurenbock!«
»Nein, du siehst das falsch. Er war sehr gut zu mir, und ich hab' ihn lieb.«
»Das gemeine Schwein. Er hat dich verführt, er hat dich ...«
»Gar nichts hat er. Ich wußte, was ich tat. Ich bin schließlich fast neunzehn, Menschenskind. Ich hab's getan, weil ich ihn liebe.«
»Du liebst wohl jeden, was?«
»Nein, nur dich und Big Finn.«
Ich weiß nicht mehr, was ich als nächstes tat, aber ich erinnere mich, daß Bridie mich aus dem Wasser zu ziehen versuchte. Es reichte mir schon bis ans Kinn, und sie schleifte mich durch die Brandung zurück an den Strand, wo wir keuchend und spuckend in den Sand taumelten und nach Luft rangen. Als mir meine Beine wieder halbwegs gehorchten, ging ich zum Wagen zurück und wartete dort auf sie. Auf der Heimfahrt sprachen wir kein Wort. Sie versuchte es ein paarmal, aber ich hieß sie den Mund halten und drohte, ich würde aussteigen, wenn sie noch einen Ton sagte.
Als wir zu Hause ankamen, war Pop schon zur Arbeit gegangen. Bridie rannte in ihr Zimmer und schloß die Tür, und ich lief ins Bad und übergab mich, bevor ich duschte und mich rasierte. Dann ging ich in Pops Zimmer, nahm seinen großen Koffer und ein paar Bilder von Mom und Duke und Fritz und Simon, packte ein, was an Kleidern reinpaßte, und legte den von Mr. Howe geerbten Band *Große Erwartungen* und ein paar meiner Zeichnungen obenauf. Fritz' Uhr band ich um, steckte die von Mr. Howe in die Tasche, ging nach unten und verließ das Haus.
Bevor ich den Bus nach New York bestieg, löste ich mein Konto bei der First National Bank auf und begann mein neues Leben

mit knapp zweitausend Dollar in der Tasche. An die Busfahrt kann ich mich überhaupt nicht mehr erinnern, aber ich sehe mich noch ganz deutlich am Port Authority Terminal auf meinem Koffer sitzen und nicht wissen, wohin. Stunden vergingen, ehe ich mich bei der Bahnhofsmission erkundigte, wo ich vielleicht ein Zimmer finden könnte. Man empfahl mir das Y.M.C.A., und dort blieb ich fast eine Woche, bis ich in der West Forty Third Street, gleich hinter der Tenth Avenue, eine Bude mit fließend Kaltwasser fand. Nachdem ich mich an der Cooper Union immatrikuliert hatte, suchte ich mir einen Job als Verkäufer bei Doubleday, der Bahnhofsbuchhandlung in der Grand Central Station. Ich machte alles wahr, was ich mir erträumt hatte, aber ich war unglücklich, weil Bridie nicht da war, um mein neues Leben mit mir zu teilen. Pop hatte recht, was die Träume anging. Sie erfüllten sich nicht so, wie man es sich vorgestellt hatte.

Über ein Monat verging, bevor ich die Ganis anrief, und als Mrs. Ganis meine Stimme hörte, fing sie an zu weinen, und ich verstand kein Wort von dem, was sie sagte. Als ich nach Bridie fragte, erfuhr ich, daß sie am selben Tag wie ich das Haus verlassen hatte. Aber sie verabschiedete sich von allen und versprach, sich zu melden, sobald sie irgendwo Fuß gefaßt hätte. Mrs. Ganis wollte mir auch etwas von Pop erzählen, aber ich ließ sie nicht ausreden. Die Ganis hatten eine Karte von Bridie bekommen, allerdings ohne Absender. Abgestempelt war sie in Chicago. Ich rief ihre Mutter an und Tante Theresa und Simon und Mina, und alle versicherten mir, sie wüßten nicht, wo sie sich aufhalte, aber ich glaubte ihnen nicht. Sogar Honey und Kitty Neal gaben vor, nichts zu wissen. Die Polizei wollte keine Vermißtenanzeige aufnehmen, weil sie etlichen Leuten gesagt hatte, daß sie fortwolle und gelegentlich Postkarten schickte. Sie war einfach nur jemand, der seinen Aufenthaltsort nicht preisgeben mochte. Ich mußte sie finden, weil ich sie um Verzeihung bitten wollte dafür, daß ich sie verlassen hatte. Was geschehen war, kümmerte mich inzwischen nicht mehr, und ich würde nie wieder einen Menschen so sehr lieben können wie sie. Selbst als ich aufhörte, mich nach ihr zu erkundigen, gab ich doch die Suche nach ihr nie richtig auf. Eines Tages, dachte ich, eines Tages werde ich sie finden – in einem Zug oder einem Flugzeug, in einem Buchladen oder einfach auf der Straße, irgendwo. Aber Bridie blieb verschwunden.

Alex wohnte ein paar Monate bei mir, bevor er, während des Koreakrieges, eingezogen wurde. Ich hörte, daß er alle möglichen Auszeichnungen verliehen bekam, aber wir haben uns nie wiedergesehen. Es war einer der unausweichlichen, ja natürlichen Wechselfälle des Lebens, daß man sich aus den Augen verlor. In dem letzten Brief, den ich von Honey bekam, als er bereits im zweiten Jahr an der Howard University in Maryland Geschichte studierte, teilte er mir mit, daß Tessie ihre Tb tatsächlich auskuriert und ein Posamentengeschäft in Phoenix aufgemacht habe. Charles kümmerte sich weiterhin um sie. Die Ganis, meine letzte Verbindung zur Livery Street, verkauften ihr Haus und nahmen sich eine Wohnung in Philadelphia. Nicht lange nach dem Umzug starb Mrs. Ganis an einem Herzanfall, und Mr. Ganis zog in ein Altersheim. Als er viele Jahre später starb, vererbte er mir dreißigtausend Dollar. Mit Simon und Mina habe ich heute noch Kontakt. Er machte als Makler in Kalifornien ein Vermögen, und sie haben vier Kinder.

Mom starb im Februar 1961 in Franklin Village. Der Tod ereilte sie im Schlaf, und sie wurde neben Deirdre und Laurie auf dem Friedhof von Our Lady of Perpetual Help beigesetzt. Ich ging nicht zur Beerdigung. Aber bis zu ihrem Tod besuchte ich sie jeden Monat einmal, und zwar immer am Sonntag, weil ich wußte, daß Pop an den Samstagen nach Franklin Village fuhr. Nur einmal wäre ich beinahe mit ihm zusammengetroffen, doch ich konnte ihm gerade noch rechtzeitig ausweichen. Nach Moms Tod erfüllte Pop sich endlich doch noch seinen Traum.

Er verkaufte unser Haus in der Livery Street, das in eine Anwaltskanzlei umgewandelt wurde, baute sich ein hübsches Haus auf dem Grundstück draußen an der Bahnlinie und nannte es *Bridie's Place*. Er starb hochbetagt auf der Veranda. Ganz allein.

Heute wohne ich dort draußen.